suhrkamp taschenbuch 2443

D1855192

Wie kein anderer Roman eines spanischen Autors in letzter Zeit hat *Die Stadt der Wunder* ein begeistertes Lesepublikum gewonnen und für sich eingenommen. Der angesehenste spanische Prosaist, der strenge, unabhängige Juan Benet, hat geschrieben, *Die Stadt der Wunder* sei das gelungenste Werk spanischer Erzählkunst zur Zeit, »eines, das mich in den letzten Jahren, vielleicht sogar Jahrzehnten, am meisten beim Lesen erfreut hat«.

Der Roman erzählt den abenteuerlichen Aufstieg eines Jungen aus der Provinz zum mächtigsten Mann einer europäischen Großstadt. »Mendoza erzählt die Karriere des Onofre Bouvila, der kaum die anarchistischen Papiere entziffern vermag, die er anfangs verteilt, der dann durch den Verkauf von Haarwuchsmitteln dubioser Wirkung und den Diebstahl von Uhren aus den Warenhäusern der Weltausstellung zu ersten Einnahmen kommt, als Mitglied einer Verbrecherbande die stärkste Konkurrenz ausschaltet ... Waffen schiebt, Filme produziert und Diamanten schmuggelt und auch noch, post mortem, beim New Yorker Börsenkrach seine Hand im Spiel hat, präzise und mit einer unglaublichen Fülle an bizarren und rührenden Details, wortmächtig und knapp, lakonisch und voll ausufernder Phantasie.«

Erich Hackl, WOZ

Eduardo Mendoza ist 1943 in Barcelona geboren, wo er heute, nach zehn Jahren Dolmetschertätigkeit bei der UNO in New York, wieder lebt. Im Suhrkamp Verlag ist 1990 *Das Geheimnis der verhexten Krypta. Roman* und 1991 *Die Wahrheit über den Fall Savolta. Roman* erschienen.

Eduardo Mendoza
Die Stadt der Wunder

Roman

Aus dem Spanischen
von Peter Schwaar

Suhrkamp

Die Originalausgabe erschien 1986 unter dem Titel
La ciudad de los prodigios bei Seix Barral, Barcelona
Die Übersetzung wurde gefördert aus Mitteln der
Dirección General del Libro y Bibliotecas
des spanischen Kulturministeriums
Umschlagfoto: Stephan Erfurt

suhrkamp taschenbuch 2443
Erste Auflage 1995
© Eduardo Mendoza 1986
© der deutschsprachigen Ausgabe
Suhrkamp Verlag Frankfurt am Main 1989
Suhrkamp Taschenbuch Verlag
Alle Rechte vorbehalten, insbesondere das
des öffentlichen Vortrags, der Übertragung
durch Rundfunk und Fernsehen
sowie der Übersetzung, auch einzelner Teile.
Druck: Ebner Ulm
Printed in Germany
Umschlag nach Entwürfen von
Willy Fleckhaus und Rolf Staudt

1 2 3 4 5 6 – 00 99 98 97 96 95

Für Ana

Wenn der unsaubere Geist von dem Menschen ausfährt, so durchwandelt er dürre Stätten, sucht Ruhe und findet sie nicht; so spricht er: Ich will wieder umkehren in mein Haus, daraus ich gegangen bin. Und wenn er kommt, so findet er's gekehrt und geschmückt. Dann geht er hin und nimmt sieben Geister zu sich, die ärger sind denn er selbst; und wenn sie hineinkommen, wohnen sie da, und es wird hernach mit demselben Menschen ärger denn zuvor.

Lukas 11, 24-26

I. Kapitel

I

In dem Jahr, in dem Onofre Bouvila nach Barcelona kam, befand sich die Stadt im Zustand fieberhafter Erneuerung. Wo die der Küste entlanglaufende Bergkette sich etwas ins Landesinnere zurückzieht, zwischen Malgrat und Garraf, und so eine Art Amphitheater bildet, öffnet sich ein Tal: hier liegt diese Stadt. Ihr Klima ist gemäßigt und ausgeglichen: Der Himmel ist für gewöhnlich klar und hell und zeigt nur selten Wolken, und wenn, sind auch sie weiß; der Luftdruck ist konstant, und es regnet wenig, mitunter allerdings heimtückisch und wolkenbruchartig. Obwohl es Leute gibt, die sich darüber streiten, schreibt die herrschende Meinung Barcelonas erste und zweite Gründung den Phöniziern zu. Zumindest ist uns bekannt, daß es in der Geschichte erstmals als Kolonie Karthagos auftritt, das seinerseits mit Sidon und Tyros verbündet war. Erwiesen ist, daß Hannibals Elefanten auf dem Weg zu den Alpen, wo später Kälte und unwegsames Gelände ihnen übel mitspielen sollten, an den Ufern des Besós oder des Llobregat haltmachten, um zu trinken und herumzutrampeln. Die damaligen Barcelonesen staunten, als sie dieser Tiere ansichtig wurden. »Was für Stoßzähne! Was für Ohren! Was für ein Rüssel oder *proboscis!* Das muß man gesehen haben!« sagten sie zueinander. Dank diesem gemeinsamen Staunen und dem noch während Jahren nicht verstummenden Gerede entwickelte sich in Barcelona die Identität eines urbanen Zentrums; später wird diese Identität verlorengehen, und die Barcelonesen des 19. Jahrhunderts werden alles daransetzen, sie wiederzuerlangen. Nach den Phöniziern kamen die Griechen und die Layetaner. Jene hinterließen Reste handwerklicher Tätigkeit; diesen verdanken wir, wenn man den Ethnologen glauben darf, zwei typische Charakterzüge unserer Rasse: die Tendenz der Katalanen, den Kopf nach links zu neigen, wenn sie so tun, als hörten sie zu, und den Hang der Männer, in den Nasenlöchern lange Haare sprießen zu lassen. Die Layetaner, von denen wir sonst nicht viel wissen, ernährten sich hauptsächlich von einem Milchprodukt, das einige Male als *Molke,* andere Male als *Limonade* erwähnt wird und sich vom heutigen *Joghurt* nicht sehr unterschied. Tatsächlich sind es jedoch die Römer, die Barcelona das Gepräge einer Stadt geben und ihm auf definitive Art Gestalt verleihen; auf eine Art, die im Detail zu beschreiben müßig ist, die aber seine zukünftige Entwicklung bestimmen wird. Dennoch weist alles darauf hin, daß die Römer für Barcelona eine hochmütige Verachtung empfanden. Es schien sie weder in strategischer Hinsicht zu interessieren, noch fühlten sie sich der Stadt sonstwie zugetan. Im Jahr 63 vor Christus beklagt sich ein gewisser Mucius Alexandrinus, Prätor, in einem Schreiben an seinen Schwiegervater und Gönner in Rom darüber, nach Barcelona abkommandiert worden zu sein, denn er hatte um eine Stelle in der prunkvollen Bilbilis Augusta, dem heutigen Calatayud, nachgesucht. Dem kleinen Gotenkönig Ataulf ist es bestimmt, Barcelona zu erobern, und es bleibt so lange gotisch, bis es die Sarazenen im Jahr 717 unserer Zeitrechnung kampflos einnehmen. Ganz nach ihren Gepflogenheiten beschränken sich die Mauren darauf, die Kathedrale (nicht die von uns heute bewunderte, sondern eine ältere, die andernorts errichtet worden und Schauplatz mancher Bekehrung und Folterei gewesen war) in eine Moschee zu verwandeln, und lassen es dabei bewenden. Die Franken erobern Barcelona 785 im Namen des Glaubens wieder zurück, und dasselbe tut für den Islam genau zwei Jahrhunderte später, 985, Almanzor oder al-Mansur, genannt der Fromme, der Unbarmherzige, Der-nur-drei-Zähnehat. Eroberungen und Wiedereroberungen bleiben nicht ohne Einfluß auf Dicke und Komplexität von Barcelonas Stadtmauern. In ein Korsett von Bollwerken und konzentrischen Festungsanlagen geschnürt, werden seine Straßen immer gewundener, was die kabbalistischen Hebräer aus Gerona anzieht, die hier Filialen ihrer Sekte gründen und Gänge zu geheimen Sanhedrinen und Bethesda-Teichen graben, welche man im 20. Jahrhundert beim Metrobau wiederentdeckt. In den steinernen Türstürzen der Altstadt sind noch Kritzeleien von ihnen zu lesen – Losungsworte der Eingeweihten und Formeln zur

Heraufbeschwörung des Undenkbaren. Später erlebt die Stadt glanzvolle Jahre und düstere Jahrhunderte.

»Bestimmt fühlen Sie sich hier sehr wohl, Sie werden sehen. Die Zimmer sind zwar nicht groß, haben aber eine gute Lüftung. Und was die Sauberkeit betrifft, kann man nicht mehr verlangen. Das Essen ist einfach, aber nahrhaft«, sagte der Inhaber der Pension. Diese Pension, die Onofre Bouvila als Absteige aufsuchte, kaum war er in Barcelona angekommen, lag im Carreró del Xup, was mit »Zisternengäßchen« zu übersetzen wäre. Der Carreró stieg schon kurz nach seinem Anfang leicht an und wurde allmählich steiler, bis er über zwei Stufen zu einem Absatz führte und wenige Meter weiter vor einer Mauer endete, die auf den Überresten eines alten, möglicherweise römischen Stadtwalls ruhte. Von dieser Mauer rann ununterbrochen eine dickliche schwarze Flüssigkeit, die im Lauf der Jahrhunderte die Stufen des Gäßchens gerundet, poliert und auf Hochglanz gebracht hatte, so daß man leicht auf ihnen ausgleiten konnte. Dann floß das Rinnsal in einem Graben parallel zum Gehweg abwärts und versickerte mit unregelmäßigem Gurgeln in der Kanalisation, die sich auf der Kreuzung mit der Calle de la Manga (früher de la Pera) öffnete, der einzigen Straße, von der aus man in den Carreró del Xup gelangen konnte. Diese in jeder Hinsicht reizlose, ja häßliche Gasse konnte sich rühmen (obgleich andere Winkel des Viertels ihr diese zweifelhafte Ehre streitig machten), die Szenerie zu einem grausamen Vorfall abgegeben zu haben: zur Hinrichtung der heiligen Leocricia auf der römischen Stadtmauer. Diese Heilige, die wahrscheinlich vor der anderen Leocricia, der von Córdoba, gelebt hatte, erscheint in den Hagiographien bald als heilige Leocricia, bald als Leocratia oder Locatis. Sie stammte aus Barcelona oder der nahen Umgebung und war die Tochter eines Wollkämmers; schon als kleines Mädchen wurde sie Christin. Gegen ihren Willen verheiratete sie ihr Vater mit einem Quästor namens Tiburcius oder Tiburcinus. Von ihrem Glauben getrieben, verteilte Leocricia die Habschaft ihres Gatten unter die Armen und gab den Sklaven die Freiheit zurück. Da sie ohne die Zustimmung des Gatten gehandelt hatte, entbrannte dieser in Zorn. Für ihre Tat und weil sie ihrem Glauben nicht abschwören mochte, wurde sie an der genannten Stelle enthauptet. Wie die Legende anfügt, rollte ihr Kopf den Abhang hinunter und rollte immer weiter, bog um Ecken, kreuzte Straßen und verbreitete unter den Fußgängern Angst und Schrecken, bis er ins Meer fiel, wo ihn ein Delphin oder ein anderer großer Fisch verschluckte. Ihr Feiertag wird am 27. Januar begangen.

Gegen Ende des letzten Jahrhunderts stand auf dem oberen Absatz des Gäßchens eine Pension, ein Etablissement von sehr unauffälliger Art, wenn auch keineswegs frei von Prätentionen seitens der Inhaber. Der Eingangsraum war klein und bot gerade Platz für den Empfangstisch aus hellem Holz mit seinen Schreibutensilien aus Messing und dem Fremdenbuch, das immer offen dalag, damit, wer den Wunsch dazu verspürte, im spärlichen Licht der Öllampe rasch die Liste von Spitznamen und Pseudonymen, aus der das Register der Herberge bestand, überfliegen und so die Rechtmäßigkeit der Geschäftsführung überprüfen konnte. Platz fanden ferner der Sessel eines Barbiers, ein irdener Schirmständer und ein Bildnis des heiligen Christophorus, Schutzpatron der Reisenden, bevor er diese Aufgabe für die Automobilisten übernahm. Hinter dem Empfangstisch saß immerzu Señora Ágata, eine beleibte, erloschen aussehende Frau mit schütterem Haar, die man hätte für tot halten können, wenn ihre Gebrechen sie nicht dazu gezwungen hätten, die Füße in einem Becken mit lauwarmem Wasser zu baden und daher von Zeit zu Zeit zu rufen: »Delfina, das Bekken!« Wurde das Wasser kalt, so lebte sie genau für die Dauer dieser Worte auf. Dann goß die Tochter das dampfende Wasser aus einem Eimer in die Schüssel. Da sie den Eimer nicht eben sorgfältig umschüttete, drohte das Wasser überzuschwappen und den ganzen Vorraum zu überschwemmen. Diese Gefahr schien jedoch den Eigentümer der Pension, den alle Señor Braulio nannten, nicht weiter zu beunruhigen. Mit ihm führte Onofre Bouvila dieses erste Gespräch. »Läge die Pension etwas günstiger, so könnte sie in der Tat als kleines Hotel von gewissem Rang gelten«, fuhr der Inhaber fort. Señor Braulio, Señora

Ágatas Gatte und Delfinas Vater, war ein stattlich gewachsener Herr mit regelmäßigen Gesichtszügen und von etwas affektierter Distinguiertheit. In der Pension delegierte er sämtliche Obliegenheiten an Frau und Tochter und verbrachte den größten Teil des Tages damit, Zeitungen zu lesen und die Nachrichten mit den Dauergästen der Pension zu erörtern. Die Neuigkeiten ließen ihm den Mund offenstehen, und da es eine an Erfindungen reiche Zeit war, verflogen ihm die Stunden mit Ausrufen wie »Oh!« und »Ah!«. Von Zeit zu Zeit warf er die Zeitung hin, als hätte ihn jemand mit Nachdruck dazu aufgefordert, und rief: »Mal sehen, was das Wetter macht!« Er trat auf die Straße und erforschte den Himmel. Dann ging er wieder hinein und verkündete: »Wolkenlos.« Oder: »Bewölkt, ein wenig frisch« und dergleichen mehr. Etwas anderes hatte man ihn nie tun sehen. »Nur weil dieses Viertel so schäbig ist, sind wir gezwungen, die Preise weit unter der Kategorie des Hauses anzusetzen!« klagte er. Dann hob er mahnend den Finger: »Trotzdem sind wir bei der Wahl unserer Gäste sehr sorgsam.«

Ob sich in dieser Bemerkung eine Kritik an meiner Erscheinung versteckt? dachte Onofre Bouvila bei Señor Braulios Worten. Auch wenn die herzliche Haltung des Hoteliers diese Vermutung nicht zu bestätigen schien, war Onofre Bouvilas Empfindlichkeit vollauf gerechtfertigt. Obwohl er noch sehr jung an Jahren war, fiel sogleich ins Auge, daß er von kleinem Wuchs, dafür aber breitschultrig war. Er hatte eine zitronengelbe Haut, wenig ausgeprägte, grobe Gesichtszüge und schwarzes Kraushaar. Seine Kleider zeigten Flicken, waren unordentlich und reichlich schmutzig – alles wies darauf hin, daß er sie während mehrerer Reisetage auf dem Leib getragen hatte und keine anderen besaß, außer vielleicht etwas frische Wäsche in dem Bündel, das er beim Eintreten auf dem Empfangstisch liegengelassen hatte und jetzt immer wieder mit flüchtigen Blicken suchte. In diesen Momenten verspürte Señor Braulio Erleichterung. Doch dann faßte ihn der Bursche erneut ins Auge, und er wurde wieder unruhig. Etwas in seinem Blick zerrt mir an den Nerven, sagte sich der Hotelier. Ach was, dachte er dann, es wird das Übliche sein, Hunger, Verwirrung und Angst. Er hatte schon viele Leute unter den gleichen Gegebenheiten kommen sehen – die Stadt hörte ja nicht auf zu wachsen. Einer mehr, dachte er, eine winzige Sardine, die der Wal verschlucken wird, ohne es zu merken. Señor Braulios ungute Gefühle verwandelten sich in Zärtlichkeit: Er ist ja fast noch ein Kind und überdies verzweifelt, sagte er sich.

»Und darf ich Sie fragen, Señor Bouvila, welches das Motiv Ihrer Anwesenheit in Barcelona ist?« schloß er. Mit diesem gestelzten Satz wollte er bei dem jungen Mann Eindruck schinden. In der Tat blieb dieser einige Augenblicke stumm – er hatte die Frage nicht einmal richtig verstanden.

»Ich suche eine Anstellung«, sagte er dann schüchtern. Hierauf heftete er seinen durchdringenden Blick wieder auf den Hotelier, in der Befürchtung, aus seiner Antwort könnte sich etwas für ihn Nachteiliges ableiten lassen. Doch Señor Braulio dachte bereits an etwas anderes und beachtete ihn kaum noch.

»Ah, sehr gut!« sagte er nur und wischte sich ein Staubfäserchen von der Schulter seines Paletots. Onofre Bouvila war ihm aus tiefstem Herzen für diese Gleichgültigkeit dankbar. Denn er schämte sich seiner Herkunft und hätte um nichts in der Welt den Grund preisgeben mögen, der ihn dazu gebracht hatte, alles hinter sich zu lassen und voller Verzweiflung nach Barcelona zu kommen.

Onofre Bouvila wurde nicht, wie manche Leute später sagten, im blühenden, hellen, leutseligen und etwas gezierten Katalonien geboren, das vom Meer bespült wird, sondern im unwegsamen, düsteren und rohen Katalonien, das sich südwestlich der Pyrenäen ausbreitet, beidseits der Sierra del Cadí verläuft und allmählich flach wird, wo der Segre, der dem Land im ersten Abschnitt seines Laufs Wasser zuführt und seine wichtigsten Zuflüsse aufnimmt, sich mit dem Noguera Pallaresa vereint und die letzte Etappe seiner Reise beginnt, bevor er in Mequinenza in den Ebro mündet. Im Flachland strömen die Flüsse rasch dahin und steigen einmal jährlich, im Frühling, stark an; wenn das Wasser zurückgeht, verwandeln sich die überschwemmten Felder in unwirtliches, aber fruchtbares

Sumpfland, in dem es von Schlangen wimmelt und wo sich gut jagen läßt. Es sind Zonen voll undurchdringlicher Nebel und dichter Wälder, ein Nährboden für den Aberglauben. Tatsächlich hätte sich an bestimmten Tagen des Jahres niemand in diese finsteren Nebel hineingetraut; denn zu diesen Zeiten konnte man, obwohl es weit und breit weder Kirchen noch Einsiedeleien gab, Glocken läuten hören, zwischen den Bäumen Stimmen und Gelächter vernehmen und manchmal tote Kühe Sardana tanzen sehen. Wer derartiges sah und hörte, verfiel für immer dem Wahnsinn. Die Berge, die diese Täler säumten, waren steil und fast das ganze Jahr über schneebedeckt. Die Häuser dort standen auf hölzernen Pfählen, man lebte in Stammesgemeinschaft, und die Männer waren wild und ungeschlacht und benutzten noch Tierhäute als Teil ihrer Körperbedeckung. Sie stiegen nur zur Zeit der Schneeschmelze in die Täler hinunter oder um sich an den Winzerfesten oder zur Schlachtzeit eine Braut zu holen. Bei solchen Anlässen bliesen sie auf Knochenflöten und vollführten einen Tanz, der die Sprünge des Hammels imitierte. Sie verzehrten ohne Unterlaß Brot mit Käse und tranken mit Öl und Wasser gepanschten Wein. Auf den Berggipfeln lebten einige noch ungehobeltere Kerle, die überhaupt nie zu Tal gingen und deren einzige Beschäftigung die Ausübung einer Art griechisch-römischen Kampfes gewesen zu sein scheint. Die Talbewohner dagegen waren zivilisierter: Sie lebten von Weinbau, Oliven, Mais (für die Tiere), etwas Obstkultur, Viehzucht und Honig. In dieser Gegend registrierte man zu Beginn unseres Jahrhunderts 25 000 verschiedene Bienenarten, von denen bis heute gerade 5000 oder 6000 überlebt haben. Die Männer jagten Damhirsch, Wildschwein, Bergkaninchen und Rebhuhn; ebenso Fuchs, Wiesel und Dachs, um sich deren ständiger Streifzüge zu erwehren. In den Flüssen angelten sie Forellen, und zwar mit Fliegen, worin sie sehr geschickt waren. Sie aßen reichhaltig; auf ihrem Speisezettel fehlten weder Fleisch und Fisch noch Getreide, Gemüse und Obst; dies ließ sie zu einem hochgewachsenen, starken und energischen Menschenschlag werden, abgehärtet, aber von schwerer Verdauung und willensschwachem Charakter. Diese physischen Merkmale haben die Geschichte Kataloniens beeinflußt: Eines der Argumente, die die Zentralregierung den Unabhängigkeitsansprüchen des Landes entgegenhielt, war, daß sich damit die durchschnittliche Körpergröße der Spanier verringert hätte. In seinem Bericht an Carlos III., der gerade von Neapel zurückgekehrt war, nennt R. de P. Piñuela Katalonien den *Schemel Spaniens*. Ebenso verfügten sie über Holz in Hülle und Fülle, über Kork und einige wenige Mineralien. Sie lebten in durchs Tal verstreuten Gehöften, deren einziger Zusammenhalt im Kirchensprengel bestand. So entstand der Brauch, als Herkunftsort den Namen des Sprengels anzugeben, beispielsweise Pere Llebre von Sant Roc, Joaquim Colibròquil von La Mare de Déu del Roser und so weiter. Daher lastete auf den Schultern der Pfarrer eine große Verantwortung. Sie erhielten die geistige, kulturelle, ja sogar sprachliche Einheit der Talschaft aufrecht, und es oblag ihnen die heilige Pflicht, für den Frieden in den Tälern und zwischen dem einen und dem benachbarten Tal zu sorgen und Ausbrüche von Gewalt und die endlosen blutigen Racheakte abzuwenden. So wuchs ein Typus von Pfarrer heran, den später die Dichter verherrlichten: kluge und besonnene Männer, fähig, dem extremsten Klima die Stirn zu bieten und, in der einen Hand den Hostienkelch, in der andern den Stutzen, die unglaublichsten Entfernungen zu überwinden. Vermutlich hatte sich dank ihnen die Region auch fast ganz aus den Karlistenkriegen heraushalten können. Gegen das Ende der Streitigkeiten hin hatten karlistische Rotten das Gelände als Refugium, Winterquartier und Versorgungszentrum benutzt. Die Leute ließen sie gewähren. Ab und zu tauchte auf den Äckern oder im Dickicht eine halbverscharrte Leiche mit einem Einschuß in Brust oder Nacken auf, und alle gaben vor, sie nicht zu bemerken. Manchmal handelte es sich allerdings gar nicht um einen Karlisten, sondern um das Opfer eines persönlichen, im Schutz des Krieges ausgetragenen Konflikts.

Zweifelsfrei weiß man einzig, daß Onofre Bouvila am Tag des San-Restituto-und-Santa-Leocadia-Festes (am 9. Dezember) des Jahres 1874 oder 76 getauft wurde, daß er das Taufwasser aus den Händen des Pfründners Dom Serafí Dalmau empfing und daß seine Eltern Joan Bouvila und Marina Mont waren. Hingegen weiß man nicht, weshalb ihm der Name Onofre und nicht der des Tagesheiligen gegeben wurde. Aus dem Taufschein, dem diese Angaben entnommen sind, geht hervor, daß er aus dem Kirchensprengel von San Clemente stammt und der erstgeborene Sohn der Familie Bouvila ist.

»Sehr gut, sehr gut, hier werden Sie sich bestimmt wie ein König fühlen«, sagte nun Señor Braulio, während er aus der Tasche einen rostigen Schlüssel zog und mit einer ausladenden Bewegung auf den düsteren, übelriechenden Flur wies. »Die Zimmer, wie Sie sehen werden ... Himmel, welch ein Schreck!«

Dieser Ausruf entschlüpfte ihm, weil die Tür, in deren Schlüsselloch er gerade den Schlüssel stecken wollte, unversehens von innen geöffnet wurde. Das Licht, das der Balkon ins Zimmer ließ, zeichnete im Türrahmen Delfinas Silhouette.

»Das ist meine Tochter Delfina«, sagte Señor Braulio, nachdem er sich von seinem Schrecken erholt hatte. »Zweifellos hat sie das Zimmer so hergerichtet, daß Sie sich darin besonders wohl fühlen, nicht wahr, Delfina?« Und da Delfina keine Antwort gab, wandte er sich wieder an Onofre Bouvila und fügte hinzu: »Da ihre Mutter, meine Frau Gemahlin, von etwas delikater Gesundheit ist, würde die ganze Arbeit in der Pension auf meinen Schultern lasten, hätte ich nicht Delfinas Hilfe. Sie ist ein wahrer Engel.«

Onofre Bouvila hatte Delfina schon einen Augenblick zuvor im Empfangsraum gesehen, als sie das warme Wasser brachte, um Señora Ágatas Becken zu füllen. Bei dieser Gelegenheit hatte er sie allerdings kaum wahrgenommen. Jetzt unterzog er sie einer genaueren Prüfung und fand sie regelrecht abstoßend. Delfina war etwa so alt wie Onofre Bouvila; sie war spindeldürr und linkisch, hatte vorstehende Zähne, eine gesprenkelte Haut und scheue Augen, deren Eigenart in ihren gelben Pupillen bestand. Onofre merkte bald, daß in Wirklichkeit Delfina die ganze Arbeit des Hauses besorgte. Mürrisch, ungewaschen, zerzaust, zerlumpt und barfuß lief sie andauernd mit Putzeimer, Besen und Scheuerlappen von der Küche in die Zimmer und von den Zimmern wieder in die Küche und den Eßsaal. Überdies sorgte sie für ihre Mutter, die immer etwas brauchte, weil sie sich selbst nicht zu helfen wußte, und trug Frühstück, Mittag- und Abendessen auf. Jeden Morgen ging sie sehr zeitig mit zwei Weidenkörben einkaufen, die sie unter großen Anstrengungen zurückschleppte. Nie richtete sie das Wort an einen Gast; die Gäste ihrerseits taten so, als wäre sie gar nicht vorhanden. Sie legte ein ruppiges Benehmen an den Tag und hatte zudem ständig einen schwarzen Kater im Schlepptau, der nur seine Herrin in der Nähe duldete; alle andern biß er oder verpaßte ihnen Tatzenhiebe. Dieser Kater hieß *Beelzebub*. Möbel und Wände der Pension zeigten Spuren seiner Wildheit. Doch Onofre Bouvila war dies alles im Moment egal. Er war eben in das ihm zugewiesene Zimmer getreten und betrachtete zum erstenmal den winzigen nüchternen Raum. Mein Zimmer, dachte er mit einem Anflug von Bewegtheit; eigentlich bin ich jetzt bereits ein unabhängiger Mann, ein richtiger Barcelonese. Noch stand er unter dem Eindruck des Neuen und verspürte wie alle Neuankömmlinge die Faszination der Großstadt. Er hatte immer auf dem Land gelebt und nur ein einziges Mal einen größeren Ort besucht. Die Erinnerung an jenen Besuch war freilich eine traurige. Der Ort hieß Bassora und lag 18 Kilometer von seinem Geburtssprengel San Clemente oder Sant Climent entfernt. Bei Onofre Bouvilas Besuch hatte Bassora gerade einen bemerkenswerten Fortschritt erzielt; es hatte sich vom Ackerbau- und vor allem vom Viehzuchtzentrum in eine Industriestadt verwandelt. Laut Statistik zählte Bassora 1878 36 Industriebetriebe: 21 davon gehörten zur Textilbranche (Baumwoll-, Seiden-, Woll-, Stoffdruck-, Teppichfabriken usw.), 11 zur Chemie (Phosphate und Azetate, Chloride, Farbstoffe und Seifen), 3 verarbeiteten Metall und einer Holz. Eine Eisenbahn verband Bassora mit Barcelona und seinem Hafen, von wo aus Bassoras Exportartikel nach Übersee verschifft wurden. Es verkehrte zwar immer noch regelmäßig eine Eilpostkutsche, doch im allgemeinen bevorzugten die Leute die Eisenbahn. In mehreren Straßen brannte Gasbeleuchtung, es gab vier Hotels oder Herbergen, vier Schulen, drei Kasinos und ein Theater. Dieser Ort und der Sprengel von Sant Climent waren durch einen steinigen und holprigen Pfad miteinander verbunden, der über einen im Winter vollkommen zugeschneiten Hohlweg oder Engpaß durch die Berge führte. Wenn die Witterungsbedingungen es zuließen, verkehrte auf diesem Pfad ein Planwagen, der die 18 Kilometer zwischen Sant Climent und Bassora nur unregelmäßig, ohne Fahrplan oder Vorankündigung zurücklegte und den Höfen Gerätschaften, Lieferungen aller Art und ganz selten auch Briefe brachte. Auf dem Rückweg nahm er die überschüssigen Landerträge mit, die gerade anfielen und die der Pfarrer von Sant Climent für einen anderen Pfarrer in Bassora bestimmt hatte, einen Freund, der sie seinerseits vermarktete, den so erlangten Gewinn normalerweise in Naturalien zurückschickte und davon Abrechnungen vorlegte, die niemand verlangte noch verstand oder überprüfen wollte. Der Kutscher hieß Onkel Tonet oder wurde zumindest so genannt. Wenn er nach Sant Climent kam, übernachtete er auf dem Fußboden einer Kneipe, die an eine der Seitenmauern der Kirche angebaut war. Bevor er sich schlafen legte, erzählte er, was er in Bassora gesehen und gehört hatte; aber nur wenige schenkten seinen Schilderungen Glauben, denn er stand im Ruf eines Weinliebhabers und Fantasten. Und schließlich war nicht einzusehen, wie jene Fülle wunderbarer Dinge, von denen der Kutscher erzählte, den Lauf des Tallebens hätte verändern können.

Jetzt erschien Onofre allerdings selbst Bassora ziemlich bedeutungslos, wenn er es im Geist mit Barcelona verglich, wo er eben angekommen war und von dem er noch gar nichts wußte. Diese in mancher Hinsicht naive Reaktion war durchaus verständlich. Gemäß der Volkszählung von 1887 betrug die Bevölkerung der Metropolitanzone, wie sie heute genannt wird, also der Stadt und der angrenzenden Agglomeration, 416 000 Menschen, und diese Zahl nahm im Rhythmus von 12 000 Seelen pro Jahr zu. Von der Summe, die die Volkszählung ergab (und die von einigen Leuten angefochten wird), entfielen auf Barcelona im engen Sinn, also auf die damalige Gemeinde Barcelona,

272 000 Einwohner. Der Rest verteilte sich auf die Viertel und Dörfer außerhalb der alten Stadtmauer; im Verlauf des 19. Jahrhunderts hatten sich in diesen Vierteln und Dörfern allmählich bedeutende Industriebetriebe gebildet. Während dieses ganzen Jahrhunderts hatte Barcelona nie seinen Platz an der Spitze des Fortschritts eingebüßt. 1818 war zwischen Barcelona und Reus der erste regelmäßige Eilkutschenbetrieb Spaniens eingerichtet worden. 1826 wurde im Hof der Börse der erste Versuch mit Gasbeleuchtung durchgeführt. 1836 wurde die erste Dampfmaschine aufgestellt, also der erste Versuch industrieller Mechanisierung. Die erste Eisenbahn Spaniens verkehrte zwischen Barcelona und Mataró und stammte aus dem Jahr 1848. Ebenso wurde das erste Elektrizitätswerk Spaniens 1873 in Barcelona gebaut. In dieser Hinsicht war der Unterschied zwischen Barcelona und der übrigen Halbinsel abgrundtief und der Eindruck, den die Stadt bei Neuankömmlingen erweckte, gewaltig. Doch ebenso unermeßlich war die Anstrengung gewesen, die diese Entwicklung gefordert hatte. Jetzt freilich lag Barcelona gleich dem Muttertier einer seltenen Art, das soeben zahlreiche Junge geworfen hat, ausgeblutet und mit entleertem Bauch darnieder; aus den Rissen rannen verpestete Ausflüsse, und stinkende Ausdünstungen machten die Luft in den Straßen und Wohnungen unerträglich. In der Bevölkerung herrschten Ermüdung und Pessimismus. Nur einige Narren wie Señor Braulio sahen das Leben in rosafarbenem Licht.

»In Barcelona gibt es mehr als genug Möglichkeiten für den, der Fantasie hat und die Bereitschaft, sie zu nutzen«, sagte er am Abend im Speisesaal der Pension zu Onofre Bouvila, während dieser die farblose, säuerlich schmeckende Suppe schlürfte, die Delfina vor ihn hingestellt hatte, »und Sie machen mir einen anständigen, aufgeweckten und fleißigen Eindruck. Ich habe keine Zweifel, daß Sie Ihre Situation sehr bald auf eine höchst befriedigende Weise zu klären wissen. Denken Sie doch, junger Mann, daß es in der Geschichte der Menschheit noch nie eine Epoche wie diese gegeben hat: Elektrizität, Telefon, Unterseeboot ... Muß ich Ihnen noch mehr dieser Wunderwerke aufzählen? Nur Gott weiß, wohin das noch führen wird. Würde es

Ihnen übrigens etwas ausmachen, im voraus zu bezahlen? Meine Frau, die Sie ja schon kennen, nimmt es mit den Abrechnungen peinlich genau. Die Arme ist ja so krank, nicht?«

Onofre Bouvila händigte alles, was er besaß, Señora Ágata aus. Damit war eine Woche bezahlt, aber ihm blieb nicht ein Groschen übrig. Am folgenden Morgen, kaum war der Tag angebrochen, stürzte er auf die Straße, um Arbeit zu suchen.

2

Obwohl es Ende des 19. Jahrhunderts fast schon ein Gemeinplatz war, zu sagen, Barcelona lebe »mit dem Rücken zum Meer«, widerlegte die tägliche Wirklichkeit diese Behauptung. Barcelona war immer schon eine Hafenstadt gewesen und war es auch damals noch. Es hatte vom Meer und für das Meer gelebt; es versorgte sich vom Meer und übergab dem Meer die Früchte seiner Mühen; Barcelonas Straßen lenkten die Schritte der Fußgänger zum Meer, und via Meer pflegte es Umgang mit dem Rest der Welt; vom Meer kamen die Luft und das Klima, der nicht immer angenehme Geruch sowie die Feuchtigkeit und das Salz, die die Mauern zerfraßen; die Geräusche des Meers lullten die Barcelonesen in die Siesta, die Schiffssirenen markierten den Lauf der Zeit, und das klagende, mürrische Gekreisch der Möwen ließ die Anmut des Schattenmusters, das die Bäume auf die Alleen zeichneten, als trügerisch erscheinen; das Meer bevölkerte die Gassen mit krummen Gestalten ausländischer Zunge, unsicheren Schrittes und düsterer Vergangenheit, bei denen Messer, Pistole und Knüppel locker saßen; das Meer bot denen Zuflucht, die sich der Verantwortung vor Gericht zu entziehen suchten, nachts herzzerreißende Schreie und ungesühnte Verbrechen hinter sich ließen und auf dem Seeweg flohen; die Farbe von Barcelonas Häusern und Plätzen war das blendende Weiß des Meeres an klaren oder sein düsteres Grau an stürmischen Tagen. All das faszinierte Onofre Bouvila, der aus dem Landesinnern stammte, zwangsläufig. Als erstes ging er an diesem Morgen zum Hafen, um Arbeit als Stauer zu suchen.

Die wirtschaftliche Entwicklung Barcelonas hatte Ende des 18. Jahrhunderts ihren Anfang genommen und sollte bis ins zweite Jahrzehnt des zwanzigsten andauern, doch es war keine konstante Entwicklung. Auf Zeiten des Aufschwungs folgten Zeiten der Rezession. Aber auch dann ließ der Zustrom an Menschen nicht nach, die Nachfrage jedoch ging zurück – unter diesen Umständen Arbeit zu finden brachte fast unüberwindliche Schwierigkeiten mit sich. Entgegen Señor Braulios Worten vom Vorabend durchlief Barcelona, als Onofre Bouvila sich in der Stadt auf die Suche nach einer Beschäftigung machte, die ihm hätte den Lebensunterhalt sichern sollen, seit mehreren Jahren eine solche Rezessionsphase.

Ein Polizeikordon verwehrte ihm den Zutritt zu den Molen. Auf die Frage, was das zu bedeuten habe, antwortete man ihm, unter den Hafenarbeitern seien mehrere, zweifellos von einem Schiff aus fernen Landen eingeschleppte Fälle von Cholera diagnostiziert worden. Er spähte über die Schulter eines Beamten und erblickte ein trauriges Bild. Verschiedene Stauer hatten die Ballen, die sie schleppten, fallengelassen und übergaben sich auf die Steinplatten des Docks; andere erbrachen zu Füßen der Hebekräne eine dünne ockerfarbene Flüssigkeit. War der Anfall vorbei, nahmen sie unter Konvulsionen ihre Schwerarbeit wieder auf, um den Taglohn nicht einbüßen zu müssen. Die Gesunden gingen den Angesteckten aus dem Weg und bedrohten sie mit Ketten und Enterhaken, wenn sie Anstalten machten, in ihre Nähe zu kommen. Eine Handvoll Frauen versuchte den Sanitätskordon zu durchbrechen, um ihren Männern oder Freunden zu Hilfe zu eilen, doch die Polizei drängte sie erbarmungslos zurück.

Onofre Bouvila ging dem Meer entlang Richtung Barceloneta weiter. Zu jener Zeit hatte die große Mehrheit der Schiffe noch Segel, und auch die Hafeneinrichtungen waren sehr rückständig. Die Molen gestatteten kein seitliches Anlegen der Schiffe – sie mußten mit dem Heck vor Anker gehen, was die Lade- und Löscharbeiten gewaltig erschwerte, weil sie mittels Barkassen und Schaluppen vorgenommen werden mußten. Ein ganzer Schwarm von diesen Barkassen und Schaluppen durchpflügte ständig den Hafen und schleppte Waren hin und zurück. Auf den Molen und in den angrenzenden Straßen wimmelte es von alten Matrosen mit gegerbten Gesichtern, die die Hosen bis zum Knie hinaufgekrempelt hatten und weite quergestreifte Kittel und phrygische Mützen trugen. Sie rauchten Rohrpfeife, tranken Schnaps und aßen Pökelfleisch und Schiffszwieback, den sie wochenlang hatten trocknen lassen; außerdem saugten sie gierig Zitronen aus; mit den Leuten waren sie einsilbig, führten aber endlose Selbstgespräche; sie mieden den zwischenmenschlichen Kontakt und waren streitsüchtig, pflegten jedoch immer einen Hund, einen Papagei, eine Schildkröte oder irgendein anderes Tierchen bei sich zu haben, das sie mit Liebkosungen und Aufmerksamkeiten überhäuften. Eigentlich war ihr Schicksal tragisch: Schon im Kindesalter waren sie als Schiffsjungen zur See gegangen und dann bis ins Alter nicht mehr in ihr Geburtsland zurückgekehrt, mit dem sie nur noch die Erinnerung verband. Das dauernde Herumvagabundieren hatte eine Familiengründung oder das Knüpfen dauerhafter Freundschaften nicht zugelassen. Jetzt, nach ihrer Rückkehr, fühlten sie sich als Fremde. Aber im Gegensatz zum echten Ausländer, der sich den Gepflogenheiten des Landes, das ihn aufnimmt, schlecht und recht anzupassen vermag, schleppten sie einen ganzen Stoß Erinnerungen mit sich, die sich im Lauf all der Jahre verfälscht hatten, weil die Männer so viele Mußestunden mit Träumen und Pläneschmieden verschwendeten; wurden sie nun mit dieser anderen Wirklichkeit konfrontiert, machten es ihnen diese idealisierten Erinnerungen unmöglich, sich der Gegenwart anzupassen. Um nicht in eine derartige Verwirrung zu geraten, zogen einige es vor, ihren Lebensabend in irgendeinem fernen Hafen weitab von der Heimat zu verbringen. Dies war bei einem nahezu hundertjährigen Seebären unbekannter Herkunft namens Sturm der Fall, der es in jenen Jahren in der Barceloneta, wo er lebte, zu Berühmtheit gebracht hatte. Er sprach eine Sprache, die niemand verstand, auch nicht die diversen Dozenten der philosophischen Fakultät, zu denen ihn seine Nachbarn vergeblich gebracht hatten. Sein einziges Kapital war ein Bündel Banknoten, die ihm keine Bank Barcelonas wechseln wollte; aber da dieses Bündel sehr dick war, galt er als reich, und in den Geschäften und Kneipen seines Viertels schenkte man ihm Vertrauen. Man sagte von ihm, er sei kein Christ, bete dafür die Sonne an und halte in seinem Zimmer einen Seehund oder eine Seekuh.

Die Barceloneta war ein Fischerviertel, das während des 18. Jahrhunderts außerhalb von Barcelonas Stadtmauern aus dem Boden geschossen war. Nachträglich war es in die Stadt integriert und vom Sog einer raschen Industrialisierung erfaßt worden. In der Barceloneta standen nun die großen Werften. Als Onofre Bouvila dort umherschlenderte, stieß er auf eine Gruppe munterer, draller Frauen, die unter schallendem Gelächter Fische und Krustentiere sortierten. Ermutigt durch diese Zeichen guter Laune, ging er auf sie zu, um sich zu erkundigen. Vielleicht können mir diese Frauen sagen, wo ich Arbeit finde, dachte er; Frauen werden einen Burschen wie mich bestimmt netter behandeln. Schnell merkte er aber, daß ihre scheinbar gute Laune in Wirklichkeit auf eine nervöse Störung zurückzuführen war, die sie ohne äußeren Anlaß wirr und unkontrolliert lachen ließ, obwohl sie im Grunde verbittert waren und vor Wut kochten; grundlos schwangen sie Messer und warfen sich Hummer und Krebse an den Kopf. Als er das sah, nahm er Reißaus. Nicht mehr Glück war ihm beim Versuch beschieden, sich auf einem der dort verankerten und von der Quarantäne nicht betroffenen Schiffe als Matrose anheuern zu lassen. Als er sich einem der Schiffe näherte, rieten ihm die an der Reling lehnenden Seeleute ab, sich anwerben zu lassen. »Komm nicht an Bord, wenn dir dein Leben lieb ist, Junge«, riefen sie und erzählten, sie seien selbst Opfer des Skorbuts. Beim Sprechen entblößten sie ihr blutiges Zahnfleisch. Auf dem Bahnhof bedeuteten ihm die Dienstmänner, die vor Rheumatismus kaum gehen konnten, nur die Mitglieder einer bestimmten Vereinigung könnten sich mit Aussicht auf Erfolg für diesen Sklavendienst bewerben. So ging es immer weiter. Bei Einbruch der Dunkelheit kehrte er erschöpft in die Pension zurück. Während er das karge Abendessen verschlang, tänzelte Señor Braulio von Tisch zu Tisch und erkundigte sich bei Onofre nach dem Ergebnis seiner Bemühungen. Dieser sagte, er habe kein Glück gehabt. Der Kerl mit der Rasierstube im Vorraum hörte dem Gespräch zu und hielt mit seiner Meinung nicht hinter dem Berg: »Man sieht überdeutlich, daß du vom Land kommst; geh auf den Gemüsemarkt, vielleicht findest du dort etwas.« Onofre überhörte den Sarkasmus in diesem Ratschlag, bedankte sich bei dem Barbier und versetzte Delfinas Kater, der sich in seiner Wade verkrallt hatte, einen Fußtritt. Das Mädchen warf ihm einen haßerfüllten Blick zu, den er mit einem ebenso verachtungsvollen beantwortete. Auch wenn er es sich nicht eingestehen wollte – die Widrigkeiten dieses Tages waren nicht spurlos an ihm vorbeigegangen. Ich hätte nicht gedacht, daß sich die Dinge so verdammt schwierig anlassen würden, sagte er sich; ach, was soll's, überlegte er weiter, morgen werde ich es erneut versuchen; mit genügend Geduld wird schon etwas dabei herausschauen, was es auch sei – Hauptsache, ich muß nicht nach Hause zurück. Diese Aussicht machte ihm am meisten zu schaffen.

Er folgte dem Rat des Barbiers und ging am nächsten Tag zum Borne: so hieß der zentrale Obst- und Gemüsemarkt. Doch der Besuch erwies sich als so nutzlos wie alle folgenden auch. So gingen die Stunden und Tage vorbei: ohne greifbares Resultat oder auch nur die Hoffnung darauf. Bei Sonne wie bei Regen durchquerte er zu Fuß die Stadt von einem Ende zum andern und klopfte auf dieser mühsamen Wanderschaft an sämtliche Türen. Er versuchte Beschäftigungen zu finden, von denen er bisher nicht einmal etwas geahnt hatte: Zigarettenverkäufer, Käser, Taucher, Marmorschleifer, Brunnenreiniger und so fort. Meistenorts, wo er es versuchte, war keine Arbeit zu vergeben, andernorts wurde Erfahrung verlangt. In einer Konditorei fragte man ihn, ob er Waffeln machen könne, und in einer Werft, ob er Fugen zu pichen wisse. All diese Fragen mußte er notgedrungen verneinen. Bald entdeckte er Dinge, die er vorher nie geahnt hätte: von allen Beschäftigungen war die Arbeit im Haus noch die müheloseste. Sie wurde im Barcelona jener Tage von 16 186 Personen ausgeübt. Die übrigen Tätigkeiten wurden unter schrecklichen Bedingungen ausgeführt. Die Werktage waren äußerst lang, und die Arbeiter hatten täglich um vier oder fünf Uhr im Morgengrauen aufzustehen, um pünktlich an ihrem Arbeitsplatz erscheinen zu können. Die Löhne waren sehr niedrig. Ab fünf Jahren schufteten auch die Kinder – auf dem Bau, als Botengänger und sogar auf den Friedhöfen, wo sie den Totengräbern zur Hand gingen.

An einigen Orten wurde Onofre zuvorkommend, an andern mit offener Feindseligkeit behandelt. In einer Molkerei versetzte ihm eine Kuh um ein Haar einen Hornstoß, und Kohlenbrenner hetzten einen Hirtenhund auf ihn. An allen Ecken und Enden erblickte er Elend und Krankheiten. Ganze Viertel waren von Typhus, Pocken, Rotlauf oder Scharlach geschüttelt. Er stieß auf Opfer von Bleichsucht, Blausucht, Amaurose, Nekrose, Tetanus, Lähmung, Blutfluß, Epilepsie und Diphtherie. Unterernährung und Rachitis wüteten bei den Kindern, Tuberkulose bei den Erwachsenen und Syphilis bei allen. Wie alle Großstädte war auch Barcelona periodisch von den schrecklichsten Plagen heimgesucht worden. 1834 hatte die Cholera 3521 Tote gefordert; zwanzig Jahre später, 1854, waren 5640 Personen derselben Krankheit zum Opfer gefallen. 1870 hatte sich das von den spanischen Antillen kommende Gelbfieber über die Barceloneta ausgebreitet. Das ganze Viertel war evakuiert und die Mole der Riba eingeäschert worden. In solchen Zeiten machte sich zunächst Panik, dann Mutlosigkeit breit. Man organisierte Prozessionen und feierliche Sühneakte für Gott. Niemand blieb diesen Bittprozessionen fern, auch diejenigen nicht, die noch wenige Monate zuvor nach Krawallen an der Brandschatzung von Klöstern teilgenommen oder zu solchen barbarischen Akten angestiftet hatten. Am reumütigsten zeigten sich gerade die, die kurze Zeit vorher noch in blindester Wut die Brandfackel ans Meßgewand eines armen Priesters gelegt, mit den Heiligenstatuen gekegelt und aus den Gebeinen der Heiligen sogenannte *escudella y carn d'olla*, Brühe und Brühfleisch, gekocht hatten. Später klangen und zogen die Epidemien ab, jedoch niemals vollständig; immer gab es irgendwo einen Winkel, in dem sich die Krankheit wohlzufühlen, ja geradezu Wurzeln geschlagen zu haben schien. So folgte auf eine Epidemie die nächste, ohne daß die vorangegangene ganz verschwunden wäre – sie überlappten sich. Die Ärzte mußten die letzten Fälle einer Krankheit sich selbst überlassen, um den ersten der folgenden beizustehen, und ihre Arbeit fand kein Ende. Dies rief immer mehr Quacksalber und Kurpfuscher, Kräuterheiler und Gesundbeter auf den Plan. Auf sämtlichen Plätzen verkündeten Männer oder Frauen wirre Rezepte und verhießen das Kommen des Antichrist, des Jüngsten Gerichts oder eines überspannten, an fremdem Spargroschen verdächtig interessierten Messias. Einige boten ohne böse Absicht nutzlose, wenn nicht gar das Gegenteil bewirkende Heil- oder Vorbeugemittel an, etwa in Vollmondnächten Schreie auszustoßen, sich Schellen an die Knöchel zu binden oder Tierkreiszeichen oder Santa-Catalina-Amulette in die Brust zu ritzen. Da die Leute eingeschüchtert waren und sich den Verheerungen der Krankheit wehrlos gegenübersahen, kauften sie die angebotenen Talismane und schluckten die Heil- und Zaubertränke, ohne zu mucksen, oder gaben sie ihren Kindern im Glauben, ihnen damit eine Wohltat zu erweisen. Die Stadtverwaltung versiegelte die Häuser der an der Krankheit Gestorbenen, doch der Mangel an Wohnraum war so groß, daß schon wenig später jemand, der noch lieber die Ansteckungsgefahr als die Unbilden der Witterung in Kauf nahm, wieder einzog, ebenfalls sogleich erkrankte und starb. Manchmal verliefen die Dinge allerdings auch anders, und ebensowenig fehlte es an Beispielen von Selbstlosigkeit, wie sie unter so extremen Bedingungen immer vorkommen. So erzählte man etwa folgende Geschichte: Eine schon in die Jahre gekommene Nonne namens Társila, die einen kleinen Damenschnurrbart hatte, eilte, kaum erfuhr sie, daß diese oder jene Person mit einem unheilbaren Übel im Bett liege, zu dieser Person und brachte ihr Akkordeon mit. Und dies tat sie während Jahrzehnten, ohne sich jemals irgendein Leiden zuzuziehen, sosehr sie auch angehustet wurde.

An dem Abend, an dem die vereinbarte Frist ablief, hielt Señor Braulio Onofre eine Standpauke: »Sie wissen genau, daß die

Zahlungen im voraus zu leisten sind. Sie müssen uns jetzt also die Wochenmiete entrichten.« Onofre seufzte: »Ich habe noch immer keine Arbeit gefunden, Señor Braulio. Geben Sie mir eine Woche Gnadenfrist, und ich werde Ihnen all meine Schulden bezahlen, sobald ich meinen ersten Taglohn ausbezahlt bekomme.«

»Glauben Sie nicht, ich hätte für Ihre Lage kein Verständnis, Señor Bouvila«, entgegnete der Hotelier, »aber Sie müssen auch für die unsere Verständnis aufbringen. Nicht nur kostet es uns einen Haufen Geld, Ihnen täglich zu essen zu geben, sondern wir gehen auch dessen verlustig, was uns ein anderer Gast bezahlen würde, wenn Sie Ihr Zimmer frei ließen. Es ist peinlich, ich weiß, aber ich werde nicht umhin kommen, Sie zu bitten, morgen früh zu gehen. Glauben Sie mir, ich bedaure es, so handeln zu müssen, denn ich habe Sie liebgewonnen.«

An diesem Abend aß er fast nichts, und die Müdigkeit des Tages ließ ihn einschlafen, kaum hatte er sich zu Bett gelegt, doch bereits nach einer Stunde erwachte er wieder. Nun begannen ihn die unheilvollsten Ideen zu peinigen. Um sich von ihnen zu befreien, stand er auf und trat auf den schmalen Balkon, wo er erregt die feuchte, brackige Luft einsaugte, die vom Hafen den Geruch nach Fisch und Teer herantrug. Von dort leuchtete auch ein phantasmagorischer Schimmer: die Gaslaternen, deren Licht sich im Bodennebel brach. Der Rest der Stadt war in vollkommene Dunkelheit gehüllt. Nach einer Weile war ihm die Kälte bis auf die Knochen gedrungen, und er beschloß, wieder ins Bett zu gehen. Dort zündete er den Kerzenstummel auf dem Nachttischchen an und holte unter dem Kissen ein vergilbtes, säuberlich gefaltetes Blatt Papier hervor. Er entfaltete es vorsichtig und las beim flackernden Kerzenlicht, was darauf geschrieben stand. Während er langsam las, was er zweifellos schon auswendig wußte, kräuselten sich seine Lippen, er runzelte die Stirn, und in seinem vieldeutigen Blick mischten sich Groll und Traurigkeit.

Im Frühjahr 1876 oder 1877 war sein Vater nach Kuba ausgewandert. Onofre Bouvila war zu diesem Zeitpunkt anderthalbjährig; das Ehepaar hatte damals erst ein Kind. Sein Vater war ein redseliger und witziger Mensch, ein guter Jäger und etwas wunderlich, wie diejenigen sagten, die ihn gekannt hatten, bevor er sich auf dieses Abenteuer einließ. Seine Mutter stammte aus den Bergen und war ins Tal gekommen, um mit Joan Bouvila die Ehe zu schließen; sie war hochgewachsen, mager und schweigsam, machte nervöse Bewegungen und benahm sich etwas brüsk, aber bescheiden; bevor sie ergraute, trug sie kastanienfarbenes Haar und hatte graublaue Augen wie Onofre, der physisch im übrigen seinem Vater glich. Vor dem 18. Jahrhundert waren die Katalanen höchst selten nach Amerika gegangen, und immer im Auftrag der Krone; vom 18. Jahrhundert an wanderten jedoch viele Katalanen nach Kuba aus. Das Geld, das diese Emigranten aus der Kolonie zurückschickten, hatte eine unerwartete Anhäufung von Kapital zur Folge. Mit diesem Kapital konnte der Industrialisierungsprozeß in Gang gesetzt und der Wirtschaft Kataloniens, die seit den Zeiten des Katholischen Königspaars, Fernando und Isabel, dahinwelkte, ein Impuls gegeben werden. Einige schickten nicht nur Geld, sondern kamen schließlich selbst wieder zurück; es waren die sogenannten Indianos, in Amerika reich gewordene Spanier, die in ihren Dörfern extravagante Wohnsitze errichteten. Die Verwegensten brachten Neger- oder Mestizensklavinnen zurück, mit denen sie offensichtlich intime Beziehungen unterhielten. Dies führte zu einem großen Aufruhr, so daß sie unter dem Druck von Verwandten und Nachbarn diese Sklavinnen mit ihren verdutzten Pächtern verheirateten. Diesen Verbindungen entsprangen farbige Nachkommen, die sich so fehl am Platz fühlten, daß sie normalerweise bald ins Kloster gingen. Dann schickte man sie in Missionen ans andere Ende der Welt, auf die Marianen- oder Karolineninseln, die noch vom Erzbischofssitz von Cádiz oder Sevilla abhängig waren. Später nahm diese Fluktuation wieder ab. Es fehlte allerdings weiterhin nicht an Männern, die auf der Suche nach ihrem Glück den Ozean überquerten, aber es handelte sich um Einzelfälle, etwa um einen nachgeborenen Sohn, der durch ein Erbschaftssystem, das das ganze Familienerbe einem einzigen Sohn vermachte, dem sogenannten *hereu,* in Geldnöte gekommen war, um einen durch die Reblaus verarmten Großgrundbesitzer und ähnliche Schicksale. Joan Bouvila befand sich weder in der einen noch in der andern solchen Lage, und niemand hatte damals den Grund gewußt – oder erfuhr ihn je später –, der ihn zum Auswandern veranlaßte. Die einen behaupteten, er habe aus Ehrgeiz gehandelt, andere führten eheliche Zwistigkeiten an. Jemand erfand sogar folgende Geschichte: Joan Bouvila habe kurz nach der Eheschließung in bezug auf seine Frau ein schreckliches Geheimnis entdeckt, im Haus habe man nachts fürchterliche Schreie und Schläge gehört, ob dieses Geschreis habe der Knabe die ganze Nacht wachgelegen und man habe ihn bis zum Morgengrauen, wenn das Kriegsgeschrei verstummt sei, weinen hören. Anscheinend traf nichts von alledem zu. Nachdem Joan Bouvila abgereist war, empfing der Pfarrer von Sant Climent in der Kirche weiterhin seine Gattin, Marina Mont; er verabreichte ihr die Sakramente genau wie der übrigen Gemeinde und behandelte sie mit besonderer Rücksicht. Damit brachte er die boshaften Gerüchte zum Verstummen.

Kurz nach seiner Abreise schrieb Joan Bouvila seiner Frau einen Brief.

Dieser Brief war auf den Azoren aufgegeben worden, wo das Schiff einen Zwischenhalt machte, und wurde von Onkel Tonet in seinem Planwagen in den Sprengel gebracht. Der Pfarrer mußte ihn vorlesen, denn sie konnte nicht lesen. Um die bösen Zungen endgültig zum Schweigen zu bringen, las er ihn eines Sonntags vor der Predigt von der Kanzel herab. *Sobald ich Arbeit, ein Haus und etwas Pinke habe, werde ich nach euch schicken,* hieß es in dem Brief. *Die Überfahrt ist gut, heute haben wir Haifische gesehen; sie folgen dem Schiff in gefährlichen Schwärmen, in der Hoffnung, daß ein Passagier ins Wasser fällt; in diesem Fall verschlingen sie ihn in einem Happen: alles zermalmen sie mit ihrer dreifachen Zahnreihe; von dem, was sie erbeuten und verschlingen, geben sie nichts mehr dem Meer zurück.* Von jenem Augenblick an hatte er nie wieder geschrieben.

Onofre faltete den Brief wieder mit großer Sorgfalt zusammen, steckte ihn unters Kissen, blies die Kerze aus und schloß die Augen. Diesmal fiel er in tiefen Schlaf, ungeachtet der Härte der Matratze und der blutgierigen Angriffe von Wanzen und Flöhen. Kurz vor Morgengrauen weckten ihn jedoch ein Gewicht auf dem Unterleib und ein Knurren, und er hatte das unangenehme Gefühl, beobachtet zu werden. Eine Kerze erleuchtete das Zimmer, aber nicht die, die er ein paar Stunden zuvor gelöscht hatte, sondern eine in jemandes Hand, den er im Moment nicht identifizieren konnte, da etwas anderes seine ganze Aufmerksamkeit beanspruchte. Auf der Bettdecke hockte Beelzebub, Delfinas ungebändigter Kater. Er machte einen Buckel, hatte den Schwanz steil aufgerichtet und zeigte die Krallen. Onofre aber hatte die Arme unter dem Laken und wagte sie nicht hervorzuziehen und sein Gesicht zu schützen, denn er fürchtete, das Biest bei der kleinsten Bewegung in Rage zu versetzen, und verharrte unbeweglich; auf Stirn und Lippen perlten ihm Schweißtropfen. »Hab keine Angst, er wird dich nicht angreifen«, flüsterte eine Stimme, »aber wenn du versuchst, mir etwas anzutun, wird er dir die Augen auskratzen.« Onofre erkannte Delfinas Stimme, aber er wandte den Blick nicht vom Kater und sagte kein Wort.

»Ich weiß, daß du keine Arbeit gefunden hast«, fuhr Delfina fort, und in ihrer Stimme schwang ein Anflug von Selbstgefälligkeit mit, sei es, daß Onofres Mißerfolg ihre Vorhersage bestätigte, sei es, daß ihr die Nöte der Mitmenschen Vergnügen bereiteten. »Alle meinen, ich kriegte nichts mit, aber ich höre alles. Sie behandeln mich, als wäre ich ein Möbel, ein unnützes Stück, sie grüßen mich nicht einmal, wenn sie mir auf dem Gang begegnen. Oder einfach gesagt: es sind alles armselige Typen. Ich bin sicher, daß sie nur davon träumen, mit mir ins Bett zu gehen – du weißt schon, was ich meine. Ha, sollten sie es versuchen, Beelzebub würde ihnen die Haut in Fetzen reißen. Also tun sie lieber so, als ob sie mich gar nicht sähen.«

Als der Kater seinen Namen hörte, fauchte er heimtückisch. Delfina stieß ein überhebliches Lachen aus, und Onofre dämmerte es, daß das Mädchen nicht ganz bei Trost war. Das hat mir gerade noch gefehlt, dachte er, wo wird das alles hinführen? Mein Gott, wenn ich bloß nicht als Blinder ende ...

Das Mädchen hörte unversehens auf zu grinsen und wurde ernst. »Du kommst mir nicht so vor wie sie«, sagte Delfina zwischen den Zähnen, »vielleicht weil du noch ein Kind bist. Na, auch du wirst draufgehen. Schon morgen pennst du auf der Straße und wirst beim Schlafen immer ein Auge offenhalten müssen. Dann wirst du halberfroren und hungrig aufwachen und nichts zu essen haben; nur um die Abfalleimer zu durchwühlen, wirst du dich herumbalgen. Du wirst dafür beten, daß es nicht regnet und daß der Sommer bald kommt. So wirst du dich allmählich verändern und eine Kanaille werden wie sie alle. He, sagst du nichts? Du kannst sprechen, auch ohne laut zu werden – aber mach keine Bewegung.«

»Wozu bist du gekommen?« brachte Onofre kaum hörbar heraus, »was willst du von mir?«

»Sie glauben, daß ich gerade gut genug bin, um die Böden zu scheuern und das Geschirr zu spülen«, wiederholte Delfina mit ihrem verächtlichen Lachen, »aber ich habe meine Möglichkeiten. Ich kann dir helfen, wenn ich will.«

»Was habe ich zu tun?« Onofre spürte, wie ihm der Schweiß den Rücken hinunterlief.

Delfina machte einen Schritt auf das Bett zu, und Onofre erstarrte, aber sie blieb stehen. Nach einer Weile sagte sie: »Hör gut zu, was ich dir jetzt sage. Ich habe einen Freund. Das weiß niemand, nicht einmal meine Eltern. Ich werde es ihnen auch niemals sagen, und eines schönen Tages werde ich mit ihm abhauen. Sie werden mich überall suchen, aber wir werden schon weit sein. Wir werden niemals heiraten, aber immer zusammenleben, und hier wird man mich nie wiedersehen. Wenn du mein Geheimnis preisgibst, sage ich Beelzebub, er soll dir das Gesicht zerkratzen, verstanden?« Onofre schwor bei Gott und dem Andenken seiner Mutter, daß er das Geheimnis hüten werde. Delfina, zufriedengestellt, fügte hinzu: »Hör zu, mein Freund gehört zu einer Gruppe von vortrefflichen und mutigen Männern, die fest entschlossen sind, der Ungerechtigkeit und dem Elend um uns herum ein Ende zu bereiten.« Sie hielt inne, um die Wirkung ihrer Worte auf Onofre zu prüfen, doch da sie keine Reaktion feststellen konnte, fuhr sie fort: »Hast du schon vom Anarchismus gehört?« Onofre schüttelte den Kopf. »Und Bakunin, weißt du, wer das ist?« Onofre verneinte abermals, und sie zuckte nur mit den Schultern, statt wütend zu werden, wie er befürchtet hatte. »Natürlich nicht«, sagte sie schließlich, »es handelt sich ja um ganz neue Ideen, die erst sehr wenige kennen. Nimm's dir also nicht zu Herzen, bald wird jedermann sie kennen – die Dinge werden sich ändern.«

In den 1870er Jahren beschlossen die italienischen Anarchistengruppen, die ihre Blütezeit in den Jahren des Kampfs für die Einigung Italiens erlebt hatten, Leute zur Verbreitung ihres Gedankenguts und zur Gewinnung von Anhängern in andere Länder zu schicken. Der Mann, der nach Spanien entsandt wurde, wo die anarchistischen Ideen bereits bekannt und sehr verbreitet waren, hieß Foscarini. Einige Kilometer von Nizza entfernt stoppte jedoch die spanische Polizei, im geheimen Einvernehmen mit der französischen, den Zug, in dem Foscarini reiste, und stieg ein. »Hände hoch!« riefen die Polizisten und legten ihre Karabiner auf die Passagiere an, »wer von euch ist Foscarini?« Alle Passagiere hoben wie auf Kommando den Arm und sagten: »Ich bin Foscarini, ich bin Foscarini«, denn sie konnten sich keine größere Ehre vorstellen, als für ihren Apostel gehalten zu werden. Nur Foscarini selbst sagte nichts – unendliche Jahre des Sichversteckens hatten ihn gelehrt, sich in solchen Fällen nichts anmerken zu lassen; jetzt schaute er zum Fenster hinaus und pfiff fröhlich vor sich hin, als ob ihn dieser Überfall nicht im geringsten scherte. So konnten ihn die Polizisten mühelos identifizieren. Sie schleiften ihn aus dem Zug, zogen ihn bis auf die Unterwäsche aus, fesselten ihn mit einem Strick und legten ihn aufs Geleise, den Kopf auf der einen, die Füße auf der anderen Schiene. »Wenn der Neun-Uhr-Eilzug kommt, wird er Scheiben aus dir machen, und du wirst dein Leben als Wurst beschließen, Foscarini«, sagten sie. Einer der Polizisten zog die Kleider an, die sie ihm abgenommen hatten, und stieg in den

Zug. Als ihn die Passagiere in den Wagen kommen sahen, glaubten sie, es handle sich um Foscarini, der seine Kidnapper an der Nase herumgeführt hätte, und brachen in Hochrufe aus. Der falsche Foscarini lächelte und schrieb sich die Namen derer auf, die ihn am stürmischsten hochleben ließen. In Spanien angelangt, hetzte er kurzerhand zur Gewalt auf, um eine schlechte Stimmung zu schaffen, die Leute gegen die Arbeiter einzunehmen und so die schrecklichen Repressionsmaßnahmen zu rechtfertigen, die die Regierung ergriffen hatte. In Wirklichkeit war er ein *Agent provocateur,* erzählte Delfina.

Fast gleichzeitig kam in Barcelona eine den beiden Foscarinis, dem authentischen und dem fiktiven, diametral entgegengesetzte Figur namens Conrad de Weerd an. Er kam aus den Vereinigten Staaten, wo er als Sportberichterstatter mit einem gewissen Ruf gearbeitet hatte, und stammte von einer begüterten Familie aristokratischen Ursprungs aus South Carolina ab, die im Bürger- oder Sezessionskrieg ihr ganzes Vermögen einschließlich der Ländereien und der schwarzen Sklaven verloren hatte. De Weerd hatte in Baltimore, New York, Boston und Philadelphia im Journalismus, zu dem er sich hingezogen fühlte, Fuß zu fassen versucht, doch als Südstaatler waren ihm sämtliche Gebiete außer dem Sport verschlossen geblieben. Er hatte persönlich die wichtigsten Figuren seiner Zeit, wie Jake Kilrain und John L. Sullivan, kennengelernt, aber im übrigen ein erbärmliches Berichterstatterdasein gefristet. Mitte des vorigen Jahrhunderts war der Sport nur wenig mehr als ein Vorwand, gegenseitige Wetten abzuschließen und sich zügellos den niedrigsten Instinkten zu überlassen. De Weerds Gebiet waren Hahnen-, Hunde- und Rattenkämpfe sowie gemischte Kämpfe von Stieren gegen Hunde, Hunden gegen Ratten, Ratten gegen Schweine und so fort. Ebenso hatte er über zermürbende und grausame Boxkämpfe zu berichten, die bis zu 85 Runden dauerten und immer wieder in einer Schießerei endeten. Schließlich kam er zu der Einsicht, die Natur des Menschen sei ihrem ganzen Wesen nach brutal und ohne Erbarmen und nur die Erziehung der Bürger könne das Individuum zu einem einigermaßen erträglichen Wesen machen. Diese Überzeugung veranlaßte ihn, sich von der Welt des Sports loszusagen und mit dem Geld, das ihm jüdische Darlehensgeber liberaler Einstellung geliehen hatten, Arbeitervereinigungen zu gründen, deren Ziel die gegenseitige Erziehung und die Pflege der Künste, insbesondere der Musik, waren; er gedachte die Arbeiter zu großen Chören zusammenzuschließen. Dadurch wird ihnen das Interesse an den Rattenkämpfen vergehen, dachte er. De Weerd selbst lebte immer in bescheidenen Verhältnissen und verwandte sein ganzes Einkommen auf den Fortbestand der Chöre, von denen er immer weitere gründete. Nach und nach schleusten sich Gangster in die Chöre ein und funktionierten sie zu Pressure-groups um. Um sich de Weerds zu entledigen, schickten sie ihn nach Europa, wo er Anhänger gewinnen sollte. Im Wissen um die Clavé-Chöre ging er am Himmelfahrtstag 1876 in Barcelona an Land. Dort stieß er auf die außer Rand und Band geratenen Anhänger des falschen Foscarini, die sich dafür stark machten, an den Schulausgängen ohne Ansehen der Person die Kinder zu töten. Dies setzte ihm übel zu.

Innerhalb derselben Linie, erzählte Delfina weiter, sei Remedios Ortega Lombrices, genannt *la Tagarnina, die Zigarre,* eine weitere interessante Persönlichkeit. Diese unerschrockene Gewerkschaftlerin arbeitete in der Tabakfabrik von Sevilla. Als Vollwaise hatte sie sich schon im Alter von zehn Jahren ihrer acht minderjährigen Geschwister annehmen müssen, von denen zwei an Krankheiten starben, während sie die übrigen mit ihrem ganzen Einsatz großzog und zu alledem noch die Kraft fand, elf eigene Kinder von sieben verschiedenen Vätern aufzuziehen. Während sie Zigarren drehte und wickelte, eignete sie sich gleichzeitig gründliche Kenntnisse in Wirtschafts- und Soziallehre an, und zwar auf folgende Art: Da jede Zigarrendreherin eine bestimmte Anzahl Einheiten pro Tag herzustellen hatte, beschlossen sie, das Soll einer einzelnen Kollegin unter die übrigen aufzuteilen und jene von der Arbeit freizustellen, damit sie ihnen Bücher vorlesen konnte, wodurch sie von Marx, Adam Smith, Bakunin, Zola und vielen anderen erfuhren. Ihre Einstellung war militanter als die de Weerds und weniger individualistisch als die der Italiener. Sie propagierte nicht die Zerstörung der Fabriken, was das Land nach ihrem Ermessen ins tiefste Elend gestürzt hätte, sondern deren Besetzung und Kollektivierung. Natürlich hatte jeder Führer seine Gefolgsleute, aber man mußte anerkennen, daß sich die einzelnen Revolutionsgruppen gegenseitig immer respektierten, so grundlegend verschieden ihre Theorien auch sein mochten – sie waren jederzeit zur Zusammenarbeit und Hilfeleistung bereit und hatten nie ernsthafte Streitereien unter sich. Von Anfang an war der Sozialismus in all seinen Schattierungen ihr erbittertster Gegner, obwohl es mitunter nicht leicht fiel, eine Lehre von der andern zu unterscheiden, schloß Delfina. Je mehr sie während des Sprechens bei ihrer ebenso naiven wie von Widersprüchen und Unstimmigkeiten strotzenden Schilderung ins Feuer geriet, desto mehr leuchteten ihre gelben Pupillen in irrem Glanz, der auf Onofre wenn nicht attraktiv, so doch faszinierend wirkte, wenn er auch den Grund dafür nicht hätte nennen können. Das Mädchen hielt die Kerze wie ein Leuchtfeuer in die Höhe, ohne auf die großen Wachstropfen zu achten, die auf den Boden fielen. Dieses trostlose Licht und das grobe Nachthemd, das ihre mageren Formen verhüllte, gaben ihr das Aussehen einer proletarischen Minerva. Schließlich wurde der Kater unruhig, so daß Delfina ihren Sermon unterbrach.

»Den Rest wirst du später erfahren, wenn du tust, was ich dir sage.« Onofre erkundigte sich, was er denn zu tun habe. Die Hauptsache sei, sagte sie, die Idee bekanntzumachen und ins Horn zu stoßen, damit die Massen aus ihrem Schlaf erwachten. »Du bist noch neu in Barcelona«, sagte das Mädchen, »niemand kennt dich, du bist sehr jung und siehst unschuldig aus. Du kannst etwas zur Sache beitragen und nebenher ein wenig Geld verdienen – nicht viel, denn wir sind sehr arm, aber gerade das Nötige, um jeweils die Unterkunft zu bezahlen. Jetzt siehst du, daß wir nicht die Träumer sind, als die uns einige gern sehen wollen. Wir begreifen, daß die Leute leben müssen. Nun, was sagst du?«

»Wann soll ich anfangen?« fragte Onofre. Obwohl ihn das Ganze nicht übermäßig begeisterte, ermöglichte ihm Delfinas Eingreifen immerhin ein Aufatmen in seiner Bedrängnis.

»Morgen früh meldest du dich an der Calle del Musgo Nummer 4«, sagte Delfina jetzt ganz leise. »Dort fragst du nach Pablo. Das ist nicht mein Freund, aber er weiß bereits von dir und erwartet dich. Er wird dir auch sagen, was du zu tun hast. Sei sehr vorsichtig und vergewissere dich, daß dir niemand folgt – denk dran, die Polizei ist wachsam. Was meinen Vater und die Wochenmiete betrifft, das laß meine Sorge sein. Gehen wir, Beelzebub.«

Ohne ein weiteres Wort blies sie die Kerze aus, und im Zimmer war es wieder dunkel. Onofre spürte das Gewicht des Katers verschwinden, hörte, wie die vier Pfoten weich auf den Fliesen landeten, und sah die Augen des fürchterlichen Tiers gleich danach neben der Tür funkeln, die schließlich leise wieder geschlossen wurde.

3

Nachdem er mehrere Leute gefragt hatte, fand er heraus, daß die Adresse, die ihm Delfina gegeben hatte, im Pueblo Nuevo war, ziemlich nahe bei Barcelona. Auf der Strecke verkehrte zwar eine Maultierbahn, aber die Fahrt kostete 20 Céntimos, und da Onofre kein Geld hatte, mußte er zu Fuß gehen und den Gleisen folgen. Die Calle del Musgo war eine finstere und verlassene Straße, die entlang der Mauer eines Heidenfriedhofs verlief, auf dem nur Selbstmörder lagen. Sie war voll von scheuen Hunden mit dünnem Fell und einer spitzen Schnauze, mit der sie nachts auf dem Friedhof zwischen den Gräbern nach etwas Freßbarem suchten. In der Nacht zuvor hatte es geregnet, und der Himmel war bedeckt, der Luftdruck niedrig und die Luft feuchtklebrig. Das beeinträchtigte Onofres gute Laune jedoch nicht, denn noch am Morgen war Señor Braulio beim Frühstück an seinen Tisch getreten und hatte ihm gesagt: »Gestern abend haben wir uns besprochen, meine Frau und ich, und übereinstimmend beschlossen, wie bei uns alles geschieht, Ihnen eine Woche auf Kredit zuzugestehen.« Señor Braulio kratzte sich an seinem Ohr, das rot wie eine Nelke leuchtete. »Die Lage ist schwierig, und Sie sind noch zu jung, um unbehütet durch Gottes weite Welt zu gehen. Wir vertrauen auch darauf, daß Sie bald die Stelle finden, die Sie mit soviel Eifer suchen, und sind überzeugt, daß Sie sich dank Ihrer Rechtschaffenheit und Hingabe auf die Dauer eine rühmliche Zukunft werden schaffen können«, schloß er emphatisch. Onofre hatte sich bedankt und verstohlen nach Delfina umgesehen, die in diesem Augenblick mit einem Eimer schmutzigen Wassers durch den Speisesaal ging, ihn aber nicht sah oder nicht sehen wollte. Er klopfte an die Tür des Hauses Nummer 4, und unverzüglich öffnete ihm ein schmächtiger Mann mit gewölbter Stirn und feinen, spöttisch verschlossenen Lippen.

»Ich bin Onofre Bouvila und suche einen gewissen Pablo.«

»Ich bin Pablo«, sagte der Mann, »komm herein.«

Er trat in ein offensichtlich ausgedientes Lagerhaus. An den Wänden sah er Schimmel und Spuren von Salpetersäure, auf dem Boden große Petroleumflecken und einige Kisten und Seilrollen. Einer der Kisten entnahm Pablo ein Paket: »Dies sind die Pamphlete, die du verteilen sollst.« Er hielt Onofre das Paket hin. »Bist du mit der Idee vertraut?« Onofre fiel auf, daß sowohl Pablo wie Delfina von »der Idee« sprachen, als ob es keine andere gäbe – das amüsierte ihn. Ebenso spürte er intuitiv, daß Aufrichtigkeit bei Leuten wie Pablo die beste Strategie war, und verneinte. Pablo verzog das Gesicht zu einer zornigen Grimasse: »Lies aufmerksam eins der Pamphlete – ich habe keine Zeit, dich zu unterweisen, und in den Pamphleten wird alles anschaulich erklärt. Besser, du weißt Bescheid, falls jemand Erläuterungen wünscht, verstehst du?« Onofre bejahte. »Hat man dir schon gesagt, wo du verteilen sollst?« fragte der Apostel. Onofre verneinte abermals. »Was, auch das nicht?« Mit einem Seufzer gab ihm der Apostel zu verstehen, daß die ganze revolutionäre Arbeit ausschließlich auf seinen Schultern lastete. »Also gut, ich werd's dir sagen. Weißt du, wo die Weltausstellung errichtet wird?« Noch einmal verneinte Onofre. »Aber mein Junge«, entrüstete sich der Apostel, »von welchem Planeten kommst du denn?« Brummelnd erklärte er ihm den Weg dorthin und stellte ihn auf die Straße. Bevor er jedoch die Tür schließen konnte, fragte Onofre:

»Was soll ich tun, wenn mir die Pamphlete ausgehen?«

Zum erstenmal lächelte der Apostel. »Dann holst du neue«, antwortete er beinahe sanft und fügte hinzu, er solle jeweils frühmorgens zwischen fünf und sechs Uhr ins Lagerhaus kommen, niemals zu einer andern Stunde. »Und sollten wir uns irgendwo begegnen, tust du so, als kennten wir uns nicht. Gib niemandem diese Adresse, und erwähne weder mich noch jemals die Person, die dich geschickt hat, selbst wenn sie dich umbringen«, fügte er feierlich hinzu. »Fragt dich jemand nach deinem Namen, sagst du, Gastón – das wird dein Deckname sein. Und jetzt geh – je knapper unsere Begegnungen, desto besser.« Onofre machte sich fort von diesem unheimlichen Ort. Auf einem kleinen Platz setzte er sich auf eine Bank, schnürte das Paket auf und begann eins der Pamphlete zu lesen. Einige Kinder tollten auf dem Platz herum, und aus einer nicht sichtbaren, aber offenbar nahegelegenen Schlosserei drang ein aufdringliches Scheppern an seine Ohren, so daß er sich nicht richtig konzentrieren konnte. Er war kaum des Lesens kundig und benötigte Ruhe und Zeit, um Gelesenes zu begreifen. Überdies war ihm jetzt die Hälfte der Worte unverständlich; sie erschienen ihm so verworren, daß sich ihm ihr Sinn nicht einmal nach mehrmaligem Durchgehen des Textes erschloß. Und für so einen Quatsch soll ich mein Leben aufs Spiel setzen? sagte er sich. Er verschnürte das Paket wieder und ging in Richtung des Ortes, an den ihn Pablo verwiesen hatte. Beim Gehen bestaunte er mit den Augen des Provinzlers all die Hektare, die noch vor wenigen Jahren Obst- und Gemüsegärten gewesen waren; jetzt lagen sie, eine Beute des unaufhaltsamen industriellen Fortschritts, öde, schwarz und stinkend da, vergiftet durch die verpesteten Abwässer aus den anliegenden Fabriken, und warteten auf ein ungewisses Schicksal. Aufgesaugt von der durstigen Erde, bildeten diese Abwässer einen Schlick, der an den Schuhen des Fußgängers haftenblieb und ihm das Gehen erschwerte.

In irgendeinem Moment mußte er die Eisenbahn- mit der Straßenbahnschiene verwechselt haben und wußte nun nicht mehr weiter. Da er keine Menschenseele erblickte, die er hätte fragen können, stieg er auf einen kleinen Hügel, von wo er, wie er annahm, sein Ziel oder doch wenigstens seinen eigenen Standort würde ausmachen können. Der Sonnenstand und eine ungefähre Schätzung der Tageszeit erlaubten es ihm, die vier Himmelsrichtungen zu orten. Ja, jetzt weiß ich, wo ich bin, dachte er. Die Wolken waren gegen Osten hin aufgerissen, und dort drang die Sonne durch, deren Strahlen das Meer zum Glitzern brachten, so daß es wie Silber funkelte. Als er dem Meer den Rücken zuwandte, konnte er durch die dunstgeschwängerte Luft die diffuse Silhouette der Stadt, die Glokkentürme der Kirchen und Klöster und die Fabrikschlote wahrnehmen. Eine Lokomotive ohne Anhänger manövrierte sich in der Nähe zu einem toten Gleis; die Rauchsäule, die sie ausstieß, stieg nur wenige Meter in die Höhe, da die feuchte, schwere Luft sie sogleich wieder zu Boden drückte. Nur der Lärm der Lokomotive durchbrach die Stille. Er ging weiter. Wenn er eine kleine Anhöhe sah, kletterte er hinauf und spähte zum Horizont. Schließlich entdeckte er jenseits des Gleises, auf dem er eben noch die Lokomotive hatte manövrieren sehen, ein flaches Gelände, wo Menschen, Tiere und Wagen wie Ameisen durcheinanderwimmelten und verschiedene Gebäude im Bau waren. Onofre Bouvila dachte, dies müsse der Ort sein, den er suchte, stieg von der Anhöhe hinunter und ging mit dem Paket Pamphlete unter dem Arm in Richtung Baustelle.

Die Ciudadela, die Zitadelle, an die zurückzudenken auch heute noch die Schamröte ins Gesicht treibt, weil ihr Name gleichbedeutend mit Unterdrückung ist, entstand und verschwand auf folgende Weise: 1701 stellte sich Katalonien, das eifersüchtig über seine bedroht geglaubten Freiheiten wachte, im Erbfolgekrieg auf die Seite des Erzherzogs von Österreich. Nachdem diese Partei geschlagen worden und die Bourbonen auf den spanischen Thron gekommen waren, wurde Katalonien hart bestraft. Der Krieg war lang und erbittert gewesen, seine Folgen waren jedoch noch viel schlimmer. Die bourbonischen Armeen plünderten Katalonien aus, rechneten dabei mit dem stillen Einverständnis ihrer Befehlshaber und ließen ihrem Haß freien Lauf. Danach kam die offizielle Repression. Die Katalanen wurden zu Hunderten hingerichtet und ihre Köpfe zum Hohn und als Denkzettel auf Lanzen gespießt und an den belebtesten Plätzen des Fürstentums zur Schau gestellt. Gefangene wurden haufenweise an weitentlegenen Orten auf der Halbinsel, ja sogar in Amerika zu Zwangsarbeit verurteilt; sie alle starben in Fußeisen und ohne ihre geliebte Heimat je wiedergesehen zu haben. Die jungen Frauen wurden zum Spaß der Truppe mißbraucht, was einen Mangel an heiratsfähigen Frauen zur Folge hatte, der in Katalonien auch heute noch anhält. Viele Anbauflächen wurden zerstört, der Boden mit Salz unfruchtbar gemacht und die Obstbäume mitsamt den Wurzeln ausgerissen. Man versuchte das Vieh, insbesondere die hochgeschätzte pyrenäische Kuh, auszurotten, was jedoch nicht vollständig gelang, da einige der Tiere in die Berge flüchteten, wo sie wild bis weit ins 19. Jahrhundert hinein überlebten; nur so gelang es ihnen, sich vor den grausamen Angriffen der Kavallerie, dem Geschützfeuer der Artillerie und den Bajonetten der Infanterie zu retten. Die Burgen wurden niedergerissen und ihre Quader zur Einfriedung einiger Ortschaften verwandt, was sie unausgesprochen zu Kerkern machte. Die Denkmäler und Statuen, die die Chausseen und Plätze schmückten, wurden vollständig vernichtet. Die Mauern der Paläste und öffentlichen Gebäude wurden mit Kalk überpinselt; darauf schmierte man obszöne Figuren und schlüpfrige oder anstößige Sätze. Die Schulen wurden zu Ställen umfunktioniert und umgekehrt; die Universität von Barcelona, an der vortreffliche Leute ausgebildet worden waren und gelehrt hatten, wurde zugesperrt und das Gebäude, das sie beherbergt hatte, Stein um Stein abgerissen; mit diesen Steinen wurden die Aquädukte, Kanäle und Wassergräben, die die Stadt und die angrenzenden Gemüsegärten mit Wasser versorgt hatten, zugemauert. Der Hafen von Barcelona wurde mit künstlichen Hindernissen gespickt, und im Meer wurden eigens in Kanistern aus den Antillen geholte Haifische ausgesetzt, um die Gewässer des Mittelmeers unsicher zu machen. Glücklicherweise bekam ihnen diese Umgebung nicht: Diejenigen, die nicht schon wegen des Klimas starben oder weil sie giftige Mollusken verschlungen hatten, verzogen sich durch die Meerenge von Gibraltar, das damals schon unter englischer Herrschaft war, in andere Breiten.

Über all diese Maßnahmen wurde dem König Bericht erstattet. »Vielleicht«, sagte dieser, »genügt den Katalanen diese Züchtigung noch immer nicht.« Philipp V., Herzog von Anjou, war ein aufgeklärter Monarch, den ein französischer Schriftsteller als *roi fou, brave et dévot* bezeichnet hatte. Er heiratete eine Italienerin, Isabella de Farnesio, und starb in geistiger Umnachtung. Er war nicht im eigentlichen Sinn grausam, aber einige übelgesinnte Berater hatten bei ihm über die Katalanen vom Leder gezogen – wie auch über die Sizilianer und Neapolitaner, die Kreolen aus Übersee, die Kanarier, Philippinen und Indochinesen, allesamt Untertanen der spanischen Krone. So ließ er in Barcelona eine gigantische Festung errichten, wo eine Besatzungsstreitmacht untergebracht und in die Bereitschaft versetzt wurde, jeglichen Aufstand zu ersticken. Diese Festung wurde von Anfang an »La Ciudadela« genannt. In ihr lebte, vollständig von der Bevölkerung isoliert, der Gouverneur; das Kolonialsystem war in jeder Hinsicht aufs strikteste imitiert worden. Auf dem Gelände der Zitadelle wurden die des Aufruhrs Bezichtigten gehängt und die leblosen Körper der hingerichteten Patrioten den Geiern zum Fraß vorgeworfen. Im Schatten der Bastion führten die Barcelonesen ein geknechtetes Leben und weinten vor Wehmut und Zorn. Ein- oder zweimal versuchten sie die Festung im Sturm zu nehmen, wurden jedoch mühelos abgewehrt und mußten ein von Gefallenen übersätes Feld zurücklassen. Die Verteidiger der Festung spotteten ihrer Angreifer, indem sie durch die Schießscharten auf Tote und Verletzte urinierten. Außer einem solch ruchlosen Vergnügen blieb ihnen nicht viel, denn sie durften weder die Einfriedung verlassen noch sich unter die Zivilbevölkerung mischen, die sie haßte; jede Zerstreuung war ihnen versagt – sie waren Gefangene der Situation. Da die Soldaten auf die Gesellschaft von Frauen verzichten mußten, betätigten sie sich homosexuell und vernachlässigten die Körperhygiene, so daß die Zitadelle bald zu einem Herd von Krankheiten jeder Art wurde. Als sich beide Parteien das Ganze in Ruhe überlegt hatten, ersuchten sie einen Herrscher nach dem andern, diesem Symbol von Feindseligkeit und Schmach, dessen Weiterbestehen nur einige Fanatiker als notwendig verteidigten, ein Ende zu bereiten. Die Könige stimmten allem zu, doch danach schoben sie die Entscheidung hinaus, wie es bei den absoluten Herrschern üblich ist. Mitte des 19. Jahrhunderts hatte die Zitadelle ihre Effizienz zu einem guten Teil verloren, denn die kriegstechnischen Errungenschaften machten sie überflüssig. 1848 hielt es General Espartero anläßlich eines Volksaufstandes für wirksamer, Barcelona vom Montjuich-Hügel aus zu bombardieren. Schließlich wurden nach anderthalb Jahrhunderten die dicken Mauern der Zitadelle wieder niedergerissen. Ihr Gelände und die dazugehörigen Gebäude wurden der Stadt geschenkt, um das ganze angesammelte Leid zu tilgen. Einige dieser Gebäude wurden zu Recht abgerissen, andere stehen heute noch. Man beschloß, aus dem Gelände einen öffentlichen Park zur allgemeinen Erholung zu machen. Es war ein bewegender Kontrast, zu sehen, wie jetzt auf jenem Feld, wo so viele Scheußlichkeiten begangen und erst vor kurzem noch das Schaugerüst aufgestellt worden war, Bäume Wurzeln schlugen und Blumen blühten. Man hub auch einen See aus und errichtete einen kolossalen Springbrunnen, der den Namen »Kaskade« erhielt. Diesen Park nannte man Zitadellenpark und nennt ihn auch heute noch so. 1887, als Onofre Bouvila seinen Fuß dareinsetzte, war dort die zukünftige Weltausstellung im Entstehen begriffen. Damals, Anfang oder Mitte Mai jenes Jahres, waren die Arbeiten schon weit fortgeschritten, und das dafür vorgesehene Kontingent an Arbeitern hatte seinen Höchststand erreicht, nämlich 4500 Mann – eine unmäßige Zahl, die in jener Zeit nicht ihresgleichen hatte. Dazu kam noch eine nicht genau bekannte, aber ebenfalls große Anzahl von Maultieren und Eseln; ferner waren Kräne, Dampf- und andere Maschinen sowie Lastwagen im Einsatz. Alles war staubbedeckt, der Lärm ohrenbetäubend und das Durcheinander vollkommen.

Don Francisco de Paula Rius y Taulet bekleidete das Amt

des Bürgermeisters von Barcelona zum zweitenmal. Er ging gegen die Fünfzig, schaute finster drein und stellte eine fantasievolle Glatze und einen Backenbart zur Schau, der so lang war, daß er die Aufschläge seines Gehrocks bedeckte. Die Chronisten beschreiben sein Aussehen als patrizierhaft. Er war in bezug auf das Prestige seiner Stadt und seiner eigenen Amtsführung sehr empfindlich. In den schwülen Sommertagen des Jahres 1886 sah er sich in einem verzwickten Dilemma. Einige Monate zuvor hatte ihm ein Herr namens Eugenio Serrano de Casanova mit folgenden Worten seine Aufwartung gemacht: »Ich habe Eurer Exzellenz etwas Schwerwiegendes mitzuteilen.« Don Eugenio Serrano de Casanova war Galizier mit Landbesitz in Katalonien, wohin ihn in seiner Jugend ein heftiges Engagement in den Karlistenkriegen geführt hatte. Später zähmten die Jahre zwar das Ungestüm, nicht aber die Energie des unternehmungs- und reiselustigen Mannes. Auf seinen Reisen hatte er Gelegenheit gehabt, die Weltausstellungen von Antwerpen, Paris und Wien zu besichtigen; diese Ausstellungen erschienen ihm als regelrechte Wunderwerke. Da er nicht ein Mann war, der seine Ideen in nichts zerfließen läßt, zeichnete er eigene Pläne und bat die Stadtverwaltung um Erlaubnis, hier auf die Beine zu stellen, was er in jenen anderen Städten gesehen hatte. Die Stadtverwaltung überließ ihm den Zitadellenpark. Wenn er sich auf eine solche Geschichte einlassen will, dann soll er, das ist seine Sache, dachten die zuständigen Behörden – eine ebenso nachlässige wie gefährliche Einstellung.

Genaugenommen vermochte niemand zu ermessen, was es bedeutete, eine Weltausstellung zu organisieren, denn diese Ausstellungen waren eine neue Erscheinung, von der man erst aus der Presse erfahren hatte. Auch wenn der Begriff Weltausstellung und ihre Idee in Frankreich geboren wurden, führte 1851 doch London die erste Ausstellung durch; Paris folgte 1855. Hier ließ die Organisation viel zu wünschen übrig. Die Ausstellung öffnete ihre Tore mit fünfzehn Tagen Verspätung auf das vorgesehene Datum, und viele der Exponate waren am Tag der Eröffnung noch gar nicht ausgepackt. Unter den illustren Besuchern befand sich auch Königin Viktoria persönlich, damals auf dem Höhepunkt ihrer Macht. *Pas mal, pas mal,* murmelte sie mit einer leichten Handbewegung vor sich hin, zweifellos zufrieden ob der offensichtlichen Inkompetenz der Franzosen. Hinter ihr ging ein Sepoy von mehr als zwei Metern Größe, den Turban nicht eingerechnet, und trug auf einem Kissen aus scharlachroter Seide den *Kohinoor* – bis damals der größte Diamant der Welt –, als hätte die Königin Viktoria damit zu verstehen geben wollen: Ein einziges von all den Dingen, die mir gehören, ist mehr wert als alles hier Ausgestellte zusammen – womit sie freilich unrecht hatte, denn in Wirklichkeit ging es ja darum, in Ideen und Fortschrittlichkeit zu wetteifern. Später wurden auch in Antwerpen, Wien, Philadelphia und Liverpool Ausstellungen durchgeführt.

London hatte 1862 und Paris 1867 eine zweite Ausstellung organisiert, als Serrano de Casanova in Barcelona seine Idee lancierte. Was er allerdings an Tatkraft zuviel hatte, ging ihm an Kapital ab. Barcelona befand sich gerade in einer beachtlichen Finanzkrise, so daß die wiederholten Appelle des draufgängerischen Mannes auf taube Ohren stießen. Das Anfangskapital war aufgezehrt, und das Projekt mußte fallengelassen werden. Serrano de Casanova besuchte den Bürgermeister Rius y Taulet und sagte ihm mit leiser Stimme, als handle es sich um ein Geheimnis: »Ich muß Eurer Exzellenz etwas besonders Schwerwiegendes zur Kenntnis bringen: Ich habe mich zur Kapitulation entschlossen, allerdings mit größtem Kummer.« Das Bevollmächtigungsverfahren für den Park war schon im Gang, und der Vorgang hatte, neben diesem und jenem, einen breiten öffentlichen Widerhall gefunden. »Himmeldonnerwetternochmal!« rief Rius y Taulet, schlug heftig auf die Glocke aus Gold und Kristall, die auf dem Tisch seines Bürgermeisterbüros stand, und befahl dem ersten, der sich zeigte – einem Amtsdiener –, ohne ihn anzusehen, alle nötigen Vorkehrungen zu treffen, um unverzüglich die wichtigen Persönlichkeiten Barcelonas zur Beratung einzuberufen, den Bischof, den Gouverneur, den Statthalter, den Präsidenten der Abgeordnetenkammer, den Rektor der Universität, den Präsidenten des Athenäums und so fort. Der Amtsdiener brach mitten im Büro zusammen, und der Bürgermeister mußte ihn höchstpersönlich wieder aufpäppeln, indem er ihm mit seinem Taschentuch Luft zufächelte. Als schließlich alle führenden Männer versammelt waren, gab es mehr Geschwätz als den Willen, wirklich etwas zu tun; alle waren bereit, eine Meinung zum besten zu geben, aber keiner wollte sich oder die Institution, die er vertrat, verpflichten – und noch viel weniger dem spleenigen Unterfangen Serrano de Casanovas Finanzhilfe zuteil werden lassen. Da knallte Rius y Taulet eine Ledermappe auf den Tisch und brachte das Geschnatter schlagartig zum Verstummen. *»Hòstia, la Mare de Déu!* Himmelherrgottsakrament!« schrie er aus voller Kehle. Dieser kräftige Auftakt war auf der Plaza San Jaime zu hören, wurde zum Allgemeingut und ist heute, in Stein gehauen, zusammen mit anderen berühmten Redensarten seitlich auf dem Denkmal zu lesen, das dem unermüdlichen Bürgermeister gewidmet ist. Der Bischof konnte sich nur noch bekreuzigen. Mit einem Bürgermeister ist nicht zu scherzen. In weniger als einer Stunde erhielt er von allen Anwesenden die Zustimmung und das Versprechen, am Projekt so mitzuarbeiten, daß es damit vorwärtsging. »Jetzt aufzugeben wäre eine Schande für Barcelona«, sagte er, »ein Eingeständnis der Ohnmacht.« Sie willigten ein, unter dem Patronat eines Leitenden Ausschusses das Projekt voranzutreiben. Zusätzlich wurde ein von Zivil- und Militärbehörden, Verbandspräsidenten, Bankiers und leitenden Unternehmern gebildeter Patronatsausschuß ins Leben gerufen. Damit wurden alle in diese Aufgabe miteinbezogen, die im Kollektiv angegangen werden mußte, um überhaupt gelöst werden zu können. Es bildete sich ein Technischer Ausschuß aus Architekten und Ingenieuren. Mit der Zeit uferten die Ausschüsse und Komitees aus (Komitees für den Einbezug nationaler Firmen, Komitees für den Einbezug potentieller ausländischer Aussteller, Komitees zur gerichtlichen Regelung von Konkursen und zur Aushändigung von Preisen und andere mehr), was viel Verwirrung stiftete und nicht wenig Reibereien erzeugte. Alle qualifizierten diese Organisation jedoch einhellig als »sehr modern«. Eine andere Sache ist, ob die öffentliche Meinung hinsichtlich der Durchführbarkeit des Projekts einhellig war. *Im übrigen,* schrieb eine Zeitung in jenen Tagen, *hat die Stadt nicht genügend Anziehungskraft, um dem Fremden den Aufenthalt in ihr mehrere Tage lang angenehm zu machen.* Jedermann vermutete, Barcelona würde beim Versuch, mit Paris oder London gleichzuziehen, eine klägliche Rolle spielen. Niemand dachte daran, was in diesen Jahren Städte wie Antwerpen oder Liverpool boten, die ihre jeweiligen Ausstellungen ohne soviel *mea culpa* auf die Beine gestellt hatten. Vielleicht dachten sie schon daran, sagten sich aber: Mögen andere sich lächerlich machen, wenn ihnen danach ist, wir gewiß nicht. *In Barcelona haben wir, abgesehen von der Milde seines Klimas, seiner wundervollen Lage, seinen alten Monumenten und wenig anderem, das der Initiative von Privatpersonen zu verdanken ist, nicht das Niveau der übrigen europäischen Städte von gleicher Bedeutung,* heißt es in einem zu dieser Zeit in einer Tageszeitung erschienenen Leserbrief. *Alles Administrative ist von minderwertigem Rang. Die Stadtpolizei ist insgesamt verabscheuenswert; die Sicherheit läßt viel, sehr viel zu wünschen übrig; es fehlt eine große Zahl an Dienstleistungen, die in einer Stadt von 250 000 Einwohnern unerläßlich sind, oder sie sind schlecht organisiert; die Enge der Straßen in der Altstadt und der Mangel an großen Plätzen hier wie im neuen Teil erschweren sowohl den Verkehr als auch die Erholung; wir haben keine schönen und abwechslungsreichen Chausseen und entbehren der Museen, Bibliotheken, Spitäler, Armenhäuser, Kerker und so weiter, die einen Besuch lohnen würden.* In diesem Brief, der noch viele Seiten umfaßte, hieß es unter anderem weiter: *Wir haben viel Geld in den Zitadellenpark gesteckt, aber seine Dimensionen sind erbärmlich, es fehlt in ihm ein großer Wald und eine ausgedehnte Chaussee, und so etwas wie der See ist unglaublich lächerlich.* Hier dachte der Verfasser sicherlich an die berühmten Parks der Zeit, den *Bois de Boulogne* oder den *Hyde Park.* Diesen Invektiven fügt der Brief noch an: *Rachitische Konzeptionen und dünkelhafte Aufgeblasenheit charakterisieren oft die Taten unserer lokalen Behörden. Barcelona wird seit einigen Jahren immer mehr zu einer schmutzigen Stadt. Die Fassaden der etwas älteren Häuser –*

wie widerwärtig sind sie für gewöhnlich anzusehen! Ähnliche Leserbriefe erschienen häufig in der damaligen lokalen Presse. Andere brachten ihre Vorbehalte noch deutlicher zum Ausdruck, beispielsweise eine Zeitung vom 22. September 1886, die über ihren Leitartikel den Titel *Bedeutet die Ausstellung, kommerziell gesehen, eine Wohltat oder eine Plage?* setzte. Trotzdem war der Widerstand gegen die Ausstellung im allgemeinen schwach, und die Mehrheit der Bürger war offensichtlich bereit, den Risiken des Unterfangens die Stirn zu bieten; die übrigen wußten aus Erfahrung, daß, was die Behörden beschlossen, immer auch durchgeführt wurde – mehrere Jahrhunderte Absolutismus hatten die Leute gelehrt, weder Tinte noch Talent zu vergeuden. Im übrigen hatte ein äußerst wichtiger Faktor Einfluß auf die öffentliche Meinung: daß die erste Weltausstellung Spaniens in Barcelona und nicht in Madrid durchgeführt würde. Dieser Umstand war in den Zeitungen der Hauptstadt bereits kommentiert worden; diese Blätter waren zu dem schmerzlichen, wenn auch fraglosen Schluß gekommen, daß es so sein mußte. *Die Verbindungen zwischen Barcelona und dem Rest der Welt, sowohl zu Wasser wie zu Lande, machen es für den Fremdenverkehr geeigneter als irgendeine andere Stadt der Halbinsel,* schrieben sie. Damit gaben sie sich zufrieden, als ob sie es gewesen wären, die Barcelona als Ort der Weltausstellung auserkoren hätten. Diese Argumentation ließ jedoch die Regierung kalt. »Sie errichten sie, also zahlen Sie sie auch«, gab man den Barcelonesen wiederholt zu verstehen. Zu dieser Zeit war die Wirtschaft des Landes so zentralisiert wie alles andere auch; der Reichtum Kataloniens – wie der irgendeines anderen Teils des Königreichs – ließ in Madrid unmittelbar die Kassen klingeln. Die Stadtverwaltungen deckten ihre Bedürfnisse mit den lokalen Steuereinnahmen, aber für die kleinste unvorhergesehene Ausgabe mußten sie bei der Regierung um eine Subvention oder einen Kredit nachsuchen, was im vorliegenden Fall ein Schlag ins Wasser war. Dies rief bei den Katalanen ein Solidaritätsgefühl hervor, das die Kritiken verstummen ließ. »In dieser Hinsicht«, lautete Rius y Taulets Kommentar, »erweisen sie uns einen Gefallen, in allem andern sind sie Scheißkerle.« Darin war man sich einig. »Mit Madrid werden wir irgendwann im Streit enden, aber ohne Madrid kommen wir nirgends hin«, sagte Manuel Girona, ein Finanzmann von Renommee und damals auch Präsident des Athenäums. Er stand im Ruf, niemals seine Haltung zu verlieren: »Sparen wir uns unsere Wut für eine bessere Gelegenheit und bieten wir den Realitäten die Stirn«, schlug er vor; »man muß mit Madrid paktieren – das wird zwar erniedrigend sein, doch der Anlaß verdient es wohl.« Mit diesen Worten war die Diskussion erledigt und die Sitzung geschlossen, die eines Mittwochs im Restaurant *Las siete Puertas* abgehalten wurde.

Am folgenden Sonntag brachen nach dem feierlichen Hochamt zwei Delegierte des Ausschusses zur Hauptstadt auf. Sie reisten in einer Kutsche, die ihnen die Stadtverwaltung höchstselbst zur Verfügung gestellt hatte und die auf beiden Türen in einem kleinen Rahmen das Emblem der Gräflichen Stadt Barcelona zeigte. In enormen krokodilledernen Mappen trugen sie die Dokumentation zum Projekt mit sich und in mehreren mit Seilen am Heck der Kutsche festgeschnallten Truhen einen Berg frischer Wäsche, denn sie rechneten mit einer langen Abwesenheit. Und so war es denn auch. Kaum in Madrid angekommen, richteten sie sich in einem Hotel ein und suchten am folgenden Morgen das Förderungsministerium auf. Ihre Ankunft verursachte einen großen Aufruhr, denn sie trugen die von Barcelona mitgebrachten Kleider und Mäntel, die seinerzeit Joan Fiveller, dem legendären Gönner der Stadt, gehört hatten. Im Lauf der Jahrhunderte hatte sich die Wolle dieser Kleidungsstücke allmählich verfilzt und ihre Seide sich in eine Art Spinngewebe verwandelt. Wo die Delegierten, die ihre Mappen mit beiden Händen wie eine Opfergabe trugen, hintraten, bedeckten sie die Teppiche des Ministeriums mit braunem Staub. Diese beiden Delegierten hießen Guitarrí beziehungsweise Guitarró – Namen, die für einen solchen Anlaß wie erfunden erschienen, wären sie nicht tatsächlich echt gewesen. Sie wurden in einen sehr hohen holzgetäfelten Saal geführt, in dem nur zwei reichlich unbequeme Renaissancestühle standen und ein drei Meter hohes und neun Meter breites Bild aus dem Atelier von Zurbarán hing; es zeigte einen alten Eremiten mit blauer Haut, der von Drüsengeschwülsten übersät war und inmitten von Gebeinen und Schädeln hockte. Dort ließ man sie mehr als drei Stunden warten, bis endlich aus einer halbversteckten Seitentür ein Mann mit aufgedunsenem Gesicht, beilförmig sich nach unten verbreiterndem Backenbart und goldverbrämtem Wams trat. Sogleich schossen die beiden Delegierten auf. Der eine konnte noch seinem Kollegen ins Ohr raunen: »Heilige Madonna, schon sein Blick versetzt einen in Schrecken!« – das lange Warten hatte ihr Nervensystem angegriffen. Die beiden machten einen tiefen Bückling. Der Neueingetretene war aber nicht Minister, sondern Saaldiener, und teilte ihnen mürrisch mit, der Herr Minister könne sie an diesem Tag nicht empfangen, sie möchten die Güte haben, am folgenden Tag zur nämlichen Stunde noch einmal ins Ministerium zu kommen. Die Verwirrung ob der Prachtuniform des Saaldieners war nur die erste einer ganzen Reihe. Die Delegierten des Ausschusses bewegten sich in einer ihnen fremden Umgebung und wußten nicht, wie sie sich verhalten sollten in dieser Stadt der Kneipen und Klöster, Straßenverkäufer, Gecken, Kupplerinnen, Schwärigen und Bettler, in deren Mitte eine noch seltsamere Welt existierte, eine Welt aus Tand und Zeremonien, Drohungen und Pfründen, eine Welt, in der intrigierende Generäle, schwindlerische Herzöge, wundergläubige Pfarrer, Günstlinge, Toreros, Zwerge und einfältige Hofschranzen lebten, die sich über sie, ihren katalanischen Akzent und ihren eigenwilligen Satzbau lustig machten. Mit Hinundherlaufen zwischen Hotel und Ministerium gingen für nichts drei volle Monate und ihre ganzen Spesengelder drauf; als diese aufgebraucht waren, schrieben sie nach Barcelona, statteten über das Vorgefallene Bericht ab und ersuchten um Anweisungen. Postwendend erhielten sie ein von Rius y Taulet persönlich aufgegebenes Paket mit Geld, einer Gipsreproduktion der Jungfrau von Montserrat und der folgenden Botschaft: *Mut, einer von beiden wird nachgeben müssen, und beim gesegneten Gott, wir werden es nicht sein!* Die armen Delegierten gingen kaum noch aus dem Hotel, wo das Dienstpersonal längst mit ihrer Anwesenheit vertraut und überzeugt war, daß es keinen Sinn hatte, von ihnen eine übertriebene Großzügigkeit zu erwarten, und sich nicht mehr bemühte, ihnen die Handtücher oder die Laken zu wechseln oder auch nur mit dem Staubwedel über die paar wenigen wackligen Möbel zu fahren. Um zu sparen, teilten sich die beiden in die beklemmende Enge eines einzigen Zimmers, wo sie auch, mit dem heißen Wasser aus dem Badewannenboiler, Frühstück und Abendessen zubereiteten. Am meisten setzten ihnen jedoch die allmorgendlichen Besuche im Ministerium zu. Der Schwarm von Schmarotzern und Schnorrern, die in den Gängen und Vorzimmern zu hausen schienen, hatte einige kränkende Strophen für sie komponiert, die sie allenthalben hinter sich trällern hörten. Die dem Ministerium am nächsten Stehenden spielten ihnen noch gemeinere Streiche: Sie stellten auf die Kanten der Türen, durch die die Delegierten gehen mußten, volle Eimer, spannten auf dem Boden Seile, um sie zum Straucheln zu bringen, und sengten ihre Rockschöße mit brennenden Kerzen an. Einige Male fanden sie beim Eintreten die beiden Sessel im Saal durch andere Bittsteller besetzt – Frühaufsteher, die mit solchen Situationen vertraut waren und sich im Lauf eines Lebens voll Wartenmüssen, Süßholzraspeln, Aufdieknieegehen, Leerlauf und Enttäuschtwerden verhärtet hatten; jetzt taten sie so, als nähmen sie die Anwesenheit der beiden andern nicht wahr, und überließen ihnen während des dreistündigen Warterituals den Stuhl nicht für eine Minute. Der Minister empfing sie auch weiterhin nicht. Jeden Tag öffnete sich, nachdem sie in diesem Saal gewartet hatten, dessen kleinste Einzelheiten sie mittlerweile auswendig aufzählen konnten, die halbverborgene Tür, der Saaldiener mit dem Backenbart trat ein und hielt ihnen auf einem Tablett eine flüchtige Mitteilung hin, in der ihnen der Minister mitteilte, er könne sie heute nicht empfangen, wie es eigentlich sein Wunsch gewesen sei. Die Unverfrorenheit, mit der er hier und dort Wörter und Wendungen aus dem Rotwelsch brauchte, machte diese Mitteilungen häufig unverständlich, was die beiden Delegierten noch mehr verängstigte, so daß sie beim Weggehen nicht sicher waren, ob sie nun die Anweisungen des Ministers, dessen wechselnde Laune sie aus den kleinsten Anzeichen herauszuspüren suchten, richtig verstanden hatten oder nicht. Gelegentlich antworteten sie nach langem Zögern und Hinundherdiskutieren auf diese Nachrichten mit eigenen; zu diesem Zweck ließen sie sich in einem Spezialgeschäft an der Calle Mayor Grußkarten drucken, auf deren Kopf jedoch, ob irrtümlich oder in voller Absicht, das Wappen von Valencia statt, wie von ihnen bestellt, dasjenige Barcelonas geprägt war. Es zu korrigieren hätte einen weiteren Monat Verzögerung bedeutet, also mußten sie davon absehen. Auf diesen Karten schrieben sie: *Wir sind uns vollkommen darüber im klaren, daß Eure Exzellenz, deren Leben Gott noch viele Jahre erhalten möge, aufs äußerste beschäftigt ist, aber wir erlauben uns dennoch, mit dem gebührenden Respekt und eingedenk der Tragweite der uns überantworteten Mission, auszuharren.* Darauf antwortete der Minister anderntags mit Ausdrücken wie »die Zeit am Arsch kleben haben« (für »sehr wenig Zeit haben«), »Mit ausgefahrenem Schwanz« (für »mit Arbeit überhäuft sein«), »Samen spucken« oder »Samen scheißen« (für »es sehr eilig haben«), »Sankt Leckmich fiel auf Montag« (womit darum gebeten wird, sich mit Geduld zu wappnen) oder »das Höschen furzweise runterlassen« (von zweifelhafter Bedeutung); er schloß mit den Worten »Bis zum St. Nimmerleinstag!« oder so ähnlich. *Vielleicht verfügte Eure Exzellenz über mehr Zeit*, antworteten die beiden Delegierten schließlich, *wenn Eure Exzellenz nicht so viel davon für geistreiche Scherze verschwendete.* Nachts schrieben sie ihren Familien in Barcelona von Kummer und Sehnsucht überfließende Briefe, deren Tinte manchmal von einer nicht zurückgehaltenen Träne verschmiert war.

Unterdessen schlief in Barcelona der von Rius y Taulet präsidierte Leitende Ausschuß nicht. »Stellen wir Madrid vor vollendete Tatsachen«, schien die Losung zu sein. Die Projekte für die Gebäude, Monumente, Einrichtungen und Nebengebäude, die das Gelände der Ausstellung bilden sollten, wurden in Auftrag gegeben, vorgelegt und abgesegnet, und man ging mit einem Tempo ans Werk, das mit dem zur Verfügung stehenden Geld nicht lange durchgehalten werden konnte. Als der ganze

Zitadellenpark kopfstand, lud die Stadtverwaltung die Presseberichterstatter zur Besichtigung ein. Um ihr Interesse zu wekken, bewirtete man sie mit einem Bankett, dessen Speisenfolge von der kosmopolitischen Neigung der Gastgeber zeugt: *Potage: Bisque d'écrevisses à l'américaine. – Relevés: Loup à la genevoise. – Entrées: Poulardes de Mans à la Toulouse, tranches de filet à la Godard. – Légumes: Petits pois au beurre. – Rôts: Perdreaux jeunes sur crustades, galantines de dindes trufées. – Entremets: Bisquits Martin décorés. – Ananas et Gâteaux. – Dessert assorti. – Vins: Oporto, Château d'Yquem, Bordeaux et Champagne Ch. Mumm.* In der das Bankett beschließenden Unterhaltung wurde das Eröffnungsdatum (Frühjahr 1887) fixiert; in zahlreichen Publikationen erschienen lobende Berichte über den Anlaß. Ferner wurden auf den Bahnhöfen ganz Europas Propagandaplakate aufgehängt, an einheimische wie ausländische Korporationen und Firmen Einladungen versandt, die sie zur Teilnahme an der Ausstellung ermuntern sollten, und, ganz nach der Gepflogenheit der Zeit, literarische Wettbewerbe veranstaltet. Die Antwort der künftigen Teilnehmer war lau, aber immerhin nicht gleich Null. Ende 1886 werden in der Presse die ersten für Dienstleistungen vergebenen Aufträge vermeldet. *Die Einrichtung der Wasser-Closetts und Waschräume ist, gänzlich zu den bekannten Bedingungen, Herrn Fraxedas y Florit zugesprochen worden. Dieser kluge Conzessionär gedenkt an den genannten Örtlichkeiten einen vollständigen Toiletten-Service einzurichten, das heißt Räume, die mit allen erforderlichen Accessoires wie weißer Wäsche, Seifen und Parfümerie-Artikeln ausgestattet sind. Ebenso wird es in allen einen speziellen Raum zur Reinigung des Schuhwerks und eine angemessene Anzahl dem Publikum und den Ausstellern zur Verfügung stehender Laufburschen geben, die Botschaften austragen und in der Ausstellung gekaufte Artikel ins Domizil bringen. Wir beglückwünschen Sr. Fraxedas y Florit, daß er die Chance eines Geschäfts wahrgenommen und mit Erfolg hat vermeiden können, daß Ausländer es an sich gerissen haben.* Der Minister für Förderungsaufgaben gab schließlich nach. Er war ein fülliger Mann von wildem, fast unmenschlichem Aussehen, den man hinter seinem Rücken »den Afrikaner« nannte, obwohl er nie in Afrika gewesen war und auch sonst keine Beziehung zu diesem Kontinent hatte; den Spitznamen hatte er sich mit seinem Benehmen und Charakter zugezogen. Als er ihm zu Ohren kam, war er nicht beleidigt, sondern nahm, ohne sich im entferntesten zu ärgern, die Gewohnheit an, einen Nasenring zu tragen. Er empfing die beiden Delegierten des Ausschusses äußerst frostig, doch die Zeit hatte für sie gearbeitet, ohne daß sie es wußten; der Minister sah sich in ihrer Gegenwart entwaffnet. Die unzähligen Stunden des Wartens, die Ängste und die erlittenen Erniedrigungen hatten die beiden alt werden lassen; nachdem sie Tag und Nacht zusammengelebt hatten, glichen sie sich schließlich wie ein Ei dem andern und beide dem heiligen Eremiten auf dem Bild aus dem Atelier von Zurbarán, mit dessen Betrachtung sie Monate verbracht hatten. In ihrer Anwesenheit fühlte sich der Minister plötzlich müde und spürte das ganze Gewicht seiner ungeheuren Macht schwer auf den Schultern lasten. Was eine titanische Auseinandersetzung hätte sein sollen, wurde nun ein müdes Geplauder voller Melancholie.

4

Rund um den Zitadellenpark war eine Palisade errichtet worden, um die Bauarbeiten für die Ausstellung vor der Zudringlichkeit der Neugierigen zu schützen. Doch in dieser Umzäunung gab es viele Breschen; zudem machten es der unausgesetzte hektische Warenumschlag an den Toren der Palisade sowie das vollkommen unorganisierte und unkontrollierte Hinaus und Hinein der Leute leicht, dieses Hindernis zu umgehen. Onofre Bouvila steckte sich fünf Pamphlete zwischen Bluse und Brust, verbarg den Rest zwischen zwei Granitplatten an der Mauer zur Eisenbahn und schmuggelte sich hinein. Erst beim Anblick dieses Pandämoniums wurde ihm die außerordentliche Schwierigkeit seiner Aufgabe klar. Außer seiner Mutter bei den Feldarbeiten zu helfen, hatte er noch nie eine richtige Beschäftigung gehabt und keine Vorstellung davon, wie verzwickt sich der direkte Umgang mit seinesgleichen gestalten kann. Schon merkwürdig, dachte er, da bin ich doch tatsächlich vom Hühnerfütterer zum heimlichen Propagandisten der Revolution geworden! Nun gut, was soll's, wer für das eine taugt, muß auch fürs andere taugen. Ermutigt durch diese Erkenntnis, näherte er sich einer Gruppe von Zimmerleuten, die Bretter ans Gerippe eines zukünftigen Pavillons nagelten. Um sich ihnen bemerkbar zu machen, rief er mehrmals: »He! He! Hallo! Gott zum Gruß!« Endlich bemerkte einer der Zimmerleute aus den Augenwinkeln, daß er dastand, und fragte ihn mit einem leichten Hochziehen der Brauen, was er wolle.

»Ich bringe einige hochinteressante Pamphlete!« schrie Onofre, zog eins hervor und zeigte es dem Zimmermann.

»Was sagst du?« schrie der Zimmermann zurück, denn wegen des Lärms seiner eigenen Hammerschläge konnte er im Moment nichts hören – oder sie hatten ihn auf Lebenszeit taub gemacht. Onofre wollte den Satz wiederholen, kam aber nicht dazu, weil ihn ein von drei Maultieren gezogener Wagen zwang, eiligst auszuweichen. Der Maultiertreiber ließ die Peitsche in der Luft knallen, während er heftig an den Zügeln riß, die Absätze in die Erde grub und den Körper zurückwarf. »Vorsicht, zur Seite!« brüllte er. Auf der Ladefläche des Wagens war Schutt aufgetürmt, der bei dem Geholper weißliche Staubwolken absonderte, und die über Steine und Furchen hüpfenden Räder gaben tiefe metallische Geräusche von sich wie die Schläge eines eisernen Türklopfers. »Hü, hott, Esel!« schrie der Maultiertreiber. Onofre Bouvila beschloß zu gehen. Für einige Momente erwog er, die Pamphlete in eine Müllgrube zu schmeißen und Pablo später zu sagen, er habe alle bereits verteilt, verwarf die Idee aber gleich wieder, denn er befürchtete, die Anarchisten könnten ihn überwachen, zumindest in den ersten Tagen.

»Was hast du da, Junge?« fragte ihn ein Maurer, an den er sich gewandt hatte und der zu einer Gruppe anderer Maurer gehörte, die eine Arbeitspause machten. Einer von ihnen stand Wache; sah er den Polier auftauchen, stieß er einen Pfiff aus, worauf die Maurer ihre Arbeit eilig wiederaufnahmen.

»Falls Sie eine Revolution machen wollen«, antwortete Onofre und gab ihm ein Pamphlet. Der Maurer formte es zu einer Kugel und warf es auf einen Schutthaufen. »Hier können wir doch weder lesen noch sonst etwas, Junge«, sagte er zu Onofre, »und was weißt denn du schon von der Revolution? Das ist eine sehr ernsthafte Angelegenheit. Paß auf, es ist besser, du verziehst dich, bevor der Polier kommt und dich sieht.«

Durch den Maurer gewarnt, kundschaftete er eine Weile eingehend das Gelände aus. Bald konnte er die Vorarbeiter ausmachen und stellte fest, daß sie mehr damit beschäftigt waren, Befehle zu erteilen und sich zu vergewissern, daß sie auch ausgeführt wurden, als auf mögliche ideologische Abirrungen bei ihren Untergebenen zu achten. Trotzdem muß ich vorsichtig sein, sagte er sich. Jeder Vorarbeiter kümmerte sich um einen Sektor oder Teil eines Baus; sie waren zahlreich, und jeder hatte seine Eigenart und verhielt sich wieder anders. Auf dem Gelände gingen einige Männer in Staubmänteln und mit Mützen und Ferngläsern hin und her, überprüften den Fortgang der Arbeiten, nahmen mit Ellen und Theodoliten Maß, studierten Pläne und gaben den Vorarbeitern Anweisungen, die ihnen aufmerksam zuhörten und auf der Stelle bestätigten, daß sie alles verstanden hatten. »Seien Sie unbesorgt, so wird es gemacht«, schienen sie mit dieser respektvollen Haltung sagen zu wollen, »genau, wie Sie es angeordnet haben, bis ins kleinste Detail.« Diese so wichtigen Herren waren die Architekten, ihre Assistenten und Mitarbeiter. Mit ihrem Hinundherlaufen versuchten sie zu koordinieren, was da im Entstehen war. Aber abgesehen von solchen sporadischen Berührungspunkten, schien jede Arbeitergruppe selbständig und ohne Rücksicht auf das Vorhandensein der übrigen zu handeln. So zogen einige Baugerüste in die Höhe, und andere bauten sie wieder ab; einige hoben Gruben aus, und andere schütteten sie wieder zu; einige schichteten Backsteine aufeinander, und andere rissen Mauern ein – und all das unter Befehlen und Gegenbefehlen, Gebrüll, Gepfeife, Gewieher, Eselsgeschrei, Dampfkesselgezisch, Rädergepolter, Eisengedröhn, Steinegerumpel, Bretterknallen und Werkzeuggetöse, als ob sich an diesem Ort sämtliche Verrückten des Landes ein Stelldichein gegeben hätten, um ihrem Irrsinn freien Lauf zu lassen. Die Arbeiten an der Ausstellung hatten zu diesem Zeitpunkt einen Eigenrhythmus gewonnen, den nichts und niemand aufhalten konnte. An technischen Hilfsmitteln zu ihrer Ausführung fehlte es nicht: Barcelona zählte damals 50 Architekten und 146 Baumeister, denen mehrere hundert Bauöfen, Gießereien, Sägewerke und mechanisch-metallurgische Werkstätten zur Verfügung standen. Dank der durch die Rezession entstandenen und noch immer wachsenden Arbeitslosigkeit herrschte auch kein Mangel an Arbeitskräften. Das einzige, woran es keinen Überfluß gab, war das Geld, um so viele Leute und die Rohstofflieferanten zu bezahlen. Madrid hielt, wie es eine satirische Zeitung aus jener Epoche ausdrückte, *die Schnüre des Geldsäckels mit den Zähnen fest;* dieser Satz, charakteristisch für den damaligen Humor, bekräftigte die hartnäckige Sparsamkeit der Regierung. »Pech gehabt«, sagte Rius y Taulet und zuckte mit den Schultern, »wir werden das Problem aus dem Weg räumen, indem wir nicht bezahlen.« Diesen Grundsatz befolgend, überhäufte sich das Gemeinwesen mit gigantischen Schulden. »Nur zwei Dinge geben mir das Gefühl, wirklich ein Bürgermeister zu sein«, sagte Rius y Taulet, »hemmungslos Geld auszugeben und auf die Pauke zu hauen.« Von alledem wußte Onofre Bouvila jedoch gar nichts. Beim Herumlungern auf dem Gelände, mit dessen Dimensionen er sich nach und nach vertraut zu machen versuchte, trug er einige Schrecken davon, den größten beim plötzlichen Auftauchen der Guardia Civil. Als er sich davon erholt hatte, sagte er sich jedoch, inmitten dieses kolossalen Wirrwarrs wird sich die Guardia Civil nur mit Streitereien, Aufständen und anderen schwerwiegenden Störungen befassen, und mein Hiersein wird von den Polizisten schon nicht bemerkt werden, wenn ich nur vorsichtig genug bin. Etwas ruhiger geworden, machte er sich wieder an seine Aufgabe, aber am Ende des Tages hatte er nicht ein einziges Pamphlet an den Mann bringen können. Entkräftet, voller Staub und ohne seit dem Frühstück etwas gegessen zu haben, nahm er den Packen, den er vor dem Betreten des Geländes versteckt hatte, wieder an sich und ging zu Fuß in die Pension zurück. Ist es denn möglich, daß mir etwas so Einfaches, wie einer andern Person ein Papier in die Hand zu drücken, nicht gelingen will? fragte er sich beim Gehen. Ach was, das kann doch nicht sein, auch wenn alles offenbar schwieriger ist, als man es sich am Anfang vorstellt. Bevor man irgend etwas in Angriff nimmt, muß man die Umstände und das Gebiet, das man betritt, genau studieren. Bestimmt habe ich noch viel zu lernen, aber ich muß schnell lernen, fügte er sogleich entschlossen hinzu, denn ich habe keine Zeit zu verlieren. Ich bin zwar schon noch jung, aber wenn ich reich werden will, muß ich den Weg dazu jetzt finden, denn bald wird es zu spät sein, sagte er sich. Reich zu sein hatte er sich zum Lebensziel gesetzt. Als sein Vater nach Kuba ausgewandert war, hatten seine Mutter und er nur mit größten Einschränkungen überleben können; häufig litten sie Hunger und jeden Winter unter der qualvollen Kälte. Seit er jedoch klar denken konnte, ertrug er diese Nöte klaglos und in der festen Überzeugung, eines Tages müsse sein Vater schwerreich zurückkommen. Dann wird es uns rundum gutgehen, stellte er sich vor, und das wird kein Ende mehr nehmen. Seine Mutter hatte nichts getan oder gesagt, was diese Fantasien hätte nähren können – allerdings auch nichts, um ihn davon abzubringen: sie sprach gar nie über das Thema. So hatte er drauflosfantasiert und sich nie gefragt, warum sein Vater ihnen nicht von Zeit zu Zeit etwas Geld schickte, wenn er doch so reich geworden war, wie er es sich ausmalte, und warum er es zuließ, daß Frau und Sohn in tiefem Elend lebten und er in Saus und Braus. Als er anderen voller Naivität seine Hirngespinste erzählte, war die Reaktion der Zuhörer für ihn schmerzlich, so daß auch er aufhörte, von diesem Thema zu sprechen. Jetzt teilten seine Mutter und er das hartnäckige Schweigen.

So hatten sie Jahr um Jahr gelebt – bis zu dem Tag, an dem Onkel Tonet die Nachricht brachte, Joan Bouvila kehre tatsächlich als reicher Mann aus Kuba zurück. Niemand vermochte zu sagen, durch welchen Kanal dem Kutscher diese Nachricht zu Ohren gekommen war; viele bezweifelten ihre Richtigkeit, mußten sich jedoch korrigieren, als der Kutscher einige Tage danach Joan Bouvila selbst in seinem Planwagen mitbrachte. Zehn Jahre vorher hatte er ihn nach Bassora zum Bahnhof gefahren, von wo er nach Barcelona aufgebrochen war, um sich dort einzuschiffen – jetzt brachte er ihn wieder zurück. Alle Bewohner aus der Umgebung hatten sich vor der Kirche versammelt, um ihre Ankunft zu sehen; von dort schauten sie aufmerksam zum Hügel hinauf, wo der Weg durch einen Steineichenwald herunterführte. Ein Ministrant wartete auf das Zeichen des Pfarrers, um sämtliche Kirchenglocken läuten zu lassen. Onofre erkannte ihn als einziger nicht sofort, als der Planwagen in einer Wegkrümmung auftauchte. Alle andern sahen sogleich, daß er es war, obwohl er sich in diesen zehn Jahren extremer Witterung und wechselvollen Schicksals körperlich verändert hatte. Jetzt trug er einen weißen, unter der Herbstsonne fast leuchtenden Leinenanzug und einen Panama mit breiter Krempe. Auf den Knien hatte er ein viereckiges, in ein Kräutertuch gehülltes Paket. »Du mußt Onofre sein«, waren seine ersten Worte, als er aus dem Wagen sprang. »Ja, Señor«, antwortete Onofre. Joan Bouvila kniete sich auf die Erde und küßte den Staub. Er wollte sich nicht erheben, bevor ihn der Pfarrer gesegnet hatte. Dann betrachtete er seinen Sohn mit glasigen Augen, mit vor Rührung verschleiertem Blick. »Du bist sehr gewachsen. Und wem, sagt man, gleichst du?« – »Ihnen, Vater«, antwortete er, ohne zu zögern. In diesem Augenblick war er sich der Neugier bewußt, mit der ihn die andern beobachteten, und des Verdachts, den sie wohl hegten. Joan Bouvila holte das viereckige Paket aus dem Wagen. »Schau, was ich dir mitgebracht habe«, sagte er und nahm das Kräutertuch vom Paket. Zum Vorschein kam ein Drahtkäfig, in dem ein Affe saß, etwas größer als ein Kaninchen, dünn und mit einem ganz langen Schwanz. Dieser Affe schien sehr wütend zu sein und zeigte die Zähne mit einer Wildheit, die in keinem Verhältnis zu seiner Größe stand. Joan Bouvila öffnete die Käfigtür und streckte die Hand hinein, worauf sich der Affe an seine Finger klammerte. Dann zog er die Hand wieder heraus und hielt den Affen an Onofres Gesicht, der ihn argwöhnisch musterte. »Nimm ihn, mein Sohn, du brauchst keine Angst zu haben, er wird dir nichts tun. Er gehört dir.« Onofre nahm ihn, aber der Affe kletterte ihm rasch den Arm hinauf, hockte sich auf seine Schulter und schlug ihm den Schwanz ins Gesicht. »Ich habe einige Gebete vorbereitet, um dem Herrn, unserem Gott, für deine Rückkehr zu danken«, sagte der Pfarrer, die Szene unterbrechend. Joan Bouvila machte eine leichte Verbeugung, dann ließ er seinen Blick von oben bis unten über die Kirchenfassade gleiten. Es war ein schwerfälliger Steinbau mit einem einzigen rechteckigen Schiff und quadratischem Glokkenturm. »Diese Kirche kann eine gute Restauration gebrauchen«, sagte Joan Bouvila mit lauter Stimme. Von da an nannten ihn alle nur noch »den Amerikaner« und hofften, er werde große Veränderungen ins Tal bringen. Er nahm den Hut ab und reichte seiner Frau den Arm; zusammen traten sie in die Kirche, wo vor dem Altar die Kerzen leuchteten. Niemand hatte je zuvor ein derartiges Protokoll gesehen.

Jetzt erinnerte sich Onofre ganz deutlich an jene magischen Augenblicke, während er hungrig und müde zur Pension zurückkehrte. Wenn eine Kutsche an ihm vorbeifuhr, versuchte er einen Blick ins Innere zu werfen, um irgendeine Persönlichkeit zu erspähen, die später in seinen Träumen hätte vorkommen können. Doch diese Kutschen wurden immer spärlicher, je näher ihn seine Schritte zum düsteren Viertel der Pension führten. Das alles konnte ihn nicht entmutigen. Beim ersten Tageslicht war er schon wieder auf dem Ausstellungsgelände. Die Pamphlete hatte er in der Pension gelassen; jetzt steckte er seine Nase hierhinein und dorthinein und war fest entschlossen, Stück für Stück kennenzulernen, was von nun an sein Wirkungskreis sein sollte. So lernte er schnell, daß nicht alle auf dem Bauplatz Beschäftigten derselben Kategorie angehörten. Es gab Handwerker und Handlanger, und zwischen den beiden stellte er einen grundlegenden Unterschied fest. Die Handwerker waren Männer mit einem Beruf und gemäß den Hierarchien und Gepflogenheiten der alten Innungen organisiert; sie konnten mit dem Respekt ihrer Arbeitgeber rechnen und sprachen mit den Vorarbeitern sozusagen von gleich zu gleich; sie verspürten einen Stolz, der dem von Künstlern vergleichbar war, wußten um ihre Unersetzlichkeit und waren im allgemeinen den Postulaten der Gewerkschaftsbewegung abhold, denn sie bezogen ein beachtliches Entgelt. Die Handlanger oder Hilfsarbeiter dagegen kamen vom Land und konnten nichts; sie waren in letzter Verzweiflung in die Stadt gekommen, von ihrem Boden vertrieben durch die Dürre, den durch Kriege und Plagen entstandenen Jammer – oder auch nur, weil die dortigen Erträge ungenügend waren, um ihnen den Lebensunterhalt zu gewährleisten. Sie schleppten ihre Familien mit und manchmal auch entfernte Verwandte und invalide Bekannte, die sie nicht hatten sich selbst überlassen können und um die sie sich nun mit der heldenmütigen Solidarität der Armen kümmerten. Jetzt lebten sie in Hütten aus Blech, Holz und Pappe am Strand, der sich von der Landebrücke der Ausstellung bis zur Gasfabrik erstreckte. Es wimmelte von Frauen und Kindern zu Hunderten in diesem Lager, das entstanden war im Schatten der bereits die Silhouetten künftiger Paläste und Pavillons zeichnenden Gerüste und Armierungen. Einige dieser Frauen waren mit Handlangern verheiratet, andere nur liiert; wieder andere waren Mütter, alleinstehende Schwestern, Schwiegermütter oder Schwägerinnen der Handlanger. In der Mehrzahl waren sie hochschwanger. Sie verbrachten den Tag damit, feuchte Wäsche an Seile zu hängen, die sie zwischen zwei in den Sand gesteckte Rohrstöcke gespannt hatten, damit die laue Meeresbrise und die strahlende Sonne sie durchlüften konnten, oder sie kochten neben dem Hütteneingang auf Kohlenbecken, die sie energisch mit Strohfächern schürten, oder flickten und stopften, und all das, während sie sich auch noch um die Kinder kümmerten. Diese waren so schmutzig, daß sich ihre Gesichtszüge nur mit Mühe ausmachen ließen; ihre Bäuche waren gedunsen, sie gingen nackt umher und verpaßten aller Welt Steinwürfe. Wenn sie in die Nähe der kochenden Frauen kamen, riskierten sie eine Ohrfeige oder einen Hieb mit der Bratpfanne. Damit verjagten die Frauen sie, doch in Kürze zog sie der Essensgeruch wieder an. Unter den Frauen gab es immer wieder Zänkereien, Geschrei und Beschimpfungen, und nicht selten gerieten sie sich dabei in die Haare. Die Guardia Civil ging bei solchen Gelegenheiten auf weise Distanz und griff nur ein, wenn Messer oder Dolche ins Spiel kamen. Mit dem Auskundschaften solcher Dinge verbrachte Onofre die Tage. Er machte sich sein harmloses Aussehen zunutze und den Vorteil, keinem Stundenplan unterworfen und keinem Sektor zugeteilt zu sein, und war bald hier und bald dort zu sehen, damit die Leute sich an ihn gewöhnten. Niemals störte er jemand bei der Arbeit; denen, die ausruhten, stellte er Fragen zu ihren Aufgaben. Wenn er die Möglichkeit sah, irgendwo Hand anzulegen, tat er es. Nach und nach wurde er von allen geduldet und von einigen geschätzt.

Als die erste Woche vorbei war und er immer noch kein einziges Pamphlet an den Mann gebracht hatte, fand er auf seinem Kopfkissen das Geld, das ihm Delfina versprochen und vermutlich auch selbst dorthingelegt hatte. Innerlich beglückwünschte er sich zum Verständnis und zur Ehrlichkeit seiner Arbeitgeber. Ich werde sie nicht enttäuschen, dachte er, und zwar nicht, weil mich die Revolution, die ich da predige, irgend etwas anginge, sondern weil ich ihnen zeigen will, daß ich das ebensogut machen kann wie nur irgendeiner. Bald kann ich mit dem Verteilen der verdammten Pamphlete anfangen; mein Fleiß und meine Diskretion werfen ihre ersten Früchte ab, und auch das anfängliche Mißtrauen ist überwunden, das ich möglicherweise mit meiner Unbeholfenheit eingeflößt habe. Außerdem überwacht man mich nicht mehr – alle sind von dieser Irrsinnsausstellung ganz hingerissen. Tatsächlich hatte schon 1886, als noch zwei Jahre bis zur Eröffnung fehlten, eine Zeitung festgehalten, daß *ein Strom von Fremden nach Barcelona kommen wird, um sich von seiner Schönheit und seinen Errungenschaften ein Bild zu machen,* weswegen, wie es weiter heißt, *die äußere Erscheinung der Stadt und die Belange der Bequemlichkeit und der persönlichen Sicherheit diejenigen Punkte sind, die im jetzigen Fall vordringlich die geschätzte Aufmerksamkeit unserer Behörden auf sich ziehen müssen.* Zuletzt verging kein Tag mehr, ohne daß die Zeitungen nicht Anregungen gemacht hätten: *die Kanalisation im neuen Teil der Stadt bauen,* schlug eine vor; *die Buden, welche die Plaza de Cataluña verunstalten, verschwinden lassen,* schlug eine andere vor; *Steinbänke auf den Paseo de Colón stellen; die Außenbezirke sanieren, beispielsweise das Poble Sech, das durchqueren muß, wer seinen Aufenthalt in Barcelona nutzen will, um zum Montjuich zu gehen, weil er sich von den lieblichen Quellen angezogen fühlt, die jenen Hügel besprengen.* Einige zeigten sich besorgt über das Gebaren der Inhaber von Gasthöfen, Restaurants, Herbergen, Cafés und Kosthäusern und hielten sie an, zu bedenken, daß *der Wunsch nach übermäßigem Gewinn im allgemeinen das Gegenteil bewirkt, da er zum eigenen Schaden gereicht, denn er bringt die Zurückhaltung des Reisenden mit sich.* Diesen Journalisten gab weniger zu denken, welchen Eindruck die Stadt hervorrufen könnte als vielmehr ihre Bewohner, deren Anständigkeit, Kompetenz und Manieren sie in jeder Beziehung mißtrauten.

»Gib mir weitere Pamphlete, Pablo«, sagte Onofre. Der Apostel brummte: »Mit dem Verteilen des ersten Pakets hast du mehr als drei Wochen vertrödelt, du mußt dich mehr anstrengen.« Es war fünf Uhr morgens, die Sonne war über den Horizont gekommen und drang durch die Spalten der Fensterläden in den Schlupfwinkel. Im grellen Licht des anbrechenden Sommertages schien das Loch noch kleiner, verwahrloster und staubiger. »Am Anfang war es nicht leicht, aber du wirst schon sehen, von heute an werden die Dinge anders«, sagte Onofre. Das zweite Paket verteilte er in nur sechs Tagen. Pablo sagte: »Junge, verzeih mir, was ich letztesmal gesagt habe. Ich weiß wohl, daß aller Anfang schwer ist; manchmal packt mich einfach die Ungeduld, verstehst du? Es ist die Hitze, diese Hitze und die Weltabgeschiedenheit, die mich umbringen.« Die Hitze blieb auch auf dem Ausstellungsgelände nicht ohne Auswirkung: Nervenkrämpfe waren häufig, und wenig später trat der sommerliche Durchfall auf, der sehr gefürchtet war, weil er die Kinder zu Dutzenden sterben ließ.

»Schlimmer wird es sein«, sagten die Ruhigeren, »wenn das alles hier fertig ist und wir keine Arbeit mehr haben.«

Die Vertrauensseligsten glaubten, wenn die Ausstellung einmal eröffnet sei, würde sich Barcelona in eine große Stadt verwandeln; in dieser Stadt gebe es dann Arbeit für alle, die öffentlichen Dienstleistungen würden sich zusehends verbessern und jedermann den nötigen Beistand erhalten. Über diese Dummköpfe lachten die andern herzlich. Onofre nahm die Gelegenheit wahr, um über Bakunin zu sprechen, und immer verteilte er dabei ein paar Pamphlete. Dann mußte er sich immer wieder sagen: Gott steh mir bei, ich weiß wirklich nicht, wie ich jetzt zu einem Propagandisten des Anarchismus geworden bin; noch vor einigen Wochen hatte ich von diesem Quatsch nicht einmal etwas gehört, und jetzt macht es den Anschein, als ob ich von jeher überzeugt gewesen wäre; eigentlich müßte ich darüber lachen, riskierte ich damit nicht Kopf und Kragen. Nun, sagte er sich dann immer wieder, ich werde versuchen, es so gut wie möglich zu machen; letztlich ist es gleich gefährlich, ob ich es gut oder schlecht mache, und wenn ich es gut mache, erwerbe ich mir das Vertrauen der einen wie der andern. Die Idee, sich das Vertrauen anderer zu erwerben, ohne das seine dagegen zu geben, schien ihm der Gipfel der Weisheit zu sein.

5

»Sie arbeiten also auf dem Bauplatz der Weltausstellung, was, junger Mann? Das ist sehr gut, sehr gut«, hatte Señor Braulio gesagt, als ihm Onofre Bouvila das erste selbstverdiente Wochengeld aushändigte. »Ich bin überzeugt – und habe das auch meiner Frau gesagt, die es bestätigen kann –, daß die Ausstellung, außer Gott beschließe das Gegenteil, dazu beitragen wird, Barcelona auf den ihm gebührenden Platz zu stellen.«

»Genau das denke ich auch, Señor Braulio«, hatte Onofre geantwortet.

Außer Señor Braulio und seiner Gattin, Señora Ágata, Delfina und Beelzebub hatte er mit der Zeit auch andere Bewohner jener kleinen Welt kennengelernt. In der Pension lebten, je nach Tag, acht, neun oder zehn Gäste, davon nur vier Dauergäste: Onofre, ein pensionierter Priester namens Hochwürden Bizancio, eine Kartenlegerin mit Namen Micaela Castro und der Barbier, der seine Arbeit im Vorraum verrichtete und von allen einfach Mariano genannt wurde. Er war ein beleibter und sanguinischer Mensch mit fragwürdigem Charakter, aber leutselig im Umgang und ein hemmungsloser Schwätzer, was der Grund sein mochte, weshalb er der erste Gast in der Pension war, mit dem Onofre Bouvila eine Beziehung anknüpfte. Der Barbier erzählte ihm, er habe seinen Beruf im Militärdienst erlernt und dann als Angestellter in mehreren Barceloneser Friseursalons gearbeitet, bis er im Bestreben, durch die Heirat mit einer Maniküre unmittelbar Karriere zu machen, ein eigenes Geschäft eröffnet habe. »Die Hochzeit kam aber nie zustande. Es fehlten nur noch wenige Tage bis zur feierlichen Eheschließung, als sie plötzlich zu weinen anfing«, erzählte Mariano. Er habe sie gefragt, was denn los sei, und sie habe ihm gestanden, sie sei schon seit einiger Zeit mit einem Herrn liiert, der sich Hals über Kopf in sie verliebt habe, ihr viele Geschenke mache und ihr eine Wohnung einzurichten versprochen habe, sie habe sich so großer Beharrlichkeit und Schmeichelei nicht zu entziehen gewußt; jetzt freilich könne sie Mariano nicht heiraten, ohne ihn über die Situation aufzuklären. Mariano war wie vor den Kopf geschlagen. »Aber wie lange dauert das denn schon?« kam ihm als einzige Frage über die Lippen. Er wollte wissen, ob es sich um Tage, Monate oder Jahre handelte – diese Einzelheit schien ihm entscheidend. Aber genau darüber klärte sie ihn nicht auf. Sie war so verwirrt, daß sie nicht begriff, was man sie fragte, und wiederholte immer wieder: »Ich bin so unglücklich, ich bin so unglücklich.« Nachträglich hatte der Barbier darauf bestanden, den Ring, den er ihr zur Verlobung geschenkt hatte, wiederzubekommen, doch sie hatte sich geweigert, ihn zurückzugeben, und der Anwalt, den er aufsuchte, riet ihm davon ab, mit der Angelegenheit vor Gericht zu gehen: »Sie werden verlieren.« Wenn er die Dinge jetzt, aus der Distanz der Jahre, betrachte, freue er sich, daß sie diesen Verlauf genommen hätten: »Die Frauen sind ein Faß ohne Boden, wenn's ums Geldausgeben geht.« Über sein Berufsleben dagegen sprach er immer mit Begeisterung:

»Eines Tages, ich war in einem Friseursalon im Raval, höre ich ein großes Getöse auf der Straße. Ich schaue hinaus und denke: Was ist denn da los? Was soll dieser Lärm? und sehe vor mir ein Bataillon Soldaten zu Pferd, das sich vor dem Eingang des Geschäfts aufgestellt hat. Plötzlich steigt ein Flügeladjutant vom Pferd und tritt in den Laden; noch glaube ich die Tritte der Stiefel und das Klirren der Sporen auf den Fliesen zu hören. Also, er schaut mich an und sagt: ›Ist der Inhaber da?‹ Ich sage: ›Er ist soeben weggegangen.‹ Er sagt: ›Und gibt's hier niemand, der die Haare schneidet?‹ Ich sage: ›Meine Wenigkeit, zu dienen, nehmen Sie Platz, Euer Gnaden.‹ – ›Es ist nicht für mich‹, sagt er, ›sondern für meinen General, Costa y Gassol.‹ Kannst du dir das vorstellen? Nein, natürlich nicht, du bist noch sehr jung und kannst dich nicht an ihn erinnern, damals warst du noch nicht auf der Welt. Nun, er war ein karlistischer General, berühmt für seinen Mut und seine Wildheit. Mit nur einer Handvoll Männern nahm er Tortosa ein und ließ die halbe Bevölkerung über die Klinge springen. Später ließ ihn Espartero erschießen, ebenfalls ein großer Mann; beide waren aus demselben Holz geschnitzt, wenn du meine Meinung wissen willst, Politik einmal beiseite, denn da mische ich mich nicht ein. Was wollte ich erzählen? Ach ja, da sehe ich also Costa y Gassol höchstselbst hereinkommen, von Kopf bis Fuß mit Orden bedeckt; er setzt sich auf den Stuhl, schaut mich an und sagt: ›Haare und rasieren.‹ Ich mache fast in die Hose und sage: ›Zu Befehl, Euer Gnaden, Herr General.‹ Kurz und gut, ich mache, wie er mich geheißen hat, und sowie ich fertig bin, fragt er mich: ›Wieviel macht's?‹ Ich sage: ›Für Euer Gnaden ist es umsonst, Herr General.‹ Und er dreht sich um und geht.«

Diese Anekdoten konnten mehrere Stunden dauern, bis irgend etwas oder irgend jemand seinen Redefluß stoppte. Wie alle Barbiere seiner Zeit zog Mariano auch Zähne, salbte die Leute, verpaßte ihnen Senfpflaster und Kataplasmen und nahm Abtreibungen vor. Seinen wenigen Kunden versuchte er Heilsalben anzudrehen. Er war sehr um seine Gesundheit besorgt, hatte es auf der Blase und der Leber, war immer dick angezogen und mied Micaela Castro wie die Pest, denn die hatte ihm einen schmerzhaften Tod in unmittelbarer Zukunft geweissagt. Die Seherin war eine Frau im fortgeschrittenen Alter, deren eines Augenlid immer halbgeschlossen war. Sie lebte sehr zurückgezogen und machte den Mund nur auf, um ein Unglück vorherzusagen. An ihre prophetischen Gaben glaubte sie felsenfest – daß später nie eintraf, was sie ankündigte, tat ihrem Glauben keinen Abbruch und konnte sie nicht davon abhalten, weiterhin Katastrophen zu prophezeien. »Eine verheerende Feuersbrunst wird Barcelona dem Erdboden gleichmachen, niemand wird sich unversehrt aus diesem entsetzlichen Scheiterhaufen retten können«, sagte sie beim Eintreten in das Zimmer, das als Speisesaal diente. Niemand schenkte ihr Aufmerksamkeit, obwohl im verborgenen fast alle Holz zu berühren oder eine beschwörende Fingerbewegung zu machen suchten. Niemand wußte, wie und warum ihr so viele Schrecknisse in den Sinn kamen. »Es wird Überschwemmungen, Epidemien und Kriege geben und an Brot mangeln«, sagte sie ins Blaue hinein. Ihre Kundschaft, die sie in der Pension, nämlich in ihrem Zimmer, empfing, und zwar mit einer Sondergenehmigung Señor Braulios, der großherzig war und sie gut leiden mochte, setzte sich aus Personen jeden Alters, beiderlei Geschlechts und demütigen Charakters zusammen. Diese Konsultationen verließen alle immer bedrückt; sie kamen aber nach kurzer Zeit erneut, um eine weitere Dosis Pessimismus und Hoffnungslosigkeit entgegenzunehmen. Jene unglücklichen Enthüllungen verliehen ihrer monotonen Existenz eine gewisse Erhabenheit, möglicherweise kamen sie deshalb; vielleicht aber auch, weil eine unmittelbar bevorstehende Tragödie die erbärmliche Gegenwart, in der sie lebten, etwas erträglicher machte. Jedenfalls geschah später nie etwas von all dem Vorausgesagten – oder es geschah etwas zwar ebenfalls Schlimmes, aber anderes. Hochwürden Bizancio exorzierte sie vom andern Ende des Speisesaals aus, den Blick auf das Tischtuch geheftet und vor sich hinmurmelnd. Niemals setzten sie sich an denselben Tisch. Da sie beide in eine spirituelle Welt versunken lebten, respektierten sie sich, wenn sie ihre Kämpfe auch auf verschiedenem Terrain ausfochten. Für Hochwürden Bizancio war Micaela Castro ein seines Amtes würdiger Feind: die Verkörperung des Leibhaftigen. Für sie wiederum war Hochwürden Bizancio eine unerschöpfliche

Quelle der Sicherheit, weil er an ihre Gaben glaubte, obwohl er sie dem Teufel zuschrieb. Hochwürden Bizancio, der schon sehr alt und hinfällig war, mochte nicht sterben, ohne nach Rom gegangen zu sein, um sich, wie er sagte, Sankt Peter zu Füßen zu werfen. Auch verspürte er große Lust, mit eigenen Augen den Weihrauchkessel von Santiago de Compostela zu sehen, den er im Vatikan wähnte. Micaela Castro hatte ihm prophezeit, er werde sich bald auf diese Reise nach Rom machen, aber auf halbem Weg das Zeitliche segnen, ohne die Heilige Stadt erblickt zu haben. An Hochwürden Bizancio wandten sich die nahegelegenen Gemeinden (Mariä Opferung, Sankt Ezechiel oder Unsere Madonna des Gedenkens), wenn irgendeine feierliche Zeremonie zusätzliches Personal oder Verstärkung in Chor oder Konvent erforderte; man bat ihn auch, beim Gregorianischen Choral, bei den Antiphonen, Vers- und Bibellesungen oder sogar als Chorknabe einzuspringen, Dinge, in denen Hochwürden Bizancio bewandert war, wenn er auch bei keinem davon mit übermäßigen Fähigkeiten aufwarten konnte. Damit und mit einigen Stellvertretungen verdiente er sich ein wenig Geld, gerade genug, um ohne Not leben zu können. Der Kleriker, der Barbier, die Wahrsagerin und Onofre Bouvila bewohnten die Zimmer der zweiten Etage. Diese Zimmer hatten, wenn sie auch nicht geräumiger oder sonst besser als die andern waren, den unbezahlbaren Vorteil, einen Balkon zur Straße zu haben, was sie angenehm machte – trotz der Risse in der Decke, des schiefen Bodens, der großen Feuchtigkeitsflecke an den Wänden und des trostlosen, aus dem Leim gegangenen Mobiliars. Die Balkone gingen aufs Gäßchen; die Aussicht war trist, aber wenigstens bekam man so von Zeit zu Zeit etwas Helligkeit; auf das schmiedeeiserne Geländer dieser Balkone setzten sich täglich einige Turteltauben mit blendendweißem Gefieder, die entflogen sein mußten und nun in unmittelbarer Nachbarschaft nisteten. Hochwürden Bizancio gab ihnen oft etwas ungesäuertes Brot, das er von ungeweihten Hostien abschnitt, so daß sie weiterhin jeden Tag kamen. In den Zimmern auf der ersten Etage, die weder Fenster noch Balkon nach außen hatten, wohnten die vorübergehenden Gäste.

Auf der dritten Etage, unter dem Dach, schliefen Señor Braulio, Señora Ágata und Delfina. Señora Ágata litt an einer Mischung aus Gelenk- und Fußgicht, die sie in dauerndem Halbschlaf an den Stuhl fesselte. Sie bekam nur etwas Leben, wenn sie Näschereien und Kuchen essen konnte, aber da ihr der Arzt das ausdrücklich untersagt hatte, ließen Ehemann und Tochter sie nur an hohen Feiertagen einige Stückchen Süßes kosten. Obwohl sie pausenlos Schmerzen hatte, beklagte sie sich nie darüber, nicht aus Charakterfestigkeit, sondern aus schierer Schwäche. Manchmal wurden ihre Augen feucht, und Tränen kullerten ihr über die rundlichen Kinderwangen, doch in ihrem ausdruckslosen Gesicht regte sich nichts. Dieses Unglück in der Familie schien Señor Braulio nicht zu berühren. Immer war er guter Dinge und bereit, sich in eine polemische Auseinandersetzung über irgendeinen Gegenstand zu verheddern. Er erzählte und hörte mit Vorliebe Witze; wie faul diese auch sein mochten, er quittierte sie mit verhaltenem, aber nicht enden wollendem Lachen – nach einer Stunde lachte er noch immer über einen Witz, den man ihm erzählt hatte, es gab kein schmeichelhafteres Publikum als ihn. Er war immer sehr herausgeputzt und geschniegelt. Mariano rasierte ihn am Morgen und bei bestimmten Gelegenheiten abends noch einmal. Außerhalb der Essenszeiten, zu denen er untadelig gekleidet war, spazierte er in der Unterhose durch die Pension, um die Hose nicht zu zerknittern, die ihm seine Tochter täglich mit Murren bügelte. Er hatte ein freundschaftliches Verhältnis zum Barbier, vertrug sich gut mit dem Priester und behandelte die Seherin mit Ehrerbietung, setzte sich allerdings selten an ihren Tisch, denn wenn sie in Trance hereinkam, verlor sie die Herrschaft über ihre Bewegungen und gefährdete dadurch Señor Braulios Makellosigkeit. Neben der Zierlichkeit war seine bemerkenswerteste Eigenschaft der Hang, sich zu verletzen: An einem Tag erschien er mit einem blauen Auge, am nächsten mit einem auffälligen Schnitt am Kinn, am folgenden mit einem Bluterguß am Wangenknochen und am vierten mit einer Handverrenkung. Nie sah man ihn ohne Binden, Heftpflaster oder Wundverbände. Bei jemandem, der soviel Wert auf seine Erscheinung legte, mutete das immer wieder seltsam an. Entweder ist er der ungeschickteste Mensch, den ich je kennengelernt habe, oder hier geht etwas vor, was nicht normal ist, sagte sich Onofre, wenn er länger darüber nachdachte. Doch das bei weitem rätselhafteste Mitglied der Familie war Delfina, sie beunruhigte Onofre am meisten und übte eine unerklärliche, aber wachsende, fast schon obsessive Anziehungskraft auf ihn aus.

Onofres Erfolg beim Verteilen der Pamphlete war so durchschlagend, daß er häufig in die Calle del Musgo gehen mußte, um mit neuem Material seine Vorräte zu ergänzen; dort traf er immer auf Pablo, und aus der Regelmäßigkeit dieser Begegnungen entstand so etwas wie Kameradschaft zwischen dem abgehärteten Apostel und dem willigen Neuling. Jener beklagte sich ununterbrochen über die Verbissenheit, mit der die Polizei seit mehreren Jahren hinter ihm her war, was ihm dieses zurückgezogene Leben aufzwang; er war ein Mann der Tat, für den Untätigkeit schlimmer als Folter war – so glaubte er damals wenigstens. Er war aus dem Gleis gekommen und beneidete Onofre um die Möglichkeit, täglich mit den werktätigen Massen in Kontakt zu kommen; ihm schien, Onofre ziehe aus diesem unschätzbaren Geschenk nicht in vollem Maße Nutzen, er zankte und hielt ihm wegen jedes beliebigen Anlasses, ob gerechtfertigt oder eingebildet, eine Standpauke. Onofre, der ihn nach und nach kennenlernte, ließ ihn reden, denn er wußte, daß er im Grunde ein armer Kerl auf verlorenem Posten war. Pablo fühlte sich leicht beleidigt, fuhr ihm systematisch über den Mund und war darauf aus, immer recht zu behalten – drei untrügliche Anzeichen von Charakterschwäche. Anderseits brauchte er Onofres Gesellschaft und vor allem seine Billigung, um nicht den Verstand zu verlieren; sein Überleben in dieser Welt der Vernünftigen hing von Onofre ab. Er nahm ein trauriges Ende, das er trotz seiner Fehler nicht verdient hatte. 1896, als er bereits seit mehreren Jahren in den Verliesen des Kastells von Montjuich gefangen war, ließen seine Kerkermeister nach der Bombe vom Fronleichnamstag ihre Wut an ihm aus. Eines Morgens fesselten sie ihn mit Lederriemen, die ihm bis auf die

Knochen ins Fleisch schnitten, verbanden ihm die Augen und zerrten ihn aus seiner Zelle. Es bereitete ihnen keine Mühe, ihn an den Armen wegzutragen, denn Verbitterung und schlechte Behandlung hatten ihn auf ein Etwas reduziert, das nicht mehr als dreißig Kilo wog. Als sie ihm die Augenbinde abnahmen, sah er sich wenige Schritte vor dem Abgrund, wo die Wellen sich an den Felsen der Steilwand brachen und die schwarzen, wie eine Axtschneide geschliffenen Klippen zum Vorschein kamen, wenn das Wasser zurückbrandete. Sie hatten ihn mit den Händen außen an eine Zinne des Kastells gebunden, mit dem Gesicht zur Mauer und die Fersen im Leeren – ein Windstoß hätte genügt, um ihn das Gleichgewicht verlieren zu lassen und ihm den Garaus zu machen. Er war versucht, sich hintenüber fallen zu lassen und dieser ganzen Qual ein Ende zu bereiten, doch er konnte sich nicht dazu entschließen oder getraute sich nicht. Ich werde es nicht freiwillig tun, dachte er und biß die Zähne zusammen. Ein Oberleutnant mit vertrocknetem Gesicht und bläulichblassem Teint drückte ihm die Säbelspitze gegen die Brust. »Du wirst ein Geständnis unterzeichnen«, sagte er ihm, »oder ich töte dich auf der Stelle. Unterzeichnest du, so kommst du vielleicht an einem der nächsten Tage frei.« Er zeigte ihm eine angeblich nach seinem Diktat geschriebene Erklärung, die besagte, daß er einer der Verantwortlichen für die Fronleichnamstragödie sei, Giacomo Pimentelli heiße und Italiener sei. All das war absurd, denn wenn er schon mehrere Jahre im Gefängnis verbracht hatte, konnte er nicht an einer Tat teilgenommen haben, wie sie wenige Tage zuvor auf der Straße begangen worden war und ihm nun zur Last gelegt wurde. Ebensowenig war er Italiener, nicht im entferntesten, wenn es auch bis zu diesem Zeitpunkt niemandem gelungen war, seinen richtigen Namen oder seine Herkunft herauszufinden; bei den Befragungen sagte er immer wieder, sein Name sei einfach Pablo und er sei Weltbürger, Bruder der ganzen ausgebeuteten Menschheit. Man brachte ihn in seine Zelle zurück, ohne ihm das Geständnis entrissen zu haben. Dort band man ihn mit den Handgelenken an die Oberkante der Tür und ließ ihn acht Stunden so hängen. Manchmal trat ein Wärter zu ihm, spuckte ihm ins Gesicht und zerrte ihn aufs grausamste an den Genitalien. Fast täglich spielte man mit ihm eine andere Hinrichtungsart durch: Einige Male knüpfte man ihm ein Seil um den Hals, andere Male hieß man ihn den Kopf auf einen Stumpf legen und gab vor, man wolle ihn köpfen, oder stellte ihn vor ein Erschießungskommando. Schließlich schwand sein Mut ganz, und er unterschrieb die Erklärung, gestand eine Schuld, die bis zu einem gewissen Punkt tatsächlich die seine war, denn so, wie es jetzt um ihn stand, haßte er jedes menschliche Wesen und hätte ohne Unterschied getötet, wenn er dazu die Gelegenheit gehabt hätte. Dann wurde er, wie so viele andere auch, im Graben des Kastells tatsächlich erschossen, und zwar auf ausdrückliche Weisung aus Madrid. Der Mann, der diese brutale Weisung erteilt hatte, war Don Antonio Cánovas del Castillo, damals zum fünftenmal Kabinettspräsident. Als Cánovas del Castillo einige Monate später im Bad von Santa Águeda eine Kur machte, erzählte er seiner Frau, er sei einem seltsamen Mann begegnet, der ebenfalls Kurgast sei und ihn mit großer Ehrerbietung gegrüßt habe. »Ich möchte wissen, um wen es sich handelt«, sagte der Kabinettspräsident. Sein Blick hatte sich infolge einer unbestimmten finsteren Vorahnung verdüstert, aber er wollte seine Gattin nicht mithineinziehen, um sie nicht in Alarmstimmung zu versetzen. Cánovas war immer schwarz gekleidet, sammelte Gemälde, Porzellan, Spazierstöcke und alte Münzen, war sehr zurückhaltend in seinen Worten und verabscheute alles, was nach Protzerei hätte aussehen können, wie Gold oder Juwelen. Besorgt wegen der internen und externen Probleme, denen sich das Land gegenübersah, hatte er gegen die Anarchisten einen Kampf mit eiserner Faust angeordnet. Wir haben schon genug Kopfzerbrechen, als daß jetzt noch eine solche Meute toller Hunde dazukommen könnte, dachte er. Härte schien ihm das einzige Mittel gegen das Chaos, das er an Spaniens Horizont drohen sah. Der Mann, der ihn im Sommer 1897 in Unruhe versetzte, war diesmal wirklich ein Italiener; er hieß Angiolillo und hatte sich im Fremdenbuch des Bades als Korrespondent von *Il Popolo* eingetragen; er war jung, hatte aschblonde Haare, ein leicht dekadentes Aussehen und ein feines Benehmen. Eines Tages, als Cánovas in einem Korbsessel im Garten des Bades saß und im Schatten eines Baumes die Zeitung las, trat Angiolillo zu ihm. »Stirb, Cánovas«, sagte er, »stirb, du Henker, du blutrünstiger, verrückter Mensch!« Er zog einen Revolver aus der Tasche und feuerte aus nächster Nähe drei Schüsse auf ihn ab, die ihn auf der Stelle töteten. Cánovas' Gattin geriet in Raserei und griff den Attentäter mit ihrem Fächer aus eingelegtem Perlmutt an, den sie am Handgelenk trug. »Mörder! Mörder!« schrie sie auf ihn ein. Angiolillo verwahrte sich gegen diese Anschuldigung und sagte, er sei kein Mörder, sondern der Rächer seiner anarchistischen Genossen. »Mit Ihnen, Señora, habe ich nichts zu schaffen.« Männer erklären sich nur selten, und wenn, dann tun sie es schlecht.

Die täglich für den Bau der Ausstellung benötigten Mengen an Material waren so groß, berichtet eine Zeitung aus jenen Tagen, *daß alle Ziegelöfen praktisch am Ende ihrer Kapazität sind; dasselbe gilt für den Zement, der in großen Mengen von verschiedenen Orten des Fürstentums und des Auslands geliefert wird. Allein für das große Industriepalais werden jeden Tag 800 Zentner dieses Materials gebraucht. Auch in den ausgedehnten Eisenwerkstätten von La Marítima und des Hauses Girona wird auf vollen Touren gearbeitet, was ihre Verträge zur Lieferung von Gerüsten und Tragebalken betrifft, und ebenso in verschiedenen holzverarbeitenden Werkstätten, in denen bereits einige Anlagen von entscheidender Bedeutung hergestellt werden.* Das Gelände umfaßte 380 000 Quadratmeter. Bereits erhoben sich, zwar erst halbfertig, die ersten eigens für die Ausstellung errichteten Bauwerke. Diejenigen der alten Zitadelle, die noch standen, wurden restauriert und die noch vorhandenen Reste der Stadtmauern niedergerissen, und in der Calle de Sicilia baute man neue Standquartiere, wohin die letzten militärischen Überbleibsel verbracht wurden. Das heißt nicht, daß sich die Bauarbeiten schon in einem fortgeschrittenen Stadium befunden hätten – tatsächlich war der ursprünglich für die Eröffnung vorgesehene Termin bereits überschritten, und es wurde ein anderes, *diesmal unaufschiebbares* Datum festgesetzt, der 8. April 1888. Trotz der Unumstößlichkeit dieser Entscheidung gab es einen zweiten Verschiebungsversuch, der aber scheiterte: Paris bereitete eine Ausstellung für 1889 vor, und ein Zusammenfallen mit Paris wäre einem Selbstmord gleichgekommen. In der Barceloneser Presse hatte sich die anfängliche Begeisterung abgekühlt, jetzt überwogen die Angriffe. *Vielleicht, meinen wir, wäre es angezeigt, soviel Aufwand und Geld nützlicheren und dringenderen Aufgaben zukommen zu lassen, statt sie für eine umfangreiche öffentliche Bauerei von nur momentanem Effekt und oberflächlichem Nutzen zu verschwenden, falls sie überhaupt einen Nutzen hat,* schrieben die einen. Andere fanden, auf katalanisch, noch härtere Worte: *Für jeden, der die Materie kennt, ist klar und liegt offen zutage, daß die Weltausstellung von Barcelona, so wie sie diejenigen planen, die sich an ihre Spitze gestellt haben, entweder gar nie wird realisiert werden können oder dann nur unter Umständen, die Barcelona im besonderen und Katalonien im allgemeinen der Lächerlichkeit preisgeben, indem sie den vollkommenen Ruin unseres Gemeinwesens nach sich ziehen.* Unter diesen Bedingungen besuchte Rius y Taulet die Baustelle. Er wurde von zahlreichen Persönlichkeiten begleitet, die alle machten, was sie konnten: Sie hüpften von Brett zu Brett und über Gräben, wichen den Kabeln und mit raschen Bewegungen den Maultieren aus, die nach den Schößen ihrer Cutaways bissen, und schützten mit ihren Zylindern den Mund vor dem Staub. Der energische Bürgermeister fand Gefallen an dem Spektakel. *No estaré content fins arribar al vertigen – ich werde nicht eher zufrieden sein,* sagte er, *als bis mich der Schwindel packt.*

Auch Onofre Bouvila machte Fortschritte. Da er den Inhalt der verteilten Pamphlete erklären mußte, hatte er ihn notgedrungen selber zu verstehen gelernt; er wurde gewahr, bis zu welchem Punkt die Revolutionäre mit ihren Forderungen recht hatten. Der kleinste Funke hätte genügt, um einen Brand zu entfachen. Von all dem sprach er, bald mit den Mitteln der Logik, bald mit denen der Demagogie. Einige seiner Zuhörer, die er überzeugt hatte, halfen ihm, die Idee weiterzuverbreiten. Die Stürme von Anfang September, die den Park in einen Morast verwandelt hatten, leichte Anzeichen von Typhus und gewisse Rückstände in der Bezahlung der Taglöhne, die auf die Gemächlichkeit zurückzuführen waren, mit der Madrid die magere Unterstützung wirksam werden ließ, die die Regierung der Ausstellung schließlich doch noch zugestanden hatte – all das trug dazu bei, dieser Verbreitung eine ungestüme Kraft zu verleihen. Onofre war von seinem Erfolg selbst überrascht. Immerhin bin ich erst dreizehn, dachte er. Pablo erlaubte sich ein Lächeln, was selten vorkam: »In den Anfängen des Christentums gelangen den Unmündigen mehr Bekehrungen als den Erwachsenen – die heilige Agnes hatte genau dein Alter, dreizehn Jahre, als sie durchs Schwert starb, der heilige Vitus war mit zwölf schon Märtyrer. Noch überraschender ist der Fall des heiligen Quirze, des Sohnes der heiligen Julita, der als erst Dreijähriger den Präfekten Alexander so zerschmetterte mit seiner Beredtheit, daß dieser den Kleinen mit derartiger Gewalt gegen die Podiumstreppe schleuderte, daß ihm der Schädel barst; das Hirn schoß heraus und verspritzte auf dem Boden und dem Gerichtstisch.«

»Woher weißt du das alles?« fragte Onofre.

»Ich lese darüber. Was soll ich denn in diesem Käfig machen, wenn nicht lesen? Mit Lesen und Nachdenken schlage ich die Stunden und Tage tot. Manchmal bekommen meine Gedanken eine solche Kraft, daß mir selbst angst und bang wird. Andere Male packt mich eine grundlose Angst, und ich habe das Gefühl, ich sei in einem tiefen Traum, aus dem ich voller Kummer erwache. Wieder andere Male fange ich ohne Anlaß an zu weinen, und das kann mehrere Stunden dauern, ohne daß es mir gelingt, es zurückzuhalten«, sagte der Apostel. Aber Onofre hörte ihm nicht mehr zu, weil ihn seinerseits eine große Erregung gepackt hatte.

II. Kapitel

1

Nein, das kann doch nicht das sein, was andere Liebe nennen – aber was ist denn mit mir los? fragte er sich. Im Verlauf des Sommers und Frühherbsts 1887 wurde die Unruhe, die Delfina in ihm auslöste, allmählich zu einer Besessenheit. Er hatte mit ihr keine zwei Worte mehr gewechselt seit jener Nacht, als sie mit dem Kater in sein Zimmer gekommen war und ihm vorgeschlagen hatte, für die Idee zu arbeiten; danach gaben sie sich kaum mehr mit einem Blick oder einer Geste zu verstehen, daß sie sich kannten, wenn sie sich auf den Gängen der Pension begegneten. Jeden Freitag fand er auf seinem Bett das Geld – eine Summe, die ihm jetzt im Verhältnis zu seinen Anstrengungen, Erfolgen und Verdiensten bereits gering erschien. Jenes nächtliche Gespräch im Kerzenlicht war das einzige, was er von ihr besaß; jetzt analysierte er systematisch ihre weitschweifigen Sätze immer wieder von neuem und versuchte, ihnen Informationen abzugewinnen, mögliche Bedeutungen in sie hineinzulesen. Das spielte sich freilich alles einzig und allein in seiner Vorstellung ab; er glaubte sich mittlerweile an Dinge zu erinnern, die gar nie vorgefallen waren, und baute sich aus Erinnerungsfetzen Schlösser. Wahrscheinlich spürte er seine Sexualität erwachen, wußte es aber nicht: er versuchte alles mit dem Verstand zu begreifen und glaubte durch Nachdenken jedes Problem lösen zu können. Jetzt freilich sah er ein, daß er nirgends hinkam. Was soll ich tun? fragte er sich. Nur über eines war er sich im klaren: Sie hatte ihm gesagt, sie habe einen Freund, und das war für ihn wie eine Verwundung; er dachte nur noch daran, ihn zu beseitigen. Dazu mußte er aber mehr herausfinden, als er wußte: wer er war, wo und wann sie sich sahen und was sie trieben, wenn sie zusammen waren. Aus dem immergleichen Trott in der Pension und daraus, daß Delfinas Eltern nichts von den Abenteuern ihrer Tochter wußten, schloß er, daß sich das Paar zu einer unüblichen Zeit sah, vermutlich nachts. Das war für jene Epoche außergewöhnlich. Bis weit ins

20. Jahrhundert hinein erlahmte, mit ganz wenigen Ausnahmen, jede Aktivität kurz nach Sonnenuntergang; was darüber hinaus noch andauerte, konnte von vornherein und ohne daß man damit hätte fehlgehen können, als ungewöhnlich, ja verdächtig bezeichnet werden. In ihrer Fantasie stellten sich die Leute die Nacht voller Trugbilder und Gefahren vor; was immer bei Kerzenschein verrichtet wurde, erhielt einen erregenden und rätselhaften Anstrich. Ebenso glaubte man, die Nacht sei ein lebendes Wesen, das mit einer unerklärlichen Macht die Menschen anziehe, und wer ohne festes Ziel in die Nacht eindringe, kehre nie mehr zurück. Die Nacht wurde kurzerhand dem Tod und die Morgendämmerung der Auferstehung gleichgesetzt. Die Anwendung des elektrischen Lichts, das ein für allemal Schluß mit der Dunkelheit in den Städten machen sollte, steckte noch in den Kinderschuhen, und seine Inbetriebnahme weckte größte Skepsis. *Das künstliche Licht sollte weder blenden noch oszillieren, aber ausgiebig sein, ohne das Auge zu erwärmen*, heißt es in einer 1886 erschienenen Zeitschrift. *Kräftige Lampen sollte man nie benutzen, außer ihr Licht werde durch Schirme aus zerriebenem Glas abgeschwächt und in der Richtung der Fibern gebündelt.* Eine andere Barceloneser Zeitung aus demselben Jahr führt indessen an, *daß das elektrische Licht laut Professor Chon aus Breslau, einem hervorragenden Augenarzt, zum Lesen und Schreiben jedem andern bei weitem vorzuziehen wäre, wenn es unbeweglich und stark wäre.* Von all dem hatte Onofre noch keine Ahnung. Er stellte sich vor, wie Delfina, in schwärzeste Nacht gehüllt und in ein ebenso furchtbares wie anziehendes Wesen verklärt, ihren Geliebten aufsuchte. Ihre verschlossene Art, ihre Echsenhaut, die schwefelgelben Pupillen, die borstig-schmutzigen Schornsteinfegerbesenhaare, ihre abgerissene und liederliche Kleidung, die ihr bei Tag das Aussehen einer lächerlichen Vogelscheuche gaben, wurden mit der verzaubernden Macht der Dunkelheit zu Attributen einer geisterhaften Erscheinung. Besessen vom Gedanken, die heimlich Liebenden zu ertappen, beschloß er, zu diesem Zweck die Nächte ohne Schlaf zu verbringen. Von nun an verließ er, sobald das letzte Geräusch in der Pension ver-

stummt und die letzte Öllampe verlöscht war, sein Zimmer und nahm neben dem Treppenabsatz Posten. Wenn sie aus ihrem Zimmer kommt, muß sie notgedrungen hier durch, dachte er; sie wird an mir vorbeigehen, ohne mich zu sehen, und ich werde ihr nachspionieren können und erfahren, wohin sie geht und warum. Die durchwachten Nächte wurden ihm zu einer Gewohnheit, deren Ende nicht abzusehen war. Die Uhren von Mariä Opferung, Sankt Ezechiel und Unserer Madonna des Gedenkens höhlten die Stunden mit unerträglicher Langsamkeit. Nichts störte die Ruhe in der Pension. Etwa um zwei Uhr früh kam jeweils Hochwürden Bizancio aus seinem Zimmer und ging auf die Toilette; wenige Minuten später kehrte er zurück und ließ gleich darauf sein Schnarchen vernehmen. Um drei Uhr fing Micaela Castro mit sich oder ihren Geistern zu sprechen an; diese Psalmodie dauerte bis zum Morgengrauen. Um vier und um halb sechs Uhr suchte der Priester abermals den Abort auf. Der Barbier schlief den Schlaf des Gerechten. In seinem Schlupfwinkel prägte sich Onofre Bouvila diese Einzelheiten allmählich ein – da er sich langweilte, erschien ihm jedes banale Detail von großer Bedeutung. Am meisten beschäftigte ihn aber der perfide Kater Beelzebub; die Vorstellung, er könnte auf der Suche nach Mäusen durchs Haus streifen oder Delfina bei ihren nächtlichen Eskapaden begleiten, erfüllte ihn mit Entsetzen. Während sich die Nacht dahinzog, suchte er nach einer sicheren Methode, sich des Katers zu entledigen, ohne Verdacht zu erwecken. Bei diesen Überlegungen wurde er vom Morgengrauen überrascht; er hatte steife Glieder, war müde und in schlechtester Laune. Bevor die andern erwachten, ging er wieder in sein Zimmer, nahm den Packen Pamphlete und machte sich auf den Weg zur Ausstellung. Diese Nacht werde ich wieder am selben Ort sein, nahm er sich vor, und wenn nötig sämtliche Nächte des ganzen Jahres. Später übermannte ihn oft die Müdigkeit, bei aller Wachsamkeit fielen ihm die Augen zu, und ohne es zu merken, nickte er ein.

Das leise Rauschen von Stoff schreckte ihn aus dem Schlaf. Mit angehaltenem Atem hörte er vorsichtige Schritte die Treppe herunterkommen. Endlich, dachte er. Unmittelbar neben der Treppe kauernd, nahm er wahr, wie jemand wenige Zentimeter neben seinem Gesicht vorbeiging. Ein intensiver Parfümgeruch verwirrte ihn – nie hätte er gedacht, daß Delfina auf eine derartige Koketterie verfallen und sich so herausputzen könnte, um zu einem Rendezvous zu gehen. Sie hat sich für ihn so zurechtgemacht, sagte er sich, das also ist die Liebe. Er verharrte noch ein paar Sekunden und stieg dann hinunter; auf den Stufen aus künstlichem Marmor verursachten die Schritte des Verfolgers und der Verfolgten kaum ein Geräusch. Wenn sie aus irgendeinem Grund stehenbleibt, kommt es zu einem verhängnisvollen Zusammenstoß zwischen uns, dachte er und verdoppelte seine Vorsicht. Er stellte fest, daß der Abstand zwischen ihnen größer wurde. Wenn das so weitergeht, werde ich sie verlieren, sagte er sich, denn sie kennt jeden Quadratzentimeter des Hauses und hat außerdem diesen Weg schon tausendmal gemacht, während ich so blöd bin, nicht einmal in weiser Voraussicht die Stufen der einzelnen Treppen gezählt zu haben, dachte er. Wenn er auf einen Absatz kam, lief er überdies Gefahr, sich ein Glied zu verrenken. Wie betäubt von all diesen unvorhergesehenen Problemen, verlor er die Vorstellung von Raum und Zeit und wußte nicht mehr, ob er sich bereits im Erdgeschoß befand oder noch in der ersten Etage, ob er erst einige Augenblicke oder schon eine ganze Stunde mit dieser unsinnigen Verfolgung zubrachte. Er hörte die Angeln der Eingangstür knarren. Himmel, jetzt entwischt sie mir wirklich, sagte er sich und stürzte nun in aller Eile die Treppe hinunter; als er in den Vorraum gelangte, strauchelte er und schlug mit dem Knie auf den Fußboden, nahm die Verfolgung aber hinkend wieder auf. Der Mond schien nicht, und auf der Straße war es ebenso finster wie im Innern der Pension. Im Freien verflüchtigte sich das Parfüm nach wenigen Schritten. Er ging bis zur ersten Kreuzung und schaute nach rechts und links. Der feuchte Ostwind wehte. Jetzt hörte er bereits keinen Ton mehr. Eine Weile ging er noch ziellos hin und her, dann sah er ein, daß die Verfolgung gescheitert war, und kehrte zur Pension zurück, wo er von neuem seinen Wachposten einnahm, doch die Feuchtigkeit war ihm in die Knochen gedrungen, und er zitterte. Was ich da mache, ist vollkommen sinnlos, sagte er sich. Er mußte sich anstrengen, um nicht zu niesen, denn damit hätte er seine Anwesenheit verraten. Er hatte keine Kraft mehr weiterzuwarten, ging in sein Zimmer und legte sich ins Bett. Jetzt verspürte er Mitleid mit sich: Sie hat mich zum Narren gehalten; nun liegt sie in den Armen eines andern, und die beiden lachen über mich; ich dagegen liege krank hier in diesem Bett.

Er mußte eingeschlafen sein, denn als er die Augen öffnete, betrachtete ihn mit Interesse ein Mann, der ihm nicht unbekannt vorkam. »Er ist erst vor kurzem gestorben«, hörte er ihn sagen. Damit war offensichtlich er gemeint. »Er riecht noch nicht, und auch die Gelenke sind noch ganz biegsam«, fuhr der Mann fort. Das spärliche Licht, das die Szene beleuchtete, funkelte in seinen Augengläsern und warf seinen Schatten riesenhaft auf die Wand. Jetzt weiß ich, wer er ist, sagte sich Onofre, aber was macht er hier, und mit wem spricht er? Als wollte er diese Frage mit seiner Anwesenheit beantworten, trat Onofres Vater aus dem Schatten und stellte sich neben den Mann mit den Augengläsern. »Glauben Sie, daß er gut aussehen wird?« fragte er ihn. Er trug denselben Anzug aus weißem Drillich, hatte aber dem feierlichen Anlaß zuliebe den Panama abgenommen. »Seien Sie unbesorgt, Señor Bouvila«, antwortete der Mann, »wenn Sie ihn bekommen, werden Sie glauben, ihn in Wirklichkeit gar nicht verloren zu haben.« Offenbar träume ich, sagte sich Onofre. Einige Zeit zuvor hatte er eine ähnliche Szene erlebt: An einem Wintermorgen hatten sie den Affen, den ihm sein Vater aus Kuba mitgebracht hatte, tot aufgefunden. Da seine Mutter immer als erste aufstand, hatte sie den zusammengekauerten Kadaver im Käfig entdeckt. Sie war diesem schmutzigen, tobsüchtigen und hinterhältigen Tier nie zugetan gewesen, das für die Leute, die ihm zu fressen gaben, keinerlei Zuneigung zu empfinden schien; aber als sie jetzt sah, daß er tot war, konnte sie einen Anfall von Mitleid nicht unterdrücken und vergoß einige Tränen. Hier zu sterben, so weit von den Seinen entfernt, dachte sie, was für eine Einsamkeit! Ihr Mann fand sie voller Empörung. »Die Schuld daran trägst du«, sagte sie, »denn du hast ihn aus seinem Land genommen. Nicht umsonst hat ihn der Herr ja dorthingetan. Ich weiß wirklich nicht, wohin so viel Eifer und Ehrgeiz noch führen«, sagte sie schließlich ohne direkten Zusammenhang. Onofre war bereits aufgewacht und hörte diesem Gespräch zwischen seinen Eltern zu. »Wie willst denn du wissen, was aus ihm geworden wäre, wenn ich ihn nicht hierhergebracht hätte«, erwiderte der Amerikaner. »Ich habe eine Idee!« rief er dann, als beide Parteien mit ihren Argumenten am Ende waren. »Onofre«, er wandte sich zum erstenmal an ihn, »möchtest du Bassora kennenlernen?« Joan Bouvila ging häufig nach Bassora, und jedermann wußte, daß er dort einen Teil seines Vermögens investiert und den Rest bei den Banken der Stadt hinterlegt hatte. Bei diesen Besuchen war er jeweils drei oder vier Tage abwesend; wenn er zurückkam, erzählte er nie, was er getan oder gesehen hatte oder wie die Geschäfte liefen, die er dort überwacht hatte. Manchmal, nicht immer, brachte er einige unbedeutende Geschenke mit, Schleifen, Näschereien, eine parfümierte Seife oder eine Illustrierte. Andere Male kam er sehr aufgeräumt zurück, gab aber auch über seine Begeisterung keinerlei Auskunft; nur beim Abendessen war er redseliger als üblich und sagte dann jeweils zu seiner Frau, die nächste Reise nach Bassora würden sie gemeinsam unternehmen und anschließend, vor ihrer Rückkehr, nach Barcelona oder Paris gehen. Aber immer wieder zerflossen diese so nachdrücklich abgegebenen Versprechungen in nichts.

Jetzt freilich, nach dem Tod des Affen, gingen Onofre und sein Vater zusammen nach Bassora. Der Winter hatte eben erst begonnen, und der Weg war noch fahrbar, aber es dunkelte bereits, als sie in der Stadt ankamen. Dort gingen sie zuerst ins Atelier eines Tierpräparators, dessen Adresse ihnen ein Schutzmann gegeben hatte. In einem Tuchbündel trugen sie die Affenleiche mit sich, die das Berufsinteresse des Tierpräparators weckte. Er habe es noch nie mit einem Affen zu tun gehabt, sagte er, während er mit kundigen Händen den leblosen Körper des Tiers abtastete. Das Atelier lag im Halbdunkel; verschiedene Tiere waren der Wand entlang aufgereiht, jedes in einem anderen Sezierstadium; dem einen fehlten die Augen, andern das Geweih, wieder andern das Gefieder; bei den meisten konnte man durch eine enge Öffnung im Bauch ein Gefüge von miteinander verflochtenen Stäbchen sehen, das das Skelett ersetzte; aus diesem Stäbchengerippe schauten Strohhalmspitzen und Wattefasern hervor. Der Tierpräparator entschuldigte sich für den Mangel an Licht: Es sei unumgänglich, jede Ritze hermetisch verschlossen zu halten, damit keine Fliegen und Motten hereinkämen. Als sie sich vom Tierpräparator verabschiedeten, gab ihm der Amerikaner als Anzahlung etwas Geld, der Tierpräparator seinerseits händigte ihm eine Quittung aus und machte sie noch darauf aufmerksam, daß er die Arbeit nicht vor dem Dreikönigstag fertigstellen könne. »Wir sind mitten in der Jagdsaison, und es ist Mode geworden, die erlegten Stücke präparieren zu lassen und mit ihnen Eßzimmer, Salon oder Livingroom zu schmücken«; Bassora sei eben eine Stadt mit raffiniertem Geschmack, erklärte er. Während er redete, wollte Onofre noch einmal den Körper des Affen sehen. Der Tisch, auf den er gelegt worden war, verströmte Formalingeruch. Auf dem Rücken liegend und mit eingezogenen Armen und Beinen, schien der Affe kleiner geworden zu sein; ein feuchter Luftzug bewegte den gräulichen Backenbart des armen Tiers. »Gehen wir, Onofre«, sagte sein Vater. Als sie auf die Straße traten, war es Nacht geworden, und der Himmel war so rot wie das Gewölbe der Hölle auf den Illustrationen im Unterweisungsbuch, die ihm der Pfarrer einige Male gezeigt hatte, um ihm heilige Gottesfurcht einzuflößen. Der Widerschein hier komme von den Gießereiöfen, erklärte ihm der Amerikaner: »Siehst du, mein Sohn, das ist der Fortschritt.« In Amerika habe er Städte gesehen, in denen das Sonnenlicht nie durch den Rauch der Schlote dringe. Onofre war gerade zwölf geworden, als er mit seinem Vater nach dem Tod des Affen Bassora besuchte. Sie machten einen Bummel durchs Stadtzentrum, durch Straßen, in denen Gaslicht brannte und viele Arbeiter in Gruppen von zu Hause in die Fabriken und von den Fabriken wieder nach Hause gingen. Dann heulten die Fabriksirenen, um den Schichtwechsel anzukündigen. Mitten auf einer gepflasterten Straße fuhr eine Schmalspurbahn vorbei, deren Lokomotive Asche in die Luft puffte, die nachher auf die Fußgänger rieselte und die Fassaden verrußte. Die Gesichter der Leute waren vollkommen rußverschmiert. Es zirkulierten Fahrräder, einige Kutschen und ziemlich viele Lastgespanne, die von sehr kräftigen, keuchenden Gäulen gezogen wurden. Auf der Hauptstraße brannte eine stärkere Beleuchtung, und die Leute waren besser gekleidet. Fast alle waren Männer; die Stunde des Herumschlenderns war zu Ende, und die Frauen hatten sich schon zurückgezogen. Die Gehsteige waren schmal, denn die Restaurants und Cafés hatten sie mit ihren verglasten Vorbauten in Beschlag genommen, durch deren Scheiben man die Silhouetten der Gäste erkennen und ihren Radau hören konnte. Onofre und sein Vater traten in ein Gasthaus. Onofre bemerkte, daß die Leute hier den Amerikaner mit unverhohlenem Spott anschauten, denn der weiße Leinenanzug, der Panama und die Decke, mit der er sich vor der Kälte schützte, erregten in dieser Provinzstadt im Winter eine gewaltige Aufmerksamkeit. Der Amerikaner trug eine derartige Gleichgültigkeit zur Schau, daß man hätte meinen können, er sei blind. Die Serviette bereits um den Hals gebunden, studierte er stirnrunzelnd die Speisekarte und bestellte Suppe mit Einlage, gebackenen Fisch, Gans mit Birnen, Salat, Obst und Crema Catalana. Onofre staunte: noch nie hatte er solche Leckerbissen gekostet.

Jetzt freilich verfolgten ihn diese Erinnerungen als Alptraum, aus dem er schweißgebadet erwachte. Zuerst begriff er nicht, wo er sich befand, und eine merkwürdige Angst packte ihn. Dann erkannte er das Zimmer der Pension und hörte die Glokkenschläge der Uhr von Mariä Opferung – diese Vertrautheiten gaben ihm seine Ruhe wieder. Jetzt ängstigte ihn nicht mehr der Traum vom Tierpräparator, sondern die verschwommene Vorstellung, einer Täuschung zum Opfer gefallen zu sein. Diese Vorstellung ging ihm im Kopf umher, ohne daß er hätte sagen können, woher sie kam und weshalb sie ihn so bedrängte. Er rekapitulierte ein übers andere Mal die Ereignisse dieser Nacht, und jedesmal schlug die Vorstellung in seiner Seele tiefere Wurzeln. Ich könnte schwören, Zeuge einer Eskapade Delfinas gewesen zu sein, sagte er sich, aber irgend etwas bei alledem bringe ich nicht zusammen – entweder täusche ich mich gewaltig, oder etwas ist da noch viel mysteriöser, als ich dachte. Er versuchte die Dinge kühl zu analysieren, aber der Kopf drehte sich ihm, die Schläfen pochten heftig, und während er im einen Moment vor Hitze zu ersticken glaubte, packte ihn im nächsten eine Eiseskälte, die ihn mit den Zähnen klappern ließ. Als er wieder einschlafen konnte, erschien ihm abermals der Tierpräparator, und noch einmal erlebte er mit schmerzlicher Präzision die Umstände jener Reise nach Bassora. Beim Aufwachen tauchte er wiederum in das zuvor erlebte nächtliche Abenteuer. Die beiden Ereignisse schienen in einem bestimmten Zusammenhang zu stehen. Was geschah denn damals, fragte sich Onofre jetzt, was mir den Schlüssel zu dem geben könnte, was heute nacht passiert ist? Diese Fragen ließen ihn nicht zur Ruhe kommen. Ich werde morgen darüber nachdenken, wenn mein Verstand wieder klarer ist, sagte er sich; aber sein Kopf verbohrte sich hartnäckig in diese fruchtlose und kräftezehrende Aufgabe; jede weitere Stunde war eine Folter ohne Ende.

»Hab keine Angst, mein Sohn, ich bin's«, sagte die Stimme, die er im Schlaf gehört hatte. Er erwachte oder glaubte wenigstens zu erwachen und sah eine Handbreit vor seinem eigenen Gesicht das eines Unbekannten, der ihn ängstlich beobachtete. Er hätte geschrien, wäre er nicht zu schwach dazu gewesen. Der Unbekannte verzog das Gesicht und sprach so sanft wie zu einem Kind oder einem kleinen Hund weiter: »Nimm, trink das, es ist Tee mit Chinin; das senkt das Fieber und wird dir guttun.« Er hielt ihm eine dampfende Tasse an die Lippen, und Onofre trank gierig. »He, langsam, langsam, mein Junge, verschluck dich nicht!« Mittlerweile hatte Onofre Hochwürden Bizancio erkannt. Als dieser sah, daß der Kranke nach und nach wieder zu Klarheit kam, sagte er: »Du hast hohes Fieber, aber ich glaube, es ist nichts Ernsthaftes. Du hast in letzter Zeit hart gearbeitet und wenig geschlafen, und um das Maß vollzumachen, hast du noch einen Katarrh erwischt, der sich gewaschen hat. Aber du brauchst dich nicht zu beunruhigen – Krankheiten sind Offenbarungen von Gottes Willen, und wir haben sie mit Geduld, ja mit Dankbarkeit anzunehmen, denn es ist, als spräche Gott durch den Mund seiner Mikroben selbst zu uns, um uns eine Lektion in Demut zu erteilen. Ich selber stecke, obwohl ich mich einer guten Gesundheit erfreue, wofür ich Gott danke, voller Gebresten, wie es eben meinem Alter entspricht. Jede Nacht muß ich drei- oder viermal auf den Topf, um meine Blase zu erleichtern, die ich kaum noch unter Kontrolle habe; überdies verdaue ich das Stärkemehl nur noch schwer, und wenn sich das Wetter ändert, schmerzen mich die Wirbel. So ist das eben.«

»Wie spät ist es?« fragte Onofre.

»Halb sechs, ungefähr. He, was machst du?« rief der Priester, als er sah, daß Onofre aufstehen wollte.

»Ich muß zur Ausstellung.«

»Vergiß die Ausstellung, sie wird ohne dich auskommen müssen. Du bist überhaupt nicht in der Lage aufzustehen – und schon gar nicht, aus dem Haus zu gehen. Im übrigen ist es nicht halb sechs Uhr morgens, sondern abends. Du liegst hier schon den ganzen Tag im Delirium und sprichst im Schlaf.«

»Ich spreche?« rief Onofre alarmiert. »Und was habe ich gesagt, Pater?«

»Was man in solchen Fällen immer sagt, mein Sohn: nichts. Wenigstens nichts, was ich hätte verstehen können. Schlaf jetzt ruhig.«

Als er sich erholt hatte und mit seinem Stoß subversiver Pamphlete wieder zur Ausstellung gehen konnte, kam ihm diese staubige und schrille Welt so fremd vor, als kehrte er, statt nur einige Tage weg gewesen zu sein, von einer langen Reise zurück. Hier verliere ich nur wie ein Idiot meine Zeit, sagte er sich. Er dachte daran, mit Pablo ein ernstes Wort zu reden, ihn zu bitten, ihm eine wichtigere Aufgabe anzuvertrauen, die ihn auf der revolutionären Stufenleiter aufsteigen ließe. Aber er sah schnell ein, daß weder Pablo noch die übrigen Sektierer begreifen würden, wie angemessen seine Wünsche waren. Die Sache, für die sie kämpften, war kein Unternehmen, in das man eintrat, um darin Karriere zu machen – sie war ein Ideal, für das es alles zu opfern galt, ohne sich im Gegenzug etwas davon erhoffen oder Entschädigung und Anerkennung verlangen zu können. Dieser augenscheinliche Idealismus, räsonierte Onofre für sich, erlaubt es ihnen, die Leute zu benutzen, ohne auf ihre berechtigten Interessen Rücksicht zu nehmen oder auf ihre Bedürfnisse einzugehen; diesen Fanatikern ist alles recht, wenn es nur der Revolution dient. Als er in seinen Gedanken soweit gekommen war, schwor er sich, alles zu tun, was in seinen Möglichkeiten läge, um die Anarchisten auszurotten, sobald sich dazu eine Gelegenheit böte. Dieser Haß und Rachedurst machte es ihm unmöglich, zu erkennen, wie weit er schon von der Denkart der Anarchisten beeinflußt, ja geprägt war. Obwohl er später ganz andere, diametral entgegengesetzte Ziele verfolgte, teilte er mit den Anarchisten immer den schrankenlosen Individualismus und den Hang zu geradlinigem Handeln, zum Risiko, zu unmittelbaren Ergebnissen und zur Vereinfachung. Und wie sie hatte auch er einen sehr ausgeprägten Tötungsinstinkt, was ihm jedoch selbst nie bewußt wurde. Er glaubte im Gegenteil, ihr unversöhnlicher Feind zu sein. Ein Gesindel, das Gerechtigkeit predigt, aber dann nicht zögert, mich allen Gefahren auszusetzen und mich rücksichtslos auszubeuten, rief er aus. Ha, wieviel gerechter sind doch die Patrons, die die Arbeiter ausbeuten, ohne es zu beschönigen, die ihnen ihre Arbeit vergüten, es ihnen ermöglichen, durch Beharrlichkeit auf einen grünen Zweig zu kommen, und die sich, wenn auch gezwungenermaßen, ihre Forderungen anhören. Letzteres sagte er, weil bei den Maurern auf der Ausstellung Unzufriedenheit herrschte. Sie hatten um eine Erhöhung des Taglohns um eine halbe Pesete oder um eine Arbeitszeitverkürzung von täglich einer Stunde nachgesucht. Der Ausschuß antwortete negativ: »Die Budgets sind bereits verabschiedet, und es liegt nicht in unserer Macht, sie zu ändern.« Diese Antwort war sehr fadenscheinig. Es kursierten Streikgerüchte, die den Ausschuß beunruhigten. Die Lage war nicht gut: Das Kapital ging mit einem Tempo zu Ende, das in keinem Verhältnis zum Fortgang der Bauarbeiten stand. Von den acht Millionen Peseten, die die Regierung als Subvention zugesagt hatte, waren nur zwei wirklich ausgezahlt worden. Im Oktober 1887 wurde die Stadtverwaltung von Barcelona ermächtigt, zur Deckung des Ausstellungsdefizits eine Anleihe von drei Millionen aufzulegen. Zu dieser Zeit war das Café-Restaurant fast fertiggestellt und das Industriepalais weit fortgeschritten, und man begann bereits mit dem Bau des künftigen Triumphbogens. In diesem Monat veröffentlichte eine Barceloneser Zeitung folgende Meldung: *Dem Leitenden Ausschuß der Ausstellung ist das Projekt für ein Gebäude in Kirchenform vorgelegt worden, das auf dem Gelände derselben errichtet würde und in dem Objekte des katholischen Kults gezeigt werden könnten. Das Projekt zeugt von gutem Geschmack und ist dem Pariser Architekten M. Emile Juif vom Hause Charlot et Compagnie zu verdanken, das auch die Kosten übernähme.* Wenige Tage später war folgende Meldung zu lesen: *Mit Bestimmtheit können wir versprechen, daß der bekannte, aus unserer Stadt stammende Industrielle D. Onofre Caba, Erfinder des gereinigten Salzes, das unter dem Fabrikationsnamen »La Paloma« im Handel ist und auf welches er das Patent hat, für den nächsten Barceloneser Wettbewerb eine großartige und eigenwillige Installation vorbereitet: nämlich die genaue, zehn Handbreit hohe und aus dem Salz, das er vertreibt, gefertigte Rekonstruktion der im alten Paseo de San Juan gelegenen Herkulesquelle.* Ende November sanken die Temperaturen in ungewohnter Weise. Es war eine Kältewelle, die zwar nur wenige Tage dauerte, aber einen Vorgeschmack von der grauenhaften Härte des nahenden Winters gab. Diese Kälte griff den allmählich genesenden, aber noch immer fiebergeschwächten Onofre stark an. Zum erstenmal seit der Ankunft in Barcelona verspürte er Heimweh nach seinem Tal und seinen Bergen. Es war nun bereits sechs Monate her, daß er jene Welt hinter sich gelassen hatte. Zu dieser Unruhe gesellte sich noch die anhaltende Unrast, in der ihn Delfina ohne ihr Wissen gefangenhielt. Ich muß etwas unternehmen, sagte er sich, sonst kann ich mich gleich am nächsten Baum aufknüpfen.

Er war mit seinem üblichen Packen Pamphlete wie jeden Morgen aufs Ausstellungsgelände gegangen; aber an diesem Novembermorgen hatte er auch noch einen recht schweren Leinensack bei sich. Er verbrachte die ersten Stunden damit, über den Bauplatz zu schlendern und mit den Leuten zu sprechen. Sie informierten ihn über die Forderungen der Maurer, das Streikprojekt und die allgemeinen Mißstimmigkeiten. »Diesmal«, sagten sie, »werden wir die Sache zu unserem Vorteil ausfechten. Diesmal soll es nicht für die Katz sein.« Er stimmte allem zu, aber statt an den Streik zu denken, dachte er an Delfinas Kater – was er auch immer hörte oder sah, ließ ihn an sie denken oder an etwas, was mit ihr zu tun hatte, als wären seine Gedanken mit einem Gummiriemen an sie gebunden, der sich bis zu einem bestimmten Punkt ausdehnt und dann blitzartig wieder in seine ursprüngliche Form zurückschnellt. Aber immer nickte er zustimmend. Bereits hatte er diese Gewohnheit angenommen, die er in seinem ganzen Leben nie mehr verlieren sollte: immer ja zu sagen, während er bei sich die abscheulichsten Winkelzüge und Tricks ausheckte. Als die Sonne schon hoch stand und die Kälte etwas nachgelassen hatte, scharte er eine Gruppe Arbeiter um sich und fing wie alle Tage zu salbadern an. Die Arbeiter waren müde von der körperlichen Anstrengung, jede Ablenkung kam ihnen gelegen, und sie bildeten einen Kreis. Jetzt hieß es rasch handeln, denn die Vorarbeiter konnten die Guardia Civil rufen, wenn sie glaubten, die Massen rotteten sich zusammen.

»Aber nicht davon möchte ich heute zu euch sprechen«, sagte er im selben Tonfall, als behielte seine Rede ihren vorherigen Kurs bei. »Heute habe ich euch eigens zusammengerufen, um euch einer sensationellen Entdeckung teilhaftig werden zu lassen, die euer Leben ebensosehr oder noch stärker verändern kann als die Tilgung aller Staatsformen, von der ich bereits vor einigen Tagen sprach.«

Er kniete nieder, öffnete den Sack, zog ein mit trüber Flüssigkeit gefülltes Fläschchen hervor und zeigte es seinen Zuhörern.

»Dieses Haarwuchsmittel von bewährter Wirkung und unfehlbarem Ergebnis verkaufe ich weder für eine Pesete noch für eine halbe, ja nicht einmal für eine Viertelpesete« – mit diesen

Worten führte er sich in die Geschäftswelt ein. Jahre später sollten seine wechselnden Launen die europäischen Börsennotierungen schwanken lassen, jetzt aber verkaufte er ein paar Flaschen Haarwuchsmittel, die er in der Nacht zuvor aus dem Gestell von Mariano gestohlen hatte, dem Barbier der Pension. Er hatte den Straßenverkäufern und Quacksalbern zugehört, die auf der Puerta de la Paz am Werk waren und deren Stil er nun zu imitieren suchte. Als er mit seiner Ansprache zu Ende war, herrschte ein verdutztes Schweigen. Ich fürchte, ich bin zu weit gegangen, habe zu dick aufgetragen. Ich habe alles auf eine Karte gesetzt und verloren; die Anarchisten werden mir nicht verzeihen, was ich getan habe; die Arbeiter werden sich beleidigt fühlen und mir die Rippen eintreten; womöglich übergeben sie mich sogar der Guardia Civil, und ich werde im Kerker des Kastells von Montjuich enden, dachte er während dieser Sekunden der Stille. Plötzlich rief eine rauhe Stimme aus der Menge: »Ich will eins!« Ein Riese mit flachem Gesicht und eingedrückter Stirn bahnte sich mit den Ellenbogen einen Weg; in den Fingern hielt er die zehn Céntimos, die das Produkt kostete. Onofre nahm die zehn Céntimos, gab dem Riesen das Fläschchen und fragte, ob sonst noch jemand eins wolle. Viele bejahten, streckten ihm Zehnermünzen entgegen und stießen und drängelten heftig, um nicht leer auszugehen. In weniger als zwei Minuten war nichts mehr im Leinensack. Er forderte die versammelten Arbeiter auf, sich zu zerstreuen, ging selbst als erster und verbarg sich in dem schmalen und kaum belebten Sträßchen, das von der Westfassade des zukünftigen Martorell-Museums und der Mauer zwischen dem Park und dem Paseo de la Industria gebildet wurde. Er zog die Münzen aus der Tasche und betrachtete sie verzückt. Er war noch darin versunken, als er einen Schatten auf die Mauer fallen sah. Vergeblich versuchte er die Münzen wieder in die Tasche zu stecken, denn schon sah er sich von Angesicht zu Angesicht dem Riesen gegenüber, der ihm das erste Fläschchen Haarwuchsmittel abgekauft hatte. Er hielt es noch immer in der Hand. »Erinnerst du dich an mich?« fragte der Riese, dem Augenbrauen und Bart das schreckenerregende Aussehen eines menschenfressenden

Ungeheuers verliehen; er war so stark behaart, daß seine Brusthaare beim Kinn direkt in den Bart übergingen.

»Natürlich erinnere ich mich an dich«, sagte Onofre, »was willst du?«

»Ich heiße Efrén, Efrén Castells. Ich komme aus Calella. Nicht aus Calella de Palafrugell, sondern aus dem andern, aus dem an der Küste«, sagte der Riese. »Ich arbeite hier erst seit anderthalb Monaten als Hilfsarbeiter, deshalb habe ich dich bis heute noch nie gesehen und du mich auch nicht, aber ich weiß, wer du bist. Ich bin dir gefolgt, um dir zu sagen, du sollst mir zwei Peseten geben.«

»Und warum sollte ich sie dir geben, wenn man fragen darf?« Onofre spielte den unschuldig Überraschten.

»Weil du dank mir vier Peseten eingenommen hast. Hätte ich dir nicht das erste Fläschchen abgekauft, hättest du gar nichts verkauft. Du kannst gut sprechen, aber um zu verkaufen, genügt das nicht. Ich weiß, wovon ich rede, mein Großvater mütterlicherseits war Pferdehändler. Komm schon, gib mir die zwei Peseten, und wir sind Partner. Du wirst reden, und ich kaufe. So werden wir die Kundschaft anheizen. Du mußt bloß weniger lang sprechen, dann wirst du weniger schnell müde und gefährdest dich nicht so stark. Und wenn es Schwierigkeiten gibt, kann ich dich verteidigen; ich bin sehr kräftig – ich spalte jedem mit einem einzigen Faustschlag den Schädel.«

Onofre schaute den Riesen unverwandten Blickes an, seine Erklärung gefiel ihm. Offensichtlich war er ehrlich – er schien bereit, sich mit dem zufriedenzugeben, was er verlangte, und er war andererseits auch bereit, ihm den Schädel zu spalten. Er sagte, er sehe tatsächlich sehr stark aus. »Was ich aber nicht verstehe, ist, warum du mir nicht einfach die vier Peseten abnimmst, anstatt so viele Erklärungen abzugeben. Hier sieht uns ja niemand, und selbst wenn ich wollte, könnte ich dich nicht bei der Polizei anzeigen.« Der Riese lachte schallend.

»Du bist sehr gerissen«, sagte er, als er fertiggelacht hatte. »Gerade was du eben gesagt hast, zeigt, wie gerissen du bist. Ich dagegen bin ebenso dumm wie stark; wie sehr ich auch nachdenke, es kommt nie etwas dabei heraus. Nähme ich dir jetzt die vier Peseten weg, so hätte ich nur gerade das: vier Peseten. Aber ich stelle es mir ganz anders vor. Da du es weit bringen wirst, will ich dein Partner sein und die Hälfte von dem, was du verdienst.«

»Paß auf«, sagte Onofre zum Riesen aus Calella, »wir werden folgendes tun: Du hilfst mir das Haarwuchsmittel verkaufen, und für jeden Arbeitstag gebe ich dir eine Pesete, ob ich nun viel oder wenig einnehme, sogar wenn ich gar nichts einnehme. Und was wir später tun werden, darüber sprechen wir, wenn sich die Gelegenheit dazu bietet. Einverstanden?«

Der Riese dachte eine Weile nach und erklärte sich dann einverstanden. »Abgemacht«, sagte er. Er sei so dumm, gestand er, daß er Onofres Vorschlag gar nicht richtig verstanden habe, obwohl er überzeugt sei, daß ihn Onofre in seiner angeborenen Raffiniertheit übers Ohr gehauen habe, aber es bringe ja wohl nichts, sich zu widersetzen. »Ich kenne meine Grenzen ganz genau«, sagte er. Sie gaben sich die Hand und besiegelten damit ein Bündnis, das mehrere Jahrzehnte überdauern sollte. Efrén Castells starb 1943, vom Generalissimo Franco zur Belohnung seiner Dienste fürs Vaterland mit dem Titel eines Marquis geadelt. Trotz des alters- und krankheitsbedingten körperlichen Verfalls war er noch immer ein Riese, als er starb, und sein Sarg mußte nach Maß gefertigt werden. Er hinterließ ein beträchtliches Vermögen in bar und in Immobilien und eine überaus wertvolle Sammlung katalanischer Malerei; diese Sammlung vermachte er als Legat dem Museum für Moderne Kunst, das damals im Zeughaus der alten Zitadelle untergebracht war. Dieses eigens für die Weltausstellung von 1888 renovierte und herausgeputzte Gebäude stand nur wenige Meter von dem Ort entfernt, wo er den ersten Vertrag mit jenem Menschen abgeschlossen hatte, dem er sein Leben lang blind ergeben sein sollte und in dessen Schatten er reich, Marquis und Verbrecher wurde.

2

Als er an diesem Tag in die Pension zurückkehrte, kaufte er in einer Drogerie weitere Fläschchen Haarwuchsmittel und ersetzte mit ihnen heimlich die zuvor dem Barbier gestohlenen. Er war sehr zufrieden; als er aber nach dem Abendessen allein in seinem Zimmer war, zerbrach er sich den Kopf, wo er seine Einnahmen verstecken könnte. Jetzt stürmten schlagartig alle Sorgen auf ihn ein, die das Geld mit sich bringt. Kein Ort schien ihm mehr sicher genug; am Ende entschloß er sich dazu, das Geld immer bei sich zu tragen. Dann dachte er an Efrén Castells. Er war eine Möglichkeit, mit der er nicht gerechnet hatte, aber sich wegen vollendeter Tatsachen graue Haare wachsen zu lassen, hatte auch keinen Sinn. Und der Riese konnte noch nützlich sein – andernfalls hatte er noch genügend Zeit, sich seiner zu entledigen. Mehr auf dem Magen lag ihm Pablo: Über kurz oder lang würde den Anarchisten zu Ohren kommen, was für ein Geschäft er unter dem Deckmantel der Sache und zu deren Nachteil betrieb. Wie sie dann reagieren würden, wußte er nicht; vielleicht könnte er noch am selben Tag die Propaganda für die Revolution ganz aufgeben und sich ausschließlich dem Verkauf widmen, aber ob sie diesen Wechsel akzeptieren würden? Nein, er wußte zuviel; sie würden ihn als Verräter betrachten und mit Sicherheit gewalttätig werden. Nichts als Probleme, dachte er. Er schlief lange nicht ein, wachte mehrmals auf und hatte Angstträume. Darin sah er sich abermals mit seinem Vater in Bassora. Die Beharrlichkeit dieser Erinnerung überraschte ihn nun. Warum bekommen die trivialen Vorfälle von damals jetzt eine derartige Bedeutung? fragte er sich. Und noch einmal versuchte er sich alles zu vergegenwärtigen, was geschehen war. Während des Abendessens waren in jenem Gasthaus die drei Herren aus Bassora erschienen. Als sein Vater sie ins Gasthaus treten sah, erbleichte er. Die Herren waren Nachkommen derer, die zu Beginn des 19. Jahrhunderts Kataloniens Industrialisierung in die Wege geleitet und mit übermenschlichen Anstrengungen dieses verschlafene Ackerbauland in ein anderes, ein blühendes und dynamisches Land verwandelt hatten. Die Nachfahren waren aber nicht mehr Bauern oder Handwerker wie sie, sondern hatten in Barcelona studiert, waren nach Manchester gereist, um sich dort mit den jüngsten Errungenschaften der Textilindustrie vertraut zu machen, und waren in Paris gewesen, als es seine Blütezeit erlebte. In dieser schillernden Stadt hatten sie höchste Erhabenheit und tiefstes Laster kennengelernt; sie hatten offenen Mundes das *Palais de la Science et de l'Industrie* besichtigt (wo die außergewöhnlichsten Erfindungen und die reinste und komplexeste Technik zu sehen waren und an dessen Frontispiz in Bronzelettern das Motto *Enrichissez-vous* prangte) und den *Salon des Refusés* besucht (wo Pissarro, Manet, Fantin-Latour und andere Künstler ihre verschwommenen und sinnlichen Bilder ausstellten, die in dem damals als »impressionistisch« bezeichneten Stil gemalt waren); die Ruhelosesten und Klügsten unter ihnen hatten in der Salpetrière den jungen Doktor Charcot verschiedene Hypnoseexperimente ohne technische Hilfsmittel durchführen sehen und im Quartier Latin Friedrich Engels den nahe bevorstehenden Proletarieraufstand verkünden hören; sie hatten in den gediegensten Restaurants und Cabarets *Champagne* und in den heruntergekommensten Kaschemmen Absinth getrunken; sie hatten ihr Geld durchgebracht, indem sie erfolglos den berühmtesten Kurtisanen nachstellten, jenen *grandes horizontales*, mit denen einige Leute schon Paris identifizierten; sie waren in den Dämmerstunden in den neuen *bateaux-mouche* (dem *Géant* und dem *Céleste*) auf der Seine spazierengefahren und hatten sich auf den Türmen von Notre-Dame berauscht an der Luft und am Licht dieser magischen Stadt, von der sie ihre Väter oft mit Versprechungen und Drohungen hatten losreißen müssen. Jetzt war von diesem Paris nichts mehr vorhanden; seine Größe war es, die den Neid und die Habsucht anderer Nationen geweckt hatte; sein maßloser Stolz hatte den Keim zum Krieg gelegt, Unrecht und Verblendung hatten Haß und Zwietracht gesät. Napoleon III. lebte nach der demütigenden Kapitulation von Sedan als kranker alter Mann im englischen Exil, und Paris erholte sich nur mühsam von den tragischen Tagen der Commune. Jetzt überlebte die Erinnerung an jenes unwiederbringliche Paris in diesen Repräsentanten katalanischer Hochbourgeoisie, zufälligen Bewahrern des *chic exquis* des Zweiten Kaiserreiches.

»Verdammt, Bouvila, mich laust der Affe – Sie hier? Wie klein ist doch die Welt!« rief aus vollem Hals einer der drei Herren, die mitten im Essen ins Gasthaus von Bassora gekommen waren. »Und die Familie, alle wohlauf?« Die beiden anderen Herren waren an den Tisch getreten und klopften dem Amerikaner auf die Schulter. Dieser schaute erschrocken die drei Herren und seinen Sohn an, auf den jetzt ihr Blick fiel. »Und wer ist dieser Junge? Ihr Sohn? Wie groß er schon ist! Wie heißt du, Kleiner?«

»Onofre Bouvila, zu dienen«, antwortete er. Als der Amerikaner zur Begrüßung aufstand, kippte sein Stuhl um. Alle lachten, und Onofre wurde klar, daß die Herren seinen Vater als Hanswurst, als komische Nummer ansahen.

»Mein Sohn und ich sind hierhergekommen, um eine schmerzliche Aufgabe zu erledigen«, sagte der Amerikaner, doch die drei Herren von Bassora gingen gar nicht mehr auf ihn ein.

»Schon gut, schon gut«, sagten sie, »wir wollen Sie nicht stören. Wir kamen nur, um etwas zu uns zu nehmen und noch ein wenig von der Arbeit zu sprechen. Und dann, mit vollem Ranzen, ab nach Hause und eine Weile die Familie ertragen. Außer diesem natürlich«, der Sprechende zeigte auf einen seiner Begleiter, »dem unverlobten Junggesellen, der auf Schürzenjagd gehen wird.« Das Objekt dieses Scherzes errötete leicht; seine Gesichtszüge wiesen eine eigenartige Mischung von Stattlichkeit und Dekadenz auf. Man hatte das Gefühl, die Auswirkungen des viele Jahre zuvor in der Pariser Unterwelt genossenen Alkohols und Rauschgifts hielten in ihm noch an, sein Körper sei noch immer von den honigsüßen Liebkosungen einer *demi-mondaine* betäubt. Die anderen verabschiedeten sich bereits mit den Worten: »Guten Appetit!« Der Amerikaner aß wortlos weiter, die gute Laune war ihm auf unerklärliche Weise verdorben. Als sie aus dem Gasthaus traten, wehte ein eiskalter Wind; auf dem Boden hatte sich eine Reifschicht gebildet, die knirschend unter den Füßen zersprang. Der Amerikaner mummte sich in seine Decke ein. »Diese Lumpen glauben«, brummte er vor sich hin, »ich werde mich vor ihnen niederwerfen; nur weil ich vom Land komme und hier auf ihrem Boden bin, meinen sie, sie könnten auf mich scheißen. Pah, diese Stadtlaffen, die nicht einmal einen Birnbaum von einer Tomatenstaude unterscheiden können! Trau den Stadtmenschen niemals, Onofre, mein Sohn«, fügte er laut hinzu und wandte sich damit zum erstenmal an ihn, seit die drei Herren sie beim Abendessen gestört hatten. »Sie sind nichts und glauben sich weiß Gott was.« Die Zähne klapperten ihm vor Kälte oder Wut, und er holte beim Gehen weit aus, so daß Onofre manchmal laufen mußte, um mit ihm Schritt halten zu können, wenn er zurückgefallen war. »Wer waren sie, Vater?« fragte er. Der Amerikaner zuckte mit den Schultern: »Niemand. Drei Provinzgecken. Geldmenschen. Sie heißen Baldrich, Vilagrán und Tapera; ich habe einige Geschäfte mit ihnen gemacht.« Während des Sprechens schaute er in alle Himmelsrichtungen und suchte die Herberge, in der sie für die Nacht ein Zimmer reserviert hatten. Zu dieser Stunde waren nur noch Frauen ohne Begleitung mit ausgezehrten Gesichtszügen und gräulicher Haut auf der Straße, die sich im fahlen Lichtkegel der Gaslaternen fröstelnd in den Hüften wiegten. Als er sie erblickte, nahm der Amerikaner Onofre beim Arm und ging mit ihm auf die andere Straßenseite. Schließlich begegneten sie einem Nachtwächter mit aufgedunsenem Gesicht, der ihnen den Weg zur Herberge erklärte, wo sie müde anlangten; durch diese düsteren Straßen zu gehen war nicht dasselbe, wie über Land zu spazieren. In der Herberge erholten sie sich von der durchdringenden Kälte; das Rohr des Ofens, der im Vorraum brannte, durchlief alle Zimmer von unten nach oben, verbreitete Wärme und einen gelblichen Rauch, der aus den Krümmungen der Rohrleitung drang und am Gaumen einen sauren Geschmack zurückließ. Aus dem Vorraum oder einem benachbarten Haus drangen Klavierakkorde und das Geräusch gedämpfter Stimmen. In der Ferne hörten sie einen Zug pfeifen. Auf dem Straßenpflaster hallten Pferdehufe wider. Sie legten sich ins Doppelbett, der Amerikaner löschte die Petroleumlampe und sagte vor dem Einschlafen: »Weißt du, Onofre, es gibt Frauen, die machen für Geld schreckliche Dinge, es ist Zeit, daß du's erfährst. Wenn wir wieder einmal hierherkommen, werde ich dich zu einem dieser Orte führen, die ich meine; aber in der Zwischenzeit sollst du deiner Mutter nichts von dem erzählen, worüber wir gesprochen haben. Und jetzt schlaf und denk nicht mehr an das, was du diese Nacht gesehen und gehört hast.«

Inzwischen war mehr als ein Jahr vergangen, und er dachte noch immer an das, was er in jener Nacht gesehen und gehört hatte, erinnerte sich ganz genau an die heiteren Gesichter jener Herren und fühlte sich von den schrecklichen anonymen Frauen verfolgt, die sein Vater heraufbeschworen hatte und denen er jetzt manchmal in der Verwirrung des Halbschlafs das beunruhigende Aussehen Delfinas verlieh. Am folgenden Morgen war er erschöpft und ohne jede Hoffnung, warf sich aber trotzdem den Sack über die Schultern und kehrte aufs Ausstellungsgelände zurück. Er konnte jetzt nicht aufhören: Das Unheil war schon geschehen, sagte er sich. Und außerdem riskierte er, wenn er Efrén Castells die vereinbarte Pesete nicht gab, einen möglicherweise tödlichen Hieb einzustecken. Als er sich jedoch an seinem gewohnten Ort einfand und anfing, wie am Vortag Haarwuchsmittel zu verkaufen, stellte sich trotz allem seine gute Laune wieder ein. Die Aussicht auf Gewinn und das Gefühl, selbständig und in seine eigene Tasche zu arbeiten, belebten ihn.

In den folgenden Tagen war das Geschäft so lukrativ, daß ihm nur noch wichtig war, wo er das Geld verstecken könnte. Wenn er es bei sich trug, lebte er in ständiger Angst, denn in seinem Viertel gab es reichlich Diebe und Straßenräuber. Es kam ihm nicht in den Sinn, bei einer Bank ein Konto zu eröffnen; soweit er wußte, nahmen die Banken nur ehrlich verdientes Geld zur Einlage entgegen, und seines betrachtete er nicht als ehrlich verdient. Es lief jedoch auf eins hinaus; da er noch minderjährig war, hätte keine Bank seinen Antrag berücksichtigt. Schließlich kam er auf eine klassische Lösung, nämlich das Geld in einer Matratze zu verstecken, aber nicht in der eigenen, sondern in der Hochwürden Bizancios. Der Priester war arm wie eine Kirchenmaus, und niemand, geschweige denn er selbst, würde argwöhnen, er schliefe auf einem Kapital. Die Möglichkeit, es könnte Delfina einfallen, die Matratze aufzuschütteln, war unvorstellbar und gänzlich auszuschließen. Außerdem verließ der Priester die Pension jeden Morgen sehr zeitig, so daß man ungehindert in sein Zimmer gehen konnte. Nachdem er diese Hürde genommen hatte, blieben noch die Anarchisten. Tatsächlich kam der Tag, an dem Pablo Onofre in größter Erregung empfing. Ohne Vorwarnung verpaßte er ihm einen Faustschlag. Onofre kugelte auf den Boden, der Apostel stürzte sich auf ihn und versuchte, ihm mit aller Kraft ins Gesicht zu schlagen und in die Rippen zu treten. »Du Dreckskerl! Renegat! Judas!« schrie er. Onofre wehrte die Schläge ab, ohne den Versuch zu unternehmen, sie zurückzugeben. »Beruhige dich, Pablo, beruhige dich«, sagte er, »was ist denn los mit dir? Bist du vollkommen verrückt geworden?«

»Ah, du weißt genau, was los ist, Kanaille, mir fehlen die Worte. Sag, was hast du in diesen ganzen Tagen getan? Haarwuchsmittel verkauft, nicht? Bezahlen wir dich etwa dafür?«

Onofre ließ ihn austoben und begann dann zu sprechen. Am Ende mußten beide herzlich lachen. In einem Punkt stimmten sie jenseits ihrer verschiedenen Ideologien überein: Beide achteten die Gesellschaft und ihre Mitglieder sehr gering; jeder Betrug war für sie akzeptabel, und alles schien ihnen aufgrund der Dummheit des Opfers ethisch gerechtfertigt – sie vertraten die Doktrin des Wolfs. Dann überzeugte ihn Onofre, daß der Verkauf des Haarwuchsmittels nur eine List war, um die Polizei in die Irre zu führen, ein Vorwand für seine wirklichen Aktivitäten. Er hatte in diesen Monaten mehr Pamphlete als irgendein anderer an den Mann gebracht – war dies nicht Beweis genug für seine Loyalität zur Sache? »Und wer hat denn all die Gefahren auf sich genommen?« Zu guter Letzt entschuldigte sich Pablo, daß er gleich gewalttätig geworden war. »Dieses Eingesperrtsein hat mich ganz wahnsinnig gemacht«, sagte er einmal mehr. Er habe aber keine Lust, die Leistungen der andern zu kontrollieren, das scheine ihm entwürdigend. Er wolle Bomben legen, aber man lasse ihn nicht. Onofre hörte ihm nicht mehr zu, er war seines Gejammers überdrüssig, und andere Dinge beanspruchten in diesem Moment seine Aufmerksamkeit.

Von jener Nacht an, da er einem Parfüm und dem Geräusch von Schritten auf die Straße gefolgt war, um dann von der Dunkelheit genarrt zu werden, hatte er wieder und wieder die Stufen des Treppenhauses der Pension gezählt und den Winkel zwischen den einzelnen Treppenstücken berechnet, hatte sich alle Hindernisse eingeprägt und viele Male den Weg mit geschlossenen Augen zurückgelegt. Wenn Delfina wieder vorbeikommt, werde ich sie einen Vorsprung gewinnen lassen und ihr dann ohne Angst, sie ein zweites Mal zu verlieren, folgen, sagte er sich, freilich nur, wenn sie nicht von ihrem verfluchten Kater begleitet wird; es schauderte ihn bei dem Gedanken. Einmal hatte er Efrén Castells gefragt, wie er vorgehen müsse, um eine Katze zu töten. »Nichts einfacher als das«, hatte der Riese geantwortet, »du drehst ihr den Hals um, bis sie tot ist, das geht ohne jede Komplikation.« Onofre ging ihn nie wieder wegen irgend etwas um Rat an.

Endlich hörte er eines Nachts, kurz vor Weihnachten, auf dem Absatz der zweiten Etage der Pension wieder das Rauschen von Stoff und dann gedämpfte Schritte herunterkommen. Er hielt den Atem an und sagte sich: Jetzt oder nie. Er ließ das Parfüm neben sich vorbeiduften, verharrte so lange, wie es ihm klug schien, und nahm dann die Verfolgung auf. Er hatte gerade das Ende der Treppe erreicht, als die Gestalt die Eingangstür öffnete. In dieser Nacht schien der Mond; die Silhouette einer Frau zeichnete sich im Türrahmen ab. Diese Vision dauerte nur einen Augenblick, er genügte aber, um Onofre merken zu lassen, daß er nicht Delfina folgte. Nun bemühte er sich erst recht, die Spur der Frau nicht zu verlieren, deren Gestalt er im Mondlicht undeutlich wahrnehmen konnte, oder etwas klarer, wenn sie vor einer Mauernische vorbeiging; in diesen Nischen brannte immer eine Öllampe, die ein Gläubiger dorthingestellt hatte, um der Muttergottes oder einem Heiligen Ehre zu erweisen; dies war, außer auf den Hauptstraßen, die einzige Beleuchtung in der Stadt. Es war eine besonders kalte Nacht in diesem schrecklichen Winter 1887. Die Frau trippelte mit zierlichen Schrittchen. Nicht einmal das unsichere Tapsen eines Nachtschwärmers oder das Pochen des Nachtwächterspießes auf dem Pflaster waren zu hören; nichts zeugte von einem anderen Menschenwesen auf den leeren Straßen. Eine Frau muß wahnsinnig sein, zu dieser Stunde allein hinauszugehen, dachte er. Sie näherten sich einem seltsamen Ort: einer Mulde, die zu jener Zeit im Morrot genannten Stadtsektor den Berghang von der Eisenbahnlinie trennte. Dieser Sektor hatte nur einen Radius von fünfhundert Metern, lag südlich der alten Stadtmauer und war einzig durch einen etwa zweihundert Meter langen, zwei oder drei Meter breiten und acht Meter hohen Hohlweg erreichbar, der jetzt als riesiges Lager für aus England oder Belgien importierte Kohle diente; diese Kohle war in großen Küstenmotorschiffen herbeitransportiert und im Hohlweg aufgetürmt worden, um später in die Fabriken von Barcelona und Umgebung weiterbefördert zu werden. Man lagerte sie dort, fern von der Stadt, wegen der außerordentlich hohen Brandgefahr und weil es direkt am Meer leichter war, einen aufkeimenden Brand zu ersticken – oder es wenigstens zu versuchen, wenn das Feuer nur an der Oberfläche schwelte. Brach es hingegen im Innern des Kohlestoßes aus, so merkte man nichts davon, bis es katastrophale Ausmaße annahm. Zuerst erschienen an einigen Stellen feine milchfarbene, herb riechende und äußerst giftige Rauchsäulen; dann bildeten diese Emanationen eine allesverhüllende Wolke – wehe dem, der davon einatmete; zuletzt schlugen die eigentlichen Flammen hervor. Dann war es bereits zu spät, um gegen den Brand anzukämpfen; es war das, was man eine verheerende Feuersbrunst nannte. Die Flammen erreichten dann eine Höhe von bis zu zwanzig oder dreißig Metern und warfen einen rötlichen Schein ans Firmament, den man in klaren Nächten sogar von Tarragona und Mallorca aus sehen konnte. Dann legten die an den Molen verankerten Schiffe ab und stachen in See, um dort zu ankern, denn hoher Wellengang war ihnen noch immer lieber als die Hitze und die Giftgase dieses Brandes. Solche Brände gab es zum Glück nicht sehr häufig; waren sie aber einmal ausgebrochen, so konnten sie wochenlang dauern, und der Schaden, den sie anrichteten, war nicht zu beziffern, denn zum Verlust der ganzen importierten Kohle kam noch die Lähmung der gesamten Industrieproduktion. Wegen der Brandgefahr war es sehr unsicher, in unmittelbarer Nähe der Kohlengrube zu leben, und daher war auf der andern Seite des Hohlwegs ein Viertel entstanden, in dem gemeinstes Gesindel hauste und das den schlechtesten Ruf ganz Barcelonas hatte. Dort gab es Theater, die derbe und obszöne Stücke zeigten, schmierige Spelunken mit streitsüchtigen Gästen, Opiumhöhlen übelster Art (die guten lagen im höhergelegenen Stadtteil, nahe bei Vallcarca) und gräßliche Bordelle. Nur der Abschaum Barcelonas kam hierher und einige eben an Land gegangene Matrosen, von denen manche gar nie mehr in See stachen. Die Bewohner waren ausschließlich Prostituierte, Zuhälter, Kuppler, Schmuggler und Delinquenten. Für geringes Geld konnte man einen Schläger und für wenig mehr einen Mörder dingen. Die Polizei drang nur bei vollem Tageslicht in diese Zone vor und höchstens, um einen Gefangenenaustausch vorzuschlagen oder darüber zu verhandeln. Das Viertel war sozusagen ein unabhängiger Staat, wo sogar Wechsel ausgegeben wurden, die wie richtiges Papiergeld im Umlauf waren. Es gab auch eine eigene, sehr strenge Gesetzbarkeit, und es kam eine summarische, aber höchst wirksame Rechtsprechung zur Anwendung. Ab und zu auf einen Gehängten zu stoßen, der im Türrahmen eines Vergnügungslokals baumelte, war nichts Außergewöhnliches.

Als er sah, wohin ihn die Unbekannte ohne ihr Wissen führte, sagte er sich: Wenn dieses Mädchen nicht Delfina ist, was mache ich mir denn überhaupt daraus, wer sie ist, und was habe ich in diesem Kohlentunnel verloren, wo ein Übeltäter auftauchen, mich umbringen und verscharren kann, ohne daß es jemand erfährt oder irgendeiner mich vermißt? Es war nämlich bekannt, daß, wer hier eines gewaltsamen Todes starb, in diesem Kohlehaufen verscharrt wurde, außer er hatte als abschreckendes Beispiel zu dienen. Dort verblieben die Toten, bis ein Bagger die Kohle auf ein kleines Lastschiff, einen Güterwagen oder ein Fuhrwerk schaufelte; manchmal sah ein Heizer beim Füllen des Heizkessels mitten in den Kohlen einen Stiefel, ein paar erstarrte Finger oder einen Schädel auftauchen, an dessen Hinterkopf noch ein paar Haarbüschel klebten. Onofre war versucht, die Verfolgung aufzugeben.

Aber er kehrte nicht um. So sah er sich am Eingang zu jenem verrufenen Nest, in dem die Straßen ein regelmäßiges Netz bildeten, wie es in sehr armen städtischen Vierteln oft zu finden ist. Auf dem eingetrockneten, gesprungenen Schlamm der Pflasterstraße lagen Betrunkene schlafend und in einen pestilenzialischen Hauch gehüllt in ihren eigenen Exkrementen. Aus den Kneipen drangen Gitarrenarpeggien und Lieder, wollüstige Gesänge, in denen jedoch ein beklemmendes Gefühl von Verlassenheit und Angst mitschwang. Wie bin ich zu so einem Leben gekommen? schienen die brüchigen Bierstimmen der Sänger ausdrücken zu wollen, das ist doch nicht das, wovon ich als Kind geträumt habe. Man konnte auch Kastagnetten, die hämmernden Absätze der Tänzer, das Klirren zerbrechender Gläser und das Poltern zu Boden stürzender Möbel, Geschrei, Gelaufe und Gezänk hören. Durch diese Straßen ging die Unbekannte entschlossenen Schrittes. In einem Hauseingang versteckt, sah Onofre sie in ein Lokal treten, dessen Holztür gleich wieder hinter ihr zuging. Onofre beschloß, draußen zu warten, um zu sehen, wohin das Ganze führte. Es ging ein feuchtkalter, vom nahen Meer gesalzener Wind, und er bedeckte sich Mund und Nase mit einem Schal, den er vorsichtshalber mitgenommen hatte. Er brauchte nicht lange zu warten; schon nach wenigen Minuten kam die Frau wieder aus dem Lokal, gefolgt von lautem Krakeel. Zum erstenmal konnte er sie nun von vorn sehen – zwar nur im Gegenlicht und flüchtig, was ihn aber nicht hinderte, die Gesichtszüge des lüsternen Weibes zu erkennen. Das kann doch nicht sein, sagte er sich, ich habe Visionen. Die Frau zog das weiße Pulver einer kleinen Tüte durch die Nase ein, schloß die Lider, öffnete weit den Mund, streckte die Zunge heraus, wackelte mit Schultern und Gesäß und krümmte ihren ganzen Körper. Dann stieß sie ein Jaulen aus wie ein zufriedener Hund und ging zur nächsten Kaschemme, die ein

Fenster zur Straße hin hatte. Die an sich schon sehr schmutzigen Scheiben waren durch die von einem Ofen erwärmte Luft beschlagen, was es schwierig machte, im Innern etwas zu erkennen; andererseits konnte man auf diese Weise spionieren, ohne gesehen zu werden. Das tat Onofre Bouvila. Die Gäste sahen schauerlich aus. Einige pokerten, hatten die Ärmel voller Karten und hielten das Messer bereit, um es einem Falschspieler in die Kehle zu stoßen; andere tanzten mit ausgemergelten, glasig blickenden Hetären zum Takt einer Ziehharmonika, die ein Blinder spielte. Zu dessen Füßen lag ein Hund, der scheinbar schlief, aber unversehens nach den Waden der Tänzer schnappte. In einer Ecke diskutierte die Frau, der er gefolgt war, mit einem kraushaarigen Beau von kupferfarbenem Teint. Sie gestikulierte aufgeregt, bis er die Stirn zu runzeln begann. Onofre sah, wie der Beau der Frau eine Ohrfeige verpaßte. Sie packte ihn an den Haaren und riß mit einer Kraft daran, als wolle sie ihm den Kopf vom Rumpf trennen, konnte ihn aber wegen der Pomade, mit der er sich den Schopf vollgeschmiert hatte, nicht im Griff behalten. Dem Beau gelang es, der Frau einen Faustschlag auf den Mund zu versetzen, so daß sie schwankend zurückwich, gesäßvoran auf einem Spieltisch landete und Flaschen, Gläser und die bereits ausgeteilten Karten hinunterriß. Die Spieler traten sie ins Kreuz. Der Beau näherte sich ihr mit einem tödlichen Aufblitzen in den Augen und einem gebogenen Schurmesser in der Hand. Die Frau schluchzte heftig; die Gäste machten sich über das Opfer und den Angreifer gleichermaßen lustig. Der Geschäftsführer des Lokals setzte der Episode ein Ende, indem er der Frau befahl, unverzüglich zu verschwinden; niemand bezweifelte, daß sie an allem schuld war und den Beau provoziert hatte. Onofre versteckte sich wieder im Hauseingang und sah sie heraustaumeln. Aus dem Mundwinkel rann ihr ein Blutfaden, der sich mit dem Make-up vermischte und sich lila verfärbte. Sie prüfte mit den Fingern, ob ihr noch alle Zähne fest im Kiefer saßen, nahm die Perücke ab, wischte sich mit einem getüpfelten Taschentuch den Schweiß von der Stirn, setzte die Perücke wieder auf und schlug den Heimweg ein. Es war jetzt windstill und die Luft ruhig, trocken, kristallklar und so kalt, daß die Brust beim Atmen schmerzte. Onofre Bouvila holte die Frau ein, als sie in den Hohlweg trat.

»He, Señor Braulio«, rief er, »warten Sie auf mich! Ich bin's, Onofre Bouvila, Ihr Gast – von mir haben Sie nichts zu fürchten.«

»Ach, mein Sohn«, rief der Hotelier, über dessen Wangen immer noch die Tränen rannen, »sie haben mich auf den Mund geschlagen und hätten mich abgeschlachtet wie eine Sau, wenn ich mich nicht hätte aus dem Staub machen können! Dieses Dreckspack!«

»Aber warum zum Teufel kommen Sie an diesen schmutzigen Ort, um sich schlagen zu lassen, Señor Braulio? Und als Frau verkleidet! Das ist doch nicht normal!«

Señor Braulio zuckte mit den Schultern und ging weiter. Dicke Wolken hatten den Mond verdeckt, und man konnte nichts mehr sehen. Unweigerlich stieß man sich an den Kohlen, fiel auf die Nase und verletzte sich an Knien, Händen und Gesicht. Onofre und Señor Braulio gaben sich schließlich den Arm, um sich gegenseitig zu stützen.

»Ah«, rief Señor Braulio nach einer Weile wieder, »merkst du nichts, Onofre? Es fängt an zu schneien. Wie viele Jahre ist es her, daß es in Barcelona nicht mehr geschneit hat!«

Hinter ihrem Rücken wurde Lärm laut: Bewohner und Besucher des verrufenen Nests waren auf die Straße gekommen und beleuchteten sie mit Pechfackeln und Öllampen, um diesem ungewöhnlichen Schauspiel beizuwohnen.

3

Das war in der Tat der kälteste Winter, soweit man sich in Barcelona zurückerinnern konnte. Es schneite während Tagen und Nächten ununterbrochen, die Stadt war unter einer mehr als meterhohen Schneedecke begraben, der Verkehr kam zum Erliegen, und sämtliche Aktivitäten und die öffentlichen Dienste, auch die unentbehrlichsten, waren eingestellt; die Temperaturen sanken auf mehrere Grad unter Null, was in andern

Breiten nicht viel ist, wohl aber in einer wehrlosen Stadt, in der nie irgendeine Vorsichtsmaßnahme gegen eine solche Eventualität getroffen worden und der Organismus der Menschen nicht darauf vorbereitet war, der Kälte zu trotzen. Es waren zahlreiche Opfer zu beklagen. Als Onofre, den das Landleben so abgehärtet hatte, daß ihm die Strenge dieses Winters nicht weiter lästig fiel, eines Morgens aus seinem Zimmer auf den Balkon trat, um die weißüberzuckerte Häuserlandschaft zu betrachten, fand er auf dem Geländer den leblosen Körper einer Turteltaube. Als er den Kadaver anzufassen versuchte, fiel dieser auf die Straße und zersprang dort in tausend Stücke, als wäre die Turteltaube aus Steingut gewesen. Beim Gefrieren sprengte das Wasser die Rohrleitungen: Aus Hähnen und öffentlichen Brunnen floß kein Wasser mehr. Man mußte eine Trinkwasserverteilung mit Tankwagen organisieren, die sich zu festgesetzten Stunden an bestimmten Punkten der Stadt postierten und deren Fahrer ihre Ankunft ankündigten, indem sie in ein Horn aus vergoldetem Messing stießen. Hierauf bildeten sich Schlangen, in denen zu warten bei dieser die Kleider durchdringenden Kälte eine Qual bedeutete. Die Polizei mußte einschreiten, um Handgreiflichkeiten und Revolten wegen der langsamen Bedienung zu vermeiden. Manchmal froren jemandem während des Schlangestehens die Extremitäten ein, und man konnte ihn nur vom Boden losreißen, indem man ihm heißes Wasser in die Schuhe goß oder mit Gewalt an ihm zerrte. Viele Bürger stellten mit Schnee gefüllte Eimer ins Haus, warteten, bis er schmolz, und kamen auf diese Weise zu Wasser; andere machten dasselbe mit den Eiszapfen, die von den Dachtraufen hingen. So unangenehm das alles war, es verschaffte doch das Gefühl gemeinsamen Abenteuers und schloß die Barcelonesen zusammen; nie fehlte es an Anekdoten, die man zum besten geben konnte.

Wer unter freiem Himmel arbeiten mußte, erlebte die Situation äußerst qualvoll. Die Arbeiter der Weltausstellung litten auf dem gegen das Meer hin offenen und dem Wind preisgegebenen Gelände unsägliche Qualen. Während an anderen vergleichbaren Orten, im Hafen etwa, die Arbeiten vorübergehend lahmgelegt waren, schuftete man in der Ausstellung mit wachsendem Tempo weiter. Außerdem hatten die Maurer auf ihre Forderungen keine zufriedenstellende Antwort erhalten und beschlossen deshalb zu streiken. Pablo, den Onofre über die Geschehnisse auf dem laufenden hielt, geriet in Zorn. »Dieser Streik ist eine Torheit«, sagte er. Onofre bat ihn, das zu erklären.

»Paß auf, mein Junge, es gibt zwei Arten von Streik: den, dessen Ziel es ist, einen konkreten Vorteil zu erlangen, und den, dessen Ziel es ist, die gefügte Ordnung ins Wanken zu bringen und zu ihrer möglichen Zerstörung beizutragen. Der erste ist sehr schädlich für den Arbeiter, weil er im Grunde genommen nur bewirkt, daß sich die in unserer Gesellschaft vorherrschende Ungerechtigkeit konsolidiert. Das ist leicht zu verstehen und ist nun einmal so. Der Streik ist die einzige Waffe, die dem Proletariat zur Verfügung steht, also ist es töricht, sie an Lappalien zu verschwenden. Außerdem fehlen diesem Streik Organisation, Basis, Führer und klar umrissene Ziele. Er wird ein Fehlschlag auf der ganzen Linie werden und unsere Sache um einen Riesenschritt zurückwerfen.«

Onofre war nicht dieser Ansicht. In seinen Augen rührte die Wut des Apostels daher, daß die Streikenden in keiner Weise mit der Hilfe der Anarchisten gerechnet hatten – sie hatten sie weder um Rat gefragt noch aufgefordert, sich der Gemeinschaftsaktion anzuschließen, und schon gar nicht, deren Leitung zu übernehmen. Dennoch sah er ein, daß der Streik tatsächlich ein zweischneidiges Schwert war, zu dem die Arbeiter nur mit äußerster Vorsicht Zuflucht nehmen sollten, und daß die Arbeitgeber, wenn sie ihn geschickt manipulierten, sehr viel selbst davon profitieren konnten. Jetzt beschränkte er sich darauf, die Ereignisse aus der Nähe zu verfolgen, ließ sich nicht das kleinste Detail des Geschehens entgehen und sorgte dafür, daß er nicht übel zugerichtet wurde, sollte das Ganze eine schlimme Wendung nehmen. Dieser Streik endete in nichts, genau wie es Pablo vorhergesagt hatte: Als Onofre eines Morgens in den Zitadellenpark kam, sah er fast alle Arbeiter auf dem Hauptplatz der künftigen Ausstellung versammelt, dem ehemaligen

Waffenplatz der Zitadelle, der gegenüber dem Industriepalais lag. Dieses Palais war erst ein riesiges Brettergerüst, nahm eine Fläche von 70 000 Quadratmetern ein, und seine höchste Höhe betrug 26 Meter. Schneebedeckt, leer und verlassen, glich es jetzt dem Skelett eines vorsintflutlichen Tiers. Die auf dem Waffenplatz versammelten Arbeiter sprachen nicht miteinander; starr vor Kälte, stampften sie mit den Füßen und schlugen sich die Arme an den Körper. Sie sahen aus wie ein unruhiges Mützenmeer. Die Guardia Civil hatte sich an strategischen Punkten aufgestellt. Die unverwechselbare Silhouette ihrer Mäntel und Dreispitze hob sich auf den Dächern scharf gegen den klaren Morgenhimmel ab. Ein Detachement zu Pferd patrouillierte in der nahen Umgebung des Parks.

»Wenn sie angreifen, dann denkt daran, daß sie den Säbel nur auf der rechten Seite des Pferdes benutzen können«, sagten einige Arbeiter, Veteranen aus früheren Scharmützeln, um die Nerven der Neulinge zu beruhigen, »auf der linken greifen sie nicht an. Und wenn sie euch einholen, werft euch zu Boden und bedeckt mit den Händen den Kopf. Pferde treten nie auf einen liegenden Körper. Das ist besser, als davonzulaufen.«

Jemand sagte auch, man könne die Pferde, sehr dumme und furchtsame Tiere, leicht erschrecken, indem man ihnen mit einem Taschentuch vor den Augen wedle: »Dann bäumen sie sich auf und werfen mit etwas Glück den Reiter aus dem Sattel.« Aber alle dachten: Soll das doch ein anderer versuchen.

Schließlich zirkulierte der Befehl, sich in Bewegung zu setzen. Niemand wußte, wer ihn ausgegeben hatte; die Gruppe schlurfte langsam los. Wer in einer gewissen Distanz neben ihr herging, konnte feststellen, daß sich die Gruppe, anfänglich tausend oder mehr Leute, auf zwei- oder dreihundert reduziert hatte, kaum war sie losgezogen – der Rest hatte sich aus dem Staub gemacht. Die Verbleibenden verließen nach und nach durch ein Tor zwischen dem Gewächshaus und dem Café-Restaurant den Park Richtung Calle de la Princesa in der Absicht, bis zur Plaza de San Jaime zu kommen. Sie sahen nicht sehr bedrohlich aus – man konnte eher den Eindruck gewinnen, alle wollten das Ganze zu Ende bringen, weil sie voraussahen, daß es nirgends hinführen würde, und nur Ehrgefühl und Solidarität hielten sie noch bei der Stange. Die Geschäfte in der Calle de la Princesa hatten ihre Gitter nicht heruntergelassen, und in den Häusern standen die Leute am Fenster, um die Demonstrationen vorbeiziehen zu sehen. Das Gardistendetachement folgte den Arbeitern gemächlich, den Säbel in der Scheide – die Kälte machte ihnen mehr zu schaffen als der Gedanke, die Ruhe in der Stadt könnte gestört werden. Onofre folgte dem Zug eine Weile und nahm dann ein Seitensträßchen, um ihn zu überholen und weiter vorn wieder auf ihn zu treffen. Auf einem nahegelegenen kleinen Platz stieß er unversehens auf eine berittene Zivilgardistenkompanie mit drei kleinkalibrigen, auf Lafetten montierten Kanonen. Als er wieder auf die Arbeiter traf, wußte er, daß die Demonstration, gerieten die Dinge außer Kontrolle, in einem Blutbad enden würde. Glücklicherweise geschah nichts Ernsthaftes. Als sie auf die Kreuzung zur Calle Montcada kamen, hielten die Demonstranten wie ein Mann an. Es kommt auf eins heraus, schienen sie zu denken, ob wir hier anhalten oder bis zum Tag des Jüngsten Gerichts weitergehen. Einer der Arbeiter erkletterte eine Fenstervergitterung und hielt eine Ansprache, in der er die Demonstration als Erfolg bezeichnete. Dann nahm ein anderer Arbeiter denselben Platz ein und sagte, alles sei schiefgelaufen, weil es an Organisation und Klassenbewußtsein gefehlt habe, und forderte die Demonstranten mit Nachdruck auf, unverzüglich wieder an die Arbeit zu gehen. »Vielleicht können wir auf diese Weise wenigstens Repressalien vermeiden«, schloß er. Beiden Rednern hörte man mit spürbarer Aufmerksamkeit und Achtung zu. Der erste Sprecher, erfuhr Onofre später von Efrén Castells, war ein Polizeispitzel, der zweite ein ehrbarer Maurer, der nicht frei von gewerkschaftlichen Anwandlungen war; er verlor nach diesem Streik seine Stelle und wurde nie wieder im Zitadellenpark gesehen. Abschließend läßt sich dieser Tag folgendermaßen beschreiben: Am Mittag waren alle Arbeiter wieder an ihrem Arbeitsplatz, keiner ihrer Forderungen wurde entsprochen, und die lokale Presse nahm von der Angelegenheit nicht einmal Notiz.

»Das konnte gar nicht anders sein«, brummte Pablo mit einem Schimmer von Genugtuung in seinen fiebrigen Äuglein. »Jetzt werden viele Jahre vergehen müssen, bis wir wieder eine Kollektivaktion unternehmen können. Ich bin mir nicht einmal im klaren, ob es die Mühe lohnt, daß du weiterhin Pamphlete verteilst.«

Onofre erschrak ein wenig, als er diese Einkommensquelle in Gefahr sah, und versuchte vom Thema abzulenken, indem er erzählte, was er beim Verlassen der Demonstrantenkerngruppe gesehen hatte.

»Na klar«, sagte Pablo, »was hast du denn geglaubt? Sie wollen nicht riskieren, daß eine Handvoll Arbeiter ihren Willen durchsetzt und dadurch einen verhängnisvollen Präzedenzfall schafft. Solange man kann, läßt man sie gewähren. Ein Detachement übernimmt es, die öffentliche Ordnung aufrechtzuerhalten und den Verkehr zu regeln. Die Leute sagen: ›Wir wissen gar nicht, worüber sie sich beklagen, wir haben doch wirklich eine wohlgesinnte Regierung.‹ Wenn es brenzlig wird, greift die Kavallerie an. Wenn's auch damit noch nicht genug ist: Schrot für das Volk!«

»Warum es also immer wieder versuchen?« fragte Onofre. »Sie haben die Waffen, und es wird sich nie etwas ändern. Beschäftigen wir uns doch mit etwas Lukrativerem.«

»Sag das nicht, Junge, sag das nicht!« Pablos Blick verlor sich in einem imaginären Horizont, der weiter und leuchtender war als der in den feuchten und rissigen Mauern des Kellerlochs, in dem er hauste. »Sag das niemals. Gewiß können wir den Waffen nur unsere Masse entgegenhalten – die Masse und die aus der Verzweiflung geborene Unerschrockenheit. Doch eines Tages werden wir siegen. Es wird uns viel Schmerzen und Blut kosten, aber der Preis, den wir zu bezahlen haben, wird klein sein, denn mit ihm erkaufen wir uns eine Zukunft für unsere Kinder, eine Zukunft mit gleichen Chancen für alle, und es wird keinen Hunger und keine Unterdrückung und keinen Krieg mehr geben. Möglicherweise werde ich das nicht mehr erleben und du ebensowenig, Onofre, mein Junge, obwohl du noch sehr jung bist. Viele Jahre werden vorher noch vergehen und unendlich viele Dinge getan werden müssen: Alles muß zerstört werden, was existiert, und das ist keine Kleinigkeit. Aufräumen mit der Unterdrückung und dem Staat, der sie ermöglicht und fördert, mit der Polizei und der Armee, mit dem Privateigentum und dem Geld, mit der Kirche und dem Unterricht, der zur Zeit erteilt wird, was weiß ich. Da gibt es noch für mindestens fünfzig Jahre Arbeit, soviel steht fest.«

Die Kälte, die in jenem Winter in Barcelona so viele Opfer forderte, verschonte auch die Pension nicht: Die Seherin Micaela Castro erkrankte schwer. Hochwürden Bizancio holte einen Arzt, um sie untersuchen zu lassen. Der Arzt war jung und erschien in einem rotbefleckten Kittel. Einem Köfferchen entnahm er ein paar schmutzige, leicht oxydierte Eisenbestecke, mit denen er die Patientin beklopfte und stach. Allen war klar, daß der Arzt nichts von Medizin verstand und daß die Flecken auf seinem weißen Kittel von einer Tomate stammten, aber sie ließen sich nichts anmerken. Der Arzt zeigte sich trotz seiner offensichtlichen Inkompetenz sehr sicher in der Diagnose: Micaela Castro habe nur noch kurze Zeit zu leben. Er beschrieb die Krankheit nicht näher, sondern sagte nur, Alter und andere Komplikationen rafften sie dahin. Dann verschrieb er einige schmerzlindernde Mittel und ging. Als sie wieder allein waren, trafen sich die Dauergäste der Pension und Señor Braulio zur Beratung im Vorraum, wo Señora Ágata die Füße im Becken hatte. Mariano war dafür, die Kranke so bald als möglich aus der Pension zu schaffen; der Arzt hatte zwar gesagt, das Leiden der Seherin sei nicht ansteckend, doch der Barbier war sehr ängstlich.

»Bringen wir sie ins Armenhaus«, schlug er vor, »dort wird man gut für sie sorgen, bis sie stirbt.«

Señor Braulio war derselben Meinung wie der Barbier; Señora Ágata sagte wie üblich nichts, und es war ihr auch nicht anzumerken, ob sie kapierte, worum es in der Beratschlagung ging; Onofre erklärte sich bereit, die Meinung der Mehrheit zu unterstützen. Nur Hochwürden Bizancio widersetzte sich, denn in seiner Eigenschaft als Priester hatte er einige Armenhäuser besichtigt, und die Zustände, in denen die Kranken dort lebten, schienen ihm unannehmbar. »Selbst unter der Voraussetzung, daß ein Bett frei ist, wäre es eine christlicher Menschen unwürdige Grausamkeit, diese arme Frau an einem fremden Ort ihrem Schicksal zu überlassen, wo sie in unbekannte Obhut kommt und von Moribunden wie sie selbst umgeben ist. Ihr Leiden erforderte bisher keine spezielle Pflege und würde auch weiterhin keine Unannehmlichkeiten mit sich bringen. Diese arme Irre lebt schon viele Jahre in der Pension, dies ist ihr Zuhause. Also ist es nur recht und billig, sie hier sterben zu lassen, mitten unter uns, die wir sozusagen ihre Familie sind, das einzige, was sie auf dieser Welt hat. Und denken Sie daran«, er schaute sie einen nach dem andern an, »daß diese Frau einen Pakt mit dem Teufel geschlossen hat. Verdammnis und ewiges Leiden erwarten sie. Das wenigste, was wir angesichts dieser schrecklichen Aussicht tun können, ist, uns zu bemühen, ihr das verbleibende Erdenleben so angenehm wie möglich zu machen.«

Der Barbier wollte schon protestieren, da unterbrach ihn Señora Ágata. »Hochwürden hat recht«, sagte sie mit rauher Bergmannsstimme. Ihre lakonische Einmischung bereinigte die Angelegenheit. Onofre sah das sogleich und beeilte sich, seine Zustimmung kundzutun, kaum hatte Señora Ágata gesprochen. Der Barbier gab schließlich nach, es blieb ihm gar nichts anderes übrig. Hochwürden Bizancio versprach, für die Kranke zu sorgen, damit ihre Pflege niemandem zur Last falle. Die Gruppe ging in Freundschaft auseinander. Beim Abendessen machte sich unter den Gästen eine melancholische Stimmung breit – Micaela Castro sollte sie nie mehr mit ihren Trancen amüsieren.

Schließlich ging das Jahr 1887 zu Ende. Aus irgendeinem Grund war es allen länger als die vorhergehenden erschienen; vielleicht weil dieses Jahr, wie es manchmal so ist, kein Glück gebracht hatte. »Möge das nächste ein klein wenig besser werden«, wünschten die Barcelonesen einander. Wahrscheinlich trug auch die beißende Kälte der vergangenen Wochen dazu bei, daß das Jahr in schlechter Erinnerung blieb. Wo der Schnee nicht weggeräumt worden war, wurde er zu Eis und damit zur Ursache von Stürzen und Brüchen. »Genau wie am Nordpol«, scherzten die Witzbolde. Tatsächlich bot die Plaza de Cataluña, die gerade umgebaut wurde, mit ihren Kratern, Hügeln und Gräben den trostlosen Anblick einer Tundra. Eine Tageszeitung veröffentlichte diesbezüglich eine befremdliche Meldung: Auf diesem Platz seien in einem Loch mehrere sehr große Eier gefunden worden, die sich nach einer Laboranalyse als Pinguineier erwiesen hätten. Man kann aber als fast sicher annehmen, daß es sich um eine Falschmeldung handelte, die die fragliche Zeitung am Tag der Unschuldigen Kindlein publizieren wollte, irgendwo verlegte und dann zur Unzeit druckte.

Am Strand, wo die Arbeiter ohne festes Heim mit ihren Familien wohnten, wurde die Lage äußerst kritisch. Eines Nachts nahmen die Frauen ihre Kinder, bevor sie ihr Leben verlören, auf den Arm und marschierten los. Die Männer zogen es vor, ihnen nicht zu folgen, denn sie dachten zu Recht, ihre Gegenwart würde dem Marsch einen andern Charakter verleihen. Die Frauen gingen mit ihren Kindern über die Eisenbrücke, die den Strand mit dem Zitadellenpark verband, und dann zwischen den halbfertigen Pavillons hindurch zum Palais der Schönen Künste. Dieses heute verschwundene Palais stand zur Rechten des San-Juan-Salons, wenn man durch den Triumphbogen hineinkam, und zwar am Scheitel zwischen dem Salon und der Calle del Comercio, also außerhalb des Parks, aber noch auf dem Gelände der Weltausstellung. Das Palais der Schönen Künste war 88 Meter lang, 41 breit und 35 hoch, die vier Türme nicht eingerechnet, die Kuppeln trugen, welche zur Krönung von ebenso vielen Fama-Statuen geschmückt wurden. Im Innern des Palais gab es, außer den für die Ausstellung von Kunstwerken bestimmten Sälen und Galerien, einen prächtigen, 50 auf 30 Meter messenden Saal, in dem die feierlichsten Akte der Ausstellung zelebriert werden sollten. In diesem Saal begehrten die Frauen mit ihren Kindern zu übernachten. Der in den Park abkommandierte Offizier der Guardia Civil benachrichtigte die zuständigen Behörden von dem Vorfall. »Geben

Sie ihnen zu verstehen, daß Sie nichts gesehen haben«, war die Antwort.

»Aber sie schichten mitten im Saal Holz auf«, sagte der Offizier, »und der Rauch dringt schon aus den Fenstern.«

»Na und? Wir wollen ihnen nicht mit Gewehren zu Leibe rücken und dann diese Meldung nur vier Monate vor der Eröffnung in der ausländischen Presse lesen müssen. Sie tun so, als ob nichts wäre, und dann sehen wir weiter.«

»Nun gut«, antwortete der Offizier, »aber ich will diesen Befehl schriftlich. Wenn ich ihn nicht binnen einer halben Stunde in den Händen habe, lasse ich das Palais unter allen Umständen räumen. Ich organisiere ein Gemetzel und weise jede Verantwortung von mir. Und lassen Sie sich gesagt sein, daß ich auf dem Dach des Café-Restaurants ein Maschinengewehr in Stellung gebracht habe, um auf sie zu schießen, sobald sie hinausgehen.«

Man mußte einen Ratsherrn entsenden, welcher, der Kälte die Stirn bietend und nach mehreren Stürzen auf dem Eis, mit dem Befehl an den Schauplatz kam, bevor der Offizier seine Drohung in die Tat umsetzen konnte. Am nächsten Tag wurde verhandelt, und man kam überein, die Familien der Arbeiter – aber nicht diese selbst – für zwei Wochen die neuen Quartiere in der Calle Sicilia beziehen zu lassen. Dort konnten sie Feuer entfachen und auch sonst alles tun, worauf sie Lust hatten. Mit den Frauen zu verhandeln war nicht einfach. Efrén Castells hatte ihnen mehrere Fläschchen Haarwuchsmittel verkauft, und einigen war ein Bart gewachsen – der Ratsherr, der im Namen des Bürgermeisters zum Palais der Schönen Künste eilte, sah sich einem Komitee bärtiger Frauen gegenüber. Darauf war er nicht vorbereitet und gestand ihnen alles zu, was sie verlangten, und nur seine Verbindungen zu einflußreichen Kreisen verhinderten, daß er seines Amtes enthoben wurde. Und all das, weil Efrén Castells derart in die Frauen vernarrt war. Er war ein richtiger Satyr; unter dem Vorwand, Haarwuchsmittel zu verkaufen, drang er während der Abwesenheit der Männer, die auf der Baustelle arbeiteten, in die Baracken ein und stiftete dort Unheil. Sein viriles Aussehen gefiel fast allen, er hatte eine leutselige Art, verstand zu schmeicheln und gab das Geld mit beiden Händen aus, so daß ihm in Liebesdingen das Glück nicht abhold war. Onofre sah die Neigungen seines Partners nicht gern. »Eines schönen Tages werden wir deinetwegen ernstliche Scherereien bekommen«, sagte er zu ihm.

»Du brauchst überhaupt keine Angst zu haben«, antwortete Efrén Castells, »ich kenne die Weiber gut: Für ein Nichts betrügen sie ihre Männer, aber sie würden sich eher die Haut abziehen lassen, als den Galan zu verraten, der sie betört. Warum? Junge, was weiß denn ich! Es gefällt ihnen wohl zu leiden, denke ich. Wenn du willst, daß sich eine Frau deiner annimmt, mißhandle und verrate sie, es gibt keine bessere Methode. Ich bin eben ein Einfaltspinsel – denn sonst könnte ich, so gut, wie ich die Frauen kenne, ohne die geringste Anstrengung von ihnen leben. Ich gehöre zu denen, die leicht vom Weg abkommen und sich wie eine Zitrone auspressen lassen.«

Die Peseten, die Onofre Efrén als Lohn gab, verwendete dieser dafür, seinen Eroberungen Geschenke zu kaufen. Offensichtlich muß man freigebig und eine Kanaille sein, dachte Onofre; von den Leuten darf man nur soviel erwarten, wie man aus ihnen herauszuholen versteht; so sind die Menschenwesen: formbares Material. Solches und ähnliches sagte sich Onofre immer wieder, während er auf seinen nicht enden wollenden Nachtwachen auf dem Treppenabsatz der Pension Delfina auflauerte. Die Kälte fuhr ihm in die Knochen, und er hatte es nur seiner Jugend und seiner gesunden Natur zu verdanken, daß er nicht ernsthaft erkrankte. Señor Braulio hatte nicht wieder gesündigt; er wartete auf den Frühling, um sich in Flitter zu werfen. Onofre hatte ihm nicht erzählt, daß er jede Nacht auf dem Treppenabsatz Posten stand, um zu sehen, ob er Delfina und ihren Freund in flagranti ertappen könne; er nahm an, Señor Braulio wisse nichts von den Spielchen seiner Tochter und diese nichts von denen ihres Vaters.

Eines Nachts riß ihn um zwei Uhr eine Stimme aus seiner Geistesabwesenheit. Es war Micaela Castro; die Seherin bat in ihrem Zimmer um Wasser. Hochwürden Bizancio, der sich eigentlich um sie kümmern sollte, lag in tiefem Schlaf, oder er war mit dem Alter ein wenig harthörig geworden. Es verstrichen einige Minuten, ohne daß jemand ihr Rufen wahrnahm. Die Wahrsagerin bat weiter um Wasser, aber mit so kraftloser Stimme, daß sich nicht einmal ausmachen ließ, woher sie kam. Onofre ging in die Küche, nahm ein Glas aus dem Wandschrank, füllte es mit Wasser und brachte es Micaela Castro. Das Zimmer der Kranken verströmte den übelkeiterregenden Geruch von Algen, die an der Sonne trocknen. Blind tastete Onofre nach der eiskalten Hand der Seherin und drückte ihr das Glas Wasser in die Finger. Er hörte ihr gieriges Schlürfen, und als es zu Ende war, nahm er ihr das Glas wieder ab. Die Todgeweihte murmelte etwas Unverständliches. Onofre näherte sein Ohr dem Kopfende des Bettes. »Gott möge es dir vergelten, mein Sohn«, glaubte er zu hören und dachte: Pah, wenn das alles ist... Aber eine Idee begann ihm durch den Kopf zu gehen.

Mitte Januar wurde das Wetter wieder schön, und die Stadt erwachte aus ihrer Lethargie. Als auf dem Ausstellungsgelände die Eisberge schmolzen, tauchten darunter Balustraden und Sockel auf, nach denen die Baumeister während Wochen vergeblich gesucht hatten. Mit dem Tauwetter bildeten sich große, sehr lästige und vor allem gefährliche Lachen, die kleine Erdrutsche auslösen konnten (und sie auch wirklich auslösten), welche in einigen Gebäuden, sobald sie wieder auf festem Grund standen, große Risse verursachten. Es gab auch einen kleinen Einsturz, bei dem ein Maurergehilfe unter einem Schutthaufen begraben wurde und das Leben verlor. Aus Zeitmangel konnte man den Körper nicht bergen, sondern mußte über ihm den Schutt festwalzen und das Gebäude neu aufbauen. Der Vorfall gelangte nicht an die Öffentlichkeit, und die Ausstellungsbesucher erfuhren nie, daß unter ihren Füßen eine Leiche lag, was übrigens in antiken Städten immer wieder geschieht. Es war freilich nicht alles tragisch im Park. Manche Dinge waren auch zum Lachen. Mit dem Tauwetter kam über den Strand eine Zigeunersippe anmarschiert. Die Arbeiterfrauen traten in die Barackentüren und versperrten den Eingang, weil die Meinung herrschte, die Zigeunerfrauen entführten Säuglinge. Dabei wollte sich diese Sippe nur mit Pfannenflicken, Hundescheren, Wahrsagen und einem Tanzbären den Lebensunterhalt verdienen. Den Arbeitern, die weder Pudel noch Küchengeräte besaßen und auch keine Lust verspürten, ihre Zukunft kennenzulernen, machte nur gerade der tanzende Bär Spaß, so daß die Guardia Civil einschreiten und die Zigeuner vertreiben mußte, die sich auf dem Waffenplatz niedergelassen hatten und ihre Tamburine dröhnen ließen. Der nach dem Zwischenfall im Palais der Schönen Künste aufgestiegene Offizier der Guardia Civil trat vor den Zigeuner, in dem er den Anführer vermutete, und befahl ihm, sich mit seinen Leuten schleunigst zu entfernen. Der Zigeuner entgegnete, sie täten niemandem etwas zuleide. »Mit dir diskutiere ich nicht«, sagte der Offizier; »ich sage dir nur eins: Ich geh' jetzt pissen – wenn ich zurückkomme und ihr seid noch immer da, füsiliere ich den Bären, auferlege den Männern Zwangsarbeit und schere den Frauen die Haare kurz. Ihr könnt euch ja jetzt entscheiden.« Bär und Zigeuner verschwanden wie vom Erdboden verschluckt. Der komische Teil der Geschichte folgt aber erst: Zwei oder drei Tage nach diesen Ereignissen erschien auf dem Gelände eine andere, ebenso malerische Gruppe wie die vorherige; sie wurde von einem Herrn in grünem Gehrock mit einem ebenfalls grünen Zylinder aus Seidenplüsch und einem pechschwarzen gewichsten Schnurrbart angeführt. Ihm folgten vier Männer, die eine Plattform schleppten; darauf erhob sich etwas sehr Großes, dessen Formen, falls es überhaupt Formen hatte, von einer gepichten Plane verhüllt wurden. Kaum sahen die Zivilgardisten den Zug herankommen, fielen sie über ihn her und gingen mit dem Gewehrkolben auf die fünf Personen los. Später stellte sich heraus, daß es sich um den ersten Weltausstellungsteilnehmer, einen gewissen Herrn Gunther von Schmuntzeln, und vier Arbeiter handelte, die mit ihm aus Mainz angereist waren. Der gute Mann brachte eine elektrische Garnspindel eigener Erfindung, hatte sich verirrt und erkundigte sich an allen Ecken und Enden auf deutsch und englisch, wo er sich einschreiben müsse und bis zur Ausstellungseröffnung seine Spindel deponieren könne.

Um das Gedränge in den letzten Tagen vor der Eröffnung möglichst gering zu halten, hatten die Behörden die Aussteller dringend ersucht, ihre Exponate ein wenig früher nach Barcelona zu bringen, und mußten daher mehrere Lagerhäuser bereitstellen, wo man die Gegenstände unterbringen konnte, bis die Pavillons, die sie dann beherbergen sollten, fertiggestellt sein würden. Die Operation gestaltete sich aber sehr viel verzwickter, als es auf den ersten Blick den Anschein machte, denn die Objekte wollten nicht nur vor den Unbilden der Witterung, vor der Feuchtigkeit (in einigen Fällen handelte es sich um Präzisionsmaschinen, Kunstgegenstände oder sonst in Material oder Gestalt heikle Dinge) und vor der Zerstörungswut der Ratten, Schaben und Termiten geschützt werden; man mußte sie auch so unterbringen, daß man sie zu gegebener Zeit ohne übermäßige Mühe wiedererkennen und lokalisieren konnte. Die Behörden hatten sich all das reiflich überlegt und im Hinblick auf einen problemlosen Ablauf rechtzeitig eine erschöpfende Klassifizierung aller auf der Welt existierender Warenartikel und ihrer Spielarten publiziert. Jedes Exemplar wurde mit einer Nummer, einem Buchstaben oder einer Kombination beider Symbole versehen, so daß nicht das geringste Problem entstehen konnte. Sehr bald fiel Onofre Bouvila eine dieser Listen in die Hände, und er studierte sie eingehend. Nie hätte ich gedacht, daß es auf der Welt so viele Dinge gibt, die man kaufen und verkaufen kann, sagte er sich. Diese Entdeckung irritierte ihn mehrere Tage lang. Schließlich drang er zusammen mit Efrén Castells, ungeachtet aller Gefahren, in eines der Lagerhäuser ein. Zur Beleuchtung nahmen sie eine Öllampe mit. Vom Boden bis zur Decke stapelten sich Kisten und Pakete unterschiedlichster Größe – einige so riesig, um eine Kutsche samt Pferden darin unterzubringen, andere so klein, daß sie in einer gewöhnlichen Hosentasche Platz gefunden hätten. In jedem Paket befand sich etwas. Onofre studierte die Liste im flackernden Licht der Lampe, die Efrén Castells in die Höhe hielt. Dieser Teil der Liste zählte folgendes auf: *Mechanische Geräte für medizinische, chirurgische und orthopädische Zwecke; Stühle, Betten usw.; Verbände zur Heilung von Brüchen, Krampfadern usw.; Geräte für den Kranken: Krücken, spezielles Schuhwerk, Augengläser, Brillen, akustische Hörrohre, Holzbeine usw.; plastische und mechanische Prothesengeräte: künstliche Zähne, Augen und Nasen usw.; künstliche Gelenkglieder; andere, zuvor nicht spezifizierte mechanische Orthopädiegeräte; verschiedene Geräte für Zwangs- und außernormale Ernährung; Zwangsjacken usw.* »Um Himmels willen!« rief Efrén Castells. Auf Onofres dringende Bitte schaffte es der Riese von Calella dank seiner kolossalen Kraft, aus einer der größten Kisten die Nägel zu entfernen. In ihr befand sich eine Satiniermaschine, wie man sie brauchte, um Papier zu pressen.

Da Efrén Castells ein gutmütiger Riese war, hatte er das Vertrauen der Knirpse am Strand gewonnen, der Kinder jener Frauen, die er verführte. Er bediente sich ihrer, um galante Botschaften zu verschicken und zu empfangen und um Verabredungen zu vereinbaren. Onofre und Efrén organisierten und instruierten diese Bürschchen. Nachts drangen die Jungen in die Lagerhallen ein, öffneten gewandt die Kisten, entnahmen ihnen Waren und brachten sie Onofre und Efrén, die sie je nach Beschaffenheit verkauften oder verlosten. Den Jungen gaben sie gegen Überbringung der Ware eine bestimmte Summe Geld. Bei Efrén Castells währten die so erzielten Einnahmen nicht lange; Onofre Bouvila dagegen, der keinen Céntimo ausgab, häufte in der Matratze Hochwürden Bizancios ein bescheidenes Vermögen an. »Ich verstehe nicht, wozu du soviel Geld willst«, sagte der Riese seinem Partner; »*ich* hätte allen Grund zu sparen, denn ich bin dumm und muß an die Zukunft denken; daß aber *du* sparst, dem so viele Möglichkeiten offenstehen, das begreife ich nicht.« In Wahrheit gab Onofre nichts aus, weil er nicht wußte, wofür, noch jemand kannte, der ihm das Geldausgeben beigebracht hätte, und weil er überhaupt keinen Anlaß sah, es zu tun.

Nach langem Spionieren fand Onofre heraus, daß Delfina die Pension nur jeden Morgen für eine knappe Stunde verließ, um einkaufen zu gehen. Er hielt das für eine günstige Gelegenheit, sie anzusprechen; deshalb ließ er eines Morgens seine Geschäfte Geschäfte sein und folgte dem Mädchen zum Markt. Delfina ging mit zwei großen Weidenkörben bewehrt und in Begleitung des Katers aus dem Haus. Sie marschierte sehr entschlossen, aber zerstreut und wie träumend. In ihrer Zerstreutheit trat sie barfuß in die schmutzigen Pfützen und Abfallhaufen. Die Kinder, die auf den Gassen herumtollten, sahen sie mit ihrem verschlossenen Gesichtsausdruck vorbeigehen und hätten sich mit ihr angelegt und ihr Steine und Dreck nachgeworfen, wenn der Kater sie nicht eingeschüchtert hätte. In der Markthalle wurde Delfina von den Verkäuferinnen gar nicht geschätzt: Nie beteiligte sie sich an deren Geklatsche, und in bezug auf Gewicht und Qualität der Produkte war sie sehr pedantisch. Außerdem feilschte sie unerbittlich, kaufte immer verdorbene Ware und verlangte dann Rabatt. Sagte ihr eine Verkäuferin, ein Kohl sei nicht faul, sondern weise noch alle Zeichen von Frische auf, so entgegnete Delfina, das stimme nicht, der Kohl stinke bestialisch und wimmle von Würmern und sie sei nicht bereit, für einen solchen Ramsch einen überrissenen Preis zu bezahlen. Wenn ihr die Verkäuferin die Stirn bot und die Diskussion lauter wurde, packte Delfina Beelzebub unterm Bauch und setzte ihn auf den Ladentisch. Unverzüglich machte der Kater einen Buckel, sträubte die Haare und zeigte die Krallen. Die Strategie zeitigte Wirkung, und die eingeschüchterte Verkäuferin kapitulierte endlich. »Da, nehmen Sie«, sagte sie, »hier haben Sie den Kohl – bezahlen Sie, was Ihnen paßt, aber kommen Sie nicht noch einmal an meinen Stand, ich denke nicht daran, Sie wieder zu bedienen, verstanden?« Delfina zuckte mit den Schultern und kehrte am nächsten Tag mit demselben Begehren zurück. Die Verkäuferinnen erblaßten vor Zorn, wenn sie sie sahen, und konsultierten eine auf dem Markt herumstreichende Hexe, die Delfina und ganz besonders den Kater mit ihrem Blick bannen sollte. All das fand Onofre ohne jede Schwierigkeit heraus, denn sobald das Mädchen und der bösartige Kater verschwunden waren, hielten die Verkäuferinnen mit ihren Kommentaren nicht zurück.

Auf dem Heimweg ging Onofre Delfina entgegen.

»Ich war spazieren und habe dich zufällig kommen sehen. Kann ich dir helfen?«

»Ich weiß mir selber zu helfen«, antwortete das Mädchen und schritt schneller aus, als ob sie zeigen wollte, daß ihr die vollgepackten Körbe keineswegs zu schwer seien.

»Ich habe nicht gesagt, du wüßtest dir nicht zu helfen, Frau. Ich wollte nur freundlich sein.«

»Warum?«

»Da gibt es kein Warum. Man ist ohne besonderen Grund freundlich. Wenn es einen Grund dafür gibt, ist es nicht mehr Freundlichkeit, sondern Berechnung.«

»Du redest zu gut«, fiel ihm das Mädchen ins Wort. »Zisch ab, oder ich lass' den Kater auf dich los.«

Er mußte Beelzebub aus dem Weg schaffen, ihn umbringen. Alle Methoden, die er sich ausdachte, waren gut, boten aber unüberwindliche Schwierigkeiten. Schließlich kam er auf eine, die ihm gangbar schien, nämlich das Dach der Pension mit Öl einzuschmieren. Wenn Beelzebub hinaufstiege, um auf dem Dach wie alle Katzen seine Runde zu machen, würde er ausgleiten und hinunterstürzen. Von der vierten Etage auf die Straße, da mußte er bestimmt tot sein, überlegte Onofre. Beinahe hätte er bei der Ausführung seines Plans selbst sein Leben gelassen. Als er alle Ziegel eingeölt hatte, ohne einen Winkel zu vergessen, ging er in sein Zimmer und legte sich in seinem Bett auf den Rücken. In dieser Nacht geschah nichts, doch in der folgenden, als er aus Langeweile vor lauter Warten gerade eingeschlafen war (die Uhr von Sankt Ezechiel hatte eben zwei geschlagen), weckte ihn ein Lärm. Vom Balkon hörte er ein Gejammer und Flüche. Schon fürchtete er, Beelzebub sei auf einen Nachtschwärmer gefallen; das wäre der Gipfel des Pechs, sagte er sich. Er öffnete die Balkontür, schaute hinaus und bekam im Mondlicht einen ordentlichen Schrecken: Am Geländer hing ein Individuum, das um Hilfe rief und umsonst versuchte, mit den Füßen in einer Fassadenspalte Halt zu finden. »Bitte, gib mir die Hand«, flehte der Mann, als er Onofre erblickte, »sonst bin ich verloren.« Onofre faßte ihn an den Handgelenken, hißte ihn in die Höhe und brachte ihn ins Zimmer, wo er, als er die Füße auf den Boden setzte, einsackte und auf den Hintern fiel. »Ich habe mir den Arsch an zwanzig verschiedenen Stellen aufgeschlagen«, fing er wieder zu jammern an. Onofre bedeutete ihm, leise zu sein, und zündete die Kerze an. »Und jetzt sagst du mir, weshalb du an meinem Balkon hingst«, herrschte er ihn an.

»Was weiß denn ich«, sagte der Mann. »Irgendein Hurensohn wird das Dach mit Fett eingeschmiert haben oder so. Zum Glück konnte ich mich an den Eisenstäben festhalten, sonst könnte ich dir das jetzt nicht mehr erzählen.«

»Und was hast du zu dieser Stunde auf dem Dach verloren?«

»Was geht dich das an?«

»Mich nichts, aber vielleicht möchten es die Inhaber der Pension oder die Polizei erfahren.«

»He, he, immer langsam, ich bin weder ein Dieb, noch habe ich sonst etwas Unrechtes getan. Ich heiße Sisinio und bin mit einem Mädchen befreundet, das hier wohnt.«

»Delfina!«

»So heißt sie. Ihre Eltern sind sehr streng und erlauben ihr keine Männerbekanntschaften. So sehen wir uns eben in der Nacht auf dem Dach.«

»Na so was! Und wie kommst du aufs Dach?«

»Über eine Handleiter, die ich hinter dem Haus anstelle, dort, wo das Gelände ansteigt und der Abstand nicht so groß ist. Ich bin Anstreicher.«

Sisinio schien etwa 35 Jahre alt. Er war schmalbrüstig, hatte spärliches Haar, Glotzaugen und ein fliehendes Kinn. Es fehlten ihm zwei Zähne, und er pfiff beim Sprechen. Das ist also mein Rivale, dachte Onofre entmutigt.

»Und was macht ihr auf dem Dach?«

»Du fragst reichlich viel.«

»Du hast nichts zu befürchten. Ich gehöre zu euch. Ich heiße Gastón. Pablo wird dir's bestätigen.«

»Ach ja, natürlich«, sagte Sisinio und lächelte zum erstenmal. Er erzählte Onofre, sie würden auf dem Dach, ehrlich gesagt, fast nichts machen – über verschiedene Dinge sprechen, ein Kuß oder zwei und kaum mehr. Es sei schwierig, auf dem Dach miteinander sehr viel weiterzukommen. Er habe ihr schon tausendmal vorgeschlagen, an einen bequemeren Ort zu gehen, doch Delfina weigere sich. »Dann wirst du mich nicht mehr lieben«, sage sie. So verbrächten sie schon zwei Jahre. »Ich weiß gar nicht, wie ich das aushalte«, sagte Sisinio. Onofre fragte ihn, warum sie nicht heirateten.

»Das ist eine andere Geschichte. Ich bin bereits verheiratet und habe zwei Töchter. Noch habe ich es Delfina nicht gesagt: Mir fehlt der Mut, ihr diesen Kummer zu bereiten – die Arme macht sich große Illusionen. Wenn meine Frau krepierte, würde sich alles von selbst einrenken, aber sie ist robuster als eine Eiche.«

»Und was sagt sie? Deine Frau, meine ich.«

»Nichts. Sie glaubt, ich verrichte Nachtarbeit. Bevor ich nach Hause gehe, schmiere ich mich mit Farbe voll, um sie zu täuschen.«

»Rühr dich nicht vom Fleck«, sagte Onofre. »Ich werde Delfina holen. Wenn sie aufs Dach geht, um dich zu treffen, rutscht sie womöglich aus und stürzt sich zu Tode.«

Er ging in dem Moment auf den Flur, als Hochwürden Bizancio in der Toilette verschwand. Die Wahrsagerin gab Schmerzenslaute von sich. Jetzt fehlt nur noch, daß ich mit Señor Braulio in der Aufmachung einer Nutte zusammenstoße, dachte Onofre; an was für einem tollen Ort bin ich da gelandet!

Kaum hatte Onofre sacht an Delfinas Schlafzimmertür geklopft, antwortete das Mädchen mit zischender Stimme. Onofre gab sich zu erkennen. »Mach, daß du wegkommst, oder ich lass' den Kater los!« war die Antwort. »Ich wollte dir nur sagen, daß Sisinio etwas zugestoßen ist«, sagte Onofre. Sogleich öffnete sich die Schlafzimmertür; im Türrahmen leuchteten vier Pupillen. Der Kater fauchte, Onofre wich zurück, und das Mädchen sagte: »Hab keine Angst, er tut dir nichts. Was ist passiert?«

»Dein Freund ist vom Dach gestürzt. Ich hab' ihn in meinem Zimmer. Komm, aber laß Beelzebub hier.«

Delfina und Onofre gingen die Treppe hinunter. Onofre nahm Delfina am Arm; sie zog ihn nicht zurück und schwieg. Onofre merkte, daß sie zitterte.

Sisinio hatte sich auf dem Bett ausgestreckt. Im Kerzenlicht hätte man ihn für tot halten können, obwohl er die Augen bewegte und sich zu lächeln bemühte. »Ich lasse dich mit ihm allein«, sagte Onofre zu Delfina. »Sorg dafür, daß er nicht in meinem Zimmer stirbt, ich will keinen Ärger. Im Morgengrauen komme ich zurück.« Er ging auf die Straße hinunter und zögerte einige Sekunden vor der Tür, wohin er gehen sollte. Da hörte er ein Miauen; ein Körper sauste an seiner Schulter vorbei und klatschte auf den Boden. Mit einer Eisenstange stieß er Beelzebubs Kadaver weg und ließ ihn in der Öffnung der Kanalisation verschwinden. So verlor Delfina in einer einzigen Nacht die beiden Pfeiler ihrer Sicherheit.

4

Seine Exzellenz der hochwürdigste Bischof von Barcelona war als Novize nach Rom gereist. In Mailand, wo er einige Tage verweilte, sah er Seine Kaiserliche Hoheit Erzherzog Rudolf von Österreich (der 1889 auf Schloß Mayerling sich und seine Geliebte erschießen sollte) die Ehrengarde abschreiten. Dieses Bild begleitete den erlauchten Prälaten bis ans Ende seiner Tage. Jetzt unterbrachen die Werktätigen die Arbeit, richteten sich stramm auf und nahmen ihre Mützen ab, als er vorbeiging. Die Glocken der Zitadellenkirche läuteten aus voller Kraft, und es schmetterten die Trompeten des Kavallerieregiments, das dem Zug das Geleit gab. Seine Exzellenz der Bischof und der hochwürdigste Herr Bürgermeister gingen Schulter an Schulter durch den Triumphbogen. Danach Behördenmitglieder in Scharen. Hinter ihnen, mit wenigen Ausnahmen leicht gelangweilt, das Konsularkorps. Dicht am Rockschoß des Ordinarius trug ein Diakon den Weihwasserkessel, das heißt, einen Eimer aus gearbeitetem Silber voll geweihten Wassers. In der linken

Hand trug der Bischof den Hirtenstab, und mit der rechten schwenkte er den Weihwedel, den er ab und zu in den Weihwasserkessel tauchte. Bespritzte er zufällig einen Arbeiter, so bekreuzigte sich dieser auf der Stelle. Es war schmerzlich, mitanzusehen, wie das erhabene Bischofsgewand die Straße abstaubte. Dem Industriepalais, in dem die offizielle Zeremonie stattfinden sollte, fehlte noch fast die ganze Verkleidung, aber einige große Planen ließen diesen Mangel vergessen und das Palais wie ein Festzelt aussehen. An ausgesuchter Stelle war eine Kapelle errichtet worden, in der auch eine eben erst restaurierte, zum wenigsten aus dem 18. Jahrhundert stammende Santa-Lucía-Statue aus vergoldetem Silber stand. Auf der linken Seite des Mittelschiffs hatte sich die Stadtkapelle aufgestellt und intonierte einen Marsch, als die Behörden eintraten. Der Bischof segnete die Baustelle. Er und der Bürgermeister hielten eine Rede, wonach Hochrufe auf Seine Majestät den König und Ihre Majestät die Regierende Königin ertönten. Die beiden Delegierten, die so oft zwischen Barcelona und Madrid hin- und hergereist waren, daß sie die Namen sämtlicher Dörfer dieser Strecke auswendig aufsagen konnten, weinten, denn sie betrachteten sich wenn nicht als die Väter, so doch als Geburtshelfer der Ausstellung. In Wirklichkeit war das Ergebnis ihrer Mission kläglich gewesen. Die Zentralregierung hatte nämlich nicht so viel Geld gegeben, daß die Gemeinde Barcelona dem Ruin entgangen wäre, aber auch nicht so wenig, daß sich die Katalanen das Verdienst des ganzen Unterfangens allein hätten zuschreiben können. Das wußten die beiden aber nicht – oder sie wußten es und weinten gerade deswegen. Mit abermaligem Glockengeläut endete der Akt, und sogleich wurde die Arbeit wiederaufgenommen. Es war der 1. März 1888; noch fehlten ein Monat und sieben Tage bis zur Eröffnung.

Die Diversifizierung von Onofre Bouvilas Geschäften und das Ausmaß, das sie allmählich annahmen, insbesondere seit der Integrierung der jugendlichen Diebe und später nach der Entdeckung eines Postens als *Betel, Perublatt, Haschischi und andere Pflanzen zum Rauchen und Kauen* bezeichneter Ware, die für den Agrikulturpavillon bestimmt war (der wie das Palais der Schönen Künste außerhalb des Parks stand, also an der Nordmauer auf der Straße nach San Martín und Frankreich, zwischen der Calle de Roger de Flor und der Calle Sicilia) und die sie auswärts zu einem sehr guten Preis verkauften, und zwar durch Vermittlung eines leutseligen Stuckmeisters, der immer wieder von Baugerüsten und Leitern stürzte, beschäftigten Pablo, dem immer klarer wurde, daß ihn sein Zögling, wie sehr er ihn auch seine Wertschätzung spüren ließ, auf den Arm nahm. Als sich Pablo mit dieser Tatsache konfrontiert sah, wußte er nicht, wozu er sich entschließen sollte. Er kannte das Prestige, das Onofre bei den Ausstellungsarbeitern genoß, und getraute sich auch nicht, seinen Gesinnungsgenossen den Hinterhalt zu offenbaren, in den er durch seine eigene Schwäche geraten war. Sein einziger Kontakt mit der Welt bestand in dem, was Onofre ihm zu erzählen geruhte. Er war eine Marionette in seinen Händen.

Da ihm Pablo mehrmals erklärt hatte, als erstes müsse man in Katalonien das Liceo-Theater zerstören, beschloß Onofre, sich diese so wichtige Sache einmal selbst anzuschauen. »Das Liceo ist wie ein Symbol, vergleichbar dem König in Madrid oder dem Papst in Rom«, hatte Pablo gesagt. »Gott sei Dank haben wir in Katalonien weder einen König noch einen Papst, aber wir haben das Liceo.« Onofre bezahlte einen seiner Ansicht nach horrenden Eintrittspreis, und man hieß ihn durch den Eingang der Unbemittelten gehen. Er betrat das Haus von einem Seitengäßchen voller Kohlköpfe aus. Die Reichen stiegen auf der Rambla aus ihren Pferdekutschen und gingen durch den Portikus hinein. Die Frauen mußte man fast herunterhieven, und ihre Roben waren so lang, daß die Schleppen immer noch aus den Fiakern rauschten, wenn sie selbst schon lang in der Glastür verschwunden waren, so daß man hätte glauben können, ein Reptil besuche die Oper. Er mußte unzählige Treppen hochsteigen, bis er schwer atmend an einen Ort kam, wo es als einzige Sitzgelegenheit eine lange Eisenbank gab; sie war aber bereits von Melomanen besetzt, die seit Tagen dort waren, auf der Brüstung liegend schliefen, wie Fußmatten, die man zum

Lüften ausbreitet, Reste von Knoblauchbrot aßen und Wein aus Lederflaschen tranken – eine Brutstätte für Läuse. Sie hatten Kerzenstummel bei sich, um im spärlichen Theaterlicht die Partitur und das Libretto lesen zu können. Einige von ihnen hatten im Liceo Sehkraft und Gesundheit eingebüßt. Der Rest des Theaters war vollkommen anders. Der Prunk blendete Onofre. Die Seide, der Musselin und Samt, die paillettenbestickten Capes, die Diamanten, das unausgesetzte Knallen der Champagnerkorken, das Kommen und Gehen der Diener und das anhaltende Murmeln, das die Reichen hören lassen, wenn sie zahlreich sind – all das entzückte ihn. Genau so will ich auch sein, sagte er sich, selbst wenn ich mir, um es so weit zu bringen, diese fade Musik anhören muß, die kein Ende nehmen will. Er hatte das Pech, *Tryphon und Knackfried* zu hören, eine bombastische mythologische Oper, die im Liceo ein einziges Mal und in der übrigen Welt nur wenige Male mehr aufgeführt wurde.

Beim Frühstück trat Delfina zu ihm. Nicht einmal ihre außerordentliche Häßlichkeit vermochte die Auswirkungen ihrer Schlaflosigkeit und ihres Kummers zu verdecken. Sie fragte ihn, ob er zufälligerweise Beelzebub gesehen habe. »Nein, wie sollte ich ihn gesehen haben?« entgegnete Onofre. »Seit Tagen ist er verschwunden«, sagte Delfina besorgt. »Da ist nicht viel verlorengegangen«, sagte er.

Efrén Castells wartete am Eingang zum Gelände auf ihn. »Es sieht nicht gut aus«, sagte er, kaum sah er ihn, »seit ein paar Tagen sehe ich hier zwei Typen, die dich zu überwachen scheinen; zuerst dachte ich, es wären Neugierige, aber dafür sind sie zu aufdringlich. Ich weiß mit Bestimmtheit, daß sie auch nicht hier arbeiten. Sie haben überall herumgefragt«, sagte der Riese.

»Es werden Polizisten sein.«

»Das glaube ich nicht, danach sehen sie nicht aus.«

»Was dann?«

»Ich weiß es nicht, Junge, aber die Geschichte gefällt mir nicht. Ich frage mich, ob wir uns nicht ein bißchen Urlaub nehmen sollten, hier ist ja ohnehin praktisch alles fertig.«

Das war richtig. Onofre ließ seinen Blick über diese gewaltige Anlage schweifen, deren Geburt er sozusagen miterlebt hatte. Als er vor einem Jahr zum erstenmal in den Park gekommen war, hatte das Gelände einem Schlachtfeld geglichen. Jetzt dagegen hätte man es für eine Märchenkulisse halten können – alles war über die Maßen prachtvoll, heterogen und mißproportioniert. Als der Technische Ausstellungsausschuß dem Bürgermeister sein erstes Projekt unterbreitete, zerfetzte es dieser eigenhändig. »Was Sie mir da bringen, ist ein Trödelmarkt«, rief er aus, »ich aber will ein Zyklorama!« Inzwischen waren zweieinhalb Jahre vergangen, und man hatte der Besonnenheit Konzessionen machen müssen, doch den Wünschen des Bürgermeisters war vollauf Genüge getan worden. Onofre und der Riese aus Calella setzten sich auf zwei Kalksteinblöcke, einer von der Philippinischen Tabakgesellschaft aufgestellten Lianenhütte gegenüber. Ein halbnackter Eingeborener kauerte in der Tür dieser Hütte und drehte fröstelnd Zigarren. Man hatte ihn eigens von Batanga hierhergeschafft, ihm befohlen, sich bis zum Ausstellungsschluß nicht vom Fleck zu rühren, und ihm beigebracht, den Besuchern *au revoir* zu sagen. Wenn sich der Himmel bedeckte, schaute er mißtrauisch hinauf, weil er befürchtete, eine Wirbelsturmhose könnte ihn samt der Hütte einsaugen und sie wie zwei Kreisel wieder nach Batanga zurücktragen. All das, dachte Onofre, ist unnütz, und obendrein hat es keinen Sinn – und wir mehr oder weniger genauso: unsere Sehnsüchte, unsere Taten, alles. »Pah«, antwortete Efrén Castells, »nimm's doch nicht so schwer, Junge. Du bist sehr gerissen, du wirst den Dingen schon einen Sinn abgewinnen können.«

Onofre trat ohne anzuklopfen in das Schlafzimmer der Seherin. Die Sterbende lag mit geschlossenen Augen im Bett, bis unters Kinn in Decken gehüllt. Im Licht der Kerze, die in einem kläglichen, ans Kopfende des Bettes geschraubten Ölkrug flakkerte, wurde er gewahr, wie alt Micaela Castro war. Er griff nach dem Türknauf, um sich wieder zurückzuziehen. »Onofre, bist du es?« fragte die Wahrsagerin. »Schlafen Sie weiter, Micaela«, antwortete Onofre Bouvila, »ich bin nur gekommen, um nachzusehen, ob Sie irgend etwas brauchen.« – »Ich brauche nichts, mein Sohn, wohl aber du«, murmelte die Seherin, »man sieht mehr als deutlich, daß du in einem Meer von Verwirrungen versunken bist.«

»Woher wissen Sie das?« fragte Onofre erschrocken, denn die alte Frau hatte nicht einmal die Augen geöffnet.

»Niemand kommt zu mir, wenn er nicht verwirrt ist, mein Sohn. Man braucht nicht Seherin zu sein, um das zu wissen. Sag mir, was mit dir los ist.«

»Micaela, lesen Sie mir die Zukunft!«

»Ach, mein Sohn, meine Kräfte sind sehr geschwunden. Ich bin schon nicht mehr von dieser Welt. Wieviel Uhr ist es?«

»Ungefähr halb zwei.«

»Es bleibt mir nur noch wenig Zeit«, sagte die Seherin. »Um zwanzig nach vier werde ich sterben; sie haben es mir bereits gesagt, denn sie erwarten mich, verstehst du? Bald werde ich zu ihnen stoßen. Mein ganzes Leben habe ich damit verbracht, auf ihre Stimmen zu hören, jetzt werde ich die meine mit ihrem Chor vereinen, und irgend jemand auf dieser Welt wird mich hören. Auch wir Geister haben unsere Zyklen – ich werde einen müde gewordenen Geist ablösen und seinen Platz einnehmen, und er wird endlich ruhen können im Frieden des Herrn. Ich weiß wohl, daß Hochwürden Bizancio sagt, mich erwarte der Teufel, aber das stimmt nicht. Hochwürden Bizancio ist ein guter Mensch, aber ein großer Dummkopf. Gib mir jetzt meine Karten, wir wollen keine Zeit mehr verlieren. Du findest sie in dem kleinen Schrank dort, im dritten Fach von oben.«

Onofre tat, wie ihn die alte Frau geheißen hatte. Im Schrank lagen verschiedene Gerätschaften, zerknitterte schwarze Wäsche und einige mit Seidenbändern verschnürte Schachteln aus Reispapier. Im betreffenden Fach sah er ein altes Andachtsbuch, einen Rosenkranz mit weißen Kugeln und ein Armband aus echten, mittlerweile verfaulten Narden sowie ein Bündel Karten; er nahm es heraus und gab es der Seherin, die jetzt die Lider geöffnet hatte. »Nimm einen Stuhl, mein Sohn, und setz dich an meine Seite, aber hilf mir zuerst, mich aufzurichten ... So, so ist's gut, danke. Man muß die Dinge richtig machen, um sich nicht bloßzustellen, sie sollen nicht über uns lachen, wenn sie mich kommen sehen.« Die Seherin strich die Bettdecke glatt und breitete in einem Kreis neun verdeckte Karten aus. »Der Kreis der Weisheit«, erklärte sie, »auch der Spiegel Salomons genannt. Dies ist das Himmelszentrum, und hier sind die vier Konstellationen mit ihren Elementen.« Sie kreiste mit der Hand in der Luft, streckte den Zeigefinger aus und tippte auf eine Karte. »Das Haus der Veranlagungen«, sagte sie und drehte die Karte um, »oder der östliche Winkel. Ich sehe bereits, du wirst viele Jahre leben, reich sein, eine sehr schöne Frau heiraten, drei Kinder haben, reisen, vielleicht, und dich einer guten Gesundheit erfreuen.«

»Schon gut, Micaela«, sagte Onofre und erhob sich von seinem Stuhl, »ermüden Sie sich nicht weiter. Das ist alles, was ich wissen wollte.«

»Warte, Onofre, geh noch nicht. Was ich dir gerade gesagt habe, ist nur Schwindel. Bleib hier, Onofre. Jetzt sehe ich ein verlassenes Mausoleum im Mondschein. Das bedeutet Reichtum und Tod. Ein König; auch die Könige bedeuten Tod, aber auch Macht, das liegt in ihrer Natur. Jetzt sehe ich Blut; das Blut symbolisiert Geld und auch Blut. Und was sehe ich jetzt? Drei Frauen. Onofre, nimm einen Stuhl und setz dich hier ans Kopfende des Bettes.«

»Ich bin hier, Micaela.«

»Hör also gut zu, was ich dir sage, mein Sohn. Ich sehe drei Frauen. Eine ist im Haus der Schicksalsschläge, Widrigkeiten und Leiden. Diese wird dich reich machen. Die zweite ist im Haus der Vermächtnisse, das auch die Heimstätte der Kinder ist. Diese wird dich erhöhen. Die dritte und letzte ist im Haus der Liebe und der richtigen Erkenntnisse. Diese wird dich glücklich machen. Im vierten Haus ist ein Mann – hüte dich vor ihm: er ist im Haus der Vergiftungen und des tragischen Endes.«

»Ich verstehe nichts von all dem, was Sie mir da erzählen, Micaela«, sagte Onofre, von dieser Sprache etwas aus der Fassung gebracht.

»Ach, mein Sohn, so sind die Orakel immer: treffsicher, aber ungenau. Glaubst du, wenn sie andersgeartet wären, läge ich in dieser schmuddeligen Pension im Sterben? Du sollst zuhören und es dir einprägen. Wenn dann eintrifft, was ich dir vorhergesagt habe, wirst du es auf der Stelle merken. Es wird dir zwar nicht viel helfen, aber vielleicht beruhigt es dich etwas. Aber kommen wir auf die Karten zurück, sie sollen sprechen. Ich sehe drei Frauen«, sagte die Seherin.

»Das haben Sie schon gesagt, Micaela.«

»Ich bin noch nicht fertig. Eine wird dich reich machen, die zweite dich erhöhen, die dritte dich glücklich machen. Die dich glücklich macht, wird dich unglücklich machen; die dich erhöht, wird dich zum Sklaven machen; die dich reich macht, wird dich verfluchen. Von den dreien ist diese letzte die gefährlichste für dich, denn sie ist eine Heilige, eine berühmte Heilige. Gott wird ihren Fluch erhören und einen Mann erschaffen, um dich zu strafen. Das ist der Mann, von dem die Karten sprechen, ein unglückseliger Mann, denn er weiß nicht, daß Gott ihn auf die Welt gesetzt hat, um Seine Rache auszuführen.«

»Wie werde ich ihn erkennen?« fragte Onofre.

»Ich weiß es nicht, aber solche Dinge erkennt man immer. Wie dem auch sei – ob du ihn erkennst oder nicht, am Ergebnis wird sich nichts ändern. Es ist jetzt schon entschieden, daß er es sein wird, der dich zerstört. Es hat keinen Sinn, dich mit ihm anzulegen, denn seine und deine Waffen sind verschieden. Es wird Gewalt und Tod geben. Beide werdet ihr vom Drachen verschlungen werden. Aber hab keine Angst. Die Drachen plustern sich zwar auf, erschöpfen sich aber im Schnauben und Flammenspeien. Fürchte vielmehr die Ziege, das Symbol von Tücke und Täuschung. Und jetzt laß mich aufhören, ich bin sehr müde.« Die Karten glitten von der Decke und verstreuten sich auf dem Boden. Sie ließ den Kopf aufs Kissen sinken und schloß die Augen. Onofre dachte schon, sie sei gestorben; er nahm den Ölkrug vom Haken und hielt den Docht ans Gesicht der Alten. Die Flamme flackerte, also atmete sie noch. Er hob die Karten vom Boden auf und legte das Bündel wieder in den Schrank. Zuvor aber mischte er die Karten sorgfältig, damit niemand sonst seine Zukunft erführe. Dann ging er auf den

Zehenspitzen aus dem Raum der todkranken Seherin und kehrte in sein Zimmer zurück. Im Bett dachte er über das nach, was er soeben vernommen hatte, und versuchte darin einen Sinn zu finden.

Delfina ging weiterhin jeden Tag auf den Markt. Wenn die Verkäuferinnen sie ohne Kater kommen sahen, ließen sie sie das ganze Gewicht des während Jahren des Terrors angestauten Grolls spüren: Sie weigerten sich, sie zu bedienen, oder bedienten sie erst nach langem Wartenlassen; sie begrüßten sie mit Spitznamen, nannten sie »Flittchen« oder redeten überhaupt nicht mit ihr; sie prellten sie mit dem Wechselgeld, und wenn sie protestierte, lachten sie ihr ins Gesicht. Einmal warfen sie ihr sogar ein faules Ei an die Schulter, aber sie machte keine Anstalten, den Fleck vom Kleid zu wischen. Onofre hatte Sisinio nicht wiedergesehen und wußte auch nichts von ihm, aber er hatte den Eindruck, der Maler und das Mädchen hätten sich seit der Nacht, in der Beelzebub umgekommen war, nicht mehr getroffen. Micaela Castro starb noch in derselben Nacht, in der sie ihm die Karten gelegt hatte. Im Morgengrauen trat Hochwürden Bizancio in ihr Schlafzimmer und fand sie tot. Er schloß ihr die Lider, blies das Licht aus und benachrichtigte die Inhaber der Pension und die andern Gäste. Am nächsten Tag wurde sie beerdigt, und man betete in der Gemeinde Sankt Ezechiel ein Responsorium für sie. Im Schrank ihres Schlafzimmers wurden mehrere Papiere gefunden, aus denen hervorging, daß sie in Wirklichkeit nicht Micaela Castro, sondern Pastora López Marrero hieß. Als sie starb, war sie 64 Jahre alt. Es gab keine Möglichkeit, irgendeinen Verwandten von ihr ausfindig zu machen, und sie hinterließ auch nichts, was eine gewissenhaftere Nachforschung gerechtfertigt hätte. Delfina tauschte die Bettücher der Dahingeschiedenen gegen andere, ebenfalls schmutzige aus, und noch gleichentags wurde das Zimmer von einem jungen Philosophiestudenten gemietet. Niemand sagte ihm, in diesem nämlichen Bett sei nur wenige Stunden zuvor jemand gestorben. Im Verlauf der Zeit wurde dieser Student wahnsinnig, wenn auch aus andern Gründen.

Nahe bei dem Tor, durch das man vom Paseo de la Aduana in den Park gelangen konnte, befand sich ein nicht sehr großer, innen und außen gekachelter Pavillon, der Pavillon der Stickstoffgesättigten Wässer. Er war schon Ende Januar fertiggestellt worden, stand aber Mitte März noch immer leer. Onofre Bouvila und Efrén Castells hatten sich einen Schlüssel verschafft und verwahrten dort ihre Diebesbeute. Die jugendlichen Diebe hatten am Vortag einen Posten Uhren an sich gerissen. Jetzt wußten die beiden nicht, was sie mit soviel Uhren anfangen sollten. Die Liste verzeichnete gewöhnliche Taschenuhren, Turmuhren und Uhren für öffentliche Anstalten, Repetieruhren, Uhren mit unabhängiger Sekunde, Taschenchronometer, Marinechronometer, Sekundenpendel, Sternuhren und Chronometer für astronomische und wissenschaftliche Beobachtungen, Klepsydren, Sanduhren, Regulatoren, komplizierte Uhren zur Angabe der wichtigsten Elemente von Sonnen- und Mondzyklus, elektrische Uhren, Spezialuhren für die Gnomik, Äquinoktial-, Polar-, Horizontal-, Vertikal-Kardinal- und Vertikal-Rücklauf-Uhren auf schiefer Ebene, Meridional- und Septentrionaluhren auf schiefer Ebene und mit Deklination, Podometer und verschiedene Zähler für Bau, Industrie, Lokomotion und Wissenschaften, Geräte zur Regulierung der Bewegungen von Lichtquellen im allgemeinen, Geräte zum Anzeigen, Fixieren und Präzisieren der Bewegung gewisser Naturphänomene sowie preiswerte und kostspielige Uhrmachergeräte für verschiedene Anwendungen, Uhreneinzelteile aller Gattungen und Systeme und so weiter. »Ich weiß nicht, was wir mit soviel Uhrwerk anfangen sollen«, sagte der Riese, »außer den Verstand zu verlieren mit all dem Ticktack und Gebimmel.«

5

Kurz vor der Eröffnung der Weltausstellung hatten sich die Behörden anheischig gemacht, Barcelona von unerwünschten Elementen zu säubern. *Seit einiger Zeit legen unsere Behörden ein einzigartiges Bemühen an den Tag, uns von dieser Plage von Herumstreichern, Zuhältern und Gesindel zu befreien, die im Hexenkessel dichtbevölkerter Städte vorübergehend Schutz suchen, da sie ihr kriminelles Gewerbe in kleinen Ortschaften nicht ausüben können; und wenn es ihnen auch noch nicht gelungen ist, all diese gesellschaftlichen Krebsübel, die dieser gesitteten Hauptstadt zur Schande gereichen, die sie untergraben und zerstören, mit Stumpf und Stiel auszurotten, sind sie doch in dieser so schwierigen Aufgabe sehr viel weitergekommen*, schreibt eine Zeitung aus jener Epoche. Jetzt wurden allnächtlich Razzien durchgeführt.

»Komm für eine gewisse Zeit nicht mehr hierher, die Gruppe löst sich vorübergehend auf«, sagte Pablo. Onofre fragte ihn, was er denn zu tun gedenke, wo er sich nun verstecken würde. Der Apostel zuckte mit den Schultern – der Gedanke an die Zukunft schien ihm nicht zu behagen. »Zweifle nicht daran, daß wir mit frischen Kräften wieder an unsere Aufgabe gehen werden«, sagte er ohne große Überzeugung. »Und die Pamphlete?« fragte Onofre. Der Apostel verzog verächtlich den Mund: »Keine Pamphlete mehr.« Onofre wollte wissen, was in diesem Fall mit seinem Wochenlohn geschehe. »Du wirst darauf verzichten müssen«, antwortete Pablo mit einem Anflug von maliziöser Selbstgefälligkeit in der Stimme; »mitunter bringen die Umstände gewisse Engpässe mit sich. Außerdem handelt es sich um eine politische Angelegenheit – hier wird niemandem ein Lohn zugesichert.« Onofre wollte noch etwas fragen, aber der Apostel machte eine herrische Handbewegung, die ausdrücken sollte: Geh schon. Onofre wandte sich zur Tür, aber Pablo trat zu ihm, bevor er öffnen konnte. »Warte, möglicherweise werden wir uns nie mehr wiedersehen. Der Kampf wird lange dauern«, sagte er überstürzt, und man merkte, daß er nicht das meinte – etwas Wichtigeres nahm in diesem Moment seine Aufmerksamkeit in Anspruch, doch aus Ängstlichkeit oder Unbeholfenheit mochte er nicht davon sprechen und flüchtete sich daher in seine übliche Rhetorik. »In Wirklichkeit kann dieser Kampf gar kein Ende nehmen. Die Sozialisten sind dumm und meinen, mit der Revolution erledige sich alles; sie sagen das, weil sie denken, die Ausbeutung des Menschen durch den Menschen sei etwas Einmaliges, alles werde in Ordnung sein, sobald sich die Gesellschaft von den jetzigen Machthabern befreit habe. Wir aber wissen, daß, wo immer Beziehungen irgendwelcher Art existieren, der Schwache durch den Starken ausgebeutet wird. Dieser Kampf, diese schreckliche Agonie ist das unerbittliche Schicksal menschlichen Seins.« Nach diesem Vortrag umarmte er Onofre. »Möglicherweise werden wir uns nie mehr wiedersehen«, sagte er mit erstickter Stimme. »Leb wohl, das Schicksal sei dir wohlgesinnt.«

Bei einer dieser Razzien ging Señor Braulio der Polizei ins Netz. Er war als Pharaonin verkleidet ausgegangen, um sich von seinen Typen verhauen zu lassen. Doch in dieser Nacht verprügelten ihn zur Abwechslung die Polizisten; dann verlangten sie von ihm eine Kaution, um ihn auf freien Fuß zu setzen. »Was immer ihr wollt«, sagte er, »wenn nur meine kranke Gattin und meine Tochter, die fast noch ein Kind ist, nichts davon erfahren.« Da er kein Geld bei sich hatte, schickte er einen Burschen in die Pension, mit dem Auftrag, den Barbier Mariano um die vom Herrn Untersuchungsrichter festgesetzte Summe zu bitten. »Sag ihm, ich werde ihm sobald wie möglich alles zurückgeben.« In der Pension behauptete Mariano, er habe dieses Geld nicht: »Ich verfüge nicht über Flüssiges.« Das war offensichtlich gelogen. Der Bote kehrte eilig aufs Kommissariat zurück und übermittelte Señor Braulio wörtlich die abschlägige Antwort des Barbiers. Als Señor Braulio sah, daß sich ein Skandal jetzt nicht mehr vermeiden ließe, benutzte er eine Unachtsamkeit der ihn bewachenden Polizisten, um sich den Einsteckkamm ins Herz zu stoßen, aber die Stäbe seines Korsetts hielten die Zähne ab, und er fügte sich nur ein paar Schrammen zu, die reichlich bluteten. Plötzlich verlor er Rock und Unterröcke und besudelte den ganzen Boden des Kommissariats. Die Polizisten zogen ihm den Einsteckkamm heraus und traten ihn in die Leisten und Nieren. »Wir werden ja sehen, ob du Vernunft annimmst, du Sau!« schrien sie ihn an. Señor Braulio schickte den Boten erneut in die Pension. »Da wohnt ein Bursche namens Bouvila, Onofre Bouvila«, sagte ihm Señor Braulio auf der schmalen Pritsche, wo er leidend in seinem Blut lag. »Frag diskret nach ihm. Ich glaube nicht, daß er auch nur einen Heller hat, aber er wird wissen, wie er mir helfen kann.« Wenn er es nicht kann, sehe ich wirklich keinen Ausweg mehr, sagte er sich, als der Bote gegangen war, um seinen Auftrag zu erledigen. Er überlegte sich, womit er sich jetzt umbringen könnte, sollte ihm auch Onofre nicht aus dieser Patsche helfen können. Und das alles, weil ich ein so törichter Kerl bin, sagte er sich. In der Pension hörte sich Onofre die Mitteilung des Boten an und dachte: Das Glück steht auf meiner Seite. »Sag Señor Braulio, daß ich noch vor dem Morgengrauen selbst mit dem Geld aufs Kommissariat komme; er soll sich gedulden und für heute keine weiteren Dummheiten mehr begehen.« Nachdem der Bote gegangen war, stieg er die Treppe hinauf und klopfte an Delfinas Schlafzimmertür. »Ich wüßte nicht, weshalb ich dir öffnen sollte«, antwortete drinnen das Mädchen, sowie er sich zu erkennen gegeben hatte. Bei dieser unwirschen Antwort konnte sich Onofre ein Lächeln nicht verkneifen.

»Es ist besser, du machst mir auf, Delfina«, sagte er sanft. »Dein Vater ist in Schwierigkeiten, die Polizei hält ihn in Gewahrsam, und er hat versucht, sich umzubringen. Du siehst also, die Sache ist ernst.«

Die Tür öffnete sich, Delfina tauchte im Rahmen auf und versperrte den Zutritt zum Schlafzimmer. Sie trug dasselbe schmuddelige Nachthemd, das er zuvor schon bei zwei Gelegenheiten gesehen hatte: als sie in sein Zimmer gekommen war, um ihm Arbeit anzubieten, und als er sie holen gegangen war, um sie zu Sisinio zu führen. Aus dem angrenzenden Zimmer kam Señora Ágatas klagende Stimme.

»Delfina, das Becken«, jammerte sie. Als Delfina sie hörte, machte sie eine ungeduldige Bewegung. »Hetz mich nicht«, sagte sie zu Onofre, »ich muß Mama das Wasser bringen.«

Onofre rührte sich nicht vom Fleck. Die Augen des Mädchens waren angsterfüllt, und das gab ihm Mut. »Sie soll warten«, zischte er, »du und ich haben Dringenderes zu tun.« Delfina biß sich auf die Unterlippe und sagte dann: »Ich weiß nicht, was du willst.« – »Dein Vater ist in Gefahr, ich habe es doch gesagt! Was ist denn los mit dir? Verstehst du nicht? Bist du blöd?« Delfina blinzelte ein paarmal, als hinderte diese unerwartete Häufung folgenreicher Ereignisse sie daran, sich eine umfassende Vorstellung von der Situation zu machen. »Ach ja, mein Vater«, murmelte sie endlich, »was kann ich für ihn tun?« – »Nichts«, sagte Onofre dreist, »ich bin der einzige, der ihm in diesem Moment helfen kann, sein Leben hängt von mir ab.« Delfina erbleichte und senkte die Augen. Die Uhr von Sankt Ezechiel schlug mehrmals. »Wie spät ist es?« fragte Onofre. »Halb vier«, antwortete Delfina und sagte dann ohne Übergang: »Wenn du ihm wirklich helfen kannst, warum tust du es dann nicht? Worauf wartest du? Was willst du von mir?« Aus dem Zimmer nebenan hörte man noch immer das Flehen der Kranken: »Delfina, was ist denn? Warum kommst du nicht? Was sind das für Stimmen, Tochter, mit wem sprichst du?« Delfina machte Anstalten, auf den Flur zu treten; er benutzte diese Bewegung, um sie an den Schultern zu packen und heftig an sich zu ziehen, mehr brutal als leidenschaftlich. Solange sie sich nicht gerührt hatte, war er ebenfalls regungslos geblieben, aber jetzt war der Fluchtversuch des Mädchens wie das Signal für einen Kampf. Er spürte durch den groben Stoff des Nachthemds Delfinas kantigen Körper. Sie wehrte sich nicht, ihre Stimme hatte einen flehenden Ton angenommen: »Laß mich los, bitte, es wäre grausam, meine Mutter warten zu lassen – sie könnte einen Anfall erleiden, wenn ich nicht hingehe.« Onofre achtete nicht auf ihre Worte. »Du weißt schon, was du zu tun hast, wenn du deinen Vater lebend wiedersehen willst«, sagte er, das Mädchen hineinstoßend. Sie traten in ihr Schlafzimmer, und er versetzte der Tür einen Fußtritt, während er gleichzeitig ungeschickt mit den Händen die Knöpfe ihres Nachthemds suchte. »Onofre, um Gottes willen, tu das nicht«, sagte das Mädchen. Er lachte leise: »Es hat keinen Sinn, Widerstand zu leisten, jetzt verteidigt dich dein Kater nicht mehr: Beelzebub ist tot, er ist vom Dach gefallen und auf dem Pflaster gleich zu Brei geworden. Ich selbst habe seine widerlichen Reste in die Kanalisation geworfen. Verflucht nochmal!« rief er aus, als es ihm nicht gelang, das Nachthemd aufzuknöpfen; bisher hatte er nie Gelegenheit gehabt, sich mit Frauenwäsche herumzuschlagen, und zu seiner Unerfahrenheit kam jetzt auch noch die Aufregung. Als Delfina sah, in welcher Verlegenheit er sich befand, ließ sie sich rücklings aufs Bett fallen und krempelte das Nachthemd bis zu den Hüften hoch. »Los, komm.«

Als er sich aufrichtete, schlug es von der Sankt-Ezechiels-Uhr vier. »Die Sonne wird gleich aufgehen. Ich habe Señor Braulio versprochen, vor dem Morgengrauen mit dem Geld auf dem Kommissariat zu sein, und ich werde mein Wort halten. Geschäft ist Geschäft«, sagte er zu Delfina. Sie schaute ihn mit rätselhaftem Blick an. »Ich weiß nicht, warum du das alles angestellt hast«, murmelte sie mehr zu sich selbst, »ich bin doch so viel Aufwand gar nicht wert.« Das diffuse Dämmerlicht nahm dem Mädchenkörper alle Farbe – auf dem zerwühlten Laken wirkte ihre Haut blaß, beinahe gräulich. Wie mager sie ist, dachte Onofre und verglich im Geist Delfinas Körper mit dem der Arbeiterfrauen, denen er zugeschaut hatte, wenn sie sich am Strand von der sommerlichen Hitze erholt und mit den Wellen gespielt hatten, fast nackt. Wie seltsam, dachte er, wie anders sehe ich sie jetzt. Laut sagte er: »Deck dich zu!« Sie zog ein Ende des Lakens über sich; ihre strähnigen zerzausten Haare bildeten jetzt eine Art Hof um ihr Gesicht. »Mußt du schon gehen?« fragte sie. Er sagte nichts, sondern zog sich hastig wieder an. Señora Ágata hatte aufgehört zu rufen, so daß im Schlafzimmer tiefe Stille herrschte. Onofre wandte sich zur Tür, wo ihn Delfinas Stimme zurückhielt.

»Warte«, hörte er sie sagen, »geh noch nicht. Laß mich nicht so zurück. Was soll jetzt geschehen?« Sie wartete einen Augenblick auf Onofres Antwort, doch dieser hatte die Frage nicht einmal gehört. Sie hielt sich die linke Hand vors Gesicht. »Was soll ich Sisinio sagen?« fragte sie nach einer Weile. Als Onofre diesen Namen hörte, brach er in Gelächter aus: »Um den brauchst du dir keine Sorgen zu machen – er hat Frau und Kinder; die ganze Zeit über hat er dich betrogen. Wenn du von diesem schamlosen Kerl etwas erwartest, fällst du bös auf die Nase.« Delfina starrte Onofre an. »Eines Tages werde ich dir etwas sagen, murmelte sie mit ruhiger Stimme, »eines Tages werde ich dir eine Enthüllung machen. Und jetzt geh.«

Onofre stieg in die erste Etage hinunter, wartete im verborgenen, bis Hochwürden Bizancio auf die Toilette ging, und nahm dann die nötige Summe aus der Matratze des Priesters. Mit diesem Geld holte er Señor Braulio aus dem Kommissariat und brachte ihn in einer Droschke in die Pension zurück, da ihn der große Blutverlust arg geschwächt hatte. Delfina empfing sie mit heftigem Bauchgrimmen und Koliken. Sie hatte sich erbrochen und hatte starken Ausfluß; da sie fürchtete, von Onofre Bouvila geschwängert worden zu sein, hatte sie sich lokal und oral ein selbstgemachtes, stark abführendes Klistier verabreicht. Sie sah aus, als ringe sie mit dem Tod.

»Tochter!« rief Señor Braulio, »was ist mit dir geschehen?«

»Und Sie, Vater, so angezogen ... Und voll Blut!«

»Voll Blut und Schande, Delfina, meine geliebte Tochter, wie du sehen kannst. Aber du, was hast du gemacht?«

»Dasselbe, Vater. Dasselbe wie Sie.«

»Daß deine arme Mutter auf keinen Fall etwas davon erfährt!«

Als sie in ihr Zimmer traten, hatte sich Señora Ágatas Zustand verschlechtert. Hochwürden Bizancio, alarmiert durch das Klagen und Schluchzen aus der dritten Etage, kam im Schlafanzug herauf, um zu sehen, ob man seine Dienste benötige. Señor Braulio versteckte sich in einem Schrank, damit ihn der Priester nicht in Matronenkleidern sehe, und Onofre schickte ihn nach jenem befreundeten Arzt, der sich schon um Micaela Castro gekümmert hatte. Als der Priester gegangen war, nahm Delfina Onofre zur Seite.

»Verlaß die Pension und komm nicht wieder. Du brauchst gar nicht erst deine Sachen zu holen. Ich habe dich jetzt gewarnt und sage nichts weiter. Du kannst selbst entscheiden.«

Ohne lange darüber nachzudenken, was diese Drohung zu bedeuten habe, begriff Onofre, daß Delfina sie nicht grundlos ausgesprochen hatte, und flüchtete aus der Pension. Der Himmel war rötlich, und die Vögel zwitscherten. Die Arbeiter machten sich auf den Weg zur Arbeit und trugen ihre kleinen Kinder auf dem Arm, damit sie noch etwas länger schlafen konnten, bis sie an die Fabriktore gelangten. Dort weckten sie sie und trennten sich von ihnen: Die Erwachsenen gingen an die gefährlichen Orte und die härtesten Arbeiten, die Kinder an die einfachsten.

Als er zum Zitadellenpark kam, sah er über den Baumwipfeln und Masten den Fesselballon schweben. Die Ingenieure vergewisserten sich, daß er richtig funktionierte und die Taue stark genug waren, denn es wäre ungeschickt gewesen, wenn der Ballon mitten in der Ausstellung die Taue zerrissen und sich als Beute des Windes samt einem Korb voll entsetzter Touristen auf und davon gemacht hätte. Die Rücksicht auf den »Touristen«, wie man sich damals ausdrückte, stand in jenen Tagen im Mittelpunkt der Aufmerksamkeit, und die Zeitungen sprachen von nichts anderem. *Jeder einzelne Besucher*, schrieben sie, *wird als begeisterter Verfechter und Propagandist all dessen, was er hier gesehen, gehört und gelernt hat, in sein Land zurückkehren*. Der Fesselballon funktionierte wundervoll; nur bei jenem üblen Südwestwind, den man *vent de garbí* nennt, machte er eine dumme Bewegung und stellte sich auf den Kopf. Zweimal hatte an diesem Morgen der ihn bemannende Ingenieur an einem Fuß gehangen, nur durch einen Strick festgehalten und sichtlich beunruhigt. Das waren aber bloß Kleinigkeiten, Zwischenfälle der letzten Stunde, mit denen immer zu rechnen ist. Das Gelände betrat man durch den Triumphbogen, den man auch heute noch bewundern kann. Er war aus Sichtbackstein und im Mudejar-Stil gebaut. Im Bogengewölbe waren die Schilder der spanischen Provinzen angebracht, dasjenige Barcelonas auf dem Schlußstein. Zu jeder Seite befand sich ein Fries; auf ihnen waren im Relief folgende zwei Szenen dargestellt: der Beitritt Spaniens zur Weltausstellung von Barcelona (im Gedenken an die vorausgegangenen Streitigkeiten) und Barcelona beim Dankabstatten für die Teilnahme der ausländischen Nationen. Der Symbolkunde wurde auf beiden Friesen nicht sonderlich streng Rechnung getragen. Durch den Triumphbogen gelangte man zu dem San-Juan-Salon genannten Ausstellungsbereich, einer weitläufigen, baumbepflanzten, mosaikgepflasterten und von großen Lampen geschmückten Chaussee, auf der acht Bronzestatuen den Besucher empfingen, als wollten sie sagen: Nur herein, bitte! Im San-Juan-Salon standen das Justizpalais, das noch immer existiert, sowie die Palais der Schönen Künste, der Agrikultur und der Wissenschaften, die verschwunden sind. Zwei Säulen geleiteten in den eigentlichen Park. Auf beiden thronte eine Skulpturengruppe aus Stein; die eine stellte den Handel dar, die andere die Industrie, als vermittelten sie die Botschaft »Erwartet von uns nichts anderes als handfeste Resultate«. Diese Ideologie hatte die Zentralregierung verärgert, die eher zu Attitüden geistigen Zuschnitts neigte; das hatte sie vielleicht, zusammen mit der Geldknappheit, auch davon abgebracht, dem Unternehmen eine weiterreichende materielle Unterstützung zukommen zu lassen. Beide Pfeiler sind noch zu besichtigen.

Onofre erinnerte sich bruchstückhaft an das, was Stunden zuvor geschehen war, und dachte: Wie ist es möglich, daß der doch so plumpe Efrén die Frauen ohne die geringste Anstrengung erobern kann, während ich, der ich viel gewiefter bin, derartige Mühen auf mich nehmen muß? Auf diese Frage fand er nie eine zufriedenstellende Antwort. Und ebensowenig fand er an diesem Morgen Efrén Castells, obwohl er ihn an all ihren üblichen Treffpunkten suchte. Er spazierte zum Strand, wo eine Gruppe Arbeiter den Sand rechte, um die letzten Spuren der Siedlung verschwinden zu lassen, die während mehr als zwei Jahren dort gestanden hatte. Ein Strandsektor war erschlossen worden; jetzt befanden sich dort mehrere Pavillons: der des Schiffbaus und der der Transatlantischen Gesellschaft, beide mit Bezug zum Meer, und der für die Ausstellung von Zuchthengsten, deren Gewieher man hören konnte, wenn das Tosen der Brandung etwas nachließ. Eine Landebrücke mit einem Luxusrestaurant führte ins Meer. Die Sonne gleißte im Wasser und blendete Onofre Bouvila. Er hatte keine Ahnung, wohin die Frauen und Kinder gegangen sein konnten, die bis vor kurzem am Strand gelebt hatten. Es wehte eine kräftige, warme Frühlingsbrise.

In dieser Nacht ging er in die Pension zurück. Der Flur war leer, ebenso das Speisezimmer. Mariano, der Barbier, streckte seinen Kopf heraus. »Was tust du hier? Du hast mir einen schönen Schrecken eingejagt!« – »Was ist geschehen, Mariano?« fragte Onofre zurück; »wo sind sie denn alle?« Der Barbier brachte kaum einen Satz heraus; er war dermaßen erschrocken, daß sein Gesicht so weiß war, als hätte er es mit Mehl gepudert.

»Die Guardia Civil ist gekommen und hat Señor Braulio, Señora Ágata und Delfina mitgenommen«, sagte er. »Alle drei mußte man auf Bahren hinaustragen: Señora Ágata, weil es ihr sehr schlecht ging – ich glaube, sie war nahe daran, den Geist aufzugeben; Señor Braulio und seine Tochter, weil sie immer noch pausenlos Blut verloren. Wegen der Dunkelheit wirst du es nicht gesehen haben, aber der Flur ist eine einzige Blutlache. Es wird sicher noch gerinnen, das Blut von beiden, Vater und Tochter, vermischt. Ich weiß nicht, ob man sie ins Gefängnis, ins Spital oder direkt zur Beerdigung gebracht hat. Wenn ich nur schon an die Szene denke, wird mir ganz übel, mein Junge, und ich habe weiß Gott bei meiner Berufsausübung viel gesehen. Was? Warum sie sie mitnahmen? Was weiß ich denn. Du wirst verstehen, daß man mir keine Erklärungen abgegeben hat. Ich habe Gerüchte gehört, das schon. Wie man sagt, gehörte das Mädchen, diese Vogelscheuche, zu einer Verbrecherbande von der Sorte, die man Anarchisten nennt. Ich sage ja nicht, daß das stimmt, ich habe es bloß gehört. Natürlich die Frauen, man weiß ja. Sie scheint Beziehungen oder Verbindungen irgendwelcher Art mit einem Bandenmitglied gehabt zu haben, Anstreicher – und zur Bande gehörig. Aufgrund einer Denunziation hat man den Maler erwischt und danach das Mädchen und alle andern.«

»Und nach mir haben sie nicht gefragt, Mariano?«

»Doch, jetzt, da du es erwähnst, glaube ich, daß sie überall nach dir gefragt haben«, antwortete der Barbier mit einem leichten Unterton von Befriedigung. »Sie durchsuchten sämtliche Zimmer, deines gründlicher als die andern. Sie fragten uns, wann du normalerweise kommst, und ich sagte ihnen, bei Einbruch der Nacht. Ich sagte nichts davon, daß zwischen dem Scheuermädchen und dir allerhand los war, denn davon weiß ich ja eigentlich nichts. Ich habe Dinge gesehen, habe Dinge gemerkt, aber offiziell, wie man sagt, gar nichts. Hochwürden Bizancio sagte ihnen, du kämst gar nicht mehr hierher und seist schon vor Tagen ausgezogen. Da er eine Soutane trägt, glaubten sie seinen Lügen statt meinen Wahrheiten. Deshalb haben sie auch keine Wache hiergelassen.«

Er machte sich aus dem Staub. Während er davoneilte, überlegte er sich, daß zweifellos Delfina die Denunziantin gewesen war; aus Erbitterung und weil sie sich an Sisinio und an ihm rächen wollte, hatte sie die ganze Organisation verraten. Sie hatte ihm gesagt, er solle die Pension verlassen, ohne eine Minute zu verlieren. »Geh, ohne deine Sachen zu holen, und komm nicht wieder«, hatte sie ihm gesagt. Sie hatte ihn davor bewahren wollen, der Guardia Civil in die Hände zu fallen. Sisinio aber war jetzt im Gefängnis, auch Pablo und sogar sie selbst. Mich dagegen hat Delfina retten wollen, obwohl in Wirklichkeit ich diesen ganzen Wirrwarr verursacht habe – was für ein Schlamassel! Auf jeden Fall muß ich aus Barcelona verschwinden, dachte er dann. Mit der Zeit würden die Dinge wieder ins Lot kommen. Falls sie nicht vorher hingerichtet würden, entließe man die Anarchisten wieder aus dem Gefängnis, er selbst würde seine Geschäfte wiederaufnehmen, vielleicht die Bande der jugendlichen Diebe neu aufbauen und sogar die Anarchisten davon überzeugen können, daß es besser sei, sich einer gewinnbringenden Tätigkeit zu widmen, und daß die Revolution, von der sie träumten, nicht machbar war. Aber im Moment galt es zu fliehen. Vorher mußte er allerdings das Geld wiederbekommen, das noch immer in der Pension in Hochwürden Bizancios Matratze lag. Sich noch einmal in die Gegend zu wagen war sehr riskant, denn Mariano, der niederträchtige Barbier, hatte mit absoluter Sicherheit die Polizei von seinem Besuch in der Pension unterrichtet, kaum hatte er ihm den Rücken gekehrt. Aber aufs Geld verzichten, nein, das auch nicht, dachte er. Zum Glück wußte er, was er zu tun hatte. In der Ausstellung verschaffte er sich eine Handleiter, die er auf dem Rücken in die Nähe der Pension trug. Er mußte mit der Leiter auf dem Rücken halb Barcelona durchqueren, aber niemand schenkte ihm Beachtung. Dann, tief in der Nacht, lehnte er die Leiter an die hintere, fensterlose Mauer des Hauses, wie es ihm Sisinio gesagt hatte. So kletterte er aufs Dach, wo sich Delfina und Sisinio zwei Jahre lang getroffen hatten. Er wußte, wo die Dachluke war, durch die man in die Pension gelangen konnte, denn durch sie war er aufs Dach gestiegen, um es mit Öl vollzuschmieren. Die dritte Etage war leer, denn ihre ehemaligen Bewohner saßen im Gefängnis. Sollten Gardisten auf der Lauer liegen, so würden sie im Vorraum warten, in der Annahme, er komme durch die Tür, sicher nicht übers Dach. Die herrschende Dunkelheit begünstigte seine Pläne. Nur er kannte das Haus bis in den letzten Winkel, so daß er sich darin bewegen konnte, ohne irgendwo anzustoßen. Er ging in die zweite Etage hinunter und öffnete die Tür zu Hochwürden Bizancios Zimmer, wo er den alten Priester im Schlaf atmen hörte, verbarg sich unter dem Bett und wartete. Als die Uhr von Mariä Opferung drei schlug, stand der Priester auf und verließ das Zimmer. Er würde nicht länger als zwei Minuten brauchen, bis er wieder zurückkäme, aber auch nicht weniger – in dieser Zeit mußte er handeln. Er steckte die Hand in die Matratze und stellte fest, daß das Geld verschwunden war. Er verlor Zeit, indem er immer wieder grübelte und im Matratzenstroh herumwühlte, bis es ihm zwischen den Fingern zerbröselte. Aber es war kein Irrtum möglich – das Geld war nicht mehr da. Er hörte Hochwürden Bizancio vom Abort zurückkommen und dachte zuerst daran, ihm an die Gurgel zu springen und ihn so lange am Schlafittchen festzuhalten, bis er herausgebracht hätte, was aus dem Geld geworden war, sah aber davon ab. Falls die Polizei da war und ein verdächtiges Geräusch hörte, würde sie unverzüglich auftauchen und die Pistole zücken. Also hieß es warten und auf eine günstigere Gelegenheit als diese hoffen. Er mußte eine Stunde unter dem Bett ausharren und erstickte beinahe, bis der Pfarrer wieder auf die Toilette ging. Nun kroch er erstarrt unter dem Bett hervor, erreichte den Flur und dann lautlos die Treppe, das Dach und die Straße. Frühmorgens sah er Hochwürden Bizancio zu seiner Andacht gehen. Nachdem er sich versichert hatte, daß ihm niemand folgte, ging er ihm entgegen.

»Onofre! Welche Freude, dich zu sehen, mein Junge!« rief der Priester. »Ich dachte schon, ich würde dich nie mehr sehen.« Bei diesen Worten traten ihm Tränen aufrichtiger Rührung in die Augen. »Du siehst, was für schreckliche Dinge geschehen sind. Gerade wollte ich zur Kirche, um für die arme Señora Ágata eine Messe zu lesen, denn sie benötigt sie am dringendsten. Dann werde ich eine für Señor Braulio und eine für Delfina lesen, alles zur gegebenen Zeit.«

»Da tun Sie gut dran, Pater, aber sagen Sie mir, wo mein Geld ist.«

»Welches Geld, mein Sohn?« fragte Hochwürden Bizancio. Nichts schien darauf hinzudeuten, daß die Ahnungslosigkeit des alten Mannes nicht aufrichtig gewesen wäre. Vielleicht hatte Delfina selbst das Geld versteckt, bevor sie mit ihrer Anzeige zur Polizei ging. Oder die Polizei war bei ihrer Durchsuchung darauf gestoßen. Möglicherweise hatte sogar Hochwürden Bizancio zufällig das Geld gefunden und es wohltätigen Einrichtungen zukommen lassen, ohne genau zu wissen, was er tat. Aber letzten Endes – wieso ist bloß keiner auf die Idee gekommen, daß es mein Geld ist? fragte er sich. Ach, es ist mein Pech, daß ich es nicht gleich ausgab, wie ich es verdiente, so wie Efrén Castells.

Auf dem Weg zur Ausstellung, wo er wenigstens einen Teil der von den Jungen gestohlenen Ware sicherstellen wollte, mußte er zur Seite treten, um einem prunkvollen Zug Platz zu machen. Die Kampfstiere wurden vom Bahnhof zu dem Ort geführt, wo sie über Ostern von den zur Zeit berühmten Matadoren getötet werden sollten – Frascuelo, Guerrita, Lagartijo, Mazantini, Espartero und Breitgesicht. Die Stiere bewegten die Köpfe auf und nieder, stießen mit den Hörnern nach den Gaffern und begutachteten mit ihren kurzsichtigen Augen ausführlich die Laternensockel. Beim Vorbeiziehen der Stiere entfaltete ab und zu ein Witzbold sein Taschentuch und parodierte die Capabewegungen der Toreros. Die Stiertreiber hauten den Stieren und wenn möglich auch dem Witzbold mit den Piken auf den Kopf. Im Zitadellenpark angekommen, ging er zum Pavillon, wo sie die Uhren verwahrten, und fand ihn leer. Das ist das

Ende, dachte er. Als er wieder herauskam, traten zwei Männer zu ihm und nahmen ihn in die Mitte; jeder packte ihn an einem Arm. Onofre bemerkte, daß einer von den beiden außerordentlich hübsch war. Er sah ein, daß jeder Widerstand zwecklos war, und ließ sich bereitwillig wegführen. Bevor sie das Gelände verließen, warf er einen Blick zurück. Die Pavillons waren unverhofft verkleidet worden und glitzerten jetzt in der Sonne; durch das von der Brise bewegte Geäst der Bäume konnte man Kioske und Statuen, Markisen und Sonnenschirme und die winzigen arabischen Kuppeln von Ständen und Buden sehen. Auf dem Waffenplatz, dem ehemaligen Zeughaus gegenüber, testeten eigens aus England gekommene Ingenieure den Magischen Brunnen. Sogar seine Entführer verharrten einen Moment mit offenem Mund. Die Wassersäulen und -figuren wechselten Form und Farbe ohne ersichtliche Manipulation oder Zusatz von Farbstoffen – das Ganze war allein eine Leistung der Elektrizität. So müßte das Leben immer sein, dachte Onofre, während er sich wegführen ließ, möglicherweise in den Tod. Und Efrén? fragte er sich; so viele Peseten, wie er mich gekostet hat, und jetzt, da ich ihn brauche – wo steckt er nur? Er konnte nicht ahnen, daß Efrén ihm treu folgte, wenn auch auf Distanz und in Deckung.

»Steig in diesen Wagen!« befahlen sie ihm, als sie zu einer Berline kamen. Die Fenstergardinen waren zugezogen, so daß nicht zu sehen war, wer sich in der Kutsche befand, falls überhaupt jemand. Auf dem Bock saß ein recht alter pfeiferauchender Kutscher ohne Uniform.

»Hier steig' ich nicht ein«, sagte Onofre.

Der eine Entführer hatte die Kutschentür geöffnet, der andere schüttelte ihn: »Hinein, und ohne zu mucksen!« Onofre gehorchte. Im Innern saß ein Mann allein. Er schien in den Fünfzigern, konnte aber auch jünger sein, hatte einen dicken Bauch und ein fettes Doppelkinn, aber schmale Schultern und Backenknochen, und eine flache, hohe Stirn, auf der im rechten Winkel eine wie mit dem Rasenmäher geschnittene Mähne saß, die außer an den Schläfen noch keine grauen Haare zeigte. Er trug keinen Backenbart, sondern war von einem Ohr zum andern glattrasiert, hatte aber einen dichten, hochgezwirbelten Schnauz, ein wenig nach der Art der französischen Marschälle. Es war Don Humbert Figa i Morera, für den er so viele Jahre arbeiten sollte.

In jener Zeit war das Gefolge eines Monarchen zahlreich – sowohl aus praktischen wie aus symbolischen, stärker ins Gewicht fallenden Gründen, etwa dem folgenden: Da der König das Ebenbild Gottes auf Erden war, stand es ihm schlecht an, auch nur den geringsten Handgriff selbst zu verrichten, sogar den Löffel zum Mund zu führen. Und noch aus einem weitern Grund: Seit undenklichen Zeiten entließen die Könige von Spanien niemanden, der ihnen einmal, und sei es auch nur für kurze Zeit, gedient hatte; jeder dem Königshaus geleistete Dienst brachte eine Anstellung auf Lebenszeit mit sich, und es war sogar vorgekommen, daß Monarchen schon reiferen Alters in Gesellschaft ihrer ehemaligen Amme, des Kindermädchens und der Kinderfrau in den Krieg gezogen waren (der König konnte sich ja nicht herablassen zu sagen: Das und das brauche ich nicht mehr, denn das hätte einerseits auf die Notwendigkeit zu sparen schließen lassen können und anderseits auf das Eingeständnis, irgendwann irgendwas benötigt zu haben), als ob es sich um Truchseß, Majordomus oder Kämmerer gehandelt hätte, und all das zusammen schuf um den König herum ein Labyrinth, ein Menschengewühl, das es den Generälen in Kriegs- und den Ministern in Friedenszeiten häufig unmöglich machte, sich mit ihm zu besprechen. Daher verließen die Könige den Hof fast nie. Seine Majestät Don Alfonso XIII. (d.G.b.) war zweieinhalb Jahre alt, als er 1888 in Begleitung seiner Mutter, Doña María Cristina, der Regierenden Königin, und seiner Schwestern samt Gefolgschaft in Barcelona ankam. Die Stadt war wie gelähmt. Für die königliche Familie waren die ehemalige Residenz des Zitadellengouverneurs und das nach dem Zeughaus benannte Gebäude hergerichtet worden (womit sie sich überdies bereits auf dem Ausstellungsgelände befand, also der lästigen Formalität enthoben war, für eine Pesete eine Eintrittskarte oder für fünfundzwanzig ein Abonnement zu erstehen); aber die Kämmerlinge und Aufseher, Jäger und Reitknechte, Weidmänner und Aufsichtsbeamten, Armbrustschützen, Beschließer, Wachszieher, Tapezierer, Almoseniere, Kellner, Kammerfrauen, Hofdamen und Gesellschafterinnen mußten dort untergebracht werden, wo es eben ging. Die Ankunft von Hoheiten, Adligen und Würdenträgern aus anderen Ländern komplizierte die Dinge noch, und es gab Anekdoten für jeden Geschmack, wie die des sächsischen Burggrafen, der für eine Nacht sein Bett mit einem eben aus Paris angereisten Artisten teilen mußte, wie dem Programmzettel des Pferdezirkus zu entnehmen ist, der gleich nach dem Auftritt des Artisten sein Spektakel mit dressierten Katzen ankündigt; oder die des Hochstaplers, der sich als Großmogul ausgab und seines hübschen Gesichtes wegen in verschiedenen Gasthäusern und Cafés umsonst bewirtet wurde. Die Barceloneser Bevölkerung gab sich jede erdenkliche Mühe, dem Besucher alle Schwierigkeiten aus dem Weg zu räumen, auch wenn sie deshalb die größten Strapazen und Nachteile auf sich nehmen mußte und es ihr erst noch sehr schlecht vergolten wurde, wie es in solchen Fällen zu sein pflegt. Im allgemeinen legten die Besucher Hochmut an den Tag, rümpften über die kleinste Kleinigkeit die Nase und sagten ein übers andere Mal: Welch ein Ekel, was für ein Ort, was für einfältige Leute! Sie glaubten, Verachtung gehöre zum guten Ton.

Die Weltausstellung wurde wie vorgesehen am 8. April eröffnet, und zwar mit folgender Zeremonie: Nachmittags um halb fünf hielten Seine Majestät der König und sein Hofstaat Einzug in den Festsaal des Palais der Schönen Künste. Der König nahm den Thron ein und stützte die Füße, die noch nicht bis auf den Boden reichten, auf einem Kissenberg ab. An seiner Seite standen die Prinzessin von Asturien, Doña María de las Mercedes, und die Infantin Doña María Teresa. Neben der Regierenden Königin, die in Schwarz gekleidet war, befand sich die Herzogin von Edinburg. Dann kamen, in dieser Reihenfolge, der Herzog von Genua, der Herzog von Edinburg, Prinz Rupprecht von Bayern und Prinz George von Wales. Ihnen folgten der Ministerpräsident, Don Práxedes Mateo Sagasta, und die Herren Kriegs-, Förderung- und Marineminister, die Edelleute Ihrer Majestäten, die Granden von Spanien, die zum Festakt gekommen waren (flankiert von Hellebardiers, wie es ihr Privileg war, oder barfuß, wenn sie dieses königliche Vorrecht auf eine alternative Weise ausüben wollten), lokale Behörden (im Cutaway), das Diplomaten- und Konsularkorps, Sonderbotschafter, Generäle, Admiräle, Geschwaderbefehlshaber, der Leitende Ausstellungsausschuß und eine Unzahl weiterer Persönlichkeiten. Über den Saal verteilt, wo sie die Menschenmenge gerade hingeschoben hatte, standen Lakaien in kurzen Beinkleidern nach Art Friedrichs des Großen, deren Aufgabe es war, die Embleme der Besucher von Abstammung zu tragen: Messingschlüssel oder Messingkette, Banner, Peitsche, Lanze aus Hirschhorn, Klaue, Armbrust oder Glocke. Diesem Akt wohnten fünftausend Personen bei. Nach den Ansprachen brachten die Hofmeister die Königskinder weg, und die Erwachsenen besichtigten einige Pavillons, zunächst denjenigen Österreichs, der Heimat Ihrer Majestät der Königin. Im Pavillon von Frankreich wurde ein Stück von Chopin gespielt und im Gouverneurspavillon ein Imbiß serviert, den man damals *Lunch* nannte. Als die Königin mit dem *Lunch* schon fertig war, trat der letzte Teilnehmer erst in den Österreich-Pavillon. Eine riesige Menschenmenge war Augenzeuge all dessen. Abends gab es im Liceo eine Galavorstellung, an der die Königin teilnahm, die zu ihrer Robe auch die Gräfliche Krone von Barcelona trug. Es wurde *Lohengrin* aufgeführt; als der zweite Akt begann, verzehrte der eine oder andere noch immer den *Lunch*. Zusammenfassend läßt sich sagen, daß die Eröffnung ein feierlicher und gutorganisierter Akt war. Die Ausstellungsbauten waren des Rangs derer würdig, die sie an jenem Tag besichtigten. Einige Gebäude waren noch unfertig, andere, schon viel früher fertiggestellte, bereits in ziemlich schlechtem Zustand; die Presse sprach von »enormen Rissen« und »großer Bestürzung«. Aber das Entscheidende war, daß es den Leuten gefiel. Betrachtet man sie heute, so haben die Ausstellungsanlagen mit ihren strengen Linien, holzgeschnitzten Blumenkronen, dem Krepp und den Baldachinen eine gewisse Ähnlichkeit mit Grabmälern, aber sie passen sich dem an, was wohl der Zeitgeschmack und die damalige Vorstellung von Eleganz waren; man muß die Dinge aus ihrem exakten Umfeld heraus beurteilen. Im Hafen waren achtundsechzig Kriegsschiffe aus verschiedenen Ländern mit einer Besatzung von neunzehntausend Mann und fünfhundertachtunddreißig Kanonen angekommen. Was heute bedrohlich erschiene, wurde von den Barcelonesen als klares Zeichen von Gunst und Freundschaft verstanden. Noch war der Große Krieg nicht ausgebrochen, und den Waffen war etwas Dekoratives eigen. In einem für diesen Anlaß verfaßten Gedicht resümiert Federico Rahola diese Vorstellung mit den Worten:

Hartnäck'ge Kanonade
Läßt die Erde beben:
Doch des Krieges Monster
Stehen für den Frieden.

Denselben Gedanken drückt Melchor de Palau in seinem *Hymnus an die Ausstellungseröffnung* aus, von dem ein Vers so lautet:

Es kracht, jedoch verletzt nicht, die schreckliche Kanon'.

Die Weltausstellung war bis zum 9. Dezember 1888 geöffnet. Die Schließung war schlichter als die Eröffnung: Te Deum in der Kathedrale und ein kurzer Akt im Industriepalais. Sie hatte 245 Tage gedauert und war von mehr als zwei Millionen Menschen besucht worden. Die Baukosten beliefen sich auf 5 624 657 Peseten und 56 Céntimos. Einige Einrichtungen konnte man später für andere Zwecke wiederverwenden. Die Restschuld war enorm und belastete Barcelonas Stadtverwaltung noch jahrelang. Zurück blieben aber auch die Erinnerung an die glanzvollen Tage und die Erkenntnis, Barcelona könne, wenn es nur wollte, wieder eine kosmopolitische Stadt sein.

III. Kapitel

1

Von Don Humbert Figa i Morera ist wenig bekannt: Er wurde in Barcelona geboren, wo seine Eltern im Raval ein bescheidenes Dörrobstgeschäft führten, und studierte unter der Obhut von Mönchen – Missionaren, die wegen der politischen Wirren in fernen Ländern vorübergehend in Barcelona gestrandet waren, wo sie, um nicht über Gebühr zur Last zu fallen, Unterricht erteilten; danach studierte er Jura. Er heiratete erst spät, mit zweiunddreißig. Beruflich war er sehr erfolgreich. Als Vierzigjähriger hatte er eine der bekanntesten Anwaltspraxen Barcelonas. Ihr Ruf war aber nicht gut, und zwar aus folgendem Grund. Obwohl Mitte des 19. Jahrhunderts kein vernünftiger Mensch die Gleichheit aller Menschen vor dem Gesetz in Abrede stellte, sah die Realität ganz anders aus. Die ordentlichen, rechtschaffenen Leute genossen eine Protektion, die dem Ganoven verwehrt war. Dieser kannte seine Rechte nicht, und hätte er sie gekannt, so hätte er sie nicht zu nutzen gewußt, und selbst wenn er es gekonnt hätte, ist es sehr fraglich, ob die Gerichtsbarkeit sie anerkannt hätte; er zog in jedem Fall den kürzern. In dieser Hinsicht hatte die Rechtsprechung wenige, dafür um so klarere Prinzipien. Jene Zeit war vom Glauben an die Wissenschaften durchdrungen, und man ging davon aus, daß jedes einzelne Ding und Phänomen einer präzisen Ursache gehorche. Konnte man diese herauskristallisieren, so ließ sich für alle vergleichbaren Fälle ein unumstößliches Gesetz formulieren, und mit einer Handvoll solcher unumstößlicher Gesetze konnte man wiederum die Zukunft vorhersagen, ohne befürchten zu müssen, einem Irrtum anheimzufallen. Dasselbe glaubte man vom menschlichen Verhalten – es wurden Ursachen dafür gesucht, die sich dann auf Gesetze reduzieren ließen. Auf diesem Gebiet gab es Theorien für jeden Geschmack; die einen vertraten die Meinung, die Vererbung sei der bestimmende Faktor all dessen, was ein Individuum im Verlauf seines Lebens tue; für andere war es die Umwelt, in die es hineingeboren wurde, für dritte die Erziehung. Es fehlte auch nicht an Leuten, die den freien Willen ins Feld führten, aber ihre Argumente verliefen im Sand: Diese Theorie, gab man ihnen zu verstehen, bringt uns gar nirgends hin. Der Determinismus war an der Tagesordnung und erleichterte die Dinge sehr – vor allem denen, die menschliches Verhalten zu beurteilen hatten. Die Richter schätzten das Recht keineswegs gering, wandten es aber auf ihre Weise an: ohne große Umstände. Der Sinn stand ihnen nicht nach Nuancen; sie warfen einen flüchtigen Blick auf den Angeklagten, und schon wußten sie, was von ihm zu halten war. Beging ein wohlerzogener Mensch mit guter Kinderstube und Geld ein Verbrechen, so sagten sie sich, irgendeinen zwingenden Grund werde er wohl gehabt haben, sich so zu benehmen, wie er es getan habe, und zeigten sich sehr verständnisvoll. War der Urheber des Verbrechens aber ein Ganove, so suchten sie weder nach Motiven für sein Verhalten, noch stellten sie sonst Vermutungen an. Nicht nur führe die von den Eltern an die Kinder weitergegebene Veranlagung sie dazu, aus der Reihe zu tanzen, dachten sie, sondern diese Neigungen würden auch durch die Diktate von Religion, Bürgersinn und Kultur nicht im Zaum gehalten. Darin waren sie mit den Soziologen einer Meinung. Führte der Angeklagte mildernde oder seine Schuld ausschließende Umstände an, so stichelten sie: »Der Angeklagte mag anführen, was er will, er ist und bleibt ein Spitzbube; nein, nein, nichts da, ins Gefängnis mit ihm.« Im Gefängnis wäre es eigentlich darum gegangen, die Insassen zu rehabilitieren, aber das Ergebnis war nicht immer zufriedenstellend. Diesem ganzen Sachverhalt hielt Don Humbert Figa i Morera, der bescheidener Herkunft war, eine andersgeartete, pragmatischere Sicht entgegen: Was den armen Delinquenten fehle, sei ein guter Anwalt, der für sie die Kastanien aus dem Feuer holt. So war es; kein Anwalt hätte seine Fähigkeiten einem Ganoven zur Verfügung gestellt. Alle wollten den Leuten von Rang dienen, den altbekannten Namen. Da es aber von diesen nur wenige gab, waren auch die Anwälte an einer Hand abzuzählen, die sich so den Lebensunterhalt gut verdienen konnten. Bei den Armen, sagte sich Don Humbert Figa i Morera, wartet ein riesiges Potential darauf, ausgebeutet zu werden; die Frage ist nur, wie ich die Sache anpacken soll. Freilich, da ich nun einmal ein Niemand ohne Beziehungen zu den Bessergestellten bin, kostet es mich dieselbe Mühe, mir Zutritt zu den höheren Kreisen zu verschaffen wie zur Unterwelt. Er begann mit den Armen zu verkehren, denen er seine Hilfe und sein Wissen anbot; er hatte sich spezielle Karten drucken lassen, die leichter zu lesen waren als die gebräuchlichen, mit gotischen Lettern bedruckten. »Wenn Sie in Schwierigkeiten geraten, denken Sie an mich«, sagte er und händigte ihnen seine Karte aus. Die Armen schauten ihn mißtrauisch an, beachteten ihn nicht, machten sich über ihn lustig oder jagten ihn zum Teufel. Wenn sie dann wirklich in Schwierigkeiten waren, erinnerten sich einige an ihn und holten seine Karte hervor; zum Henker, dachten sie, Probieren geht über Studieren; wenn man mich einlocht, was vermutlich der Fall sein wird, bezahle ich einfach nichts, und damit basta. Sie übertrugen ihm die hoffnungslosesten Fälle, und er akzeptierte sie bereitwillig; er behandelte seine Klienten mit Ehrerbietung, ohne Spott oder Herablassung, und bearbeitete die Fälle mit großer Gewissenhaftigkeit. Zunächst glaubten die Richter und Ankläger, er handle aus Altruismus, und versuchten ihm die Illusionen zu nehmen: »Verschwenden Sie nicht Ihre Zeit, geschätztester Kollega, diese Leute sind ein Pack, zu Delinquenten geboren, Kerkerfleisch.« Er hörte sich ihre Argumente respektvoll an, ohne sich aber danach zu richten; im Grunde war er ja mit ihnen einverstanden – ihn interessierte nur die Rechnung. Die Missionare hatten ihn erzogen, hatten ihn gelehrt, sich in Geduld zu üben, zu allem ja zu sagen, und hatten ihm die Kunst zu überzeugen beigebracht; die meisten Fälle gewann er entgegen jeder Vorhersage. Er kannte wie kein zweiter die Winkelzüge des juristischen Prozedere und fand für seine Plädoyers immer irgendeinen Kniff; trotz allgemeiner Entrüstung mußten ihm die Richter und Beisitzer recht geben, die Staatsanwälte warfen Gesetzbücher und Talare auf den Boden, und die Tränen stiegen ihnen in die Augen: »So kann es nicht weitergehen«, sagten sie, »man zwingt uns, das Gesetz übers Knie zu brechen.« Es war richtig: Das Gesetz bot eine Menge Sicherheiten und sogar Vorwände, denn es war nicht dafür gedacht, daß der Pöbel sich seiner bediene. Es verschlug ihnen die Sprache, daß ein Advokat wie sie die Mittel des Gesetzes in den Dienst von Kriminellen übelsten Schlages stellte. In den Urteilssprüchen der Richter schimmerte Verwirrung durch: »Auch wenn wir mit abgesägten Hosen dastehen«, sagten sie, »müssen wir einen Freispruch fällen, und wir werden es tun.« Aber auch die freigesprochenen Kriminellen kamen aus dem Staunen nicht heraus und fragten mit geradezu abergläubischer Neugier: »Warum helfen Sie uns, Herr Rechtsanwalt?« Sie glaubten einen Heiligen vor sich zu haben. »Wegen des Geldes«, antwortete er, »damit Sie mir meine Honorare bezahlen.« Die Kriminellen bezahlten ihm mit dem ihnen eigenen eisernen Ethos die Honorare bar in die Hand; niemals diskutierten sie darüber – so wurde er ein reicher Mann. Nach einigen Jahren bekam er an einem späten Winterabend einen seltsamen Besuch.

Er hatte sein Büro im unteren Teil der Calle de San Pedro; dort arbeiteten neben ihm noch zwei Assistenten, eine Sekretärin und ein Bürodiener; er dachte daran, weitere Assistenten einzustellen. An jenem Abend waren alle nach Hause gegangen außer dem Bürodiener und Don Humbert, der gerade die letzten Vorbereitungen für einen Fall traf, dessen Verhandlung auf den nächsten Vormittag angesetzt war. Da klopfte es an die Haustür. Wie merkwürdig, dachte er, wer kann das zu dieser Stunde noch sein? Er schickte den Bürodiener hinunter, um zu öffnen, und sagte ihm, er solle sich aber zuerst vergewissern, daß die Besucher, wer auch immer sie seien, in guter Absicht kämen; das war sehr schwierig auszumachen, denn normalerweise kamen nur Galgenvögel ins Büro. Doch diesmal gab es kein Problem: Auf der Straße standen drei distinguierte Herren und ein skurril, aber nicht alarmierend aussehender Mensch. Die drei Herren hatten das Gesicht hinter einer Larve versteckt, was im Barcelona jener Tage keineswegs ungewöhnlich war.

»Kommen Sie in guter Absicht?« fragte der Bürodiener die maskierten Besucher. Sie bejahten und drängten hinein, indem sie den Diener mit dem Knauf ihrer Stöcke, die Stilette bargen, zur Seite schoben. Die drei Masken setzten sich um den langen Tisch, der einen der Büroräume dominierte. Der vierte Mann blieb stehen; Don Humbert erkannte ihn mühelos, obwohl viel Zeit verflossen war. Es handelte sich um einen jener Missionare, die sich seiner Erziehung angenommen hatten und deren Großmut er es zu verdanken hatte, daß er sich im Leben einen Weg hatte bahnen können; vielleicht war er jetzt zurückgekommen, um ihn um eine Gefälligkeit zu bitten, die er ihm nicht abschlagen konnte. Seine Bestimmung, erfuhr er später, hatte ihn nach Äthiopien und in den Sudan geführt, wo er zahlreiche Menschen bekehrt hatte, im Lauf der Jahre dann aber selbst zur heidnischen Religion konvertiert war, die er zuvor bekämpfte; er war mit dem Auftrag der Derwische, die Hexerei zu verbreiten, nach Barcelona zurückgekehrt. Er trug weltliche Kleidung, in der rechten Hand aber einen Stock, an dem ein Menschenschädel steckte. Bewegte man den Schädel, so hörte man Kieselsteine klappern.

»Was verschafft mir die Ehre Ihres Besuches?« fragte Don Humbert das rätselhafte Gefolge. Die Masken beratschlagten sich mit Blicken.

»Wir haben Ihre Taten mit enormem Interesse verfolgt«, sagte eine der Masken. »Jetzt sind wir gekommen, um Ihnen einen Vorschlag zu machen. Wir sind Geschäftsleute mit untadeligem Lebenswandel, und genau deshalb brauchen wir Ihre Hilfe.«

»Wenn es in meiner Macht liegt ...«

»Sie werden gleich sehen, daß es so ist. Wir sind, wie ich Ihnen bereits sagte, bekannte Persönlichkeiten und veranschlagen unseren guten Namen hoch. Sie Ihrerseits haben sich beim Abschaum der Gesellschaft ein verdientes Prestige erarbeitet. Kurzum, wir möchten, daß jemand auf unsere Rechnung eine schmutzige Arbeit erledigt und daß Sie unser Mittelsmann sind. Müßig zu sagen, daß wir keine Ausgaben scheuen.«

»Oh«, rief er, »das ist aber unmoralisch!« Nun schaltete sich der abtrünnige Missionar ein. Die Moral, sagte er, lasse sich in zwei Gattungen einteilen: individuelle Moral und gesellschaftliche Moral; was die erste betreffe, so gebe es keinen Grund zur Beunruhigung, da ja Don Humbert nicht der Verübung einer verwerflichen Tat zustimme, sondern sich darauf beschränke, seine Pflicht zu erfüllen und seinen Beruf auszuüben; was die gesellschaftliche Moral betreffe, so gebe es ebenfalls nichts einzuwenden, denn die Hauptsache sei, daß die Gesellschaftsordnung aufrechterhalten werde, das reibungslose Funktionieren der Maschine. »Du, mein Sohn, hast viele Kriminelle vor der verdienten Gefängnisstrafe bewahrt, also ist es nur gerecht, daß du dafür jetzt andere ins Verderben und aufs Schafott treibst, denn damit«, meinte der Renegat, »ist das Gleichgewicht wiederhergestellt.« Die Masken hatten einen Haufen Geld auf den Tisch gelegt. Er akzeptierte den Auftrag, und alles verlief wunschgemäß. Später regnete es Aufträge dieser Art; Nacht für Nacht defilierten maskierte Herren und nicht wenige Damen durchs Büro. Die Kutschen stauten sich vor der Tür. Die echten Kriminellen kamen, da sie nichts zu verbergen hatten, zur Bürostunde, bei Tageslicht und unvermummt.

»Es ist kaum zu fassen«, sagte Don Humbert zu seiner Gattin, »wie gut mir alles läuft!«

Er nahm immer mehr Leute in seine Dienste – nicht nur Assistenten und Sekretärinnen, sondern auch Agenten, die fähig waren, sich in der Unterwelt gewandt zu bewegen. Diese Agenten rekrutierte er, wo er konnte und ohne auf ihr Vorleben zu achten.

»Man hat mir gesagt, daß du zu etwas taugst«, sagte er zu Onofre Bouvila, als sie zusammen in der Berline saßen, »du wüßtest dich zu bewegen. Du wirst für mich arbeiten.«

»Und worin besteht die Arbeit?« fragte Onofre.

»Das zu tun, was ich dir sage, und zur Unzeit keine Fragen zu stellen. Die Polizei ist über deine Aktivitäten auf dem laufenden. Ohne meine Protektion wärst du bereits im Gefängnis. Es gibt nur diese Alternative: Entweder du arbeitest für mich, oder man brummt dir zwanzig Jahre auf.«

Er arbeitete von 1888 bis 1898 für Don Humbert, bis zu dem Jahr, in dem die Kolonien verlorengingen.

Als erste Maßnahme unterstellte man ihn jenem so hübschen Menschen, der ihn im Zitadellenpark entführt hatte, einem gewissen Odón Mostaza, gebürtig aus Zamora und zweiundzwanzig Jahre alt. Man gab ihm einen Dolch, eine Keule und ein Paar gestrickte Handschuhe und wies ihn an, die Keule nur im Notfall und den Dolch nur in hoffnungslosen Situationen zu gebrauchen und sich in beiden Fällen vorher die Handschuhe überzuziehen, um keine Fingerabdrücke zu hinterlassen. »Das wichtigste ist, daß dich keiner identifizieren kann«, sagte Odón Mostaza, »denn wenn sie dich identifizieren, können sie auch mich identifizieren, und wenn sie mich identifizieren, können sie auch den identifizieren, der mir die Befehle erteilt, und dann wie Kettenglieder einen nach dem andern bis hin zum Boß, Don Humbert Figa i Morera.« In Wirklichkeit wußte ganz Barcelona um Don Humbert Figa i Moreras Verbindungen zur Unterwelt – die Art seiner Geschäfte war ein offenes Geheimnis; da aber die Behörden und viele Persönlichkeiten aus Politik und Wirtschaft ebenfalls mehr oder weniger stark in die Sache verwickelt waren, geschah nichts. Die besseren Kreise hielten Don Humbert Figa i Morera auf Distanz, aber öffentlich behandelten sie ihn als angesehenen Mann. Er selber merkte nichts von der Zwiespältigkeit dieser Gefühle, sondern glaubte sich der städtischen Aristokratie zugehörig und war glücklich. An seiner Eitelkeit hatten indirekt auch Odón Mostaza und die übrigen Bandenmitglieder teil. Trafen sie sich zufälligerweise um die Mittagszeit in der Nähe des Paseo de Gracia, so sagten sie zueinander: »Los, zum Paseo de Gracia, Don Humbert vorbeifahren sehen!« Dieser zeigte sich dort alle Tage, ohne auch nur einen auszulassen, auf dem Rücken eines kleinen Jerez-Pferdes von sehr zarter Gestalt. Mit behandschuhter Hand grüßte er andere Reiter oder mit seinem smaragdgrünen Samtzylinder die Damen, die in offenen, von prächtigen Gespannen gezogenen Kutschen spazierenfuhren. Odón Mostaza und seine Trabanten schauten ihm aus der Ferne zu – unbemerkt, um sein Prestige nicht mit dem handfesten Nachweis seines Umgangs zu trüben. »Du kannst sehr stolz sein, Junge«, sagte er zu Onofre Bouvila, »sehr stolz, den elegantesten Mann Barcelonas zum Boß zu haben – und den mächtigsten dazu.« Dies freilich war eine Übertreibung: Don Humbert Figa i Morera war ein Nichts; selbst auf seinem speziellen Gebiet gab es eine viel mächtigere Persönlichkeit als ihn: Don Alexandre Canals i Formiga. Diesen sah man nie auf dem Paseo de Gracia sich in Szene setzen, obwohl er nicht weit von dort wohnte; er hatte sich in der Calle Diputación, nur wenige Meter von der berühmten Chaussee entfernt, eine dreistöckige Villa im Mudejar-Stil bauen lassen. Sein Büro, in dem er auch starb, befand sich in der Calle Platería. Zwischen seinem Haus und dem Büro spielte sich sein ganzes Leben ab. Nur zu einem Karussell ging er manchmal, das sich in der Nähe seines Hauses auf einem unbebauten Stück Land drehte und zu dem er seinen kleinen, etwas behinderten Sohn begleitete. Er hatte drei weitere Kinder gehabt, aber alle waren der tragischen Pestepidemie von 1879 zum Opfer gefallen.

Anfänglich gab man Onofre Bouvila ziemlich unbedeutende Aufträge und ließ ihn nie allein arbeiten. Er ging mit Odón Mostaza zum Hafen, um das Löschen einer Ware zu überwachen; ein andermal warteten sie bei einer Haustür, ohne zu wissen, wozu, bis jemand sagte: »Gut, in Ordnung, ihr könnt gehen.« Danach mußte er über alles einem Mann Bericht erstatten, dem Odón Mostaza den Spitznamen Margarito gab; richtig hieß er Arnau Puncella. Er war schon vor vielen Jahren als einer der Assistenten, die Don Humbert Figa i Morera am Anfang in seinem Büro beschäftigt hatte, in dessen Dienst getreten, hatte sich in seinem Schatten emporgearbeitet und war nach und nach zu einem seiner engsten Mitarbeiter geworden. Jetzt überwachte er alle Kontakte mit den Ganoven und alle schmutzigen Geschäfte. Er war sehr klein und sah kränklich aus, hatte dicke Augengläser, ein pechschwarzes Toupet und sehr lange schmutzige Fingernägel; er kleidete sich nachlässig, mit einem Hang zum Schmierigen; er war verheiratet, und es hieß von ihm, er habe viele Kinder, was aber niemand mit Bestimmtheit wußte, denn er lebte sehr zurückgezogen und pflegte keine näheren Freundschaften. Dazu war er peinlich genau, argwöhnisch und scharfsinnig; es dauerte nicht lange, bis er Onofres außerordentlicher Fähigkeit, Daten, Namen und Ziffern zu speichern, seines wunderbaren Gedächtnisses gewahr wurde. »Bei dieser Art von Geschäften ist Genauigkeit entscheidend«, sagte er seinen Kindern, denen er eine sorgfältige Erziehung angedeihen ließ, »hier kann ein Irrtum schnell zur Katastrophe führen«. Da er so dachte, war er sogleich auf Onofre Bouvilas Gaben aufmerksam geworden. Dann entdeckte er bei ihm nach und nach andere Qualitäten, die ihn erschreckten. Onofre dagegen merkte nichts von dem Interesse, das er weckte; er bemühte sich, nicht aufzufallen, denn er wußte noch nicht, daß es ebenso schwierig ist, seine Intelligenz zu verbergen wie deren Nichtvorhandensein, und glaubte treuherzig, niemand habe von ihm Notiz genommen. Zum erstenmal lebte er sein eigenes Leben.

Odón Mostaza war ein blendend aussehendes Großmaul, ausschweifend und ein Herdenmensch; es gab in ganz Barcelona und Umgebung kein Vergnügungslokal, wo man ihn nicht gekannt hätte; da er nicht nur hübsch, sondern auch rauflustig und freigebig war, mochte man ihn überall gut leiden. In Odón Mostazas Gesellschaft kam Onofre Bouvila, ohne es darauf angelegt zu haben, in einen Freundeskreis hinein, wie er vorher nie etwas Ähnliches gekannt hatte. Er war in eine etwas bessere Pension gezogen als die von Señor Braulio und Señora Ágata; dort wurde er, da man sah, daß er über ein regelmäßiges Einkommen verfügte, wie ein Fürst behandelt. Fast allabendlich ging er mit Odón Mostaza und seiner Clique aus; die Gruppe verkehrte in Barcelonas Spelunken, wo er auf viele Frauen traf, die bereit waren, ihm gegen ihre Reize, für ein paar lustvolle Momente, sein Geld abzuknöpfen; dieses Tauschgeschäft schien ihm gerecht und bequem, denn es paßte genau zu seiner Art zu leben. Manchmal erinnerte er sich an Delfina: Wie blöd war ich doch, sagte er sich dann, wie viele Mühen und unnötige Leiden, wo doch alles so einfach ist. Er glaubte sich für immer vom Liebeskummer kuriert. Als der Sommer kam, gingen sie häufig in die berühmten Tanzzelte; ganz besonders gefielen ihm die Lüster, die Teppiche, die Papierblumengirlanden, die Menschenmenge, die verschwitzten Orchester, der Parfümduft, die für solche Orte typischen Tänze, der Kerzentanz und der *ball de rams,* der Tanz der Blumensträuße. Diese Tanzzelte suchten viele Mädchen in der Blüte ihrer Jahre auf. Sie kamen in Gruppen, hatten sich untergefaßt und lachten über alles, was sie sahen; sagte jemand etwas zu einer von ihr, so brachen sie alle in Gelächter aus, und es gab keine Möglichkeit mehr, sie zu stoppen, sie kamen aus dem Kichern nicht mehr heraus. Von diesen Mädchen waren die Fischverkäuferinnen die fröhlichsten und frischesten, die Dienstmädchen die naivsten und die Nähmädchen die lasterhaftesten und gefährlichsten. Sie gingen auch in die Barceloneta zu den Stierkämpfen und tranken danach in den Bars rund um den Platz Bier oder Rotwein mit Soda; dabei bildeten sich lockere Gesprächsrunden, die bis zum Morgengrauen zusammenblieben. Ein andermal besuchte er aus einer Laune heraus die Weltausstellung, die in aller Leute Munde war. Ganz Barcelona befand sich in Feststimmung. Den Hausbesitzern war nahegelegt worden, die Fassaden zu restaurieren, den Kutschenbesitzern, ihre Wagen frisch zu streichen und zu reinigen, und allen, ihre Dienerschaft gut zu kleiden. Damit sich jemand um die ausländischen Besucher kümmere, hatte die Stadtverwaltung hundert Schutzmänner bestimmt (die, die am aufgewecktesten schienen) und sie gezwungen, in wenigen Monaten Französisch zu lernen; jetzt irrten sie wie arme Seelen im Fegefeuer kreuz und quer durch die Stadt und murmelten unverständliche Sätze, gefolgt und schikaniert von den Kindern, die ihre Gutturallaute imitierten und sie *gargalluts,* Schleimspucker, nannten. Er ging ohne Begleitung und kaufte sich eine Eintrittskarte – es entzückte ihn, das Gelände wie die Herrschaften durchs Tor zu betreten. Er ließ sich von der Menge tragen, vesperte im Café-Restaurant mit dem Namen *Castell dels tres dragons* (an seiner Errichtung hatten über 170 Männer gearbeitet, die er fast alle bei ihrem Taufnamen kannte), dann besichtigte er das Martorell-Museum, das Diorama von Montserrat, den Valenzianischen Erfrischungssalon, das Türkische Café, die American Soda Water und den in maurischem Stil erbauten Pavillon von Sevilla. Er ließ sich fotografieren (das Bild ist verlorengegangen) und ging ins Industriepalais, wo er den Stand sah, an dem Baldrich, Vilagrán und Tapera, jene drei Herren aus Bassora, ihren Maschinenpark ausstellten; schlechte Erinnerungen stiegen in ihm auf und brachten sein Blut in Wallung; er hatte das Gefühl, ersticken zu müssen, konnte die Leute um sich herum nicht mehr ertragen und stürzte, sich mit den Ellenbogen einen Weg bahnend, eiligst aus dem Palais hinaus. Draußen kam ihm das schimärische Spektakel wie ein schlechter Witz vor, denn er konnte es nicht von den Unannehmlichkeiten trennen, die er hier in seinem Unglück erst vor wenigen Monaten erlitten hatte. Er ging nie wieder in die Ausstellung und wollte auch nichts mehr von ihr wissen.

Das Nachtleben des alten Barcelona dagegen, das sich durch den Pomp der Ausstellung nicht hatte beeinträchtigen lassen und sich am Rand von allem abspielte, faszinierte ihn; er verspürte die typische Begeisterung des Provinzlers dafür. Wann immer er konnte, ging er allein oder mit seinen Kumpanen in ein Lokal namens *L'Empori de la Patacada,* eine heruntergekommene, stinkende, in einem Halbsouterrain der Calle del Huerto de la Bomba gelegene Spelunke; tagsüber düster, winzig und ohne Atmosphäre, belebte sie sich nach Mitternacht dank einer ungehobelten, aber anspruchslosen Kundschaft, schien aus der Not eine Tugend machen zu wollen und vergrößerte sich zusehends – immer fand noch ein weiteres Paar Platz, und niemand blieb ohne Tisch. Bei der Tür standen immer zwei junge Burschen mit einer Öllampe, um den Gästen zu leuchten, und mit einer Flinte, mit der sie die Straßenräuber in die Flucht schlugen. Das war notwendig, denn in die Kneipe kamen nicht nur Halunken, die sich allein zu wehren wußten, sondern auch junge Lebemänner aus guter Familie und dicht verschleierte hübsche junge Mädchen in Begleitung eines Freundes, Galans oder ihres Mannes; hier konnten sie sich heftigen Gefühlen hingeben und den Alltagstrott mit seinem ganzen Elend abschütteln; danach berichteten sie von dem Gesehenen in maßloser Schwarzweißmalerei. Hier gab es Tanz und zu bestimmten Stunden *tableaux vivants.* Diese *tableaux vivants* waren im 18. Jahrhundert sehr populär gewesen, aber Ende des 19. fast vollständig verschwunden. Sie bestanden in bewegungslosen, von lebenden Menschen dargestellten Szenen; sie konnten »aktuell« sein (Ihre Majestäten der König und die Königin von Rumänien beim Empfang des spanischen Botschafters; Großherzog Nikolaus in der Uniform eines Lanzenreiters mit seiner illustren Gattin) oder »historisch« (auch als »didaktisch« bezeichnet – der Selbstmord der Numantiner; Churrucas Tod); häufiger waren sie »biblisch« oder »mythologisch«. Diese waren am berühmtesten, weil in ihnen alle oder fast alle Darsteller nackt waren. Für die Menschen des vergangenen Jahrhunderts hieß Nacktheit in diesem Fall: mit einem Trikot bekleidet. Die Darsteller trugen enganliegende fleischfarbene Trikots, und zwar nicht, weil die Leute züchtiger gewesen wären als heutzutage, sondern weil sie mit Recht der Ansicht waren, das Gefällige des menschlichen Körpers sei dessen Form und der unverhüllte Anblick der Epidermis mit ihrer Behaarung habe eher etwas Krankhaftes als Erotisches an sich. Auf diesem Gebiet hatten sich die Gepflogenheiten sehr verändert. Bekanntlich stieß man sich im 18. Jahrhundert nicht im geringsten an der Nacktheit – die Leute zeigten sich ohne Bedenken nackt in der Öffentlichkeit und ohne daß dadurch ihre Würde Abbruch erlitten hätte; Männer und Frauen badeten vor ihren Besuchern, wechselten in Gegenwart der Bediensteten die Wäsche und urinierten und defäzierten auf offener Straße. Davon legen Tagebücher und Korrespondenzen jener Epoche reichlich Zeugnis ab. *Dîner chez les M****, kann man im Tagebuch der Herzogin von C*** lesen, *madame de G***, comme d'habitude, préside la table à poil.* Und in einem späteren Eintrag: *Bal chez le prince de V*** – presque tout le monde nu sauf l'abbé R*** déguisé en papillon; on a beaucoup rigolé.* Im *Empori de la Patacada* spielte ein Vier-Mann-Orchester zum Tanz auf; der Walzer hatte bereits in alle sozialen Schichten Eingang gefunden; Paso doble und Schottisch waren dem Mob vorbehalten; der Tango war noch nicht aufgekommen; die gehobeneren Schichten tanzten bei ihren Abendgesellschaften weiterhin Rigodon, Mazurka, Quadrillen und Menuett; Polka und Java machten in Europa Furore, jedoch nicht in Katalonien; Volkstänze wie Sardana, Jota und so weiter waren in Lokalen wie dem *Empori de la Patacada* verpönt. Da die Sommermonate zu heiß waren, hatte die Kneipe ihre Blütezeit in den Herbstnächten, wenn die Gewitter die Straßen peitschten und die Kälte zur inneren Einkehr lud. Kehrte das Frühjahr wieder, so machten ihr Cafégärten und Freiluftbälle einen großen Teil der Kundschaft abspenstig. Inmitten dieses Dauertrubels tat Onofre Bouvila sein möglichstes, um es sich wohlsein zu lassen. Manchmal gelang es ihm, doch im allgemeinen blieb er trotz aller Bemühungen verängstigt und ruhelos und schaffte es nie, aus vollen Zügen die Zerstreuungen zu genießen, mit denen ihn dieses Milieu lockte, und den Kopf beim Eintauchen in den Strudel ganz zu verlieren. Odón Mostaza, der ihn sehr liebgewonnen hatte und sich bis zu einem gewissen Grad für sein Wohlergehen verantwortlich fühlte, beschäftigte es, ihn immer so ernst zu sehen. »Na, Junge, warum vergißt du deine Sorgen nicht wenigstens für ein Weilchen?« sagte er, »warum zerstreust du dich nicht? He, schau mal, diese Weiber, lassen sie einen nicht den Verstand verlieren?« Darauf antwortete Onofre mit mildem Lächeln: »Versuch mich nicht zu zwingen, Odón, Zerstreuung macht mich nur müde.« Dieses Paradox brachte Odón Mostaza zum Lachen, denn er begriff nicht, daß Onofre die Wahrheit sagte: Seine Gedanken auch nur einige Minuten zu verdrängen hätte ihm eine enorme Dosis an Energie abverlangt, nur mit übermenschlicher Kraft hätte er sich für Augenblicke der Erinnerung an jenen schrecklichen Vormittag entziehen können, an dem sich im Haus seiner Eltern eine ungewöhnliche Persönlichkeit einstellte. Onkel Tonet hatte den Mann in seinem Planwagen von Bassora hergefahren; er trug einen abgewetzten Gehrock, Brustlatz, Augengläser und Zylinder und hatte eine vollgepfropfte lederne Aktentasche bei sich. Er achtete darauf, seine Schuhe nicht in die Pfützen zu setzen, und wich vorsichtig den pappigen, schmutzigen Schneehaufen aus, die überall noch umherlagen, und alles verängstigte ihn – der Flügelschlag eines Vogels auf einem Ast erschreckte ihn aufs äußerste. Er stellte sich weitschweifig vor und eilte dann sogleich an die Glut, die noch in der Feuerstelle schwelte, um sich aufzuwärmen. Durch die offene Tür drang die Spätfebruarsonne bis mitten ins Zimmer; dieses helle, noch kalte Licht verlieh den Gegenständen scharfe, wie mit spitzem Bleistift gezeichnete Konturen. Der Mann sagte einleitend, er spreche im Namen seiner Mandanten, der Herren Baldrich, Vilagrán und Tapera; er selbst sei nur Assistent in einem Anwaltsbüro in Bassora und bitte sie, nicht persönlich zu nehmen, was er ihnen nun zu sagen habe. »Ich bin mit dieser unangenehmen Mission betraut worden, und es tut mir schrecklich leid, sie ausführen zu müssen, aber Befehle auszuführen ist mein Beruf. Sie werden sogleich verstehen«, fügte er mit einer Geste des Mitleids hinzu, von der man nicht wußte, an wen sie sich richtete. Der Amerikaner machte eine ungeduldige Handbewegung, die zu bedeuten schien: Kommen Sie bitte zur Sache. Der Assistent hüstelte, und Onofres Mutter sagte, sie müsse nun die Hühner füttern gehen. »Der Junge kommt mit mir, dann haben Sie beide Ihre Ruhe.« Sie schaute ihrem Mann in die Augen. Dieser sagte, sie brauchten nicht zu gehen: »Es ist besser, ihr bleibt hier und hört euch an, was dieser Herr mir sagen will.« Der Assistent rieb sich die Hände und hustete unaufhörlich, als wäre ihm der Rauch der Glut in die Kehle gefahren. Ganz leise, fast unhörbar, unterrichtete er den Amerikaner davon, daß seine Mandanten beschlossen hatten, ihn wegen Betrugs anzuzeigen. Dies sei eine sehr schwere Anschuldigung, sagte der Amerikaner: »Wollen Sie sich bitte erklären.« Der Assistent gab einige verwirrte und unzusammenhängende Erklärungen ab. Anscheinend hatte Joan Bouvila jedermann in Bassora zu verstehen gegeben, er sei ein sehr reicher Indiano, hatte in seiner wunderlichen Aufmachung sämtliche Industriellen und Financiers der Stadt aufgesucht und ihnen weisgemacht, er suche ein sicheres Geschäft, in das er sein Vermögen investieren könne. Unter diesem Vorwand hatte er A-Konto-Vorschüsse, Darlehen und sogar Geschenke erhalten. Da aber die Zeit verstrichen sei, ohne daß sich die versprochenen Investitionen materialisierten, erklärte der Assistent, hätten die Herren Baldrich, Vilagrán und Tapera, deren Firma die größten Zahlungen zugunsten des Amerikaners geleistet hatte, beschlossen, die angezeigten Ermittlungen anzustellen. Sie hätten aber mit aller gebotenen Vorsicht und Diskretion ermittelt, fügte er sogleich hinzu. Diese Ermittlungen hätten ans Tageslicht gebracht, was alle schon geargwöhnt hätten: daß Joan Bouvila nicht einen Heller besaß. Dies sei ohne jeden Zweifel Betrug, sagte der Assistent, erbleichte auf der Stelle und ergänzte hastig, die Bestimmtheit dieser Aussage bedeute keinerlei moralisches Urteil seinerseits, er sei bloß ein Instrument in den Händen anderer: »Dieser Umstand möge mich von der Verantwortung für das Ungemach freisprechen, das ich Ihnen vielleicht verursache.« Die Mutter brach das nun folgende Schweigen: »Joan, wovon spricht dieser Mann?« Jetzt war es am Amerikaner zu hüsteln; schließlich gestand er, der Assistent habe die reine Wahrheit gesagt. Er habe alle angelogen: In Kuba, wo in jener Zeit sogar Schwachköpfe reich geworden seien, habe er es nicht einmal geschafft, das absolute Minimum zu verdienen, um ohne Not leben zu können. Das wenige, was er anfänglich gespart habe, als er noch guten Mutes gewesen sei, habe ihm eine kolumbianische Abenteurerin weggeschnappt, erzählte er verschämt. Dann habe er leihweise etwas Geld erhalten und es sogleich in Geschäfte investiert, die sich jedoch samt und sonders als Schwindel und Betrug erwiesen hätten. Am Ende habe er die entwürdigendsten Arbeiten verrichten müssen, Arbeiten, die sogar die schwarzen Sklaven angeekelt von sich gewiesen hätten. »Kein Spucknapf in Havanna, den ich nicht poliert, kein Stiefel, den ich nicht gewichst, und keine Latrine, die ich nicht durchgespült hätte – mit Werkzeug oder ohne.« Im Verlauf jener Jahre habe er halbverhungerte Emigranten ankommen sehen, die schon nach wenigen Monaten vor ihm Münzen in die Straßenpfützen geworfen hätten, um ihm zuzusehen, wie er sie auflese und dabei den Arm bis zum Ellenbogen in den Dreck stecke – so hätten sie sich auf seine Kosten amüsiert. Er habe sich von Bananenschalen, Fischgräten, faulem Gemüse und anderem ernährt, was er jetzt aus Feinfühligkeit lieber nicht nenne; endlich habe er sich gesagt: Fertig, Joan, nun ist's genug.

»Ich hatte ein wenig Geld«, fuhr der Amerikaner fort, »zu

dem ich auf schimpfliche Weise gekommen war: Ein paar englische Matrosen hatten es mir gegeben, weil ich ihnen dafür erniedrigendste Vergnügungen vermittelt hatte; mit dieser Summe, Frucht der Verworfenheit, kaufte ich mir den Anzug, den ich trage, einen halbtoten Affen und eine Fahrkarte für die Rückreise im Kielraum eines Frachters.«

Kurz vor dem Auslaufen habe er, im Wissen, daß er das Geld nicht würde zurückgeben müssen, die letzten Pumpversuche unternommen und sich dann in einer Regennacht eingeschifft. Er habe sich ausgezogen und Körper und Gesicht mit Pech beschmiert, um von seinen Gläubigern, falls er einem begegne, nicht erkannt zu werden. »Auf diese mit der Würde eines Weißen so unvereinbare Art«, sagte der Amerikaner, »ging ich ein letztesmal durch die Straßen jenes verheißenen Landes, das für mich nur Joch, Fessel und Schmach bedeutet hatte.« Nachdem das Schiff die Anker gelichtet, habe er sich weder gewaschen noch angezogen und seinen Schlupfwinkel nicht verlassen, bis sie die Grenze zu den spanischen Hoheitsgewässern überschritten hätten. Danach habe er von jenem Geld und von Schwindeleien gelebt. Immer habe er gewußt, daß früher oder später die Wahrheit ans Licht kommen würde, fügte er hinzu, und mit dem schmerzlichen Geständnis, das er soeben abgelegt habe, falle ihm in Wahrheit ein Stein vom Herzen, denn im Grunde sei er glücklich, diesem Lügengewebe ein Ende gesetzt zu haben. All das, gestand er zum Schluß, habe er weder aus Niedertracht noch aus Habsucht, sondern aus Eitelkeit getan: »In Wirklichkeit geschah alles für meinen Sohn.« Er habe seinem Sohn eine Vorstellung davon geben wollen, was das Leben hätte sein können, wenn ihm nicht ein so unnützer Vater zuteil geworden wäre, wie Gott ihm einen gegeben habe. Die Affäre hatte dann doch keine nachträglichen Konsequenzen: Überzeugt von der Unmöglichkeit, das Geld zurückzubekommen, zogen Baldrich, Vilagrán und Tapera die Klage summarisch zurück. Dafür verpflichteten sie den Amerikaner, für sie zu arbeiten; von seinem Einkommen zogen sie einen gewissen Prozentsatz ab, um die Schulden abzutragen.

Jetzt versuchte Onofre diese Dinge zu vergessen, aber es gelang ihm nicht. Er trank maßlos, war regelmäßiger Kunde in verschiedenen Bordellen und gab große Summen für auffällige Kleider aus. Trotzdem geriet er nie in Schulden; das Spiel mied er wie die Pest. Er hatte aufgehört zu wachsen und sollte kein großer Mann werden; Schultern und Brustkorb hatten sich stark entwickelt; er hatte eine eckige, kräftige Figur und nicht unangenehme Gesichtszüge. Obwohl zurückhaltend, war er doch liebenswürdig und offen im Umgang: Strolche, Dirnen, Diebe, Drogenhändler, Polizisten und Spitzel schätzten ihn gleichermaßen; fast alle waren erpicht darauf, seine Freundschaft zu gewinnen. Odón Mostaza, dem zu gehorchen man ihn geheißen hatte, geriet selbst unter seinen Einfluß: Er ließ zu, daß immer Onofre den Ton angab, entschied, was zu tun oder zu lassen sei, und sich gegebenenfalls mit Arnau Puncella alias Margarito verständigte. Das bestätigte dessen Argwohn aber nur noch mehr. Dieser Bursche wird noch zu reden geben, sagte sich Arnau Puncella, kaum ein Jahr bei uns, ist er bereits Hahn in seinem Gehege geworden. Wenn ich nicht behutsam vorgehe und achtgebe, wird er sich über mich hinwegsetzen. Eigentlich müßte ich ihn beseitigen, aber ich weiß nicht, wie, dachte er. Jetzt ist er noch zu unbedeutend, er würde mir zwischen den Fingern hindurchschlüpfen wie ein Floh, aber es ist gut möglich, daß es schon in kurzer Zeit zu spät für mich ist. Er legte es darauf an, sein Vertrauen zu gewinnen; in der Unterhaltung mit ihm brachte er immer das Kleiderthema zur Sprache und lobte die Anzüge, die sich Onofre gerade hatte anfertigen lassen – wie jede schlampige Person war er sehr sensibel für die Kleidung anderer. Onofre fiel nicht auf, daß sein Gegenüber wie ein Schwein herumlief, er nahm naiv an, sie beide teilten die Vorliebe für gutgeschneiderte Kleidung, und bat ihn sogar um Rat, wo er Krawatten, Schnürstiefel und anderes kaufen sollte. Er war ein richtiger Dandy geworden: In der Pension, in der er sich eingemietet hatte, war er ständig in einen bedruckten Kimono gehüllt, der ihm bis zu den Knöcheln reichte. Seine Einkäufe besorgte er in der Calle Fernando und in der Calle Princesa. Manchmal lastete eine undefinierbare Beklemmung auf ihm; in den klebrigheißen Sommernächten, wenn er nicht einschlafen konnte, beherrschte ihn Nervosität. Dann warf er sich den bedruckten Kimono über die Schultern und trat auf den Balkon, um eine Zigarette zu rauchen. Was geht mit mir vor? fragte er sich, konnte aber keine umfassende Antwort auf diese Frage finden, obwohl er im festen Glauben war, sehr klare Vorstellungen zu haben. In Wirklichkeit war er, wie jedermann, unfähig, sich selbst zu sehen; er sah nur die Spiegelung seiner Person und seiner Taten bei den andern, und daraus leitete er eine vollkommen falsche Vorstellung von sich selbst ab. In der Folge hielt diese Vorstellung einer genaueren Analyse nicht stand und verursachte ihm eine verschwommene Unzufriedenheit, so daß die Unrast erneut in ihm auflebte. Dann erinnerte er sich wieder an seinen Vater, den er zu hassen glaubte, weil er die Fantasien verraten hatte, die Onofre während seiner Abwesenheit nährte, und die Erwartungen nicht erfüllt, die zwar nur in seiner Einbildung existiert, ihn aber ständig und mit Grund beschäftigt hatten. Jetzt beschuldigte er seinen Vater, ihm ein natürliches Recht entrissen zu haben. Deshalb glaubte er auch vor ihm davongelaufen zu sein. Eigentlich war er es, der mich gezwungen hat hierherzukommen, in Wahrheit ist er für alles verantwortlich, was ich auch tun mag, dachte er. Doch dieser Haß war nur oberflächlich – im Grunde hielt in ihm die Bewunderung an, die er für seinen Vater immer verspürt hatte. Ohne irgendeinen Grund, der diese Einschätzung gestützt hätte, und sogar ohne daß er selbst es wußte, dachte er, sein Vater sei eigentlich gar kein Versager, sondern das Opfer einer breitangelegten Verschwörung. Diese vage Verschwörung, aufgrund deren sein Vater ungerechtfertigterweise des ihm zustehenden Vermögens und Erfolgs beraubt worden war, gab jetzt ihm das Recht, sich schadlos zu halten, sich ohne Vorbehalt zu nehmen, was billigerweise sein war. Aber dann gerieten diese unzusammenhängenden und ungereimten Gedanken in Widerspruch zu seiner Natur und zur Natur seiner Umgebung. Jetzt sah er sich frei von ökonomischen Beengungen, war der schäbigen Welt der alten Pension entronnen, und die Erinnerung an Delfina verflüchtigte sich im Verlauf der Monate immer mehr; jetzt hatte er Freunde, erntete Erfolge, und wenn es ihm gelang, seinen umfassenden Groll zu vergessen, fühlte er sich strotzend vor Leben, fast glücklich. Wenn ihn in den Sommernächten der Kummer auf den Balkon trieb, vernahm er von der Straße her vertraute Geräusche: Teller- und Suppenschüsselgeklapper, Gläserklirren, Gelächter, Stimmen und Wortwechsel, das Tirilieren von Distelfinken und Kanarienvögeln in ihren Käfigen, ein Klavier in der Ferne, das Trällern einer Gesangsstudentin, einen hartnäckigen Hund, den Sermon Betrunkener, die sich an die Straßenlaternen klammerten, das Gejammer der blinden Bettler, die um der Liebe Gottes willen um ein kleines Almosen baten. Ich könnte die ganze Nacht auf diesem Balkon verbringen, dachte er dann melancholisch, unfähig, sich von seinem Beobachterposten zu lösen; hier den ganzen Sommer verbringen, eingelullt von den Tönen dieser Stadt. Aber die Unruhe packte ihn aufs neue. Die Schmeicheleien des Gesindels um ihn herum genügten nicht, die ihm angetane Schmach wegzuwaschen, die ihn in der Erinnerung verfolgende Erniedrigung und das Stigma, das er auf seiner Stirn eingeprägt glaubte. Ich muß mehr erreichen, sagte er sich, kann nicht an diesem Punkt stehenbleiben. Wenn ich nicht bald etwas unternehme, ist mein Leben besiegelt, und es wird mein Los sein, ebenfalls ein Ganove zu werden. Wie sehr ihn auch das lockere Leben der Halunken und Nutten faszinierte, so sagte ihm doch die Vernunft, daß diese Randexistenzen in Wirklichkeit auf Pump lebten; die Gesellschaft tolerierte sie, weil sie sich als nützlich erwiesen oder weil es ihr zu kostspielig erschien, sich ihrer ein für allemal zu entledigen; sie hielt sie diskret in Schach, benutzte sie für ihre Zwecke und behielt sich jederzeit das Recht und die Möglichkeit vor, sie verschwinden zu lassen, sobald ihr danach zumute war. Sie ihrerseits glaubten über die Welt lachen zu können, weil sie ein Messer im Gürtel trugen und ein paar hysterische Mädchen unter ihren Blicken in Ohnmacht zu fallen vorgaben. Dann fehlte ihm aber wieder der nötige Wille, jenem ausgelassenen Pack von Aufschneidern und Hürchen den Rücken zu kehren und dieses Leben aufzugeben, in dem er sich wie ein Fisch im Wasser fühlte. So verschob er die Entscheidung, seine Lebensform radikal zu ändern, von Tag zu Tag. Er wußte noch nicht, daß man derartige radikale Wechsel nur aus Gefühlsgründen vornimmt; da er sich entschlossen hatte, sich nie zu verlieben oder wegen einer Frau die Orientierung zu verlieren, sah er auch keinen Grund, weshalb er sich eine unbequeme Veränderung seines Lebenswandels wirklich hätte wünschen sollen. So hätte er Jahr um Jahr weitergemacht, die Welt aus den Augen verloren wie so viele andere auch und geendet wie diese: von einem Rivalen erstochen, im Gefängnis oder auf dem Schafott, als professioneller Killer und als Alkoholiker – hätte sich ihm nicht Arnau Puncella alias Margarito in den Weg gestellt. Schließlich mußte er aus schieren Überlebensgründen etwas ändern.

2

In jenen Jahren liefen die verborgenen Fäden, an denen das politische Leben Barcelonas hing, in den Händen Don Alexandre Canals i Formigas zusammen. Er war ein ernst aussehender, wortkarger Mann mit sparsamer Gestik, breiter Stirn und schwarzem Spitzbart; er verströmte die exquisitesten Düfte und kleidete sich mit höchster Sorgfalt; jeden Vormittag kamen ein Barbier, eine Maniküre und eine Masseuse in sein Büro, das er fast nie verließ – das waren die einzigen Freuden, die er sich zugestand; den Rest des sich bis in den späten Abend hineinziehenden Arbeitstages verbrachte er damit, schwerwiegende Entscheidungen zu treffen und Maßnahmen von größter Tragweite für das Gemeinwesen anzuordnen. Er manipulierte die Wahlresultate, kaufte und verkaufte Stimmen, ermöglichte und vernichtete politische Karrieren. Er kannte keine Skrupel, widmete diesen Geschäften seine ganze Zeit und Energie und hatte so eine unbegrenzte Macht angehäuft, von der er aber keinen Gebrauch machte – er hortete sie wie ein Geizkragen seine Münzen. Politiker und einflußreiche Bürger fürchteten und respektierten ihn und ließen sich ohne Zögern von ihm beraten; weiter hieß es von ihm, er sei der einzige, der im entscheidenden Moment das Gewerkschaftsgewitter, das die Weitsichtigsten am Horizont sich zusammenbrauen sahen, eindämmen, ihm

Einhalt gebieten könne. In dieser Hinsicht war er freilich sehr zurückhaltend.

Mußte er Gewalt anwenden, um seine Ziele zu erreichen, so zauderte er nicht, es zu tun. Dafür stand ihm eine von einem gewissen Joan Sicart angeführte Schläger- und Killertruppe zur Verfügung. Sicart hatte einen bewegten Lebenslauf. Aus Barcelona stammend, war er in Kuba geboren und aufgewachsen, wohin seine Eltern ausgewandert waren wie Onofre Bouvilas Vater, um ihr Glück zu machen; beide waren an fiebrigen Erkrankungen gestorben, als Joan Sicart noch sehr klein war, und hatten ihn vollkommen allein zurückgelassen. Bald schon zogen ihn Gewalt und Disziplin an; er wollte Soldat werden, was ihm aber verwehrt blieb, denn eines leichten Lungenleidens wegen wurde er nicht zur Militärakademie zugelassen. Er kehrte nach Spanien zurück, lebte eine Zeitlang in Cádiz, kam mehrmals ins Gefängnis und landete schließlich in Barcelona, an der Spitze von Don Alexandre Canals i Formigas Brigade, die er mit eiserner Hand befehligte. Er war knochig, hatte markante Gesichtszüge und kleine, tief in den Höhlen liegende Augen, was ihm ein gewisses orientalisches Aussehen verlieh. Seltsamerweise hatte er strohblonde Haare.

Es war nicht zu vermeiden, daß sich diese furchterregende Organisation und Don Humbert Figa i Moreras Bande bei ihren Aktivitäten gelegentlich ins Gehege kamen. Es hatte bereits einige Reibereien gegeben, aber sie hatten ohne allzu große Schwierigkeiten bereinigt werden können. Sowohl Don Humbert Figa i Morera wie sein Berater und Stellvertreter Arnau Puncella alias Margarito waren gemäßigte Männer; bei all diesen Gelegenheiten sprachen sie sich für eine Einigung aus und hatten einmal sogar versucht, mit Don Alexandre Canals i Formiga Verhandlungen aufzunehmen und zu einer definitiven Verständigung zu kommen, aber dieser hatte auf keinen Vorschlag ernsthaft eingehen wollen, da er sich mächtiger wußte. Sie mußten nachgeben, denn die Ungleichheit der Streitkräfte war offensichtlich; diejenigen Don Alexandres waren nicht nur in der Überzahl, sondern auch viel besser organisiert: Sie konnten, befehligt von einem einzigen Mann, Reiterschwadronen nach Milizart bilden und hatten Erfahrung darin, Streiks zu brechen und Versammlungen aufzulösen. Don Humberts Männer dagegen waren nur eine Meute von Spitzbuben, kaum für eine Wirtshauskeilerei zu gebrauchen. Aber die Stadt war zu klein und zu arm, um zwei Banden Raum zu bieten, um so weniger, als beide ständig größer wurden. Früher oder später mußte es zu einem Zusammenstoß kommen. Niemand wollte das wahrhaben, aber alle wußten es.

Die Unterredung fand an einem Freitag im März zu später Nachmittagsstunde statt; vor den Gardinen ging die Sonne unter, der Himmel war wolkenlos, und in den Bäumen auf dem Platz machte sich schon der Frühling bemerkbar. Don Humbert schob mit der Handkante den Vorhang zur Seite, schaute auf den Balkon hinaus, betrachtete den Platz und lehnte die Stirn gegen die Scheibe. Ich weiß nicht, ob ich korrekt handle, dachte er; die Zeit verfliegt, und nichts ändert sich, ich bin traurig und weiß nicht, weshalb. Die Weltausstellung kam ihm in den Sinn. Er dachte an Onofre Bouvila und verband unwillkürlich beide Bilder – die Ausstellung und den Jungen aus dem Dorf, der sich mit allen ihm zur Verfügung stehenden Mitteln einen Weg zu bahnen versuchte. Inzwischen hatte die Ausstellung bereits ihre Tore geschlossen, und von diesem gewaltigen Unternehmen war fast nichts übriggeblieben – ein Gebäude, das zu groß war, um in der Praxis eine Verwendung zu finden, einige Statuen und ein Schuldenberg, den die Gemeinde nicht zu tilgen wußte. Die ganze Gesellschaft hockt auf diesen vier Pfeilern, dachte er: Ignoranz, Trägheit, Unrecht und Unvernunft. Am Nachmittag zuvor hatte ihn Arnau Puncella besucht und ihn mit den Worten, so wie bisher könne es nicht weitergehen, in große Unruhe versetzt.

»Wir müssen etwas unternehmen«, hatte Arnau Puncella gesagt, »oder uns damit abfinden, erbarmungslos vernichtet zu werden.«

»Wir alle wußten, früher oder später würde dies geschehen, aber ich habe nicht gedacht, daß es so unmittelbar bevorsteht«, antwortete er. Der Plan schien ihm tollkühn, denn er sah nicht die geringste Möglichkeit eines Sieges. »Wie kommst du auf einen solchen Unsinn?«

Es handle sich nicht ums Siegen, sagte der andere, sondern darum, sich zu behaupten. Es gehe darum, den Erstschlag zu führen und dann sogleich die Verhandlungen wiederaufzunehmen. »Er soll sehen, daß wir ganze Kerle sind, daß wir uns nicht einschüchtern lassen; diese Sprache wird er sicher verstehen, wenn er schon die der Vernunft verschmäht. Allerdings werden wir einige Männer einbüßen, das ist unvermeidlich.«

»Und uns wird nichts geschehen?« fragte Don Humbert.

»Nein«, antwortete sein Stellvertreter, »da gibt es nichts zu befürchten; ich habe alles genau überdacht und den Schlag vorsichtig und bis ins kleinste Detail geplant. Außerdem habe ich den Kleinen schon lange im Auge, er ist sehr brauchbar und wird das wunderbar erledigen. Schade, daß wir ihn opfern müssen.«

Normalerweise war er ein Mann aufrichtigen Herzens, doch in diesem Moment beherrschten ihn Neid und Angst. Er rief Onofre Bouvila in sein Büro und kündigte ihm an, er werde ihm eine äußerst wichtige Aufgabe anvertrauen. »Mal sehen, wie du dich anstellst«, sagte Margarito. Durch eine hohe, schmale zweiflüglige Tür kam hierauf Don Humbert Figa i Morera herein. »Don Arnau Puncella hat mir gesagt, du seist sehr brauchbar. Mal sehen, wie du dich anstellst«, sagte er, ohne zu wissen, daß er wiederholte, was soeben der andere gesagt hatte. Dann setzten sie ihm den Plan in allen Einzelheiten auseinander. Onofre Bouvila hörte offenen Mundes zu. Der versteht kein Wort, dachte Arnau Puncella, als er ihn so sah; alles, was wir ihm da erzählen, kommt ihm so fremd vor wie das Leben auf dem Mond. »Vor allem«, sagte er, »volle Diskretion!«

Als er allein war, verbrachte Onofre Bouvila mehrere Stunden mit Nachdenken; danach suchte er Odón Mostaza auf und sagte dem Killer: »Hör mir aufmerksam zu – wir werden folgendes tun.« Er hatte beschlossen, auf den Plan zu verzichten, den man ihm in Arnau Puncellas Büro skizziert hatte, und sich einen andern ausgedacht; er war entschlossen, auf eigene Faust zu arbeiten. Genug jetzt mit Gehorsam, sagte er sich. Schon seit langem wußte er um die Existenz Don Alexandre Canals i Formigas, Joan Sicarts und dessen gefürchteter Schlägerarmee, denn Odón Mostaza hatte ihn von all dem unterrichtet. Manchmal hatte er sogar erwogen, seine Dienste Joan Sicart anzubieten; er war zwar nicht von Natur aus illoyal, wußte aber, in welcher der beiden Banden die tatsächliche Macht wurzelte, und fühlte sich nicht in der Lage, aussichtslose Angelegenheiten zu unterstützen. Deshalb wußte er auch, daß Don Alexandre Canals i Formigas ganze Macht auf Joan Sicart gründete, daß dieser im Mittelpunkt der ganzen Organisation stand. Auf diesem Wissen hatte er seinen Plan aufgebaut und bis ins letzte Detail überdacht, als er zu Odón Mostaza ging. »Unsere Unterlegenheit«, sagte er, »ist so offensichtlich, daß uns gar niemand ernst nehmen wird; auf diesen Vorteil können wir bauen; dazu kommt noch unsere Schnelligkeit und Verwegenheit.« Er sagte nicht »und unsere Brutalität«, dachte es aber. Er war zu dem Schluß gekommen, daß die Chance zu gewinnen recht groß war, wenn sie so vorgingen. Wie er es sich ausgedacht hatte, so handelte er auch. In Barcelona hatte man so etwas noch nie erlebt. Solange die Auseinandersetzung andauerte, schien die ganze Stadt den Atem anzuhalten. Wäre die Stärke ausgeglichener gewesen, hätte er vielleicht nicht auf eine so grausame Art vorgehen müssen.

Noch in dieser Nacht begann der Krieg. Ein paar von Sicarts Männern trafen sich in einer Weinschenke in der Calle del Arco de San Silvestre, nahe der Plaza Santa Catalina. Ins selbe Lokal kamen mehrere von Odón Mostaza angeführte Schläger und suchten offensichtlich Händel; das kam häufig vor, niemand maß der Sache Bedeutung bei. Odón Mostaza war im Milieu gut bekannt; es gebe, sagten die Frauen, in ganz Barcelona keinen hübscheren und bessergewachsenen Mann als ihn. Joan Sicarts Männer lachten über die Gruppe um Mostaza: Wir sind mehr und besser geschult, schienen sie mit ihrer sardonischen Haltung sagen zu wollen. Die Schläger beantworteten diese Unverschämtheit auf ihre Weise. Sie zogen die Dolche und durchbohrten damit die am nächsten Stehenden; dann verließen sie das Lokal im Laufschritt, ohne den andern Zeit zu reagieren zu lassen. Auf der Plaza Santa Catalina wartete ein Pferdefuhrwerk auf sie, mit dem sie das Weite suchten. Die Nachricht verbreitete sich in der Unterwelt wie ein Lauffeuer. In weniger als zwei Stunden erfolgte der Vergeltungsschlag. Zwölf flintenbewehrte Männer traten ins *Empori de la Patacada* und begannen zu schießen; dabei störten sie ein *tableau* mit dem Titel *Die Sklavin des Sultans*. Sie hinterließen zwei Tote und sechs Verletzte, aber weder unter den einen noch den andern befand sich Onofre Bouvila oder Odón Mostaza. Dann gingen die Schützen wieder hinaus; erst auf der dunklen, verlassenen Straße sahen sie, daß das ein Fehler war, denn im selben Moment tauchten zwei geschlossene Wagen auf und preschten in gestrecktem Galopp heran. Die Schützen versuchten zu fliehen, aber vergeblich. Die Wagen nahmen sie von zwei Seiten her unter Beschuß; aus den Fenstern wurde mit sechsschüssigen amerikanischen Revolvern auf sie gefeuert. Sie hätten die zwölf Schützen erledigen können, begnügten sich aber damit, zweimal durch die Straße zu fahren – sie erwischten sieben, von denen einer auf der Stelle starb und zwei weitere nach wenigen Tagen. Joan Sicart war bestürzt. Ich verstehe nicht, was sie im Schilde führen und wie weit sie gehen wollen, sagte er sich. Was für ein Motiv haben sie, welches Ziel verfolgen sie? Während er sich noch darüber den Kopf zerbrach, meldete man ihm den Besuch einer Frau; sie habe ihren Namen nicht nennen wollen, sage aber, sie bringe die Lösung, nach der er vergeblich suche. Aus Neugier ließ er sie in sein Büro führen. Er hatte sie nie zuvor gesehen, aber da ihn weibliche Reize nicht gleichgültig ließen, empfing er sie höflich. Sie sprach durch einen Schleier und mit mürrischer Stimme. »Onofre Bouvila schickt mich«, begann sie. Joan Sicart entgegnete, er wisse nicht, wer Onofre Bouvila sei. Die Frau tat, als überhörte sie diese Antwort. »Er will dich sehen«, sagte sie lediglich, »denn auch er macht sich Sorgen, auch er versteht nicht, was dieses Gemetzel soll.« Sie sprach, wie ein Gesandter zu einem Regierungschef von einem andern Regierungschef spricht; darauf wußte Joan Sicart keine

Antwort. Die Frau fügte hinzu: »Wenn du daran interessiert bist, dieser absurden Situation ein Ende zu bereiten, dann such ihn auf oder empfang ihn direkt hier, auf deinem eigenen Boden; er wird es nicht ablehnen zu kommen, wenn du für seine Sicherheit bürgst.« Joan Sicart zuckte mit den Schultern. »Sag ihm, er soll kommen, wenn er unbedingt will«, sagte er, »aber allein und unbewaffnet.« – »Habe ich dein Wort, daß er hier wohlbehalten wieder herauskommt?« fragte die Frau. Durch den Schleier hindurch, der ihr Gesicht verdeckte, verriet sich Unruhe im bohrenden Blick der Frau. Sie kann ebensogut seine Geliebte wie seine Mutter sein, dachte Joan Sicart. Die Beunruhigung, die seine Macht in dieser schönen Frau auslöste, verlieh ihm Schneid; er lächelte großspurig und sagte: »Du hast nichts zu befürchten.« Sie vereinbarten einen Zeitpunkt für die Unterredung, und Onofre Bouvila stellte sich pünktlich ein. Als Joan Sicart ihn sah, verzog er das Gesicht: »Jetzt weiß ich, wer du bist: Odón Mostazas Schützling; ich habe von dir gehört. Was hast du mir anzubieten?« Er sagte dies in übellaunigem Ton, aber Onofre Bouvila ließ sich nicht beirren. »Ich brauche weder Rekruten noch Spione, noch Verräter«, fügte Sicart spöttisch hinzu. Schließlich brachte ihn Onofre Bouvilas Ruhe aus der Fassung, und er begann zu schreien: »Was willst du? Was soll das Ganze?« Seine Trabanten im Vorzimmer hörten das Geschrei und wußten nicht, ob sie eingreifen oder mit verschränkten Armen warten sollten. Wenn er uns braucht, wird er uns schon rufen, sagten sie sich.

»Wenn du nicht hören willst, was ich dir zu sagen habe, weshalb hast du mich dann kommen lassen?« sagte Onofre Bouvila endlich, als Sicarts Wut verraucht war. »Hier bin ich nur in Gefahr und setze meine Stellung aufs Spiel.«

Joan Sicart mußte ihm recht geben. Es ärgerte ihn, mit einem Grünschnabel von gleich zu gleich diskutieren zu müssen, aber er konnte auch nicht verhindern, daß ihn die Ruhe und Autorität beeindruckte, mit der dieses unbewaffnete Bürschchen zu ihm sprach. In einem einzigen Augenblick verwandelte sich seine Geringschätzung instinktiv in Respekt. »Schon gut, schieß los«, sagte er. Onofre sah, daß er das Spiel gewonnen hatte; er wird schon klein, dachte er. Laut sagte er, der eben ausgebrochene Krieg sei ein Unsinn und zweifellos auf ein Mißverständnis zurückzuführen; niemand wisse, wie es dazu gekommen sei, aber jetzt sei er Tatsache und drohe sich zu einer Lawine auszuwachsen, die sie alle unter sich begraben könne. »Selbstverständlich beunruhigt er dich, mich aber noch weit mehr, denn vielleicht muß ich als nächster dran glauben. Meinst du nicht auch, wir sollten diesem mißlichen Zustand ein Ende bereiten?«

»He«, rief Joan Sicart bei diesen Worten heftig, »ihr habt ja zuerst angegriffen, nicht wir!«

»Was spielt das noch für eine Rolle, so wie die Dinge jetzt liegen«, sagte Onofre Bouvila. Jetzt gehe es darum, die Repressalien zu beenden. Dann senkte er die Stimme und sagte in vertraulichem Ton: »Uns interessiert dieser Krieg nicht, welchen Nutzen könnten wir schon daraus ziehen? Wir sind in der Minderzahl und weniger gut gerüstet als ihr; für euch lohnt es sich nicht einmal, uns anzugreifen, ihr habt sämtliche Vorteile auf eurer Seite. Ich sage dir das, damit du nicht an meiner Ehrlichkeit zweifelst – mich bewegt keine geheime Absicht, ich bin nur gekommen, um dir Gelegenheit zu geben, Frieden zu schließen.«

Joan Sicart mißtraute Onofre instinktiv, aber in seinem Innersten wünschte er sich, an dessen Aufrichtigkeit glauben zu können, denn auch ihm war dieser sinnlose Krieg zuwider. Seine Männer wurden von Kugeln niedergestreckt, alle gewinnbringenden Aktivitäten waren lahmgelegt, und in der Stadt herrschte eine gespannte, den Geschäften abträgliche Atmosphäre. Das Gespräch führte zu keinem Ergebnis, aber die beiden kamen überein, sich wieder zu treffen, sobald sie über die Lage gebührend nachgedacht hätten. Durch Onofre überzeugt, daß er alle Trümpfe in der Hand habe, merkte Sicart nicht, wie er in sein Verderben lief und dabei war, sich das eigene Grab zu schaufeln. In dieser Nacht hätten sich die bewaffneten Scharmützel fortgesetzt, hätte es nicht vom Sonnenuntergang bis zum Morgengrauen geregnet; nur zwei kleine Gruppen trafen in einem düsteren Gäßchen aufeinander und feuerten aus Pistolen und Karabinern, die sie jetzt immer mit sich trugen, durch einen regelrechten Wasservorhang hindurch. Das Mündungsfeuer erleuchtete die Wasserfälle, die von den Dächern auf die Straße stürzten. Bis zu den Knöcheln im Morast steckend, beschossen sie sich so lange, wie sie Munition hatten. Wegen des Regens waren keine Opfer zu beklagen. Es gab noch zwei weitere Zwischenfälle: Ein sechzehnjähriger, zu Don Humbert Figa i Moreras Bande gehöriger Junge starb, als er von einer Mauer stürzte; er war dort hinaufgeklettert, um den Häschern zu entkommen, deren Ziel er war oder zu sein glaubte, und hatte das Pech, auszurutschen und sich das Genick zu brechen. Ebenfalls in dieser Schreckensnacht warf jemand einen toten Hirtenhund aus dem Fenster eines Bordells, in dem Odón Mostaza, Onofre und ihre Spießgesellen zu verkehren pflegten. Niemand verstand die Bedeutung dieses makabren Geschenks. Vorsichtshalber war in dieser Nacht keiner ins Bordell gegangen, und die armen Dirnen hatten aus Unruhe und Angst vor einem blutigen Angriff die Nacht durchwacht; als es drei Uhr schlug, beteten sie einen Rosenkranz. Jedermann in der Stadt wußte um den inoffiziellen Krieg, aber die lokale Presse getraute sich nicht, darüber zu berichten.

Am folgenden Tag besuchte die mysteriöse Frau Joan Sicart erneut und sagte ihm, Onofre Bouvila wolle ihn noch einmal sprechen. »Aber aus Vorsicht und aus Gründen der persönlichen Sicherheit will er, so wie die Dinge jetzt liegen, nicht hierherkommen. Er mißtraut nicht dir, aber deinen Leuten, denn er fürchtet, daß du deine Männer nicht vollständig unter Kontrolle hast, und weigert sich, in die Höhle des Löwen zu gehen. Er sagt, du sollst einen neutralen Ort bestimmen. Er wird allein kommen; du kannst eine Leibwache mitnehmen, wenn es dir nötig scheint.« In seiner Eigenliebe gekränkt, vereinbarte Sicart ein Treffen im Kathedralenkreuzgang. Seine Männer hatten die Kathedrale umstellt und in sämtlichen Kapellen Stellung bezogen; klugerweise ließ sich der Bischof nicht anmerken, daß er das Vorhandensein bewaffneter Männer an diesem geweihten Ort bemerkt hatte. Außerdem überwachte Sicart Don Humbert Figa i Moreras ganze Bande; deshalb wußte er auch, daß Onofre allein zur Unterredung gekommen war. Er konnte nicht umhin, seine Unerschrockenheit zu bewundern.

»Es ist immer noch Zeit, Frieden zu schließen«, sagte Onofre ruhig, mit gemessener Stimme, als flöße ihm die Natur des Ortes, an dem die Unterredung stattfand, Ehrfurcht ein. Nach den Regenfällen der vergangenen Nacht waren die Rosensträucher im Kreuzgang aufgeblüht, und die frischgewaschenen Steinplatten der Mauerbrüstung glänzten wie Alabaster. »Vielleicht ist es morgen bereits zu spät, die Behörden können angesichts dieser Lage ja nicht weiter die Hände in den Schoß legen – über kurz oder lang werden sie wegen der Störung der öffentlichen Ordnung eingreifen müssen. Sie werden entweder zu vermitteln versuchen oder mit Gewalt einschreiten; wahrscheinlich erklären sie den Ausnahmezustand und lassen die Stadt von der Armee besetzen. Das wäre unser Ende; dein und mein Boß kämen zwar mit heiler Haut davon, aber wir beide sind Galgenvögel und würden in den Gräben des Montjuich landen. Sie werden nicht zögern, uns als abschreckendes Beispiel für die Masse hinzustellen. Das akut werdende Gewerkschaftsproblem macht ihnen Angst, und sie werden die Gelegenheit wahrnehmen, um ihre Entschlossenheit und Macht zu demonstrieren. Du weißt genau, daß ich recht habe. Und es ist gut möglich, daß dein Boß persönlich etwas damit zu tun hat.«

Joan Sicarts Argwohn wuchs, aber er konnte sich Onofre Bouvilas Beredsamkeit nicht entziehen, seine Überlegungen beeindruckten ihn unwillkürlich.

»Ich habe überhaupt keinen Anlaß, meinem Boß, Don Alexandre Canals i Formiga, zu mißtrauen«, sagte er von oben herab.

»Du mußt es wissen. Ich für meinen Teil vertraue gar niemandem und würde meine Hände weder für den einen noch für den andern ins Feuer legen.«

Zur gleichen Zeit, als Onofre Zweifel in Sicarts Herzen aufkeimen ließ, gelang es der geheimnisvollen Frau, zu Canals i Formiga persönlich vorgelassen zu werden. Sie erfand eine konfuse Geschichte voll sentimentaler Ausschmückungen. Don

Alexandre biß an und ließ die Frau zu sich hereinführen; zuvor parfümierte er sich mit einem Zerstäuber, den er in seiner Schreibtischschublade neben dem Revolver verwahrte. Sie wollte ihr Gesicht nicht entschleiern. Sie wisse aus sicherer Quelle, daß Joan Sicart daran sei, ihn zu verraten, sagte sie ihm ohne jede Einleitung ins Ohr. »Er wird zum Feind überlaufen, sobald sich der Krieg wieder verschärft hat. Im gefährlichsten Moment wirst du ohne Schutz sein«, sagte sie stockend. Er lachte auf: »Was du da sagst, ist unmöglich, Frau, woher hast du diese Ideen?« Sie begann zu weinen: »Ich leide um dich – sollte dir etwas zustoßen ...« Er fühlte sich geschmeichelt und versuchte sie zu beruhigen: »Es gibt keinen Grund zur Beunruhigung.« Er bot ihr ein Gläschen Magenlikör an, den sie aufgeregt schlürfte. Dann kam sie auf das Thema zurück, das sie beschäftigte, und sagte, Joan Sicart habe sich schon zweimal mit seinen Feinden unterhalten, einmal in Sicarts Hauptquartier selbst und ein andermal im Kathedralenkreuzgang. »Stell Nachforschungen an, und du wirst sehen, daß ich dich nicht belüge. Wenn Humbert Figa i Moreras Männer nicht mit Sicarts Komplizenschaft rechnen könnten, wozu sollten sie sich dann auf einen Krieg einlassen, der für sie von vornherein verloren ist? Denk darüber nach, Alexandre, Sicart komplottiert mit Humbert Figa i Morero«, schloß sie. Er hatte keine Lust, sich mit einer Unbekannten in eine Diskussion über so schwerwiegende Behauptungen einzulassen.

»Geh nun, Frau, geh, ich habe jetzt an Wichtigeres zu denken als an die Geschichten, die du mir hier erzählst«, sagte er, aber sowie sie gegangen war, schickte er eine Nachricht an den Bischofssitz, in der er bat, man möge ihm die Anwesenheit Joan Sicarts in der Kathedrale bestätigen. Ich glaube dieser Verrückten kein einziges Wort, sagte er zu sich, aber man kann nie genug Vorsichtsmaßnahmen treffen, vor allem in solchen Momenten. In Wirklichkeit hatte ihn der Besuch der mysteriösen Frau weit stärker beeindruckt, als er es sich selbst eingestehen mochte. Wer hätte gedacht, daß sich um mich, der ich ein so mönchisches Leben führe, eine derart attraktive Frau insgeheim solche Sorgen macht! Ah, das riecht drei Meilen gegen den

Wind nach einem Abenteuer, dachte er. Wie dem auch sei, ich kann die Information, die sie mir gegeben hat, nicht völlig ignorieren. Es ist zwar augenfällig, daß sie übertreibt; vermutlich irrt sie sich – aber wenn nicht? Der Bischofssitz beantwortete seine Note mit der Bestätigung von Sicarts Anwesenheit im Kathedralenkreuzgang. Don Alexandre Canals i Formiga ließ Joan Sicart antreten und versuchte ihn auszuhorchen. Das blieb Sicart nicht verborgen, und der Verdacht, den ihm Onofre eingeimpft hatte, erhärtete sich. Trotzdem gab er vor, im Verhalten seines Bosses nichts Besonderes zu bemerken, um sich nicht zu verraten. Vielleicht denkt er daran, mich durch einen andern zu ersetzen, und weiß nicht, wie er mich aus dem Weg räumen soll, überlegte er. Sicart hatte einen Stellvertreter namens Boix, einen Mann von beschränktem Verstand und mit tierischen Instinkten, der ihm schon lange seine Chefposition neidete. Vielleicht hatte Don Alexandre jetzt Boix ins Auge gefaßt, vielleicht war Boix im geheimen mit Don Alexandre zu einem Übereinkommen gelangt. Im Verlauf des Gesprächs bemerkten beide hinter der vordergründigen Kameradschaft die Heimlichtuerei des andern, was sie aber nicht daran hinderte, zu beschließen, einen Frontalangriff gegen Don Humbert Figa i Moreras Männer zu starten. Sicart verabschiedete sich von seinem Boß mit dem Versprechen, sie auszumerzen. Als er allein war, sagte er sich: Vielleicht ist das alles Teil ein und desselben Plans. Solange er sich noch einem Feind gegenübersieht, wird er mich weiterhin brauchen, selbst wenn dieser Feind so unbedeutend ist wie Don Humbert. Aber wenn ich mit der Bande seines Rivalen aufräume, was hindert ihn dann, auch mich zu beseitigen? Nein, ich muß mit Onofre Bouvila zu einer Einigung kommen. Mir ist der Friede genauso willkommen wie ihm, und er scheint ein vernünftiger Mann zu sein. Wir werden uns treffen und selber dafür sorgen, daß alles wieder ins Lot kommt. Alleingelassen, sackte Don Alexandre Canals i Formiga in seinem Ledersessel zusammen, ließ die Arme auf beiden Seiten hinunterhängen und war nahe daran, in Tränen auszubrechen. Mein treuster Diener kehrt mir den Rücken, was soll nun aus mir werden? Er fürchtete um sein eigenes Leben, aber mit noch größerer Besorgnis erfüllte ihn, was mit seinem Sohn geschehen könnte. Dieser Sohn war zwölf Jahre alt; er war mit einer Wirbelsäulenmißbildung geboren worden und bewegte sich nur mit großer Mühe; als kleiner Junge hatte er sich weder an Spielen noch an Streichen beteiligen können, dagegen schien er am Unterricht sehr interessiert und legte eine außerordentliche Begabung in Mathematik und Arithmetik an den Tag. Er war ein trauriges Kind, ohne Freunde. Da die andern Kinder des Ehepaars in der 79er Epidemie fast gleichzeitig gestorben waren, verspürte Don Alexandre für diesen behinderten Knaben grenzenlose Zuneigung und unendliches Mitgefühl – im Gegensatz zu seiner Gemahlin, die nach der erwähnten Tragödie gegen die Überlebenden einen verständlichen, wenn auch ungerechtfertigten Groll nährte. Jetzt dachte er: Wenn diese Schurken etwas Gravierendes vorhaben, fällt es ihnen am Ende noch ein, ein Attentat auf meinen Sohn zu verüben, denn sie wissen, daß sie mir damit einen tödlichen Schlag versetzen würden. Ja, das werden sie zweifellos tun, wenn ich ihren Plänen nicht zuvorkomme. Am nächsten Tag brach Nicolau Canals i Rataplán, Alexandre Canals i Formigas Sohn, in Gesellschaft seiner Mutter, einer Kinderfrau und einer Zofe nach Frankreich auf, wo Don Alexandre Freunde und ein bedeutendes Vermögen hatte.

Als Joan Sicart vom Wegzug der Familie seines Chefs erfuhr, glaubte er sich endgültig verraten. Er ließ Onofre Bouvila eine Botschaft zukommen: »Joan Sicart will dich dringend sehen.« – »Diesmal«, antwortete Onofre, »du und ich allein.« – »Wie du willst«, sagte Sicart, »sag, wo.« Onofre Bouvila gab vor, einige Augenblicke zu überlegen, obwohl er schon alles bedacht hatte. »In der Kirche von San Severo, eine halbe Stunde vor der Sieben-Uhr-Messe.« – »Zu dieser Stunde«, sagte Sicart, »wird die Kirche geschlossen sein.« – »Ich sorge dafür, daß sie offen ist«, sagte Onofre. Über diesem Hin und Her von Botschaften verging der Tag. Es gab keine weiteren Gefechte, aber Barcelonas Straßen waren menschenleer. Die Einwohner getrauten sich nicht, ihre Häuser zu verlassen, wenn es nicht unbedingt sein mußte.

Bevor die Sonne aufging, hatten Sicarts Männer in den anliegenden Straßen, den Säulengängen, einem neben der Kirche gelegenen Öllager und in den Ruinen eines verlassenen Palastes Stellung bezogen und rechneten damit, Onofre von dort aus kommen zu sehen, aber dieser war ihnen zuvorgekommen und hatte die Nacht in der Kirche verbracht. Zur vereinbarten Stunde öffnete er ihnen selbst das Portal. Drei von Sicarts Gefolgsleuten stürzten ins Innere des Gotteshauses und zückten die Waffe, für den Fall, daß Onofre ihrem Chef eine Falle gestellt hatte. Sie sahen aber nur Onofre unbewaffnet und ruhig neben der Tür stehen und einen armen Kaplan, der zusammengekauert und angstbebend vor dem Altar betete. Er fürchtete um sein Leben, aber mehr noch befürchtete er eine Profanierung. Die drei Schützen waren etwas verlegen. »Ihr seht, so viele Vorsichtsmaßnahmen hätte es gar nicht gebraucht«, sagte Onofre sanft. Sie bemerkten nicht, daß Schweißtropfen auf seiner Stirn perlten, packten den Kaplan und schleppten ihn auf die Straße zu Joan Sicart. »Die Luft ist rein«, sagten sie, »aber wir bringen dir diesen Kaplan, damit er es dir bestätigen kann.« Sicart nahm den Kaplan ins Gebet.

»Weißt du, wer ich bin?«

»Ja, mein Herr«, antwortete der Kaplan fast tonlos.

»Dann weißt du auch, was geschieht, wenn du mich belügst?«

»Ja, mein Herr.«

»Sag mir also die Wahrheit: Wer ist in der Kirche?«

»Nur dieser Junge.«

»Schwörst du es bei Gott?«

»Ich schwöre es bei Gott und allen Heiligen.«

»Und Odón Mostaza?«

»Wartet mit dem Rest der Bande auf der Plaza del Rey.«

»Warum auf der Plaza del Rey?«

»Onofre Bouvila sagte ihnen, sie sollten dort warten.«

»Gut«, sagte Joan Sicart und wandte sich vom Kaplan ab.

Dieser Dialog hatte in ihm mehr Unruhe als Gewißheit aufkommen lassen. Er hatte die ganze Nacht wachgelegen und nachgedacht, und das war ihm gar nicht bekommen. Jetzt sah er sich vor einer alles entscheidenden Alternative: Einerseits wollte er sich mit Onofre Bouvila einigen und den Status quo aufrechterhalten, aber anderseits war er nicht ein Mann der Verhandlung, sondern ein Kämpfer, und die Aussicht, über seinen Feind einen Sieg zu erringen, trübte seinen Verstand. Was würde es mich schon kosten, meine Männer auf die Plaza del Rey zu schicken, um mit Odón Mostaza und seinen Leuten Schluß zu machen, ohne daß auch nur einer übrigbleibt? Ich selbst kann mich dieses Bouvila annehmen, der mich hier drin wie ein junger Herr erwartet. In wenigen Minuten hätten wir unsern Feind aus der Stadt weggefegt, und Barcelona wäre unser. Diesen Ideen kamen andere in die Quere, und ihre Unvereinbarkeit lähmte ihn. Sein Stellvertreter beschwor ihn, etwas zu unternehmen.

»Los, los, rühr dich, worauf wartest du?« Es war jener Boix, an dessen Loyalität er Zweifel hatte. Jetzt aber verschwamm ihm alles, was ihm in der Nacht so klar erschienen war, wie die Szenen eines Alptraums.

»Sowie du mich in die Kirche treten siehst, laß drei Männer beim Eingang zurück, nimm den Rest und geh mit ihnen zur Plaza del Rey«, sagte er zu Boix; »dort sind Odón Mostazas Männer: Vernichte sie, ohne einen übrigzulassen. Denk vor allem daran, daß es keinen einzigen Überlebenden geben darf. Ich werde sogleich zu euch stoßen.«

3

Die Sonne war bereits aufgegangen, als Joan Sicart in die Kirche von San Severo trat, eine Barockkirche von mittleren Ausmaßen. Es wird eine Kleinigkeit sein, ihn zu beseitigen, dachte er; so bereinigen wir ein für allemal diese ebenso gefährliche wie alberne Situation. Sobald ich ihn auf Schußweite habe, lege ich ihn um. Gut, ich habe mich für seine Sicherheit verbürgt, und er seinerseits hat bis jetzt immer sein Wort gehalten, aber seit wann kümmern mich solche Ehrenfragen? Mein ganzes Leben lang bin ich ein Gauner gewesen, und gerade jetzt befallen mich Skrupel – pah! Einen Moment lang konnte er im

Halbdunkel der Kirche nichts erkennen. Er hörte Onofre Bouvilas Stimme vom Altar her rufen: »Komm her, Sicart, ich bin hier. Du hast nichts zu befürchten.« Ein Schauer lief ihm den Rücken hinunter. Es kommt mir vor, als wollte ich meinen eigenen Sohn umbringen, dachte er. Nachdem er sich einmal an die Dunkelheit gewöhnt hatte, ging er zwischen den beiden Bankreihen nach vorn. Die ganze Zeit über hatte er die linke Hand tief in der Hosentasche vergraben und umklammerte mit ihr eine Waffe – eine kleine Pistole von der Art, die man nur aus nächster Nähe brauchen kann und die bloß einen einzigen Schuß abgibt. Diese Pistolen wurden in der Tschechoslowakei hergestellt und waren damals in Spanien kaum bekannt. Sicart nahm an, Onofre wisse nichts von der Existenz dieses Pistolentyps und würde daher auch nicht merken, daß er eine in seiner Hosentasche hatte, um ihn zu töten, sobald er dicht vor ihm stünde. Eine gleiche Pistole, wie sie Sicart bei sich hatte, allerdings aus Silber und mit kunstvoll eingelegten Brillanten und Saphiren, hatte Kaiser Franz Joseph I. seiner Gattin, Kaiserin Elisabeth, geschenkt. Da man einer Dame keine Feuerwaffen schenkt – und schon gar nicht, wenn sie vornehmer Abstammung ist –, hatten die Waffenschmiede auf Geheiß des Monarchen eine Pistole in Schlüsselform gefertigt, damit ihre Empfindsamkeit nicht verletzt würde. »Niemand braucht sie zu sehen«, sagte der Kaiser, »trag du sie einfach in der Tasche, für alle Fälle. Heutzutage gibt es immer wieder Attentate, und ich ängstige mich ein wenig um dich und die Kinder«, säuselte er. Sie geruhte auf dieses Zeichen von Fürsorge nicht zu antworten, denn sie liebte ihren Gatten nicht und behandelte ihn immer mit offenkundiger Verachtung, selbst bei offiziellen Zeremonien und Empfängen, und mit der größten Kälte, zu der sie fähig war, was etwas heißen wollte. Trotzdem trug sie, genau wie er es ihr geraten hatte, die Pistole in ihrer Tasche – auch an jenem unseligen Vormittag des 10. September 1898, an dem Luigi Lucheni, gerade als ein Dampfschiff am Genfer Quai Mont Blanc anlegte, sie ermordete. Er hatte zwei Tage lang damit verbracht, an der Tür des Hotels, in dem sie logierte, auf sie zu warten, aber bis zu diesem Augenblick hatte sich keine

Begegnung ergeben. Da er das Geld nicht besaß, um sich einen Dolch zu erstehen (der zwölf Schweizer Franken kostete), hatte er sich selbst einen behelfsmäßigen Dolch mit Messingklinge und -heft gebastelt. Am Vortag hatte die Kaiserin noch die Baronin von Rothschild besucht, auf deren Grundstück es von exotischen Vögeln und Stachelschweinen wimmelte, die man für sie aus Java importiert hatte. Kaiserin Elisabeth war 61 Jahre alt, als sie starb; sie hatte noch immer eine schlanke Gestalt und ein Antlitz von großer Schönheit und repräsentierte alles, was in Europa an Eleganz und höchster Dignität noch übriggeblieben war. Sie gefiel sich darin, elegische Verse zu verfassen. Ihr Sohn hatte Selbstmord begangen; ihr Schwager, Kaiser Maximilian von Mexiko, war standrechtlich erschossen worden; ihre Schwester war bei einer Feuersbrunst in Paris ums Leben gekommen, und ihr Vetter, König Ludwig II. von Bayern, ging 1886 zusammen mit seinem Nervenarzt ins Wasser. Auch Luigi Lucheni, der Mann, der sie tötete, sollte sich zwölf Jahre später umbringen, in Genf, wo er eine lebenslängliche Zuchthausstrafe verbüßte; er war in Paris geboren, aber in Parma aufgewachsen. Hätte Kaiserin Sissi, wie ihre Untertanen sie mit Vorliebe nannten, zu der Pistole gegriffen, die ihr der Kaiser geschenkt hatte, so hätte sie wahrscheinlich ihren Tod verhindern und ihrem Henker zuvorkommen können. Denn bevor er den fatalen Stoß führen konnte, verlor Lucheni mehrere Sekunden; da die Kaiserin und ihre Begleiterin, die Gräfin Sztaray, kleine Schirme trugen, um das Gesicht vor der Sonne zu schützen, mußte er den Kopf unter beide Schirme stecken – geblendet, wie er war, hätte er ja einen Irrtum begehen können, der ihn in den Augen der Geschichte zu einer lächerlichen Figur gemacht hätte. So spähte er in den Halbschatten und murmelte: *Scusate, signora.* Aber vermutlich hatte die Kaiserin die Pistole in ihrer Tasche vergessen, oder aber sie erinnerte sich zwar an sie, beschloß jedoch, sie zu vergessen, denn sie war, wie sie selbst zu sagen pflegte, des Lebens überdrüssig. *Das Gewicht des Lebens bedrückt mich dermaßen,* schrieb sie ihrer Tochter noch kurz zuvor, *daß ich häufig einen körperlichen Schmerz verspüre und denke, ich wäre lieber tot.* Die andere Hand jedoch, diejenige ohne Pistole, streckte Sicart deutlich sichtbar aus, wie um die Onofre Bouvilas zu schütteln. Aber als dieser Sicart wenige Schritte vor sich hatte, erhob er die Arme zum Himmel, ohne sich vergewissern zu müssen, was der andere mit der versteckten Hand mache, ging auf die Knie und rief:

»Sicart, bei deiner Mutter, töte mich nicht, ich bin doch noch so jung und habe keine Waffen bei mir!«

Sicart zögerte ein paar Sekunden, die letzten seines Lebens. Ein Mann trat aus dem Dunkel, fiel über ihn her und drehte ihm den Hals um. Das Blut schoß ihm aus Mund und Nase; alles ging so schnell, daß er nicht einmal mehr Zeit hatte, die Pistole aus der Tasche zu ziehen, geschweige denn von ihr Gebrauch zu machen, genau wie es Jahre später der Kaiserin widerfahren sollte. Der ihn tötete, war Efrén Castells, der Riese aus Calella, den Onofre während all dieser Monate, ohne daß jemand etwas von seiner Existenz geahnt hätte, versteckt gehalten hatte, um dann im Moment höchster Dringlichkeit auf ihn zurückzugreifen. Jetzt lag Joan Sicarts lebloser Körper vor dem Altar. Das war ein schweres Sakrileg, aber nun war es eben geschehen. Onofre und Efrén eilten mit großen Schritten durchs Mittelschiff, schlossen die Türen und schoben den Riegel vor. Die Männer, die Sicart auf der Straße als Wache zurückgelassen hatte, befürchteten, ihrem Boß könne etwas zustoßen, und versuchten in die Kirche einzudringen, aber ohne Erfolg.

Mittlerweile waren Sicarts übrige Leute in Richtung Plaza del Rey gegangen. Die drei Männer drangen zu Boix vor und statteten ihm Bericht ab: »Die Kirchentür ist fest verriegelt, und Sicart kommt nicht heraus.« Boix schenkte dieser Nachricht keine übermäßige Beachtung; schon seit langem wünschte er sich sehnlichst, der Boß zu werden, und die Möglichkeit, daß Sicart einem tödlichen Täuschungsmanöver zum Opfer gefallen war, mißfiel ihm nicht im geringsten. Geblendet von diesem Ehrgeiz, führte er seine ganze Truppe bis zum Platz, wo sie sich in ungeordnete Horden auflöste, ohne daß Spähtrupps vorausgeschickt oder sonstige Vorsichtsmaßnahmen getroffen worden wären, was nicht geschehen wäre, hätte Sicart anstelle von

Boix die Attacke geführt. Boix selbst wurde zu spät klar, wie waghalsig dieses Vorgehen war. Der Platz war leer, Odón Mostazas Leute verschwunden. Die seinen wandten sich zu ihm um, als wollten sie fragen, was sie hier verloren hätten. Er selbst war, ohne sichtbaren Feind, vollkommen aus dem Konzept gebracht. Odón Mostazas Männer, die sich zerstreut und auf den Dächern verteilt hatten, durchsiebten sie mit Schüssen. So fing ein fast zwei Stunden dauerndes Gemetzel an: Boix' Bande hatte, obwohl zahlreicher, keinen Moment lang eine Chance. Ihre eigene Disziplin wurde ihr zum Verhängnis: Nachdem Sicart verschwunden war und Boix (der im übrigen als einer der ersten fiel) sich in den Augen seiner Männer diskreditiert hatte, wußte niemand mehr, was er zu tun hatte. Mostazas Schurken dagegen waren bei diesem Durcheinander in ihrem Element, es handelte sich um ihr gewohntes Wirkungsfeld. Zuletzt zerstreuten sich Boix' Leute, warfen die Waffen weg und suchten ihr Heil in der Flucht. Odón Mostaza ließ sie fliehen – es wäre ihm unmöglich gewesen, seine Kräfte neu zu formieren, um ihre Verfolgung aufzunehmen.

Von dieser beschämenden Niederlage, die seinem Imperium einen gewaltigen Schlag versetzte, wußte Don Alexandre Canals i Formiga noch nichts. Er war im Moment blendender Laune. Die Masseuse war soeben gegangen, und sein Diener half ihm, die Krawatte zu binden; er wußte seinen Sohn wohlbehalten in Paris und hatte sich seiner Gattin entledigt, mit der er sich nicht allzugut vertrug; sein Büro war sonnendurchflutet, als ihm ein neuerlicher Besuch der geheimnisvollen Frau gemeldet wurde. Er empfing sie mit genau der kleinen Verzögerung, die das Parfürmieren des Bartes beanspruchte. Diesmal erdreistete er sich, ihr den Arm um die Hüfte zu legen, als er sie zu einer mit kirschrotem Samt bezogenen Polstergruppe führte und ihr einen Platz anbot. Die Frau setzte dieser kecken Zudringlichkeit einen zerstreuten Widerstand entgegen. Die ganze Zeit über hatte sie den Blick aufs Fenster gerichtet und verhielt sich im Gespräch ausweichend und etwas zusammenhanglos. Nach einer Weile, er hielt sie bereits fest in den Armen, sah sie auf einem nahegelegenen Dach ein Licht aufblitzen. Mit einem die Sonnenstrahlen reflektierenden Handspiegelchen gaben ihr Onofre Bouvila und Efrén Castells Signale: Alles ist erledigt, jetzt kommst du dran. Um sich ungezwungener bewegen zu können, nahm sie den Schleier ab und riß sich mit einer Handbewegung Hut und Perücke vom Kopf. Don Alexandre Canals i Formiga blieb der Mund offen. Sie zog einen Dolch aus dem künstlichen Busen und schloß einen Moment die Augen.

»Möge Gott mir vergeben, was ich jetzt tue«, hörte er sie murmeln, ehe er tot aufs Sofa sank. Bevor er starb, hatte er noch Zeit, an seinen Sohn zu denken: Zum Glück habe ich ihn in Sicherheit gebracht! Für sich selbst blieb ihm nur ein sarkastischer Gedanke: Und ich glaubte eine Eroberung gemacht zu haben! Die falsche Frau war Señor Braulio, den Onofre Bouvila eigens für diese Aufgabe im Kohlenviertel geholt hatte. Er war immer dort zu finden, versuchte seine Pein und Einsamkeit in konstantem Drogenkonsum zu ersticken und ließ sich von Schwulen verprügeln, die statt schwul lieber sehr männlich gewesen wären und nun falsche Frauen malträtierten. Nachdem er in der Pension zum zweitenmal verhaftet worden war – nach Delfinas Denunziation und jetzt als mutmaßliches Mitglied einer anarchistischen Zelle –, war er wieder auf freien Fuß gesetzt worden, denn diesmal war es ihm ein leichtes, seine Unschuld zu beweisen und der Polizei und dem Untersuchungsrichter klarzumachen, daß er ganz andere Gelüste als Bombenschmeißen hatte. Wieder in Freiheit, hatte er versucht, sich erneut um die Pension zu kümmern, aber der Anblick, der sich ihm dort bot, hätte trostloser nicht sein können. Seine Gattin war im Spital verschieden und Delfina im Begriff, mitsamt ihren Genossen abgeurteilt zu werden – die auf ihnen allen lastenden Anschuldigungen waren äußerst schwer, und sie hatten wenn nicht die Höchststrafe, so doch lebenslängliches Zuchthaus zu gewärtigen. Ich werde meine Tochter nie wiedersehen, sagte sich der Hotelier. Während seiner Abwesenheit hatte sich niemand darum gekümmert, die Pension in Ordnung zu bringen; überall lag der Staub zentimeterdick, und in der Küche fand er Essensreste im Zustand weit fortgeschrittener Fäulnis. Er wollte Ordnung machen, aber dann verließ ihn der Mut. Mit

Hilfe Hochwürden Bizancios und des Barbiers publizierte er in den Zeitungen Annoncen und fand bald jemanden, der bereit war, die Pension zu übernehmen. Mit dem so gewonnenen Geld stürzte er sich ins Kohlenviertel und verkam allmählich derart, daß er auf seinen eingefallenen Wangen den Hauch des Todes verspürte. Zwar hatte er hier genau das gesucht, aber jetzt, da er es leibhaftig erlebte, bekam er es wieder mit der Angst zu tun. Als er eines Nachts aus einer einschlägigen Spelunke trat, sah er sich unversehens Onofre Bouvila gegenüber. Ohne recht zu wissen, was er tat, warf er sich in seine Arme. »Hilf mir«, flehte er, »laß mich nicht hier sterben.« Onofre sagte: »Kommen Sie mit, Señor Braulio, das hier ist jetzt zu Ende.« Von da an tat er, was Onofre ihm auftrug, ohne sich zu fragen, ob es gut oder schlecht sei. Jetzt hatte er sich seiner Verkleidung entledigt und versteckte sie unter dem Sofa, auf dem der eben ermordete Mann lag. In Unterwäsche trat er ans Fenster und gab mit dem Puderdosenspiegelchen Zeichen in Richtung Dachterrasse, wo Onofre Bouvila und Efrén Castells das Ergebnis seines Eingreifens erwarteten. Als Onofre ihm erklärt hatte, was er zu tun habe, hatte er ihm eingebleut, die Bürotür mit dem Schlüssel abzuschließen und niemandem zu öffnen, ehe er ihn nicht selbst abhole. Jetzt bemerkte er, daß er in seiner Aufregung zu tun vergessen hatte, wie er geheißen worden war. Er hörte eilige Schritte und Stimmen auf dem Gang: Es waren Don Alexandres Leute, die ihrem Boß zu Hilfe kommen wollten. Jemand versuchte einzudringen, und Señor Braulio war einer Ohnmacht nahe, aber es geschah nichts, denn Don Alexandre hatte sich selbst darum gekümmert, die Tür abzuschließen, damit die Frau, die er zu verführen gedachte, sich seinen Liebkosungen nicht entziehen könne; so hatte er, bevor er starb, seinem Mörder das Leben gerettet. Alle sind gleich, dachte Señor Braulio beim Anblick der verschlossenen Tür: Schweinigel. Es zerrte ihm an den Nerven, so lange in der Gesellschaft seines Opfers ausharren zu müssen, und Onofre Bouvila und Efrén Castells fanden ihn am Rand des Selbstmords – er war gerade dabei, sich aus dem Fenster zu stürzen. Um den Hals hatte er sich einen schweren Bronzekrug gebunden – falls die Distanz vom Fenster zur Straße nicht groß genug sein sollte, um ihn zu töten, wie er sagte. Onofre und Efrén Castells stellten alle Papier sicher, die sie in Don Alexandre Canals i Formigas Büro fanden.

»Damit können wir die halbe Stadt nach unserer Pfeife tanzen lassen«, sagte Efrén Castells. »Hier bleibt kein Stein auf dem andern.«

Noch am selben Nachmittag sprachen die beiden in Arnau Puncellas Büro vor und sagten: »Mission erfüllt.« Sie zeigten ihm die bei Don Alexandre Canals i Formiga requirierte Dokumentation; Arnau Puncella warf einen Blick darauf und konnte ein anerkennendes Pfeifen nicht unterdrücken: »Hier bleibt kein Stein auf dem andern«, lautete sein Kommentar. Als Efrén Castells diesen Ausdruck hörte, den auch er gebraucht hatte, brach er in Gelächter aus. Arnau Puncella tat, als nähme er die Anwesenheit des Riesen, den er vorher ignoriert hatte, erst jetzt wahr. Er wandte sich an Onofre und fragte ihn, wer jenes Subjekt sei. Damit suchte er seine Autorität in den Augen der Anwesenden wiederherzustellen. Onofre Bouvila antwortete ihm sanft, der Riese heiße Efrén Castells. »Er ist mein Freund und rechter Arm; er war es, der Joan Sicart getötet hat.« Als Arnau Puncella alias Margarito diese Enthüllung hörte, fing er an zu zittern, denn er begriff, daß es auch ihm in Kürze an den Kragen gehen würde. Wenn es ihnen egal ist, daß ich darüber Bescheid weiß, dann, weil sie mich umbringen wollen. Noch während er das dachte, packte ihn Efrén Castells unter den Achseln, hob ihn aus seinem Sessel und trug ihn in der Luft durchs Büro, als handle es sich um einen Säugling und nicht um einen Erwachsenen. Arnau Puncella zappelte vergeblich mit den Beinen.

»Was soll dieser Scherz?« schrie er, doch er sah genau, daß es sich keineswegs um einen Scherz handelte, und fragte in kaum hörbarem Diskant: »Wohin bringt ihr mich?«

»Dorthin, wo du es verdienst«, sagte Onofre Bouvila. »Du hast dir all das ausgedacht, um mich aus dem Weg zu schaffen: Du wolltest, daß mich Sicarts Männer umbringen, und ich vergelte immer gleiches mit gleichem.«

Er öffnete die Balkontür, und der Riese aus Calella warf Arnau Puncella übers Geländer. Auf ebendiesem Balkon hatte Don Humbert Figa i Morera einige Tage zuvor über den Sinn des Lebens nachgedacht. Jetzt ging die Tür zu seinem Büro weit auf, und Onofre Bouvila und Efrén Castells traten ein. Sie kämen, um ihm vom Erfolg der Operation zu berichten, sagten sie. Canals i Formigas Bande sei zerschlagen worden; Sicart und Boix, seine Stellvertreter, seien umgekommen, ebenso Canals selbst; all seine Papiere seien sichergestellt worden und befänden sich in diesem Moment in Onofre Bouvilas Gewahrsam; die im Kampf erlittenen Verluste seien sehr gering gewesen: insgesamt vier Tote und ein halbes Dutzend Verletzte. Dazu komme noch der beklagenswerte Verlust Arnau Puncellas, der soeben einen rätselhaften Unfall erlitten habe. Don Humbert Figa i Morera wußte nicht, was er tun oder sagen sollte; er hatte sich nicht ausgemalt, daß der von Arnau Puncella eingefädelte Plan ein so blutiges Ende nehmen könnte. Jetzt befleckte das Blut vieler Männer sein Gewissen. Er hatte noch Arnau Puncellas herzzerreißenden Schrei in den Ohren und begriff, daß von jetzt an alles sehr viel anders sein würde, als es zuvor gewesen war. Nun denn, seufzte er bei sich, geschehen ist geschehen, ich werde mich daran zu gewöhnen haben. Im Augenblick handelt es sich darum, lebend aus dieser Unterredung herauszukommen, dachte er. Dann bat er laut um einige zusätzliche und belanglose Informationen, mehr um Zeit zu gewinnen als aus sonst einem Grund; Onofre gab sie ihm in knappen Worten, obwohl er wußte, daß ihm Don Humbert nicht zuhörte. Mit diesem Beweis der Ehrerbietung wollte er zeigen, daß er keine schlechten Absichten hegte und weiterhin bereit war, Don Humberts Befehle auszuführen. Odón Mostaza und seine Leute bewunderten und liebten Don Humbert und hätten sich nie zu einem Verrat verführen lassen, nicht einmal von Onofre Bouvila. Dieser wußte das und hatte nicht die Absicht, in diesem Sinn etwas zu unternehmen. Schließlich verstand es auch Don Humbert so, und beide unterhielten sich lange. Zweifel nagten an Don Humberts Herzen. Die ganze Stadt gehört mir, aber ich bin nicht darauf vorbereitet, auf einen Schlag soviel Macht zu übernehmen, sagte er sich; vor allem: Was sollte er tun, nachdem er soeben seinen ergebensten Mitarbeiter verloren hatte, dessen Körper noch immer mit gespreizten Beinen da unten lag, vor seinen eigenen Augen? Onofre Bouvilla half ihm über diese Zweifel hinweg – er hatte sich alles genau zurechtgelegt. Ohne Hochmut, aber mit einer für sein Alter und seine Stellung unpassenden Selbstsicherheit, die Don Humbert nur mit großer Mühe ertragen konnte, sagte er, es gelte, die Organisation des Dahingeschiedenen zu übernehmen; »aber nicht, indem wir sie in unsere integrieren«, stellte er klar. Er sagte »unsere« mit dreister Selbstverständlichkeit. Don Humbert verspürte die größte Lust, ihn mit dem Stock zu prügeln, den er immer zur Hand hatte, aber die Angst, die ihm Onofre und die bedrohliche Präsenz Efrén Castells im Büro einflößten, hielt ihn davon ab, etwas Derartiges zu tun. Anderseits – was ihm dieser angeberische Bursche da sagte, war sehr vernünftig. Es ist tatsächlich nicht angezeigt, die Dinge durcheinanderzubringen: Ich bin ich, und Canals, den Gott selig habe, war Canals. Jetzt, da Arnau Puncella tot war, bestand das Problem darin, zu wissen, wem man die Leitung von Canals' Geschäften übertragen konnte. Onofre Bouvila sagte, hierfür habe er die geeignete Person. Don Humbert Figa i Morera verbarg seine Verblüffung nicht: »Doch nicht etwa Odón Mostaza oder dieser Totschläger hier?« Onofre Bouvila fühlte sich nicht beleidigt. »Nein, nein, wo denken Sie hin«, antwortete er, »jeder taugt dazu, wozu er taugt. Die in Frage stehende Person hat Talent für solche Dinge und ist von erprobter Ergebenheit. Gerade jetzt wartet sie im Vorzimmer; ich würde sie gern eintreten lassen, damit Sie sie kennenlernen.« Don Humbert willigte ein, und Onofre führte Señor Braulio ins Büro. Die Vorstellung, einen Menschen umgebracht zu haben, verfolgte ihn so sehr, daß er keines klaren Gedankens fähig war; es gelang ihm nicht mehr wie vorher, die beiden Facetten seiner Persönlichkeit auseinanderzuhalten. Bald sprach er mit der männlichen Gesetztheit des ehemaligen Hoteliers, bald nestelte er aus der Tasche ein Paar Kastagnetten hervor und schlug sie im Rhythmus eines andalusischen Volkslieds gegeneinander.

»Ich bin eine Person der Extreme«, sagte er zu Don Humbert, nachdem sie einander vorgestellt worden waren. »Wenn mich die Brunst überfällt, denke ich nur an Selbstmord. Diesmal war es zum Glück nicht schlimm, aber letztes Mal – besser, Sie haben nicht gesehen, wie ich ausschaute: Blutverlust...«

Don Humbert Figa i Morera kratzte sich diskret am Nakken – er wußte nicht, was ein solcher Popanz in einer Angelegenheit von derartiger Tragweite zu suchen hatte.

4

Als der Sommer kam, war Gras über die Geschichte gewachsen; niemand erinnerte sich mehr an die Schießereien und Straßenschlachten, die nur wenige Monate zuvor die Stadt in Atem gehalten hatten. Obwohl anfänglich alle ein saures Gesicht machten, akzeptierten sie nach und nach Señor Braulio auf Canals i Formigas Platz, denn er handelte immer mit ausgesuchtem Feingefühl, war sehr konservativ, überschritt bei seinen Tätigkeiten nie die Grenze des Erlaubten und führte die Bücher mit großer Sorgfalt. Onofre Bouvila hatte ihm verboten, wieder in seine alten Gewohnheiten zu verfallen: »Jetzt wird im Kohlenviertel nicht mehr der Hampelmann gespielt; jetzt sind wir achtbare Leute. Wenn Sie Zerstreuung brauchen oder Streit suchen, dann bezahlen Sie dafür und lassen es zu Hause über die Bühne gehen, denn genau dafür sahnen wir ganz schön ab. Aber draußen: Seriosität.« Señor Braulio installierte sich in einem Hauptgeschoß in der Ronda de San Pablo; seine Büros befanden sich im Hochparterre. Nachts hörten die Nachbarn manchmal aus dieser Etage Lieder, Gitarrenarpeggien und den Lärm von Streit und zertrümmerten Möbeln. Daraufhin kam er zu den Versammlungen der einflußreichen Barcelonesen mit einem Verband um die Stirn oder einem blauen Auge. Das einzige, was ihm die Eingeweide zernagte, war der Gedanke an seine Tochter Delfina, die noch immer im Gefängnis saß. Jetzt hatte er die Macht, sie freizubekommen, ja er spezialisierte sich darauf, diese Art von Begünstigungen in die Wege zu leiten, dies war die Basis seiner Beschäftigungen – aber auch das hatte ihm Onofre Bouvila strikte verboten. »Noch können wir uns so etwas nicht leisten«, sagte er, »diese Art von Machenschaften würde nur zu reden geben und die Vergangenheit wieder heraufbeschwören; die Zeit, sich um Delfina zu kümmern, wird später schon kommen, wenn unsere Position gefestigter ist.« Der arme Exhotelier betete seine Tochter an, aber weil er schwach war, gehorchte er Onofre. Heimlich schickte er ihr kiloweise Nahrungsmittel und Eingemachtes sowie Bettzeug und Weißwäsche erster Qualität ins Gefängnis. Delfina sandte ihm die mit den Zähnen zerfetzte Wäsche unbenutzt und ohne ein Wort des Dankes wieder zurück. Mit Señor Braulio arbeitete jetzt, als Ersatz für den verstorbenen Joan Sicart, Odón Mostaza. Er hatte zwar weder dessen Führungsqualitäten noch sein Talent, wurde aber von seinen Leuten geliebt. Da er ein ungewöhnlich attraktiv aussehender Mann war, verliebte sich Señor Braulio bis über beide Ohren in ihn. Auf Odón Mostazas ehemaligen Posten hatte Onofre Bouvila sich selbst gesetzt. Gleichzeitig übte er auch Arnau Puncellas einstige Funktionen aus. All diese Arrangements hieß Don Humbert Figa i Morera gut. Er lebte glücklich, in der besten aller Welten: Ohne es gewollt zu haben, nahm er nun den ersten Rang in Barcelonas geheimem Leben ein und war zum wichtigsten Mann in der Welt der Intrigen geworden. Niemals hätte er zu träumen gewagt, es so weit zu bringen. Er war ein widersprüchlicher Mann: eine wohldosierte Mischung aus Scharfsinn und Einfalt, vorbedachter Heuchelei und paradiesischer Unschuld; er nahm die schwierigsten Aufgaben mit ebensoviel unbekümmerter Ignoranz wie Entschlossenheit in Angriff; infolgedessen lief ihm fast alles wie am Schnürchen; dann schrieb er alle Verdienste sich selbst zu. Er war sehr vertrauensselig und in noch größerem Maß eingebildet – er lebte ausschließlich, um gesehen zu werden. Wie dringend auch die Geschäfte sein mochten, die gerade anstanden, nie ließ er es sich nehmen, zur Mittagszeit den Paseo de Gracia aufzusuchen, herausgeputzt wie eine Modepuppe und auf dem Rücken seiner berühmten apfelgrauen Stute. Dieses kleine Jerez-Pferd, für das er ein Vermögen bezahlt hatte, war dressiert und verstand es, den ganzen Abschnitt des Paseo zwischen der Calle Caspe und der Calle Valencia zwischen den Tilburys hindurchtänzelnd zurückzulegen. Diese Darbietung ging nicht immer gut aus: Das Pferdchen hatte sehr schwache Läufe, und deshalb stürzte es auf dem Ausritt jeden Tag einmal auf die Nase, so daß sein Reiter zu Boden purzelte. Beide standen flugs wieder auf – die Stute mit Gewieher und er mit Resten von Pferdeäpfeln am Gehrock, die er nun abschüttelte. Ein Gassenjunge stürzte sich vom Gehweg zwischen Kutschenräder und Pferdehufe, um den Zylinder und die Reitpeitsche aufzuheben und sie Don Humbert zu überreichen, wenn sich dieser bereits wieder in den Sattel gesetzt hatte. Mit stoischer Ruhe gab er dem Jungen zur Belohnung für seine Ergebenheit eine Münze, die er in der Mittagssonne aufblitzen ließ. So verwandelte er das Mißgeschick in eine Herr-Knecht-Zeremonie. Und ganz genauso interpretierte es auch die Hochbourgeoisie; da sie nicht den geringsten Sinn für Humor hatte, huldigte sie ihm mit ihrem ausgesuchtesten Lächeln. Das, sagten alle, heißt ein großer Herr sein. Da er ein Dummkopf war, glaubte er, diese Zeichen der Ehrerbietung bedeuteten, er werde akzeptiert. Nichts hätte abwegiger sein können; die Hochbourgeoisie verfügte nicht über die komplexe und rigorose Heraldik der Aristokratie, also mußte sie in der Praxis um so pedantischer sein; zwar bewunderte sie Don Humbert Figa i Moreras Geld und insbesondere die Art, wie er es ausgab, betrachtete ihn persönlich aber als Streber und Emporkömmling; in der Stunde der Wahrheit hörte niemand wirklich auf ihn. Er selbst merkte davon nichts, denn seine Eitelkeit war, wie jede echte Eitelkeit, mit keiner bestimmten Absicht verbunden, sondern reiner Selbstzweck – er wollte keineswegs durch Geprotze sein Prestige stärken und schon gar nicht das weibliche Publikum verführen, bei dem er, ohne es zu wissen, gern gesehen war: Alle verheirateten Damen und nicht wenige Jungfrauen im heiratsfähigen Alter seufzten, wenn er vorüberritt. Auch das bemerkte er nicht. In seinem Privatleben erging es ihm nicht viel besser. Seine Frau, die sich für den Gipfel der Schönheit, Intelligenz und Distinguiertheit hielt, erachtete alles als zu gering für sich und dachte, sie habe mit der Heirat Don Humberts eine schlechte Partie gemacht; sie behandelte ihn wie den letzten Dreck, und die Dienerschaft verhielt sich angesichts ihres Beispiels kaum anders. Er nahm diese Schikanen hin, ohne zu mucksen; niemand hatte ihn je verärgert gesehen, er schien in einer eigenen Welt zu leben. Daran gewöhnt, daß ihm niemand zuhörte, pflegte er, in seinem Haus hin und her gehend, unartikulierte Laute von sich zu geben, ohne auf eine Antwort zu hoffen, sondern um des reinen Vergnügens willen, die eigene Stimme zu hören. Andere Male widerfuhr ihm genau das Gegenteil: Er glaubte laut gesagt zu haben, was er bloß gedacht hatte. Dieser völlige Kommunikationsverlust ließ ihn aber kalt. Die Arbeit beanspruchte seine ganze Energie, die beschränkten gesellschaftlichen Erfolge stellten seine Eigenliebe zufrieden, und seine Tochter, die er vergötterte, genügte seinem Liebesbedürfnis vollauf.

In jener Zeit war die Sommerfrische sehr verschieden von der Art, wie wir sie uns heute vorstellen. Nur die privilegierten Familien verlegten ihren Aufenthaltsort, dem Beispiel der Königsfamilie folgend, in eine vornehmere Gegend, wo das Klima trockener war, wenn die Hitze einsetzte; dabei waren sie bestrebt, sich von Barcelona nicht zu weit zu entfernen, und verbrachten den Sommerurlaub in Sarriá, Pedralbes und der Bonanova, heute allesamt Stadtviertel. Die übrigen Bürger bekämpften die Hitze mit Fächern und krugweise kaltem Wasser. Die Strandbäder wurden bei den jungen, an Frankreich orientierten Leuten allmählich populär – mit den entsprechenden Vorkommnissen. Da sozusagen niemand schwimmen konnte, war die Zahl der Ertrunkenen jedes Jahr relativ hoch. Dann führten die Priester diese schmerzliche Statistik in ihren Predigten als Beweis für den Zorn Gottes an. Don Humbert Figa i Morera, der zuviel Zeit hatte verstreichen lassen, um noch eine Sommerresidenz in einem renommierten Viertel zu erwerben, mußte die seine in einer nördlich des Stadtkerns gelegenen Kolonie namens Budallera bauen lassen. Dort hatte er ein holpriges, mit Pinien, Kastanienbäumen und Magnoliensträuchern übersätes Terrain gekauft und sich ein anspruchsloses Häuschen aufstellen lassen. Beim Kauf des Landes hatte er, wie es vielen Anwälten zu ergehen pflegt, jegliche Vorsicht außer acht gelassen. Deshalb mußte er jetzt Zeit, Mühe und Geld in die Lösung von Grundstücksproblemen stecken, die schon mehrere Jahrhunderte zurückreichten. In Wirklichkeit war er das Opfer eines Betrugs geworden; das Terrain war finster, sehr feucht und stechmückenverseucht; der Ort war dermaßen verrufen, daß er als einzige Nachbarn ein paar Einsiedler hatte, die in ungesunden Grotten lebten, sich von Wurzeln und Baumrinde ernährten, mit entblößtem Schamteil durch die Wälder streiften und im Lauf der Jahre zu sprechen und zu denken verlernt hatten. »Nur einem Einfaltspinsel wie dir kann es in den Sinn kommen, sich eine Parzelle auf so einer Müllhalde zu kaufen«, sagte ihm seine Gattin täglich. An manchen Tagen sagte sie es sogar mehrfach, denn sie wäre gern in die Bäder von Ocata oder Montgat gegangen, wo sie mit den versnobtesten Vertretern der jungen Bourgeoisie auf du und du hätte sein können. Doch für einmal hatte sich ihr Gatte durchgesetzt.

»Ihr könnt beide nicht schwimmen, weder du noch das Mädchen«, hatte er gesagt, »und eine Strömung könnte euch fortreißen; außerdem soll es auf dem Meeresgrund Kraken und Neunaugen geben, die stechen und die Badenden vor den entsetzten Augen der Angehörigen und Freunde zerstückeln.«

»Wohl deshalb«, entgegnete sie, »weil sie nackt baden. Wenn sie ihr Fleisch entblößen, wecken sie die Gefräßigkeit der Fauna, die Tierisches und Menschliches allein an der Kleidung auseinanderhalten kann.« Bei diesen Worten verzog sie sarkastisch den Mund, als freute sie sich über das Ungemach derer, die sich nicht zu kleiden wußten, wie es sich gehörte. Sie, die immer noch gegen das Diktat der Mode Reifröcke trug, eine gesäumte, zwei Meter lange Schleppe hinter sich herzog und zu jeder Tages- und Nachtzeit unter dem Schmuck fast zusammenbrach, war überzeugt, daß es kein Tier wagen würde, sie anzugreifen. Ihr Gatte gab ihr am Ende jedesmal recht. Im Sommer 1891 ging Onofre Bouvila zu dieser Sommerresidenz, um ihn zu besuchen.

Er war in gestrecktem Galopp den Berg hinaufgeritten und hatte sich mitten im Wald verirrt. Sein Pferd schnaubte stoßweise, der Geifer floß ihm aus dem Maul. Der Gaul verendet mir noch zwischen den Beinen, und ich bleibe hier sitzen wie ein Schiffbrüchiger, sagte sich Onofre besorgt. Es ist schon merkwürdig, daß gerade ich mich hier draußen nicht orientieren kann – ich bin ein Stadtmensch geworden. Schließlich erblickte er in der Ferne ein Haus, das von einem dichten Garten und einer dunklen niedrigen Mauer umgeben war. Aus dem Kamin stieg eine Rauchsäule. Er saß ab, nahm das Pferd an den Zügeln, ging zu Fuß bis an die Mauer und spähte nach jemandem, der ihm hätte Auskunft geben können. Der Garten machte einen verlassenen Eindruck: Vögel zwitscherten, Schmeißfliegen und Wespen summten, und Schmetterlinge flatterten umher. Zwischen den Bäumen hindurch sah er, im flimmernden Mittagslicht nur undeutlich, ein Mädchen spazieren. Sie trug ein weißes kurzärmliges Organdykleid mit Spitzensaum und Schmuckschleifchen aus scharlachrotem Samt; unter einer gefältelten, ebenfalls weißen und mit winzigen Stoffblümchen eingefaßten Haube lugten zwei kupferfarbene Korkenzieherlocken hervor. Wegen der Haube und der Locken konnte man ihr Gesicht nur zum Teil sehen: den Bogen der Nase, ein rosiges Bäckchen, die sanfte Wölbung der Stirn, das Oval des Kinns. Onofre Bouvila war wie gelähmt; als er wieder zu sich kam, hatte sich die Vision verflüchtigt. Nanu, wer mag das gewesen sein? fragte er sich; ob sie mich gesehen hat? Sie hatte nicht das Aussehen eines Bauernmädchens, aber so allein auf dem Land, ohne Begleitung – was für ein Mysterium! Da erblickte er einen Diener. Er winkte ihm, und als der Diener herbeikam, fragte ihn Onofre, ob das der Ort sei, den er suche. Da es in der Tat so war, übergab er ihm die Zügel und ließ sich anmelden. Don Humbert Figa i Morera hatte seinen Leuten strikte verboten, in seine Sommerresidenz zu kommen, denn er wollte hier unter keinem Vorwand belästigt werden und ebensowenig die Familie in seine Geschäfte hineingezogen wissen. Onofre wagte diesem Befehl zuwiderzuhandeln, weil er ausprobieren wollte, bis zu welchem Punkt Don Humbert seinen Ungehorsam hinzunehmen gewillt war. Eine Zofe führte ihn in ein sechseckiges Zimmer im ersten Stock. In dieses Zimmer mündeten mehrere Türen. Das gesamte Licht kam von einem düsteren Oberlicht, so daß das Zimmer im Halbdunkel lag, was das angenehme Gefühl von Kühle vermittelte. In dieses schwache Licht getaucht, glänzte der perlmuttfarbene Stuck des Kamins, auf dessen Sims ein hoher Spiegel mit vergoldetem Rahmen, ein Bronzeleuchter und eine Empire-Uhr unter einer Glasglocke standen. Ein Ecktischchen aus lackiertem Holz, auf dem sich eine Alabastervenus in ihrer Muschel aufrichtete, war das einzige Möbelstück im Raum; dazu kamen ein maurischer Leuchter und ein Haufen Kissen aus Atlasstoff. Onofre Bouvila war verblüfft. Welche Schlichtheit, dachte er, welch echte Eleganz! Ein unerwartetes Geräusch in seinem Rücken ließ ihn herumschnellen. Aus Gewohnheit fuhr er mit der Hand in die Hosentasche, wo jetzt immer die Pistole steckte, die er vor einigen Monaten Joan Sicart abgenommen hatte. Eine der Türen hatte sich geöffnet, ohne daß angeklopft worden wäre; in ihr stand das Mädchen, das er einige Minuten zuvor flüchtig im Garten gesehen hatte; sie war jetzt ohne Haube und las in einem Buch mit schwarzen Deckeln, einer Art Andachtsbuch. Die unvermutete Anwesenheit eines Fremden im Zimmer nagelte sie auf der Schwelle fest. Er öffnete den Mund, um etwas zu sagen, brachte aber keinen Laut heraus; sie, vielleicht ein wenig unbefangener, schloß das Buch. Dann machte sie einen anmutigen Knicks, so tief, daß sie mit dem Knie den Boden berührte, und murmelte etwas, was Onofre Bouvila nicht verstand.

»Verzeihung«, stotterte er, »Sie sagten...?«

Unter seinem durchdringenden Blick senkte sie die Augen und schaute starr auf das Arabeskenmuster der Fliesen.

»Ave Maria Purissima«, sagte sie endlich mit kaum hörbarer Stimme.

»Ah«, rief Onofre, »sine peccato concepta.«

Sie machte noch einmal einen Knicks, ohne ihn anzusehen. »Ich wußte nicht, daß jemand im Zimmer ist«, sagte sie errötend, »unser Mädchen hat mir nichts von der Anwesenheit...«

»Nein, nein, keineswegs«, unterbrach er sie hastig, »ganz im Gegenteil – ich bin es, der sich zu entschuldigen hat, wenn ich Sie erschreckt habe...«

Bevor er den Satz beenden konnte, war sie schon hinausgegangen und hatte die Tür hinter sich geschlossen. Wieder allein, ging er mit großen Schritten im Zimmer auf und ab. Blöder Kerl, Idiot, Rüpel, sagte er ein übers andere Mal, ohne sich darum zu kümmern, ob er für sich oder laut spreche und ob ihn jemand hören könnte. Wie hast du sie bloß gehen lassen können? Jetzt weiß nur Gott, ob sich noch einmal eine Gelegenheit bietet, sie zu sehen. Nie zuvor hatte er, selbst in viel heikleren Situationen, bei einer günstigen Gelegenheit gezaudert; immer hatte er es verstanden, den Ereignissen vorzugreifen. Wäre es nicht so, wäre ich kaum noch am Leben, um davon erzählen zu können, sagte er sich. Seufzend kniete er in die weichen Kissen am Boden. Und ich glaubte, ich sei vor solchen Anfechtungen gefeit! Pah! Doch was soll's? meditierte er in dieser Büßerhaltung weiter, sie ist ja nur ein kleines Mädchen; spräche ich ihr von Liebe, was könnte sie davon schon verstehen? Sie erschräke oder, schlimmer noch, würde sich über mich lustig machen. Letzten Endes bin ich ja bloß ein ungehobelter Kerl und Bauerntrottel, ein Pistolenheld im Sold von Schurken. Er kämpfte, um sich den Pfeil, von dem er offensichtlich getroffen war, aus dem Herzen zu reißen, und verteidigte sich gegen den Sturm, in den er geraten war, allerdings genauso vergeblich wie jemand, der im Sand Deiche errichtet, um das Meer aufzuhalten. Tobend packte er schließlich die Alabastervenus und schmetterte sie mit aller Kraft gegen den Kaminspiegel. Zuerst fiel die Statuette zu Boden und zersplitterte; der Spiegel sprang, verharrte aber einen Sekundenbruchteil lang im Rahmen und konnte gerade noch das erschrockene Gesicht des Mädchens reflektieren – verzerrt durch die Sprünge und die Neigung des Glases, das jetzt mit Getöse in sich zusammenkrachte. Sechs oder acht riesige Scherben splitterten ab, donnerten zu Boden und spritzten als Glasstaub in sämtliche Winkel des Zimmers. Im Rahmen blieb eine Mischung aus Quecksilberbelag und Mörtel zurück. In seinem Rücken hörte er abermals ein Geräusch – diesmal einen erstickten Schrei. Sie war wieder hereingekommen und schaute sich entsetzt im Spiegel an, der nun blind war, als existierten das Zimmer und die Anwesenden auf einmal nicht mehr. Dieses Bild erklärte ihr, was er ihr sagen wollte, in diesem Vandalenakt sah sie einen Sinn. Sie wehrte sich nicht, als er sie an seine Brust drückte, und hörte wie wild das Herz dieses ungestümen Mannes schlagen.

»Noch nie hat mich jemand geküßt«, sagte sie mit dem bißchen Atem, den sie noch bekommen konnte.

»Und wird es auch nicht tun, solange ich lebe«, sagte Onofre Bouvila, »wenn er nicht will, daß ich ihm den Schädel einschlage.« Nach diesen Worten küßte er sie auf den Mund und sagte: »Und dir auch.« Sie beugte den Körper zurück, Kopf, Hals, Schultern und Rücken; das inzwischen gelöste Kupferhaar reichte ihr bis weit unter die Taille. Sie ließ die Arme schlaff am Körper herabhängen, und ihre Zehen streiften leicht den kühlen Zimmerboden; ihre Knie knickten ein, so daß sie ganz in Onofres Arm hing, der ihren Körper umfaßte; aus ihren leicht geöffneten Lippen kam ein langer Seufzer: »Ja«, sagte sie und besiegelte damit in einem einzigen Moment ihre Zukunft.

Onofre hob die Augen und blinzelte; es war noch jemand im Zimmer – Don Humbert Figa i Morera war in Begleitung zweier Herren hereingekommen. Einer von ihnen war ein gewisser Cosme Valbuena, Architekt. Da sich Don Humbert tödlich langweilte, hatte er beschlossen, das Haus etwas vergrößern zu lassen, indem er sich dazu den Raum zunutze machte, den ehemals ein Hühnerstall und ein angebauter Taubenschlag eingenommen hatten. Um diese Arbeiten ausführen zu können, mußte er aber aufs Nachbargrundstück vordringen. Diese Okkupation von einigen Handbreit Boden hatte einen Zivilprozeß mit dessen Eigentümer zur Folge, der sich erst noch als Freund und gelegentlicher Partner Don Humberts herausstellte. Da dieser zu sehr mit Affären von ganz anderer Bedeutung beschäftigt war, um mit so geringfügigen Streitigkeiten Zeit zu vergeuden, hatte er aus Barcelona einen noch jungen, aber angesehenen Anwalt kommen lassen, der sich auf diese Art von

Rechtssachen und insbesondere auf Servitutfragen spezialisiert hatte. Die drei Männer verbrachten den ganzen Tag damit, durch Haus, Garten und umliegende Felder zu streifen. Der Anwalt nahm mit einer Meßschnur Maß und gab architektonische Anregungen, denen der Architekt nicht einmal zuzuhören geruhte; er seinerseits schlug Don Humbert verschiedene juristische Möglichkeiten vor, wie der anhängige Prozeß zu gewinnen wäre. Sie diskutierten, gerieten in Hitze und amüsierten sich. Dann setzten sie sich zu Tisch und tafelten mit beneidenswertem Appetit. Don Humberts Gemahlin protestierte nicht gegen die Anwesenheit der beiden Parasiten, denn sie stellte fest, daß sich ihre Tochter dem heiratsfähigen Alter näherte, und sowohl der Anwalt wie auch der Architekt waren Junggesellen und schienen beide eine blendende Zukunft vor sich zu haben – zumindest hatten beide Zutritt zu ihren jeweiligen Berufsvereinigungen. Was dieser Taugenichts von Gatte von sich nicht behaupten kann, dachte sie. Don Humbert antwortete auf ihre kupplerischen Winkelzüge gelassen: »Frau, was kommt dir auch in den Sinn! Das Mädchen ist gerade zehn geworden!« Jetzt freilich wußte er nicht mehr, was er denken sollte; er war nicht so beschränkt, um die schmachtende Hingabe seiner Tochter und den wilden, durstigen Blick seines Untergebenen nicht interpretieren zu können, um nicht einzusehen, daß es jetzt das beste war, nicht zur Kenntnis zu nehmen, was sich da abgespielt hatte: »Ei, ei«, sagte er nur, »ich sehe, daß ihr euch einander schon vorgestellt habt und euch gut leiden könnt. So ist's recht.« Es verstrich eine Weile, ehe sie sich aus ihrer Umarmung lösen, das Gleichgewicht wiederfinden und ihre Miene entspannen konnten. Selbst Onofre Bouvila, der noch bis vor wenigen Minuten Don Humbert verachtet hatte, war jetzt, da er in ihm den Vater der geliebten Frau sah, bereit, ihm den höchsten Respekt entgegenzubringen. Unverzüglich legte er sein cholerisches Benehmen ab und nahm eine ehrerbietige Haltung an. Der Anwalt und der Architekt gingen im Zimmer hin und her und schätzten den Schaden ab.

»Wichtig ist«, sagte der erstere, »daß sich niemand an den Scherben verletzt.«

Onofre Bouvila kehrte mit der Sonne im Rücken nach Barcelona zurück. Aus dem Dickicht drang Grillengezirp, und der Himmel war schon voller Sterne. Was soll jetzt aus mir werden? dachte er, die Augen auf den Himmelsatlas gerichtet. Er wußte, daß er Don Humbert nicht würde verraten können, solange sie seine Liebe erwiderte.

Noch bevor der Sommer zu Ende ging, hielten der Architekt und der Anwalt um die Hand von Don Humbert Figa i Moreras Tochter an. Diese Rivalität und die sich daraus ergebende Notwendigkeit, eine Wahl zu treffen, erlaubten es ihr, die Angelegenheit zuerst auf die lange Bank zu schieben und es danach rundweg abzulehnen, überhaupt mit einem der beiden Kandidaten verheiratet zu werden. Ihre negative Antwort fiel bald energisch und bald betrübt aus und war häufig von Tränen und Stampfen begleitet; ihrer Zerbrechlichkeit wegen verletzte sie sich jedesmal, wenn sie die Stirn an die Wand schlug oder mit den Fäusten auf die Möbel trommelte – sie war nun ständig in Verbände gehüllt. Dieses Verhalten und die versteckte Drohung, es könnte ihr noch Schlimmeres zustoßen, falls man ihrem Willen zuwiderhandeln sollte, brachen auf der Stelle denjenigen ihres Vaters. Die Mutter jedoch spürte, daß das Motiv für diesen unbezähmbaren Widerstand nicht in der Ablehnung der Kandidaten zu suchen war, die sie offensichtlich nicht einmal genau angesehen hatte, sondern in etwas Mächtigerem. Sie erinnerte sich an den zersprungenen Spiegel und die zerbrochene Statuette und daran, daß sich dieses Doppelunglück gleichzeitig mit dem ungewohnten Besuch eines Untergebenen ihres Mannes auf dem Budallera-Gut ereignet hatte; daraus zog sie ihre eigenen Schlüsse. Dann befragte sie Don Humbert, der am Ende zugab, tatsächlich seine Tochter und jenen Burschen bei einer Szene überrascht zu haben; die Szene – er spielte sie herunter, als er sie seiner Gattin beschrieb – könne den Gedanken nahelegen, das Mädchen verspüre eine gewisse Neigung für den Jungen. »Und wer war dieser Junge?« wollte sie wissen. Don Humbert gab ihr einige konfuse Erklärungen, denen sie keine Beachtung schenkte, denn sie war nicht daran interessiert, was ihr Mann sagen könnte, sondern was er zu verheimlichen hatte. Seinem Stammeln entnahm sie treffend, daß Onofre Bouvila von allen der am wenigsten geeignete Kandidat war. Nun gut, sagte sie sich, lassen wir den Anwalt und den Architekten, aber bringen wir das Mädchen vor diesem Bauern in Sicherheit; wenn sie ihn erst einmal vergessen hat, werden wir uns auf die Suche nach einem geeigneten Mann für sie machen; sie ist ja noch sehr jung und kann gut noch ein halbes Dutzend Gelegenheiten ungenutzt vorbeigehen lassen. Auf ihre inständige Bitte hin steckte Don Humbert das Mädchen in ein Internat. Dagegen widersetzte sie sich jedoch nicht, denn dort wußte sie sich von Freiern in Ruhe gelassen. Aufs Ganze gesehen, ist es das Beste, was uns widerfahren konnte, sagte sie sich. Als die erste Empörung vorüber war, mußte auch Onofre zustimmen. Eines Tages wird sie mir gehören, dachte er, doch im Moment heißt es Geduld haben. Auf den unmöglichsten Wegen schickte er ihr Hunderte von Briefen ins Internat. Das hatte noch einen weiteren Vorteil: Bis dahin hatte er kaum seine Unterschrift kritzeln können, und man kann sagen, daß er erst mit diesen Liebesbriefen flüssig zu schreiben lernte. Sie antwortete ihm in größeren Abständen, immer darauf bedacht, die Zensur der Nonnen zu umgehen. *Vor allem,* schrieb sie in einem ihrer Briefe, *danke ich Gott durch Jesus Christus, denn Gott, den ich im Geiste verehre, ist mein Zeuge, daß ich mich Deiner ohne Unterlaß erinnere, und ich bitte Ihn in all meinen Gebeten, Er möge, wenn dies Sein Wille ist, schließlich den richtigen Tag finden, um mich zu Dir kommen zu lassen, denn ich sehne mich danach, Dich zu sehen.* Diese Sprache, der des heiligen Paulus zum Verwechseln ähnlich, war bei einem verliebten jungen Mädchen befremdlich; sie mochte durch die Angst gerechtfertigt sein, die Briefe könnten den Nonnen oder ihren Eltern in die Hände fallen, oder aber durch echte Frömmigkeit ihrerseits. Später, als sie verheiratet war, war sie immer sehr fromm. Die Bekannten, die mit ihr in ihren reiferen Jahren zu tun hatten, schilderten sie nachträglich auf widersprüchliche Weise; als heiter und halluzinierend wurde sie am häufigsten bezeichnet. Andere waren der Meinung, sie habe am Ende deshalb in der Religion Trost gesucht, weil sie ihr ganzes Leben lang durch Onofre Bouvilas Schuld sehr unglücklich war.

Inzwischen schickte sich Barcelona an, die Grenze zum neuen Jahrhundert zu überschreiten, und zwar mit mehr Problemen als Hoffnungen im Gepäck. Es scheint, als stellte sich als Eintagsfliege heraus, was wir mit so viel Mühe erreicht haben, sagten die ehrbaren Männer in der schattigen Abgeschiedenheit ihrer Zirkel, Klubs und Salons. Die Rezession dauerte an. Die Luxusgeschäfte der Calle Fernando schlossen eines nach dem andern ihre Tore; dafür wurden auf den Ramblas und dem Paseo de Gracia die großen Warenhäuser eröffnet – eine Novität, der die Barcelonesen mit offensichtlicher Zurückhaltung begegneten. *Die großen Warenhäuser – Aladin-Lampe oder Ali-Baba-Höhle?* betitelte eine Zeitung anschaulich ihren Kommentar. Die Wirtschaftspolitik der Zentralregierung trug nichts dazu bei, die Lage zu verbessern. Taub gegen die Argumente und Bitten der Katalanen, die nach Madrid abkommandiert worden waren, um sie dort vorzubringen, und einiger weitblikkender Kastilier (oder solcher, die dafür bezahlt wurden, es zu sein), hob sie alle oder fast alle protektionistischen Maßnahmen auf, die die einheimische Industrie schützten; nachdem die belastenden Zölle abgeschafft waren, gaben bessere und billigere ausländische Produkte, die zudem noch einfacher in der Handhabung waren als die nationalen, einem an sich schon ausgetrockneten Markt den Rest. Fabrikschließungen und unvorhergesehene Massenentlassungen kamen zu den Plagen hinzu, denen die Arbeiterklasse ohnehin schon ausgesetzt war. Außerdem herrschte jetzt Krieg in Kuba und Melilla. Jede Woche brachen Hunderte von jungen Burschen, viele von ihnen noch halbwüchsig, in Richtung Amerika und Afrika auf. Auf den Hafendocks und Bahnsteigen spielten sich herzzerreißende Szenen ab. Die Guardia Civil mußte nicht selten auf Mütter anlegen, die den Truppenabtransport aufzuhalten versuchten, indem sie die Schiffe bei den Ankertauen zurückhielten oder sich den Lokomotiven in den Weg stellten. Von diesen Hunderten und Tausenden junger Leute, die an die Front mußten, sollten nur sehr wenige zurückkehren, und auch diese als Krüppel oder schwerkrank. Diese Umstände schürten, als hätte nur das noch gefehlt, den Volkszorn. Die Arbeitervereinigungen, die Canals i Formiga zu Lebzeiten so zu schaffen gemacht hatten, festigten sich immer mehr, insbesondere die der Anarchisten. Unter ihnen gab es Anhänger Foscarinis und Gefolgsleute de Weerds oder anderer, erst später aufgetretener Führer. All diese Vereinigungen versammelten sich gelegentlich, um Generalstreiks einzuberufen und durchzuführen, die nie erfolgreich waren. Die Gemüter verbitterten sich bei soviel Niederlagen und unnützen Bemühungen; als sie zur Kenntnis nehmen mußten, daß sich nichts änderte, es sei denn zum Schlechten, beschlossen einige, zur Tat zu schreiten. Angeheizt durch das Beispiel ihrer italienischen, französischen und vor allem russischen Gesinnungsgenossen, entschieden sie sich dafür, *der Hydra die Köpfe abzuhauen, so viele sie haben mag, und je mehr, desto besser,* wie sich einer von ihnen ausdrückte. So nahmen die schwarzen Jahrzehnte des Terrors ihren Anfang; es gab keinen öffentlichen Akt, kein Defilee, keine Prozession und keine Darbietung, bei der nicht plötzlich eine der gefürchteten Bomben hätte explodieren können. Betäubt von der Explosion und vom Rauch geblendet, suchten die Überlebenden dann unter den Opfern nach ihren Angehörigen oder Freunden; andere stoben mit vor Schreck geweiteten Augen und blutbesudelten Kleidern in alle Richtungen auseinander, ohne lange zu untersuchen, ob sie tödlich verletzt waren oder das Attentat unversehrt überstanden hatten. Wo sich die Wohlhabenden versammelten, ließen die Anarchisten ihren Zorn und ihre Verzweiflung mit noch grausamerem Nachdruck spüren. Jedesmal wenn sich ein Vorfall dieser Art ereignete, konnte Onofre Bouvila nicht umhin, sich an Pablo und die anarchistischen Theorien zu erinnern, die jener verteidigt und die er wider Willen selbst zu verbreiten geholfen hatte. Manchmal fragte er sich, ob nicht Pablo persönlich die Bombe gegen Martínez Campos oder das Liceo geschmissen habe, deren tragisches Echo an Galaabenden auch heute noch in den Logen und Gängen des berühmten Theaters zu hören ist. Doch von diesen Überlegungen erzählte er niemandem etwas; aufgrund seiner gegenwärtigen Position und aus Herzensgründen versuchte er zu verbergen, daß er vor Zeiten mit den Anarchisten liiert gewesen war. Ganz im Gegenteil gab er seiner Braut und den Leuten, mit denen er in Geschäftsverbindung stand, zu verstehen, er sei ein junger Mann aus guter Familie, den Schicksalsschläge dazu gezwungen hätten, Arbeiten undurchsichtiger Art auszuführen, wie diejenigen, die er im Auftrag Don Humbert Figa i Moreras erledigte. Niemand erinnerte sich mehr seiner Teilnahme an den gewalttätigen Tagen, die dem verbrecherischen Imperium und dem Leben Canals i Formigas ein Ende gesetzt hatten. Er verschmähte die Gewalt, wenn immer die Umstände es zuließen, befürwortete, daß man die Anarchisten, die er kurzerhand als »tollgewordene Hunde« bezeichnete, mit eiserner Faust bekämpfte, und pries die blutrünstige Politik, mit der die Regierung die Ordnung wiederherzustellen versuchte. Diese Haltung stieß bei den Angehörigen der Hochbourgeoisie, mit denen er einige unbedeutende Verbindungen pflegte, zwangsläufig auf ein wohlwollendes Echo. Da sie ihr Vermögen, ja das nackte Leben in Gefahr sah, hatte die Hochbourgeoisie im jahrhundertealten Streit mit Madrid einen Waffenstillstand geschlossen. Die Haltung der Regierung war zwar den wirtschaftlichen Interessen Kataloniens sehr abträglich, aber schlimmer wäre es gewesen, wenn man Katalonien den bewaffneten Schutz in diesem Kampf entzogen hätte, sagte man sich; anderseits klagte man im engen Kreis darüber, daß man in dieser Hinsicht auf seine Autonomiegrundsätze habe verzichten müssen: »Es ist trist, daß wir uns einem ungehobelten General in die Arme werfen müssen, da doch gerade Katalonien der spanischen Armee ihre tapfersten Löwen gestellt hat.« Mit diesem Bild spielten sie auf General Prim, den Helden von Mexiko und Marokko, und auf General Weyler an, der in jenen Jahren die kubanischen Rebellen in Schach hielt. Was die Ängstlichen am meisten in Unruhe versetzte, war die Vorstellung, die immer stärker werdenden Katalanisten könnten einige Wahlen gewinnen, was den entsprechenden Zorn Madrids heraufbeschworen hätte, und dem Wohlwollen Madrids glaubten sie ihr Leben zu verdanken. So blühten die von Señor Braulio betreuten Geschäfte. Onofre Bouvila rieb sich im stillen die Hände. Jahre später sollte er sagen: Schon immer habe ich geglaubt, daß der entscheidende Mißstand in Spanien darin besteht, daß eine Clique unkultivierter und skrupelloser Feiglinge das ganze Geld in den Händen hat. – Die Regierung ihrerseits erntete nur gerade die Früchte, die ihr diese Situation eintrug, und beschäftigte sich mit den internen Problemen Kataloniens so widerwillig, als handle es sich um ein weiteres Kolonialproblem. Sie schickte unmenschliche Militärs ins Prinzipat, die nur die Sprache der Waffen kannten und unter dem Vorwand, Frieden zu stiften, die halbe Menschheit über die Klinge springen ließen. Ach, dachte Onofre unablässig, als er sah, was um ihn herum vorging, welch herrliche Zeiten für jemand, der ein wenig Fantasie, genug Geld und viel Wagemut hat! Fantasie und Wagemut habe ich im Übermaß, doch woher soll ich das Geld nehmen? Auf irgendeine Weise muß ich es aber bekommen, denn Gelegenheiten wie diese beschert einem das Schicksal nur ein einziges Mal im Leben, und manchmal selbst das nicht. Daß er eine Braut hatte, schürte seinen Ehrgeiz nur noch mehr; sie nie sehen zu können bewahrte ihm seine ganzen Energien. Er ging nicht mehr auf Sauftour mit Odón Mostaza und seinen Spießgesellen, denn er mochte sich nicht mit Strolchen in der Öffentlichkeit sehen lassen. Die kleinen Vergnügungen, die er sich zugestand, verschafften ihm im geheimen Señor Braulio und Efrén Castells. In dieser Zeit kündigten die Zeitungen an, der Komet Sargo, dessen Durchmesser auf 50 000 Kilometer geschätzt wurde, nähere sich der Erde; es fehlte nicht an Propheten, die das Ende der Welt vorhersagten, für das die Unruhen und der herrschende Unmut bloß Vorspiel und Vorankündigung waren. Natürlich waren alle beunruhigt, doch am Ende geschah gar nichts.

IV. Kapitel

I

Wer zum erstenmal nach Barcelona kommt, sieht schnell, wo die Altstadt aufhört und die neue Stadt beginnt. Die im alten Teil verwinkelten Straßen werden gerade und breiter und die Gehwege ausladender; knorrige Platanen spenden angenehmen Schatten; die Gebäude sind stattlicher; immer wieder geraten Leute ins Staunen, weil sie sich auf magische Weise in eine andere Stadt versetzt fühlen. Ob wissentlich oder nicht – die Barcelonesen selbst kultivieren diese Täuschung: Wenn sie die Grenzen vom einen Teil zum andern überschreiten, scheinen sie Aussehen, Haltung und Kleidung zu ändern. Das war nicht immer so – daß es dazu kam, hat seine Erklärung, Geschichte und Legende.

In den langen Jahrhunderten seiner Geschichte hatten die Stadtmauern nie die Eroberung oder Plünderung Barcelonas verhindern können, wohl aber sein Wachstum. Während im Innern die Bevölkerungsdichte ständig zunahm und das Leben unerträglich machte, breiteten sich außerhalb Gemüsegärten und Brachland aus. Wenn der Abend hereinbrach oder an Festtagen stiegen die Bewohner der umliegenden Dörfer auf die Hügel (heute Putxet, Gracia, San José de la Montaña usw.) und schauten, manchmal mit Ferngläsern aus Messing, den Barcelonesen zu. Hektisch, diszipliniert und dünnhäutig gingen diese hin und her, grüßten sich, verloren sich im Gäßchengewirr, begegneten sich erneut und grüßten sich abermals, interessierten sich gegenseitig für ihre Gesundheit und die Geschäfte und verabschiedeten sich bis zum nächsten Mal. Die Dorfbewohner ergötzten sich an diesem Schauspiel; ein schlichtes Gemüt versuchte manchmal, einen Barcelonesen mit einem Steinwurf zu treffen, aber das war natürlich unmöglich, vor allem wegen der Distanz, aber auch wegen der Stadtmauer. Dieses Leben wie in einer Sardinendose lief aller Hygiene zuwider; jede Krankheit wuchs sich zu einer Epidemie aus, denn es gab keine Möglichkeit, die Kranken zu isolieren. Die Stadttore wurden geschlossen, um eine Ausdehnung der Seuche zu verhindern, und die Dorfbewohner errichteten Sperren, zwangen die Flüchtigen mit unmißverständlichen Knüppelschlägen zur Umkehr, bewarfen die Zauderer mit Steinen und verdreifachten die Lebensmittelpreise. Auch gegen die Schicklichkeit wurde verstoßen: *Untergebracht in einem Gasthof, der mir mit übertriebenem Lob empfohlen worden war,* erzählt ein Reisender in seinem Bericht, *stellte ich fest, daß ich ein Zimmer von höchstens sechs Quadratmetern mit vielen anderen Leuten teilen mußte, nämlich mit fünf, dazu ich selbst. Davon erwiesen sich zwei als Frischverheiratete auf der Hochzeitsreise, die, kaum hatten sie sich zu Bett gelegt und war das Licht gelöscht, die Nacht mit Keuchen, Kreischen und Lachen verschönerten. All das zu einem exorbitanten Preis. Und dafür hat man auch noch dankbar zu sein!!!* Lakonischer schreibt Pater Campuzano: *Man muß lange suchen, bis man einen Barcelonesen findet, der sich nicht, bevor er noch seinen Verstand zu gebrauchen weiß, anschaulich über die Art seiner Zeugung informiert hätte.* Die Konsequenzen aus dem Gesagten waren Sittenverwilderung, häufige Epidemien venerischer Art, Notzucht und andere Mißbräuche und in einigen Fällen, etwa bei Jacinto oder Jacinta Peus, sogar psychische Störungen: *Gezwungen, meine Eltern und meine Brüder und meine Schwestern und meine Onkel und meine Tanten und meine Großväter und meine Großmütter und meine Vettern und meine Kusinen und die Hausangestellten splitternackt zu sehen, wußte ich schließlich nicht mehr, wer Mann und wer Frau sei und welchem der beiden Geschlechter ich selbst mich zuzurechnen hätte.* Das Wohnungsproblem war schrecklich; die astronomische Miete für das Logis verschlang den Löwenanteil der Familieneinkünfte. Einige anschauliche Zahlen mögen hier von Nutzen sein. Mitte des 19. Jahrhunderts betrug Barcelonas Fläche 427 Hektar. Zur selben Zeit verfügte Paris über 7802, Berlin über 6310 und London über 31 685 Hektar. Sogar eine auf den ersten Blick kleine Stadt wie Florenz belegte eine Fläche von 4226 Hektar, also zehnmal mehr als Barcelona. Die Zahl der Einwohner pro Hektar ist ebenfalls aufschlußreich: 291 in Paris, 189 in

Berlin, 128 in London, 700 in Barcelona. Warum riß man die Stadtmauern nicht ein? Weil es die Regierung nicht erlaubte. Unter fadenscheinigen strategischen Vorwänden hielt sie die Stadt in ihrem Erstickungszustand fest und verhinderte dadurch, daß sich Barcelona ausdehnen und mächtig werden konnte. Die Könige, Königinnen und Regenten, die einander auf Spaniens Thron folgten, schützten dringendere Probleme vor, und das Verhalten der Regierungen war drückebergerisch, wenn nicht sarkastisch: »Wenn es Ihnen an Land fehlt«, sagten sie, »dann verbrennen Sie doch weitere Klöster!« Damit spielten sie auf die Klöster an, die in den blutigen Husarenstreichen jener turbulenten Jahrzehnte vom Mob in Brand gesteckt worden waren und auf deren Grundstücken man nachher Einrichtungen für die Allgemeinheit erstellt hatte, Plätze, Märkte und ähnliches. Schließlich wurden die Stadtmauern doch niedergerissen. Jetzt sieht es ganz so aus, als könnten wir aufatmen, sagten sich die Barcelonesen. Aber in Wahrheit blieb alles unverändert; mit oder ohne Mauern war die Enge in der Stadt dieselbe. Die Menschen lebten zusammengepfercht in winzigen Buden, in lüsterner, unschicklicher Promiskuität, alle auf einem Haufen und zuoberst noch die Haustiere. Seit dem Verschwinden der Stadtmauer konnte man jederzeit das sich bis zum Abhang der Sierra de Collcerola erstreckende Tal sehen, was den Barcelonesen ihr eingeengtes Leben noch offenkundiger machte. Himmeldonnerwetter, schimpften die Bürger, soviel freies Land und wir hier wie die Ratten in ihren Löchern! Ist es gerecht, daß sogar der Kopfsalat mehr Platz hat als wir? In dieser Stimmungslage richteten sich die Augen der Bevölkerung auf den Bürgermeister.

Der damalige Bürgermeister von Barcelona war ein anderer als derjenige, der Jahre später den Plan der Weltausstellung zur Ausführung bringen sollte. Er war ein kleingewachsener, dickbauchiger Mann und sehr religiös; täglich besuchte er die heilige Messe und empfing die Eucharistie. In diesen Minuten der inneren Einkehr bemühte er sich, nicht an die Gemeindeprobleme zu denken, denn er wollte seine ganze Aufmerksamkeit dem Wunder der Transsubstantiation widmen. Doch die städtebauliche Frage bedrückte ihn und lenkte ihn ab. Es muß etwas geschehen, sagte er sich, aber was? Er hatte die Expansion anderer europäischer Städte studiert, Paris, London, Wien, Rom, Sankt Petersburg. Die Pläne waren gut, aber kostspielig, und außerdem berücksichtigte keiner von ihnen Barcelonas Besonderheiten. Wenn ihm jemand den Plan von Paris lobte, antwortete der Bürgermeister immer, es sei ein guter Plan, »aber er berücksichtigt Barcelonas Besonderheiten nicht«. Dasselbe sagte er über den Plan von Wien und so fort. Er war überzeugt, daß Barcelona seinen eigenen Plan entwerfen und verwirklichen müsse, ohne zu kopieren.

Eines Tages hatte er unmittelbar nach dem Empfangen der heiligen Kommunion eine Vision. Er saß in seinem Büro im Bürgermeistersessel, als ein Stabträger hereinkam, um ihm einen Besuch anzumelden. Der Bürgermeister fragte sich, ob es wohl ein Ausschußmitglied, ein Delegierter sei. »Er sagt«, unterbrach ihn der Stabträger in seinen Überlegungen, »er sei ein Herr aus Olot.« Der Besucher kam einfach herein, und der Stabträger ging hinaus. Den Bürgermeister packte ein Grausen, denn der Besucher sandte Strahlen aus und war von einer Aureole umgeben. Der Bürgermeister sah mit Befremden, daß die Haut des Besuchers silbern war, als hätte er sie mit Silbertinktur eingestrichen. Die bis auf die Schultern fallenden Haare waren Silberfäden, und auch die Tunika glänzte matt, als bestünde der ganze Besucher aus einer übernatürlichen Legierung. Der Bürgermeister hütete sich sehr, ihn um eine diesbezügliche Erklärung zu bitten, und fragte bloß, was ihm die Ehre verschaffe. »Wir haben festgestellt«, sagte der Besucher, »daß du seit einiger Zeit beim Empfangen der heiligen Hostie zerstreut bist.« – »Es ist meine Konzentration, nicht meine Frömmigkeit, die nachgelassen hat«, entschuldigte sich der Bürgermeister, »denn der Stadtsanierungsplan macht mir das Leben sauer; ich weiß nicht, was ich tun soll.« – »Morgen«, sagte der Besucher, »wirst du dich mit dem ersten Hahnenschrei beim ehemaligen Westtor einfinden. Dort wirst du den Auserwählten kommen sehen; sag ihm aber nicht, daß ich mich manifestiert habe.« Der Bürgermeister erwachte mit Schrecken; er befand sich in der Kirche, im Betstuhl, und hatte noch immer die heilige Hostie auf der Zunge. Alles hatte er in einem einzigen Augenblick geträumt.

Am folgenden Tag fand sich der Bürgermeister zur vereinbarten Stunde an der Stelle ein, wo zufälligerweise Jahre später der Triumphbogen errichtet werden sollte, durch den man in die Ausstellung gelangte. Bereits waren Menschen, Tiere und Wagen unterwegs. Um nicht erkannt zu werden, trug der Bürgermeister einen schlichten Umhang und einen breitkrempigen Hut; in einem irdenen Gefäß hatte er Ziegenkäse, über den er langsam Öl goß und Thymian streute, wie er es als Knabe auf dem Bauernhof gesehen hatte, wo damals seine Großeltern lebten. So ließ er den ganzen Tag verstreichen. Die Leute, die an ihm vorbeigingen, sprachen über die in der Stadt herrschende Aufregung wegen des verschwundenen Bürgermeisters, nach dem man umsonst suchte, seit er am Morgen nicht in der Kirche erschienen war, wo er sonst unfehlbar seine Messe hörte. Im Stadtsäckel, sagten sie, fehle kein Céntimo, was nach der Meinung aller das Verwunderlichste war. Als es dämmerte, wurde die Sonne ein riesiger roter Kreis. Der Bürgermeister sah ein seltsames Wesen auf sich zukommen. Eine Brandwunde aus der Kinderzeit hatte seine linke Gesichtshälfte glatt und bartlos gelassen; die andere Hälfte dagegen war von Runzeln durchfurcht und wies einen halben Schnurrbart und einen halben Bart von beachtlicher Länge auf, denn er hatte soeben zu Fuß den Weg von Santiago zurückgelegt – oder schickte sich an, sich auf diesen Weg zu machen. Er hieß (oder behauptete, er heiße) Abraham Schlagobers und sagte, er sei trotz seines Namens nicht Jude, sondern Altchrist und Pilger bei der Erfüllung eines Gelübdes, dessen Inhalt er aber nicht preisgeben wollte, und Baumeister. Der Bürgermeister nahm ihn unverzüglich ins Rathaus mit, zeigte ihm die Pläne von Barcelona und Umgebung und stellte ihm sämtliche Mittel zur Verfügung, damit er ein Projekt entwerfe. »Dies wird die Stadt Gottes sein«, sagte Abraham Schlagobers, »von der der heilige Johannes spricht, das neue Jerusalem.« Denn da Jerusalem niedergerissen worden sei und nie wieder aufgebaut werden würde, weil der

Herr gesagt habe, kein Stein werde auf dem andern bleiben, sei eine andere Stadt dazu ausersehen, an seiner Stelle das Zentrum der Christenheit zu werden. Barcelona liege auf demselben Breitengrad wie Jerusalem und sei eine Mittelmeerstadt; alle Voraussetzungen seien erfüllt, um es zur auserwählten Stadt zu machen. Gemeinsam lasen sie die Worte aus der Offenbarung: *Und ich sah die heilige Stadt, das neue Jerusalem, von Gott aus dem Himmel herabfahren, bereitet als eine geschmückte Braut ihrem Mann. Und ich hörte eine große Stimme von dem Stuhl her, die sprach: Siehe da, die Hütte Gottes bei den Menschen! Und er wird bei ihnen wohnen, und sie werden sein Volk sein, und er selbst, Gott mit ihnen, wird ihr Gott sein; und Gott wird abwischen alle Tränen von ihren Augen, und der Tod wird nicht mehr sein, noch Leid noch Geschrei, noch Schmerz wird mehr sein.* Das Projekt war nach weniger als sechs Monaten beendet, worauf Abraham Schlagobers spurlos verschwand. Einige behaupten, eine solche Person habe gar nie existiert, der Bürgermeister habe die Pläne selbst gezeichnet. Andere sagen, er habe zwar existiert, aber nicht so geheißen, wie er gesagt habe, und sei weder Pilger noch Baumeister gewesen, sondern ein Abenteurer, der angesichts der ungewöhnlichen Verfassung des Bürgermeisters beschlossen habe, die Gelegenheit beim Schopf zu packen; mit List habe er es geschafft, die Visionen seines Gönners zu Papier zu bringen, und habe während der ganzen Dauer der Arbeit auf Kosten der Gemeinde gelebt, was nicht ungewöhnlich gewesen wäre. Als das Projekt vollendet war, fand es den Gefallen des Bürgermeisters, und er unterbreitete es dem Plenum zur Begutachtung.

Heute existiert das Originalprojekt nicht mehr – es wurde entweder vorsätzlich zerstört oder liegt ein für allemal in unergründlichen Gemeindearchiven begraben. Nur ein paar wenig glaubwürdige Teilentwürfe sind erhalten, und die Erinnerung daran ist zu lückenhaft, um als Nachweis zu dienen. Als Maßeinheiten waren darin der Faden und die Parasange, die Elle und das Stadion verwendet worden, was die Arbeiter zweifellos sehr verwirrt hätte, wäre es wirklich zum Bau gekommen. Vom Hügel, der heute Tibidabo heißt, bis zum Meer verlief ein schiffbarer Kanal, von dem nach rechts und links zwölf schmalere und seichtere Unterkanäle abzweigten (einer für jeden Stamm Israels), die wiederum in ebenso viele künstliche Seen mündeten; um diese gruppierten sich halbreligiöse, halbadministrative, von einem Bürgermeisterstellvertreter und einem Leviten regierte Viertel oder Bezirke. Nirgends wird gesagt, woher das Wasser käme, das den Kanal und seine Abflüsse speisen sollte, obgleich es einige versteckte Anspielungen auf Zisternen gibt, die im heutigen Vallvidrera, La Floresta, San Cugat und Las Planas gelegen hätten. Im Zentrum der Altstadt (die laut Plan dem Erdboden hätte gleichgemacht werden sollen – außer der Kathedrale, Santa María del Mar, El Pino und San Pedro de las Puellas) überquerten vier Brücken den Kanal; jede dieser Brücken verkörperte eine der vier Kardinaltugenden. Rathaus, Provinzdeputation und Zivilregierung sollten durch drei den Seelenkräften entsprechende Basiliken ersetzt werden. Unter anderem gab es einen Markt der Enthaltsamkeit und einen Markt des Zornes Gottes. Weitere Aspekte des Projekts sind uns nicht bekannt, und wir werden auch nie wissen, wie sie aussahen. Das Räteplenum war verdutzt. Schließlich entschieden sich alle dafür, dem Projekt beizustimmen, und sicherten ihm die einmütige und vorbehaltlose Unterstützung durch die Gemeinde zu. Freilich wies das Konsistorium auf die Notwendigkeit hin, die durch das geltende Gesetz vorgeschriebenen Formalitäten zu erfüllen: Das vom Plenum gutgeheißene Projekt müsse dem Innenminister, dem die Rathäuser ganz Spaniens unterstanden, zur Zustimmung vorgelegt werden. Der Bürgermeister brauste auf: »Ist es denn die Möglichkeit, daß sogar Gottes Wille in Madrid abgesegnet werden muß?« – »So will es das Gesetz«, antworteten die Ratsmitglieder erleichtert. Sie gaben vor, sich mit dem Bürgermeister in seiner Entrüstung zu solidarisieren, aber im Grunde hofften sie darauf, daß er in Madrid abblitze, daß Madrid für sie die Kastanien aus dem Feuer hole. Wenn immer sie konnten, haben die dort uns genervt, dachten sie, aber diesmal werden sie uns mit ihrem abschlägigen Bescheid zur Abwechslung einen Riesengefallen erweisen.

Die Antwort aus Madrid lautete folgendermaßen: Seine Exzellenz der Innenminister bestätige den Empfang des sogenannten Ensanche-Plans der Stadt Barcelona, lehne es aber ab, auf ihn einzugehen, da seine Präsentierung nicht den von der Gesetzgebung in dieser Materie vorgesehenen formellen Bedingungen entspreche. Tatsächlich verlangte das Gesetz die Eingabe dreier alternativer Projekte, aus denen dasjenige seiner Präferenz auszuwählen der Minister sich das Recht vorbehielt. Der Bürgermeister verlor beinahe den Verstand. Mit vereinten Kräften schafften sie es, ihn zu beruhigen: »Veranstalten wir doch einen Wettbewerb und schicken wir unser Projekt mit zwei weiteren nach Madrid; der Herr Minister wird nicht umhin können, unseres auszuwählen, zwangsläufig wird er sehen, daß es das beste ist.« Dem wußte der Bürgermeister nichts entgegenzuhalten; er war der Überzeugung, sein Projekt sei von Gott inspiriert und es gebe kein besseres, ja, es könne gar kein besseres geben; so ließ er den Wettbewerb veranstalten und wartete ungeduldig darauf, daß die Projekte vorgelegt, gesichtet und gemäß den in den Wettbewerbsbedingungen festgelegten Fristen vorselektioniert würden; er schickte sich sogar darein, zusammen mit den andern sein eigenes Projekt vorzulegen, in der Überzeugung, es würde gewählt. Was auch geschah. Im Verlauf dieses Prozedere ging das Projekt des Bürgermeisters, das bis dahin nur ein paar wenige gesehen hatten, von Hand zu Hand, und seine Charakteristika verbreiteten sich von Mund zu Mund. In den gehobenen Kreisen der Stadt sprach man von nichts anderem mehr. Schließlich wurden die drei selektionierten Projekte nach Madrid gesandt, wo sie der Minister liegenließ, solange er konnte, ohne dafür eine Erklärung abzugeben. Der Bürgermeister war am Ende. »Ist eine Nachricht aus Madrid gekommen?« fragte er, wenn er um Mitternacht mit Schrecken erwachte. Sein Kammerdiener mußte ins Schlafzimmer kommen, um ihn zu beruhigen; der Bürgermeister war nämlich Junggeselle.

Endlich antwortete der Minister. Der Bescheid schlug ein wie eine Bombe: Seine Exzellenz der Innenminister habe beschlossen, keinem der drei Projekte seinen Segen zu geben, da nach seinem Dafürhalten keines genügend Qualitäten aufweise. Dafür lobte er und billigte mit seiner Unterschrift ein viertes Projekt, das entweder am Wettbewerb gar nicht teilgenommen oder es zwar getan hatte, von der Jury aber für untauglich erklärt worden war. Jetzt erschien es wieder und wurde erst noch durch ein Gesetzesdekret sanktioniert. Es war das, was später der »Plan Cerdá« genannt wurde. Der Bürgermeister hielt es für angezeigt, zunächst auf gütliche Art zu reagieren: *Ich bin überzeugt*, schrieb er dem Minister, *daß Eure Exzellenz sich auf unsere Kosten lustig machen wollten, als Sie uns mitteilten, daß Sie ein Projekt gutheißen, das nicht nur nicht Bestandteil des seinerzeit Eurer Exzellenz vorgelegten Dreiervorschlags ist, sondern das auch von vornherein mit der Ablehnung durch alle Barcelonesen rechnen muß*. Diesmal fiel die Antwort des Ministers fulminant aus: *Die Barcelonesen, mein Freund, werden sich noch glücklich schätzen, wenn der Plan Cerdá eines Tages so realisiert wird, wie ich ihn abgesegnet habe. Und was Sie betrifft, mein geschätzter Bürgermeister, erlauben Sie mir, Sie daran zu erinnern, daß es außerhalb Ihrer Befugnisse liegt, zu entscheiden, wann ein Minister Witze macht und wann nicht. Beschränken Sie sich darauf, meine Anweisungen wörtlich auszuführen, und zwingen Sie mich nicht, Ihnen in Erinnerung zu rufen, von wem Ihr Amt letztinstanzlich abhängt.*

Der Bürgermeister berief abermals das Plenum ein. »Wir haben eine Ohrfeige erhalten«, sagte er, »und recht geschieht uns, denn wir haben uns dem Diktat Madrids unterworfen, statt auf eigene Faust zu arbeiten, wie es unser Rang erlaubt und unsere Ehre erfordert. Jetzt ist Barcelona infolge unserer Kleinmütigkeit beleidigt worden – das soll uns eine Lehre sein.« Es hagelte Beifall. Der Bürgermeister gebot Ruhe und sprach weiter; dabei hallte seine Stimme mächtig im Saal der Hundert wider.

»Jetzt müssen wir antworten, die Reihe ist an uns. Was ich euch nun vorschlage, dürfte euch als etwas drastische Maßnahme erscheinen, aber ich bitte euch, kein voreiliges Urteil zu fällen. Denkt darüber nach, und ihr werdet sehen, daß uns kein anderer Ausweg bleibt. Ich schlage folgendes vor: daß, angesichts der Weigerung Madrids, unsere Argumente anzuhören, und angesichts der Tatsache, daß es uns mit dreister Verachtung seinen Entscheid aufzwingen will, jeder einzelne von uns als Repräsentant der Barceloneser Bevölkerung denjenigen Funktionär des Ministeriums, der seiner eigenen hierarchischen Stufe entspricht, zum Duell herausfordert und ihn dabei tötet oder selbst stirbt, indem er sein Recht und seine Würde auf dieselbe Weise verteidigt, wie ich jetzt hier und öffentlich meinen Handschuh auf den Boden dieses historischen Raums werfe und Seine Exzellenz den Herrn Innenminister zum Duell herausfordere, auf daß er und seine verdammten Bürokraten ein für allemal wissen, daß von Stund an, wenn man einem Katalanen verfügungshalber die Gerechtigkeit versagt, er sie sich eigenhändig auf dem Felde der Ehre holen wird.«

Er warf einen grauen Ziegenlederhandschuh zu Boden, den er tags zuvor bei Comella gekauft und die ganze Nacht vor dem Altarbild der heiligen Lucía bewacht hatte. Die Anwesenden brachen in Hochrufe aus und bereiteten ihm eine nicht enden wollende Ovation; diejenigen mit Handschuhen folgten seinem Beispiel, die andern warfen ihre Hüte, Brustlätze oder sogar ihre Schuhe auf den Boden. Der gute Bürgermeister weinte vor Rührung. Er wußte nicht, daß dieselben Männer, die jetzt seinen Vorschlag mit soviel Enthusiasmus aufnahmen, nicht im Traum daran dachten, ihm Folge zu leisten, ja daß einige sogar schon Briefe nach Madrid geschickt hatten, worin sie ihrem Vertrauen zum Minister Ausdruck gaben und den unangebrachten Ton des Bürgermeisters bedauerten, an dessen geistiger Gesundheit sie ernstliche Zweifel hegten. Da er das alles nicht wußte, schickte der Bürgermeister einen Brief mit seiner Herausforderung nach Madrid, den ihm der Minister zerfetzt in einem versiegelten Umschlag zurücksandte, auf dessen Rückseite er eigenhändig geschrieben hatte: *Possen – mit mir nicht!* Die Räte legten dem Bürgermeister nahe, nicht weiter zu insistieren, man könne jetzt nichts mehr tun, er möge sich etwas Urlaub gönnen. Jetzt endlich wurde ihm klar, daß man ihn allein gelassen hatte. Er legte sein Amt nieder, installierte sich in

Madrid und versuchte das Parlament für die Angelegenheit zu interessieren. Einige Abgeordnete gingen aus Gründen politischer Strategie zum Schein auf ihn ein. Die einen glaubten sich so die Sympathie der Katalanen erwerben zu können, andere versprachen sich von ihrer Unterstützung eine Entschädigung finanzieller Art. Als ihnen aber aufging, daß der Exbürgermeister nur ein armer Irrer war, der aus eigenem Antrieb handelte, ließen sie ihn voller Empörung links liegen. Der Exbürgermeister versuchte es nun mit Bestechung der Käuflichsten und brachte damit sein ganzes persönliches Vermögen durch, das beträchtlich war. Nach drei Jahren kehrte er verarmt und mit gebrochenem Herzen nach Barcelona zurück, ging auf den Montjuich und schaute auf die Ebene hinunter, wo er bereits die Trassierung der neuen Straßen, die Gräben für die zukünftige Eisenbahn, die Abwasserkanäle und Aquädukte sehen konnte. Wie ist es möglich, fragte er sich, wie kann es sein, daß eine simple bürokratische Klippe den ausdrücklichen Willen Gottes hat zunichte machen können? Seine Verzweiflung war so groß, daß er sich vom Berg hinunterstürzte und starb. Seine Seele fuhr geradewegs zur Hölle, wo ihm erklärt wurde, der Besuch, den er im Traum empfangen habe, sei in Wahrheit der leibhaftige Satan gewesen. »Oh, du unheilvoller Verderber!« rief der Exbürgermeister ganz zerknirscht, weil er so töricht gewesen war; »freilich hast du mich getäuscht, indem du sagtest, du seist ein Engel!« – »He, he, langsam«, antwortete Satan, »ich habe nie gesagt, ich sei ein Engel. Du mußt wissen, daß wir Teufel zwar jede uns geeignet erscheinende Gestalt annehmen können, um die Sterblichen in Versuchung zu führen, nicht aber die eines Heiligen oder eines Engels und schon gar nicht diejenige Gottes Unseres Herrn oder die der Heiligsten Muttergottes; daher nannte ich mich einen ›Herrn aus Olot‹, denn das ist das, was meines Wissens einem himmlischen Körper am nächsten kommt; den Rest besorgte deine Eitelkeit und Verblendung, deren schreckliche Konsequenzen Barcelona und du bis in alle Ewigkeit erleiden müßt.« Und er brach in lautes und schauerliches Gelächter aus.

Die Jahre erbrachten den Beweis, daß von allen Protagonisten dieser Legende – ausgenommen der Teufel, der immer auf den eigenen Vorteil aus ist – der Bürgermeister als einziger recht gehabt hatte. Der vom Ministerium aufoktroyierte Plan war bei aller Trefflichkeit übermäßig funktional und krankte an überrissenem Rationalismus: Er sah keine Freiräume vor, wo Gemeinschaftsereignisse hätten stattfinden können, keine Denkmäler als Symbole für die Größe, die sich alle Völker – ob zu Recht oder zu Unrecht – gern zuschreiben, keine Gärten und keine zur Romanze oder zum Verbrechen ladenden Alleen, keine statuengeschmückten Chausseen noch Brücken oder Viadukte. Er war ein gleichförmiges, Ausländer wie Einheimische irritierendes Liniennetz, das einzig die relative Flüssigkeit des fahrenden Verkehrs und die korrekte Abwicklung der allerprosaischsten Tätigkeiten vorsah. Wäre er so realisiert worden, wie man ihn anfänglich entworfen hatte, so wäre wenigstens eine fürs Auge angenehme, eine komfortable und hygienische Stadt dabei herausgekommen; so wie sie sich aber schließlich präsentierte, hatte sie nicht einmal diese Vorzüge. Es konnte auch gar nicht anders sein; die Barcelonesen lehnten den Plan zwar nicht so kategorisch ab, wie es der visionäre Bürgermeister prophezeit hatte, sahen aber auch nicht ihre Interessen durch ihn vertreten; er vermochte weder ihre Fantasie zu beflügeln, noch weckte er irgendein Gefühl alter Vertrautheit. Sie zeigten sich abgeneigt, das Land, das sie während Jahrhunderten ersehnt und verlangt hatten, zu kaufen, kühl und lustlos im Moment des Bauens und unentschlossen, wenn es darum ging, darauf zu wohnen; sie besiedelten es erst nach und nach, einzig unter dem demographischen Druck, nicht aus Begeisterung. Angesichts der allgemeinen Gleichgültigkeit und mit dem stillen Einverständnis derer, die es vielleicht hätten verhindern können (derselben, die hinter dem Rücken des überspannten Bürgermeisters dem Minister Briefe schickten, um sich ihre Pfründen zu erhalten), bemächtigten sich schließlich Spekulanten des Geländes, stellten den ursprünglichen Plan auf den Kopf und verwandelten dieses anmutige und gesunde Viertel in eine lärmige und stinkende Großstadt, die ebenso dicht bevölkert war wie das alte Barcelona, das der Plan gerade überwinden sollte. Mangels Ideen (jener Ideen, die die Liebe Gottes und des Teufels Ränke dem vermaledeiten Exbürgermeister eingegeben hatten) fehlte Barcelona jetzt ein Brennpunkt (außer vielleicht dem bürgerlichen und prätentiösen Paseo de Gracia, der allerdings auch heutzutage noch bezüglich rein kommerzieller Zwecke sehr leistungsfähig ist), wo Feste, Spektakel, Versammlungen, Krönungen und Lynchjustizen hätten stattfinden können. Die weiteren Expansionen der Stadt vollzogen sich ungeordnet und ohne irgendeine Gesetzmäßigkeit, allein mit dem Ziel, diejenigen, die in den bis dahin erbauten Vierteln keinen Platz mehr fanden, irgendwo unterzubringen und aus der Operation die höchste Rendite zu ziehen. Die Viertel trennten schließlich für immer die sozialen Schichten und die Generationen voneinander, und die Verschlechterung des Alten wurde zum einzigen qualitativen Indiz von Fortschritt.

2

Onkel Tonet war gealtert und sah schlecht, weil er immer weitsichtiger geworden war; trotzdem fuhr er nach wie vor täglich oder beinahe täglich mit seinem Planwagen von Sant Climent nach Bassora und von Bassora nach Sant Climent. Eines Tages fand er seine schon über achtzehnjährige Stute tot im Stall; nie war sie in die Knie gegangen, um sich niederzulegen und auszuruhen – jetzt lag sie mit ganz starren Beinen auf dem Rücken, als wollte sie kopfüber davontrotten. Statt in den Ruhestand zu treten, was er eigentlich hätte tun sollen, kaufte sich Onkel Tonet eine andere Stute. Die neue Stute kannte den Weg nicht; eine Stute, mag sie auch noch so klug sein, braucht mehrere Jahre, um einen so langen und schwierigen Weg kennenzulernen. Teils wegen der Unerfahrenheit der Stute, teils wegen der schlechten Augen des Kutschers verirrten sie sich mehrfach, einmal sogar gründlich: Die Nacht brach schon über sie herein, und er hatte nicht mehr die leiseste Ahnung, wo sie waren. Früher hatte er sich an den Sternen orientiert, aber jetzt tappte er ständig in einem täglich dichter werdenden Nebel umher. Die Wölfe heulten, und die verängstigte Stute ließ sich nur noch mit Peitschenhieben vorantreiben. Endlich erblickten sie einige

Lagerfeuer und gingen näher. Onkel Tonet hoffte, es seien Hirten, obwohl die höchst unwirtliche Gegend für keine Viehart geeignet war. In Wirklichkeit handelte es sich um das Lager von Strauchdieben, nämlich von Cornet und seiner Bande. Diese Räuber waren Überlebende aus dem letzten Karlistenkrieg; statt die Waffen niederzulegen, sich dem Sieger zu ergeben und auf Amnestie zu hoffen, hatten sie beschlossen, sich in die Berge abzusetzen. »Wenn wir uns ergeben, liefern sie uns ans Messer«, sagte Cornet zu seinen Männern, deren Vertrauen, ja Ergebenheit er sich im Verlauf jenes blutigen Feldzugs zu erwerben gewußt hatte; »ich schlage vor, wir werden Räuber; da wir ohnehin sterben müssen, werden wir das, was wir noch zu leben haben, auf Pump gelebt haben; wir können uns den Luxus erlauben, unser Leben für eine Lappalie aufs Spiel zu setzen.« Von dieser Argumentation überzeugt, stellten sie eine unwahrscheinliche Kühnheit zur Schau. Sie führten sämtliche bewaffneten Truppen, die auf die Suche nach ihnen geschickt wurden, an der Nase herum und machten sich in der ganzen Region einen Namen; sie waren romantische Wegelagerer. Bauern und Hirten tolerierten sie – sie beschützten sie zwar nicht gerade, denn nach mehreren Jahrhunderten hatten sie die nicht enden wollenden Scharmützel vor ihrer Haustür satt, aber sie denunzierten sie auch nicht und schossen nicht auf sie, wenn sich dazu Gelegenheit bot. Die Räuber rechneten damit, nur noch kurze Zeit zu leben und dann mit der Waffe in der Hand einen würdigen Tod zu sterben, und wurden schließlich, von den Behörden längst vergessen, in den Bergen alte Männer. Als es Onkel Tonet in ihr Lager verschlug, traf er bloß auf eine Gruppe gebrechlicher Greise, die kaum noch den Stutzen ans Kinn heben konnten. »Ich dachte, ihr wärt schon vor Jahren verschwunden«, sagte er, »und nur noch eine Legende.« Sie gaben ihm Abendbrot und ließen ihn die Nacht in ihrer Gesellschaft verbringen. Sie sprachen fast nichts mit ihm, denn sie waren nicht gewohnt, mit Fremden zu reden, und sich selbst hatten sie längst alles gesagt. Onkel Tonet kannten sie vom Sehen; Tausende Male hatten sie das Kommen und Gehen des Planwagens ausspioniert, hatten ihn aber nie überfallen, denn sie wußten, daß er lebenswichtige Güter für die Bauern hin und her transportierte. Am folgenden Morgen erklärten sie ihm den Weg und gaben ihm ein Stück Brot und eine Peitsche mit. Bevor er losfuhr, zeigten sie ihm noch den kleinen Friedhof, wo die sterblichen Überreste der in den Bergen an Krankheit gestorbenen Räuber ruhten. Es gab fast ebenso viele Tote wie Lebende. Auf den Gräbern lagen überall wilde Blumen und zahllose Kreuze, denn alle waren sehr gläubig. Dies hatte sich vor einiger Zeit ereignet. Mittlerweile kannte die Stute den Weg schon fast vollständig, und Onkel Tonet war beinahe ganz erblindet.

»Trotzdem«, sagte er, nachdem er dem Reisenden, der ihn am nämlichen Nachmittag in Bassora in seine Dienste genommen hatte, diese Geschichte fertigerzählt hatte, »trotzdem, sage ich, kommt mir deine Stimme nicht unbekannt vor. Nicht eigentlich die Stimme, aber der Tonfall deiner Stimme«, präzisierte er. Der Reisende schwieg weiterhin. Schließlich brach Onkel Tonet in Lachen aus. »Aber natürlich! Du bist Onofre Bouvila! Sag nicht nein! Es kann gar nicht anders sein. Der Tonfall deiner Stimme ist mir vertraut, doch dieses cholerische Schweigen beseitigt meine letzten Zweifel: Du gleichst ganz genau deinem Spinner von Vater, den ich gut gekannt habe. Als er nach Kuba ging, brachte ich ihn in ebendiesem Wagen nach Bassora. Ich weiß nicht, wie alt er damals war, aber er dürfte kaum älter gewesen sein als du jetzt, ja, und er spielte schon den Hochmütigen, als flösse uns andern Linsenpüree aus der Nase, als sprudelte uns Linsenpüree in Strömen aus den Nasenhöhlen. Als er von Kuba heimkehrte, brachte ich ihn nach Hause zurück. Alle hatten sich vor der Kirche versammelt; es kommt mir vor, als sähe ich es jetzt noch mit meinen armen unnützen Augen. Dein Vater saß genau da, wo du jetzt sitzt, mit ganz steifem Rücken; er trug einen weißen Drillichanzug und einen Hut aus geflochtenem Stroh, einen von denen, die man Panama nennt, wie das Land. Auf der ganzen Reise sagte er kein einziges Wort. Er führte sich auf wie ein reicher Mann, obwohl er keinen Heller besaß, aber was soll ich dir davon erzählen! Weißt du, was er statt Geld mitbrachte?«

»Einen Affen«, antwortete Onofre.

»Einen kranken Affen, jawohl! Ich sehe, du hast ein gutes Gedächtnis«, sagte Onkel Tonet und gab der Stute, die stehengeblieben war, um am Wegrand Gras zu fressen, einen Peitschenhieb. »Hü, Persa, hör auf zu fressen, das bekommt dir jetzt nicht.« Er ließ die Peitsche in der Luft knallen. »Persa ist ihr Name – sie hieß schon so, als ich sie kaufte. Wovon sprachen wir? Ach ja, von der Aufgeblasenheit deines Vaters: ein Idiot, wenn du meine Meinung hören willst. He, Junge, du wirst doch nicht einen fast blinden Greis schlagen wollen! Nanu, wohl doch; gut, gut, ich werde auf meine Worte achten, obwohl das an meiner Denkart nicht das geringste ändert. Ich weiß ja, daß die Menschen so sind; ihr wollt nicht, daß man euch sagt, was ihr nicht gern hört; ihr wollt nur hören, was euch paßt, selbst wenn ihr wißt, daß das, was ihr hört, nicht das ist, was die Leute denken. Pah, was für ein Mangel an Intelligenz! Aber glaube ja nicht, daß ich mich darüber aufrege oder auch nur wundere. Es sind schon lange Jahre her, daß ich die menschliche Eitelkeit richtig einzuschätzen gelernt habe; ich habe mit vielen Leuten zu tun gehabt – und danach Zeit genug, darüber nachzudenken. Immer wenn ich diese Reise ohne Fahrgäste machte, nutzte ich die Zeit zum Nachdenken. Mittlerweile weiß ich um die Natur der Dinge. Ich weiß auch, daß ich sie nicht ändern kann, was auch immer ich tun mag; weder kann ich die Dinge ändern, noch habe ich die Zeit dafür; ich bin mir auch nicht sicher, ob ich es wirklich tun wollte, selbst wenn ich über diese Macht und Zeit verfügte. Es gibt Leute, die haben die Augen voll Knoblauchsuppe; sie öffnen die Augen und sehen nur Knoblauchsuppe. Ich nicht. Ich hätte auch so sein können, bin aber nicht so.«

So faselte der Kutscher vor sich hin, mit der Zusammenhanglosigkeit, die bei alten und kindischen Leuten oft als Weisheit gilt. Onofre Bouvila hörte ihm nicht zu; er hatte sich mit dem Geschwätz des Kutschers abgefunden und schenkte ihm keine weitere Beachtung. Er gab sich der Betrachtung jenes Weges hin, den er acht Jahre zuvor in entgegengesetzter Richtung zurückgelegt hatte. An einem Frühlingsmorgen war er von zu Hause abgereist, kaum daß die Sonne aufgegangen war. Am

Vortag hatte er den Eltern seine Absicht angekündigt, nach Bassora zu gehen. Dort wolle er sich mit den Herren Baldrich, Vilagrán und Tapera besprechen, sagte er; garantiert würden sie ihm in einer ihrer Firmen Arbeit geben; so werde er etwas dazu beitragen, die vom Amerikaner angehäuften Schulden zurückzuzahlen. Dieser wollte schon sagen, er sei damit nicht einverstanden, denn er sei allein verantwortlich für die schwierige Situation, in der sie sich befänden, und werde nicht zulassen, daß sein Sohn sich opfere ... Onofre hieß ihn schweigen. Der Amerikaner hatte seine ganze Autorität verloren und verstummte; zu seiner Mutter sagte Onofre, er werde so lange in Bassora bleiben, bis er das Geld beisammenhabe, das sie benötigten. »Einige Monate werden es sein, höchstens ein Jahr. Ich werde Ihnen sogleich schreiben«, versprach er. »Durch Onkel Tonet werde ich Sie über die Ereignisse auf dem laufenden halten.« In Wirklichkeit war es für ihn schon ausgemacht, daß er nach Barcelona gehen und nie mehr zurückkehren würde. Damals dachte er, er werde seine Eltern nie wieder sehen und nie wieder das Haus betreten, in dem er geboren war und bis zu diesem Tag gelebt hatte. Als er in den Planwagen kletterte, reichte ihm der Vater das Bündel mit all seinen persönlichen Kleidungsstücken hinauf; er verstaute es sorgsam hinten im Wagen. Seine Mutter band ihm den Schal um den Hals. Da niemand mehr etwas sagte, stieg Onkel Tonet auf den Bock und meinte: »Wenn du bereit bist, fahren wir.« Onofre nickte bloß, damit der seltsame Klang seiner Stimme den andern nicht seine Ergriffenheit verrate. Onkel Tonet ließ die Peitsche knallen, und die Stute, die Hufe tief im Schneematsch, zog an. »Die Fahrt wird übel sein«, sagte Onkel Tonet. Der Amerikaner winkte mit seinem Panama, und seine Mutter sagte etwas, was er nicht verstehen konnte. Dann schaute er nur noch auf den Weg, so daß er nicht sah, wie seine Eltern immer kleiner wurden. Der Planwagen überquerte den Weg zum Fluß, den Weg zur verwunschenen Grotte, den Weg zum Vogeljagdplatz, den Weg zur Angelstelle (der nicht derselbe war wie der zum Fluß) und den Weg zur Lichtung, auf der man im Herbst Pilze sammelte; er hätte nie gedacht, daß es so viele Wege gab. Als das

Tal im Morgennebel verschwand, konnte er immer noch den Kirchturm sehen. Dann kamen sie an einigen Schafherden vorbei. Die Hirten verabschiedeten sich von ihm: Sie winkten mit dem Schäferstab und lachten. Sie hatten den Schal ums Kinn geschlagen und trugen wollene Jacken und Mützen. Diese Hirten kannten ihn seit dem Tag seiner Geburt. Jetzt werde ich nie wieder jemandem begegnen, der mich so gut kennt, dachte er. Auf dem Rest der Reise sahen sie mehrere verlassene Höfe. Durch Kälte und Regen waren die Türen und Fensterflügel aus den Angeln gesprungen, so daß man in diese Häuser ohne Möbel hineinsehen konnte, die voll dürren Laubes waren; aus einigen flogen Vögel heraus. Es waren die Häuser derer, die auf der Suche nach Fabrikarbeit nach Bassora gezogen waren; sie hatten das Feuer in ihren Herden ausgehen lassen, wie man damals sagte. Jetzt waren acht Jahre verflossen, in deren Verlauf Onofre Bouvila vieles unternommen hatte; er hatte viele Menschen kennengelernt, zum größten Teil seltsame und vor allem schlechte; einige von ihnen hatte er liquidiert, ohne genau zu wissen, weshalb; mit andern hatte er mehr oder weniger dauerhafte Bündnisse geschlossen. Die Bäume, die Farbe des durchs Blätterwerk schimmernden Himmels, das Murmeln des Windes im Wald, der Geruch der Felder – das alles kam ihm jetzt sehr vertraut vor. Es schien ihm, als sei er nie aus diesem Tal weggegangen, als habe er alles Vorgefallene nur geträumt. Sogar Don Humbert Figa i Moreras Tochter, für die er eine so heftige Liebe verspürte, erschien ihm jetzt als etwas Flüchtiges, als das Aufleuchten eines Blitzes in seiner Vorstellung. Er mußte sich anstrengen, um sich an ihre Gesichtszüge zu erinnern, so wie sie waren, und nicht bloß als etwas Verschwommenes. Von Zeit zu Zeit vermischten sich ihre Züge in seiner Erinnerung mit andern: mit denen der unglückseligen Delfina, die nach so langer Zeit noch immer im Gefängnis saß, oder denen eines Mädchens, mit dem er eine Woche zuvor einen flüchtigen und oberflächlichen Kontakt gehabt hatte; er hatte nicht mehr als vier Sätze mit ihr gewechselt; dieses Mädchen gehörte zu einer Puppenspielertruppe, deren Vorstellung er rein zufällig beigewohnt hatte; sie hatte ihm gefallen, weil sie, ohne häßlich zu sein, ein

Hundegesicht hatte; sie war so jung, daß er im voraus mit ihren Eltern verhandeln und ihnen vorausbezahlen mußte: Das hatte ein Gespräch zwischen den beiden überflüssig gemacht, nachdem der Vertrag einmal abgeschlossen war. Seine einzigen Worte bestanden in einem liebenswürdigen Satz beim Abschied am Morgen; dazu gab er ihr ein reichliches Trinkgeld. Er hatte bereits die Gewohnheit angenommen, übertriebene Trinkgelder zu verteilen, wenn er bei denen, die ihm dienten, auf guten Willen stieß; in diesem Fall war er zufriedengestellt worden und hatte sich mit Freigebigkeit erkenntlich gezeigt. Das Mädchen, zu jung noch, um diese Unverhältnismäßigkeit zu bemerken, hatte das Geld mit einer zerstreuten Handbewegung genommen, als gingen sie dieses Entgelt und die Art, wie sie es erworben hatte, eigentlich gar nichts an. Sie hatte ihn nur seltsam angesehen, woran er sich jetzt mit Unbehagen erinnerte.

»Was beklage ich denn?« sagte nun Onkel Tonet. »Beklage ich den Nebel, der uns immer stärker einhüllt? Nein, nein. Beklage ich also das Klima? Nein, nein. Beklage ich den schlechten Zustand des Geländes? Nein, nein, ich beklage auch nicht den schlechten Zustand des Geländes. Was also beklage ich? Ich beklage die menschliche Dummheit, für die dein Vater ein treffliches Beispiel ist, wie wir gesagt haben. Warum lege ich mich so erbittert mit ihm an? Lege ich mich vielleicht aus Neid so erbittert mit ihm an? Jawohl, aus purem Neid lege ich mich so erbittert mit ihm an.«

Es war Nacht, als sie vor der Kirchentür anhielten. Der Kutscher fragte ihn, ob er den Eltern seinen Besuch angekündigt habe. »Nein«, sagte Onofre. »Ah, du willst ihnen eine Überraschung bereiten!« – »Nein, ich habe sie ganz einfach nicht benachrichtigt.« – »Bestell ihnen herzliche Grüße von mir. Es ist Jahre her, daß ich nichts mehr von ihnen weiß, obwohl doch dein Vater und ich einmal gute Freunde waren: Ich brachte ihn nach Kuba, als er auf die Schnapsidee verfiel auszuwandern. Hab' ich's dir schon erzählt?« Onofre ließ den Kutscher auf dem Platz stehen, tastete im Dunkeln nach der Kneipe und nahm dann den Heimweg unter die Füße.

Seine Mutter stand unter der Tür und sah ihn als erste kommen. Sie war ganz zufällig aus dem Haus getreten, um die Nacht zu sehen, was sie in den letzten Jahren nicht mehr getan hatte. Als Onofre weggegangen war, nahm sie, ohne bestimmte Absicht, die Gewohnheit an, täglich bei Sonnenuntergang in der Haustür zu stehen, weil zu dieser Stunde der Planwagen kam, falls er kam. Später gab sie diesen Posten wieder auf, ohne mit ihrem Mann darüber zu sprechen, denn sie begriff, daß Onofre nicht zurückkommen würde, und wollte sich nicht mit dieser absurden Gewohnheit in sein Leben einmischen. »Ich werde das Abendessen aufwärmen«, sagte sie, als sie ihn kommen sah. »Und der Vater?« fragte er. Sie bedeutete ihm, der Vater sei im Haus. Auf den ersten Blick kam er ihm sehr gealtert vor. Aber auch an seiner Mutter waren die Jahre nicht spurlos vorübergegangen, doch er war noch zu jung, um zu verstehen, daß sie nicht immer gleich aussehen konnte.

Sein Vater trug immer noch den Drillichanzug, der jetzt abgetragen und fadenscheinig war, gelblich vom Waschen und aus der Form geraten durch das viele Stopfen und Ausbessern. Als er die Augen vom Tisch hob, auf den er den Blick geheftet hatte, füllten sie sich mit Tränen. Aber sein Gesichtsausdruck veränderte sich nicht, als wäre niemand Ungewöhnliches zur Tür hereingekommen. Er wartete darauf, daß sein Sohn das Schweigen breche, da er ja offensichtlich aus einem sehr wichtigen Grund gekommen war, aber Onofre sagte nichts, und so machte er eine triviale Bemerkung: »Wie war die Reise?«

»Gut«, antwortete Onofre. Unter dem aufmerksamen Blick der Mutter herrschte wieder Schweigen.

»Du bist sehr gut angezogen«, sagte der Amerikaner.

»Ich habe nicht die Absicht, Ihnen Geld zu geben«, fiel ihm Onofre ins Wort. Der Amerikaner wurde blaß. »Ich wollte dich nicht im geringsten um Geld bitten, Junge«, sagte er zwischen den Zähnen. »Ich redete nur, um zu reden.« – »Dann schweigen Sie«, sagte Onofre kurzangebunden. Der Amerikaner begriff, daß er in den Augen seines Sohnes schon ziemlich lächerlich geworden sein mußte. Er erhob sich flink und sagte: »Ich hole im Stall ein paar Eier.« Mit einem niedrigen Schemel ging er aus dem Haus, ohne zu sagen, wozu er im Hühnerstall den

Schemel brauchte. Als Onofre mit seiner Mutter allein war, ließ er seinen Blick durchs Haus schweifen. Er hatte zwar gewußt, daß es ihm kleiner als in seiner Erinnerung vorkommen würde, aber dennoch überraschte es ihn, es tatsächlich so unbedeutend und ärmlich zu sehen. Er erblickte sein ehemaliges Bett neben dem der Eltern; es war noch immer bezogen, als wäre es in der Vornacht benutzt worden. Die Mutter kam seiner Frage zuvor: »Als du weggingst, fühlten wir uns sehr allein.« Onofre ließ sich auf einen Stuhl fallen, müde vom Geholper des Planwagens; beim Hinsetzen verletzte er sich am glatten Holz des Stuhls. »Also habe ich einen Bruder«, sagte er. Die Mutter senkte die Augen: »Wenn wir gewußt hätten, wohin dir schreiben ...«, sagte sie schließlich ausweichend. »Wo ist er?« fragte Onofre, als wollte er sagen: Machen wir ein für allemal Schluß mit dieser Farce. Die Mutter meinte, er komme bald.

»Er ist eine große Hilfe«, fuhr sie nach einer Weile fort. »Du weißt ja, wie die Feldarbeit ist. Und dein Vater ist dazu nicht zu gebrauchen – er war nie für die Feldarbeit zu gebrauchen, nicht einmal als junger Mensch. Ich nehme an, deshalb ist er auch nach Kuba gegangen. Er hat viel gelitten«, sagte sie übergangslos, als spräche sie mit sich selbst, »er glaubt, er trägt allein die Schuld an deinem Weggehen. Als er sah, wie die Monate verflossen, ohne daß du zurückkamst, hat er Nachforschungen angestellt. Man hat ihm gesagt, du seist nicht in Bassora, sondern vermutlich in Barcelona. Darauf hat er sich erneut Geld geliehen, um dich dort zu suchen. Bis dahin hatte er nie mehr Geld geliehen. Er war fast einen Monat in Barcelona, hat dich überall gesucht und alle Leute nach dir gefragt. Schließlich mußte er wieder zurück. Das hat mir in der Seele wehgetan. Zum erstenmal habe ich gesehen, was Scheitern für ihn bedeutet. Dann haben wir den Jungen bekommen – du wirst ihn gleich sehen. Er gleicht dir nicht; er ist zwar auch sehr wortkarg, aber er hat nicht deinen Charakter. Darin schlägt er mehr dem Vater nach.«

»Was macht er jetzt?« fragte Onofre Bouvila.

»Es hätte schlimmer sein können, als es war«, sagte sie. Sie wußte, daß er vom Vater sprach; schon seit einer Weile interessierte ihn die andere Geschichte nicht mehr. »Jene Herren aus Bassora, die ihn beinahe ins Gefängnis gebracht hätten – erinnerst du dich? –, haben ihm eine Arbeit verschafft, damit er sich endlich den Lebensunterhalt verdienen konnte; ich denke, letztlich war das anständig von ihnen. Sie haben ihm einen Koffer gegeben und ihn in die Dörfer und auf die Höfe geschickt, um Versicherungen abzuschließen – etwas Neues. Da sein Fall in der ganzen Gegend von Mund zu Mund gegangen ist, kennt man ihn überall. Die Leute kommen herbei, wenn er in seinem weißen Anzug auftaucht. Manche machen sich über ihn lustig, aber ab und zu verkauft er eine Versicherung. Damit und mit dem Erlös aus dem Land und dem Geflügel haben wir ein mehr rechtes als schlechtes Auskommen.« Sie ging zur Tür und spähte ins Dunkel. »Es wundert mich, daß er nicht zurückkommt«, sagte sie, ohne deutlich zu machen, wen sie meinte. Der Nebel hatte sich aufgelöst, und im Mondschein sah man die Fledermäuse umherflattern. »Was mir jetzt Sorgen bereitet, ist seine Gesundheit. Er kommt allmählich in die Jahre, und dieses Leben tut ihm nicht gut. Er muß viele Kilometer zurücklegen, bei Kälte und bei Hitze, er wird rasch müde, trinkt zuviel und ißt wenig und schlecht. Zu allem Überfluß hat er vor etwa vier oder fünf Jahren auch noch den Hut verloren: Ein Windstoß hat ihn in ein Weizenfeld geweht; er hat ihn bis zum Einbruch der Nacht gesucht. Ich habe ihn überreden wollen, sich eine Mütze zu kaufen, aber das ist unmöglich. Ah, da kommt er.«

»Ich habe versucht, einige Zwiebeln und etwas wilde Minze aufzutreiben«, sagte der Amerikaner beim Hereinkommen. Den Schemel hatte er nicht mehr bei sich.

»Ich habe Onofre gerade die Geschichte mit dem Hut erzählt«, sagte sie. Der Vater legte das Mitgebrachte auf den Tisch, setzte sich und sagte, glücklich über ein Gesprächsthema: »Ein unersetzlicher Verlust. Hier kann man nichts in dieser Art finden, weder in Bassora noch in Barcelona. Ein echter Panama.«

»Ich habe ihm auch das mit Joan erzählt«, sagte die Mutter. Der Amerikaner errötete bis unter die Haarwurzeln.

»Erinnerst du dich noch«, sagte er, »wie wir zwei nach Bassora gingen, um den Affen ausstopfen zu lassen? Du warst noch nie in einer Stadt gewesen, und alles erschien dir ...«

Onofre schaute den Jungen an, der in der Tür stand und sich nicht hereinzukommen getraute. Er sagte zu ihm: »Komm herein ans Licht, damit ich dich sehen kann. Wie heißt du?«

»Joan Bouvila i Mont, Gott und Ihnen zu dienen.«

»Sprich mich nicht mit Sie an, ich bin dein Bruder Onofre. Du hast es schon gewußt, nicht wahr?« Der Junge nickte. »Lüg mich niemals an«, sagte Onofre.

»Setzt euch zu Tisch«, sagte die Mutter, »wir wollen zu Abend essen. Onofre, segne du den Tisch.«

Die vier aßen schweigend. Nach dem Essen sagte Onofre: »Sie werden ja wohl nicht glauben, ich sei gekommen, um zu bleiben.« Niemand antwortete; keiner hatte das im Ernst angenommen – es genügte, ihn anzusehen, um zu wissen, daß es nicht so sein konnte.

»Ich bin gekommen, damit Sie mir ein paar Papiere unterzeichnen«, wandte er sich an seinen Vater. Er zog ein Dokument aus der Jackentasche und legte es zusammengefaltet auf den Tisch. Der Amerikaner streckte den Arm aus, aber es gelang ihm nicht, das Dokument zu nehmen; er zögerte und senkte die Augen. »Es ist die Hypothek auf dieses Haus und auf die Felder«, sagte Onofre. »Ich brauche Geld für Investitionen und weiß nicht, woher es nehmen, wenn nicht von hier. Haben Sie keine Angst. Sie werden weiterhin im Haus wohnen können und das Land bearbeiten. Nur wenn das Ganze schiefginge, würde man Sie hier hinauswerfen, aber es wird nicht schiefgehen.«

»Mach dir keine Sorgen«, sagte die Mutter, »dein Vater wird unterschreiben, nicht wahr, Joan?«

Ohne ihn überhaupt zu lesen, unterschrieb der Vater den Vertrag, den ihm Onofre vorlegte. Sowie er ihn unterzeichnet hatte, stand er auf und ging aus dem Zimmer. Onofre schaute ihm nach; dann sah er seine Mutter an. Sie nickte zustimmend. Onofre ging aufs Feld hinaus und machte sich auf die Suche nach dem Amerikaner. Endlich fand er ihn unter einem Feigenbaum sitzend, auf einem dreibeinigen Schemel, wie man sie zum Melken braucht. Es war der Schemel, den er vorher mitgenommen hatte. Wortlos lehnte sich Onofre an den Stamm des Feigenbaums und sah Rücken, Nacken und die herabgesunkenen Schultern des Amerikaners. Dieser begann zu sprechen, ohne daß ihn Onofre darum bitten mußte.

»Mein Leben lang hatte ich gedacht« – er deutete einen Punkt irgendwo in der Ferne an, meinte in Wirklichkeit aber mit seiner Geste das ganze mondbeschienene Gebiet bis zum Horizont –, »daß das, was wir hier sehen, immer so gewesen sei, nämlich genau so, wie wir es jetzt sehen, daß das alles das Ergebnis von ein paar immer gleichen Naturkreisläufen und Jahreszeitenwechseln sei, die sich alljährlich wiederholen. Ich habe viele Jahre gebraucht, um zu begreifen, wie sehr ich mich irrte: Jetzt weiß ich, daß auch die letzte Handbreit dieser Felder und Wälder mit Karst und Spaten bearbeitet worden ist, Stunde um Stunde und Monat um Monat, daß meine Eltern und zuvor meine Großeltern und meine Urgroßeltern, die ich nicht mehr kannte, und viele andere noch weit vor deren Geburt mit der Natur gerungen haben, damit wir jetzt hier leben können, so wie früher sie selbst. Die Natur ist nicht weise, wie man sagt, sondern dumm und plump, vor allem jedoch grausam. Aber die Generationen haben allmählich die Dinge in der Natur verändert: den Verlauf von Flüssen und Bächen, die Abhängigkeit vom Regen und die Anordnung der Berge; sie haben die Tiere domestiziert und das System von Bäumen, Getreide und Pflanzen insgesamt verändert; alles, was vorher zerstörerisch war, haben sie produktiv gemacht. Das Ergebnis dieser von vielen Generationen erbrachten Anstrengungen haben wir jetzt hier vor uns. Vorher vermochte ich das nie zu erkennen, denn ich dachte, von Bedeutung seien die Städte, das Land dagegen sei nichts, aber heute denke ich, es ist eher genau umgekehrt. Die Arbeit auf dem Land erfordert einfach viel Zeit, will nach und nach getan werden, in genau bemessenen Schritten, genau dann, wenn es Zeit dafür ist, weder früher noch später, und so kommt es uns vor, als hätte eigentlich gar keine große Veränderung stattgefunden, was uns in irgendeiner beliebigen Stadt auf der Welt nicht so scheint – in den Städten ist genau das Gegenteil die Regel: Kaum sehen wir sie, bemerken wir schon ihre Ausdehnung, ihre Höhe und die Unzahl von Backsteinen, deren es bedurfte, um sie aus dem Boden zu stampfen. Aber auch hierin irren wir uns – jede beliebige Stadt kann in einigen wenigen Jahren vollständig erbaut werden. Daher sind die Landmenschen so anders: schweigsamer und weniger anspruchsvoll. Hätte ich diese Dinge früher begriffen, mein Leben wäre vielleicht anders verlaufen, aber es stand geschrieben, daß es nicht so sein sollte; diese Dinge hat man von Geburt an im Blut – oder man muß sie über viele Jahre und Irrtümer hinweg erlernen.«

»Machen Sie sich jetzt keine Sorgen, Vater«, sagte Onofre. »Alles wird so herauskommen, wie ich Ihnen gesagt habe, und ich werde Ihnen das Geld sehr bald zurückgeben.«

»Glaube nicht, daß ich mir wegen der Sache mit der Hypothek Sorgen mache, mein Sohn. Ich wußte tatsächlich bis heute nicht, daß man auf diese Felder eine Hypothek aufnehmen kann. Hätte ich es gewußt, so hätte ich es wahrscheinlich selbst schon vor einigen Jahren getan, um Geschäfte zu tätigen. Dann hätten wir sie jetzt allerdings nicht mehr, doch bei dir wird das alles ganz anders herauskommen, dessen bin ich mir sicher.«

»Es kann nicht schiefgehen.«

»Denk jetzt nicht mehr drüber nach und geh schlafen, morgen erwartet dich eine lange Reise. Wäre es nicht besser, du würdest einen oder zwei Tage bleiben?«

»Es ist schon beschlossen.« Am nächsten Tag brach Onofre wieder nach Barcelona auf. Auf dem Weg durch Bassora ließ er den Vertrag notariell beglaubigen. Er hatte die Nacht in seinem ehemaligen Bett verbracht; der kleine Joan schlief bei den Eltern. Als er ging, war er etwas ruhiger und betrachtete die Landschaft. Voriges Mal, sagte er sich, habe ich gemeint, ich sähe diese Felder zum letztenmal; jetzt dagegen weiß ich, daß ich sie immer wieder sehen muß. Doch was soll's, es kommt auf eins heraus. Aber wenn ich sie schon häufig sehen muß, dann, um Profit daraus zu schlagen. Das war im Moment seine ganze Philosophie: kaufen und verkaufen, kaufen und verkaufen.

3

Das Wachstum des Ensanche von Barcelona, jenes umstrittenen Ensanche, das sich der Innenminister eines schönen Tages aus dem Ärmel geschüttelt zu haben schien, verlief anfänglich in mehr oder weniger logischen Bahnen. Zunächst wurden diejenigen Zonen des zuvor parzellierten Tales besiedelt, die aufgrund ihrer Lage über die beste natürliche Wasserversorgung verfügten, beispielsweise die an einem Bachbett, Wassergraben oder Flußufer (wie die heutige Calle Bruch, die noch vor kurzem bis zu ihrer Vereinigung mit der Calle Aragón schiffbar war) oder bei Brunnen oder Trinkwasserquellen; dann die Zonen in der Nähe von Steinbrüchen, denn das senkte die Baukosten beträchtlich; ebenfalls gefragt war eine Zone, wenn eine Straßenbahnlinie hinführte oder wenn sie durch die Bahn erschlossen war. Wo man aufgrund solcher Gegebenheiten Häuser zu bauen begann, schnellten die Bodenpreise unverzüglich in die Höhe, denn im ganzen Abendland gibt es kein größeres Herdenvolk als die Katalanen, wenn es darum geht, Wohnsitz zu nehmen – wo einer wohnt, wollen auch die andern wohnen. Egal wo, lautete das Motto, aber alle beisammen. So folgte die Spekulation dem immer gleichen Muster: Jemand kaufte in einer ihm vorteilhaft erscheinenden Zone die größtmögliche Anzahl Parzellen und baute auf einer von ihnen ein Wohnhaus, höchstens zwei; dann wartete er ab, bis sämtliche Wohnungen verkauft und von ihren neuen Eigentümern bezogen waren; hierauf bot er die übrigen Parzellen wieder zum Kauf an, und zwar zu einem sehr viel höheren Preis, als er dafür hatte bezahlen müssen. Da die neuen Besitzer der Parzellen für diese sehr viel mehr hatten entrichten müssen, als sie ursprünglich wert waren, hielten sie sich für den Verlust durch folgendes Vorgehen schadlos: Sie teilten jede Parzelle in zwei Hälften, bauten auf der einen Hälfte und verkauften die andere zum selben Preis, den sie für beide Hälften zusammen bezahlt hatten. Naturgemäß verfuhr der, welcher diese zweite Hälfte kaufte, genauso, das heißt, er halbierte sie ebenfalls. Und so ging es immer weiter. Aus diesem Grund belegte das erste in einer Zone gebaute Haus noch eine recht ansehnliche Fläche; das zweite schon eine kleinere, und am Schluß waren die Häuser so schmal, daß nur noch eine Wohnung pro Stockwerk Platz fand, die dazu äußerst kümmerlich und dunkel war, aus minderwertigen Baustoffen bestand und weder über Belüftung noch Komfort oder Toiletten verfügte. Diese Mauselöcher (die man auch heute noch sehen kann) kosteten natürlich fünfundzwanzig-, dreißig- und sogar fünfunddreißigmal mehr als seinerzeit die geräumigen, sonnigen und hygienischen, am Anfang des Prozesses gebauten Wohnungen. Man konnte, wie jemand es ausdrückte, geradezu sagen: *Je kleiner und widerwärtiger die Wohnung, desto teurer kommt sie zu stehen.* Natürlich war diese Behauptung falsch. In Wirklichkeit geschah folgendes: Die Eigentümer der privilegierten Wohnungen, jener Wohnungen des ersten Schubs, wie sie manchmal genannt wurden, beeilten sich, sie wieder zu verkaufen, sowie der Kreis sich geschlossen hatte, so daß, war einmal der niedrigste Wohnungspreis in bezug auf den höchsten festgesetzt, nämlich der Preis für die kleinste und schlechteste Wohnung, derjenige für die beste und größte wieder vierzig-, fünfundvierzig- und sogar fünfzigmal höher wurde als jener. Wenn sämtliche Wohnungen des ersten Schubs verkauft waren, kamen die auf halben Zellen gebauten des zweiten Schubs zum Verkauf, dann die folgenden und so weiter, bis wieder alle verkauft waren. Manchmal war dieser Prozeß aber nicht zu Ende, wenn alle Wohnungen einer Zone verkauft waren, sondern es folgte eine zweite Runde von Wiederverkäufen, ja eine dritte und eine vierte. Wenn jemand zu kaufen bereit war, war auch jemand zu verkaufen bereit. Und umgekehrt. Um dieses Phänomen, dieses Fieber zu verstehen, muß man sich vor Augen halten, daß die Barcelonesen eine äußerst merkantile Rasse waren und seit Jahrhunderten daran gewöhnt, wie Läuse auf einem Haufen zu leben. Die Wohnung an sich war ihnen wurscht, für allen Komfort eines Harems hätten sie keinen Finger gerührt; die Aussicht, in kurzer Zeit Geld verdienen zu können, spornte sie hingegen an, war Sirenengesang für sie. An diesem schrankenlosen Spekulationsgeschäft beteiligte sich aber nicht nur, wer ein gesichertes Auskommen oder sogar gewisse Reserven hatte, die er arbeiten lassen konnte, wie man damals sagte, sondern auch viele weniger begüterte Leute, die beim Versuch, das große Geld zu machen, ihre Existenzgrundlage aufs Spiel setzten. Erstere kauften und verkauften Bauland, Häuser und Wohnungen (sie kauften und verkauften auch Kauf-, Ablösungs- und Rückkaufoptionen, handelten mit Pachten und Erbverträgen und übertrugen, tauschten und verpfändeten unter sich Rechte und Aktien, Pachtzinsen und Laudemien), wohnten aber unfehlbar in Mietshäusern oder -wohnungen, denn damals hielt man diejenigen für sehr beschränkt, die »auf ihrem eigenen Kapital hockten«. Die andern sollen ihr Geld ruhig blockieren, sagte man sich, ich dagegen bezahle lieber Monat für Monat und lasse mein Geld arbeiten. Die letzteren dagegen, die kleinen Leute, sahen sich manchmal schrecklich in der Klemme: Sie mußten zum ungünstigsten Zeitpunkt ihr eigenes Heim verkaufen, standen von einem Tag auf den andern mitsamt Familie, Dienerschaft und Mobiliar auf der Straße und mußten an jede Tür klopfen, um einen Ort zu finden, wo sie übernachten und einstweilen den kranken Verwandten oder den Säugling und seine Amme unterbringen konnten. Es war ein Bild des Jammers, sie in den Winternächten oder bei strömendem Regen durch die Straßen von Barcelona irren zu sehen, Möbel und Hausrat auf einen Handwagen getürmt, die vor Kälte fast erstarrten Kinder auf dem Rücken und dabei noch leise die Rechnung überschlagend: Soviel habe ich investiert, soviel wird dabei herausspringen, soviel kann ich wieder investieren. Die Vernünftigsten trachteten danach, nicht zu verkaufen, wenn persönliche Gründe die Gelegenheit nicht als günstig erscheinen ließen; lieber verpaßten sie die Chance und blieben dafür gesund oder erhielten sich die Achtung der Familie; aber das ließ man nicht zu, weil sie damit den Spekulationskreislauf unterbrochen hätten, dem die ganze Stadt erlegen war. Infolgedessen gab es Familien, die innerhalb eines einzigen Jahres sieben- oder achtmal umzogen.

Aus dem Gesagten darf man allerdings nicht schließen, alle, die in dieses Spiel Geld investierten, seien gleichermaßen oder auf unfehlbare Art reich geworden. Wie jede gewinnversprechende Investition barg auch diese Risiken. Damit die Dinge wunschgemäß verliefen, mußte sich das in einer Zone erstgebaute Haus gut verkaufen; vor allem aber mußten die neuen Eigentümer oder Mieter, die darin wohnten, der Gegend eine gewisse distinguierte Note verleihen, damit sie durch ihre Anwesenheit attraktiv wurde. Es gab sehr berühmte Familien, deren bloßes Auftauchen schon genügte, um ein ganzes Viertel auf- oder im Gegenteil abzuwerten, wie beispielsweise eine offenbar aus der Mancha stammende Familie mit Namen oder Spitznamen Gatúnez. Es wurde nie klar, was diese recht zahlreiche Familie tat oder ließ, wohl aber, daß kurz nach ihrem Einzug in eine Wohnung die Nachfrage nach den Nachbarwohnungen abnahm und dann ganz schwand. Da deren Besitzer, die ja am Verkauf interessiert waren, denjenigen, der an die Gatúnez verkaufte, daran nicht hindern oder im nachhinein das Geschäft annullieren konnten, mußten sie einen kostspieligen Umweg machen, nämlich den Gatúnez Geld geben, damit sie wieder auszogen, oder sie mußten ihnen die soeben erworbene Wohnung für die Summe wieder abkaufen, die den Gatúnez gerade einfiel. Das Gegenteil war der Fall bei einigen betagten Paaren ausländischen Namens, insbesondere bei den Exkonsuln einer Großmacht in Barcelona. Manchmal kam es auch vor, daß einer der Gründe, die eine Enklave mehr als eine andere hatten wachsen lassen, schlagartig verschwand: daß ein Wasservorkommen versiegte oder eine Eisenbahngesellschaft, die in naher Zeit den Bau einer Linie bis zu diesem oder jenem Punkt in Aussicht gestellt hatte, ihre Meinung änderte und diesen bereits besiedelten Ort in mühseligster Abgeschiedenheit beließ. So gingen ganze Vermögen verloren. Da einige dieser Faktoren zufällig waren und andere nicht, war es enorm wichtig, über schnelle und zuverlässige Informationen bezüglich der letzteren zu verfügen. Bei den andern, den zufälligen, war nichts zu machen, selbst wenn es immer wieder Leute gab, die in blinder Habsucht die Naturgeheimnisse zu ergründen suchten; diese Leute gerieten für gewöhnlich in die Klauen falscher Propheten und anderer unverschämter Kerle, die sie übers Ohr hauten und in die finanzielle Katastrophe führten. Es fehlte auch nicht an Schwindlern, die behaupteten, in diesem oder jenem Zweig der öffentlichen Dienste, im Rathaus oder in der Abgeordnetenkammer einen Freund oder Angehörigen zu haben; diesen Schwindlern warfen sie Unsummen vor die Füße, um dafür bloß Hirngespinste und Lügen vorgesetzt zu bekommen. Diesen undurchschaubaren, mit Fußangeln übersäten Markt betrat Onofre Bouvila voller Vorsicht gegen September 1897.

Mit dem Geld, das die Hypothek auf das Land abwarf, konnte er nur gerade ein Baugrundstück durchschnittlichen Ausmaßes kaufen, und zwar an einem Ort, der allem Anschein nach keinerlei Anziehungskraft hatte oder Entwicklungsperspektiven bot.

»Ich weiß wirklich nicht, wer dir eine solche Schutthalde abkaufen sollte«, sagte Don Humbert Figa i Morera, den er höflicherweise um Rat gefragt hatte. Don Humbert hatte ihm mehrere Ratschläge gegeben, und Onofre hatte keinen befolgt. »Wir werden ja sehen«, sagte er. Es vergingen sechs Wochen, und nur ein einziger potentieller Käufer stellte sich ein. Er bot Onofre für das Land gleich viel, wie dieser beim Erwerb dafür hatte bezahlen müssen. Onofre Bouvila verzog das Gesicht.

»Mein Herr«, sagte er zu dem potentiellen Käufer, »zweifellos belieben Sie zu scherzen mit mir. Im Moment ist dieses Land viermal mehr wert als ursprünglich, und sein Preis steigt von Tag zu Tag. Wenn Sie mir nicht eine interessantere Offerte zu machen haben, dann lassen Sie mich bitte keine Zeit mehr verschwenden.«

Der potentielle Käufer war angesichts von soviel Selbstsicherheit perplex und erhöhte sein erstes Angebot ein wenig. Onofre wurde zornig; er hieß Efrén Castells den ungezogenen Kaufanwärter auf die Straße stellen. Beim Weggehen dachte dieser, vielleicht stimme doch, was ihm Onofre Bouvila gesagt habe. Wahrscheinlich ist dieses unbedeutende Land aus irgendeinem mir nicht bekannten Grund tatsächlich soviel wert, grübelte er. Um jeden Zweifel auszuräumen, stellte er diskrete Nachforschungen an und bekam schon nach kurzer Zeit ein

Gerücht zu Ohren, das ihm den Schlaf raubte, daß nämlich das Haus *Ramón Morfem Erben AG* das an Onofres Land angrenzende Grundstück gekauft habe, ja daß das Haus *Ramón Morfem Erben AG* beabsichtige, seinen Geschäftssitz in höchstens einem Jahr ebendorthin zu verlegen. Hol's der Teufel, sagte er sich, dieser Lump weiß das und will genau deshalb nicht zu dem Preis verkaufen, den ich ihm biete; wenn sich die Nachricht bewahrheiten sollte, dann ist dieses Land bald nicht nur vier-, sondern zwanzigmal mehr wert als heute. Ob ich ihm wohl eine neue Offerte machen soll? Wenn sich anderseits dieses Gerücht nicht bestätigt, wenn also das Haus *Ramón Morfem Erben AG* bleibt, wo es ist – was wird das Land dann wert sein? Nichts, einen Dreck. Ach, was ist die Immobilienspekulation doch für ein Hasardspiel, klagte der arme Käufer. Und das war vollauf gerechtfertigt; stimmte nämlich das Gerücht, das er über das Haus *Ramón Morfem Erben AG* gehört hatte, so war zu bedenken, daß am Ende die ganze Stadt kaufen würde, denn im Barcelona der Jahrhundertwende gab es keine angesehenere Institution, überhaupt nichts Bedeutenderes und Respektableres als eine Luxuskonditorei. Nur schon dort bedient zu werden war nicht leicht; sich einen Platz auf der Kundenliste zu erobern konnte die Hartnäckigkeit eines ganzen Lebens, eine beträchtliche Investition und nicht wenig Beziehungen erfordern. Aber selbst dann, selbst wenn man zu diesem auserwählten Kreis gehörte, mußte man einen schönen Kranzkuchen eine Woche, ein Blech mit gemischtem Konfekt einen Monat, einen Osterkuchen für San Joan ein Vierteljahr oder mehr im voraus bestellen und den Weihnachtsturrón spätestens am 12. Januar. Obwohl es in keiner Luxuskonditorei Tische oder Stühle gab und den Kunden auch nicht Schokolade oder Tee oder ein Imbiß serviert wurde, hatten doch alle eine sehr geräumige, elegante, im allgemeinen in pompejanischem Stil gehaltene Eingangshalle, wo sich sonntagvormittags nach der Messe die Creme der Gesellschaft jedes Viertels ein Stelldichein gab, eine Weile plauderte und sich auf das Mittagessen im Familienkreis vorbereitete, das üblicherweise vier oder sechs Stunden dauerte. Die Hitze in diesen Hallen, so dicht neben den Backöfen, war stickig und die Luft zum Schneiden und süßklebrig. Wenn also das Haus *Ramón Morfem Erben AG* aus der Calle del Carmen wegzieht, sagte sich der Käufer, verschwinden die Calle del Carmen und das ganze Viertel, und das Areal der Boquería wird auch nicht mehr sein, was es war: der Brennpunkt Barcelonas. Aber wenn es nicht stimmt, wenn also das Haus *Ramón Morfem Erben AG* seinen Standort nicht wechselt, dann bleibt alles beim alten ... Und das schlimmste ist, jammerte er bei sich, daß ich überhaupt nichts tun kann, um mir diese so wichtigen Gerüchte bestätigen oder dementieren zu lassen, denn wenn diese Nachricht erst von Mund zu Mund geht, dann ade Geschäft! Welche Pein! Am Ende war die Habsucht stärker als der gesunde Menschenverstand, und er kaufte zu dem Preis, den Onofre verlangte. Sowie das Geschäft abgeschlossen war, eilte er zur Konditorei in der Calle del Carmen und verlangte die Eigentümer zu sprechen. Diese empfingen ihn sehr liebenswürdig; sie waren die Erben des legendären Ramón Morfem, Don César und Don Pompeyo Morfem. Die beiden runzelten die bemehlte Stirn, als sie hörten, was der unglückselige Käufer wissen wollte. »Wie? Umziehen? Wir? Nein, nein, in keiner Weise. Die Gerüchte, die Sie da gehört haben, mein Herr, entbehren jeder Grundlage! Nie haben wir die Absicht gehabt, von hier wegzuziehen, und schon gar nicht in das von Ihnen genannte Viertel; im ganzen Ensanche gibt es keine häßlichere, unpraktischere und für eine Konditorei ungeeignetere Gegend. Unser Vater würde sich im Grabe umdrehen«, sagten sie zum Schluß. Hierauf stürzte er zu Onofre Bouvila, um den Kauf rückgängig zu machen; sein Haar war zerzaust, und von der Unterlippe rann ihm ein dünner Speichelfaden. »Sie haben diese jeder Grundlage entbehrenden Gerüchte in Umlauf gesetzt«, sagte er, »jetzt schulden Sie mir eine Wiedergutmachung.« Onofre wartete, bis er sich Luft gemacht hatte, und stellte ihn dann auf die Straße. Die Angelegenheit hatte keine weiteren Folgen, weil sich überhaupt nicht beweisen ließ, daß er der Urheber dieser Gerüchte gewesen war, obwohl niemand daran zweifelte. Der Fall von *Ramón Morfem Erben* wurde berühmt, und während einer gewissen Zeit wurde der Ausdruck »Jemandem geht es wie dem mit *Ramón Morfem Erben*« zum Allgemeingut, wenn man damit einen meinte, der, im Glauben, er sei gerissener als alle andern, zu einem hohen Preis etwas erwarb, was gar nicht soviel oder sogar nur sehr wenig wert war.

»Nimm dich in acht«, sagte Don Humbert Figa i Morera. »Wenn du dir einen schlechten Ruf einhandelst, wird niemand mehr mit dir Geschäfte tätigen wollen.«

»Das werden wir ja sehen«, sagte Onofre.

Mit dem Gewinn aus dieser zweifelhaften Operation kaufte er an einem andern Ort weitere Parzellen. Mal schauen, was er jetzt vorhat, sagten sich die Experten in dieser Art von Geschäften. Als sie nach einigen Wochen feststellten, daß er nichts unternahm, kümmerten sie sich nicht weiter um die Angelegenheit. Diesmal hat er vielleicht nichts Krummes vor, dachten sie. Die Parzellen lagen an einem wenig attraktiven Ort weitab vom Zentrum, an der heutigen Ecke Calle Rosellón/Calle Gerona. Wer will dort schon wohnen? fragte man sich. Eines Tages kamen mehrere mit langen Metalltramen beladene Wagen dorthin; wenn die Sonne auf das Metall schien, blitzte es auf, was die Maurer sehen konnten, die nicht weit von dort an den Türmen der Sagrada Familia bauten. Es waren Straßenbahnschienen. Ein Trupp Handlanger begann den steinigen Boden der Calle Rosellón aufzureißen; ein anderer, kleinerer Trupp erstellte an derselben Ecke einen rechteckigen Pavillon mit einem Tonnengewölbe: den Stall, in dem die Zugmaultiere ausruhen sollten, denn damals wurden die Straßenbahnen noch mit Zugtieren betrieben. Ja, jetzt, sagten sich die Leute, jetzt kann es keinen Zweifel mehr geben, daß es mit diesem Sektor etwas auf sich hat. In drei oder vier Tagen wurden Onofre Bouvila die Parzellen zu dem von ihm genannten Preis aus der Hand gerissen. »Diesmal hast du mehr Glück gehabt, als du verdienst, du Spitzbube«, meinte Don Humbert Figa i Morera. Onofre sagte nichts, lachte sich aber ins Fäustchen. Nach ein paar Tagen rissen dieselben Arbeiter, die mit dem Verlegen begonnen hatten, die Schienen wieder heraus, luden sie auf die Wagen und brachten sie weg. Diesmal mußte man in den Handels-

und Finanzkreisen der Stadt anerkennen, daß der Streich ziemlich genial war. Dem Wehklagen der Käufer begegnete man mit spöttischem Lachen: »Man hätte eben bei der Straßenbahngesellschaft fragen müssen, ob es damit seine Richtigkeit hat!« – »Na, hören Sie, wie hätten wir ahnen können, daß dem nicht so ist?« sagten die Käufer, »wir haben die Schienen und den Stall gesehen und gedacht ...« – »Nichts habt ihr gedacht. Nun hat man euch für ein Heidengeld ein Gelände angedreht, das nicht einmal als Müllhalde zu gebrauchen ist, und einen halbfertigen Stall, den ihr auf eure Kosten abreißen müßt.« Dieser Operation (die allenthalben »die mit den Straßenbahnschienen« genannt wurde, um sie von der andern, der »mit *Ramón Morfem Erben*«, zu unterscheiden) folgten noch viele weitere. Zwar war jedermann auf der Hut, aber es gelang Onofre immer, das von ihm erworbene Land in kürzester Zeit und mit enormem Gewinn wieder zu verkaufen; immer verfiel er auf eine neue Idee, um die Leute einzuseifen; er weckte in den Gemütern der Käufer hohe Erwartungen, die dann in nichts zerrannen, denn sie waren bloß von ihm heraufbeschworenes Blendwerk. In wenig mehr als zwei Jahren wurde er sehr reich. In dieser Zeit fügte er der Stadt einen irreparablen Schaden zu, denn die Opfer seiner Winkelzüge sahen sich im Besitz wertloser, brachliegender Grundstücke, für die sie ein Vermögen bezahlt hatten. Nun mußten sie damit etwas anfangen. Normalerweise hätte man diese Grundstücke für billige Wohnungen bestimmt, für die mittellosen Einwanderer und ihre Nachkommenschaft. Da aber ihr ursprünglicher Wert so hoch war, erstellte man Luxuswohnungen – Luxuswohnungen ganz besonderer Art freilich: Viele von ihnen verfügten nicht über fließendes Wasser oder bloß über so wenig, daß der Hahn nur etwas hergab, wenn alle andern des Sektors zugedreht waren. Andere standen auf einem Baugrund mit unregelmäßigem Grundriß, bestanden aus Gängen und Gerümpelkammern und erinnerten schließlich eher an einen Kaninchenbau. Um wenigstens einen Teil des verlorenen Kapitals wiederzuerlangen, sparten die Eigentümer beim Bauen: Die Baustoffe waren grob und der Zement derart mit Sand und sogar Salz durchmischt, daß die Häuser nicht selten schon wenige Monate nach ihrem Richtfest wieder einstürzten. Man mußte auch auf Parzellen bauen, die ursprünglich für Gärten, Erholungsparks, Remisen, Schulen und Krankenhäuser bestimmt waren. Um dieses ganze Desaster zu kompensieren, verwandte man große Sorgfalt auf die Fassaden und kam auf die Idee, in Stuck, Gips und Kleinkeramik Libellen und Kohlköpfe darzustellen, die sich vom sechsten Stock bis auf die Straße herunterzogen. Man baute den Balkonen groteske Karyatiden vor, und von den Emporen und Dachterrassen hingen Sphinxe und Drachen; die Stadt wurde mit einer mythologischen Fauna bevölkert, die einen nachts, im grünlichen Licht der Gaslaternen, in Angst und Schrecken versetzte. In die Hauseingänge stellte man ausgezehrte weibische Engel, die ihr Antlitz unter den Flügeln verbargen und eher in ein Mausoleum als in ein Wohnhaus gepaßt hätten, und Mannweiber in Helm und Harnisch, die die damals beliebten Walküren nachäfften; die Fassaden wurden in lebhaften Farben oder in Pastelltönen bemalt. Und all das, damit die Leute wieder zu dem Geld kamen, das ihnen Onofre Bouvila abgeknöpft hatte. So wuchs die Stadt in rasantem Tempo, und zwar aus purem Gewinnstreben. Täglich wurden Tausende von Tonnen Erdreich umgegraben, in einer endlosen Wagenschlange weggekarrt und hinter dem Montjuich aufgehäuft oder ins Meer gekippt. Vermischt mit dieser Erde, wurden auch Überreste älterer Städte, phönizische oder römische Ruinen, Skelette von Barcelonesen anderer Epochen und Überbleibsel aus weniger turbulenten Zeiten abtransportiert.

4

Im Sommer 1899 war er schon ein gestandener Mann. Er war jetzt fünfundzwanzig und besaß ein beachtliches Vermögen, aber sein junges Imperium zeigte Risse. Die Transaktionen mit Wählerstimmen, die er durch Señor Braulios Vermittlung abwickelte, trugen keine Früchte oder höchstens nach außerordentlichen Bemühungen. Der Charakter des Landes hatte sich nach dem Verlust der Kolonien verändert; neue, jüngere Politiker hißten nach der Katastrophe von 1898 die Flagge des Regenerationismus, appellierten an die Volksbegeisterung und nahmen für sich in Anspruch, das veraltete Sozialgefüge zu modernisieren. Onofre sah ein, daß es zu diesem Zeitpunkt nutzlos, ja schädlich gewesen wäre, sie zu bekämpfen; es schien ihm richtiger, sich von der Vergangenheit zu distanzieren und sich den Anschein zu geben, als identifiziere er sich mit den neuen Strömungen und mache sich die neuen Ideen ebenfalls zu eigen. Aus diesem Grund zog er Señor Braulio, der zu einem Korruptionssymbol geworden war, aus dem Verkehr; dies hieß auch, ihn von Odón Mostaza zu trennen, in den er sich hoffnungslos verliebt hatte. Er brach in bittere Tränen aus und suchte sogleich nach der geeigneten Art, sich umzubringen, ließ von diesem Vorhaben aber wieder ab, weil er um die Sicherheit des geliebten Mannes fürchtete. Odón Mostaza war nicht sehr gewitzt und hatte es nicht verstanden, sich der neuen Lebensart anzupassen. Er war und blieb ein Killer – wegen jeder Lappalie griff er zum Revolver. Die Frauen verloren seinetwegen nach wie vor den Verstand, und mehr als einmal blieben bestechliche Behörden die einzige Rettung, um Gras über eine Skandalgeschichte wachsen zu lassen; eine Leiche mußte beseitigt und die Justiz geschmiert werden. Onofre Bouvila las ihm mehrmals die Leviten: »So kann es nicht weitergehen, Odón, wir sind jetzt Geschäftsleute.« Der Killer gelobte Besserung, fiel aber bald wieder in seinen alten Lebenswandel zurück. Er schmierte sich Pomade ins Haar, trug knallbunte Kleider und setzte keinen Bauch an, obwohl er maßlos aß und trank. Bisweilen gewann er beim Spielen ein Vermögen – dann lud er jeden ein, der ihm irgend über den Weg lief; seine einschlägigen Saufgelage waren legendär. Andere Male verlor er alles, verschuldete sich tief und mußte bei Señor Braulio Hilfe suchen. Dieser machte ihm tausend Vorwürfe, konnte ihm aber nichts abschlagen und deckte all seine Vergehen. Jetzt befürchtete er, ohne seine Protektion könnte sich Onofre Bouvilas Zorn über Odón entladen.

Diesmal fuhr Onofre, trotz der Hitze, in einem geschlossenen Wagen zum Budallera-Gut hinauf. Er hatte sich bei einem renommierten Schneider, der sein Atelier in einer Wohnung in der Gran Vía zwischen Muntaner und Casanova hatte, einen Zweireiher aus schwarzem Wollstoff anfertigen lassen. Den ganzen Sommer über ging er dorthin zur Anprobe. Jetzt trug er den Anzug zum erstenmal; ins Reversknopfloch hatte er eine Gardenie gesteckt. Er kam sich lächerlich vor, aber immerhin wollte er um die Hand von Don Humbert Figa i Moreras Tochter anhalten. In einer Bijouterie auf den Ramblas hatte er einen Ring gekauft. Sie selbst hatte er nicht oft gesehen, nur gerade wenn sie das Internat verließ, um auf der Budallera mit ihren Eltern den Sommerurlaub zu verbringen. Da er keinen Zutritt zum Haus hatte, hatte er sich mit ihr, unter dem Vorwand irgendeines Ausflugs, auf offenem Feld unterhalten müssen, immer in Gesellschaft von Leuten und nur für ganz kurze Augenblicke. Sie hatte ihm Belangloses aus dem Internatsleben berichtet, und ihm, der an das geile Gewäsch der Nutten gewöhnt war, mit denen er verkehrte, erschienen diese Banalitäten als die Sprache der wahren Liebe. Auch er hatte ihr nicht viel zu sagen gewußt. Er hatte versucht, sie für seine Maklergeschäfte zu interessieren, mußte jedoch bald einsehen, daß sie ihn nicht verstand. Beide hatten sich jeweils erleichtert wieder getrennt und sich Treue geschworen. In all diesen Jahren hatten sie auch nicht aufgehört, sich zu schreiben. Jetzt war er reich, und sie hatte das Internat bereits verlassen, um noch diesen Herbst in die Gesellschaft eingeführt zu werden. Die Wahrscheinlichkeit, daß die Barceloneser Gesellschaft sie, als Don Humberts Tochter, akzeptieren würde, war überaus gering; dennoch durfte man die Möglichkeit nicht außer acht lassen, daß sich ein heiratslustiger Jüngling in ihren Reizen verstricken, den Widerstand seiner Familie brechen und sie heiraten würde, was sowohl ihre Stellung wie auch indirekt die ihrer Eltern sanktioniert hätte. Dieser Gefahr wollte Onofre Bouvila begegnen, indem er noch vorher um ihre Hand anhielt, denn er hatte nicht den geringsten Zweifel, daß ihre Schönheit in den Salons Triumphe feiern würde.

»Betritt sie erst einmal das Liceo, dann habe ich keine Braut mehr«, sagte er Efrén Castells im Vertrauen. In jenen Jahren war der Riese aus Calella ein anderer geworden – er lief nicht mehr hinter sämtlichen Röcken her, sondern hatte eine sehr junge, sehr liebe, sehr umgängliche, aber auch sehr charakterfeste Näherin geheiratet, zwei Söhne bekommen und war häuslich und verantwortungsbewußt geworden. Obwohl er ohne Zögern auf Onofres Geheiß alles getan hätte, waren ihm seriöse und legitime Beschäftigungen lieber. Er hatte in Onofres Kielwasser einige Geschäfte abgewickelt, geschickt zu sparen und gut anzulegen gewußt und genoß jetzt ein sorgenfreies Dasein.

»Sprich mit Don Humbert«, sagte er zu Onofre, »er hat dir viel zu verdanken und wird dich anhören; wenn er ein Ehrenmann ist, was ich glaube, wird er auch einsehen, daß die Hand seiner Tochter vor allen andern dir gebührt.«

Er wurde in ein Wohnzimmer geführt und gebeten, er möge die Güte haben zu warten. »Der Herr ist in einer Konferenz«, sagte der Butler, der ihn nicht kannte. Im Wohnzimmer glaubte er zu ersticken. Hier ist es mindestens ebenso heiß wie in Barcelona, dachte er, und mein Hals ist vollkommen ausgetrocknet – hätte man mir wenigstens eine Erfrischung angeboten! Warum behandelt man mich ausgerechnet heute so rücksichtslos? Nach einer Weile, die ihm endlos erschien, trat er aus dem Wohnzimmer und ging durch einen Korridor mit getünchten Wänden. Als er an einer geschlossenen Tür vorbeikam, hörte er Stimmen, erkannte unter ihnen diejenige Don Humbert Figa i Moreras und blieb stehen, um zu horchen. Da das Gehörte sein Interesse weckte, öffnete er schließlich, als hätte er den Grund seines Besuches vergessen, brüsk die Tür und kam in einen Raum, der sich als Don Humberts Arbeitszimmer herausstellte. Don Humbert saß mit zwei Herren zusammen. Einer war ein Amerikaner namens Garnett, ein fettleibiger, schwitzender Mensch, der sein Land verraten und während des eben beendeten Kriegs den spanischen Interessen auf den Philippinen gedient hatte, bis ihm dessen Ausgang nahegelegt hatte, den Schauplatz für eine Weile zu verlassen. Der andere war ein schwächlicher Kastilier mit bronzefarbenem Teint und graumeliertem Schnurrbart, den die andern einfach Osorio nannten. Beide trugen einen gestreiften Baumwollanzug, ein weißes Hemd im Kolonialstil, mit Zelluloidkragen und ohne Krawatte, und Espadrilles. Auf den Knien lagen ihre Hüte – zwei Panamas, die Onofre unverzüglich an seinen Vater erinnerten. Noch immer hatte er die Hypothek nicht abgelöst, die auf dem Land der Familie lastete. Sein Eindringen ins Zimmer ließ das Gespräch der drei Männer schlagartig verstummen; aller Augen waren auf ihn gerichtet. Der schwarze Anzug, die Gardenie im Revers und das auffällige Päckchen aus der Bijouterie nahmen sich im Arbeitszimmer seltsam aus. Don Humbert stellte ihn seinen Gesprächspartnern vor, und Garnett erzählte weiter, wie er sich kurz vor der im Mai des Vorjahres bei den Philippinen geschlagenen Seeschlacht mit Admiral Dewey, der die feindliche Flotte befehligte, unterhalten habe, um ihm ein Angebot der spanischen Regierung zu unterbreiten: hundertfünfzigtausend Peseten für den Fall, daß er zuließ, daß die spanischen Schiffe die amerikanischen versenkten. Diese Unterhaltung hatte in einer Bar der damaligen britischen Kolonie in Singapore oder Singapur stattgefunden. Anfänglich habe ihn Admiral Dewey für verrückt gehalten und gesagt: »Sie wissen, daß die spanischen Kriegsschiffe so unbedeutend sind, daß die meinen sie auf den Meeresgrund befördern können, ohne sich ihnen auch nur auf Schußweite zu nähern.« Garnett habe zustimmend genickt: »Das wissen nicht nur Sie, das weiß auch ich, doch die Techniker der spanischen Marine haben der Regierung Ihrer Majestät genau das Gegenteil versichert. Wenn die spanische Flotte jetzt absäuft – stellen Sie sich diese Enttäuschung vor!« – »Das kann ich auch nicht verhindern«, habe Dewey geantwortet.

»So haben wir die letzten Kolonien verloren«, sagte Don Humbert, als der Amerikaner seine Erzählung beendet hatte, »und jetzt quellen unsere Häfen von Heimkehrern über.« In der Tat brachten täglich Schiffe die Überlebenden aus dem Kuba- und dem Philippinenkrieg nach Spanien zurück. Sie hatten während Jahren in den modrigen Wäldern gekämpft, und obwohl sie sehr jung waren, sahen sie schon aus wie alte Männer. Fast alle waren an Wechselfieber erkrankt. Ihre Familienangehörigen wollten sie aus Angst vor der Ansteckung nicht bei sich aufnehmen, und sie fanden auch keine Arbeit oder sonst eine Möglichkeit, ihren Lebensunterhalt zu bestreiten. Sie waren so zahlreich, daß sie sogar fürs Almosenbetteln Schlange stehen mußten. Die Leute gaben ihnen keinen Céntimo: »Ihr habt zugelassen, daß man die Ehre des Vaterlandes mit Füßen getreten hat, und jetzt habt ihr die Stirn, hier Mitleid erregen zu wollen!« Völlig resigniert, verhungerten viele einfach an einer Straßenecke. Jetzt mußten die Investitionen in den Exkolonien durch Strohmänner wie Garnett, der nordamerikanischer Staatsbürger war, kanalisiert werden. Der, den sie Osorio nannten, war, wie sich erwies, kein Geringerer als General Osorio y Clemente, Exgouverneur von Luzon und einer der wichtigsten Großgrundbesitzer des Archipels. Don Humbert Figa i Morera versuchte beider Interessen unter einen Hut zu bringen und die nötigen Garantien festzusetzen.

Nachdem sie gegangen und der Anwalt und Onofre allein waren, erklärte ihm dieser den Grund seines Besuches mit der dem Anlaß entsprechenden Nervosität. Auch Don Humbert zeigte Anzeichen von Verlegenheit. Er hatte schon vorher mit Onofre über die Angelegenheit gesprochen und ihm, ohne sich allerdings zu etwas zu verpflichten und nur zwischen den Zeilen, zu verstehen gegeben, er betrachte ihn bereits als seinen Schwiegersohn. Jetzt schien er möglichst schonungsvolle Worte zu suchen, um diese Einwilligung zu widerrufen.

»Meine Frau ist es«, gestand er schließlich. »Ich habe das menschenmögliche versucht, um sie zum Nachgeben zu bewegen, aber umsonst. Bis zur Heiserkeit habe ich auf sie eingeredet, doch für sie liegen diese Dinge eben anders, und in solchen Angelegenheiten haben die Frauen das letzte Wort, wie du selbst sehen wirst, wenn du Kinder hast. Mehr kann ich dir nicht sagen – du wirst dich damit abfinden und anderswo suchen müssen. Glaub mir, es tut mir leid.«

»Und sie?« frage Onofre. »Was sagt sie dazu?«

»Wer? Margarita?« sagte Don Humbert Figa i Morera. »Ach, die wird tun, was ihre Mutter sagt, so hart es sie auch ankommen mag. Die Frauen nehmen viel auf sich wegen der Liebe, aber nie setzen sie ihr Glück aufs Spiel. Ich hoffe, du verstehst das.«

Ohne Antwort nahm er das Päckchen aus der Bijouterie wieder, knallte so viele Türen hinter sich zu, wie er beim Hinausgehen vorfand, und verließ das Haus. Da sind sie aber auf dem Holzweg, wenn sie glauben, irgendeiner werde sich in so eine dumme Gans verlieben, zischte er wütend zwischen den Zähnen. Du wirst schon noch kommen, jawohl, auf den Knien wirst du daherkommen, um mich um Verzeihung zu bitten, aber ich werde dir nicht verzeihen, denn die liederlichste Hure aus dem Kohlenviertel ist tausendmal mehr wert als du, murmelte er. Aber mit dem Geholper des Wagens auf den Pflastersteinen verrauchte seine Wut allmählich, und als er in Barcelona ankam, war er in tiefste Traurigkeit versunken. Er schloß sich in sein Haus ein und empfing vierzehn Tage lang keinen Besuch. Ein Dienstmädchen, das er vor drei Jahren angestellt hatte und dem er einen absurden Lohn bezahlte, um sich seiner Ergebenheit zu versichern, sorgte für ihn. Endlich empfing er wenigstens Efrén Castells, der sich wegen des Zustandes seines Partners, den er noch nie in einer derartigen Verfassung gesehen hatte, Sorgen machte; er hatte Nachforschungen angestellt, die er Onofre Bouvila jetzt zur Kenntnis bringen wollte.

Don Humbert Figa i Moreras Frau war keineswegs dumm: Sie wußte nur zu gut, daß kein junger Mann von Familie so töricht sein würde, ihre Tochter Margarita zu heiraten. Ebensowenig war sie aber bereit, sie kampflos einem Paria wie Onofre zu überlassen. Nachdem sie Tag und Nacht ununterbrochen nachgegrübelt hatte, kam sie schließlich auf einen Kandidaten, der ihr für die Hand ihrer Tochter geeignet schien. Auf den ersten Blick war ihre Wahl absurd, denn dieser Kandidat war niemand anders als Nicolau Canals i Rataplán, der Sohn jenes Don Alexandre Canals i Formiga, den Señor Braulio acht Jahre zuvor auf Onofre Bouvilas Geheiß in seinem Büro niedergestochen hatte. Seit diesem Zeitpunkt lebten Nicolau Canals und seine Mutter in Paris, wo sein Vater, Don Alexandre Canals, ebenso wie viele andere katalanische Kapitalisten dieser Zeit, sein Geld in französischen Firmen hatte arbeiten lassen. Seine Aktien beliefen sich auf ein kleines Vermögen und sollten voll und ganz in Nicolau Canals' Hände übergehen, sobald er volljährig würde. Bis dahin verwaltete seine Mutter umsichtig dieses Vermögen und vergrößerte es noch durch einige klug und geschickt eingefädelte Geschäfte. Mutter und Sohn logierten in einem geräumigen und bequemen, aber diskreten kleinen Hotel in der Rue de Rivoli, wo sie recht weltabgewandt lebten. Nicolau, damals achtzehn- oder neunzehnjährig, war ein trauriger junger Mann; in all der inzwischen verstrichenen Zeit hatte er es nicht geschafft, sich über den Tod seines Vaters hinwegzutrösten, dessen Andenken er verehrte. Mit seiner Mutter dagegen hatte er sich nie gut vertragen, ohne daß sie oder er schuld daran gehabt hätte. Für sie war der plötzliche Tod ihrer beiden älteren Söhne ein Schlag gewesen, von dem sie sich nie mehr erholen konnte; grundlos schob sie das Geschehene ihrem Gatten in die Schuhe und verlor von einem Moment auf den andern jegliche Zuneigung für ihn. Diese Aversion übertrug sie auch auf ihren einzigen überlebenden Sohn. Ihr Verhalten war ungerecht, aber sie konnte nicht anders, obwohl sie es genau wußte. Um das Maß vollzumachen, erschien ihr Nicolau Canals i Ratapláns körperliches Gebrechen, jener Rückenmarkdefekt, der ihn etwas verunstaltet und sich im Lauf der Jahre weder vergrößert noch verkleinert hatte, wie ein Vorwurf an ihren Mangel an Zuwendung. Seit er ein kleiner Junge war, hatte sie ihn immer so wenig wie möglich zu sehen versucht und ihn der Obhut einer ganzen Reihe von Ammen, Kindermädchen und Erzieherinnen überlassen. Jetzt zwangen sie die Umstände, von der Umwelt isoliert zu leben, einzig in Gesellschaft dieses Jünglings, den sie nie geliebt hatte und von dem sie jetzt überdies rechtlich und wirtschaftlich abhängig war, denn sogar das Brot, das sie täglich aßen, gehörte von Rechts wegen ihm. Er spürte deutlich den Kummer, den ihr seine Nähe bereitete, und machte sich keine Illusionen über ihre Zuneigung, sondern versuchte, soweit als möglich jedem Gespräch mit ihr aus dem Weg zu gehen. Da es ihm sein körperliches Gebrechen verwehrt hatte, mit den ehemaligen Studienkollegen Freundschaft zu schließen, lebte er in nahezu vollkommener Einsamkeit. Das einzige, was er auf dieser Welt hatte, war Paris. Paris war ihm, als seine Mutter und er nach der Flucht aus Barcelona dort angekommen waren, als eine feindliche Stadt erschienen und seine Einwohner mehr oder weniger als wilde Tiere. Dann hatte er sich, ohne es beabsichtigt zu haben, allmählich an alles gewöhnt und diese Stadt schließlich leidenschaftlich und wie närrisch zu lieben begonnen. Jetzt hieß sein ganzes Glück Paris: durch die Straßen zu flanieren, auf den Plätzen zu sitzen, durch die Viertel und Gärten zu schlendern, den Leuten zuzuschauen, das Licht, die Häuser und den Fluß zu betrachten. Manchmal blieb er auf einem solchen Spaziergang plötzlich und ohne recht zu wissen, warum, an einer Ecke stehen und studierte seine Umgebung, als sähe er sie zum erstenmal, obwohl er doch jede Handbreit von ihr kannte. Dann packte ihn eine so tiefe Ergriffenheit, daß ihm die Tränen in die Augen traten. Wenn es regnete, klappte er den Schirm zu, um sich vom Pariser Regen durchnässen zu lassen. Dann zerriß das Bild dieses anonymen und buckligen, vom Weinen geschüttelten und regennassen Burschen den Passanten das Herz – sie wußten nicht, daß er in Wirklichkeit vor Glück weinte. Andere Male wich unter gleichen Umständen das Glück schlagartig dem Schrecken; ach, dachte er, was würde aus mir, wenn ich eines Tages auf Paris verzichten, wenn wir aus irgendeinem Grund Paris verlassen müßten? Er wußte, daß Paris nicht seine wirkliche Vaterstadt war, und das verursachte ihm ein fast körperliches Gefühl von Entwurzeltsein; mit einer Mutter, die ihre Abneigung nicht unterdrücken konnte, und in einer Adoptivstadt, in der er keine Rechte hatte, verlief sein Leben in permanenter Unruhe. Er konnte nicht ahnen, wie begründet diese Ängste waren.

Don Humbert Figa i Moreras Gattin schrieb Don Alexandre Canals i Formigas Witwe einen langen, unzusammenhängenden Brief, in dem sie unter scheinbar weitschweifigem Gerede direkt zur Sache kam. *Verzeihen Sie, liebe Freundin, die Kühnheit, die mich dazu bewegt, auf eine so wenig protokollgerechte Weise das Wort an Sie zu richten, aber ich bin überzeugt, Ihr*

Mutterherz wird sich sogleich in meine Lage zu versetzen wissen und Sie werden den Grund für meine Zudringlichkeit verstehen, wenn Sie diese ungeschickten, einzig von guter Absicht inspirierten Sätze lesen. Dann erläuterte sie ihr ohne Umschweife ihr Vorhaben, nämlich ihre Tochter, Margarita Figa i Clarença, mit Nicolau Canals i Rataplán zu verheiraten. Beide, beeilte sie sich zu versichern, seien Einzelkinder und demzufolge Universalerben des jeweiligen Familienvermögens. Beide, gab sie zu verstehen, seien nahezu geächtet bei den rechtschaffenen Barcelonesen. Und welche Hoffnungen könne Nicolau Canals diesbezüglich in Paris schon nähren, wo er immer Ausländer und ein gesellschaftlicher Außenseiter bleiben würde? *Diese Verbindung, die ich in meinem Mutterherzen jetzt schon preise,* schrieb sie weiter, *würde die weitgespannte Gemeinsamkeit von Zielen und Interessen krönen, die unsere beiden Geschlechter schon immer verbunden hat.* Sie schloß den Brief mit den Worten: *Auch wenn Margarita und Nicolau noch keine Gelegenheit hatten, sich kennenzulernen und miteinander Umgang zu pflegen, zweifle ich nicht daran, daß die beiden, da sie jung, intelligent, von anmutigem Aussehen und sehr gutem Charakter sind, nicht lange brauchen werden, um einander die Achtung und Zuneigung entgegenzubringen, in denen das wahre eheliche Wohlergehen gründet.* Sie hatte, weiß Gott wie, die Adresse von Don Alexandre Canals i Formigas Witwe ausfindig gemacht und sandte ihr diesen Brief. Kaum hatte sie ihn abgeschickt, unterrichtete sie ihren Gatten über das, was sie soeben getan hatte, und zeigte ihm eine sozusagen wörtliche Kopie des Briefes. Don Humbert traute seinen Augen nicht.

»Großer Gott, Frau! Wie konntest du nur?« brachte er schließlich heraus. »Unsere Tochter wie eine Ware feilzubieten ... Mir fehlen die Worte ... So eine Unverfrorenheit! Und sie überdies dem Sohn meines ehemaligen Rivalen zur Frau anzubieten, für dessen Tod mir gewisse Leute eine ziemlich direkte Verantwortung anlasten. Wie schändlich! Und in welch unglückseligem Augenblick ist dir in den Sinn gekommen, zu sagen, dieser Unglücksrabe sei ›von anmutigem Aussehen‹? Hast du denn nicht gehört, daß der arme Junge eine Mißgeburt ist, ein erbkrankes Krüppelchen? Ich lese den Brief noch einmal und könnte vergehen vor Scham.«

»Sei du nur still, Humbert«, sagte seine Frau, ohne die Ruhe zu verlieren. Halb dämmerte ihr, wie unüberlegt sie gehandelt hatte, aber sie vertraute auf das Glück. Inzwischen hatte Canals' Witwe den Brief erhalten und las ihn nachdenklich im Halbdunkel des kleinen Hotels in der Rue de Rivoli. Welch eine Frechheit! dachte sie; diese Proletin hat auch nicht die Spur von Würde. Unter normalen Umständen hätte sie den Brief in tausend Fetzen zerrissen. Sie wurde demnächst vierzig und bewahrte von ihrer einstigen Schönheit eine heitere Harmonie, die die Verbitterung freilich in kurzer Zeit entstellen konnte; ihr Leben kam ihr in dieser Stunde der Bilanz wie eine Kette enttäuschter Hoffnungen vor. *Une vie manquée*, murmelte sie; sie ließ den Brief auf dem Nachttischchen und fächelte sich matt mit einer Straußenfeder. Dabei klingelten ihre Armbänder. Von der Straße drang der ununterbrochene Lärm der Fuhrwerke herauf.

»Anaïs, sois gentille: ferme les volets et apporte-moi mon châle en soie brodée«, sagte sie zu ihrem Mädchen, einer Schwarzen aus Martinique, die ein gelbes Tuch ins Haar geknüpft hatte.

Vor einem Jahr hatte sie einen Dichter obskurer Herkunft namens Casimir kennengelernt, der erst zweiundzwanzig Jahre alt war und sie bedenken- und anstandslos in die Zirkel von Montparnasse mitgenommen hatte, wo sich die Boheme traf, um Verse zu lesen und Absinth zu trinken. Gemeinsam waren sie im vergangenen Jahr zur Beerdigung von Stéphane Mallarmé gegangen. Trotzdem war sie sich über den Alters- und Vermögensunterschied im klaren und weigerte sich, seinen Forderungen nachzugeben. Er schickte ihr Blumen, die er auf den Friedhöfen stahl, und glühende Liebessonette. In den Augen der Öffentlichkeit war ihre Verbindung nicht normal; sie bot maliziösen Kommentaren reichlich Nahrung. Und was kümmert mich das? dachte sie. Mein ganzes Leben lang bin ich unglücklich gewesen – soll ich jetzt dieses Geschenk, das mir eine Fügung vor die Tür legt, von mir weisen, nur weil die

Leute reden? Außerdem sind wir hier nicht in Barcelona, sagte sie sich und versuchte gegen ihren eigenen Widerstand anzukämpfen; dies ist Paris, hier bin ich niemand, das heißt, ich bin frei. So dachte sie zwar, aber sie unternahm nichts, weil ihr der eigene Sohn im Weg stand – er war die Hürde, die sie von ihrem Glück fernhielt. Hätte sie ihm die Situation klar und deutlich auseinandergesetzt, so hätte er sie verstanden und akzeptiert; zweifellos hätte er seine Mutter in allem unterstützt, zufrieden, ihr doch noch seine Liebe und Erwachsenensolidarität beweisen zu können, aber so viele Jahre der Distanz und der Vorwürfe machten ihnen jetzt jedes ehrliche Gespräch unmöglich. Mit schlechtem Gewissen dachte sie über die Art nach, wie sie sich dieses lästigen Zeugen entledigen könnte. Jetzt kreisten ihre Gedanken um den Inhalt des Briefes, den sie eben erhalten hatte. Die Idee war verführerisch, aber alles in ihr wehrte sich dagegen; hinter diesem unerwarteten Heiratsvorschlag witterte sie eine ruchlose Machenschaft. Wer kann denn Nicolau, meinen armen Sohn, ernstlich als Schwiegersohn wollen? Er ist ein Niemand, verkrüppelt und einfältig – was kann man an ihm schon finden außer seinem Geld? Ja, das muß es zweifellos sein. Dann allerdings wäre Nicolaus Leben in Gefahr: Wenn diese Kanaille meinen seligen Mann umbringen ließ, gibt es keinen Grund, warum er jetzt nicht auch seinem Erben nach dem Leben trachten sollte. Möglicherweise handelt es sich um eine barbarische Rache, um einen jener eifersüchtigen Ausrottungsakte, die in Istanbul seit Jahrhunderten rituell praktiziert werden. In einem Salon hatte sie den Botschafter Abdul des Blutigen in Frankreich kennengelernt, den Botschafter jenes heruntergekommenen Sultans, der dazu berufen war, an der Spitze des endgültigen Niedergangs des sagenhaften Osmanischen Reiches zu stehen, das man seit Jahrzehnten nur noch »den kranken Mann am Bosporus« nannte. Dieser Botschafter, Anhänger Enver Paschas und also Sympathisant der »Jungtürken«, versäumte keine Gelegenheit, den Staat, dem er angeblich diente und von dem er märchenhafte Einkünfte bezog, in Mißkredit zu bringen. Obwohl er genau das Gegenteil zu sein meinte, war er in Wirklichkeit ein lebendiges Beispiel für die Dekadenz und moralische Haltlosigkeit, die er und seine Gefolgsleute gerade auszumerzen vorgaben. Schaudernd mummte sie sich in das Manilatuch, das ihr das Dienstmädchen über die Schultern gelegt hatte. Sie zog an der Kordel; als Anaïs auf das Klingeln hin erschien, fragte sie sie, ob ihr Sohn zu Hause sei. »*Oui, Madame*«, war die Antwort. »*Alors, dis-lui que je veux lui parler; va vite*«, sagte Canals' Witwe. Sie nahm sich vor, nett mit ihm zu sein, von gleich zu gleich zu sprechen; doch als sie ihn ins Wohnzimmer treten sah, rümpfte sie die Nase.

»Wie?!« rief sie mit ziemlich schriller Stimme, »zu dieser Stunde schon in der *robe de chambre*?«

Nicolau entschuldigte sich stotternd: Er gedenke nicht mehr auszugehen, sondern habe beschlossen, den Abend mit Lesen zu verbringen, wenn sie allerdings etwas anderes vorschlage ... »Nein, nein, es ist gut so«, sagte sie; »los, geh schon. Ich habe schreckliche Kopfschmerzen und möchte von niemand mehr gestört werden bis morgen.« Sie schloß sich im Arbeitszimmer ein und verfaßte bis tief in die Nacht Entwürfe und zerriß sie wieder. Schließlich fand sie den Ton, der ihr angemessen schien. *Ihr Brief, meine geschätzte Freundin, hat in mir eine Mischung aus Dankbarkeit und Verwirrung hervorgerufen, die Sie sicher vor allen andern verstehen,* schrieb sie. *Immer bin ich der Meinung gewesen, in Heiratsangelegenheiten sollten die Betroffenen selber entscheiden, zuvörderst von ihren Gefühlen gelenkt, und nicht wir Mütter hätten unseren Standpunkt durchzusetzen, selbst wenn er dem uneigennützigsten aller Wünsche entspringt.* Als Don Humbert Figa i Moreras Gattin diesen Brief las, begriff sie, daß sie alle Trümpfe in der Hand hatte; zwar ausweichend, etablierte er doch eine gemeinsame Sprache und bahnte dem Dialog und der Verhandlung einen Weg. Mit berechtigtem Stolz zeigte sie den Brief ihrem Gatten; er las ihn und verstand nichts.

»Hier sagt sie, daß eine Heirat nicht in die Tüte kommt«, fiel ihm als einziger Kommentar ein.

»Sei doch nicht dämlich, Humbert«, erwiderte sie sarkastisch, »nur schon der Umstand, daß sie mir überhaupt antwortet, bedeutet ein Ja, selbst wenn sie antwortet, um nein zu sagen. Das sind Frauenkniffe.«

Nicolau Canals i Rataplåns Mutter stellte ihren Sohn vor vollendete Tatsachen. Er hatte nichts geargwöhnt und nicht gemerkt, daß sich ein Gewitter zusammenbraute; jetzt brachte er kaum eine schwache Widerrede zustande.

»Ach was«, fiel sie ihm ins Wort und stampfte gereizt auf dem Parkett auf, »was weißt denn du schon vom Leben? Ich dagegen habe Erfahrung, habe viel erduldet, bin deine Mutter und weiß, was das Richtige ist für dich.« Dann fügte sie mit offensichtlich gespielter Überzeugung hinzu: »Es ist ratsam, daß du jetzt nach Barcelona gehst und dieses Mädchen heiratest. Nichts steht eurem Glück im Wege.«

»Aber wissen Sie, was das für Leute sind, Mama?« stammelte er. »Es sind dieselben, die Papa ermorden ließen.«

»Dummes Geschwätz«, fuhr sie ihm über den Mund. »Jedenfalls war es nicht dieses Mädchen. Sie muß damals noch beinahe ein Säugling gewesen sein. Und was vergangen ist, ist vergangen. Seit damals sind viele Jahre verstrichen: Wir können doch nicht immer die Vergangenheit mit uns herumschleppen, oder?«

Nicolau Canals i Rataplán spazierte durch die Straßen und kehrte bei Einbruch der Dämmerung wieder ins kleine Hotel an der Rue de Rivoli zurück. Er ging direkt ins Zimmer seiner Mutter und sagte:

»Ich will nicht heiraten, Mama, weder dieses Mädchen, an dessen Qualitäten ich nicht zweifle, noch ein anderes. Und ebensowenig will ich in Barcelona wohnen. Ich will hier bei Ihnen bleiben. Hier in Paris sind wir doch glücklich, nicht wahr, Mama?«

Ihr fehlte der Mut, ihm zu sagen, daß dem nicht so war, daß sie gerade seinetwegen, wegen seiner Nähe nicht glücklich war. »Das hat nichts mit dem zu tun, wovon wir vorher sprachen«, antwortete sie nur, »du bist zu alt, um weiter am Rockschoß deiner Mutter zu hängen.« Nun dämmerte ihm die Wahrheit, und er öffnete die Arme, was eine zustimmende Gebärde sein sollte.

»Wenn es das Zusammenleben mit mir ist, was Ihnen lästig fällt, kann ich auch gehen und in einer Mansarde in Montparnasse wohnen.«

Nach langem Hin und Her konnten sie sich darauf einigen, daß Nicolau Canals i Rataplán eine Reise nach Barcelona machen und dort mit Margarita Figa i Clarença Bekanntschaft schließen würde; erst dann, wenn er wußte, was ihn erwartete, sollte die endgültige Entscheidung fallen. Es stünde ihm frei, wieder nach Paris zu kommen, wenn er wollte. Von ihr aus gesehen, kam das einem Nachgeben gleich, aber sie sah sich außerstande, ihn zu mehr zu verpflichten. Es hatte diese Grausamkeit gebraucht – die sie als notwendig erachtete –, damit sie sich darüber klar werden konnte, wie sehr sie ihrem Sohn letztlich doch verbunden war; sie sehnte sich zwar danach, ihn loszuwerden, aber jetzt erfüllte seine bevorstehende Abreise sie mit Traurigkeit, und wieder stürmten die unheilvollsten Vorahnungen auf sie ein. All diese Einzelheiten waren inzwischen Onofre Bouvila zu Ohren gekommen, der seit seiner freiwilligen Zurückgezogenheit eine Strategie ausheckte, um diese für ihn so ungünstige Situation zu korrigieren.

5

Als erste Maßnahme ließ er den Aufenthaltsort Osorios, des Grundbesitzers von Luzon, und Garnetts, seines nordamerikanischen Agenten auf den Philippinen, ermitteln und die beiden beschatten, die er zufälligerweise an jenem unglücklichen Nachmittag auf dem Budallera-Gut kennengelernt hatte, als er um Margarita Figa i Clarenças Hand anhielt. So erfuhr er, daß der Nordamerikaner in einer Suite des Hotels »Colón« abgestiegen war, das sich damals auf der Plaza de Cataluña beim Paseo de Gracia befand, daß er alle Mahlzeiten im Hotel einnahm und dieses nur in einem geschlossenen Mietwagen zu verlassen wagte, der ihn zweimal wöchentlich, dienstags und donnerstags, dort abholte und vor der Tür eines Opiumsalons in Vallcarca absetzte, wo er die Nacht verbrachte. Am andern Morgen holte ihn derselbe Mietwagen im Rauchsalon wieder ab und brachte ihn ins Hotel zurück. Diesen berühmten Rauchsalon, den letzten von denen, die bekanntermaßen in Barcelona existierten, besuchten Herren und nicht wenige Damen aus der guten Gesellschaft, aber auch Näh- und Lehrmädchen. Man wußte noch nicht, daß Opium und seine Derivate Abhängigkeit hervorrufen; ihr Konsum wurde weder bestraft noch als anstößig empfunden. Um sich ein Vergnügen zu verschaffen, das sie sich mit ihren bescheidenen Mitteln sonst nicht genügend oft hätten leisten können, wurden viele dieser jungen Mädchen zu Prostituierten. Meistens führten die Besitzer von Opiumsalons auch illegale Bordelle, wo man ohne weiteres Minderjährige antreffen konnte. Eingeschlossen in seiner Hotelsuite, schlug Garnett den Rest der Zeit mit der Lektüre der Abenteuer von Sherlock Holmes tot, die in Spanien noch unbekannt, in England und den Vereinigten Staaten dagegen schon sehr populär waren, von wo er sie sich durch American Express schicken ließ. Osorio y Clemente seinerseits hatte in der Calle Escudellers eine Wohnung gemietet. In dieser damals gutbeleumdeten Straße wohnte er mit einem philippinischen Diener als einziger Hilfe und einem Pommerhündchen als einziger Gesellschaft. Allmorgendlich hörte er in San Justo y Pastor die Messe. Nachmittags suchte er einen Stierkampfklub auf, der hauptsächlich aus Militärs im Ruhestand wie ihm, hohen, nach Barcelona abkommandierten Funktionären aus Madrid und ranghohen Polizeibeamten bestand. In diesem Klub wurde auch Muß gespielt. Onofre Bouvila beschloß, an Garnett heranzutreten.

Er besuchte ihn in seinem Hotel und erläuterte ihm unumwunden seine Absichten. »Osorio ist am Ende; er ist alt, und mit den Alten geht das tropische Klima schonungslos um. Stieße ihm etwas Schlimmes zu, könnten Sie die Dinge so steuern, daß Osorios gesamter Grundbesitz, der zurzeit auf seinen Namen eingetragen ist, in meine Hände übergeht statt in die seiner Erben, um es einmal so zu sagen.« Der Amerikaner hatte die Augen halb geschlossen und trank in kleinen Schlucken ein Gemisch aus Limonade, Zuckerrohrrum und Sodawasser.

»Juristisch«, meinte er schließlich, »ist die Angelegenheit komplizierter, als es den Anschein macht.«

»Ich weiß«, sagte Onofre und zeigte ihm ein Bündel Manuskripte. »Ich habe mir eine Kopie der Verträge verschafft, die Sie im Beisein von Anwalt Figa i Morera unterzeichnet haben.«

»Ja, natürlich.« Garnett blätterte in den Verträgen. »Man müßte mit Don Humberts Beistand rechnen können.«

»Darum kümmere ich mich.«

»Und wer kümmert sich um Osorio?«

»Ebenfalls ich.«

Der Amerikaner sagte, er spreche jetzt lieber nicht weiter über das Thema. »Besuchen Sie mich in drei oder vier Tagen; ich muß nachdenken.« Nach Ablauf der von Garnett festgesetzten Frist trafen sie sich wieder. Nun bekundete der Amerikaner Skrupel: »Wenn Osorio etwas ... wie sagten Sie noch? etwas Schlimmes, ja, genau; wenn ihm etwas Schlimmes zustößt, könnte ich dann nicht leicht selbst in dieses Unglück hineingezogen werden?« Onofre Bouvila lächelte.

»Hätten Sie diesen Einwand nicht vorgebracht«, sagte er, »so hätte ich selbst das Abkommen wieder aufgekündigt. Jetzt sehe ich, daß Sie vorsichtig sind und die Einzelheiten des Falles genau abgewogen haben. Mein Plan ist folgender.«

Als er zu Ende gesprochen hatte, zeigte sich der Amerikaner zufriedengestellt. »Und nun zu den Anteilen.« Auch in diesem Punkt konnten sie sich einigen.

»Von dem, worüber wir gesprochen haben«, sagte Onofre Bouvila, als sie sich trennten, »gibt es natürlich kein schriftliches Zeugnis und wird es auch keines geben.«

»Ich habe nicht zum erstenmal mit Leuten wie Ihnen zu tun und weiß, daß ein Handschlag genügt.«

Die beiden Männer gaben sich die Hand.

»Und was das Schweigen betrifft ...«, sagte Onofre.

»... so weiß ich, was es wert ist. Ich werde mit niemandem darüber sprechen.«

Inzwischen hatte Efrén Castells, um Onofre Bouvila einen Gefallen zu erweisen, hinter dem Rücken der Gattin wieder seine Talente als Schürzenjäger eingesetzt, und so war es ihm gelungen, mit einer Zofe anzubändeln, die bei Don Humbert Figa i Morera arbeitete; durch sie erfuhren sie alles, was sich hinter den Türen abspielte, und konnten aus der Nähe die verschlungenen Wege verfolgen, die auf die Vermählung der Tochter mit Nicolau Canals i Rataplán zusteuerten. Entsprechend Don Humberts Vorhersage hatte die Mutter ihren Willen gegen die Gefühle der Tochter durchgesetzt. Margarita versuchte sich aufzulehnen, doch gegen die Kniffe und Listen ihrer Mutter konnte sie nicht viel ausrichten. Statt Margarita die Karten unvermittelt auf den Tisch zu legen, wie es ihre künftige Gegenschwiegermutter mit ihrem Sohn getan hatte, rang sie ihr stufenweise Zugeständnisse ab. In diesem Bereich war sie im Vorteil: Sie wußte um Margaritas und Onofres Liebelei, aber ihre Tochter glaubte sie ahnungslos und getraute sich nicht, diese Gefühle als Grund für ihren Widerstand gegen die Pläne der Mutter anzuführen; sie fürchtete, Onofre erheblichen Schaden zuzufügen, falls sie es täte. Deshalb konnte sie all den Schmeicheleien ihrer Mutter, die die Täuschung aufrechterhielt, kein wirklich gewichtiges Argument entgegenhalten und mußte ihre Zustimmung geben. So willigte sie zunächst ein, daß ihre Eltern und Canals i Formigas Witwe einen Briefwechsel in die Wege leiteten, der nach und nach in eine Reihe von Ehevertragsabmachungen mündete; dann mußte sie, auf dem Papier bereits versprochen, akzeptieren, daß Verlobung gefeiert würde. Schritt für Schritt ließ sie zu, daß ihr Schicksal besiegelt wurde.

»Komm, komm, zier dich jetzt nicht so«, sagte ihre Mutter, wenn sie Miene machte, sich gegen alles zu wehren, »das verpflichtet uns zu nichts, und daß wir es tun, ist ein Gebot der Höflichkeit.«

»Ach, Mama, dasselbe sagten Sie bereits voriges und voriges und voriges Mal. Und so stehe ich schon am Rand des Altars, ohne etwas zu tun, wie Sie sagen.«

»Dummes Zeug, Kind! Könnte dir jemand zuhören, so müßte er denken, wir seien noch im Mittelalter. Das letzte Wort hast du, Dummerchen: Niemand verpflichtet dich, etwas zu tun, was du nicht tun willst. Aber ich sehe wirklich keinen Anlaß, jetzt mit einer Abfuhr auf all die Artigkeiten zu antworten, die uns diese entzückende Frau erwiesen hat – und ebenso ihr Sohn, ein intelligenter, ehrlicher und reicher Jüngling.«

»Und ein buckliger.«

»Sag so etwas nicht, ehe du ihn nicht gesehen hast; du weißt genau, wie sehr die Leute dazu neigen, die Fehler anderer zu übertreiben. Und im übrigen bedenke, daß die körperliche Schönheit irgendwann müde macht. Die Schönheit der Seele dagegen ... Was weiß ich ... Wahrscheinlich gefällt sie jeden Tag mehr – und jetzt laß mich in Ruhe! Das ganze Durcheinander macht mich völlig fertig!« Sie ging durch den Gang und klingelte mit einem Glöckchen die Dienerschaft herbei, verlangte ein Becken mit Wasser und Essig und ein paar Leinentücher, um Stirn und Schläfen Linderung zu verschaffen. »Ihr bringt mich alle noch um! Welche Undankbarkeit, mein Gott!«

Dem wußte Margarita nichts mehr entgegenzuhalten. Später unterrichtete Efrén Castells Onofre über dieses Gezänk.

»Gut«, sagte Onofre Bouvila schließlich, »der Moment zu handeln ist gekommen.«

In der verabredeten Nacht fanden sie das Gittertor offen; die Zofe hatte es übernommen, den Pförtner, den Gärtner und den Forstwart zu bestechen; die Hunde trugen Maulkörbe. Efrén Castells schleppte eine fünf Meter hohe Handleiter; alle drei Schritte mußte er stehenbleiben, um mit einem Taschentuch das Lachen zu ersticken. »Darf man erfahren, was zum Teufel mit dir los ist?« fragte Onofre Bouvila. Der Riese aus Calella antwortete, diese pittoreske Situation erinnere ihn an alte Zeiten: »Als wir beide Uhren und andere Dinge in den Lagerhäusern der Weltausstellung klauten, weißt du noch?« – »Pah, wer denkt denn noch daran?« erwiderte Onofre. Inzwischen waren elf Jahre vergangen, und was sie damals taten, war jetzt nur noch ein dummer Spaß. Die Hunde, durch diesen Wortwechsel aufmerksam geworden, begannen zu bellen. Auf der Terrasse des ersten Stocks erschien Don Humbert in einem seidenen Hausmantel. »Was ist los da unten?« fragte er. Der Pförtner kam aus der Loge und zog die Mütze. »Nichts, Herr, nur die Hunde, sie müssen eine Eule gesehen haben.« Nachdem sich

Don Humbert wieder zurückgezogen hatte, gingen Onofre und Efrén Castells weiter. »Mir jedenfalls kommt es vor, als ob's gestern gewesen wäre«, sagte der Riese. Die Zofe erwartete sie an der Hausmauer; ihre Schürze und die Haube leuchteten vor dem Efeuhintergrund. Sie wies auf ein Fenster und hielt sich beide Hände an die Wange – mit dieser Geste ahmte sie die Haltung eines Schlafenden nach. Efrén Castells lehnte die Leiter an die Mauer und überprüfte Gleichgewicht und Standfestigkeit. »Ihr wartet hier auf mich«, sagte Onofre. »Rührt euch nicht vom Fleck, bis ich wieder herunterkomme.« Der Riese aus Calella hielt die Leiter fest, während Onofre hinaufstieg. Mit den Jahren hatte er an Beweglichkeit eingebüßt, und er bemühte sich, nicht hinunterzuschauen, damit ihm nicht schwindlig würde. Zum Teufel! dachte er, auch mir kommt es vor, als ob's erst gestern gewesen wäre. Ein Schlag gegen die Hüfte riß ihn aus seinen Gedanken: Beim Hinaufklettern war er mit dem Revolverkolben gegen einen Querbalken gestoßen. Er zog den Revolver aus der Tasche und pfiff. Sowie er Efrén heraufschauen sah, ließ er den Revolver fallen, den der Riese in der Luft auffing. Dann kletterte er weiter bis zum Fenster. Es war geschlossen; weder die Hitze noch die hygienischen Erwägungen, die die Zeitungen damals propagierten, hatten Margarita dazu bewegen können, bei geöffnetem Fenster zu schlafen. Er mußte wiederholt klopfen, bis ihr schlaftrunkenes, perplexes Gesicht auftauchte. »Onofre, du!« rief sie. »Was bedeutet diese unerwartete Erscheinung?« Onofre machte eine ungeduldige Handbewegung: »Mach das Fenster auf und laß mich rein, ich habe mit dir zu reden.« Unten zischten der Riese und die Zofe: »He, ihr dort, sprecht doch leiser! Mit dieser Lautstärke weckt ihr ja jeden auf!« Margarita öffnete eine Handbreit das Fenster und hielt ihr Gesicht an den Spalt; das offene Haar fiel ihr über die Schultern; seine Kupferfarbe kontrastierte mit der weißen Haut ihres Halses; Hitze und Schlaf hatten ihr ein paar Locken in die Stirn geklebt. Er konnte sich nicht erinnern, sie je so schön gesehen zu haben.

»Laß mich herein«, sagte er mit einem Anflug von Trunkenheit in der Stimme. Sie blinzelte, als wollte sie ihn warnen, und säuselte: »Ich kann nicht.« Seit Jahren hatten sie sich nicht mehr gesehen und sich nur noch brieflich verständigt; jetzt, Auge in Auge, fiel es ihnen schwer, sich mit Worten zu verständigen. Onofre spürte sein Blut in Wallung geraten wie an jenem Nachmittag, als er mit der Alabasterstatuette den Spiegel zerschmettert hatte. »Stimmt es, daß du einen Buckel heiraten wirst?« fragte er in aggressivem Ton, der ihr Angst machte – zum erstenmal erkannte sie die Tragweite dessen, was ihre Mutter mit ihr vorhatte. »Allmächtiger Gott!« murmelte sie. »Was kann ich denn tun? Ich weiß nicht, wie es zu verhindern wäre.« Onofre lächelte: »Das laß meine Sorge sein; sag du mir bloß, ob du mich liebst.« Sie legte die Hände aneinander und hielt sie mit verschränkten Fingern über den Kopf, als flehte sie zum Himmel; sie schloß die Augen und warf den Kopf zurück, wie sie es Jahre zuvor getan hatte, als er sie zum erstenmal in die Arme genommen hatte. »O ja, o ja«, sagte sie mit einer heiseren Stimme, die ihr tief aus der Brust zu kommen schien, »ja, meine Liebe, mein Leben, mein geliebter Mann!« Er ließ die Leiter los, an die er sich geklammert hatte, und streckte durch den engen Spalt des halbgeöffneten Fensters die Arme hinein. Mit den Fingern zerriß er ihr das Nachthemd und entblößte die weißen Schultern. Er drohte infolge seiner Heftigkeit das Gleichgewicht zu verlieren. Sie erkannte die Gefahr, packte ihn an den Armen und zog ihn zu sich hin; mit der rohen Gewalt der Verzweiflung gelang es ihr, ihn durch das Fenster zu hieven; ohne recht zu wissen, wie, fanden sie sich in ihrem Schlafzimmer und umarmten sich; sie spürte seinen keuchenden Atem auf den nackten Schultern und gab sich ihm hin, einer Ohnmacht nahe, aber ohne Widerstand. Während sie ihre so lange Zeit angestaute Liebe bis zum Morgengrauen auskosteten, kam der Zug, in dem Nicolau Canals i Rataplán nach Barcelona reiste, in Port-Bou an. Dort mußten alle Reisenden aus- und in einen andern Zug umsteigen, denn die Spurweite in Frankreich ist nicht dieselbe wie die in Spanien. Er erkundigte sich, wie lange es dauern würde, bis das Manöver ausgeführt sei und der andere Zug wieder abfahre, und man antwortete ihm, eine halbe Stunde, vielleicht länger; er beschloß, über den

Bahnsteig zu spazieren und sich die Beine zu vertreten, um so den Körper zu entspannen. Von Paris bis zur Grenze hatte er das Schlafwagenabteil mit einem Mann teilen müssen, der sich zuerst als Kaufmann und dann als Konsularagent ausgab und der ihm zuerst mit seinem Geschwätz und dann mit seinem Geschnarche auf den Geist ging. Ich hätte ja ohnehin nicht einschlafen können, sagte er sich resigniert. Er ließ das Bahnhofsgebäude hinter sich und kam auf eine Rampe, von wo aus das ins harte und klare Morgenlicht getauchte Mittelmeer zu sehen war. Zum erstenmal seit langer Zeit betrat er katalanischen Boden und fühlte sich fremd: Von Barcelona blieb ihm als einzige deutliche Erinnerung diejenige an seinen Vater, an die Abende, an denen er seine Geschäfte Geschäfte sein ließ und ihn auf ein von Papierlämpchen beleuchtetes und von einem alten Pferd angetriebenes Karussell setzte: eine unbedeutende schmutzige Maschine, die ihm damals und auch jetzt noch als das Schönste der Welt vorkam. Als er den reinen und klaren Tagesanbruch verfolgte, dachte er, dem Ende seiner Tage nahezusein und nie wieder in dieses Dunst- und Regenparis zurückzukehren, das er so liebgewonnen hatte. Das ließ ihn zuerst erschauern, doch dann zuckte er mit den Schultern; da er zur Hypochondrie neigte, war er diese düsteren Gefühle und plötzlichen Traurigkeitsanfälle gewohnt und hatte gelernt, ihnen keine Bedeutung beizumessen. Als der Zug abfuhr, stand die Sonne schon hoch; Efrén Castells schaute nervös zum Fenster hinauf. Bald kommt Leben ins Haus, man wird uns in der kompromittierendsten Situation der Welt entdecken, und was werden wir dann tun? dachte er. Er hatte diese Wachenacht zusammen mit der Zofe im Garten verbracht und seinen Trieben nicht Einhalt gebieten können. »Es ist der Jasminduft«, hatte er gesagt, »und deine so feine Haut.« Jetzt weinte die Zofe nackt hinter einem Gebüsch; in ihrer Verwirrung gelang es ihr nicht einmal, die Uniform wieder anzuziehen. Ihre Tränen waren sehr wohl berechtigt, denn das Ergebnis dieser Augenblickslaune war eine Schwangerschaft, und sie verlor ihre Stelle. Sie ging zu Efrén Castells und bat ihn um Hilfe; dieser befürchtete, der Zwischenfall könnte seiner Gattin zu Ohren kommen, und besprach sich mit Onofre Bouvila. »Gib ihr das erforderliche Geld und sag ihr, sie soll schweigen«, empfahl ihm Onofre, und so geschah es. Als es soweit war, kam ein Knabe zur Welt. Mit den Jahren brachte es dieser Junge, der Statur und Kraft seines Vaters geerbt hatte, bis zum Mitglied des gerade im Jahr seiner Empfängnis gegründeten Fußballklubs Barcelona und spielte dort neben Zamora, Samitier und Alcántara. Efrén Castells wollte Onofre die Pistole zurückgeben, die dieser von der Leiter hinuntergeworfen hatte, aber er wies sie zurück. »Von jetzt an gedenke ich nie wieder Waffen bei mir zu tragen«, sagte er, »andere sollen sie an meiner Stelle tragen.«

Nicolau Canals i Rataplán quartierte sich in einem geräumigen, hellen Zimmer des »Gran Hotel de Aragón« ein. Er frühstückte auf dem Balkon, von wo er zu seinen Füßen das bunte Treiben auf den Ramblas sehen konnte; er atmete das blumenduftgeschwängerte Aroma und lauschte dem vielstimmigen Gesang der Vögel – das gab ihm seine gute Laune zurück. Ich werde hier einige angenehme Tage verbringen und dann wieder nach Paris zurückkehren, dachte er. Eine kleine Abwechslung tut immer gut; wenn ich zurück bin, wird mir Paris noch besser gefallen, und wahrscheinlich empfängt mich Mama nach meiner Abwesenheit in Liebe. Die unheilverkündenden Ahnungen auf dem Bahnhof von Port-Bou erschienen ihm jetzt als Folge der Schlaflosigkeit. Mit seiner letzten Vermutung lag er allerdings nicht falsch: Seiner Mutter tat es jetzt leid, daß sie ihn hatte gehen lassen. Einige Tage nach seiner Abreise hatte sie Casimir abgeholt und ihn ins Hotel in der Rue de Rivoli gebracht. »Hier wirst du dich wohl fühlen«, sagte sie, »ich werde für dich sorgen, und du kannst dich ganz dem Schreiben widmen.« Um Mitternacht fuhr sie aus dem Schlaf auf und fand ihn nicht mehr an ihrer Seite. Sie warf sich einen Frisiermantel übers Nachthemd, verließ das Schlafzimmer, um ihn zu suchen, und sah ihn im kleinen Salon neben dem Fenster stehen. Wie berauscht schien er die Sterne zu betrachten.

»*Qu'avez-vous, mon cher ami?*« fragte sie. Da Casimir keine Antwort gab, trat sie zu ihm und nahm zärtlich seine Hand zwischen die ihren. Sie spürte, daß die Hand des jungen Dichters glühte, und begriff, daß sie innerhalb kurzer Zeit sowohl den Sohn als auch den Geliebten verloren hatte. Am nächsten Tag schrieb sie Nicolau einen Brief: *Komm wieder nach Paris; was wir da tun, ist ein Fehler und eine Verrücktheit. Du sollst auch wissen, Nicolau, mein Sohn, daß ich schon seit geraumer Zeit einen Geliebten namens Casimir habe; ich habe mich nie getraut, Dir etwas von ihm zu sagen, weil ich befürchtete, Du würdest es nicht verstehen; auch darin war ich Dir gegenüber immer ungerecht. Ich wollte Dich zwingen, in diese Heirat einzuwilligen, die Dir genauso zuwider war wie mir, aber ich handelte aus Egoismus, weil ich mit Deinem Weggang meine Freiheit wiedererlangen wollte. Jetzt stirbt mir Casimir an Auszehrung, und ich werde ganz allein sein. Die Jahre lasten auf mir, und ich brauche Dich an meiner Seite.* Dieser Brief, der Nicolau unter anderen Umständen glücklich gemacht hätte, traf zu spät ein.

Don Humbert Figa i Moreras Familie war gerade vom Budallera-Gut zurückgekehrt, als Nicolau Canals ihnen schriftlich seine Ankunft in Barcelona mitteilte. Er schickte Don Humberts Gattin eine Note, in der er sich ihr zu Füßen warf und die ein Blumenstrauß begleitete.

»Es läßt sich nicht bestreiten, daß der Junge Manieren hat«, sagte sie. Am nächsten Tag ließen sie Nicolau eine Einladung zukommen, er möge am nämlichen Abend in der Pause Don Humberts Loge aufsuchen, wo ein kalter Imbiß serviert würde. Nur mit Mühe erriet er, daß sich die Einladung aufs Große Liceo-Theater bezog; man hielt es für ausgemacht, daß er an dessen Eröffnungsvorstellung teilnehmen würde. Er mußte einen Pagen losschicken, der ihm eine Karte fürs Parkett kaufte, und den Hotelservice beauftragen, in aller Eile seinen Frack zu bügeln. Diesen Frack hatte man wegen seiner Gestalt nur mit großen Schwierigkeiten anfertigen können, doch sosehr man ihn jetzt bügelte, an seinem Körper war und blieb er ein Fetzen.

Als er zum Liceo kam, war der Eingang durch einen dreifachen Polizeikordon abgeriegelt. Er fragte sich, ob wohl ein Attentat verübt worden sei wie dasjenige Santiago Salvadors vor fünf Jahren in ebendiesem Theater; von diesem Attentat hatte er die Katalanen oft sprechen hören, die in Paris auf der Durchreise gelegentlich im Hotel in der Rue de Rivoli aufkreuzten. In Wirklichkeit handelte es sich jetzt aber um eine königliche Visite, nämlich von Prinz Nikolaus I. von Montenegro, der mit seiner Gegenwart den das Merced-Fest krönenden Eröffnungsakt zu erheben geruhte. Nicolau Canals konnte gerade noch seinen Platz einnehmen, als das Licht der Gaslampen schon schwächer wurde; nach und nach tauchte der prunkvolle Raum ins Halbdunkel. Genau an diesem Abend wurde im Liceo Giuseppe Verdis *Otello* erstaufgeführt. In den letzten Jahren war er in Paris ein begeisterter Anhänger Claude Debussys geworden, der für ihn mit Ausnahme Beethovens der größte Komponist der Geschichte war; hingebungsvoll hatte er der Uraufführung all seiner Werke beigewohnt, außer der von *Pelléas et Mélisande*; eine widrige Grippe hatte ihn in jenen Tagen gezwungen, das Bett zu hüten; bei dieser Gelegenheit hatte er keine Ruhe gegeben, bis seine Mutter trotz der herrschenden Kälte auf die Straße geeilt war und ihm die Partitur gekauft hatte. An der Lektüre von *Pelléas et Mélisande* hatte er sich während seiner Rekonvaleszenz gelabt. Jetzt kam ihm Verdis Musik lärmend und schwülstig vor. Dafür hätte ich nicht zu kommen brauchen, dachte er. Als die Lichter angingen, machte er sich bereit, die gesellschaftliche Verpflichtung zu erfüllen, die er stillschweigend übernommen hatte. Da er vom gesellschaftlichen Leben in Barcelona nicht die geringste Ahnung hatte, mußte er sich auf den Korridoren nach der Loge von Figa i Moreras Familie erkundigen. Je näher er ihr kam, desto mehr stiegen Wut und Scham in ihm auf. Was zum Teufel ficht mich an, daß ich hier den Mördern meines Vaters aus der Hand fresse? fragte er sich. Er vertraute darauf, daß man infolge des Gedränges in der Loge seine Anwesenheit gar nicht wahrnehmen würde. Doch im Logenvorraum befanden sich nur Don Humbert und Frau, Margarita und ein nach Art Friedrichs des Großen gekleideter Diener, der mit beiden Händen ein Tablett mit Biskuits und *Petits fours* hielt. Nicolau wußte nicht, daß Don Humbert viele Einladungen verschickt und ebenso viele

Absagen erhalten hatte. Jetzt waren sie allein. Ungeschickt rang er nach den protokollarischen Sätzen, die die Situation vorschrieb.

»Da Sie aus Paris kommen, muß Ihnen das wohl alles zwangsläufig sehr provinziell erscheinen«, sagte Don Humberts Gattin und nahm dem Ober das Tablett aus den Händen, um Nicolau persönlich ein Häppchen anzubieten.

»Nein, gnädige Frau, in keiner Weise – ganz im Gegenteil, ich versichere Sie.« Er bedankte sich für die zutrauliche Geste seiner Gastgeberin.

Der Ober servierte Champagner, und sie stießen auf einen glücklichen Aufenthalt des jungen Nicolau in Barcelona an. »Ein hoffentlich ebenso glücklicher wie langer Aufenthalt«, sagte die gnädige Frau und blinzelte ihm schelmisch zu. Er ist ein emporgekommener Schurke, dachte er, sie eine Rattenfängerin mit eitlen Hoffnungen und die Tochter eine angehende *cocotte*, die ihre Eltern zum vorteilhaftesten Preis unter die Haube zu bringen versuchen. Dann kündigte der Gong an, daß die Vorstellung gleich weitergehe; unter diesem Vorwand machte sich Nicolau an die Verabschiedung. Don Humbert nahm ihn beim Arm.

»Kommt nicht in Frage, bleiben Sie in der Loge. Sie sehen ja, daß wir mehr als genug Platz haben, und hier ist es tausendmal bequemer als in einem Parkettsessel. Nein, nein, Ihre Einwände sind zwecklos, es ist beschlossene Sache.«

Er mußte nachgeben und setzte sich auf den Stuhl hinter demjenigen Margaritas. Als dic Lüster und Kandelaber verloschen und sich der Vorhang hob, konnte er im Gegenlicht der Öllämpchen die geschwungene Linie ihrer Schultern sehen, die das Abendkleid freiließ. Sie trug das Haar zu einem breiten Knoten gebunden, der von einem Diadem aus kleinen, aber sehr ebenmäßigen, identischen Perlen zusammengehalten wurde, so daß der Nacken und ein kleines Stück des Rückens entblößt waren. Er heftete den Blick auf ihre Schultern und ließ sich von der Musik forttragen; der Champagner hatte ihn in eine angenehme Lethargie versetzt. Später am Abend trug er den Tisch und das Korbstühlchen, in dem er jeweils frühstückte, auf den Hotelbalkon, holte Schreibutensilien, zündete die Öllampe an und saugte die lauwarme Ramblasluft dieser jungen Herbstnacht ein. Manchmal durchbrach das Rattern der letzten Fiaker die Stille. *Diesen Abend*, schrieb er, *habe ich, während wir in der Loge Ihrer geschätzten Eltern Verdis Otello hörten, die Versuchung verspürt, mich nach vorn zu lehnen und Ihre Schultern zu küssen. Ich weiß, das wäre eine unzulässige Geschmacklosigkeit gewesen, und deswegen unterließ ich es. Gleichzeitig wäre es aber auch die einzige Möglichkeit gewesen, daß Sie mich eines Tages vielleicht hätten lieben können, doch dazu hätte ich notwendigerweise anders sein müssen, als ich bin, und fähig, meinem Impuls zu folgen, statt Angst zu bekommen und dafür jetzt so feige zu sein, Ihnen meine Schuld brieflich zu gestehen. Aber jetzt kommt es mir auch nicht mehr darauf an, Ihnen die ganze Wahrheit zu sagen: Zu diesem Projekt einer ehelichen Verbindung, das, dessen bin ich sicher, ohne Ihre Zustimmung eingefädelt wurde, habe ich die meine nur mit höchstem Widerwillen gegeben; als ich es tat, konnte ich nicht ahnen, daß ich mich in dieser Nacht, während wir Verdis Otello hörten, in Sie verlieben würde, wie es nun geschehen ist, ohne daß ich das in irgendeiner Weise gewollt hätte*. Er hielt inne, führte den Federhalter an die Lippen, dachte einige Augenblicke nach und schrieb dann weiter: *Das macht die Dinge von nun an sehr viel schwieriger*. Er legte die Feder aus der Hand, stand auf, nahm die Lampe, ging hinein und quer durchs Zimmer und hielt die Lampe in die Höhe, so hoch es sein Arm gestattete. Im Spiegel sah er sein Bild; noch immer trug er den Frack. Erstmals in seinem Leben beneidete er diejenigen, die frei von sichtbaren körperlichen Mängeln waren. Für sich selbst verspürte er kein Mitleid, sondern Verärgerung: Schau nur, wie du aussiehst, sagte er halblaut zu der Gestalt, die er im Spiegel sah; es scheint fast, als hättest du gerade in die Hose gemacht ... Er ging wieder auf den Balkon und ergriff die Feder. *Jetzt weiß ich*, schrieb er, *daß ich nie nach Paris zurückkehren werde.*

Nachdem er mit dem ungeordneten Niederschreiben der sich in seinem Kopf jagenden Ideen und Gefühle fertig geworden war, umfaßte der Brief viele Seiten. Es wurde hell, und er mußte den Bademantel überziehen, um sich gegen die kühle Morgenluft und den Tau zu schützen. Schon waren Fußgänger auf den Ramblas, als er um viertel vor acht den Brief beschloß, zusammenfaltete, ohne ihn noch einmal zu lesen, und in einen Umschlag steckte. Ein Zimmermädchen kam herein und brachte ihm das Frühstück.

»Möchte es der Herr auf dem Balkon einnehmen wie üblich?«

»Machen Sie meinetwegen keine Umstände, Sie können es hier stehenlassen. Ich kümmere mich um alles. Schicken Sie bitte diesen Brief an die Adresse auf dem Umschlag und vergewissern Sie sich, daß er persönlich übergeben wird.«

»Auch für den gnädigen Herrn ist ein Brief gekommen.« Das Zimmermädchen wies auf ein Tablett.

Er nahm ihn in der Überzeugung, er komme von seiner Mutter, aber ein flüchtiger Blick genügte ihm, um zu wissen, daß Margarita ihn geschickt hatte. »Sie können sich zurückziehen«, sagte er zum Zimmermädchen. »Und der Brief, gnädiger Herr?« – »Ich werde ihn nachher im *comptoir* selbst aufgeben.« Es war ebenfalls ein langer Brief. Sie hat also diese Nacht auch nicht schlafen können, dachte er. Zunächst entschuldigte sie sich für die Dreistigkeit, ihm zu schreiben, und gestand, bezüglich seiner und der Aufrichtigkeit seiner Absichten einen gewissen Argwohn gehegt zu haben, aber am Abend in der Loge des Liceo sei er ihr als *wohlerzogener, feinfühliger und gütiger Mensch* erschienen; aus diesem Grund wage sie ihn jetzt um seine Hilfe zu ersuchen. *Seit Jahren liebe ich einen Mann und er mich auch. Er stammt aus bescheidenen Verhältnissen, aber ich habe ihm im geheimen mein Herz und noch etwas anderes hingegeben, das ich Ihnen nicht nennen kann.* Die Situation, in die ihre Mutter, *zweifellos mit den besten Absichten,* sie alle gebracht habe, sei irrig und für sie notgedrungen höchst erzwungen. *Wenn Sie mir in diesem kritischen Augenblick nicht helfen, ist mein ganzes Leben zu Ende, denn ich kann nicht allein gegen das Schicksal kämpfen. Es übersteigt meine Kräfte. Teurer Freund, werden Sie es für mich tun?* Er zerriß den Brief, an dem er während der ganzen Nacht geschrieben hatte, und setzte einen neuen, kürzeren auf, in dem er sich für ihre Aufrichtigkeit bedankte und sie darum bat, ihn von jetzt an immer *als loyalen Freund ohne Absichten zu betrachten. Ich untersage Ihnen, mir gegenüber einen bittenden Ton anzuschlagen, auf den ich in keiner Weise Anspruch zu haben glaube. Ich bin es, der Sie bittet, Ihre resignierte und fatalistische Haltung aufzugeben. Wir alle haben die heilige Pflicht, glücklich zu sein, auch wenn wir dafür den Umständen manchmal Gewalt antun müssen.* Er überlas den Brief noch einmal und fand ihn überheblich und unehrlich. Auch weitere Versuche führten nicht zu einem besseren Resultat. Er erfrischte sich, zog einen Straßenanzug an und ging ins Vestibül hinunter. »Sorgen Sie dafür«, sagte er zum Rezeptionisten, »daß an dieser Adresse eine Schachtel Pralinen und meine Karte abgegeben werden.« Er kritzelte einige höfliche Floskeln, in denen er der Familie Figa i Morera seinen Dank für die Aufmerksamkeiten bezeugte, die ihm diese Familie am vergangenen Abend in der Loge des Liceo habe zukommen lassen. Dann bestellte er einen Wagen und ließ sich zum Friedhof von San Gervasio fahren. Er lag weit draußen vor der Stadt, und die Luft war feucht und schwül, als er gegen zehn Uhr vormittags dort ankam. Er mußte sich erkundigen, welches von all den Gräbern dasjenige seines Vaters war; nach dessen Tod waren sie aus Sicherheitsgründen nicht zur Beerdigung gegangen, ja hatten Paris überhaupt nicht verlassen, wo sie schon einige Tage zuvor eingetroffen waren. Jetzt überlegte er: Ich weiß nicht einmal, wer sich um die Beerdigung gekümmert hat. Er stellte sich vor, wie die Mörder persönlich das Leichenbegängnis in die Wege leiteten. Dem Totengräber, der mit ihm ging, gab er ein Trinkgeld. Unverhohlen verzehrte der Totengräber Biß für Biß ein fettiges Butterbrot. Nicolau hatte nicht gefrühstückt und verspürte jetzt einen nagenden Hunger; er dachte daran, dem Totengräber seinen derben Imbiß abzukaufen, den dieser mit Wonne verschlang, doch dann schämte er sich, an einem solchen Ort eine derart abwegige Idee gehabt zu haben – angesichts des Grabes seines Vaters, das er jetzt erstmals besuchte. »Verzeihen

Sie, Papa, aber ich kann nichts dagegen tun«, murmelte er vor dem Mausoleum, an dessen Tür in Bronzelettern FAMILIE CANALS stand. »Ich bin hoffnungslos verliebt«, ergänzte er mit einem Kloß im Hals. Der Totengräber stand noch immer neben ihm.

»Wie viele Leute finden hier Platz?« fragte Nicolau und zeigte auf das Mausoleum.

»So viele wie erforderlich.« Diese Antwort beruhigte Nicolau ohne bestimmten Grund. Er dachte, die Zeichen, die er vor einigen Tagen auf dem Bahnhof von Port-Bou wahrgenommen und damals mit der Vernunft weggewischt hatte, würden sich wohl bald bewahrheiten.

»Sorgen Sie dafür, daß es hier nicht an Blumen fehlt. Ich werde von Zeit zu Zeit vorbeikommen.«

Er stieg in die Droschke, die in einem Hohlweg auf ihn wartete. Während zwei Wochen hatte es nicht geregnet, und er versank mit den Schuhen in sonnengebleichtem Staub. Als er wieder im Hotel war, händigte man ihm einen weiteren Brief aus, der nun wirklich von seiner Mutter war, jenen Brief nämlich, in dem sie ihn von Casimirs Existenz und seiner Krankheit unterrichtete, den Brief, in dem sie ihn anflehte, wieder nach Paris zu kommen. *So, wie die Umstände liegen, muß ich für den Moment meine Rückkehr auf unbestimmte Zeit verschieben,* antwortete er noch gleichentags. In seinem Brief formulierte er die besten Wünsche für die baldige und vollständige Genesung Casimirs, den kennenzulernen er noch nicht das Vergnügen gehabt habe. *Ich hoffe diesen Mangel bald beheben zu können und denke, genau wie Sie auch, daß Señor Casimir so sorgsam gepflegt werden muß, wie es seine Krankheit erfordert und ohne auf Kosten Rücksicht zu nehmen. Verfügen Sie, Mama, über mein gesamtes Vermögen, das auch das Ihre ist, aber bitten Sie mich jetzt nicht, nach Paris zurückzukehren: Bald werde ich zwanzig, und es ist höchste Zeit, daß ich ein unabhängiges Leben beginne.* Am selben Nachmittag besuchte ihn Don Humbert Figa i Morera im Hotel.

»Ich suche Sie als Anwalt und als Vater auf, mein lieber Freund – beides in einem«, sagte er geradeheraus. »Wenn Ihre

Absichten in bezug auf meine Tochter ernst sind – und ich bezweifle nicht, daß sie es sind –, gibt es viele Punkte, über die wir sprechen müssen, was Ihre Stellung und Ihr Vermögen betrifft, meine ich.«

Nicolau Canals i Rataplán sah sein Gegenüber abwesend an. Bei sich dachte er: Diese Kanaillen haben zweifellos bemerkt, welchen Eindruck ihre Tochter auf mich gemacht hat, und wollen nun den Preis der Ware heraufsetzen. Er hätte Lust gehabt, seine Verachtung offen zu zeigen, doch er wußte, daß das auch bedeutet hätte, das Mädchen für immer zu verlieren. Nur mit der Hilfe dieser niederträchtigen und habsüchtigen Eltern kann ich noch einen Hoffnungsschimmer erspähen, dachte er. Aber das war es auch nicht, was er wollte; dieselbe Charakterschwäche, die es ihm nicht gestattete, auf jene unmögliche Liebe zu verzichten und unverzüglich nach Paris zu gehen, hinderte ihn auch daran, sie auf eine in seinen Augen verwerfliche Weise zu gewinnen. Könnte ich sie so lieben, wie sie es verdient, so würde ich nicht zögern, meine Seele dem Teufel zu verkaufen, dachte er. Das Dilemma lähmte ihn, und er beschloß, alle Fragen ausweichend zu beantworten und Zeit zu gewinnen. Es fiel ihm nicht schwer, eine Naivität vorzutäuschen, die noch bis zum Vortag echt gewesen war.

»Ich habe angenommen, meine Mutter und Ihre Frau Gemahlin seien diesbezüglich zu einer Verständigung gekommen«, sagte er. Er könne jedenfalls nicht näher auf das Thema eingehen, bevor er mit seinen Bankiers in Barcelona nicht eine Reihe von Gesprächen geführt habe. Don Humbert beeilte sich, einen Rückzieher zu machen: Eigentlich sei er nur ins Hotel gekommen, um ihm guten Tag zu sagen, da er ohnehin in der Nähe gewesen sei. Er habe ihm persönlich für die Pralinen danken wollen, die er freundlicherweise geschickt habe, und sich überzeugen wollen, daß es ihm an nichts fehle. Während sie sich unterhielten, schickte sich Onofre Bouvila, der von jedem Schritt seines Rivalen unterrichtet war, an, seinen Plan in die Tat umzusetzen. Zwei Tage zuvor hatte er eine chiffrierte Botschaft von Garnett bekommen, dem amerikanischen Agenten des Exgouverneurs von Luzon. Verschlüsselt sagte Garnett:

»Alles bereit, erwarte Anweisungen.« Onofre Bouvila klingelte mit einer kleinen Glocke, und ein Sekretär erschien.

»Hat der Herr geklingelt?«

»Ja. Man suche Odón Mostaza und lasse ihn herkommen.«

Am folgenden Morgen wurde Nicolau Canals von einem Lärm geweckt; ohne daß es ihm jemand gesagt hätte, wußte er sogleich, daß es sich um eine Schießerei handelte. Dann hörte er eilige Schritte und Stimmen; der Aufruhr hatte nur ein paar Sekunden gedauert. Er sprang aus dem Bett, warf sich den Bademantel über die Schultern und trat leichtsinnig auf den Hotelbalkon. Ein Mann auf dem Nachbarbalkon erzählte ihm, was geschehen war.

»Die Anarchisten haben einen Polizisten getötet. Eben bringt man die Leiche in einem Handwagen weg.«

Er eilte rasch die Treppen hinunter und trat auf die Straße, konnte aber nichts weiter sehen als die Gruppe Neugieriger, die sich um eine Blutlache geschart hatten. Alle sprachen gleichzeitig, aber den wirren und fragmentarischen Berichten konnte er nichts Klares entnehmen. Der Zwischenfall beeindruckte ihn sehr; von diesem Moment an fühlte er sich erstmals ins Leben der Stadt miteinbezogen. Am selben Nachmittag ging er zu einem Schneider namens Tenebrós in der Calle Ancha und gab mehrere Anzüge in Auftrag; in der Chemiserie Roberto Mas in der Calle Llibretería kaufte er ein paar Dutzend Hemden und weitere Kleidungsstücke. Alles wies darauf hin, daß er sich rüstete, den Winter in der Stadt zu verbringen. Bei der Rückkehr ins Hotel fand er eine Einladung vor: Die Herrschaften Figa i Morera erbaten seine Anwesenheit bei dem Dinner, das am kommenden Samstag in ihrem Haus gegeben würde (sie wohnten jetzt in der Calle Caspe). Ich sollte nicht teilnehmen, dachte er einmal mehr; das ist die letzte Chance, meine Einstellung bezüglich dieses schmutzigen Handels deutlich und unmißverständlich klarzustellen. Aber dann erinnerte er sich wieder an ihre Schultern und glaubte vor Traurigkeit zu sterben. Unverzüglich antwortete er, er werde nicht ausbleiben. Als Geschenk schickte er einen Käfig aus vergoldetem Metall mit einem Distelfink; man hatte ihm versichert, es sei eine sehr seltene und kostbare Art; er kam aus Japan und pfiff einige exotische Weisen voller Nostalgie.

6

Zur selben Zeit erhielt der ruchlose Osorio, Exgouverneur von Luzon, jener Schandfleck für den militärischen Stand, per Post ein Paket, in dem sich eine tote Schildkröte befand; ihr Panzer war karmesinrot bemalt. Der philippinische Diener erbleichte beim Anblick der Schildkröte. Osorio täuschte gegenüber seinem Diener Gleichgültigkeit vor, aber noch am selben Nachmittag sprach er mit Inspektor Marqués, einem der Polizeibeamten, die in seinem Stierkampfklub verkehrten. »Bei den malaiischen Stämmen ist das ein Zeichen für Rache«, sagte er.

»Möglicherweise hat jemand Ihr Mandat in schlechter Erinnerung«, meinte der Polizist.

»Unsinn, mein Freund, Unsinn! Mein Ruhmesblatt ist ohne Makel. Gewiß hatte ich mir beim Vollzug meiner Obliegenheiten die eine oder andere Feindschaft einzuhandeln, aber ich versichere Ihnen, daß niemand von den Leuten, die ich bei der Erfüllung meiner Pflicht behelligen mußte, über die nötigen Mittel verfügt, um eine Reise nach Barcelona zu bezahlen.«

»Wie dem auch sei, sicher ist, daß wir nichts unternehmen können, nur weil man Ihnen per Post Unrat zugeschickt hat.«

Nach wenigen Tagen erhielt der Exgouverneur ein zweites Paket; darin befand sich ein gerupftes totes Huhn mit einem schwarzen Band um den Hals.

»Das Zeichen des Pinyong!« rief der Diener des Exgouverneurs aus. »Das ist gleichbedeutend, als ob wir schon tot wären, mein General; jeder Widerstand ist zwecklos.«

»Ich habe mit meinen Vorgesetzten über diese tolle Sache mit der Schildkröte gesprochen«, sagte Inspektor Marqués, »und sie haben tatsächlich sehr gezögert, sich mit der Angelegenheit näher zu befassen. Sie empfehlen Ihnen, die Dinge von der heiteren Seite zu nehmen. Natürlich, jetzt vielleicht, da zur Schildkröte noch das Huhn kommt ... Ich weiß nicht.«

»Mein Freund«, fiel ihm der Exgouverneur ins Wort, »voriges Mal wollte ich dem Ganzen noch keine besondere Bedeutung beimessen, weil ich es als geschmacklosen Scherz auffaßte, doch glauben Sie mir, die Geschichte mit dem Huhn – da hört die Gemütlichkeit auf! Ich empfehle Ihnen dringend, bei Ihren Vorgesetzten das Interesse und die Aufmerksamkeit zu wecken, die wenn nicht der Fall an sich, so doch meine Person verdient.«

Als ihm der Inspektor die Antwort seiner Vorgesetzten überbrachte, fand er den Exgouverneur verstört und zitternd. »Man möchte glauben, Sie hätten Besuch von den Seelen aus dem Fegefeuer bekommen«, sagte er.

»Sparen Sie sich Ihre Witze, die Sache beginnt in höchstem Grad ernst zu werden.« An diesem Vormittag hatte der Exgouverneur das dritte und letzte Paket erhalten; darin befand sich ein totes Schwein, das eine Art auberginefarbene Atlastunika trug. Das Paket war so schwer, daß es in einer Schubkarre vor die Haustür in der Calle Escudellers gebracht werden mußte, wo der Exgouverneur mit seinem Diener wohnte. Für diesen außergewöhnlichen Service hatte er eine Nachgebühr bezahlen müssen und deswegen protestiert: »Die Frankatur deckt den Transport bis zum Domizil des Empfängers!« – »Ja, aber nicht den Einsatz der Karre«, lautete die Antwort. Als er das Schwein erblickte, verging ihm die Lust am Feilschen; er bezahlte, was man verlangte, und verrammelte Türen und Fenster. Aus einer Truhe holte er eine Ordonnanzpistole, lud sie und steckte sie sich im Kolonialstil quer in den Gürtel. Dann ohrfeigte er den Diener, weil der in die Uniform uriniert hatte. »Mut!« sagte er. »Betrachten Sie sich schon als aufgefressen, Euer Gnaden«, antwortete der Diener. Obwohl sich der Exgouverneur alle Mühe gab, es zu verbergen, war auch er erschrocken. Er wußte aus Erfahrung, daß die Malaien an sich gütige, fröhliche und außerordentlich edelmütige Menschen waren, aber ebenso wußte er, daß sie gewalttätig und grausam sein konnten. Zu seinen Gouverneurszeiten hatte er einigen Zeremonien vorstehen müssen, die die Regierung der Hauptstadt gebilligt hatte, um sich die Gewogenheit der kleinen Stammeshäuptlinge nicht zu verscherzen. Dabei hatte er grausame Kannibalenakte gesehen; jetzt erinnerte er sich wieder daran, wie die buntbemalten Krieger am Ende des zügellosen Festschmauses wilde Rülpser ausgestoßen hatten, und stellte sich vor, wie sie sich mit dem furchterregenden Kris zwischen den Zähnen hinter den Platanen der Ramblas und in den Eingängen der eleganten Häuser in der Calle Escudellers versteckten. So schilderte er es Inspektor Marqués, der seinen Vorgesetzten die Worte des Exgouverneurs getreulich weiterzuleiten versprach. Er getraute sich nicht, ihm zu sagen, daß seine Vorgesetzten nicht im geringsten auf ihn hörten; er hatte allen Mitgliedern des Stierkampfklubs weisgemacht, seine Achtung im Korps sei höher, als sie tatsächlich war.

Nicolau Canals aß nicht und schlief nicht und verspürte rund um die Uhr einen unaufhörlichen Schmerz, gegen den weder Medikamente noch Zerstreuungen etwas auszurichten vermochten. Am Samstag traf er im Zustand äußerster Schwäche vor Don Humbert Figa i Moreras Haus ein. Ein eigens für diesen Anlaß verpflichteter Diener in Livree öffnete die Wagentür und half ihm beim Aussteigen; der Stock geriet ihm zwischen die Beine, er strauchelte, als er den Fuß aufs Trittbrett setzte, und der Diener mußte ihn herunterheben und seinen Zylinder vom Boden aufnehmen. Nicolau gab ihn im Vestibül zusammen mit Stock und Handschuhen einer Zofe. Es war dieselbe, die Efrén Castells verführt hatte; jetzt spürte sie schon die ersten Schwangerschaftssymptome. An all dem trägt nur dieser Geck die Schuld, dachte sie, als sie die Dinge entgegennahm, die ihr Nicolau Canals i Rataplán hinhielt. Alle schauen mich an wie einen komischen Kauz oder eine Jahrmarktsattraktion, dachte er, als er den tückischen Blick der Zofe auffing. Er war als erster gekommen – seine europäische Pünktlichkeit war noch nicht von der spanischen Rücksichtslosigkeit angesteckt worden. Nicht einmal die Dame des Hauses war fertig; in ihrem Schlafzimmer gab sie den Zofen, der Modistin und dem Friseur Befehle und Gegenbefehle und überhäufte sie mit grundlosen Beschimpfungen. Don Humbert machte die

Honneurs des Hauses in einem Salon, der für die beiden zu groß war. Ungezwungen entschuldigte er seine Gattin: »Sie wissen ja, wie die Frauen in diesen Dingen sind.« Nicolau Canals kam gegen seine Sehnsucht nicht mehr an und fragte, ob sich auch Margarita verspäten werde. »Oh«, sagte Don Humbert, »diesen Nachmittag fühlte sie sich ein wenig indisponiert, sie weiß nicht, ob sie bei Tisch dabeisein kann, und hat mich gebeten, sie bei Ihnen zu entschuldigen.« Obwohl er wußte, daß er die unverzeihlichste aller Inkorrektheiten beging, bedeckte sich Nicolau Canals das Gesicht mit den Händen und brach in Schluchzen aus. Don Humbert, der die Unpäßlichkeit seines Gastes sah, aber nicht wußte, was er tun sollte, gab vor, gar nichts zu merken. »Kommen Sie mit«, sagte er, »wir haben noch Zeit; ich will Ihnen etwas zeigen, was Sie zweifellos interessiert.«

Er führte ihn in sein Arbeitszimmer und zeigte ihm ein mechanisches Telefon, das gerade installiert worden war. Dieses Telefon war sehr rudimentär und diente einzig dazu, mit dem Zimmer auf der andern Seite des Innenhofs zu sprechen; es bestand in einem einfachen Draht mit einer Sprechmuschel an beiden Enden. Bei jedem Fenster war ein Stück Glas durch eine ganz dünne Tannenholzplatte ersetzt worden, durch deren Mitte der Draht lief. Die Platte übermittelte den Ton auf die gegenüberliegende Seite. Wenn der Draht bei einer längeren Strecke um eine Ecke führte, mußte man darauf achten, daß er nicht mit festen Gegenständen in Berührung kam, was die Übermittlung unmöglich gemacht hätte; in solchen Fällen wurde der Draht über eine Schnur geleitet. Als sie in den Salon zurückkamen, war die Dame des Hauses bereits dort; sie trug ein langes Kleid, war schmuckbeladen und roch penetrant nach Levkojenparfüm. Sie besaß noch immer ihre aggressive, jetzt abgerundete Schönheit, dank der sie sich im Leben einen Weg gebahnt hatte. Jetzt zerfloß sie wie Honig, als sie Nicolau Canals i Rataplán sah. Bald gab sie sich aufgekratzt und bald prüde, denn sie wollte ihn ins Netz ihrer Verführungskünste wickeln, bald nannte sie ihn »mein Sohn« und überhäufte ihn mit theatralischer und zudringlicher Zärtlichkeit. Soviel Erniedrigung, dachte er, dabei werde ich sie heute abend nicht einmal sehen; er mußte kämpfen, um zu verhindern, daß ihm abermals die Tränen kamen. Das Eintreffen weiterer Gäste erlöste ihn aus der peinlichen Situation. Diesmal hatte Don Humbert Figa i Morera die Anwesenheit einiger Leute in seinem Haus sichergestellt. »Er ist noch jung und hat immer im Ausland gelebt«, hatte er zu seiner Frau gesagt, »er wird keinen Unterschied merken.« Diese Gäste waren ein korrupter Stadtrat, der Don Humbert sein Amt verdankte – das einzige, das er mit seinen geringen Fähigkeiten ungestraft versehen konnte –, und seine Gattin; ein ruinierter angeblicher Marquis, dessen Spielschulden Don Humbert vor vielen Jahren in einem inspirierten Augenblick übernommen hatte und dessen er sich seither bediente, um seinen Gesellschaften Ansehen zu verleihen, und seine Gattin, Doña Eulalia »Tití« de Rosales; ein gewisser Hochwürden Valltorta, ein versoffener Kleriker mit sehr buschigen Augenbrauen, und ein Medizindozent, den Don Humbert bezahlte, damit er ärztliche Gutachten und Atteste fälschte, und seine Gattin – auf diesen tristen Zirkel hatte ihn die Barceloneser Gesellschaft reduziert. Die Sätze, die sie an ihn richteten, beantwortete Nicolau Canals einsilbig; was er zu sagen gehabt hätte, interessierte niemanden, und niemand nahm seinen Lakonismus als Unhöflichkeit. Bald wurde die Konversation allgemeiner, und man ließ ihn in Frieden. Nur die Gastgeberin drängte ihn ab und zu, mehr zu essen. Er ließ die exquisitesten Speisen, die man ihm servierte, auf dem Teller liegen. Nach dem Essen gingen alle wieder in den Salon, wo ein Flügel stand. Da ihn die Gastgeberin, die um seine Musikliebe wußte, inständig darum bat, bequemte er sich, einige Stücke zu spielen. Er wußte, daß ihn niemand mehr beachtete, und leierte lustlos ein paar Chopin-Etüden herunter, die er auswendig konnte. Nachdem er fertiggespielt hatte, spendeten ihm die Anwesenden lebhaften Beifall; als er sich umwandte, um für den Applaus zu danken, an dessen Unehrlichkeit er nicht zweifelte, gefror ihm das Blut in den Adern, denn er sah, daß sie dastand. Sie trug ein schlichtes Organdy-Hauskleid mit breitem scharlachfarbenem Gürtel. Der einzige Schmuck bestand in einer

Blume, die in einer das Dekolleté schließenden Brosche aus gearbeitetem Silber steckte. Das kupferfarbene Haar war zu einem Zopf geflochten. Sie trat an den Flügel und murmelte einige entschuldigende Sätze, daß sie nicht am Dinner hatte teilnehmen können: Sie habe am Nachmittag an leichtem Schwindel gelitten und sich bis zu diesem Moment nicht bei Kräften gefühlt. Er glaubte ihr alles aufs Wort.

»Ich habe Sie spielen gehört«, sagte sie. »Ich wußte nicht, daß Sie ein Künstler sind.«

»Ein armer Dilettant«, entgegnete er errötend. »Möchten Sie, daß ich Ihnen ein bestimmtes Stück vorspiele?«

Sie beugte sich über den Flügel und gab sich den Anschein, als blättere sie in den Noten. Er spürte die Wärme ihres Körpers an seiner Schulter, ihr nackter Arm bewegte sich neben seinen Wangen, und vom Wunsch, ihn zu küssen, trocknete ihm auf der Stelle der Mund aus. »Haben Sie meinen Brief nicht bekommen?« hörte er sie in sein Ohr raunen. »Sagen Sie mir um Gottes willen: Hat man Ihnen im Hotel den Brief nicht ausgehändigt, den ich Ihnen geschickt habe?« Heimlich bemerkte er den flehenden Blick des jungen Mädchens und gab vor, seine Aufmerksamkeit auf die Tasten zu konzentrieren. »Doch«, sagte er endlich. »Nun«, fragte sie, »wie lautet Ihre Antwort? Kann ich auf Ihre Großherzigkeit vertrauen?« Mit übermenschlicher Anstrengung sagte er: »Ich bin nicht Herr dessen, was ich tue; ich schlafe nicht, ich esse nicht, ich fühle mich rund um die Uhr krank; wenn ich Sie nicht sehe, verspüre ich einen tiefen Schmerz in der Brust, ich kriege keine Luft, ich ersticke und glaube, ich sterbe.« – »Nun«, insistierte sie, »wie lautet Ihre Antwort?« Heiliger Himmel, dachte er, sie hat kein einziges Wort von dem gehört, was ich eben gesagt habe.

Den General a. D. Osorio y Clemente, Exgouverneur von Luzon, erwischten drei aus einem geschlossenen Wagen abgefeuerte Revolverschüsse, als er nach der Messe aus der Kirche San Justo y Pastor trat. Er hatte gerade die letzte Stufe der Gotteshaustreppe hinter sich gebracht, als er tot auf die Fliesen fiel, aus denen der Belag des Platzes bestand. Aus dem Wagenfenster warf jemand einen Strauß weißer Blumen wenige Meter neben die Leiche. Später berichteten Augenzeugen das Kurioseste des Vorfalls: Der philippinische Diener des Dahingeschiedenen sei, kaum habe er den ersten Knall gehört, zum andern Ende des Platzes gespurtet, wo er etwas Überraschendes getan habe: Er sei niedergekauert, habe aus der Tasche einen krummen, rund dreißig Zentimeter langen Stock gezogen und ihn in ein Loch im Boden gesteckt; so sei es ihm gelungen, den Eisendeckel zu heben, der den Eingang zum Kanalisationssystem verschließe, und sei auf Nimmerwiedersehen darin verschwunden. Später sagte die Polizei, dieses Verhalten beweise seine Teilnahme am Verbrechen, seine Komplizenschaft und seinen Vorsatz; andere Leute meinten, als sein Herr den Schildkrötenkadaver bekommen habe, habe er seine Flucht zu planen begonnen und den Standort sämtlicher Eisendeckel in dem Stadtteil, in dem sie spazierenzugehen pflegten, ausfindig gemacht und sich gemerkt; immer habe er den krummen Stock bei sich gehabt, den er sich selbst verschafft habe.

Wenige Tage vor diesem Ereignis spürte Señor Braulio unversehens eine Unruhe, ohne daß er den Grund dafür näher hätte bezeichnen können. Ich habe eine fatale Vorahnung, dachte er, als er sich im Spiegel sah. In den letzten Jahren war er fett geworden; verkleidete er sich jetzt als Frau, so sah er aus wie eine Matrone; außerdem hatte er sich einen kurzen Schnurrbart wachsen lassen, der ihm in seiner Verkleidung einen eher spaßigen als sinnlichen Anstrich verlieh. Selbst diejenigen, die ihm in früheren Zeiten bloß schöngetan hatten, brachten ihm jetzt ernsthafte Achtung entgegen. Andere sahen in seinem Benehmen Alterssymptome, das, was man damals als Gehirnerweichung bezeichnete. Einige schrieben diese Erweichung den Schlägen zu, die er in den durchzechten Nächten erhalten hatte. Alle dachten an den Fall des dänischen Boxers Anders Sen, über den sich die Zeitungen kurz nach seinem Besuch in Barcelona ausführlich ausgelassen hatten. Während mehrerer Jahre hatte dieser Boxer die Champions von Frankreich, Deutschland und Großbritannien herausgefordert und immer verloren – er war gewissenhaft verprügelt worden. Jetzt brachte man ihn von Stadt zu Stadt; in Barcelona stellte man ihn in einer auf der Puerta de la Paz errichteten Bude aus Schilf und Segeltuch als einen Fall von wissenschaftlichem Interesse zur Schau; so verkündete es jedenfalls die Werbung. In Wirklichkeit bereicherten sich ein paar unverschämte Kerle unter dem Deckmantel des angeblichen wissenschaftlichen Interesses an seinem Unglück; er war wie ein Kind geworden, schüttelte mit seinen Pranken eine Rassel und trank Milch aus einer Saugflasche. Für einen Real Eintrittsgeld konnte man ihn bestaunen und befragen, für eine Pesete einen Boxkampf mit ihm simulieren. Er war noch immer ein kräftiger Mann mit weitem Brustumfang und kolossalen Bizepsen, aber seine Bewegungen waren sehr langsam, die Beine vermochten kaum das Gewicht seines Körpers zu tragen, und er war, obwohl erst vierundzwanzig, praktisch blind. Natürlich war dies bei Señor Braulio, der sich einer exzellenten Gesundheit erfreute, nicht der Fall; nur äußerlich war er mit dem Alter und dem ihm von Onofre Bouvila aufgezwungenen Ruhestand etwas träger geworden; zugleich hatten sich auch seine Manien, seine Ängstlichkeit und seine abrupten Stimmungswechsel verschärft. Jetzt machte er sich um Odón Mostaza Sorgen. Da dieser nicht arbeitete, aber Geld hatte, gab er sich einem immer ausschweifenderen Leben hin. Wenn ihn Señor Braulio deswegen zur Rede stellte, antwortete er ungehobelt: »Du bist eine Runkel, hast dein Leben damit zugebracht, im Kohlenviertel deinen Arsch feilzubieten, und jetzt hältst du mir Standpauken.« – »So habe ich Frau und Tochter verloren«, antwortete der Exhotelier, »für meine Extravaganzen mußten zwei arme Unschuldige bezahlen.« Doch Odón Mostaza hörte auch weiterhin nicht auf ihn. Eines Tages erfuhr er, daß ihn Onofre Bouvila sehen wollte, und suchte ihn unverzüglich in seinem Büro auf. Die beiden Kumpane umarmten sich gerührt und klopften sich dröhnend auf die Schultern. »Seit Jahrhunderten haben wir uns nicht mehr gesehen«, sagte Odón Mostaza; »seit du ein Spießer geworden bist, hat es mit dir keine Art mehr. Ach, was waren das für Zeiten! Erinnerst du dich noch, wie wir Joan Sicart die Stirn boten?«

Onofre ließ ihn reden und hörte ihm lächelnd zu. Als der andere schwieg, sagte er: »Wir müssen wieder in die Arena, Odón; wir können nen uns nicht auf unseren Lorbeeren ausruhen – ich brauche dich.« Jetzt blitzten die Augen des Killers wie die eines Wolfs. »Gott sei Dank, mir ist schon das Werkzeug eingerostet. Worum geht's denn?« Onofre Bouvila senkte die Stimme, damit niemand hören konnte, was sie ausheckten. Die Leibwächter der beiden standen an den Straßenecken Wache. »Eine einfache Angelegenheit, ich habe alles genau überlegt; es wird dir Spaß machen.«

Am verabredeten Tag ging Odón Mostaza sehr früh aus dem Haus, stieg in eine Droschke und ließ sich aus der Stadt fahren. Als sie an einen vereinbarten Punkt kamen, nahm er den Kutscher mit dem Revolver ins Visier und hieß ihn absteigen. Hinter einem Gebüsch kam einer seiner Leute hervor und fesselte den Kutscher von Kopf bis Fuß; dann stopfte er ihm ein Wergtuch in den Mund und knebelte ihn. Sie verbanden ihm mit einem Tuch die Augen und versetzten ihm einen Schlag in den Nacken, daß er die Besinnung verlor. Der Spitzbube, der hinter dem Gebüsch hervorgekommen war, zog den Mantel des Kutschers an und kletterte auf den Bock. Odón Mostaza stieg wieder in den Wagen und zog die Gardinen zu; er nahm den angeklebten Bart und die Rauchglasbrille ab, mit denen er sich unkenntlich gemacht hatte, damit ihn der Kutscher später nicht identifizieren konnte, sollte es soweit kommen. Er hatte ein perfektes Alibi. Auf den Ramblas kaufte er einen Strauß weißer Lilien, wie ihm Onofre Bouvila aufgetragen hatte. Im geschlossenen Wagen verströmten die Blumen einen so intensiven Duft, daß er befürchtete, ihm werde übel. Gleich kotze ich, dachte er. Inzwischen überprüfte er, ob der Revolver richtig funktionierte. Die Kirchenuhr schlug gerade, als der Wagen auf den Platz einfuhr. Nur wenige Gläubige kamen aus der Messe, denn es war ein Arbeitstag. Er schob die Gardine ein wenig zur Seite und streckte den Revolverlauf durch den Spalt. Als er den Exgouverneur in Begleitung seines philippinischen Dieners auftauchen sah, zielte er ruhig, ließ ihn die Treppe ganz heruntergehen und drückte dreimal ab. Nur der Philippine reagierte sogleich. Der Wagen setzte sich wieder in Bewegung. Dann erinnerte er sich an die Blumen und hämmerte ans Dach, damit der Kutscher anhalte, nahm den Lilienstrauß vom Sitz und warf ihn mit aller Kraft durchs Fenster. Jetzt konnte man bereits Schreie und eilige Schritte hören – alle versuchten sich in Dekkung zu bringen.

Einige Tage später verhaftete ihn die Sicherheitspolizei, als er aus einem Bordell kam, in dem er die Nacht verbracht hatte. Da er sich von jedem Verdacht frei fühlte, leistete er keinen Widerstand und behandelte die Beamten mit so ausgesuchter Höflichkeit, daß ihnen sein Spott keinen Moment verborgen blieb. »Mach dich lustig, soviel du willst, Mostaza«, sagte der Korporal, »diesmal wirst du ein für allemal büßen.« Odón Mostaza machte ein Spitzmäulchen und warf ihm Küßchen zu, als hätte er es mit einer Nutte und nicht mit einem Korporal zu tun; das brachte diesen in Rage. Die Beamten kannten seinen Ruf und ließen kein Auge von ihm; sie hatten die Karabiner auf ihn gerichtet und die Knüppel bei der Hand, um sich unverzüglich auf ihn stürzen zu können. Einige von ihnen waren noch sehr jung; schon bevor sie dem Korps beigetreten waren, hatten sie von Odón Mostaza, dem gefürchteten Killer, gehört; nun führten sie ihn als Gefangenen und gebunden vor den Richter. Als ihn der Richter fragte, wo er an jenem Tag zu der und der Zeit gewesen sei, antwortete er sehr selbstsicher und leierte das Lügengewebe herunter, das er mit Onofre Bouvila gesponnen, das Alibi, das er in Voraussehung solcher Fragen vorbereitet hatte. Der Richter wiederholte seine Fragen ein übers andere Mal, und der Amtsschreiber protokollierte die immer identischen Antworten, die der Richter nachher mit Befremden las. »Du willst dich wohl auch über mich lustig machen?«

»Sparen Sie sich Ihre Tricks für die Langfinger, Sozialisten, Anarchisten und Schwulen, Euer Hochwohlgeboren«, sagte der Killer. »Ich bin Odón Mostaza, ein Profi mit vielen Jahren Erfahrung, und werde nichts mehr sagen.«

Als er sah, daß die Befragung nach einer Weile wieder von vorn anfing, als hätte er mit einem Tauben oder einem Idioten gesprochen, sagte er: »Haben Sie eigentlich vor, sich auf meine

Kosten einen Namen zu machen, Euer Hochwohlgeboren? Lassen Sie sich gesagt sein, daß das früher schon andere versucht haben; jeder wollte der Richter sein, der Odón Mostaza hinter Gitter bringt; alle träumten sie davon, ihren Namen und ihr Bild in der Zeitung zu sehen. Alle machten sich bloß lächerlich.« Der Richter hieß Acisclo Salgado Fonseca Pintojo y Gamuza; er war ein Mann von zwei- oder dreiunddreißig Jahren mit kräftigen Schultern, dickem Hals, Vollbart und blassem Teint. Er sprach bedächtig und zog die Augenbrauen hoch, wenn man ihm etwas sagte, als überrasche ihn alles und jedes. »Sagen Sie, wo Sie sich an diesem Tag zu der und der Zeit aufgehalten haben!« wiederholte er. Odón Mostaza geriet aus der Fassung.

»Schluß mit dieser grotesken Komödie!« schrie er ins Gericht, ohne sich darum zu kümmern, ob ihn andere Verhaftete hören konnten. »Was wollen Sie von mir? Etwa Geld? Ich denke nicht daran, Ihnen auch nur einen Real zu geben, lassen Sie sich das ein für allemal gesagt sein, Euer Hochwohlgeboren. Ich kenne diesen Dreh: Gebe ich Ihnen heute hundert, so wollen Sie morgen tausend. Die Hände sind Ihnen gebunden. Es fehlt Ihnen an Beweisen und Zeugenaussagen, mein Alibi ist perfekt. Außerdem weiß jedes Kind, daß Exgouverneur Osorio von Philippinen ermordet wurde.«

Der Richter zog perplex die Augenbrauen hoch: »Welcher Exgouverneur? Was für Philippinen?« Nur mit Mühe begriff Odón Mostaza, daß man ihn nicht des Mordes an Exgouverneur Osorio anklagte, sondern der Tötung eines jungen Mannes namens Nicolau Canals i Rataplán, von dem er noch nie etwas gehört hatte. Am Morgen des inkriminierten Tages war ein Mann mit Mantel und breitkrempigem Hut, der sein Gesicht verdeckte, derart schnell am *comptoir* des »Gran Hotel de Aragón« vorbeigehuscht, daß ihn der Rezeptionist nicht aufhalten konnte. Als er ihm mehrere Hotelangestellte und zwei Schutzmänner, die auf diesem zur Stunde sehr belebten Sektor der Ramblas patrouillierten, auf die Fersen hetzte, war der Eindringling bereits in den oberen Stockwerken verschwunden. Er wurde nie gefunden. Die einen sagten, er habe sich an der

Hausfassade heruntergelassen; er habe unter dem Mantel ein Seil mit Haken bei sich gehabt und mit dessen Hilfe den Abstieg vorgenommen; andere wiesen darauf hin, daß kein einziger Passant etwas Derartiges beobachtet habe, und meinten, er habe mehrere Hotelangestellte gekauft. Die einzige Spur seines flüchtigen Auftauchens war die Leiche Nicolau Canals i Ratapláns, dem er drei Messerstiche versetzt hatte, jeder von ihnen unfehlbar tödlich. Am nächsten Tag wurde Nicolau Canals im Familienmausoleum neben den sterblichen Resten seines ebenfalls ermordeten Vaters beigesetzt. Seine Mutter kam nicht zur Beerdigung. Er war der einzige Sproß jenes Zweiges der Familie Canals. Jetzt zeigte der Richter Odón Mostaza den Hut und den Mantel. Während er sich im Bordell aufhielt, hatte die Polizei sein Haus durchsucht und diese Kleidungsstücke sowie einen Dolch mit vier Sprungfedern entdeckt, auf dessen Blatt man noch Blutreste ausmachen konnte, obwohl er gewaschen worden war. Bestürzt leugnete er weiterhin diese offenkundigen Tatsachen und wiederholte hartnäckig die Geschichte mit der Schildkröte, dem Huhn und dem Schwein. »Der Angeklagte erzählt rundum konfuses Zeug«, sagte der Richter später im Schnellverfahren. Man befahl ihm, sich den Hut aufzusetzen, den Mantel anzuziehen und so vor den Hotelrezeptionisten zu treten, dessen Erscheinen der Richter angeordnet hatte. Es zeigte sich, daß die beiden Kleidungsstücke seine Größe hatten, und der Rezeptionist bestätigte, dieser Mann sei identisch mit dem, den er wie einen Blitz am *comptoir* habe vorbeisausen sehen. Odón Mostaza bestach einen Gerichtsdiener und brachte ihn dazu, Señor Braulio eine Botschaft zu überbringen: »Ich verstehe nicht, was da vor sich geht, aber es riecht verdächtig nach abgekartetem Spiel.« Señor Braulio eilte zu Onofre Bouvila. »Wir werden veranlassen, daß sich der beste Strafrechtler Spaniens des Falles annimmt«, sagte dieser. »Wäre es nicht klüger, diese heikle Aufgabe privat zu lösen, bevor der ganze Quatsch offiziell wird?« fragte Señor Braulio. Der Anwalt, der die Verteidigung übernahm, hieß Hermógenes Palleja oder Pallejá, gab an, aus Sevilla zu stammen, und war soeben der Anwaltskammer in Barcelona beigetreten, wo er eine Praxis eröffnen wollte, was er dann aber unterließ. Die Zeugen, deren Erscheinen der Verteidiger beantragt hatte, kamen mehrheitlich nicht zur Aussage – Dirnen, die sich schon dünngemacht hatten, als die Sicherheitspolizei sie holen wollte; da sie keine Ausweispapiere hatten und man sie ausschließlich unter ihrem Übernamen kannte, genügte es, daß sie Wohnort und Übernamen wechselten, um jede Spur ihres Vorlebens zu verwischen. Die drei, die in der Verhandlung dennoch aussagten, hinterließen beim Tribunal einen denkbar schlechten Eindruck. Sie gaben als Namen la Puerca, la Pedorra und Romualda la Catapingas an und schämten sich nicht, im Gerichtssaal ihre Schenkel zu entblößen; sie blinzelten dem Publikum zu, führten eine obszöne Sprache und brachen wegen jeder Kleinigkeit in Gelächter aus. Zum Staatsanwalt sagten sie: »Ja, mein Schatz; nein, mein Leben.« Der Gerichtsvorsitzende mußte sie mehrfach zur Ordnung rufen. Die drei behaupteten, am Morgen des inkriminierten Tages mit dem Angeklagten zusammengewesen zu sein, aber angesichts der Fragen des Staatsanwalts und sogar der Verteidigung dementierten sie wieder und gaben schließlich zu, sich in Datum, Zeit und Person zu irren. Odón Mostaza, der noch nie einen derartigen Abschaum gesehen hatte und feststellen mußte, daß ihre Einmischung ihm bloß schadete, verlangte mit seinem Anwalt zu sprechen, doch der schützte dringende andere Arbeiten vor und besuchte ihn nicht im Kerker des Justizpalastes, wohin er für die Dauer des Prozesses aus dem Gefängnis übergeführt worden war. Der im Jahrzehnt zuvor eingeweihte Justizpalast stand auf dem ehemaligen Weltausstellungsgelände, wo Odón Mostaza mit Onofre Bouvila Bekanntschaft geschlossen hatte, auf den er jetzt seine ganzen Hoffnungen setzte. Doch Onofre schien keineswegs beunruhigt: Wenn Señor Braulio, der mit den Nerven fertig war und weiterhin täglich beim Prozeß die Zwischenfälle aus dem Publikum verfolgte, das den Saal zum Bersten füllte, sich mit Onofre besprechen wollte, fand dieser immer irgendeinen Vorwand, ihn nicht zu empfangen, oder wenn er ihn empfing, lenkte er das Gespräch auf andere Themen. Der Staatsanwalt beantragte im provisorischen Rechtsbegehren, das er dann als definitiv eingab, die Höchststrafe für den Angeklagten. Endlich fällte das Tribunal das Urteil: Todesstrafe für Odón Mostaza. »Geduld, wir werden Rekurs einreichen«, sagte sein Anwalt. Das tat er zwar, ließ aber die gesetzlich festgelegten Fristen verstreichen oder formulierte den Rekurs so schlecht, daß ihn die zuständigen Instanzen wegen Formmangels abwiesen. In der Isolation seiner Zelle verlor der Killer jede Hoffnung. Er aß nicht mehr und schlief kaum noch; fand er endlich den Schlaf, so stürmten Alpträume auf ihn ein, und er erwachte schreiend. Die Wärter des Gefängnisses, in das er wieder überführt worden war, brachten ihn zum Schweigen, machten sich über seine Ängste lustig und kamen manchmal in seine Zelle, um ihn brutal zu verprügeln. Schließlich ging eine Verwandlung mit ihm vor, und er begriff, daß er wegen eines Verbrechens, das er gar nicht begangen hatte, für seine vielen ungesühnten Schandtaten büßen mußte. Darin sah er die Hand des Allmächtigen, und aus einem großsprecherischen Ungläubigen wurde ein demütiger Gläubiger. Er verlangte inständig, den Gefängnispriester zu sehen, und beichtete ihm seine unzähligen Sünden. Die Erinnerung an sein vergangenes Leben und an den Morast voller Laster, in dem er sich so manches Jahr herumgetrieben hatte, brachte ihn zu verzweifeltem Schluchzen. Obwohl er aus den Händen des Beichtvaters die Absolution erhalten hatte, getraute er sich nicht, vor den Schöpfer zu treten. »Vertraue auf seine unendliche Barmherzigkeit«, sagte der Beichtvater. Odón Mostaza trug jetzt immer ein dunkelviolettes Gewand und eine graue Schnur um den Hals.

Señor Braulio besuchte Onofre Bouvila erneut. Nachdem er vorgelassen worden war, kniete er auf dem Teppich nieder und kreuzte die Arme auf der Brust. »Was soll diese Posse?« fragte Onofre. »Ich rühre mich nicht von der Stelle, bevor du mich nicht angehört hast«, antwortete Señor Braulio. Onofre Bouvila klingelte und sagte dem Sekretär, der den Kopf hereinstreckte: »Ich will nicht gestört werden.« Nachdem der Sekretär die Tür wieder geschlossen hatte, zündete er sich eine Zigarre an und lehnte sich im Stuhl zurück. »Sagen Sie mir, worum es geht, Señor Braulio.«

»Du weißt genau, weshalb ich hier bin. Er ist ein Bösewicht, aber auch dein Freund; in heiklen Momenten ist er dir immer beigestanden. Einen loyaleren Mann hast du nie kennengelernt. Und ich«, fügte er mit gebrochener Stimme hinzu, »nie einen hübscheren.«

»Ich weiß nicht, was diese Vorrede soll.«

»Ich verstehe, daß du ihm eine ordentliche Lektion hast erteilen wollen, und bin sicher, er ist ein für allemal bestraft. In Zukunft werde ich für ihn bürgen.«

»Und was soll ich Ihrer Meinung nach tun? Ich habe die besten Anwälte ganz Spaniens beigezogen, habe Himmel und Hölle in Bewegung gesetzt und bin bereit, Ihre Majestät um Begnadigung zu bitten ...«

»Onofre, mir brauchst du nicht solche Dinge zu erzählen. Ich kenne dich seit vielen Jahren. Als du in meine Pension kamst und nichts zu schlucken hattest, warst du noch eine Rotznase. Ich weiß, daß du diese Farce inszeniert hast, weil du schlecht bist, weil es nichts und niemanden gibt, den du nicht zu opfern bereit wärst, um zu erreichen, was du dir in den Kopf gesetzt hast, und weil du Odón Mostaza im Grunde immer beneidet hast. Doch diesmal bist du zu weit gegangen und wirst es wiedergutmachen müssen, ob du willst oder nicht. Schau, wie ich hier vor dir bin: Auf den Knien flehe ich dich an, das Leben dieses Unglücklichen zu retten; mein Herz ist wie das einer Mater Dolorosa, durchbohrt von sieben Dolchen; tu es für ihn, oder tu es für mich.«

Als er sah, daß Onofre nicht antwortete, ließ er niedergeschlagen die Arme fallen und stand auf. »Nun gut, du hast es so gewollt. Hör zu: In den letzten Tagen habe ich Nachforschungen angestellt und weiß, daß Garnett und du mit Don Humbert Figa i Moreras Hilfe die von Osorio unterzeichneten Vertretungsverträge manipuliert habt und daß Osorios sämtliche Güter auf den Philippinen jetzt praktisch in deinem Besitz sind. Ich weiß auch, daß Leute in deinem Sold kürzlich eine Schildkröte, ein Huhn und ein Schwein gekauft und per Post voluminöse Pakete verschickt haben. All diese Tatsachen sprechen Odón nicht von dem Verbrechen frei, das ihm zur Last gelegt wird –

im Gegenteil: Eine Untersuchung über Osorios Tod würde sein Verschulden vollends an den Tag bringen, aber man kann niemanden zweimal umbringen, und Odón ist ja schon so gut wie tot. Anderseits könnte er sehr wohl andere in seinem Sturz mitreißen. Du weißt schon, was ich damit meine.« Onofre hörte nicht auf zu lächeln und rauchte bedächtig seine Zigarre.

»Stellen Sie sich nicht so an, Señor Braulio«, sagte er endlich. »Ich habe Ihnen bereits gesagt, daß ich alles menschenmögliche für meinen Freund Odón Mostaza getan habe. Unglücklicherweise haben meine Bemühungen nicht das gewünschte Resultat erbracht. Dagegen habe ich, als ich für einen Gefangenen die Freiheit erwirken wollte, ganz zufällig einen andern freibekommen. Hier habe ich die Begnadigung für Ihre Tochter Delfina unterzeichnet in der Schublade. Denken Sie nicht, es hätte mich nicht viel Einfluß und Geld gekostet, sie zu erhalten, denn die Behörden wollten Delfina mit dem Hinweis auf Gründe der öffentlichen Ordnung, die ich persönlich teile, nicht begnadigen. Jetzt ist die Angelegenheit zum Glück geregelt. Wäre es nicht ein Jammer, wenn dieses Begnadigungsschreiben nicht in Kraft träte?«

Angesichts dieser Alternative senkte Señor Braulio den Kopf und ging wortlos aus dem Büro; dicke Tränen kullerten ihm über die Wangen.

In der Kapelle für die zum Tode Verurteilten stellten zwei Mitglieder der Erzbrüderschaft des Unbefleckten Blutes Unseres Herrn Jesus Christus den von sechs Kerzen beleuchteten Christus der Hermandad auf. Gemäß den Regeln der Brüderschaft trugen sie eine Kutte mit Kapuze, schwarzen Ledergürtel, Rosenkranz und das als Erkennungszeichen auf die Brust genähte Abzeichen der Erzbrüderschaft. Die Erzbrüderschaft, deren Aufgabe es war, dem Gefangenen in seinen letzten Stunden beizustehen und sich später um die Leiche zu kümmern, wenn er keine Verwandten hatte, die sie beanspruchten, wurde 1547 in Barcelona gegründet, und zwar in der Allerheiligstenkapelle – allgemein bekannt als Blutkapelle – in der Kirche Unserer Muttergottes der Pinie; ihren Sitz hatte sie bis vor kurzem im

Haus Nr. 1 ebendieser Plaza del Pino. Odón Mostaza betete mit gebeugtem Rücken, die Stirn auf dem feuchtkalten Boden. Er befand sich an einem isolierten Ort des Gefängnisses, von der Außenwelt schon völlig abgeschnitten. Nur die zuständigen Behördenmitglieder, der Gefängnisarzt, die Priester und die Mitglieder der Erzbrüderschaft durften ihn besuchen sowie, auf ausdrückliche Anordnung des Gesetzes, ein Notar, *falls der Angeklagte ein Testament aufsetzen oder sonst einen mündlichen Akt vollziehen möchte.* Jede Minute ist wie ein Jahrhundert, dachte er, aber Minuten und Jahrhunderte scheinen mit gleicher Geschwindigkeit zu verstreichen. Im Gefängnis herrschte Ruhe: Spaziergänge und alle übrigen Tätigkeiten im Innern, *welche die gebotene Andacht stören könnten,* waren eingestellt worden. Im Hof hatten sich bereits die Leute versammelt, die der Hinrichtung beiwohnen mußten, nämlich *der Gerichtssekretär, die Vertreter der Regierungs- und der Gerichtsbehörde, der Gefängnisdirektor und die Angestellten, die dieser dazu bestimmt, die Priester und Mitglieder des Wohltätigkeitsvereins, der dem Angeklagten beisteht, sowie drei vom Bürgermeister ernannte Bürger, falls sie sich freiwillig zur Teilnahme zur Verfügung stellen.* Die Hinrichtungen waren seit wenigen Jahren, seit der Königlichen Verordnung vom 24. November 1894, nicht mehr öffentlich. Diese Maßnahme hatte heftige Kritik hervorgerufen: *So hat die Todesstrafe in Spanien ihre abschreckende Wirkung verloren, ohne Vorteil oder Ersatz, denn die Zeitungsberichte stacheln nicht nur die Neugier an, sondern umgeben den Kriminellen auch mit einer gefährlichen Aureole.* Jetzt schauten die drei Bürger aufmerksam dem Henker zu, der das Funktionieren der Garrotte überprüfte. Die Garrotte bestand in einem Stuhl mit hoher Lehne, an der hinten ein Drehkreuz und vorn ein Halseisen wie ein Halfter befestigt waren; das Eisen wurde dem Verurteilten um den Hals gelegt und würgte ihn so lange, bis der Tod durch Erdrosseln eintrat. Seine Majestät Don Fernando VII. hatte, *um das angenehme Gedenken an den glücklichen Geburtstag der Königin anzuzeigen,* durch Königliche Verordnung vom 28. April 1828 den Tod am Galgen, bis zu diesem Zeitpunkt in ganz Spanien üblich, abgeschafft und verfügt, daß von nun an *die dem Bürger- und Bauernstand angehörigen Angeklagten auf der gewöhnlichen Garrotte, die eines schändlichen Delikts Angeklagten auf der gemeinen Garrotte und die Adligen auf der Edlengarrotte* hingerichtet würden. Die zur gewöhnlichen Garrotte Verurteilten wurden mit der »Caballería Mayor«, also mit Maulesel oder Pferd, zum Schafott geführt, und ihre Kapuze war an der Tunika festgenäht. Die Kapuze war, wie der Name sagt, eine Art Cape mit Kapuze und Schleppe, das man über die andern Kleider anzog und normalerweise in der Trauer trug. Die zur gemeinen Garrotte Verurteilten wurden mit der »Caballería Menor«, also mit dem Esel, zum Schafott geführt oder geschleift, wenn es das Urteil so vorsah, und mit gelöster Kapuze. Die zur Edlengarrotte Verurteilten schließlich geleitete man auf einem gesattelten Pferd mit schwarzer Schabracke zum Schafott. Diese Unterscheidungsmerkmale hatten ihren ganzen Sinn verloren, seit die Hinrichtungen nicht mehr öffentlich waren. Als sich die Zellentür öffnete, mochte Odón Mostaza nicht vom Boden aufschauen. Vier Hände packten ihn unter den Schultern, und eine Stimme murmelte: »Herr, erbarme dich meiner Seele.« Mechanisch wiederholte er den Satz, um nicht nachdenken zu müssen. Als sie ins Freie gelangten, öffnete er die Augen. Vor ihm schritten die Erz- und Laienbrüder mit dem Christus, der bis zu diesem Moment in der Kapelle gewesen war. Er sah das weißliche Licht eines anbrechenden wolkenlosen Tages und dachte, für ihn komme es auf eins heraus, ob die Sonne an diesem und den nächsten Tagen aufgehe oder nicht. Hinten im Hof sah er die Garrotte, die Gruppe der Zeugen und etwas abseits den Henker stehen. Einer der Zeugen warf die Zigarette, die er geraucht hatte, auf den Boden und trat sie mit dem Schuh aus. Neben der Mauer bemerkte er einen Sarg aus dunklem Holz, dessen Deckel an der Mauer lehnte. Die Knie wurden ihm weich, aber die Wärter hatten ihn unter die Schulter gefaßt, so daß er nicht zu Boden stürzte. Das denn doch nicht, dachte er, richtete sich auf und hob das Gesicht. Sie können mich loslassen, wollte er sagen, aber er brachte kein Wort heraus und ließ nur ein Krächzen aus tiefster Brust hören.

Unter diesen Umständen kann man nicht mehr verlangen, dachte er ironisch. Jeder Schritt, der ihm ohne zu stürzen gelang, schien ihm ein Triumph. Er schleifte das Armesünderhemd, das man ihm beim Betreten der Kapelle übergezogen hatte, auf dem Hofpflaster nach. Von Gesetzes wegen waren die Armesünderhemden immer schwarz, außer für die Königs- und Vatermörder, die ein gelbes Gewand und eine gelbe Mütze trugen, beide mit blutroten Flecken. Das Armesünderhemd war eine Art Soutane, und als er sich vor einigen Stunden darin gesehen hatte, war er sich gedemütigt vorgekommen. »Bis jetzt habe ich meine Kleider immer selbst ausgesucht«, scherzte er mit den Kerkerwärtern. Hätte man seine Hinrichtung noch einige Monate hinausgezögert, so hätte er keinen Grund zur Klage gehabt, denn das Armesünderhemd für die zum Tode Verurteilten wurde durch Gesetzesdekret vom 9. April 1900 abgeschafft. Er setzte sich auf den Stuhl und ließ sich mit einem Riemen festbinden. Der Erzbruder mit dem Kruzifix drückte ihm dieses an die Lippen; Odón Mostaza schloß die Augen und preßte seine Lippen aufs Kruzifix. Er bemerkte nicht, wie jemand ein diskretes Handzeichen gab. Dann wurde in Erfüllung der Vorschrift ein kurzes Protokoll der Hinrichtung aufgenommen, das alle Anwesenden unterschrieben. Die Laienbrüder brachten den Leichnam für die Beerdigung weg; im Sarg kreuzte man ihm die Hände auf der Brust, drückte ihm einen Rosenkranz aus versilbertem Metall in die Finger, schloß ihm die Lider und brachte sein Haar in Ordnung, das der Wind zerzaust hatte. Als sie ihn so daliegen sahen, tuschelten sich die Laienbrüder zu: »Es gab tatsächlich in ganz Barcelona keinen hübscheren Mann als den hier.«

Zur selben Stunde öffnete sich am andern Ende der Stadt die Seitentür des Frauengefängnisses, um Delfina hinauszulassen. Señor Braulio wartete gegenüber den düsteren Mauern in einem geschlossenen Wagen auf sie. Als er sie über die Gefängnisschwelle treten sah, stieg er mühsam aus dem Wagen. Sie umarmten sich weinend und wortlos. »Wie dünn du bist, Tochter«, sagte Señor Braulio nach einer Weile. »Und Sie, Vater, Sie zittern ja, fühlen Sie sich gut?« – »Es ist nichts, Tochter, wahrscheinlich die Rührung. Komm, steig ein, laß uns so schnell wie möglich von hier weg und nach Hause gehen. Wie dünn du bist! Na, nicht wichtig, ich werde dich pflegen. Du wirst erstaunt sein, zu sehen, wie sehr ich mich verändert habe.«

Einen Monat nach Odón Mostazas Hinrichtung hielt Onofre Bouvila bei Don Humbert Figa i Morera erneut um die Hand seiner Tochter Margarita an; diesmal wurde sie ihm sogleich und vorbehaltlos gewährt.

V. Kapitel

I

Das 19. Jahrhundert, das am 18. Brumaire 1799 in der Hand Napoleon Bonapartes geboren wurde, nahm nun sein Ende im Totenbett der Königin Viktoria. Außerhalb des königlichen Alkovens, auf den Straßen Europas, hatten seinerzeit die Hufe der Kaiserlichen Garde gedröhnt – und in Austerlitz, Borodino, Waterloo und auf anderen, ebenfalls sehr berühmten Schlachtfeldern die Kanonen. Jetzt war nur noch der schnurrende Fadengang der Webstühle zu hören und das Tuckern und Knattern des Explosionsmotors. Das Jahrhundert war an Kriegen vergleichsweise arm gewesen, reich dagegen an Neuerungen: ein Jahrhundert der Wunder. Jetzt überschritt die Menschheit die Schwelle zum 20. Jahrhundert mit einem Schaudern. Die einschneidendsten Veränderungen sollten erst noch kommen, aber schon jetzt waren die Menschen der ganzen Unbeständigkeit und der Ungewißheit, was wohl der nächste Tag bringen würde, überdrüssig und verfolgten den Wandel argwöhnisch und bisweilen ängstlich. Es fehlte nicht an Visionären, die sich ausmalten, wie die Zukunft aussähe und was sie denen bereithielte, die sie noch erleben würden. Elektrische Energie, Radiophonie, Automobilismus, Aviatik, medizinische und pharmakologische Fortschritte würden alles radikal umkrempeln: Verkehrs- und Transportwesen und viele andere Lebensumstände; die Natur würde in bestimmte Zonen verbannt, Tag und Nacht sowie Kälte und Hitze domestiziert; das menschliche Gehirn würde den Zufall nach seinem Gutdünken unter Kontrolle bringen können; der Erfindungskraft würde keine Grenze gesetzt sein. Der Mensch würde nach freiem Ermessen Größe und Geschlecht variieren, mit unerhörten Geschwindigkeiten durch die Luft reisen, je nach Bedarf unsichtbar werden, in zwei Stunden eine Fremdsprache lernen und dreihundert Jahre oder länger leben können; hochintelligente Wesen vom Mond, von den Planeten und anderen, noch weiter entfernten Himmelskörpern würden uns besuchen, um ihre Apparate mit unseren zu vergleichen und uns erstmals ihre pittoresken Gestalten zu zeigen. In ihren Träumen stellten sie sich die Welt als ein von Künstlern und Philosophen bevölkertes Arkadien vor, in dem niemand mehr arbeiten müßte. Andere prophezeiten nur Elend und Tyranneien und sonst nichts. Die katholische Kirche rief jedem, der ihr zuhören wollte, unermüdlich in Erinnerung, daß der Fortschritt nicht immer den durch Gottes Willen vorgegebenen Wegen folge; diesen Willen habe Gott durch seine Offenbarungen deutlich gemacht und dann dem Pontifex Maximus eingegeben, dessen Unfehlbarkeit am 19. Juli 1870 proklamiert worden war. Mit ihrer Aversion gegen den Fortschritt war die Kirche nicht allein: Die meisten Könige und Prinzen der Welt teilten ihre Sorge, denn in den Veränderungen sahen sie den Riß, durch den sich die Umwertung aller Werte einschmuggeln mußte, den Vorboten für das Ende ihrer Ära. Nur Kaiser Wilhelm II. war anderer Ansicht. Verzückt betrachtete er die fünfzigtönnigen und noch schwereren Kanonen, die pausenlos die Krupp-Fabrik verließen, und dachte: Gott segne den Fortschritt, wenn er mir dazu verhilft, Paris zu bombardieren. Mit solchen und ähnlichen Betrachtungen verstrichen die Jahre.

An einem Abend im August 1913 meditierte Onofre Bouvila im Hafen von Barcelona gerade über die Vergänglichkeit der Zeit. Er überwachte dort das Löschen bestimmter Kisten, deren Inhalt nicht mit dem Frachtbrief übereinstimmte. Die Zollbehörden waren im Bild und ihre Bevollmächtigung angemessen mit Gold aufgewogen worden, aber er wollte nichts dem Zufall überlassen. Während er zerstreut das Anlegen des Schiffs verfolgte, erinnerte er sich an den Tag, an dem er auf ebendieser Mole Arbeit gesucht hatte. Damals waren fast alle Schiffe Segelschiffe und er noch ein Junge gewesen; jetzt sah er die Schlote und Masten sanft gegen das Dämmerlicht des Spätsommerabends schwanken. Er wurde bald vierzig. Mürrisch und einsam betrachtete er die verankerten Schiffe. Ein Schreiber, in tiefe Trauer gekleidet, kam mit der Meldung, die Kisten würden soeben aus dem Kielraum geholt. »Hat ihre Verpackung Schaden genommen?« fragte er zerstreut. Aus Informationen, die über verschiedene Kanäle zu ihm gelangt waren, hatte er gefolgert, daß es bald Krieg gebe; wäre dies der Fall, sollten sich also seine Erwartungen erfüllen, so konnte in kurzer Zeit ein Riesenvermögen verdienen, wer den Markt mit Waffen zu versorgen in der Lage war. Jetzt schmuggelte er Gewehrprototypen, Haubitzen, Handgranaten, Flammenwerfer und anderes nach Spanien, und seine Agenten trieben sich schon in den Kanzlerämtern ganz Europas herum. Mit dieser Idee war er nicht allein – also würde er neue Bündnisse schließen, sich Feindschaften einhandeln, Ködern aus dem Weg gehen und Konkurrenten ausschalten müssen; auch mußte er mit Spionen aus den künftigen kriegführenden Nationen rechnen, die sich bereits in Barcelona wie auch in die übrigen Städte des Erdballs einzuschleusen begannen. Wozu mache ich das alles? dachte er. Sein erster Sohn war schwachsinnig gewesen; er war genau zu Jahrhundertbeginn geboren worden, unter den besten Auspizien, doch bald sah man, daß er nie normal sein würde. Jetzt vegetierte er in den Pyrenäen von Lérida unter der Aufsicht einer religiösen Institution, die Onofre Bouvila großzügig finanzierte, auf deren ausgedehnte Ländereien er aber keinen Fuß hatte setzen wollen. Ein zweiter Sohn war tot zur Welt gekommen; ihm folgten zwei Mädchen. Die Liebe zu seiner Frau, die vorher so viele Prüfungen überstanden und ihn zu so mancher ruchlosen Handlung getrieben hatte, erholte sich nicht von diesen wiederholten Unglücksfällen. Mittlerweile war seine Frau dick geworden; über die Vereinsamung, in der sie lebte, tröstete sie sich mit Kuchen und Schokolade hinweg, die sie ständig verschlang; immer schenkte ihr jemand die verführerischsten Näschereien, im Glauben, dadurch Onofres Gunst zu erlangen. An solchen Geschenken und den unablässigen Schmeicheleien, deren Gegenstand er war, erkannte man seinen Reichtum und seine Macht; sonst aber blieb er weiterhin am Rande der Gesellschaft. Die wichtigen Männer der Stadt bewunderten ihn – nicht so sehr wegen der Art, wie er sein Geld zu verdienen gewußt hatte, als vielmehr wegen der Art, wie er es auszugeben verstand. Für sie war das Geld Selbstzweck; es war in ihren Händen nie ein Mittel, die Macht zu erlangen; nie kam es ihnen in den Sinn, es dazu zu verwenden, die Zügel im Land zu ergreifen und die Regierungspolitik nach ihrem Gutdünken zu formen. Wenn sie sich manchmal doch einverstanden erklärten, in die kleine Welt der von Madrid gelenkten Politik zu treten, taten sie es widerwillig, vielleicht einem Ersuchen der Krone entsprechend; bei solchen Gelegenheiten wirkten sie als gute Verwalter, effizient, absichtslos und gegen Kataloniens Interessen, die sie zuvor verteidigt hatten, ja sogar gegen ihre eigenen Interessen – vielleicht weil sie sich im Grunde immer als eine Welt für sich betrachtet hatten, losgelöst vom Rest Spaniens, den sie trotzdem nicht entbehren mochten oder konnten oder den man sie nicht übergehen ließ. Vielleicht auch, weil alles viel zu schnell vor sich ging: Es fehlte ihnen an Zeit, sich als Klasse zu etablieren und als wirtschaftliche Gruppierung zu reifen. Jetzt waren sie im Begriff unterzugehen, bevor sie überhaupt in der Geschichte hatten Wurzeln schlagen können, ja ohne den Lauf der Geschichte auch nur beeinflußt zu haben. Onofre Bouvila dagegen gab sein Geld mit vollen Händen und willkürlich aus. Diese Willkür und weitere Widersprüchlichkeiten lösten Verwirrung und Unsicherheit aus. Jetzt lauschte er, wie die Taue aneinanderschlugen, das Sparrenwerk ächzte und das Wasser gegen das Freibord der Schiffe plätscherte. Viele dieser Schiffe brachten ihre Waren von und nach den Philippinen und andern Orten; einige gehörten ihm auch. Das alles hatte ihn aber in den Augen der Gesellschaft nicht von seiner obskuren Herkunft reinwaschen können. Man suchte ihn auf, weil man ihn brauchte, doch nachher gab man vor, sich nicht mehr daran zu erinnern; sein Name tauchte auf keiner Mitgliederliste auf.

Ein Jahr zuvor hatte sich folgendes ereignet: Eine Gruppe von Notabeln, angeführt von seinem alten Bekannten, dem Marquis von Ut, hatte sich mit großem Brimborium anmelden lassen und ihn besucht; nicht ohne viel Drumherumreden hatten sie ihm den Grund für diese unnütze Zeremonie dargelegt. Die meisten von ihnen hatten früher mit ihm – oft illegale – Kontakte gepflegt und ihm aus der Hand gefressen; jetzt spielten sie einmal mehr die Vergeßlichen und vollführten die protokollarische Pantomime.

»Was verschafft mir die Ehre?« fragte er. Sie machten sich gegenseitig den Platz frei und überhäuften sich unaufhörlich mit Komplimenten. »Sprechen doch Sie«; »nein, nein, keinesfalls, sprechen Sie, Sie können das besser«, tönte es. Er wartete geduldig und studierte ihre Gesichter. Einige von ihnen waren Mitglieder des damaligen Leitenden Ausschusses der Weltausstellung gewesen und schon Potentaten, als er sich im Morgengrauen aufs Gelände der ehemaligen Zitadelle schmuggelte, um anarchistische Propaganda zu verteilen und ein Haarwuchsmittel eigener Erfindung zu verkaufen. Die meisten waren freilich bereits gestorben: Rius y Taulet 1889, kurz nach dem Ausstellungsende; 1905 Manuel Girona i Agrafel, königlicher Kommissar der Ausstellung, der aus seiner eigenen Tasche die neue Kathedralenfassade bezahlt hatte, und Gründer der Bank von Barcelona, deren Bankrott jetzt so viele Familien ruiniert und die katalanische Mittelschicht aufgerieben hatte; Manuel Durán i Bas 1907. Die Überlebenden waren schon Greise; keiner von ihnen ahnte, daß der Mann, der sie jetzt ironisch und verächtlich beobachtete, sie als Kind, hinter Zementsäcken versteckt, hatte vorübergehen sehen, als wohne er dem Vorbeimarsch eines unnahbaren Hofstaates bei.

»Wir haben Sie aufgesucht, weil wir genügend Beweise für Ihre Liebe zu Barcelona haben, zu dieser Stadt, die Sie mit Ihrer Anwesenheit und Ihren Aktivitäten beehren, und auch weil wir Ihrer sprichwörtlichen Großzügigkeit gewiß sind.«

»Sagen Sie mir, um wieviel es sich handelt«, antwortete er spöttisch.

»Die Sache ist folgende« – sie ließen sich nicht aus der Ruhe bringen, waren alles alte Krokodile –: »Wir haben vom Ministerium für Auswärtige Angelegenheiten eine Mitteilung des Sinns bekommen, daß sehr bald eine Person königlichen Blutes, Mitglied eines Herrscherhauses, die Gräfliche Stadt besuchen wird. Der Besuch hat privaten Charakter, wofür es unter offiziellem Gesichtspunkt keinen Budgetposten gibt, Sie verstehen schon. Anderseits können wir nicht zulassen – und das hat uns auch der Minister persönlich zu verstehen gegeben und damit die Meinung Seiner Majestät, des Königs, den Gott schütze, kundgetan –, wir wiederholen: können wir nicht zulassen, daß dieser illustre Besuch keine freundliche Aufnahme findet. Mit einem Wort: Verpflegung und Zeitvertreib für den illustren Besuch und seine Begleitpersonen, so hat man uns wenigstens zu verstehen gegeben, müßten wir aus unserer eigenen Tasche bestreiten.«

Er fragte zunächst, um wen es sich handle. Nach langem Zögern und unter dem Siegel höchster Verschwiegenheit sagten sie ihm, es handle sich um Prinzessin Alix von Hessen, die Enkelin Königin Viktorias, jetzt besser bekannt unter dem Namen Alexandra Fjodorowna, Gattin Seiner Kaiserlichen Hoheit Zar Nikolaus' II. Diese Angabe ließ ihn kalt: Er verspürte nicht das geringste Interesse für die Romanows, die er für schmarotzende Taugenichtse hielt; dagegen verfolgte er gespannt die Wege der maximalistischen Verschwörer, Lenins, Trotzkis und anderer, über deren Schritte ihn seine Vertrauensleute in London und Paris, wo sie sich jetzt befanden, auf dem laufenden hielten und deren verrückte Projekte er manchmal im Hinblick auf künftige Geschäfte zu finanzieren erwogen hatte. Jetzt erschien ihm die Unterhaltung absurd. Was für ein Interesse kann ich daran haben, den Wünschen dieser Leute zu entsprechen? fragte er sich. Was bringt es mir, wenn ich mich bei ihnen lieb Kind mache? Er wußte, daß sie alles andere als dumm waren – im Gegenteil, viele von ihnen gehörten zu den gerissensten Financiers. Aber außer ihm hatte keiner eine Ahnung von dem, was nicht gerade vor seiner Nase lag, was sich jenseits seiner Bürotür abspielte. Sie wußten nichts von jener Welt der Elenden, Wahnsinnigen und Blinden, die in der Dunkelheit der Gassen blühte und sich fortpflanzte. Onofre kannte diese Welt gut; in letzter Zeit hatte er dort den Herzschlag der zukünftigen Revolution vernommen.

»Überlassen Sie es mir«, sagte er, »ich werde mich um alles kümmern.«

Als sie schon die Treppe hinunterstiegen, ergingen sie sich noch immer in Dankesbezeugungen. Eine lange Reihe Kutschen wartete auf sie, um sie zu ihren Stadtpalais auf dem Paseo de Gracia zu fahren. Im Nieselregen glänzten die Wagendächer und die Wetterdecken der Tiere; um die Gaslampen und die Kerzenlichter der Kutschen bildete sich ein gelblicher Schein. Unter der Tür erwiderte er winkend ihre Abschiedsgrüße. Mein ganzes Vermögen und Prestige werden meine Töchter erben, dachte er, und die Typen, die sie in ihr Bett holen. Geschieht mir ganz recht – warum habe ich eine Idiotin geheiratet. Jetzt gingen die Zarin und ihr Gefolge bei der Puerta de la Paz inkognito an Land. Vor wenigen Stunden hatte der Regen, der am Abend jener Unterhaltung eingesetzt hatte, wieder aufgehört. In den Straßenpfützen spiegelten sich die Kronen der dichtbelaubten Platanen, durch deren Äste eine unangenehme feuchte Brise fuhr. »Ein schlechter Tag, um Ihre Kaiserliche Hoheit zu empfangen«, murmelte der Marquis von Ut. Die beiden Männer saßen rauchend in seinem Wagen, einem von vier englischen Pferden gezogenen Mahagonibroughman. Hinter ihnen wartete eine ganze Armee von Mietfiakern und Gesellschaftswagen, um das Gefolge in die im »Ritz« reservierten Unterkünfte zu bringen. Onofre Bouvila antwortete nicht auf die Bemerkung des Marquis. Vor zwei Tagen hatte er einen von Joan Bouvila unterschriebenen Brief erhalten und angenommen, er sei von seinem Vater, aber beim Lesen merkte er, daß ihn sein Bruder geschrieben hatte, dessen Existenz er zu vergessen beschlossen hatte. Er teilte ihm mit, ihr Vater liege auf dem Sterbebett: *Beeil dich, wenn du ihn noch lebend sehen willst*. Er hatte seinen Vater seit dem kurzen Besuch zu Hause anläßlich der Beerdigung seiner Mutter im Herbst 1907 nicht mehr gesehen. Bei der Totenwache war ihm das Fehlen des kleinen Joan aufgefallen. Sein Vater sagte, er absolviere in Afrika, wo es immer Konflikte mit den Mauren gab, den Militärdienst. Nach der Rückkehr vom Friedhof ließen die Nachbarn sie zum erstenmal allein. »Ich weiß nicht, was jetzt aus mir werden soll«, sagte der Amerikaner. Onofre antwortete nicht. Der Amerikaner ließ forschend seinen Blick durch das von den Besuchern in Unordnung gebrachte Zimmer schweifen, als erwarte er, seine Frau hinter einem der Möbel wiederauftauchen zu sehen. »Ich ahnte nicht einmal, daß sie krank war«, sagte er nach einer Weile; »sie ging ein wenig gebückt und aß in letzter Zeit ohne

Appetit, aber andere Anzeichen konnte ich nicht feststellen, falls es welche gab. Als ich eines Abends nach Hause kam, fand ich sie tot auf diesem kleinen Stuhl, auf dem sie immer saß, gegenüber dem Feuer; das Wasser im Kessel kochte noch nicht, also konnte sie noch nicht lange tot sein; trotzdem, als ich ihre Hand nahm, sah ich, daß sie schon eiskalt war.« Während der Amerikaner redete, öffnete Onofre alle Türen und schnüffelte überall herum. Wie die meisten Bäuerinnen warf seine Mutter nie etwas weg, das Haus war ein einziges Lager unnützer Dinge; er entdeckte Reste alter Bettdecken, Kochtöpfe mit kaputtem Boden, einen zerbrochenen und vom Holzwurm zerfressenen Spinnrocken. Jetzt erinnerte er sich an die Entbehrungen, die seine Mutter und er auf sich nehmen mußten, als der Amerikaner nach Kuba ging und sie allein zurückließ. »Wichtige Geschäfte rufen mich nach Barcelona«, sagte er laut, »ich muß wieder gehen.« Als er auf dem Bahnhof von Bassora aus dem Zug gestiegen war, hatte er sich naiv nach Onkel Tonet, dem Kutscher, erkundigt. Schließlich sagte ihm jemand, er sei schon vor vielen Jahren gestorben. Er mietete einen leichten Einspänner, der jetzt vor dem Haus mitten in einer Schar Hühner wartete. »Es ist Zeit, ich muß gehen«, wiederholte er. Der Amerikaner sprach unbeirrt weiter: »Ich habe nachgedacht, weißt du ...« Das Hühnergegacker und Fliegengebrumm unterstrich die Stille, die eintrat, als er zu reden aufhörte. »Ich habe gedacht«, fuhr er fort, als er sah, daß ihn sein Sohn nicht zum Weitersprechen aufforderte, »ich könnte mit dir nach Barcelona fahren. Du weißt ja, daß mir das Landleben nie sehr gefallen hat, ich bin eher ein Stadtmensch, und jetzt, da ich allein bin ...« Onofre schaute auf die Uhr, nahm Hut und Stock und wandte sich zur Tür; der Amerikaner folgte ihm auf den Fersen. »Du weißt, ich habe eine gewisse Welterfahrung und bin nicht bloß ein Bauer. Ich bin sicher, du könntest eine Arbeit für mich finden, ich könnte dir bei deinen Geschäften etwas zur Hand gehen; wenn ich Arbeit hätte, würde ich dir finanziell nicht zur Last fallen.« Onofre trat aus dem Haus, den Blick starr auf die Kutsche gerichtet. Der Kutscher, der im Schatten eines Feigenbaumes unter einem Fliegenschwarm zu dösen schien, stand auf, als er ihn herauskommen sah, und eilte zur Kutsche. Er hatte das Pferd gar nicht abgezäumt, alles war zur Abfahrt bereit. »Zu Befehl!« sagte er. Er war ein breitschultriger Mann mit kurzgeschorenem rundem Kopf, der in Kuba unter General Weylers Kommando gekämpft hatte. »Wirklich«, sagte der Amerikaner, »du bist sehr beschäftigt, ich könnte mich den ganzen Tag den Kindern widmen.« – »Ich bin sicher«, sagte Onofre und stieg auf den Bock, »Joan wird bald aus Afrika zurückkehren, und wenn er wieder da ist, wird alles wieder normal sein. Ich werde in Madrid Einfluß geltend machen, damit man ihn unverzüglich beurlaubt.« Der Kutscher löste Zügel und Bremsen und hob die Peitsche. Der Amerikaner klammerte sich mit aller Kraft an die Wade seines Sohnes: »Onofre, ich flehe dich an, laß mich nicht allein; ich kann nicht allein leben, ich kann mich nicht pflegen, ich werde es nicht überleben, einen ganzen Winter neben dem Feuer zu sitzen, ohne mit jemandem sprechen zu können. Tu's aus Mitleid, ich bitte dich.« Onofre steckte die Hand in die Innentasche seiner Jacke und zog alles Geld hervor, das er bei sich trug; ohne es zu zählen, hielt er es dem Amerikaner hin: »Damit können Sie bequem leben, bis Joan zurückkommt.« Der Amerikaner weigerte sich, das Geld zu nehmen. »Kommen Sie, Vater, nehmen Sie es«, sagte er ungeduldig, »ich werde in Bassora wieder welches abheben.« Der Amerikaner gehorchte und ließ Onofres Wade, die er mit beiden Händen umklammert hatte, los, um das Geld zu nehmen. Onofre gab dem Kutscher ein gebieterisches Handzeichen, und sie trotteten los. Im Licht einer Öllampe streckte jemand seinen Kopf durchs Fenster von Marquis von Uts Wagen.

»Don Onofre, könnten Sie einen Moment kommen? Wir haben ein Individuum dabei überrascht, wie es in der Gegend herumstrich.«

»Was ist los?« wollte der Marquis wissen. Der Mann, offensichtlich einer von Bouvilas Agenten, antwortete nicht.

»Bleib du hier im Wagen, falls Ihre Hoheit aussteigt«, sagte Onofre zum Marquis. »Ich geh' mal nachschauen, was los ist, und bin gleich wieder zurück.«

Er lief hinter dem Mann her, der die Laterne in die Höhe hielt, um den Weg zu beleuchten; sie mußten Seilrollen ausweichen und zwischen den Pfützen durchhüpfen. Dann kamen sie zu einer Gruppe Männer – zu fünft schüttelten sie einen sechsten, der bei der Rauferei die Brille verloren hatte. »Laßt ihn schon los«, befahl er, »wer ist er?« – »Wir wissen es nicht. Wir haben ihn durchsucht, aber er trägt keine Waffen, nur ein Taschenmesser.« Onofre Bouvila faßte den Eindringling ins Auge und fragte ihn, wie er es geschafft habe, auf die Mole zu gelangen.

»Nicht schwierig – es gab zuviel Bewachung.« Der Mann versuchte seine Jacke wieder glattzukriegen, indem er heftig darauf schlug.

An seinem Akzent hörte man, daß er kein Ausländer war; ebensowenig schien er Menschewik oder Nihilist oder sonst jemand zu sein, der es auf die Zarin abgesehen hatte. Er fragte ihn, wer er sei und was er hier zu suchen habe; der andere antwortete, er sei Journalist, und nannte die Zeitung, für die er arbeitete.

»Als ich auf den Ramblas spazierte, sah ich die Vorbereitungen und nahm an, es komme jemand Wichtiges oder Gefährliches. Also führte ich die Wache an der Nase herum und versteckte mich hinter einigen Ballen. Dummerweise hat man mich entdeckt und mißhandelt. Was haben Sie jetzt mit mir vor?« fragte er herausfordernd.

»Oh, nichts, gar nichts«, sagte Bouvila. »Eigentlich erfüllten Sie ja nur Ihre Informationspflicht. In diesem Fall möchte ich Sie allerdings angelegentlich bitten, nichts von dem verlauten zu lassen, was Sie hier gesehen haben. Ich bin natürlich bereit, Sie für den Nachteil, der Ihnen aus diesem unglücklichen Zwischenfall erwachsen mag, zu entschädigen.« Bei diesen Worten holte er aus der Jackeninnentasche mehrere Banknoten, zählte drei ab und streckte sie dem Journalisten hin, der sie zurückwies.

»Ich nehme kein Bestechungsgeld, Señor.«

»So ist es nicht gemeint – bloß eine freundschaftliche Geste. Ich habe ein ganz persönliches Interesse an dieser Sache.«

»Genau darauf werde ich in meinem Bericht hinweisen«, sagte der Journalist drohend. Onofre Bouvila beschränkte sich auf ein nachsichtiges Lächeln.

»Das überlasse ich Ihrer Beurteilung. Ich hätte es begrüßt, wenn wir uns besser verstanden hätten, denn ich bin mit den Journalisten immer gut ausgekommen: Ich bin Onofre Bouvila.«

»Ach, verzeihen Sie, Señor Bouvila, wie konnte ich das ahnen? Ich habe zufällig die Brille verloren. Entschuldigen Sie alles, was ich gesagt habe – selbstverständlich können Sie auf mein unverbrüchliches Schweigen zählen.«

Von seinen Geschäften war in der Presse zum ersten und letzten Mal im September 1903 die Rede gewesen, im Gefolge einiger undurchsichtiger Expropriationen, eines der unzähligen Umbauten des Barceloneser Hafens, die nie ausgeführt wurden; bei dieser Gelegenheit hatten einige Leute unerklärliche Gewinne gemacht. Als er den Artikel las, ließ er dem Journalisten, der ihn verfaßt hatte, eine Note zukommen: *Ich möchte mit Ihnen sehr gern einen Meinungsaustausch haben*, worauf der Journalist ebenfalls mit einer sehr kurzen Note antwortete: *Bestimmen Sie selbst Ort und Zeit, aber bitte nicht frühmorgens in San Severo.* Damit spielte er unverhohlen auf die Falle an, die Onofre dort vor einigen Jahren Joan Sicart gestellt und die diesen das Leben gekostet hatte. Onofre Bouvila war nicht beleidigt. *So bedeutend sind Sie nicht; besuchen Sie mich in meinem Büro; ich bin überzeugt, wir werden zu einer Einigung kommen.* Am nächsten Tag erschien der Journalist. »Nennen Sie einen Preis für Ihr Schweigen, damit wir es rasch hinter uns bringen – ich habe keine Zeit zu verlieren.« – »Wer hat Ihnen gesagt, daß ich käuflich bin?« fragte der Journalist und deutete ein Lächeln an. »Sie kennen mich zur Genüge, um zu wissen, was Sie von mir erwarten können; Sie wären nicht gekommen, wenn Sie nicht käuflich wären.« Der Journalist kritzelte ein paar Zahlen auf ein Blatt und hielt es ihm hin; es war eine exorbitante Ziffer, die den andern zornig machen sollte, eine regelrechte Provokation. »Sie veranschlagen sich gering«, Bouvila lächelte, »ich habe mir eine höhere Summe vorgestellt – Sie sollen sie haben.« Einer Schublade entnahm er einen dicken Umschlag und gab ihn dem Journalisten, der einen Blick auf den Inhalt warf, ein paar Sekunden schwieg, sich wortlos erhob, den Hut aufsetzte und aus dem Büro ging. An der ersten Ecke stürzten sich vier Männer auf ihn und raubten ihm den Umschlag und sein eigenes Geld, das er beim Weggehen von zu Hause eingesteckt hatte, um die Tagesbedürfnisse zu bestreiten. Dann brachen sie ihm beide Beine.

Nachdem der Journalist gegangen war, wollte Onofre wieder zum Wagen des Marquis von Ut, doch in diesem Augenblick setzte sich das Gefolge in Bewegung. Die Gesellschaftswagen fuhren mit Scheibenklirren und metallischem Geschepper an ihm vorbei; er mußte zwischen den auf der Mole gestapelten Ballen Zuflucht nehmen, um nicht von den vollgepferchten Wagen erdrückt zu werden. Ein paar Ziegen streckten die Köpfe aus einem Fenster und streiften mit ihrem Bart sein Gesicht, so daß er deutlich ihren stinkigen Atem riechen konnte. »Was zum Teufel machen diese Ziegen hier?« schrie er, das klägliche Gemecker übertönend. Der Muschik, der sie hütete, gab ihm einige unverständliche Erklärungen. Endlich rief ihm ein als Husar gekleideter Kerl mit aufgedunsenem Gesicht in schlechtem Französisch entgegen, Seine Hoheit, der Zarewitsch, der seine Mutter auf dieser Reise begleite, traue der Milch nicht, die man ihm in andern Ländern in den Tee gießen könne. Sogar das Ziegenfutter kam in Ballen aus den fernen Steppen. Auch die Lieblingsmöbel der Zarin waren mitgenommen worden: ihr Bett, ihre Spiegelschränke, ihre Diwane, ihr Flügel und ihr Schreibtisch, hundertsechs Wäschetruhen und unzählige weitere Kisten mit Schuhwerk und Hutschachteln. Er mußte warten, bis der Konvoi vorbei war, ehe er sein behelfsmäßiges Refugium verlassen konnte – und sah sich dann allein auf der Mole: In dem ganzen Durcheinander war, ob absichtlich oder nicht, niemand zurückgeblieben, um auf ihn zu warten. Schuhe, Gamaschen und Hosenumschläge waren schmutzbedeckt, sogar sein Rock hatte einige Spritzer abbekommen. Den Zylinder fand er in einem Kothaufen steckend und ließ ihn liegen. Auf den Ramblas nahm er eine Droschke, die ihn nach

Hause brachte, wo er sich in aller Eile umzog, während der schnellste Tilbury seines Stalls angeschirrt wurde. Trotzdem traf er erst beim »Ritz« ein, als das von ihm selbst organisierte und bezahlte Bankett bereits im Gang war. Er eilte zur Ehrentafel, wo man die Zarin, den Zarewitsch, Prinz Jussupow und andere illustre Gäste zwischen ihren katalanischen Gastgebern sitzen sah. Als er beim Tisch war, mußte er feststellen, daß kein einziger Stuhl mehr frei und kein Gedeck für ihn reserviert war. Der Marquis von Ut bemerkte seine Verwirrung, stand auf und flüsterte ihm ins Ohr: »Was stehst du da wie ein Trottel? Dein Platz ist dort, an Tisch drei.« Onofre protestierte halblaut: »Ich will mich aber hierhersetzen, neben die Zarin!« – »Schwatz kein Blech«, murmelte der Marquis, dem der Schreck im Gesicht stand, »du gehörst nicht zum Adel – willst du Ihre Kaiserliche Hoheit beleidigen?« Jetzt erinnerte er sich an diese Szenen, während die Krane die gefürchteten deutschen *Howitzer* und einige überdimensionale Kanonen, die bis dahin noch nie auf einem Schlachtfeld gesehen worden waren, von Deck hißten; es waren die Fliegerabwehrkanonen, die er sich mit enormem Aufwand bei den Quartieren des französischen Regimentsstabs hatte beschaffen können. Als er nun die wunderlichen Frachtstücke sah, fühlte er einen Schauer der Befriedigung. In letzter Zeit hatte er nur noch selten derartige Empfindungen verspürt; den größten Teil des Jahres langweilte er sich. Nachts schloß er sich zu Hause in der Bibliothek ein, rauchte Havannas inmitten Hunderter von Büchern, die er nie zu lesen gedachte, und erinnerte sich wehmütig an jene schon weit zurückliegenden durchzechten Nächte, in denen er und Odón Mostaza, dessen Tod er jetzt beklagte, durch die dampfbeschlagenen Fenster eines Bordells den Tag anbrechen sahen, zwischen leeren Flaschen, Speiseresten, Spielkarten und Würfeln, nackten Frauen, die an den Wänden kauernd schliefen, und im ganzen Zimmer verstreuten Kleidern – erschöpft und zufrieden, im unbeschwerten Taumel der Jugend.

2

In Madrid schwitzte Seine Exzellenz Mohammed Torres ausgiebig. An die atlantische Brise gewöhnt, die die blumengeschmückten Patios seines Palastes in Tanger kühlte, erstickte er jetzt im Palacio de Oriente, wo er nach seiner Rückkehr aus Paris und dem Gespräch mit Clemenceau aufgekreuzt war. Sein Moschusparfüm verursachte Don Antonio Maura Brechreiz. Bis zu diesem Zeitpunkt hatte sich das Sultanat dank der Rivalität Frankreichs und Englands eine labile Unabhängigkeit bewahrt; jetzt schickte sich Deutschland an, entlang der marokkanischen Küsten Flottenstützpunkte zu errichten und seinen Manufakturen einen Markt zu öffnen; angesichts dieser Möglichkeit hatten die beiden rivalisierenden Mächte im April 1904 einen Pakt unterzeichnet, und nun plante Frankreich, sich Marokkos zu bemächtigen, den Sultan und den Großwesir kurzerhand auszuschalten und aus Marokko eine Verlängerung Algeriens zu machen. Seine Majestät Don Alfonso XIII. hörte sich interessiert das Gejammer des sultanesischen Außenministers an und dachte, die Lösung des Problems sei doch eigentlich sehr einfach.

»Sag doch einfach nein, Junge«, schlug er vor.

»Eure Majestät ist scharfsinnig«, sagte Abdul Assis' Emissär, »aber wir können nicht auf die Schirmherrschaft irgendeiner Großmacht verzichten, ohne dabei ein schweres Risiko für den Thron, ja für den Kopf meines Herrschers, Seiner Majestät Sultan Abdul Assis', einzugehen.«

»Was meinen denn Sie, Don Antonio?« wandte sich der König an Don Maura, der zu dieser Zeit Kabinettspräsident war. Don Antonio Maura sah sich in einem Dilemma: Auf der spanischen Präsenz in Afrika zu beharren hieß, sich immer neue Probleme auf den Hals zu laden, ein kühnes Unterfangen für ein verarmtes Land, waghalsig auch wegen der jüngsten kolonialen Desaster; darauf zu verzichten war gleichbedeutend mit dem Verlust der letzten Reste an Prestige im Konzert der Nationen. So setzte er es kurz und bündig seiner Majestät auseinander. »Das ist mir scheißegal«, sagte der König. Don Antonio

Maura zog ihn in eine Ecke, während Mohammed Torres ein monumentales Diptychon an der Wand bewunderte, auf dem Judith und Salome miteinander wetteiferten und sich gegenseitig ihre blutigen Trophäen vorzuzeigen schienen; der Täufer und Holofernes ließen ihre geschwollene Zunge aus totenfahlem Mund hängen. Er dachte daran, daß der Prophet die bildnerische Darstellung der menschlichen Gestalt untersagt hatte. Der König und der Kabinettspräsident kamen aus ihrem Winkelkonzil zurück.

»Seine Majestät war dafür, Marokko seinem Schicksal zu überlassen«, sagte der Kabinettspräsident, »aber es ist mir gelungen, ihn davon abzubringen. Das Verständnis Seiner Majestät ist sprichwörtlich.« Der Außenminister des Sultans verbeugte sich dreimal tief. »Auch habe ich ihn über die andern Aspekte der Sache aufgeklärt. Tatsächlich hat die Armee nach dem Verlust Kubas nichts mehr zu tun, und untätige Militärs sind immer eine Gefahr: Sie langweilen sich, können keine Karriere machen und halten sich zu lange. Ich habe ihn auch über die Minenkonzessionen und die spanischen Investitionen auf dem Territorium unterrichtet.« Der Minister legte sich die Rechte aufs Herz. Seine Majestät Don Alfonso XIII., der damals achtzehnjährig war, klopfte ihm auf die Schulter.

»Wir werden dem Raisuli zeigen, was 'ne Harke ist.«

Jetzt, fünf Jahre später, demonstrierten die Mütter der Rekruten, die nach Afrika ziehen mußten, genau wie zur Zeit des Kubakrieges erneut auf dem Bahnhof, setzten sich auf die Bahnschwellen und ließen den Zug nicht abfahren. Die Damen einer katholischen Vereinigung, die auf denselben Bahnhof gekommen waren, um unter der Truppe Kruzifixe zu verteilen, baten den Maschinisten und den Heizer inständig, sie zu überfahren. »Es würde den Rekruten wohl kaum sehr gefallen, zusehen zu müssen, wie wir ihre Mütter vierteilen«, antworteten diese. Einige schrien: »Maurien ja!« oder »Maurien nein!« Es war ein klebriger Julimontag des Jahres 1909. Als er sah, daß die Sache brenzlig wurde, erschien der Marquis von Ut bei Onofre Bouvila.

»Wir sind verloren!« rief er; seine unpomadisierten Haare

standen ihm zu Berge, die Krawatte war offen. »Der Zivilgouverneur weigert sich, den Ausnahmezustand zu erklären, der Pöbel ist Herr der Straße, die Kirchen brennen, und Madrid hat uns wie üblich im Stich gelassen.«

Onofre Bouvila streckte ihm eine mit Havannas gefüllte Kiste aus gepunztem Leder hin; der Marquis schlug das Angebot herablassend aus.

»Es wird nichts geschehen, sei unbesorgt«, sagte Onofre Bouvila. »Schlimmstenfalls zünden sie dir den Palast an. Ist deine Familie auf dem Land?«

»Sie verbringt den Urlaub in Sitges.«

»Und der Palast ist versichert?«

»Natürlich.«

»Na also. Hör auf mich: Verbring einige Tage bei Frau und Kindern.«

»Daran habe ich auch schon gedacht, aber ich kann nicht – ich habe morgen Verwaltungsrat.« Der Marquis überlegte. »Ich glaube, ich habe einen Irrsinn begangen, daß ich hiergeblieben bin.«

Onofre Bouvila schenkte zwei Gläser Sherry ein: »Hervorragend, um die Nerven zu beruhigen. Auf dein Wohl.« Auf der Straße detonierte ein Kanonenschuß. Sollte es möglich sein, daß das die Revolution ist? dachte er. Er erinnerte sich an die fernen Tage, als er dieses kommende Ereignis den Arbeitern der Weltausstellung verkündet hatte. Damals war er jung und sehr arm und wünschte sich, all das, was er vorhersage, möge nie eintreffen; jetzt war er reich und fühlte sich alt, aber er konnte nicht vermeiden, daß ihm ein Hoffnungsschimmer in der Seele aufleuchtete. Endlich! dachte er. Jetzt werden wir ja sehen, was wirklich geschieht.

»Auf deins«, sagte der Marquis und hob das Glas. Er trank den ganzen Wein in einem Zug, rülpste und trocknete sich die Lippen mit dem Handrücken. Onofre Bouvila bewunderte diese ungezwungenen Manieren; der braucht nichts vorzumachen, dachte er. »Was findest denn du?« fragte der Marquis.

»Was meinst denn du?« Onofre zündete sich eine Havanna an und zog den Rauch mit offensichtlichem Behagen ein. »Ich habe nicht Verwaltungsrat und bin trotzdem nicht gegangen. Ich habe nicht vor, Barcelona zu verlassen. Was soll denn schon geschehen?« fragte er, als er die gerunzelte Stirn des Marquis sah. »Ein paar arme Kerle, die keine Waffen und Anführer haben. Laß sie spielen – sie haben keinen anderen Stich als unsere Angst.« Jetzt dachte er an jene Demonstration zurück, an der er sich vor mehr als zwanzig Jahren beteiligt hatte; er erinnerte sich an die Guardia Civil, die Pferde und Säbel, die bis zur Mündung mit Schrapnell geladenen Kanonen. Von diesen Erinnerungen sagte er dem Marquis nichts. »Nimm einmal an, sie kämen zu ihrem Triumph ...« Er schaute aus dem Fenster; in den tiefblauen Himmel des Sommerabends stieg eine schwarze Rauchsäule. Im Geist lokalisierte er das Feuer im Raval: vielleicht San Pedro de las Puellas, vielleicht San Pablo del Campo (tatsächlich war es diese Kirche, die brannte). »... weißt du, was geschähe? Sie müßten uns um Hilfe anflehen; nach einigen Stunden wäre das Chaos perfekt, und sie bräuchten uns noch mehr, als sie uns heute schon brauchen. Denk an Napoleon!« Wider Willen mußte der Marquis lachen, und Onofre Bouvila zog sich vorsichtshalber vom Fenster zurück. Er hatte eine Kompanie Soldaten mit umgehängten Karabinern im Laufschritt vorbeieilen sehen; einige trugen eine Schaufel in der Hand, andere eine Spitzhacke – sie gehörten zum Pionierkorps. Er fragte sich, wohin sie in diesem Aufzug wohl gehen mochten, denn Barrikaden errichten, das taten doch die Arbeiter. »Die Zeit ist noch nicht gekommen«, er setzte sich wieder in den Sessel, »aber eines Tages wird sie kommen, Ambrosi, und nicht so spät, daß du und ich sie nicht mehr erleben könnten. An diesem Tag wird die weltweite Revolution ausbrechen und die gegenwärtige Ordnung, die auf Besitz, Ausbeutung, Beherrschung und dem Prinzip der bürgerlichen und kirchlichen Autorität beruht, verschwinden; kein Stein wird auf dem andern bleiben, weder in Europa noch in der übrigen Welt. Beim Ruf ›Frieden für die Arbeiter, Freiheit für alle Unterdrückten und Tod den Herrschenden, Ausbeutern und Anführern aller Art‹ werden alle Staaten und Kirchen vernichtet werden, zusammen mit allen religiösen, juristischen, finanziellen, polizeilichen und universitären, wirtschaftlichen und sozialen Institutionen und Gesetzen, damit all die Millionen von Menschenwesen, die heute geknebelt, versklavt, gepeinigt und ausgebeutet leben, sich von ihren Führern und offiziellen und offiziösen Wohltätern befreit sehen und endlich in voller Freiheit atmen können, als Vereinigungen wie als Individuen.«

Der Marquis schaute ihn mit weitaufgerissenen Augen an: »Was sagst du??« Onofre Bouvila lachte laut auf.

»Nichts. Das las ich auf einem Flugblatt, das mir vor langer Zeit in die Hände geriet. Ich habe ein außergewöhnliches Gedächtnis und behalte alles, was ich lese, wortwörtlich im Kopf. Meine Frau und die Töchter sind auf der Budallera im Haus meiner Schwiegereltern. Bleib zum Dinner hier, du könntest heute ohnehin nicht in den Klub.«

Beim Essen überraschte sie ein Lärm, der allmählich immer lauter wurde: Der Boden zitterte, die Kronleuchter schwankten, die Glastropfen klirrten, und auf dem Tisch tanzte das Geschirr. Der Butler, den sie hinausschickten, damit er Nachschau halte, meldete, durch die Straße ziehe ein Regiment von Kürassieren mit ihren weißen Harnischen, schwarzen Federbüschen und an die Epaulette gelegten blanken Säbeln.

»Man hat die schwere Kavallerie auf die Straße gelassen«, murmelte der Butler. »Vielleicht ist das Ganze doch schwerwiegender, als der Herr dachte.«

»Du wirst hier schlafen müssen«, sagte Onofre Bouvila zum Marquis, der ihm beipflichtete. »Ich kann dir eins meiner Nachthemden geben, hoffentlich paßt's dir.«

»Mach dir keine Umstände.« Der Marquis betrachtete verstohlen das Mädchen, welches das Geschirr abräumte. »Ich werde mich auf meine Weise zudecken.«

Während der ganzen Nacht ertönten in der Ferne Kanonendonner, Maschinengewehrgeknatter und die vereinzelten Schüsse der Freischärler. Als sie sich am nächsten Morgen im Speisezimmer zum Frühstück trafen, waren die geschwollenen Augen des Marquis von Ut dunkel umrändert. Die Tageszeitungen waren nicht eingetroffen. Der Butler teilte ihnen mit, die

Geschäfte hätten ihre Türen nicht geöffnet. Die Stadt war paralysiert, und alle Verbindungen zur Außenwelt waren abgeschnitten.

»Das wird nicht lange dauern. Ist die Vorratskammer voll?«

»Ja, Señor«, antwortete der Haushofmeister.

»Das ist ein starkes Stück!« rief der Marquis. »Vom Pöbel umzingelt und ich in diesem Aufzug ...« Er heftete seinen Blick auf die Zofe, die ihm den Kaffee servierte; sie errötete und wandte den Blick ab. »Kannst du mir ein wenig Geld leihen?« fragte er Bouvila.

»Soviel du brauchst. Wozu willst du es?«

»Um dieses allerliebste Geschöpf zu belohnen.« Der Marquis wies mit dem Daumen auf die Zofe. »Im übrigen: Ich empfehle dir, sie noch heute zu entlassen.«

»Warum denn das?«

»Fad im Bett.«

Onofre Bouvila las größte Angst auf dem Gesicht der Zofe. Sie konnte nicht älter als fünfzehn sein; sie war gerade aus dem Dorf gekommen, hatte aber feine Züge und gute Manieren, weswegen man sie zum Bedienen bei Tisch und nicht für gröbere Arbeiten eingesetzt hatte. Jetzt wußte sie, daß ihr keine andere Wahl als das Bordell oder die Armut bliebe, wenn Onofre Bouvila dem Rat des Marquis folgte. »Wie heißt du?« fragte er sie. »Odilia, zu dienen.« – »Fühlst du dich wohl in diesem Haus, Odilia?« – »Ja, Señor, sehr.«

»Wenn dem so ist, werden wir folgendes tun« – er wandte sich wieder an den Marquis –: »Du sparst dir die Belohnung, da du nicht zufriedengestellt worden bist; Odilia bleibt im Haus, und ich verdopple ihr den Lohn. Was hältst du davon?«

Er handelte nicht aus Großzügigkeit und auch nicht aus Berechnung, denn er glaubte nicht an die Dankbarkeit der Menschen; er wollte seinem Gast bloß zeigen, daß er in seinem Haus das tat, was ihm paßte. Sie schauten sich einen Moment lang unverwandt in die Augen, dann brach der Marquis in Gelächter aus. So verstrich jene Woche, die später als »tragisch« bezeichnet werden sollte. Sie spielten Karten und plauderten ausgiebig; der Marquis war ein unterhaltsamer Causeur und außerdem für Onofre Bouvila eine überaus wertvolle Informationsquelle. Es gab keine Familie mit Stammbaum, mit der der Marquis von Ut nicht verschwägert gewesen wäre und deren Intima er nicht gekannt hätte. Es war nicht schwierig, ihn auszuholen: Nichts bereitete ihm so viel Spaß, wie triviale Vorfälle zu erzählen und mit allen erdenklichen Details auszuschmücken. In diesem banalen Anekdotarium sah Onofre Fugen, durch die er in jene hermetisch abgeschlossene, verstaubte und etwas triste Welt spähen konnte, deren Tore ihm auf immer verschlossen bleiben sollten. An den Abenden, nach dem Essen, schickten sie den Butler aufs Dach; wenn er mit der Meldung zurückkam, es bestehe keine Gefahr, gingen sie ebenfalls hinauf, um am Geländer lehnend Zigarren zu rauchen und Cognac zu trinken, und betrachteten den Widerschein der Feuersbrünste. Schließlich waren sie dieser Monotonie überdrüssig und schickten dem Zivilgouverneur eine humoristische Note: »Setz dieser Situation ein Ende – uns gehen die Zigarren aus.« Es war eine sehr angenehme Woche, in der Onofre die unvergleichlichen Bande der Männerfreundschaft wiedergewonnen zu haben glaubte. Jetzt sah er den Marquis neben der Zarin am Vorstandstisch sitzen, und es ging ihm auf, daß alles nur ein kurzer Traum gewesen war.

Auf dem Tisch stand ein roter, mit dem Wappen der Romanows geschmückter Seidenbaldachin; die Saalwände waren ebenfalls mit Seidentapete ausgekleidet; in jeder Ecke standen auf beweglichen Konsolen vier eigens für diesen Anlaß modellierte Skulpturengruppen aus Gips; von der Decke hingen sechs Lüster mit je drei Reihen Kerzen; nebst den Leuchtern und Kandelabern illuminierten den Saal viertausend Bienenwachskerzen; die Gedecke waren auf allen Tischen aus Silber und auf der Ehrentafel aus Gold und das Geschirr aus Sèvres-Porzellan. Als er jetzt diesen Prunk sah, dessen Kosten ihm genau bekannt waren, erinnerte er sich wieder an die tragische Woche. Er war in solche Gedanken versunken, die nichts mit dieser Festlichkeit zu tun hatten, als ihn die tiefe Stimme seines Tischnachbarn aufschreckte. »Sie denken an die Revolution, mein Herr«, hörte er ihn sagen. Zum erstenmal nahm er ihn richtig wahr: Er war ein etwa vierzigjähriger, großgewachsener schlanker Mensch mit rohen, bäurischen, aber nicht unangenehmen Gesichtszügen; sein verfilzter Bart reichte ihm bis unters Brustbein; er trug eine indigoblaue Soutane, die ihn noch größer und schlanker erscheinen ließ, und verströmte einen intensiven Geruch nach Essig, Weihrauch und Schaf. Aus seiner allgemeinen Erscheinung und dem durchdringenden, halluzinatorischen Blick schloß er, man habe ihn neben einen dieser unwissenden, ungeschlachten, verschlagenen, abergläubischen, fanatischen und bis zur Niederträchtigkeit servilen Mönche gesetzt, die es häufig schafften, sich in den Hofstaat der Mächtigen einzuschleusen. Später erfuhr er, daß er Gregori Jefremowitsch Rasputin hieß und damals auf die Protektion der Zarin bauen konnte, weil er die Hämophilie des Zarewitsch geheilt hatte, als die Ärzte schon aufgegeben hatten. Man erzählte sich außergewöhnliche Dinge von ihm: Er habe hypnotische und prophetische Kräfte, lese Gedanken und wirke nach Belieben Wunder. Von diesem Zeitpunkt an sollte sich sein Einfluß noch vergrößern, den Hof in Atem halten und sich zu regelrechter Tyrannei auswachsen; mit der Zeit sollte er Ämter und Würden verteilen, und in nicht ferner Zukunft sollten in seinem Schatten Karrieren und Vermögen entstehen und wieder zunichte gemacht werden, bis er in einer Verschwörung unter der Anführung ebendieses Prinzen Jussupow, der jetzt im »Ritz« Escudella y la carn d'olla, Brühe und Brühfleisch, kostete, 1916 ermordet werden sollte. Wenig später, genau wie er es vorhergesagt hatte, sollte die Revolution, die das Ende der Romanows in der Festung von Katharinenburg markierte, ausbrechen, doch damals, als er die Zarin auf ihrer Reise nach Barcelona begleitete, befand sich diese Macht erst in ihren Anfängen. Onofre Bouvila, seinem Tischnachbarn, erzählte er, wie er vor einigen Jahren Zeuge jenes blutigen Sonntags traurigen Angedenkens gewesen sei: Auf einem Balkon im zweiten Stock des Winterpalasts hielt er die Großherzogin Anastasia, damals noch fast ein Baby, im Arm und den Zarewitsch an der Hand; vom Nachbarbalkon aus schmeichelte der Großherzog Sergej den Kindern. »Deck sie gut zu, Rasputin, es ist sehr kalt«, ermahnte er ihn ab und zu. Der Großherzog war damals die einflußreichste Persönlichkeit, weil er mit dem vollen Vertrauen Zar Nikolaus' rechnen konnte. Im Februar desselben Jahres warf ein Anarchist namens Kaljajew eine Bombe vor die Karosse, in der er reiste. Von der Karosse, den Pferden und dem Großherzog blieb nur ein Haufen rauchender Trümmer übrig. Vom Fenster des ersten Stocks aus entschied der Großherzog Wladimir in Absprache mit dem Regimentsstab von Minute zu Minute, was zu tun sei. »Wir wollen überlegt zu Werke gehen«, sagte er. Als die Demonstration auf den Platz gelangte, ließ er sie näherkommen. »Was verlangt ihr?« fragte der Zar. »Eine Verfassung, Hoheit«, antworteten sie. »Aha«, sagte der Zar. Der Großherzog Wladimir befahl, das Feuer auf die Demonstrantengruppe zu eröffnen. In wenigen Minuten war sie zersprengt. »Ich glaube, diesmal haben wir es gut gemacht«, sagte er. Auf dem Platz blieben über tausend Leichen zurück. Jetzt lamentierte der verschrobene Mönch, daß er an jenem Tag den Verlauf der Ereignisse nicht habe entscheiden können. »Ich weiß, wie man die Revolution verhindern kann«, sagte er und schlang mit dem Heißhunger eines Ungeheuers. Onofre Bouvila zeigte sich interessiert. Während sie sprachen, festigte sich sein erster Eindruck, aber die Persönlichkeit dieses Wahnwitzigen fesselte ihn auf unerklärliche Weise.

»Onofre Bouvila, sind Sie das?«

Er betrachtete den Mann, der ihn auf dem Bahnsteig ansprach: bäurisches, ausgetrocknetes und von vorzeitigen Runzeln durchfurchtes Gesicht, tiefliegende Augen, spärliches Haar. Er bejahte. »Ich bin Joan«, sagte der Mann auf dem Bahnsteig. Die beiden Brüder reichten sich frostig die Hand. Joan Bouvila war sechsundzwanzig, als er Onofre zum zweitenmal sah; sie trafen sich anläßlich der Beerdigung des Vaters, der in der Nacht zuvor gestorben war. »Es ist ein Jammer, daß du nicht rechtzeitig gekommen bist – bis zum letzten Moment verlangte er nach dir.« Onofre gab keine Antwort darauf. Der Veteran aus dem Kubakrieg, der jetzt einen leichten Einspänner fuhr – denselben, mit dem er ihn einige Jahre vorher, als die Mutter gestorben war, vom Bahnhof zu ihrem Haus gebracht hatte –, holte ihn ab; trotz der inzwischen vergangenen Zeit erinnere er sich noch an ihn, sagte er, er wolle ihm als erster seine Dienste anbieten. »Wir werden zu Fuß gehen«, sagte Joan, »es sind nur zwei Schritte«. Onofre gab dem Kutscher ein Trinkgeld: »Für Ihr gutes Gedächtnis.« Joan beobachtete die Geste verstohlen. Der Sarg war in der Hauskapelle der Nonnen, die das Altersheim von Bassora leiteten, aufgebahrt worden. Dieses Heim befand sich in einem massiven Gebäude mit Steinmauern und Schieferdach; alle Fenster waren vergittert und der Garten von einer hohen Mauer umgeben. Beidseits des Heims stand je ein Wohnhaus. Aus den Fenstern schauten die Insassen, um ihn über den Gartenpfad schreiten zu sehen.

»Ich weiß nicht, wie sie herausgefunden haben, daß Sie kommen«, sagte die Superiorin, die zu ihrem Empfang ans Gittertor gekommen war. »An solchen Orten gibt es keine Geheimnisse. Soviel Neugier darf Sie nicht erstaunen«, fügte sie in vertraulichem Ton hinzu, »in den seltenen Momenten, in denen er bei klarem Verstand war, sprach Ihr Vater mit allen Leuten nur von Ihnen. Schwester Socorro, die seit seinem Eintritt ins Heim für ihn sorgte, kann es Ihnen bestätigen, nicht wahr, Schwester?« Sie wandte sich an eine kleine Nonne mit ovalem Gesicht und ganz weißer, fast transparenter Haut, die sich ihnen im finsteren Vestibül angeschlossen hatte. Die kleine Nonne senkte in Gegenwart Onofres und seines Bruders Joan die Augen; sie öffnete den Mund, sagte aber nichts. »Bei diesen Gelegenheiten wiederholte er immer dasselbe«, fuhr die Superiorin fort, »nämlich, daß Sie ihn holen würden; er glaubte fest daran, daß Sie jeden Moment kämen. Dann, sagte er, würde er mit Ihnen nach Barcelona gehen, um dort in allem Komfort und Luxus zu leben. Das bewirkte, daß ihn einige der alten Leutchen in ihrer ganzen Leichtgläubigkeit schließlich beneideten und ihm grollten – sie schienen in seiner Haltung eine Art Hochmut zu sehen; doch das geschah wirklich nur gelegentlich. Ihr Vater war ein Mann von sehr lebhafter Einbildungskraft, von fiebriger Einbildungskraft, möchte ich fast schon sagen.«

Während sie redete, gingen sie durch ausgedehnte verlassene Gänge, zu deren beiden Seiten verschlossene Türen waren. Der Fliesenboden fiel durch seine Sauberkeit auf: Er spiegelte die Gestalten wie ein Teich voll klaren Wassers. Als sie um eine Ecke bogen, trafen sie auf eine stämmige Nonne, die auf den Knien den Fliesenboden schrubbte. Über dem Ordensgewand trug sie eine graue Schürze. Der eben geschrubbte Boden verströmte einen beißenden Geruch. Als sie in der Kapelle waren, betrachtete Onofre niedergeschlagen jenes abgezehrte, durch die oszillierende Flamme zweier Kerzen beleuchtete Gesicht, das er nun im Sarg sah und das, ohne Ausdruck und wie aus Pergament, all seine vorherigen Erinnerungen auslöschte. »Sie können den Sarg schließen«, sagte er.

»Während er hier unter uns weilte«, sagte die Superiorin, »schloß er trotz allem, was ich Ihnen eben erzählte, unter den Alten ein paar Freundschaften. Jetzt wären sie gern beim Responsorium dabei, wenn Sie es gestatten.«

Zwei Nonnen führten eine Gruppe alter Leute herein, die beim Gehen die Füße nachzogen. Nicht alle hatten den Amerikaner gekannt, als er noch lebte, aber jetzt hatten sie sich listig dem traurigen Häufchen angeschlossen, um sich diesen unerwarteten Zeitvertreib nicht entgehen zu lassen. Alle waren in Lumpen gekleidet. »Wir sind von der Wohltätigkeit abhängig, was unsere finanzielle Lage beklemmend macht«, sagte die Superiorin. Nach der Zeremonie, als man zum Friedhof aufbrach, zupfte Schwester Socorro Onofre Bouvila am Ärmel. »Kommen Sie«, flüsterte sie, »ich will Ihnen etwas zeigen.« Er ließ sich zu einer schmalen blaugestrichenen Tür führen. Die kleine Nonne öffnete sie mit einem riesigen Schlüssel, der ihr an einem Band vom Ordenskleid hing. Die Tür führte in eine dunkle Kammer. Die kleine Nonne ging hinein und erschien wieder mit einem Weidenrutenknäuel in der Hand.

»Wir lehren die Kranken Körbe flechten. Ihr Vater machte das hier – er war nicht sehr fingerfertig und kam nie über das hinaus. In Wahrheit ging es ihm schon sehr schlecht, als ihn uns Ihr Bruder vor fast einem Jahr brachte. Er bezahlte die Weidenruten, so daß das eigentlich Ihnen beiden gehört.«

Als sie vom Friedhof zurück waren, nahm er seinen Bruder ins selbe Lokal zum Essen mit, in dem sein Vater und er vor vielen Jahren zufällig Baldrich, Vilagrán und Tapera begegnet waren. Die beiden Brüder löffelten schweigend die Suppe aus. Während sie auf den ersten Gang warteten, sagte Onofre: »Ich hatte die Absicht zu kommen, aber es war mir unmöglich. Ich hatte ein Dinner mit der Zarin, nichts weniger.«

»Ich weiß nicht, was eine Zarin ist, und werfe dir auch nichts vor; bei mir mußt du dich nicht entschuldigen.«

»Selbstverständlich gehen sämtliche Auslagen, die du gehabt hast, auf meine Rechnung.«

»Ich habe daran gedacht, das Land zu verkaufen«, sagte Joan, als hätte er gar nicht gehört, was sein Bruder soeben gesagt hatte. »Dazu brauche ich deine Einwilligung, schriftlich.« Er schaute Onofre fest an. Aus seinem Schweigen schloß er, daß er darauf wartete, die Fortsetzung zu hören, ehe er sich äußerte. »Dann werde ich nach Barcelona gehen. Sag nichts«, fügte er eilig hinzu, als er sah, daß sein Bruder sprechen wollte; Onofre bemerkte auf seinem Gesicht einen charakteristischen Ausdruck seiner Mutter. Die beiden hatten den Porrón geleert, obwohl Onofre kaum mehr als einen Schluck getrunken hatte.

»Schrei nicht«, sage er zu Joan, »hier kennt man uns, alle Welt hört uns zu.«

»Das ist mir vollkommen schnurz!« schrie Joan.

»Siehst du?« Onofre lächelte. »Du bist doch nicht so gerissen, wie du dir einbildest. Beruhige dich und hör dir meinen Plan an – ich bin eigens dafür hergekommen.« Er klatschte in die Hände und trug dem herbeieilenden Ober auf, den Porrón wieder zu füllen. »Ich weiß sehr gut, was du denkst; obwohl wir uns kaum kennen, können wir nicht so verschieden sein. Wir müssen uns zwangsläufig gut verstehen. Du hast es satt, die Erde zu bearbeiten, nicht? Hast das Land über. Wie soll gerade ich dir widersprechen?« Er reichte ihm den Porrón und sah, daß Joan mechanisch trank; während des Trinkens erlosch der Glanz in seinen tiefliegenden Augen. »Die Erde gibt nichts her, das weiß ich sehr genau. Der Reichtum liegt in den Wäldern. Dem wollen wir uns von jetzt an widmen: den Wäldern. Der

Wald gibt keine Arbeit, er wächst von allein. Man muß einzig achtgeben, daß einem kein anderer zuvorkommt und das Holz für sich nimmt. Für Holz wird in den Städten ein wahres Vermögen bezahlt, aber jemand muß dort sein und auf den Wald, die Quelle unseres Reichtums, aufpassen.«

»Ich weiß nicht, wen du mit diesen Hirngespinsten übers Ohr hauen willst«, sagte Joan. »Die Wälder gehören allen, niemand kann sie sich aneignen.« Er hatte die Stimme gesenkt; auch er konnte sich Onofre Bouvilas Einfluß nicht entziehen; jetzt, von Angesicht zu Angesicht, schien der während all jener Jahre angestaute Haß in den Hintergrund zu treten und wurde gegen seinen Willen von einer Mischung aus Neugier und Habsucht besiegt.

»Bis jetzt haben sie allen gehört«, sagte Onofre, »das heißt, genaugenommen niemandem; aber wenn sich das ganze Tal in ein öffentliches Unternehmen verwandelte, wenn es statt einer Pfarre eine Gemeinde wäre, dann wäre alles Land, das nicht Privatbesitz ist, also alles Niemandsland, Gemeindeland und unterstünde der Gemeindeverwaltung und somit dem Herrn Bürgermeister ... Wärst du gern Bürgermeister, Joan?«

»Nein.«

»Nun, du kannst deine Meinung ja noch ändern.«

Jene Unterhaltung, der unerklärliche Eifer, seinen Bruder, den er kaum kannte und in dessen Augen er nur heftige Abneigung las, für sich zu gewinnen, hatte ihn viel Geld und unzählige Schritte gekostet, an die er sich nun erinnerte. Das plötzliche Auftauchen zweier bewaffneter Zollwächter auf der Mole erschreckte ihn. Als sie die Wirkung ihrer Anwesenheit bemerkten, hoben sie die Hand an den Mützenschild: »Verzeihen Sie, Don Onofre, es war nicht unsere Absicht, Ihnen einen Schreck einzujagen. Wir sind auf der Suche nach geschmuggeltem Tabak.« Er hatte Joan seit dem Tag der Beerdigung nicht mehr gesehen; er war nicht zugegen, als er das Bürgermeisteramt übernahm, und wußte auch nichts über seine Amtsführung; in regelmäßigen Abständen gelangten das Holz und der Kork, an denen die Berge jener Gegend reich waren, in seine Lagerhäuser im Pueblo Nuevo. Und trotzdem, dachte er jetzt, bleiben mir an Familie und Blutsbanden nichts als Joan, ein schwachsinniger Sohn und zwei dumme Hühnchen von Mädchen; nur Toren schneiden ihre Wurzeln endgültig durch.

3

Sein Bruder und er trennten sich, kaum hatten sie fertiggegessen. Ihre Begegnung war bis zum Schluß kühl geblieben, aber sie waren zu einem Übereinkommen gelangt. Jetzt spazierte er allein durch die Straßen von Bassora. Joan hatte den Heimweg um halb drei angetreten, um die Stunden auszunützen, in denen es noch hell war; Onofres Zug dagegen fuhr erst um acht. Die Stadt, die ihn als Jungen geblendet hatte, erschien ihm jetzt fade und häßlich, die Luft stinkig und die Passanten, denen er begegnete, ungehobelt. Der Ruß ist ihnen ins Gehirn gedrungen, dachte er. Unwillkürlich, ja ohne daß es ihm bewußt gewesen wäre, führten ihn seine Schritte in eine von Bogengängen flankierte Straße, wo er in ein Haus trat, in den ersten Stock ging und klingelte; auf sein Klingeln öffnete ihm eine fromm und schüchtern aussehende Frau, die er fragte, ob hier einmal ein Tierpräparator gewohnt habe. Sie bat ihn ins Vorzimmer. Ja, sagte sie, der Tierpräparator, von dem er spreche, sei sogar ihr Vater; er lebe tatsächlich noch und sei schon bejahrt, freilich übe er seinen Beruf bereits seit mehreren Jahren nicht mehr aus. Jetzt lebten beide, Vater und Tochter, von seinen Ersparnissen, bescheiden zwar, aber ohne Sorgen. Er wurde zum Tierpräparator geführt und fragte ihn, ob er sich noch daran erinnere, vor vielen Jahren einen Affen ausgestopft zu haben, was jener unverzüglich bejahte. In seinem ganzen Berufsleben habe er keine Gelegenheit gehabt, weitere Affen auszustopfen als den, nach dem er jetzt gefragt werde; er erinnere sich, daß es eine schwierige Arbeit gewesen sei, weil er die Anatomie des Affen nicht gekannt und es sich überdies um ein kleines Exemplar mit äußerst fragilen Knochen gehandelt habe; daher habe er viel Mühe auf diese Arbeit verwandt, erklärte er, und manche Stunde dafür geopfert, aber schließlich sei er sehr schön geworden, das müsse er ohne falsche Bescheidenheit selbst anerkennen. Dann seien Monate verstrichen, ohne daß der Eigentümer des Affen wieder aufgetaucht sei; auch an ihn erinnere er sich noch deutlich, obwohl seither mehrere Jahrzehnte vergangen seien: ein weißgekleideter Mann mit Strohhut und Rohrstock, den ein Junge begleitet habe. »Sie sehen, für mein Alter habe ich noch einen klaren Kopf«, schloß der alte Tierpräparator. »Streng dich nicht zu sehr an, Vater«, sagte die Frau. Beiseite erklärte sie Onofre Bouvila, er rege sich leicht auf und könne dann jeweils bis spät in die Nacht nicht einschlafen. »Was wurde aus dem Affen?« fragte er, die Bitte der Tochter überhörend. Der Alte strengte sich sichtlich an, um sich zu erinnern. Er habe ihn eine Zeitlang in einem Schrank aufbewahrt, um ihn vor Staub zu schützen, dann habe er ihn in der Überzeugung, niemand würde ihn mehr beanspruchen, in der Werkstatt auf eine Konsole gestellt, wie ein Aushängeschild. »Und dann?« Daran erinnere er sich nicht mehr. Die Tochter kam ihm zu Hilfe: »Doch, Vater, Señor Catasús hat ihn mitgenommen, erinnern Sie sich denn nicht mehr?« – »Ach ja«, sagte der pensionierte Tierpräparator. Señor Catasús und sein Schwager hätten ihm jeweils Stücke aus der Hochjagd zum Ausstopfen gebracht, sie seien seine besten Kunden gewesen: »Niemals weniger als einen Rehbock, manchmal ein Wildschwein.« Sie hätten den Affen gesehen und sich gleich in ihn verliebt; schon seit Jahren habe er dort auf der Konsole gestanden. Er habe gegen keine Regel zu verstoßen geglaubt, als er den Affen so besonderen Kunden geschenkt habe.

Die Familie Catasús wohnte außerhalb, auf einem Herrensitz, den der Veteran aus dem Kubakrieg, den er auf dem Kutschenstandplatz neben dem Bahnhof traf, gut kannte, wie er sagte. Bereits im Haus, gab er dem Dienstmädchen seine Visitenkarte. Während er in der Vorhalle wartete, dachte er, er begehe eine Dummheit. Absurde Entschlüsse führen immer zu fatalen Resultaten, sagte er sich; vielleicht wäre es am besten, diese sentimentale Albernheit jetzt zu lassen, solange dazu noch Zeit ist. Catasús empfing ihn persönlich. Er war ein gemütlicher, leutseliger und ungezwungener Sechziger. »Bouvila«, sagte er, »welche Ehre!« Er habe viel von ihm gehört, denn sie hätten gemeinsame Bekannte; auch sei ihm die Geschichte mit dem vor einigen Tagen für die Zarin gegebenen Bankett zu Ohren gekommen. »Solche Dinge finden hier in der Provinz immer einen großen Widerhall«, gestand er mit offenem Lachen. Aber welchem Umstand habe er das Vergnügen seines Besuchs zu verdanken? Einer privaten Angelegenheit, antwortete Onofre Bouvila und erklärte sie in wenigen Worten. »Es muß Ihnen absurd erscheinen, daß ich jetzt soviel Interesse für jenen Affen zeige«, sagte er schließlich. »Nein, nein, in keiner Weise«, entgegnete Catasús einfühlend, »es tut mir nur leid, Ihnen nicht gefällig sein zu können, wie es mein Wunsch gewesen wäre.« Er erzählte ihm, wie sein Schwager, ein gewisser Esclasans, Eigentümer einer Destillerie, nachdem er eines Tages beim Tierpräparator den Affen gesehen habe, auf die Idee gekommen sei, einen Branntwein auf den Namen *Affenwasser* zu taufen; er habe den Tierpräparator schon so weit gehabt, daß er ihm den Affen schenkte, dessen Bild er als Reklame für sein Produkt verwenden wollte, als der Anwalt, der seine Geschäfte in Barcelona vertrat, ihm schriftlich mitgeteilt habe, dieser Produktname sei schon vorher eingetragen worden; rein zufällig gebe es auf dem Markt bereits einen Anis dieses Namens. Für eine gewisse Zeit sei der Affe zum Spielzeug der Kinder geworden; bei ihrem Heranwachsen sei er auf dem Dachboden abgestellt und schließlich, von Motten zerfressen und übel zugerichtet, auf den Kehricht geworfen worden.

»Immerhin ist es bemerkenswert, daß Sie nach so langer Zeit den Weg dieses Affen vollständig rekonstruieren konnten«, meinte Catasús nach seiner Erzählung. Er schaute auf die Pendülenuhr, als wolle er sich noch in diesem Augenblick seiner entledigen und wisse nicht, wie. Auch Onofre Bouvila suchte nach einer Floskel, um das Haus verlassen zu können. »Aber ich sehe, daß es noch über zwei Stunden dauert, bis Ihr Zug fährt, und hier sind wir sozusagen zwei Schritte neben dem Bahnhof. Kommen Sie, tun Sie mir den Gefallen. Es wäre uns eine große Freude, wenn Sie mit uns einen bescheidenen Imbiß teilen würden. Wie Sie sehen, haben wir eine kleine Familienzusammenkunft.«

Er ließ sich in ein geräumiges Speisezimmer mit getäfelter Decke und Eichenmöbeln führen, in dem sich etwa zwölf oder dreizehn Personen befanden. Catasús machte sie mit ihm bekannt, was ihm kaum mehr als ein flüchtiges Interesse abnötigte. Einige der Versammelten waren Söhne von Catasús mit ihren Gattinnen, andere waren Verwandte verschiedenen Grades. Zuletzt wurde ihm ein pittoresker Mensch vorgestellt, den Catasús Santiago Belltall nannte.

»Santiago ist Erfinder«, sagte Catasús als einzige Angabe. Aus dem spöttischen Ton, den er in seiner Stimme zu hören glaubte, und aus den komplizenhaft heiteren Blicken, die ihm die Anwesenden zuwarfen, schloß er, es handle sich um einen dieser armen oder glücklosen, kauzigen und etwas dümmlichen Verwandten, die schließlich, ohne sich's zu versehen, zu Hanswursten ihrer Umgebung werden. Santiago Belltall, dessen Name für immer mit seinem Leben verbunden bleiben sollte, war damals achtundzwanzig Jahre, obwohl er doppelt so alt wirkte. Sein Aussehen war das eines unterernährten, müden Mannes, der aus einer Besessenheit heraus zu essen und zu schlafen aufgehört hat; die strohgelbe, fettige und schlaffe Mähne, die hervorstehenden feuchten Augen, die lange Nase und der breite Mund mit den schmalen Lippen und großen Zähnen betonten sein lächerliches Aussehen noch; auch die alte, vielfach gestopfte Wolljacke, die ausgefranste grelle Krawatte, die zu kurze Hose und die Hanfschuhe vermochten keinen Respekt zu wecken. Obwohl man nur zu deutlich sehen konnte, daß er sein Leben dank der Wohltätigkeit anderer fristete, kostete er kaum von dem Kuchen und Zuckerwerk, die vor ihm auf dem Tisch standen. Die beiden musterten sich lange. Einen Augenblick glaubte Onofre, vor sich jenen anderen wunderlichen Burschen zu sehen, den er nie wirklich hatte kennenlernen können, der mit dem Kopf voller Fantasie nach Kuba emigriert und mit gebrochenem Herzen und intakter Fantasie wieder nach Hause gekommen war. Jetzt legte sich dieses Bild flüchtig über dasjenige des traurigen Opfers, bei dessen Beerdigung er gerade gewesen war. Ein unlogischer Gedanke ging ihm durch den Kopf: Ich habe, ohne zu wissen, weshalb, einen nicht mehr existierenden Affen gesucht, und jetzt beschert mir das Schicksal an seiner Stelle diesen Idioten. Bevor sie mehr als die üblichen Floskeln austauschen konnten, begann Catasús die Affengeschichte zu erzählen, die einer der Gäste mit dem Hinweis unterbrach, die Affen seien Tiere von einer außergewöhnlichen Intelligenz. Er habe in einem Reisebuch gelesen, die alten Ägypter hätten, obwohl sie nicht an Gott glaubten, die Affen angebetet. Ein anderer Herr sagte, er wisse aus guter Quelle, daß man im Gegensatz zu dem, was sich laut seinem Vorredner im alten Ägypten abgespielt habe, in China und Japan Affenfleisch esse, das man dort als wahren Leckerbissen betrachte. Ein dritter meinte, dies sei noch gar nichts: In einem bestimmten Gebiet Südamerikas esse man Alligator- und Schlangenfleisch. Jemand sagte, das sei vermutlich in Chile; eine Schwester seines Vaters habe einen Tuchhändler geheiratet und sei mit ihm nach Chile ausgewandert. Seine Frau korrigierte ihn mit dem Hinweis, die von ihm erwähnten Verwandten seien nicht nach Chile, sondern nach Venezuela ausgewandert und es sei traurig, daß gerade sie ihn daran erinnern müsse, wo es sich doch eigentlich gar nicht um ihre Verwandten handle, außer aufgrund ihrer ehelichen Verbindung. Derjenige, der den Anstoß zum Schlangengespräch gegeben hatte, referierte über die Art, sie zuzubereiten: Sobald die Schlange tot sei, zerteile man sie mit einem Fuchsschwanz in etwa handbreite Tranchen; dann nähe man mit Nadel und Faden jedes dieser Stücke an den Enden zu und brate sie in Fett oder Öl, als handle es sich um Bratwürste; dies und Getreide seien die Hauptnahrung der Einwohner jener südamerikanischen Gegend. Eine Dame sagte, sie habe auf der Haut weiße Flecken bekommen. Eine andere empfahl ihr, in Caldas de Bohí eine Badekur zu machen. Ein junger Mann fügte hinzu, man habe ihm erzählt, die Straßen von Paris seien von Autos überfüllt, man könne auf den Straßen von Paris häufig Hunde und Katzen, ja sogar Esel sehen, die Opfer der Automobile geworden seien. Die Mode des Automobils, erläuterte ein Herr gesetzteren Alters, der sich bisher nicht ins Gespräch gemischt hatte, werde noch über viele Familien Unglück bringen. Darin waren sich fast alle Anwesenden einig. Catasús sagte, selbst wenn es so wäre, könne man nicht gegen den Fortschritt ankämpfen, vor allem nicht auf wissenschaftlichem Gebiet. So verging allmählich der Nachmittag. Onofre Bouvila sagte nichts. Heimlich beobachtete er Santiago Belltall, der ebenfalls schwieg; im Gegensatz zu Onofre unternahm er jedoch nicht die geringste Anstrengung, um Interesse am Gespräch vorzutäuschen – er dachte an seine eigenen Angelegenheiten; ab und zu kam unerwartetes Leben in seine Augen; dann erschien er gefährlich, aber da ihn niemand beachtete, bemerkte es auch niemand; andere Male verfinsterte sich seine Stirn, und in seinen Augen malte sich Traurigkeit; auch das sahen die andern nicht. Zwischen dem einen und dem andern Gesichtsausdruck verstrichen manchmal einige Sekunden, in denen Müdigkeit auf seinem Gesicht erschien. Er selbst bemerkte auch die Analyse nicht, der ihn der Neuankömmling heimlich unterzog. Diese Situation wurde durch das Hereinstürmen eines kleinen Jungen ins Speisezimmer jäh unterbrochen. Der Knabe, der nicht älter als drei oder vier Jahre sein konnte und noch ein gesäumtes Hemdchen trug, stürzte zu seiner Mutter, um den Kopf in ihrem Schoß zu bergen, und brach in lautes, untröstliches Weinen aus. Schließlich konnte ihn die Mutter beruhigen und dazu bewegen, zwischen Aufschluchzern den Grund für sein Weinen zu nennen.

»María hat mich geschlagen!«

Mit seinen Patschhändchen zeigte er auf die Tür, die er bei seinem Eintreten offengelassen hatte. Auf der andern Seite der Tür befand sich eine runde, von einem Oberlicht beleuchtete Halle ohne jedes Möbelstück. In der Mitte des Raums konnte Onofre von seinem Platz aus ein mageres, schlaksiges Mädchen sehen. Es trug ein kurzes fadenscheiniges Hemd, das die schwächlichen, in schmutzigen, geflickten Strümpfen steckenden Beine sehen ließ. Sogleich wußte er, wer es war. Als es merkte, mit welchem Interesse es beobachtet wurde, warf ihm das Mädchen einen herausfordernden Blick zu. Trotz der Distanz konnte er sehen, daß ihre runden Augen karamelfarben waren. Santiago Belltall war bereits aufgestanden und hatte in wenigen großen Schritten die Distanz zurückgelegt, die ihn von seiner Tochter trennte. Die Gebote des Anstands mißachtend, erhob sich auch Onofre Bouvila und stellte sich in die Tür, von wo er dem Wortwechsel zwischen dem Erfinder und seiner Tochter zu folgen versuchte. Catasús war hinter ihn getreten.

»Kein Grund zur Unruhe, Bouvila. Das geschieht unfehlbar jedes Mal, wenn sie kommen. Sie trägt nicht die alleinige Schuld. María ist sieben und beginnt zu vieles zu verstehen. In ihren Umständen ist das ein schwieriges Alter.«

»Und die Mutter?« Catasús zuckte die Schultern und schloß halb die Lider: Besser, nicht davon zu sprechen, gab er damit zu verstehen. Ein trockenes Geräusch ließ sie den Kopf wenden – Belltall hatte seiner Tochter gerade eine Ohrfeige verpaßt. Ein gewalttätiger Mensch, dachte Onofre. Das Mädchen bemühte sich, das Gleichgewicht nicht zu verlieren und vor allem nicht zu weinen. Aber sie betet ihn an, dachte er auch, vielleicht gerade deswegen; die Gewalttätigkeit ist seine Schwäche. Der Erfinder war wieder ins Speisezimmer getreten. Er war sehr blaß und begann, eine unzusammenhängende Entschuldigung zu stammeln, die kein Ende nahm; er verwechselte die Worte und rief damit bei seinen Zuhörern Heiterkeit hervor. Onofre Bouvila, der neben ihm stand, legte ihm die Hand auf die Schulter und spürte in seiner Handfläche die Schlüsselbeinknochen. »Gehen Sie und bringen Sie das Mädchen weg von hier«, murmelte er ihm ins Ohr. Der Erfinder warf ihm einen wilden Blick zu, den er mit einem ruhigen Lächeln beantwortete, das bedeutete: Nur mit der Ruhe; ich finde dich nicht lächerlich, aber du machst mir auch keine Angst; ich könnte dich umbringen lassen, aber lieber schütze ich dich. Er ließ seine Karte in Santiago Belltalls Jackentasche gleiten, doch dieser bemerkte es nicht; brüsk schüttelte er Onofres Hand ab, nahm seine Tochter, schritt zur Tür auf der andern Seite der Halle und schlug sie rücksichtslos hinter sich zu. Onofre benützte diesen Zwischenfall, um sich ebenfalls zu verabschieden, und bedankte sich herzlich für die ihm erwiesene Gastfreundschaft. Auf dem Weg zum Bahnhof überholte die Droschke, in der er fuhr, den Erfinder und seine Tochter, die sich angeregt unterhielten. Im Wissen, daß keiner von beiden es merken würde, drehte er sich um und beobachtete sie, bis die Droschke um eine Ecke bog. Jetzt schickten sich mehrere Millionen Menschen an, sich in den Schützengräben von Verdun und an der Marne gegenseitig umzubringen, und er setzte alles daran, daß es ihnen nicht an den Mitteln dazu fehle. Seit jener Begegnung war ein Jahr vergangen, und er erinnerte sich nicht mehr an Santiago Belltall und seine Tochter. Die Krane hatten die Kanonen auf die Lastwagen geladen. Durch die Seitenösen führten die Halteseile der Plane, die sie zudeckte. Ein Gespann von acht Maultieren zog sie über die Mole zum Bogatell. Einige Männer mit Fackeln gingen voran, andere führten die Maultiere an den Halftern, dritte bewachten den Konvoi mit der Pistole in der Hand.

4

Es verkehrten nicht mehr auf allen Straßen von Paris Automobile, wie Catasús' Neffe gesagt hatte; statt dessen herrschten Finsternis und unheilschwangere Ruhe. Seit vier Jahren nahm der Krieg in Europa kein Ende; alle Männer waren aufgeboten worden; währenddessen waren die Fabriken stillgelegt, niemand bestellte mehr die Felder, und selbst das letzte Stück Vieh war der Verpflegung der Truppen geopfert worden. Wäre es nicht um ihre Kolonialreiche gegangen und hätten sie nicht von neutralen Ländern Lebensmittel erhalten, so hätten die kriegführenden Mächte, völlig entkräftet, allmählich eine nach der andern die Waffen strecken müssen, bis die letzte von ihnen, diejenige, die sich am längsten mit Munition und Verpflegung zu versehen vermochte, sich zum Herrscher der Welt hätte ausrufen können. An dieser unheilvollen Situation weideten sich in Barcelona viele. Wer jetzt etwas zu verkaufen hatte, konnte von heute auf morgen reich, in einem einzigen Augenblick und schlagartig Millionär werden. Die Stadt war ein Hexenkessel: Vom Morgengrauen des einen bis zum Sonnenuntergang des nächsten Tages wurden in der Börse und im Obst- und Gemüsemarkt, in Konsulaten und Gesandtschaften, in Geschäftslokalen und Banken, in Klubs und Restaurants, in Salons, Altarnischen und Foyers, in Spielhöllen, Cabarets und Bordellen, in Hotels und Pensionen, in einem düsteren Gäßchen, im verlassenen Kreuzgang einer Kirche und im Boudoir einer keuchenden parfümierten Nutte pausenlos Offerten ausgetauscht, Zufallspreise festgesetzt, Karrieren geschmiedet, Bestechungen in die Wege geleitet, Drohungen ausgestoßen und an die sieben Todsünden appelliert, um einen Vertrag abzuschließen; so floß das Geld von Hand zu Hand, mit derartiger Geschwindigkeit und in solcher Fülle, daß das Gold durch Papiergeld, das Papiergeld durch das Wort und das Wort durch die reine Einbildung ersetzt wurde; viele glaubten, außergewöhnliche Summen gewonnen, und andere, sie ausgegeben zu haben, ohne daß die Realität diese Überzeugungen bestätigt hätte; an den Poker-, Bakkarat- und Chemin-de-fer-Tischen wechselten tatsächliche oder simulierte Vermögen in wenigen Stunden mehrmals den Besitzer; die exquisitesten Leckerbissen (Dinge, die bis dahin in Spanien noch niemand gesehen hatte) wurden mit absoluter Selbstverständlichkeit verzehrt (es gab Leute, die mit Kaviarsandwiches zum Stierkampf gingen), und kein Abenteurer oder Spieler, keine Femme fatale, die in jenen Jahren nicht nach Barcelona gekommen wären. Nur Onofre Bouvila schien dieser wirtschaftliche Aufschwung kalt zu lassen. Er zeigte sich kaum in der Öffentlichkeit. Die absurdesten Gerüchte waren jetzt über ihn im Umlauf: Die einen sagten, bei dem vielen Geldverdienen habe er den Verstand verloren; andere, er sei schwerkrank. Wieder andere Gerüchte waren fantasievoller: Allen Ernstes wurde behauptet, er verfolge den Krieg Schritt für Schritt und habe dem deutschen Kaiser angeboten, ihm den Thron der Habsburger zu kaufen, falls Österreich den Krieg verliere, wie es seiner Meinung nach geschehen mußte. Man sagte auch, er habe die zum Sturz des russischen Zaren führende Revolution finanziert und dafür habe Deutschland auf einer Schweizer Bank hundert Kilogramm Goldbarren auf seinen Namen eingelegt und ihm den Erzherzogtitel verliehen. Nichts von alledem traf zu. Eine Privatarmee von Agenten und Informanten hielt ihn über die Vorfälle auf den Schlachtfeldern und in den Hauptquartieren, in den Schützengräben und bei der Nachhut auf dem laufenden; er wußte zuviel, der Krieg interessierte ihn nicht mehr. Dagegen entdeckte er am Horizont düstere Wolken und sagte, das Schlimmste komme erst, womit er Revolution und Anarchie meinte. In seiner Fantasie sah er aus den rauchenden Ruinen, in die sich Europa verwandelt hatte, eine ausgehungerte und rachsüchtige Masse steigen, um auf der Basis von Ordnung, Rechtschaffenheit und gerechter Verteilung eine neue Gesellschaft zu errichten. Er betrachtete die abendländische Zivilisation als Teil seines Eigentums und verzweifelte bei der Vorstellung, sie könnte vernichtet werden. Er verfiel auf den Gedanken, er sei dazu berufen, zu verhindern, daß so etwas geschehe, und glaubte, ihm sei diese einmalige historische Bestimmung vorbehalten. Es kann doch nicht sein, daß mein Leben ganz umsonst eine Folge außergewöhnlicher Ereignisse war, sagte er sich. Er hatte unter ungünstigsten Voraussetzungen begonnen und es dank seiner Anstrengungen zum reichsten Mann Spaniens, vermutlich zu einem der reichsten Männer der Welt gebracht. Jetzt glaubte er sich dazu auserwählt, eine Mission von größerer Tragweite zu erfüllen, und betrachtete sich als eine Art Messias. In diesem Sinn konnte man tatsächlich sagen, er habe den Verstand verloren. Jetzt ließ er seine Geschäfte allein blühen und verbrachte Tag und Nacht damit, einen Plan auszuarbeiten, um das Antlitz der Erde vor dem Chaos zu retten. Dazu baute er auf sein Geld, seine unbändige Energie, seine Skrupellosigkeit und die im Laufe seines Lebens gesammelten Erfahrungen. Einzig die Idee fehlte ihm, in der diese ungleichen Elemente zum Ausdruck gekommen wären. Da ihm eine solche Idee nicht so leicht kam, wuchs seine schlechte Laune; aus einem x-beliebigen Grund teilte er unter seinen Untergebenen Stockhiebe aus, Frau und Töchter sahen ihn kaum noch. Schließlich nahm die Idee, nach der er in seinen Träumereien gejagt hatte, am 7. November 1918, zwei Tage vor der Ausrufung der Weimarer Republik, vor seinen Augen auf die unerwartetste Weise Gestalt an.

Der arme Señor Braulio kam nicht wieder zu der Gesundheit, die er beim Tod des geliebten Mannes verloren hatte. Er hatte sich von jeder Aktivität zurückgezogen und lebte mit seiner

Tochter Delfina ganz allein in einem bescheidenen zweistöckigen Häuschen mit Garten in einer ruhigen Straße der alten Stadt Gracia, die jetzt bereits in Barcelonas Stadtkern integriert und zum großen Teil von dessen Ensanche umgeben war. Außer bei seltenen Gelegenheiten verließ keiner von beiden das Haus. Delfina ging jeden Vormittag auf den Markt de la Libertad, wo sie ihre Einkäufe nahezu wortlos besorgte; sie zeigte mit dem Finger auf das Gewünschte und bezahlte ohne Anzeichen von Widerspruch den geforderten Preis. Die Verkäuferinnen wußten nichts von dem Terror, den sie einst auf einem andern Markt verbreitet hatte, und hielten sie für eine mustergültige Kundin. Später, beim Einbruch des Abends, erschienen Vater und Tochter Arm in Arm auf der Plaza del Sol, drehten langsamen Schrittes auf dem Platz unter den Akazien eine Runde und kehrten wieder nach Hause zurück, ohne mit jemandem, nicht einmal untereinander selbst ein Wort gewechselt zu haben. Sie gaben vor, die Grüße und höflichen Sätze nicht zu bemerken, die einige Nachbarn an sie richteten, teils aus Herzlichkeit, teils im Wunsch, ein belangloses Gespräch anzuknüpfen, um das Geheimnis zu lüften, das das Paar umgab. Nach dem Spaziergang verriegelten sie das Gartentor mit Kette und Vorhängeschloß. Von der Straße aus konnte man noch während einiger Stunden Licht in den Fenstern des Hauses sehen; es wurde etwa um zehn Uhr gelöscht. Sie empfingen weder Besuch noch erhielten sie Post oder hatten irgendeine Tageszeitung oder Zeitschrift abonniert. Auch in die Pfarrkirche hatten sie den Fuß nicht ein einziges Mal gesetzt. Diese hartnäckige Zurückgezogenheit weckte zwangsläufig Vermutungen: Man wußte allgemein, daß Señor Braulio eine bedeutende Rente hatte und daß die Tochter bei seinem Tod, der sich zweifellos in Kürze einstellen mußte, voll und ganz in den Genuß dieser Rente kommen würde, was Delfina zu einer guten Partie und begehrten Beute für Mitgiftjäger machte. Doch diejenigen, die sich ihr anfänglich zu nähern versuchten, stießen auf eine Wand aus Gleichgültigkeit und Schweigen und ließen bald wieder von ihr ab. Jetzt verstrichen ihr die Jahre mit der unerbittlichen und eiskalten Trägheit eines Gletschers; wo die

Leute miteinander schwatzten, herrschte die Meinung, sie warte nur den Tod ihres Vaters ab, um einem religiösen Orden beizutreten, dem sie ihre Renten als Spende vermachen werde. In diesem Moment, sagte man, wenn sich die Pforten der Klausur hinter ihr schließen, wird die Chance für immer verpaßt sein, zu erfahren, wer sie war und welche Tragödie ihr Leben ruiniert hat.

Ende Oktober 1918 wurde das Paar, dessen Geheimnis die Neugierigen so gern gelüftet hätten, nicht mehr auf der Plaza del Sol gesehen. Nach einigen Tagen lebten die während Jahren eingeschlafenen Gerüchte wieder auf: Der arme Mann wird krank sein, dachte man und prophezeite seinen baldigen Tod; die letzten Male habe er auf seinen Spaziergängen sehr kränklich ausgesehen, der Tod habe ihm schon im Gesicht gestanden. Jetzt stellten alle rückblickend Diagnosen. Jemand wies darauf hin, die Kranke könne auch sie sein; diese Möglichkeit stachelte die Neugier im Viertel nur noch mehr an. In einem Kabriolett fuhr ein Arzt vor. Delfina öffnete persönlich das am Gartentor hängende Schloß. Aha, der Kranke ist also doch er, sagten die Neugierigen, genau, wie wir es vermutet haben. Dann kamen zwei weitere Ärzte ins Haus. Man hat Beratung beigezogen, folgerten sie. Diese ärztliche Hilfe markierte den Beginn eines ununterbrochenen Defilees von Spezialisten, Krankenschwestern und Assistenten. Delfina ging weiterhin jeden Vormittag zum Markt de la Libertad. Die Verkäuferinnen erkundigten sich nach dem Ergehen ihres Vaters und gaben ihr gute Wünsche für seine baldige Genesung mit; Delfina zeigte mit dem Finger auf das Gewünschte, bezahlte und ging wortlos. In dieser Ungewißheit verstrichen der Oktober und die erste Novemberwoche. Eine neue, ruhelose Routine war an die Stelle der alten, ruhigen Routine des Hauses und seiner Bewohner getreten. Schließlich sahen sich die Neugierigen für ihr endloses Warten entschädigt. Mitten in die allgemeine Neugier hinein erschien eines Tages ein prachtvolles Auto. Sogleich wurde der Mann erkannt, der ausstieg, denn seine Fotografie war ständig in der Presse zu sehen. Jetzt fragte man sich, welcher Art die Beziehung zwischen dem raffgierigen und präpotenten Magnaten und jenem furchtsamen, zurückgezogenen Paar sein könnte. Sie hat nach ihm geschickt, sagte jemand, doch niemand schenkte ihm Beachtung; alle waren ans Auto getreten, um es von nahem bestaunen zu können; die Sitze waren aus rotem Leder, die Reisedecken aus Zobelpelz, die Hupen und Lampen aus massivem Gold; der Fahrer, der es chauffierte, trug einen grauen Staubmantel mit Persianerkragen und der Lakai einen grünen Rock mit vergoldeten Tressen.

Vom Tor aus war das Haus nicht zu sehen – niemand hatte die Bäume beschnitten oder das Unkraut ausgerissen. Im Garten wuchsen eine Fächerpalme, ein Lorbeerstrauch, mehrere Zypressen und ein hundertjähriger, fast fossiler Mandelbaum. Zu dessen Rechten befand sich ein verschlammter Teich und darin ein angeschlagener, schwarz gewordener, gestrüppüberwucherter Delphin, aus dessen Mund kein einziger Tropfen Wasser mehr floß. Über dem Teich schwirrte ein bunter Libellenschwarm. Im Gegensatz zum Garten schien das Haus sauber; es gab weder Schmuck noch Bilder an den Wänden oder Vorhänge in den halbgeöffneten Fenstern. Alles glänzte, doch der Schein trog: Nur was man im Halbdunkel gerade wahrnehmen konnte, war sauber und ordentlich; außerhalb dieses kleinen Bereichs, den das spärliche, durch Fensterflügel und Jalousien gefilterte Licht abgrenzte, war alles Staub und Verfall – Spinnweben hingen in sämtlichen Winkeln, Motten zerfraßen die schmutzige, ekelerregende Wäsche, Kakerlaken mästeten sich an verfaulten Essensresten und vermehrten sich täglich haufenweise im Speiseschrank. Dieser abscheuliche Kontrast war Delfinas Abbild, die Materialisierung ihres eigenen Verfalls.

»Nicht ich habe dich kommen lassen, sondern mein Vater, er wollte dich noch ein letztes Mal sehen«, sagte sie aus dem Dunkeln. Sie hatte ihm das Gartentor dichtverschleiert geöffnet, denn sie wollte nicht, daß er ihr Gesicht sah, bevor sie ihm die Wahrheit enthüllt hatte. Im Haus drinnen schien sie jetzt ein Gespenst. Onofre Bouvila bedauerte es, keine Waffe bei sich zu haben oder den Lakaien, der sie für ihn trug, beim Auto gelassen zu haben. Dies war der erste Satz, den er sie sagen hörte, aber sogleich erkannte er die unverwechselbare Stimme des Mädchens wieder. »Aber niemand hat dich zu kommen gezwungen – du wirst selbst wissen, weshalb du in dieses Gespräch eingewilligt hast«, fügte sie hinzu. Darauf wußte er keine Antwort. »Geh hinauf zu ihm und hab keine Angst: Eine Krankenschwester ist bei ihm. Ich warte hier auf dich.«

Er ging ein Stück die Treppe hinauf; auf mehreren Stufen war die Marmorverkleidung von den urinbefleckten Trägerbalken gesprungen. Er sah einen Lichtschein, ließ sich von ihm leiten und ging bis zur einzigen offenen Tür auf dem Treppenabsatz. Als er eintrat, sah er Señor Braulio in einem Himmelbett liegen. Auf dem Nachttischchen verbreitete ein Lichtbogen mit einem Gazeschirm einen violetten Schein, in dem das Gesicht des Ruhenden eine blütenweiße Farbe annahm. In einem Sessel schnarchte die Krankenschwester. Er mußte nicht erst ans Bett treten, um zu wissen, daß Señor Braulio schon vor einigen Stunden gestorben war. Er inspizierte das Zimmer. In der dem Bett gegenüberliegenden Ecke stand ein lackierter Toilettentisch mit Elfenbeininkrustationen, auf dem er mehrere Creme-, Pomaden- und Schminkdosen, Klemmen, eine Brennschere für die Augenbrauen und eine Kollektion Kämme und Bürsten sah. Am Rahmen des ovalen Spiegels hing ein schwarzer Spitzenüberwurf. In der obersten Schublade fand er einen Einsteckkamm aus Schildpatt. In seinen letzten Lebensjahren pflegte sich Señor Braulio damit zu brüsten, Isidro Nonell für seine berühmten Zigeunerinnenporträts Modell gestanden zu haben. Jetzt war Nonell tot, so daß sich die Richtigkeit dieser absurden Behauptung nicht mehr überprüfen ließ. Neben dem Einsteckkamm lag ein sehr scharfes Messer: Señor Braulios unglückliches Leben hatte sich zwischen Träumen und Gewalt abgespielt. Er spürte eine Hand auf der Schulter und war nahe daran zu schreien. »Ich habe dich nicht hereinkommen hören«, sagte er heftig atmend. Delfina antwortete nicht. »Er war schon tot, als du nach mir schicktest, nicht wahr?« wollte er wissen, bekam aber auch darauf keine Antwort. »Und was hast du dieser Krankenschwester gegeben?« Delfina zuckte mit den Schultern.

»Als wir uns zum letztenmal sahen«, begann sie, »kündigte ich dir an, ich würde dir eines Tages ein Geheimnis enthüllen. Jetzt kann ich es tun, denn wir werden uns nie wieder begegnen: Da mein Vater tot ist, gibt es keinen Grund mehr dafür.«

»Ich weiß nicht, von welchem Geheimnis du sprichst«, sagte er kurz angebunden. Darauf folgte ein langes Schweigen: Jenes Geheimnis hatte während der schmerzlichen Jahre der Haft und danach während der grauen Jahre freiwilliger Zurückgezogenheit Delfinas ganze Gedanken in Beschlag genommen und war das einzige, was sie noch am Leben gehalten hatte. Jetzt mußte sie feststellen, daß er sich nicht mehr an das Geheimnis erinnerte und auch in keinem Moment die geringste Neugier darauf verspürt hatte. Von allen möglichen Reaktionen, die sie sich in ihrer Fantasie zurechtgelegt und wieder verändert und überarbeitet hatte, bis daraus eine ganze erdachte Literatur aus Varianten eines einzigen Augenblicks wurde, war dies die einzige, die sie nie in Betracht gezogen hatte. Jetzt waren all jene Jahre unnütz verstrichen. In der im Zimmer herrschenden Stille beschwor sie einmal mehr das einzigartige Bild herauf, das sie ihr ganzes bisheriges Leben lang begleitet hatte, und sah zum letztenmal jenes abgegriffene Bild; mechanisch spürte sie, wie er ihr das zerlumpte Nachthemd zerriß, das sie für diese Gelegenheit täglich gewaschen und gebügelt hatte; auf der Matratze liegend, sah sie seinen nackten schweißbedeckten Körper, sah, wie im diffusen Licht jenes Tagesanbruchs im Frühjahr 1888, der sich durch die schmutzigen Fensterscheiben der Pensionsmansarde ankündigte, in seinen Augen die Bosheit aufleuchtete. Seit Monaten hatte sie auf diesen Besuch gewartet, und jetzt bestand das Geheimnis nur noch in dieser nichtigen Tatsache. Sie hatte ihn seit dem Moment geliebt, als sie ihn durch den Vorraum gehen sah. Während jener Monate hatte sie seine behutsamen Schritte auf dem Treppenabsatz der unteren Etage gehört; Nacht für Nacht war sie aufgestanden und aus dem Schlafzimmer gegangen, unfähig, zu schlafen und dieses nicht enden wollende Warten zu ertragen; jedes Mal, wenn ihr Vater seinen Vergnügungen nachging, hatte sie sich verstecken müssen. Jetzt spürte sie noch einmal seine Hände auf ihrer Hüfte und das herbe Brennen auf den Lippen; sie wurde ohnmächtig, als er sie biß; dann verfolgte sie im Gefängnis, wie im Lauf der Zeit die Spuren seiner Bisse auf den Brüsten und die blauen Flecken auf Schenkeln und Waden allmählich verschwanden, und glaubte vor Sehnsucht und gleichzeitig vor Melancholie und Verzweiflung sterben zu müssen. Das Geheimnis bestand darin, daß die Machenschaften, die er anzettelte und durchführte, um sie zu bekommen, gar nicht nötig waren: Sie hätte sich ihm vorbehaltlos hingegeben, wenn er es von ihr verlangt hätte. Zu diesem Zweck hatte sie den tückischen Beelzebub aus dem Mansardenfenster geworfen – mit diesem grausamen und schmerzlichen Akt beseitigte sie das Hindernis, das ihn zurückhielt. Nun hatte sie diesen Augenblick gewählt, um ihm ihr Geheimnis zu enthüllen; dann würde sie für einen Moment lang noch einmal ihm gehören. Danach gedachte sie sich das Leben zu nehmen; in der Tasche verwahrte sie ein höchst wirksames Gift. Damit werde ich meiner kläglichen Existenz ein Ende setzen; da ich keine einzige glückliche Minute gekannt habe, werde ich meine Tage in einer heiklen Symmetrie beschließen, dachte sie gern. Nun war dieser Plan durch einen einfachen Satz vernichtet worden. Das erste Mal hatte sie sich dem geliebten Mann hingeben wollen und war brutal vergewaltigt und durch ihn ihrer Hingabe beraubt worden; jetzt, dreißig Jahre später, war die Offenbarung ihrer Gefühle zum zweitenmal durch seine Gleichgültigkeit erstickt worden, bevor sie ans Licht kommen konnten. Bevor sie sprach, lüftete sie mit beiden Händen den Schleier, der ihr Gesicht bedeckte.

»Du hast dich nicht verändert«, sagte sie. Damit war die Schuld für sie abgeschrieben.

Aber er schenkte ihr keine Beachtung mehr, schwerwiegendere Dinge beschäftigten ihn: Deutschland war nahe an der Kapitulation; das Land, dem letztlich seine Sympathien gegolten hatten, lag in Ruinen. Mehr als zwei Millionen Deutsche waren im Krieg gefallen, weitere vier Millionen verwundet worden und vollkommen arbeitsunfähig. Jetzt herrschte dort Aufruhr. Vor einigen Tagen hatten sich die Matrosen im Flottenstützpunkt von Kiel zusammengerottet und die Sozialisten in

Bayern eine Räterepublik ausgerufen, Rosa Luxemburg und ihre Spartakisten stifteten Verwirrung und gründeten Sowjets, während die Gemäßigten hinter dem Rücken Kaiser Wilhelms II., der sich nach Holland geflüchtet hatte, über einen Waffenstillstand verhandelten. Das Heilige Reich lag ausgeblutet darnieder wie Señor Braulio auf seinem Totenbett. Nur Onofre Bouvila erhielt sich die Kraft und die nötigen Mittel, um diesen geistigen Kadaver, Opfer seiner eigenen Geschichte und des leichtsinnigen Heldentums seiner Führer, wieder zum Leben zu erwecken. Angesichts dieser Situation waren ihm Delfinas Leiden lästig; in ihrem theatralischen Schweigen sah er nichts, die Erinnerung an jene glückliche Nacht, die ihr jetzt unter den Fingern zu Asche wurde, bedeutete für ihn bloß eine vage und anekdotische Reminiszenz. Er wollte ihr das gerade sagen, als er in ihren Augen den fiebernden Glanz der schwefelgelben Pupillen bemerkte, in denen sich die Katastrophe und die Lüsternheit jenes erstickten Impulses spiegelten, den er nicht verstanden hatte; noch einmal erlebte er die Beklemmung jener weit zurückliegenden Nächte, als ihm das Herz vor Leidenschaft für sie überfloß. In diesem Augenblick nahm seine Idee Gestalt an. Ungeduldig riß er ihr den Schleier ganz vom Gesicht; der Tüll schwebte langsam zu Boden. Im Schein des Lichtbogens, der neben dem Verstorbenen flimmerte, studierte er begehrlich ihr Gesicht. Mit zittrigen Fingern begann sie die Schnallen ihres Kleides zu lösen. Als sie im Unterrock dastand, hob sie die Augen, um zu sehen, was er tue, und fand ihn in Gedanken versunken. Ihr Körper weckte nicht mehr die geringste Lust in ihm. »Was hast du mit mir vor?« fragte sie. Er beschränkte sich auf ein ausweichendes Lächeln. Einige Monate zuvor hatte sich der Marquis von Ut unangemeldet in seinem Haus eingestellt, um ihm einen eher ungewöhnlichen Vorschlag zu machen: »Willst du, daß dich ein Hund anpißt?« Es war eine kalte, unfreundliche Winternacht; es regnete fast ununterbrochen, und die Windstöße ließen den Regen an die Scheiben trommeln. Onofre Bouvila hatte sich in der Bibliothek eingeschlossen, wie er es immer tat. Im Kamin brannten einige Holzscheite; der Widerschein der Flammen vergrößerte den

Schatten des Marquis, der ans Feuer getreten war, um sich die feuchtigkeitsstarren Knochen zu wärmen. Er trug einen Frack, die Hemdenknöpfe waren aus Korallen.

»Gut«, antwortete Onofre Bouvila, »gib mir zehn Minuten, und ich bin bereit.«

Auf der Straße wartete der Wagen des Marquis. Im strömenden Regen fuhren sie vom einen Ende der Stadt ans andere, bis sie auf ein dreieckiges, durch die Vereinigung zweier Straßen gebildetes Plätzchen, die Plaza de San Cayetano, kamen. Kein Mensch war darauf zu sehen, und die Häuser, deren Fenster wegen des Regens und der Kälte geschlossen worden waren, schienen unbewohnt. Der Postillion, der der Kutsche des Marquis immer auf einem Schimmel vorausritt, sprang ab und kam mit beiden Stiefeln in eine Pfütze zu stehen. Er nahm das Pferd am Zaum, ging zu einem großen Holzportal und schlug mit dem Peitschenknauf darauf. Nach einer Weile wurde ein Guckloch geöffnet, und ein Lichtstrahl durchschnitt das Dunkel. Der Postillion sagte etwas, hörte sich die Antwort an und winkte zur Kutsche hin. Der Marquis von Ut und Onofre Bouvila stiegen aus und eilten, den Pfützen und den sich von den Dachtraufen des Platzes ergießenden Sturzbächen ausweichend, zum Portal. Als sie dort ankamen, wurde es geöffnet, um sie hereinzulassen; kaum waren sie eingetreten, wurde es vor der Nase des Postillions wieder geschlossen. Bevor sie den Zylinder abnahmen, schlugen die beiden Männer die weiten Mantelkragen hoch, um ihre Identität zu verbergen. Sie standen in einem von Pechfackeln beleuchteten Vorraum, auf dessen gekalkten Wänden Feuchtigkeitsflecken und herunterhängende Fetzen, einst Papierfähnchen, zu sehen waren. Über der Öffnung, die am andern Ende des Vorraums in einen düsteren Korridor führte, erkannte man einen monumentalen Stierkopf; die Haut des Stiers glänzte vor Feuchtigkeit, aber dem Kopf fehlte eines der Glasaugen, und das Züchtereiabzeichen, das er aufwies, bestand bloß in zwei verblichenen, mit einer Reißzwecke angehefteten Fähnchen. Der Mann, der ihnen geöffnet hatte, war etwa fünfzigjährig und hinkte, als wäre ein Bein kürzer als das andere; in Wirklichkeit ging sein Hinken auf einen Arbeitsunfall zurück: Eine Maschine hatte ihm vor etwas mehr als zwanzig Jahren die Hüfte gebrochen. Jetzt war er arbeitsunfähig und verdiente sich auf verschiedenste Weise den Lebensunterhalt. »Eure Gnaden kommen gerade rechtzeitig«, sagte er mit einer Feierlichkeit, in der nicht der geringste Anflug von Ironie zu spüren war. »Wir beginnen soeben.« Sie folgten ihm in den düsteren Gang und gelangten in einen quadratischen, von den bläulichen Flämmchen einiger am Boden stehender Gasflaschen beleuchteten Saal. Die Flaschen säumten eine halbrunde Fläche, eine Art Bühne, der sie als Rampenlichter dienten. Im Saal befanden sich mehrere Männer, alle verhüllt; einige deuteten diskrete Freimaurerzeichen an, die der Marquis ebenso verstohlen beantwortete. Der Hinkende sprang über die Flämmchen und stellte sich mitten auf die Bühne; wegen seines Gebrechens hätte er sich um ein Haar ein Hosenbein angesengt. Dieser Zwischenfall entlockte den Anwesenden ein nervöses Lachen. Mit einem »Pscht!« forderte der Mann Ruhe und Aufmerksamkeit; als sich beides eingestellt hatte, sagte er folgendes: »Vortrefflichste Herren, wenn Sie nichts dagegen haben, wollen wir beginnen. Nach der Vorstellung werden Ihnen meine Töchter Erfrischungen anbieten.« Dann sprang er abermals über den Flämmchenhalbkreis und verschwand hinter einem Vorhang. Wenige Sekunden später gingen die Lichter aus, und der Saal war in Dunkelheit getaucht. Nach einer Weile durchschnitt ein gräuliches Lichtbündel das Dunkel, durchquerte den Saal von einem Ende zum andern und traf dann auf die gekalkte Wand. Als sich das Lichtbündel darauf reflektierte, erschienen auf dieser Wand hinter der improvisierten Bühne Formen mit unscharfen Umrissen, die Reproduktionen der Feuchtigkeitsflecken im Vorraum zu sein schienen. Dann begannen sich die Flecken zu bewegen, und ein Raunen ging durchs Publikum. Nach und nach nahmen die Flecken eine erkennbare Form an: Die Anwesenden sahen vor sich einen Foxterrier so groß wie die ganze Wand, der sie mit derselben Neugier zu beobachten schien wie sie ihn. Es war wie eine Fotografie, aber er bewegte sich wie ein lebender Hund, ließ die Zunge heraushängen, wackelte mit den Ohren und wedelte mit dem Schwanz. Nach einigen Sekunden wandte der Hund dem Saal das Profil zu, hob ein Hinterbein und begann zu urinieren. Die Anwesenden stürzten zur Tür, um nicht naß zu werden. In der vollkommenen Dunkelheit, die jetzt wieder im Saal herrschte, führte dieses plötzliche Losstürmen zu Zusammenstößen, Schlägen auf den Kopf und Stürzen. Schließlich ging das Licht wieder an und ließ Ruhe einkehren. Jetzt standen die drei Töchter des Hinkenden auf der Bühne, drei blutjunge und recht anmutige Mädchen; die Kleider, die sie für den Anlaß angezogen hatten, ließen ihre drallen Arme und schlanken Fesseln sehen. Ihr Auftreten wurde mit Zeichen verhaltenen Vergnügens quittiert – die Vorstellung hatte die Herren zuerst neugierig gemacht und dann enttäuscht. Weder die Schönheit der drei Mädchen noch ihre gewagte Kleidung würden genügen, um den Abend zu retten; es wurde wenig konsumiert, und der Gesamtertrag der Soiree war karg.

Wie vielen anderen zeitgenössischen Errungenschaften werden auch dem Cinematographen verschiedene Vaterschaften zugeschrieben. Mehrere Länder wollen heute die Wiege dieser so populären Erfindung sein. Wie dem auch sei, seine ersten Schritte waren vielversprechend. Später kam die Ernüchterung. Sie war auf ein Mißverständnis zurückzuführen, denn die ersten, die Gelegenheit hatten, einer Projektion beizuwohnen, verwechselten das auf der Leinwand Gesehene nicht mit der Realität (wie es die nachträglich erfundene Legende will), sondern mit noch etwas Besserem: Sie glaubten nämlich bewegte Fotografien zu sehen. Das brachte sie auf den Gedanken, man könne dank dem Projektor jedes beliebige Bild in Bewegung versetzen. *Bald werden vor unseren verdutzten Augen die Venus von Milo und die Sixtinische Kapelle Leben gewinnen, um nur zwei Beispiele anzuführen*, ist in einer wissenschaftlichen Zeitschrift von 1899 zu lesen. Im selben Jahr erschien in einer Tageszeitung von Chicago ein Bericht von zweifelhafter Genauigkeit, in dem folgendes stand: *Dann vollbrachte der Ingenieur Simpson etwas Unglaubliches: Mit Hilfe des Kinetoskops, auf das wir auf diesen Seiten schon tausendundeinmal hingewiesen haben, gelang es ihm, sein eigenes Familienalbum zum Leben zu erwecken. Wie maßlos muß die Verblüffung von Freunden und Verwandten gewesen sein, als sie den vor vielen Jahren auf dem Gemeindefriedhof beerdigten Onkel Jaspers mit seinem Paletot und seinem Schornsteinhut oder den in der Schlacht von Gettysburg heldenhaft gefallenen Vetter Jeremy gemütlich über den Eßtisch spazieren sahen!* Im August 1902, also drei Jahre nach diesen absurden Meldungen, griff eine Madrider Zeitung das Gerücht wieder auf, ein Unternehmer aus der Hauptstadt habe mit dem Prado-Museum ein Abkommen getroffen, um in einer Varietévorstellung »Las Meninas« von Velázquez und »Die nackte Maja« von Goya vorstellen zu können; das Dementi, das dieselbe Zeitung dieser Meldung am Tag nach ihrem Erscheinen folgen ließ, genügte nicht, um die Flut von Briefen für und wider diese Anregung in Schranken zu halten – eine Polemik, die auch noch im Mai 1903 andauerte. Damals war jedoch das, was der Cinematograph wirklich war, bereits Allgemeingut: ein Nebenprodukt der elektrischen Energie, eine Kuriosität ohne irgendeine Anwendungsmöglichkeit. Während einiger Jahre führte er ein Schattendasein. In Lokale wie dasjenige auf der Plaza de San Cayetano verbannt, wohin der Marquis von Ut Onofre Bouvila mitnahm, erfüllte er keine andere Funktion als die eines Lockvogels für eine grundsätzlich an anderen Zeitvertreiben interessierte Kundschaft. Dann fiel er vollständig in Mißkredit. Die paar wenigen Lokale, die einige schwärmerische Unternehmer in Barcelona eröffneten, mußten ihre Türen nach wenigen Monaten wieder schließen: Nur Vagabunden besuchten sie, um in der Dunkelheit und mit einem Dach über dem Kopf ein Nickerchen zu machen.

In der Geborgenheit des Portals schützte sich der Krüppel vor dem Regen, der in den letzten Stunden stärker geworden war. In der Rechten trug er eine Öllampe und hielt sie bisweilen über den Kopf, wo sie flackerte. Ein Blitz erleuchtete die Plaza de San Cayetano, wo er sein Lokal hatte. Er sah die sturmgepeitschten Bäume und das von Bächen trüben Wassers überschwemmte Pflaster. Mitten auf dem Platz tänzelten zwei schwarze Pferde, die das Unwettergetöse schreckte. Wegen der

Dunkelheit und der Donnerschläge hatte er ihr Eintreffen verpaßt – nun standen sie bereits dort. Aus dem Wagen stiegen zwei Männer, die er eintreten ließ. Der Krüppel beleuchtete mit der Lampe Vorraum und Korridor und führte die beiden Besucher in denselben Saal, in dem er vor einigen Jahren den Film mit dem urinierenden Hund gezeigt hatte. Jetzt stand jener mit mehr Hoffnung als Erfolg erworbene Projektor vergessen im Keller des Hauses; er entstaubte ihn nur sporadisch, um einige widerwärtige Filme vorzuführen, die er weiß Gott woher hatte und die dem Marquis und anderen Sonderlingen gefielen; wenn sie später davon sprachen, bezeichneten sie sie als »sehr instruktiv« – in Wahrheit waren Filme dieser Art nichts als obszön und entwürdigend.

Der Projektionsraum hatte wieder sein ursprüngliches Aussehen erhalten: granatrotes Samtsofa, Deckenbeleuchtung mit schillernden Glaskugeln, Ledersessel, Marmorleuchter und ein Klavier mit Bronzekandelabern. Die älteste Tochter des Krüppels war mit den Jahren zu einer heiteren und molligen Schönheit geworden und spielte mit schwachen, dicklichen Fingern Klavier; die mittlere hatte eine besondere Begabung für die Konditorei an den Tag gelegt, und die jüngste konnte gar nichts, hatte aber noch immer das frische Aussehen der Adoleszenz.

»Die Nacht ist schrecklich«, meinte der Krüppel, »es würde mich nicht wundern, wenn es Überschwemmungen gäbe, wie jedes Jahr. Ich habe den Ofen anfeuern lassen; in zehn Minuten werden die Räume geheizt sein. Wenn Sie wollen, kann ich Ihnen auch eine Premiere anbieten – meine mittlere Tochter hat soeben ein Kilo Marzipanküchlein aus dem Ofen geholt.«

Onofre Bouvila lehnte das Angebot ab, sein Begleiter dagegen gab sich weniger zimperlich; mit Gebärden und Gutturallauten, die den Krüppel in Schrecken versetzten, gab er zu verstehen, daß er das Angebot sehr wohl annehme. Während er seine Gefräßigkeit befriedigte, eilte der Krüppel auf ein wütendes Klopfen hin abermals zum Eingangsportal: »Treten Sie ein, Euer Gnaden«, hörte man ihn am andern Ende des Korridors sagen, »die beiden Herren sind schon da.« Ein dritter Herr, den

Onofre Bouvila sogleich an Haltung und Gang erkannte, betrat mit hochgeschlagenem Mantelkragen den Saal.

»Meine Herren«, begann Onofre Bouvila, »da wir niemand mehr erwarten, können wir uns, glaube ich, zu erkennen geben. Ich übernehme die Verantwortung für die volle Diskretion aller Anwesenden.« Als erster knöpfte er seine Pellerine auf und warf den Mantel übers Sofa; die beiden andern taten es ihm gleich: Es waren der Marquis von Ut und Efrén Castells, der Riese aus Calella. Sie begrüßten sich ausgiebig. Dann sagte Onofre Bouvila: »Ich habe mir erlaubt, Sie in dieser teuflischen Nacht zusammenzurufen, weil auch das, was ich Ihnen darlegen will, etwas davon hat – und auch vom Gegenteil.« Hier unterbrach ihn Efrén Castells mit den Worten, er solle ihm nicht mit solchen Reden auf den Geist gehen. »Entweder wir kommen zur Sache«, drohte er, »oder ich verschlinge noch ein Kilo Marzipanküchlein und gehe essen.« Onofre beruhigte ihn mit einem freundschaftlichen Lächeln: »Was ich Ihnen vorzuschlagen habe, ist etwas eminent Praktisches, aber es bedarf eines Prologs. Ich werde versuchen, mich ganz kurz zu fassen. Sie kennen die dramatische Situation, in der sich Europa befindet« – mit kräftigen Zügen malte er das desolate Panorama, das ihn die ganze Zeit über so beschäftigte; darauf antwortete der Marquis, was mit dem Rest Europas geschehe, lasse ihn kalt, und wenn Frankreich und England mitsamt ihren Bewohnern von der Erdoberfläche verschwänden, würde er das als erster begrüßen. Onofre Bouvila versuchte ihm begreiflich zu machen, daß die Ära erbitterter Nationalismen vergangen sei, daß sich die Zeiten geändert hätten. Der Marquis wurde wütend. »Willst du jetzt hier für die Sozialistische Internationale Propaganda machen?« Als Efrén Castells sah, daß die Diskussion gehässig wurde, griff er ein. Da er den Mund voll Marzipan und Pinienkerne hatte, verstand man kein Wort von dem, was er sagte, aber seine drohende Haltung ließ keinen Widerspruch zu: Sogleich beruhigten sich die Gemüter. »Als Beweis für meine Worte führe ich nur folgendes an«, argumentierte Bouvila weiter, als er das Wort wieder ergreifen konnte: »Jetzt geht der Krieg zu Ende – was wird aus uns werden? Wir haben eine Rüstungsindustrie auf die Beine gestellt, für die es auf einmal, von heute auf morgen sozusagen, keine Nachfrage mehr gibt. Was bedeutet das? Es bedeutet den Bankrott der Unternehmen, die Schließung der Fabriken und die Kündigung der Arbeiter, ganz abgesehen von den unweigerlichen Folgen: Straßenüberfällen und Attentaten. Sie werden mir jetzt entgegenhalten, mit solchen Problemen seien wir schon früher konfrontiert worden und hätten sie zu lösen gewußt. Ich sage Ihnen, daß die Dinge diesmal eine noch nie dagewesene Dimension annehmen werden. Und dieses Phänomen wird vor keiner Grenze haltmachen, sondern eine Bewegung universalen Ausmaßes werden, nämlich die Revolution, von der wir schon so viel gehört haben.«

Die älteste Tochter des Krüppels hatte sich ans Klavier gesetzt; der Marquis von Ut wiegte den Kopf im Takt einer Barcarole. Die jüngste Schwester lehnte sich im Sofa zurück und hatte die Füße auf den Leuchter gelegt, so daß ihr Rock fast bis zu den Knien zurückgeglitten war; nachlässig zeigte sie das Oberleder ihrer Schnürstiefel und die Seidenstrümpfe. Als Efrén Castells das sah, klappte ihm der Kiefer herunter.

»Um uns solche Prophezeiungen aufzutischen, hast du uns gerade an diesen Ort zitieren müssen?« fragte er. Bouvila lächelte, ohne zu antworten – er wußte, daß sich der Marquis von Ut in solcher Gesellschaft von niemandem hätte überraschen lassen, außer an einem so verrufenen Ort; andernfalls wäre er nie zu einem Gespräch gekommen, wie es Onofre jetzt mit ihnen führte.

»Du kannst dich entfernen, wenn du willst«, sagte er zum Riesen. »Wir haben genügend Zeit.«

Efrén Castells gab dem Mädchen einen Wink, und die beiden verschwanden hinter einem Vorhang aus Holzkugeln, der den Eingang zu einem im Halbdunkel liegenden Boudoir verbarg. Das Geräusch der Holzkugeln genügte, um den Marquis aufzuwecken. Er fragte, wo Castells sei. Onofre Bouvila zeigte auf den Vorhang und blinzelte ihm zu. Der Marquis räkelte sich und fragte: »Und was tun wir beide jetzt, bis er wiederkommt?«

»Wir können uns unterhalten. Wenn er zurückkommt, werde ich euch den Plan vorstellen, den ich ausgearbeitet habe. Es ist wichtig, daß Efrén Castells zu allem seine Einwilligung gibt, denn er ist es, der, ohne es zu wissen, das gesamte Risiko der Sache übernehmen muß. Also müssen wir beide so tun, als wären wir einer Meinung. Er soll glauben, wir drei träten gemeinsam in das Unternehmen ein, und keinen Verdacht hegen, daß er in unseren Händen bloß ein Instrument ist. Sollte es irgendeine Meinungsverschiedenheit geben, werden wir beide sie später unter uns bereinigen, wie wir es immer getan haben.«

»Einverstanden«, sagte der Marquis, der eine atavistische Vorliebe für Konspirationen hatte, »aber um was zum Teufel für einen Plan handelt es sich denn?«

»Das werde ich euch später sagen.« Genau in diesem Augenblick tauchte der Riese aus Calella mit dem Mädchen im Schlepptau wieder auf. Unverzüglich erhob sich der Marquis. »Bin gleich zurück«, murmelte er zwischen den Zähnen, nahm das Mädchen am Arm und zog es Richtung Vorhang. Efrén Castells ließ sich in seinen Sessel fallen und zündete sich eine Zigarette an.

»Wozu hast du diese verweichlichte Vogelscheuche kommen lassen?« Er deutete mit dem Kinn auf den Stuhl, von dem der Marquis soeben aufgestanden war.

»Seine Mitarbeit ist für die richtige Ausführung des Plans entscheidend«, antwortete Bouvila. »Du zeigst dich in allem, was ich vorschlage, mit mir einverstanden. Wenn er uns einer Meinung sieht, wird er nicht zu mucksen wagen. Sollte es ein Mißverständnis zwischen uns geben, können wir es später unter uns bereinigen, wie wir es immer getan haben.«

»Keine Sorge – aber worin besteht denn dieser famose Plan?«

»Still!« Bouvila wies mit dem Blick auf die Schlafzimmertür hinter den Holzkugeln. »Da ist er.«

Seine Heiligkeit Papst Leo XIII. hatte beschlossen, die Zügel wieder in die Hand zu nehmen und gewissen Meinungsströmungen und ethischen Einstellungen entgegenzutreten, die im

Windschatten der modernen Zeiten aufgekommen und durch die Amtsführung seines Vorgängers, Seiner Heiligkeit Pius' X., gefördert worden waren. Mit dieser Absicht *in mente* schloß er sich in seine Gemächer ein. »Ich will nicht gestört werden«, sagte er zum Kommandanten der Schweizergarde, der Nachtschicht hatte. Er schrieb bis zum Morgengrauen und schenkte der Welt die Enzyklika *Immortale Dei.* Das war im Jahr 1885; jetzt, über dreißig Jahre später, erinnerte sich Onofre Bouvila an jenen Sonntag in seiner Kindheit, als er im Sprengel von San Clemente die Lesung dieser Enzyklika hörte. Seiner Bedeutung entsprechend, wurde der Text zuerst auf lateinisch gelesen. Die Gemeinde, alle Einwohner des Tals, Männer und Frauen, Erwachsene und Kinder, ob gesund oder krank, hörten diese Lesung stehend an, mit gesenktem Kopf und die Hände auf dem Schoß gefaltet. Danach bekreuzigten sie sich und setzten sich auf die Holzbänke, was immer ein großes Gepolter verursachte, weil die Bänke nicht am Boden festgeschraubt und ihre Beine verschieden lang waren. Nachdem wieder Ruhe eingetreten war, las der Pfarrer, jener Don Serafí Dalmau, aus dessen Händen Onofre das Taufwasser empfangen hatte, den unfehlbaren Text der Enzyklika noch einmal, und zwar auf spanisch (das Katalanische war noch nicht wieder in die kirchlichen Riten eingeführt worden; aus diesem Grund dachten in Katalonien viele Leute, Spanisch und Lateinisch seien zwei Formen einer einzigen, von Gott kommenden Sprache), und dann versuchte er erfolglos, aber weitschweifig, seinen Sinn zu ergründen. Neben Onofre saß seine Mutter. Für den Messebesuch hatte sie ihr Festkleid angezogen, ein schwarzes bedrucktes Kleid mit kleinen Blümchen; diese Blümchen verdrängten jetzt für einen Moment die Kriegsmeldungen, die ihm von der Westfront zugetragen wurden und ihn über die von den deutschen Unterseebooten in den Atlantikgewässern verursachten Verwüstungen und über den Eintritt der Vereinigten Staaten von Amerika in den europäischen Krieg auf dem laufenden hielten. Er berührte ihre Hand, und als sie sich ihm zuwandte, fragte er, was das sei. »Etwas, was uns der Papst schreibt, damit wir ihm in allem gehorchen, was er sagt.« – »Ein Brief?« Und als seine

Mutter nickte: »Hat ihn Onkel Tonet gebracht?« – »Natürlich, wer denn sonst?« raunte sie. »Und er schickt ihn ausgerechnet uns?« kam ihm nach einer Weile als nächste Frage in den Sinn. »Sei nicht albern, er schickt ihn der ganzen Welt. Von uns weiß er nichts, nicht einmal, daß es uns gibt.« – »Aber er liebt uns trotzdem« – Onofre wiederholte, was ihm der Pfarrer mit der Rute eingebleut hatte. »Wer weiß!« antwortete die Mutter. Vor neun Jahren war ihr Mann nach Kuba gegangen; aber nicht das beschäftigte Onofre Bouvila in jenem Augenblick (und noch weniger jetzt, als er daran zurückdachte); er wußte, daß der Papst in Rom lebte; darüber hinaus allerdings mußte er seine fehlenden geographischen Kenntnisse durch die Fantasie ersetzen. Er glaubte, Rom sei ein weitentfernter Ort, eine Burg oder ein unzugänglicher Palast auf einem tausendmal höheren Berg als diejenigen, die das Tal säumten, und wohin man nur durch die Wüste gelangen konnte, und zwar auf einem Pferd, Kamel oder Elefanten. Diese Bilder hatte er aus den Illustrationen der Biblischen Geschichte, die der Pfarrer benutzte, um seine Lehren zu untermauern. Daß der Heilige Vater seinen Brief in kürzester Zeit von einem so schimärischen Ort in den unbedeutenden Sprengel von San Clemente schickte, von dessen Existenz er gar nichts wußte, erfüllte ihn damals mit maßlosem Staunen. Wenn er sich jetzt daran erinnerte, staunte er genauso wie damals. »Das ist Macht!« rief er leise, da er sich in seinem Büro allein wußte. Nur diese omnipräsente Macht konnte gegen die Kräfte der Subversion, die die Welt bedrohten, Dämme errichten. Aber gerade diese Macht war ausschließlich der Kirche vorbehalten, und die Kirche schien auf ihren Lorbeeren auszuruhen, zerrissen von inneren Zwisten, ohne Kurs und Steuermann. Und trotzdem konnte nur die Kirche bis an den verborgensten Ort dringen; sogar im kleinsten Winkel des einsamsten Hauses und der elendesten Hütte des Erdballs hing ein Heiligenbild an der Wand – eine Anflehung aus Bescheidung und Gehorsam. Und all das, dachte er bewundernd, hatte vor zweitausend Jahren Jesus Christus mit ein paar elenden galiläischen Fischern erreicht. Er wußte trotz aller Informationen, über die er verfügte, auch damals noch nicht, wo Galiläa lag; selbst wenn es um sein ganzes Vermögen gegangen wäre, hätte er es auf der Weltkarte nicht zu lokalisieren gewußt. Das gab ihm zu denken. Später hatten andere dasselbe Modell zu imitieren versucht: Julius Cäsar, Napoleon Bonaparte, Felipe II. Alle waren auf die erniedrigendste Weise gescheitert und zugrunde gegangen; sie hatten einzig auf die Kraft der Waffen gesetzt und die Kraft des Geistes verachtet, die imstande war, ein unsichtbares Band zu knüpfen, all die Milliarden Partikel zusammenzuhalten, die, für sich allein, dazu bestimmt waren, in entgegengesetzten Richtungen auseinanderzustreben, sich im unendlichen Raum zu verlieren und dann wieder aufeinanderzuprallen. Aber jetzt würde er, Onofre Bouvila, diesen Plan wiederherstellen und aus einem geistigen Samen einen mächtigen Baum mit unzähligen Ästen und unzähligen Wurzeln sprießen lassen.

Die jüngste Tochter des Krüppels weinte in der Küche. Im Verlauf jener Nacht hatte sie viermal den lasterhaften Bitten des Marquis nachgeben und neunmal Efrén Castells' kolossalen Anstürmen standhalten müssen. Das hatte ihr eine leichte Blutung und starke Schmerzen verursacht; ihre älteste Schwester mußte vom Klavier aufstehen und sie im Boudoir ablösen. Jetzt half sie der mittleren Schwester bei der Herstellung der Marzipanküchlein, von denen der Riese bereits vierzehn Kilo verschlungen hatte, obwohl ihm die Pinienkerne, wie er sagte, heftige Anfälle von Priapismus verursachten. Durchs Fenster konnte man den Tag anbrechen sehen, mit bleiernem, regensattem Himmel. Die Augen des Marquis waren schwarz umrändert. Trotz der Unterbrechungen hatte ihnen Onofre Bouvila schließlich seinen Plan erläutert. Weder der Marquis noch der Riese aus Calella hatten diesen Plan verstanden noch das, was von ihnen bezüglich des Plans oder seiner Realisierung verlangt wurde. Beide hegten ernstliche Zweifel am Verstand ihres Freundes, aber keiner getraute sich etwas zu sagen, denn sie fürchteten, nur schon die kleinste Bemerkung würde erneut jene Kaskade feierlichen Unsinns entfesseln, der sie während unendlicher Stunden ausgesetzt waren. Onofre Bouvila lächelte – die lange Nacht schien ihn nicht angegriffen zu haben. Jetzt begannen die Verhandlungen, und er wußte, daß er am Ende seinen Willen durchsetzen würde. So begann das ehrgeizigste Projekt seines ganzen Lebens, aber auch sein größtes Fiasko. Alles nahm von Anfang an einen schlechten und glücklosen Verlauf. Schließlich kehrten ihm seine Freunde und Verbündeten den Rücken zu, und er sah sich wieder allein.

5

Im Gäßchen hatte sich eine Autoschlange gebildet; auf den Kühlern funkelte die Wintersonne, und über die Kotflügel, in denen sich der blaue Himmel spiegelte, zog ab und zu eine einsame weiße Wolke. Die Autos rückten ein paar Meter vor, hielten an, blieben ein Weilchen stehen und rückten wieder ein paar Meter vor. Am Ende des Gäßchens bogen sie rechts ein und gelangten in ein anderes, noch engeres und noch dunkleres Gäßchen, in das die Sonne noch nie hineingeschienen hatte. Hier hielten sie, wenige Meter nach der Ecke, endgültig an, vor einem Eisentor mit einer winzigen Gaslaterne, die jetzt nicht brannte, denn es war Mittag. Ein Portier im Überrock mit Zylinder und vergoldeten Knöpfen öffnete die Wagentür, nahm den Zylinder ab, wenn der Insasse ausstieg, machte einen Bückling, schloß die Tür, setzte sich den Zylinder wieder auf, steckte eine Pfeife zwischen die Lippen und pfiff. Auf dieses Zeichen hin setzte der Chauffeur das Auto wieder in Gang, und das nächste in der Kolonne nahm seinen Platz vor dem Tor ein, und so ging es immer weiter. Am Ende dieses zweiten Gäßchens bog das Auto, das gerade abgefahren war, wie schon zuvor abermals rechts ein, in ein neues, diesmal sehr kurzes Sträßchen, das auf einen Platz mündete. Hier warteten die vom Portier abgefertigten Wagen, deren Insassen beim Tor ausgestiegen waren, unter den Akazien, bis sie wieder herbeigepfiffen würden. Vor einer Kneipe an einer der Ecken des Platzes standen auf dem Gehsteig Tische und Stühle und ein paar blau-weiß-rot-gestreifte Sonnenschirme, deren Fransen in der Brise flatterten. Hier wurden den Chauffeuren Bier und Wein mit Soda und, wenn sie wollten, auch gefüllte Oliven, Essigsardellen, Schmorkartoffeln mit Paprika, marinierte Sardinen und anderes serviert. Je mehr Autos sich auf dem Platz sammelten, desto mehr Chauffeure nahmen in der Kneipe den Aperitif ein. Um halb eins war der Platz so mit Autos vollgepfercht, daß kein einziges mehr Platz fand. Glücklicherweise waren mittlerweile alle gekommen, die erwartet wurden. Nachdem ihre Insassen mit Hilfe des zeremoniösen Portiers ausgestiegen waren, wurden sie vom Eisentor zu ihren Plätzen begleitet; das besorgten junge Damen, deren Aussehen zwangsläufig große Aufmerksamkeit erregte – nicht weil sie nicht jung oder vielleicht nicht anmutig gewesen wären. Sie trugen gerade, wie Zylinder von den Schultern fallende Kleider, die an Schnürchenträgern hingen und unter denen sich weder Büste noch Taille abzeichneten; sie bestanden aus weißen Pailletten und reichten bis ein oder zwei Zentimeter übers Knie, so daß man nicht nur die Arme der jungen Damen von der Schulter bis zu den Fingernägeln sehen konnte, sondern auch die Beine, lange, muskulöse, sehnige Beine, die eher zu einem Radfahrer als zu einer Dame, die diesen Namen verdiente, gepaßt hätten. Zu diesen Extravaganzen kamen noch ein farbenfrohes, wie hingekleckstes Make-up und kurze, schlaffe, von einem etwa zwei Zentimeter breiten Seidenband geraffte Haare. Die Herren bekreuzigten sich. »Haben Sie diese Vogelscheuchen gesehen? In diesem Aufzug läßt sich gar nicht sagen, ob sie gehen oder kommen. Mein Gott! Heutzutage kann man ja nicht mehr unterscheiden, ob es sich um Männer oder Frauen handelt. Wenn das so weitergeht, wechsle ich noch ans andere Ufer.« – »Was wollen Sie, mein Freund, das sind die Diktate der Mode!« – »Nun, ich sage Ihnen nur eins: Sollte ich eines Tages meine Tochter in einem solchen Fetzen sehen, verpasse ich ihr mit einer einzigen Ohrfeige ein neues Gesicht. Das wird noch Folgen haben, Sie werden schon sehen.« Das fängt ja gut an, befand man allgemein. Jetzt tat es dem Marquis von Ut leid, mit seinem Prestige für ein derartiges Spektakel gebürgt zu haben, er bereute, daß es Onofre Bouvila mit seiner Hartnäckigkeit geschafft hatte, ihn herumzukriegen. Keiner der beiden war zur Zeit im Saal zu sehen. Efrén Castells hatte die Anwesenden offiziell eingeladen und hielt nun seinen Kopf hin. Der Riese aus Calella erfreute sich bei den ehrbaren Barcelonesen eines guten Rufs. Er war in all seinen Unternehmungen überaus seriös, umsichtig bei seinen Anregungen und von rigoroser Pünktlichkeit bei den Zahlungen. Nie hatte man ihn in irgendeinen Skandal verwickelt gesehen, weder finanziell noch sonstwie. Er galt als beispielhafter Familienvater; man wußte zwar um einige Liebschaften, er war ein sprichwörtlicher Schürzenjäger, und es kursierten entsprechende Heldentaten von ihm, aber all das wurde nur seinem natürlichen Kräfteüberschuß zugeschrieben. Er war großzügig, ohne verschwenderisch zu sein, was mit Wohlwollen gesehen wurde; er wirkte wohltätig ohne viel Aufhebens und hatte sich zu einem klugen, von Kritikern, Künstlern und Händlern gleichermaßen respektierten Gemäldesammler entwickelt. In Gegenwart seiner Gönner warf er nun sein ganzes Prestige in die Waagschale. »Ich möchte nicht in seiner Haut stecken«, murmelte der Marquis. Onofre Bouvila widersprach ihm nicht; die beiden beobachteten hinter einer Jalousie von einer Loge aus das Geschehen im Saal. Das Parkett hatte sich fast ganz gefüllt. Nun hatten viele der Anwesenden den Eindruck, sich in einem Theaterparkett zu befinden, in das sie durch die Hintertür, durch den Künstlereingang gekommen waren. »Was tun wir hier?« fragten sie sich. »Eine Privatvorstellung? Am Mittag? Was zum Teufel ...?« Zwei konvergente Scheinwerfer beleuchteten die Bühne. Vor dem geschlossenen Vorhang stand Efrén Castells: An diesem exponierten Ort und in seinem Cutaway schien er noch größer zu sein, als er schon war. Ein Witzbold begann zu singen: *El gegant del Pi ara balla, ara balla; der Riese vom Pi, jetzt tanzt er, jetzt tanzt er*; das ganze Publikum fiel mit großem Gelächter ein. (»Das wird ein endloses Gaudi«, murmelte der Marquis auf seinem Beobachterposten, »an seiner Stelle hätte ich mich längst zu Tode geärgert.« Onofre Bouvila lächelte: »Der hat eine dickere Haut, als du glaubst.« Er erinnerte sich, wie Efrén Castells nach dem magischen Haarwuchsmittel schrie, das er selbst verkauft hatte; dann hatte er ihm für seine Mitwirkung eine Pesete gegeben. Jetzt ist es genau dasselbe, dachte er, es ist immer dasselbe.) Dank seinem Organ schuf Efrén Castells mühelos Ruhe, als er sah, daß sie genug gesungen hatten; da sie nicht mehr wußten, wie sie den Jux noch hätten weiterziehen können, waren sie bereit, ihm zuzuhören.

»Liebe Freunde«, begann er, »erlaubt mir, daß ich euch duze; ich bin ein einfacher Mann, ihr kennt mich ja: kein einziger unter euch könnte nicht von mir sagen: ›Bei seinen Geschäften war ihm die Freundschaft immer wichtiger als das Gewinnstreben.‹ Ich habe euch nicht hierhergebeten, um euch um Geld zu bitten.« Nun schauten sich alle argwöhnisch an. (Onofre Bouvila zwinkerte dem Marquis zu: »Ich sagte dir ja, er wüßte mit diesem Stier umzugehen.« – »Ausschlaggebend ist, daß er ihn mit dem ersten Stich zu töten weiß«, entgegnete der Marquis.) »Ich möchte euch auch nicht eure kostbare Zeit mit leerem Geschwätz verlieren lassen. Ich bin nicht sehr beredt und habe mit euch immer lieber in der schlichten und praktischen Sprache der Ehrlichkeit gesprochen und bitte euch nur ein Weilchen um eure Aufmerksamkeit. Ich werde euch etwas zeigen, was ihr bisher noch nie gesehen habt. Etwas, was ihr noch nie gesehen habt!« wiederholte er, um die Scherze zu ersticken, die dieser doppeldeutige Satz im Auditorium hervorgerufen hatte. »Aber was ihr nun gleich zum erstenmal sehen werdet, das werdet ihr nachher Tausende und Hunderte und Dutzende von Malen sehen.« (»In was verheddert er sich da?« fragte der Marquis. »Die Zahlen sind nicht seine Stärke«, sagte Bouvila, »laß ihn nur machen.«) »Heute kommt ihr in den Genuß eines Vorzugsrechts – und ihr wißt, was das im Geschäftsleben bedeutet; ihr braucht mir nicht zu danken. Und jetzt bin ich schon am Ende, gleich werden die Lichter ausgehen. Keine Angst, es geschieht euch nichts; niemand soll seinen Platz verlassen. Ich werde nachher wiederkommen und euch erklären, worum es geht. Vielen Dank für eure Aufmerksamkeit.«

Als er von der Bühne abging, öffnete sich der Vorhang mit Hilfe eines elektrischen Motors, und dann sah man, daß in der Bühnenöffnung eine riesige Leinwand aufgebaut war, ohne sichtbare Scharniere und aus einem Material, das weder Metall noch Stoff, sondern eine Mischung aus beidem zu sein schien, eine Art Asbest. Dann ging das Licht aus, wie Efrén Castells angekündigt hatte, und man hörte das Schnurren einer Maschine und wie hinter der Leinwand jemand Klavier spielte.

»Verflucht«, rief jemand, »man zeigt uns einen Film!«

Mit diesem Satz löste er Panik aus. »Wenn es der mit dem Hund ist, hau' ich ab«, schrie jemand. Die Stimmen übertönten das Klavier. Auf der Leinwand konnte man jetzt die ersten Bilder ausmachen. Die Szene, die sie zeigten, war offensichtlich in einer sehr schlichten Behausung aufgenommen worden, kaum mehr als eine aus den Fugen geratene Hütte im kontrastierenden Licht einer Wachskerze. An der Wand im Hintergrund dieses Raums stand ein schmales zerwühltes Lager; in der Mitte ein Tisch und vier Stühle; auf dem Tisch eine Nähschachtel, Knäuel, Garnrollen, Scheren und Stoffreste. Alles zusammen erweckte beim Betrachter den Eindruck eines schäbigen, entbehrungsreichen Lebens, was im Publikum große Heiterkeit hervorrief. Am Tisch saß nun, mit dem Rücken gegen die Zuschauer, eine schwarzgekleidete Frau, offensichtlich mittleren Alters und recht mollig. Ihre Schultern zuckten, ein konvulsivischer Anfall schüttelte ihren schweren Körper, und der zerzauste Kopf zitterte ebenfalls; das sollte dem Publikum einen Eindruck ihres Leidens vermitteln. Jemand rief: »Man gebe ihr Lindenblütentee!« Dieser Einfall rief allgemeines Gelächter hervor. (»Gott steh' uns bei«, murmelte der Marquis. »Nur Ruhe«, sagte Onofre Bouvila trocken.) Auf der Leinwand streckte die Frau ihre Arme zum Hüttendach, machte Anstalten aufzustehen und sank auf dem Stuhl wieder in sich zusammen, als versagten ihr die Gelenke oder verlasse sie der Mut oder beides auf einmal. Im Parkett schwoll das Lachen an – die Frau konnte keine Bewegung machen, ohne vollkommen grundlos das Gelächter sämtlicher Zuschauer noch zu schüren. Efrén Castells stürzte in Onofre Bouvilas und des Marquis von Uts verborgene Loge; trotz der Dunkelheit konnte man seine weitaufgerissenen Augen sehen.

»Onofre«, stöhnte er, »ich flehe dich an, laß sogleich die Projektion stoppen!«

»Sollte das jemand tun, laß' ich ihn füsilieren«, zischte Bouvila zwischen den Zähnen.

»Aber siehst du denn nicht, wie die gemeinen Kerle lachen?« Das Schluchzen schüttelte seinen schweren Körper wie den der Frau im Film. Onofre krallte sich in Efrén Castells' Jackenaufschläge und schüttelte ihn, soweit es ihm seine ungleichen Kräfte ermöglichten. »Seit wann hast du den Mut verloren? Halt den Mund und wart's ab!« In diesem Moment merkten sie, daß sich das Lachen allmählich verlor; sie traten an die Jalousie und warfen einen ängstlichen Blick auf die Leinwand. Jetzt war die verstörte Frau endlich vom Stuhl aufgestanden und hatte sich umgedreht; ihr Gesicht füllte die ganze Leinwand aus. Das Publikum war tatsächlich verstummt; wie Efrén Castells vorher angekündigt hatte, sah es nun zum erstenmal, was die ganze Welt mehrere Jahre lang jederzeit und überall sehen sollte: das kummervolle Gesicht von Honesta Labroux.

Physisch hätte sie nicht unattraktiver sein können. Zu einer Zeit, da sich der Charme der etwas exaltierten und kurvenreichen Vollblutfrau verlor und das androgyne, dürre und synkopische Girl in Mode kam, zeigte sie einen runden, schwerfälligen und fast männlichen Körper mit vulgären Zügen, affektierten Gesten, gezierter Mimik und honigsüßem Gesäusel. Ihre Kleidung war grobschlächtig und alles an ihr gemein und geschmacklos. Trotzdem verging zwischen 1919 und 1923, als sie sich vom Kino zurückzog, kaum ein Tag, an dem die Zeitungen nicht ihr Bild gebracht hätten, an dem nicht von ihr gesprochen worden wäre; um ihre Auflage zu steigern, druckten alle Illustrierten Reportagen (die sie nie autorisierte) und Interviews (die sie niemandem gewährte). In den zwanzig Kilo Post, die sie täglich bekam, befanden sich Liebeserklärungen und Heiratsanträge, aber auch herzerweichende Bitten, makabre Drohungen, ekelerregende Obszönitäten, Selbstmorddrohungen (falls sie dem Absender nicht diese oder jene Gunst gewährte), Verwünschungen, Schmähungen und Erpressungen. Um der Verfolgung von Bewunderern und Psychopathen zu entkommen, wechselte sie häufig ihr Domizil und nahm nie an einem öffentlichen Anlaß teil; in Wirklichkeit konnte niemand, der nicht zu ihrem engsten Kreis gehörte, sich brüsten, sie jemals gesehen zu haben – außer auf der Leinwand. Es ging das Gerücht um, man habe sie eingeschlossen, sie stehe rund um die Uhr unter strengster Bewachung und werde nur auf die Straße gelassen, um zu den Dreharbeiten ins Studio zu gehen, frühmorgens, mit gebundenen Händen, geknebelt und mit einem Sack über dem Kopf, damit nicht einmal sie zweifelsfrei wisse, wo sie wohnte und wohin ihre Schritte sie führten. Die Berühmtheit hat ihren Preis, sagte man. Diese mysteriöse Aura und das Geheimnis, das ihre wirkliche Identität und Vergangenheit umgab, trugen dazu bei, die zweiundzwanzig Spielfilme, in denen sie während ihrer kurzen Blitzkarriere die Hauptrolle spielte, glaubhafter zu machen. Von diesen Filmen sind nur Fragmente in sehr schlechtem Zustand erhalten. Anscheinend waren alle identisch mit dem ersten, was aber das Publikum nicht etwa fernhielt, sondern ihm gerade gefiel; jede Variante wurde im Saal sogleich mit Zeichen von Verärgerung, manchmal sogar mit Handgreiflichkeiten quittiert. Wenn es in ihrer Filmographie überhaupt eine Entwicklung gab, bestand sie in einem allmählichen Absinken in tiefste Sentimentalität. Sie war eine miserable Schauspielerin, japste, wackelte mit dem Kopf und fuchtelte auf die unsäglichste Art mit den Armen, während Marcus Antonius durch eigene Schuld die Schlacht von Aktium verlor und eine Natter, die eher wie ein Strumpf aussah, sich anschickte, ihre imposante Brust zu vergiften; während ihr Liebhaber an Tuberkulose starb und ihr ein paar verschlagene Chinesen Schlafmohn ins Glas schütteten, um sie dem Harem eines verweichlichten, träumerischen Sultans zu verkaufen; während ein alkoholisierter, dem Spiel verfallener Ehemann sie mit dem Gürtel züchtigte, nachdem er ihr eröffnet hatte, er habe auf dem Spieltisch um seine Ehre gewettet und sie verloren; während ihr ein Gaucho im Moment des Erhängtwerdens enthüllte, seine Mutter sei sie und nicht das ruchlose Weib, durch dessen Schuld sie das Kloster verlassen habe. In diesen Filmen waren alle Männer grausam, alle Frauen unsensibel, alle Priester fanatisch, alle Ärzte Sadisten und alle Richter unerbittlich. In ihren unendlichen zuckersüßen Agonien vergab sie ihnen allen.

»Wen kann denn ein solcher Schmarren interessieren?« hatte

der Marquis von Ut gefragt, als ihnen Onofre Bouvila das Handlungsgerüst des ersten Films vorgelesen hatte, den seine Studios später bis zum Überdruß kopierten. Er hatte sich in seinem Büro eingeschlossen und dort während Tagen und Nächten allein gearbeitet. Er hatte alles entworfen: Situationen, Szenen, Dekors, Kostüme; er hatte an alles gedacht. Nach ein paar Tagen wollte seine Frau wissen, was er mache, ging zu seinem Büro und stand vor verschlossener Tür. Alarmiert klopfte sie an: »Onofre, ich bin's, geht's dir gut? Warum antwortest du nicht?« Schweigen war die einzige Antwort. Nun begann sie wie wild mit den Fäusten an die Tür zu trommeln und rief durch diesen Radau die Angestellten herbei. Als sie die Dienerschaft um sich versammelt sah, schrie sie: »Onofre, mach auf, oder ich lass' die Tür einschlagen!« Angesichts dieser Drohung sagte er mit ruhiger Stimme: »Ich habe einen Revolver in der Hand und schieße auf den ersten, der mich noch einmal belästigt.« – »Aber Onofre«, insistierte sie, obwohl sie wußte, daß er seine Drohung sehr wohl wahrmachen konnte, »du hast schon zwei Tage nichts gegessen und getrunken.« – »Ich habe alles, was ich brauche.« Eine Zofe bat um die Erlaubnis, mit der Señora zu sprechen; das wurde ihr gewährt, und sie sagte, auf Anordnung des Herrn habe sie Vorräte und Wasser für zwei Wochen ins Büro gebracht, ebenso etwas frische Wäsche und sämtliche Nachttöpfe, die der Töpfer des Viertels zurzeit vorrätig hatte. Der Herr habe ihr aufgetragen, niemandem etwas davon zu sagen, er wolle unter keinen Umständen gestört werden. Die Señora biß sich auf die Lippen und sagte nur: »Du hättest mich vorher benachrichtigen sollen.« In der Stimme der Zofe meinte sie einen Unterton herauszuhören und glaubte jetzt einen Anflug von Herausforderung in ihren schwarzen Augen zu sehen. Sie kann nicht älter als fünfzehn oder sechzehn sein, dachte sie, und behandelt mich schon, als wäre ich die Zofe und sie die Señora. Sie lebte in der festen Überzeugung, alle Welt mache sich über sie lustig – hinter ihrem Rücken, aber auch direkt in ihr Gesicht. Zweifellos hintergeht er mich mit der, dachte sie. Bestimmt riecht sie nach Knoblauch und Quark, und das gefällt ihm; er hat diese Düfte lieber als die französischen Parfüms und die Badesalze, die ich täglich brauche. Bestimmt legen sie sich ins Bett und decken sich den Kopf mit dem Laken zu, um sich an ihrem Körpergeruch zu berauschen, nachdem sie gekeucht und gerüttelt haben wie zwei Lokomotiven. Bestimmt treiben sie es mehrmals, wie in jener Nacht, als er an der Mauer von Papas Haus heraufkletterte und durchs Fenster in mein Zimmer stieg. Bestimmt hat er ihr das erzählt und das Geheimnis jener ersten Nacht entweiht und es allen erzählt, die er danach gehabt hat. Bestimmt haben sie sich mit dieser Geschichte bis zum Morgen über mich halb totgelacht. Ich müßte sie ohne Federlesens auf die Straße stellen, dachte sie, getraute sich aber nicht, diesen Gedanken in die Tat umzusetzen. Sie wird es als Beleidigung auffassen, den wahren Grund der Kündigung verstehen und mich vor den andern Angestellten beschimpfen; sie wird denken: Wenn schon alles verloren ist, kommt's nicht mehr darauf an, und wird mich herunterputzen, keinen guten Faden an mir lassen, alles den anderen erzählen und mich unter ihnen zum Gespött machen. Dann wird sie es auch ihm sagen; er wird mich zwar nicht desavouieren, ihr aber eine Wohnung einrichten und jeden Abend zu ihr gehen; unter irgendwelchen Vorwänden wird er dort bleiben und die ganze Nacht mit ihr verbringen; danach wird er sagen, er habe durcharbeiten müssen, wie schon so oft. Bei diesen Überlegungen wurde ihr nicht bewußt, daß genau diese Feigheit das erste war, was seine Liebe abgetötet hatte. Zwei Wochen nach diesen Ereignissen sagte ihr dieselbe Zofe, der Herr verlasse eben seine Klausur. Sie vesperte gerade mit ihrer älteren Tochter und der Modistin, als die Zofe mit der Nachricht kam. Sie hatte ihre Eifersucht und den Groll schon wieder vergessen und dachte beim Anblick der Zofe: Dieses Mädchen ist sehr loyal, ich werde eine Belohnung für sie ins Auge fassen müssen. Mit dieser ungereimten Handlungsweise wollte sie allen zeigen, daß sie nicht knausrig, sondern im Gegenteil großherzig sei. Auch die Tochter und die Modistin waren Schwergewichte. Nun eilten die drei Nilpferde durch die Gänge. Als sie vor der Bürotür standen, war er gerade herausgekommen. In diesen fünfzehn Tagen hatte er sich weder gewaschen noch gekämmt oder rasiert, nur wenige Stunden geschlafen und das Essen kaum angerührt. Auch die Wäsche hatte er nicht gewechselt. Er war abgezehrt und bewegte sich unsicher, als sei er soeben aus einem tiefen, erschütternden Traum aufgewacht oder kehre aus einer Trance zurück. Aus dem Büro strömte ein infernalischer Gestank, der sich nun wie eine Seele im Fegefeuer in den Gängen ausbreitete und die Mädchen in Schrecken versetzte.

»Agustí, laß mir das Bad einlaufen«, sagte er zum Butler. Er schien die Anwesenheit von Frau, Tochter und Modistin nicht bemerkt zu haben. In der Hand hielt er ein Bündel Manuskripte voller Striche und Korrekturen. Die Dienstmädchen, die mit Eimer und Scheuerlappen kamen, um das Büro wiederherzurichten, hielt er mit einer herrischen Gebärde zurück: »Sie brauchen nicht zu reinigen, wir ziehen in ein anderes Haus.« Nun verlieh Honesta Labroux diesem Text Gestalt und Ausdruck und verkörperte die Fantasien, die beim Marquis von Ut Zweifel hervorgerufen hatten. Onofre Bouvila wurde wütend, als dieser ihm sagte, er wisse nicht, wen ein solcher Schmarren interessieren könnte.

»Alle«, antwortete er scharf.

In der Tat, jetzt weinte das Publikum. Diese so abgebrühten Geschäftsleute konnten die Tränen nicht zurückhalten. Nachher sagten sie, diese ungewöhnliche Reaktion sei einzig auf Honesta Labroux' Magie zurückzuführen. Wir werden nie wissen, worin diese Magie bestand. Pablo Picasso stellt in einem sehr viel später verfaßten Brief fest, der Einfluß dieser Frau gehe von ihrem Blick, von ihren hypnotisierenden Augen aus. Diese Ansicht könnte ein Gerücht bestätigen, das von einigen Biographen des Malers später wiederaufgegriffen wurde: Picasso habe sie persönlich kennengelernt und es sei ihm in einem Moment der Sinnestrübung gelungen, sie dank der Komplizenschaft und Mithilfe Jaume Sabartés' in einem Wäschereilieferwagen zu entführen; er habe sie ins Dorf Gòssol in der Berguedà mitgenommen und nach zwei oder drei Tagen wohlbehalten wieder in die Studios zurückgebracht; in diesen zwei oder drei Tagen habe er mehrere Skizzen gemacht und ein Ölbild begonnen; daraus sollten die hochgehandelten Bilder der sogenannten Blauen Periode entstehen. Noch unwahrscheinlicher als diese Romanze ist diejenige, die sie laut einer Zeitschrift Jahre vorher mit Victoriano Huerta gehabt haben soll. Dieser geriebene General, der die Präsidentschaft Mexikos usurpiert hatte, nachdem er Francisco Madero und Pino Suárez hatte ermorden lassen, lebte später eine Zeitlang in Barcelona, denn die von Venustiano Carranza, Emiliano Zapata und Pancho Villa angeführte Revolte hatte ihn gezwungen, sein Amt niederzulegen und das Weite zu suchen. Betrunken und streitsüchtig zog er im Chinesischen Viertel von einer Kneipe zur andern. Wenn er nüchtern war, konspirierte er und plante die Rückkehr. Deutsche Agenten ersannen ein Ablenkungsmanöver, um die Aufmerksamkeit der Vereinigten Staaten vom Krieg in Europa abzuwenden, und wollten Huerta dafür als Lockvogel benutzen. Sie verschafften ihm den Plan, den er dringend suchte; mit dem während der wenigen Monate seiner Präsidentschaft angehäuften und jetzt im Gewölbe einer Schweizer Bank deponierten Geld kaufte er Onofre Bouvila Waffen und Munition ab. Dieser kassierte die Summe und lieferte die verlangte Ware, aber nicht ohne die amerikanische Regierung von der Sendung zu benachrichtigen. Im Hafen von Veracruz wurde die Fracht abgefangen; dazu mußten die *marines* an Land und hinterließen unter der Zivilbevölkerung zahlreiche Opfer. Nachdem die Waffen wieder in Bouvilas Händen waren, verkaufte er sie ein zweites Mal, diesmal an Carranza, der nun gegen seine ehemaligen Verbündeten Villa und Zapata kämpfte. Wie die Zeitschrift berichtet, hatte Honesta Labroux damals – noch bevor sie Filme drehte, aber als sie schon für Onofre Bouvila arbeitete – eine Nacht lang für Huerta getanzt; er hatte sich sogleich in sie verliebt, ihr unermeßliche Summen angeboten und versprochen, bei seiner Rückkehr nach Mexiko die Monarchie wiedereinzuführen, um sie, wie die unglückliche Charlotte, zur Kaiserin zu krönen; alles umsonst. Diese Szene spielte sich laut der Zeitschrift in der Suite des Hotels »Internacional« ab, in der der Verräter wohnte. Es war dasselbe Hotel, das in der unglaublichen Zeit von sechsundsechzig Tagen errichtet worden war, um die Besucher der Weltausstellung von 1888 aufzunehmen. Decke und Wände der von Huerta bewohnten Suite zeigten mehrere Kugeleinschüsse, weswegen er von der Hoteldirektion ernstlich verwarnt worden war; außerdem malträtierte er das Personal mit Wort und Tat und bezahlte nicht. Man sagt, in dieser Liebesnacht sei er barfuß gewesen, habe den Hosenschlitz offen gehabt und unter dem aufgeknöpften Hemd ein vergilbtes und durchlöchertes Unterhemd sehen lassen – in dieser Aufmachung war seinen Versprechungen nur schwer Glauben zu schenken. Wahrscheinlich ist diese Geschichte erdichtet, genauso wie die mit Picasso. In Wirklichkeit ging Picasso 1906 nach Gòssol, um dort einige Monate zu verbringen, und Victoriano Huerta starb 1916 alkoholisiert in einem Gefängnis im texanischen El Paso. Damals war Honesta Labroux noch nicht durch Onofre Bouvila zu Berühmtheit gelangt, nicht einmal ihr Künstlername war erfunden – noch lebte sie mit Señor Braulio zurückgezogen in einem bescheidenen Häuschen in Gracia und wartete auf den Tod ihres Vaters, um sich zum zweiten- und letztenmal dem Mann ihres Lebens hinzugeben und sich dieses Leben dann zu nehmen.

Diesen melodramatischen Akt zu vollziehen, davon hielt sie gerade jener Mann ab, dessentwegen sie ihn ausgedacht hatte, dessen Erscheinen sie vor vielen Jahren zum Äußersten getrieben hatte, nicht mit Worten, sondern mit diesem gleichen boshaften und eiskalten Blick, der sie erstmals in der Pensionsmansarde bezwungen und terrorisiert und ohne Grund dazu gebracht hatte, das allerabscheulichste Verbrechen zu begehen. Noch in dieser Nacht war ihre Mutter gestorben, und durch ihre Schuld war auch die anarchistische Zelle zerschlagen worden, der sie angehörte und deren Mitglieder nachher mehrheitlich in den Gräben des Montjuich umgekommen waren: So war ihr Gewissen im Blut erstickt worden. Jetzt konnte man diesen Schmerz und das grenzenlose Leiden in ihren schwefelfarbenen Augen lesen, und auch Onofre Bouvila war es nicht entgangen. Er wußte auch, daß sich seit der zweiten Hälfte des 19. Jahrhunderts der Zeitbegriff dort radikal geändert hatte, wo die industrielle Revolution stattgefunden hatte. Zuvor war die Zeit, über die ein Menschenleben verfügte, nicht abgegrenzt. Wenn es die Umstände erforderten oder ratsam erscheinen ließen, konnte jemand ganze Tage und Nächte pausenlos arbeiten; danach blieb er während einer ähnlich langen Periode untätig. Deshalb dauerten die Zerstreuungen so lange, daß es uns heute maßlos vorkommt: Das Weinlese- oder das Erntedankfest konnte eine oder zwei Wochen dauern, eine Theater-, Sport- oder Stierkampfveranstaltung, eine religiöse Zeremonie, eine Prozession oder ein Defilee fünf, acht oder zehn Stunden oder noch länger; wer daran teilnahm, konnte entweder ununterbrochen dabei sein oder wieder gehen – oder gehen und wieder kommen, ganz wie er wollte. Jetzt war das alles anders geworden. Jeden Tag begann man zur selben Stunde mit der Arbeit, unterbrach sie zur selben Stunde und so fort. Man brauchte nicht Wahrsager zu sein, um zu wissen, wie die Tage und Stunden im Leben eines Menschen von der Kindheit bis ins Alter aussehen würden; es genügte, zu wissen, was er arbeitete, welches seine Aufgabe war. Das hatte das Leben angenehmer gemacht, die Schrecken zu einem guten Teil ausgeschaltet und viele Unbekannte geklärt; jetzt konnten die Philosophen verkünden: »Der Stundenplan ist das Schicksal.« Anderseits waren wichtige Anpassungen erforderlich; jetzt mußte alles geregelt sein, nichts durfte dem Zufall oder der spontanen Eingebung überlassen bleiben. Diese Geregeltheit wiederum war undenkbar ohne die Pünktlichkeit. Vorher hatte Pünktlichkeit nichts bedeutet, jetzt bedeutete sie alles. Jetzt mußte man ein müdes Pferd mit der Peitsche antreiben oder im Gegenteil das Temperament eines ungestümen Pferdes im Zaum halten, damit der Wagen genau zur vorgesehenen Zeit, weder etwas zu früh noch etwas zu spät, an seinem Bestimmungsort ankam. Der Pünktlichkeit wurde eine so große Bedeutung eingeräumt, daß sie die Basis für den Wahlkampf einiger Politiker bildete: »Wählt mich, und ich werde pünktlich sein!« Man lobte nicht mehr die Landschaften, Kunstwerke oder die Herzlichkeit der Bewohner anderer Länder, sondern die Pünktlichkeit, deren sie sich rühmten; Länder, in die bis vor kurzem noch kaum jemand gereist war, erlebten jetzt einen Ansturm von Besuchern, die begierig waren, die traditionelle Pünktlichkeit ihrer Bewohner, Unternehmen und öffentlichen Verkehrsmittel selbst zu überprüfen. Eine solche Anpassung hätte nicht in so großem Rahmen vonstatten gehen können, wäre den Völkern nicht die elektrische Energie zu Hilfe gekommen; dieser kontinuierliche und unveränderliche Strom garantierte eine umfassende Geregeltheit und Pünktlichkeit. Eine mit elektrischer Energie betriebene Straßenbahn war nicht mehr von der Gesundheit oder gar der guten Laune von ein paar Maultieren abhängig, um mit Uhrwerkspräzision eine bestimmte Strecke zurückzulegen; jetzt ergötzten sich die Straßenbahnbenutzer an dem Gedanken: Wenn ich weiß, wieviel Uhr es ist, weiß ich auch, wie lange es noch dauert, bis die Straßenbahn kommt. Solche Veränderungen konnten auch nicht von heute auf morgen geschehen, sondern vollzogen sich nach und nach, zuerst beim Notwendigsten, dann beim Überflüssigen. Aus diesem Grund kamen Zeitvertreibe und Vergnügungen zuletzt an die Reihe. Die Stierkämpfe dauerten nach wie vor viele Stunden; kam ein Stier energisch oder wütend in die Arena und tötete er die Pferde eins nach dem andern, sowie sie auf dem Kampfplatz erschienen, so konnte sich der Stierkampf gut und gern vom Sonntagnachmittag bis weit in den Montag hinein erstrecken. 1916 begann in Cádiz ein berühmt gewordener Stierkampf an einem Sonntag und endete am Mittwoch, ohne daß das Publikum den Platz verlassen hätte. In der Folge verloren die Werftarbeiter ihre Stelle; es gab Streiks und Krawalle, einige Klöster brannten, und die Arbeiter wurden wieder eingestellt, aber es war klar, daß es so nicht weitergehen konnte, und Onofre Bouvila wußte es genau.

Noch vor dem Wiedersehen mit Delfina, bevor sie sich im Unterrock in seine Arme warf und ihn mit ihren Schwefelaugen ansah, die seine Gedanken in andere Bahnen lenken sollten, war ihm schon mehrmals die Idee durch den Kopf gegangen, der Cinematograph hätte diese neue, von der Menschheit so gesuchte Unterhaltung sein können, denn er vereinigte drei Merkmale, die ihn geeignet erscheinen ließen: Er funktionierte dank der elektrischen Energie, erlaubte keine aktive Teilnahme des Publikums und war in seinem Inhalt immer haargenau gleich. Ach, dachte er, ein immer gleiches Schauspiel anbieten können, das immer zur selben Zeit beginnt und exakt zur angekündigten, ebenfalls immer gleichen Zeit endet! Das Publikum im Dunkeln, und ohne daß es einen Mucks macht, auf den Stühlen festhalten, als schliefe und träumte es – eine Methode, Kollektivträume zu erzeugen! Das war sein Ideal. Doch nein, es ist zu gut, dachte er, das wird nicht möglich sein. Er hatte den Film mit dem Hund und einige weitere gesehen und mußte den Pessimisten notgedrungen recht geben. Tatsächlich schaute sich niemand einen Film an, wenn nicht anschließend gleich noch etwas anderes stattfand, wenn nach der Vorführung nicht Sardana getanzt oder ein Sackhüpfen veranstaltet, eine junge Kuh losgelassen oder an Ort und Stelle Koteletts gebraten wurden. So kommen wir nirgends hin, sagte er sich. Tatsächlich stellten zur selben Zeit andere Leute dieselben Überlegungen an wie er. 1913 war in Italien mit diesem Ziel der erste als großes Spektakel konzipierte Film gedreht worden; er hieß *Quo vadis*?, bestand aus zweiundfünfzig Rollen und dauerte zweieinviertel Stunden; er konnte nie in Spanien gezeigt werden, und zwar aus einem Grund, der so merkwürdig ist, daß er einen Exkurs verdient.

1906 debütierte in einem Pariser Varietétheater eine Tänzerin, die später internationale Berühmtheit erlangen sollte; sie war Holländerin und hieß Margaretha Geertruida Zelle, gab sich aber als indische Priesterin aus und hatte den Namen Mata Hari angenommen. Wie alle Tänzerinnen ihres Genres erhielt sie viele Angebote, jedoch nie mehr ein so außergewöhnliches wie das eines Herrn in einer Winternacht des Jahres 1907. »Was ich von Ihnen erbitte, ist ein wenig speziell« – der Mann strich sich über seinen gewichsten Schnurrbart –, »etwas, worum Sie vermutlich noch nie jemand gebeten hat.« Mata Hari schaute hinter dem Umkleideschirm hervor, hinter dem sie die Organdy-Tunika, den Silbergürtel sowie Amethyste und Türkise abgelegt hatte, aus denen ihr Kostüm bestand. »Ich weiß nicht, ob ich genügend exotisch für dich sein werde,

Schatz«, sagte sie in ihrem mit holländischem Akzent gewürzten Französisch. Der Herr hielt sich das Monokel ans linke Auge, als sie hinter dem Schirm hervorkam. Bevor er sie besuchte, hatte er ihr einen Strauß mit sechs Dutzend Rosen und eine Brillantkette geschickt. Jetzt trug sie die Kette zum Zeichen des Einverständnisses und einen Kimono mit einem schwarz und golden gestickten Drachen auf dem Rücken. So setzte sie sich vor den runden Toilettentischspiegel, in dessen Glas schon Prinzen, Bankiers und Marschälle die Spiegelung ihrer lasziv glühenden Augen gesehen hatten. Mit einer schmachtenden Bewegung zog sie die angeblich heiligen Ringe aus, die Teil des Priesterinnenschmucks waren, und versorgte sie in einem Sandelholzkästchen; einige dieser Ringe zeigten Menschenschädel. »Und das, was du von mir erwartest – kann man es aussprechen?« fragte sie kokett. »Ins Ohr.« Er kam ihr so nahe, daß seine Schnurrbartspitze auf ihrer Wange eine kleine Narbe hinterließ; in seinen Augen leuchtete nicht das Verlangen, sondern eiskalte Berechnung. »Ich vertrete die deutsche Regierung«, raunte er, »und möchte Ihnen vorschlagen, Spionin zu werden.« Von diesem Gespräch bekamen unverzüglich der englische, französische und nordamerikanische Geheimdienst Wind. Mata Haris Ruf als Spionin übertraf bald ihren Ruhm als Tänzerin, es hagelte Verträge aus aller Welt, und bald lag sie höher im Kurs als Sarah Bernhardt, was noch einige Jahre zuvor undenkbar gewesen wäre. Die Rivalität der beiden Divas war während langer Zeit das Stadtgespräch von ganz Paris. So erzählte man sich, Sarah Bernhardt habe, als ihr 1915 ein Bein amputiert werden mußte, ausgerufen: »Jetzt werde ich endlich so anmutig tanzen können wie Mata Hari!« Einmal trat Mata Hari auf der Barceloneser Opernbühne auf, mit größerem Publikums- als Kritikererfolg. Schließlich entschieden die alliierten Geheimdienste, sich ihrer zu entledigen, und stellten ihr eine Falle. Ein junger Regimentsstabsoffizier gab vor, ihr ins Netz gegangen zu sein, wie viele andere vor ihm auch; er überhäufte sie mit Geschenken, und überall sah man sie zusammen: beim Ausreiten im Bois de Boulogne, beim Lunch und beim Dinner in den luxuriösesten Restaurants, in einer Opernloge, im Hippodrom von Longchamp. Sie fragte ihn nie, wie er mit seinem bescheidenen Offizierssold auf so großem Fuß leben könne; vielleicht war sie überzeugt, er verfüge über zusätzliche Renten oder ein großes persönliches Vermögen; vielleicht erwiderte sie auch seine fingierte Liebe mit echter Liebe – nur so läßt sich erklären, daß eine derart erfahrene Spionin auf einen so konventionellen Köder anbiß. Als die beiden eines Nachts in jenem Bett ruhten, in dessen Laken der Kriegsverlauf so manchen Wechselfall erlitten hatte, sagte er plötzlich, er müsse für eine, vielleicht zwei Wochen verreisen. »Ich kann nicht so lange ohne dich leben«, sagte sie, »wohin du auch gehen mußt, geh nicht!« – »Das Vaterland verlangt es von mir.« – »Dein Vaterland ist hier, in meinen Armen!« Schließlich verriet er ihr die Art der Mission, die ihn jetzt mit Gewalt aus ihrem Liebesnest riß: Er mußte nach Hendaya, um einen Film abzufangen, den die Bulgaren den nach San Sebastián abkommandierten deutschen Agenten zukommen lassen wollten. Kämen sie in Hendaya an, so wäre er ihnen zuvorgekommen und der Film in seinem Besitz; die Agenten würden festgenommen und noch auf dem Bahnsteig füsiliert. Kaum hatte er fertiggesprochen, schlug sie ihm eine Statuette von Schiwa, dem grausamen Gott und Urwesen der Zerstörung, über den Kopf, und der junge Offizier stürzte mit blutüberströmtem Gesicht zu Boden. In der Annahme, ihn getötet zu haben, warf sich Mata Hari einen Silberfuchsmantel über das Nachthemd, zog eine Kappe und Gummistiefel an und stieg in ihren schwarzen 24-PS-Rolls-Royce. (Daneben besaß sie noch drei weitere Autos und ein zweizylindriges Motorrad. All das hatten ihr hochgestellte Persönlichkeiten des öffentlichen Lebens aus Frankreich und andern Ländern geschenkt; es war aus Steuergeldern finanziert.) Sowie sie gegangen war, stand der Offizier flink auf und eilte ans Fenster, von wo er den gegenüber dem Haus postierten Agenten Zeichen gab. Er war keineswegs tot, nicht einmal verletzt: Da der französische Geheimdienst mit einer solchen Tätlichkeit rechnete, hatte er sämtliche schweren Gegenstände im Zimmer durch Kautschukkopien ersetzt und dem Offizier mehrere Kapseln mit roter Tinte gegeben, um Blut vorzutäuschen.

Nun pflügte sich der Rolls-Royce durch die verschneite Landschaft der Normandie. Neben der Straße verlief die Eisenbahnlinie. In der Ferne erkannte sie eine waagerechte Rauchsäule – den Zug, der mit Volldampf nach Hendaya fuhr. An dieser Verfolgung beteiligte sich in der Luft ein Flugzeug mit dem schmucken Offizier und drei Agenten an Bord. Sie beschleunigte das Auto auf selbstmörderische Weise und befand sich bald auf der Höhe des letzten Wagens. Die verwegene Spionin stand auf dem Trittbrett des Rolls-Royce. Sie hatte ihr Nachthemd in Streifen gerissen und damit das Lenkrad festgebunden und gleichzeitig einen aus dem Straßengraben geangelten Stein aufs Gaspedal gelegt. Mit Lippenstift schrieb sie auf die Windschutzscheibe: *Adieu, Armand!* So hieß der Offizier, den sie ihrer Pflicht geopfert zu haben glaubte. Sie sprang vom Trittbrett und packte mit einer Hand das Eisengeländer, das den Güterwagen verschloß. Von da aus sah sie, wie der Rolls-Royce weiterraste, von der Straße abkam und schließlich auf einem Feld stehenblieb. Wie durch ein Wunder nahm er keinen Schaden bei diesem Abenteuer und ist noch heute im kleinen *Musée de l'Armée* in Rouen zu sehen. Im Wageninnern versuchte sie im schwachen Licht einer Blendlaterne den Film zu finden, von dem er ihr gesprochen hatte. Sie vermutete eine oder zwei Handbreit Zelluloid zu finden, kaum ein Dutzend Einzelbilder. Statt dessen stieß sie auf mehrere Stapel zylindrischer Dosen: die zweiundfünfzig Rollen von *Quo vadis?*. Als die Agenten in den Wagen eindrangen, fanden sie sie vollkommen erschöpft und mit aufgeschundenen Händen; der durch die offene Wagentür eindringende Wind hatte ihre Mütze weggetragen und zauste ihr krauses Haar; zwanzig der zweiundfünfzig Rollen hatte sie auf die Schienen werfen können, wo sie nun der Schnee unter sich begrub. Aus diesem Grund gelangte der Film nie an seinen Bestimmungsort und konnte nicht auf spanischen Leinwänden gezeigt werden. Der Krieg hatte in ganz Europa die Produktion lahmgelegt, und man drehte keine weiteren Filme wie diesen. Jetzt lag es in Onofre Bouvilas Händen, die Industrie wieder zum Leben zu erwecken, aber er wußte nicht, wie, bis das Schicksal es wollte, daß Delfina erneut seinen Weg kreuzte.

6

Begleitet von fernem Donnergrollen, hatten die Regenfälle wieder eingesetzt, peitschten die Fensterflügel und trommelten auf das Glasdach über dem Küchenpatio. Die drei Töchter des Krüppels waren in der Küche eingeschlafen und lehnten in zärtlicher Umarmung an der lauwarmen Wand. Unterdessen führten die drei Männer im Saal ihr Gespräch weiter.

»Du spinnst«, sagte Efrén Castells. Er getraute sich als einziger, Onofre Bouvila so etwas zu sagen, doch der ließ sich nicht beleidigen. Mit den Fingerspitzen streichelte er die Fotos, die er aus der Jackentasche geholt und auf dem Tisch ausgebreitet hatte, damit seine Gesprächspartner sie ansehen konnten.

»Ich muß euch darauf hinweisen, daß die Fotos ihr nicht gerecht werden. Das habe ich am Anfang gleich selbst gemerkt. Ich ließ sie zwanzig Kilo ansetzen, um zu prüfen, ob sie dann ein wenig besser aussähe, ob sie vielleicht ein bißchen mehr, wie soll ich sagen, physische Präsenz gewinnt.«

Er hatte sie auf das eigens zu diesem Zweck gemietete Alella-Gut gebracht, das bestens zu seinen Plänen paßte, denn es war von einem sehr hohen, dichten gestutzten Zypressenhain umgeben. Er sagte ihr, sie habe viel gelitten: »Was du jetzt brauchst, ist Ruhe; seit Jahren hast du deinen seligen Vater gepflegt, jetzt ist der Moment gekommen, da jemand dich pflegt.« Dem wußte Delfina nichts entgegenzuhalten; nach den vielen Gefängnisjahren hatte sie in absoluter Isolation gelebt, um ausschließlich ihren kranken kindischen Vater zu pflegen. Sie war daran gewöhnt, über ihr Leben nicht selbst zu bestimmen, und konnte sich außer dem Tod kein Entrinnen aus dem blinden Gehorsam vorstellen; eine andere Alternative kam ihr nicht in den Sinn. Als er sie zum Haus führte, waren bereits ein Chauffeur, eine Köchin und ein Stubenmädchen dort. Es erstaunte sie nicht weiter, daß es zwar einen Chauffeur, aber kein Auto gab und daß die Dienerschaft die Räume des Herrschaftsgeschosses bewohnte, während sie nach oben in ein allen Winden ausgesetztes Zimmer verbannt wurde. »Es handelt sich um absolut vertrauenswürdige Leute«, sagte er; »ich habe ihnen Anweisungen gegeben, sie wissen, was zu tun ist; du brauchst dich um nichts zu kümmern, bloß zu tun, was man dir sagt.« Sie brachte nur gerade ein Wort des Dankes heraus. Bei sich dachte sie: Vielleicht ist das so, als wären wir verheiratet; das muß dem Verheiratetsein mit einem solchen Mann am nächsten kommen.

In den darauffolgenden Monaten sagte sie immer nur danke, wenn das Wort an sie gerichtet wurde. Am Morgen weckte sie das Stubenmädchen und servierte ihr ein reichhaltiges Frühstück ans Bett: Paprikawurstomelett, Würste, Kartoffelbrei, Toast mit Öl und einen Liter warme Milch. Dann kleidete sie sie an und ließ sie im Garten allein, wo sie im Schatten einer Mimose träge in einem Korbsessel saß. Zuvor deckte sie ihr die Schultern mit einem leuchtendgelben Angorawollschal zu, auf den sich, angezogen von der Farbe, Schmetterlinge und Bienen setzten. Dann aß sie zu Mittag und machte ein Schläfchen. Sie erwachte, wenn die Sonne schon tief stand und man ihr Tee oder Schokolade mit Biskuits brachte. Hierauf machte sie im Garten einen kurzen Spaziergang, diskret gefolgt vom Chauffeur. Zu Beginn, an einem der ersten Tage schon, hatte sie versucht, mit dem Chauffeur ein Gespräch anzuknüpfen: »Hat Onofre nicht gesagt, ob er mich besuchen kommt?« Er musterte sie von Kopf bis Fuß, bevor er antwortete. »Wenn Sie den Herrn meinen«, sagte er zurechtweisend, »so pflegt mich der Herr nicht über seine Pläne zu unterrichten, und ich sage dem Herrn nicht, was er zu tun hat.« Er hat mir gezeigt, wo ich hingehöre, dachte sie, dankte und spazierte weiter. An einem andern Tag wollte sie zwischen dem Zypressenhain hindurch auf die Straße schauen, doch der Chauffeur gab ihr einen Puff. Das störte sie weniger als die Ungewißheit, ob Onofre sie besuchen würde oder nicht. In Wirklichkeit besuchte er sie nicht, weil er sich in seinem Büro eingeschlossen hatte, um das Drehbuch zu dem Film zu schreiben, dessen Hauptrolle sie spielen sollte. Während er damit beschäftigt war, mästeten seine Mordbuben Delfina weiter. Abends verabreichten sie ihr ein Schlafmittel, damit sie stundenlang durchschlafe. Sie merkte nicht, daß sie übermäßig aß: Im Gefängnis hatte sie so viel

Hunger gelitten, daß sie alle Proportionen, jeden Sinn fürs Maß aus den Augen verloren hatte; hätte man ihr jetzt wieder eine Scheibe Brot, etwas ranzigen Käse, einen Hering oder ein Stück gepökelten Dorsch gegeben, so wäre es ihr recht gewesen; aber auch die Schlemmereien, die man sie essen hieß, waren ihr recht; sie wußte nicht, daß man in seinem Leben auch selbst bestimmen kann oder daß es in der Macht jedes einzelnen liegt, das manchmal auch wirklich zu tun – ihr Wille war gebrochen. Vielleicht liebte sie ihn auch deshalb weiter. Am Ende beschloß sie, ihm einen Brief zu schreiben und ihm zu sagen, was sie in Gegenwart ihres Vaters nicht hatte sagen können. Als er geschrieben war, gab sie ihn dem Stubenmädchen mit der Bitte, ihn so rasch als möglich einzuwerfen. Am selben Abend begannen die Angestellten in der Küche den Brief zu lesen, dessen Inhalt sie nicht begriffen. Es waren drei Lumpen, die ihren Obliegenheiten so schlecht wie nur möglich nachkamen. Einer von ihnen war immer betrunken, wenn nicht alle drei gleichzeitig. Obwohl sie sich gegenseitig haßten, steckten sie immer zusammen, unfähig, auch nur einen Augenblick ohne Gesellschaft zu sein. Der Chauffeur trieb es abwechselnd mit dem Stubenmädchen und der Köchin; manchmal, wenn sie im Übermaß getrunken hatten, mit beiden zugleich. Dabei gerieten sich die beiden Frauen seinetwegen in die Haare, rissen sich an ihren Strähnen, zerkratzten und zerbissen sich. Die Schreie und der Radau, die diese bestialischen Orgien begleiteten, weckten Delfina auf; da sie noch unter der Einwirkung des Schlafmittels stand, kam sie nicht zu vollem Bewußtsein und wähnte sich noch immer im Gefängnis, wo sie allnächtlich von einem infernalischen Geschrei geweckt worden war. Auch dort hatte sie es nach einigen Jahren geschafft, die anfänglich durch dieses Geschrei verursachte Pein zu überwinden, indem sie es in ihre eigenen Träume integrierte. Das kam ihr nun zum Bewußtsein. *In jener Nacht*, schrieb sie in dem Brief, der nie in seine Hände gelangte, *wollte auch ich schreien, aber ich nahm mich zusammen. Der Schrei blieb in mir stecken, und seither höre ich ihn jede Nacht. Ich sage Dir das nicht als Vorwurf, denn es ist nicht nur ein Schrei des Schmerzes, sondern auch des unendlichen*

Glücks. Auf jeden Fall raubt er mir den Frieden, den der Traum meinem Leben bringen könnte – ich erwarte keine andere Ruhe mehr als den Tod. Doch nein, ich will nicht einen Mut vortäuschen, den ich gar nicht habe, Dich kann ich nicht belügen. In meinem Leben habe ich schwierige Zeiten erlebt, manchmal hatte ich Lust, der Größe meines Schicksals abzuschwören, das darin bestand, Dich zu lieben. Was ich Dir jetzt sage, ist ebenfalls kein Vorwurf. Ich habe immer gedacht, wenn Du nicht so wärst, wie Du bist, wenn Du Dich anders verhalten hättest, wäre auch mein Leben anders verlaufen, als es verlief, und nichts bereitet mir so viel Schmerz und Schrecken wie der Gedanke, ein einziger Augenblick meines Lebens hätte anders sein können, denn das würde heißen, daß ich Dich in diesem Augenblick nicht so geliebt hätte, wie ich Dich geliebt habe. Ich beneide niemanden und würde auch mit niemandem tauschen, denn niemand kann Dich so geliebt haben, wie ich Dich geliebt habe. Als sie den Brief lasen, tropfte den Angestellten der Wein aufs Papier. »So ein Mist«, sagten sie, »was wird Señor Onofre sagen, wenn er diese Kleckserei sieht?« Um nicht ertappt zu werden, warfen sie den Brief ins Feuer.

Der Marquis von Ut sagte: »Ich muß gehen.» Mühsam stand er auf – die lange Nacht und der Regen hatten seine Gelenke angegriffen. »Hast du nichts mehr zu sagen?« fragte Onofre Bouvila. Der Marquis schaute auf die Uhr und runzelte die Stirn; dann dachte er, eigentlich erfordere nichts und niemand seine Anwesenheit, und glättete sie wieder. »Wenn wir schon bis zu diesem Punkt gekommen sind, kann ich ebensogut bis zum Schluß bleiben«, sagte er mit einem Seufzer. Onofre Bouvila lächelte dankbar. »Setz dich und sag, was dich beschäftigt.« Der Marquis strich sich über die Wangen und stellte fest, daß sie kratzten.

»Etwas verstehe ich nicht«, sagte er schließlich mit leicht schleppender Stimme; manchmal vergaß er, was er sagen wollte, denn vor Müdigkeit konnte er sich nicht konzentrieren, was ihm freilich schon in bester Verfassung schwerfiel. Jetzt war er verblüfft, als er Delfinas Foto sah: eine aufgedonnerte Matrone, die, auf den Sonnenschirm gestützt, vor einem Zypressenhintergrund stand und mit leerem Blick in die Luft schaute. Er legte das Foto wieder hin und schnalzte gleichzeitig mit Lippen und Fingern.

»Abwarten«, sagte Onofre geduldig.

»Und was habe ich in dieser Sache zu melden?« fragte der Marquis von Ut.

Wenn alle Geschäftsleute wüßten, daß sie früher oder später sterben müssen, käme vielleicht das Wirtschaftsleben auf der ganzen Welt zum Erliegen. Glücklicherweise war das beim Marquis von Ut nicht der Fall. Freimaurer, Leichtfuß und Libertin, war er in seinem Innersten ein unversöhnlicher Konservativer; sein absoluter Mangel an eigener Meinung hatte in den reaktionärsten Kreisen des Landes ein enormes Gewicht. Diese kleinen, aus Aristokraten, Großgrundbesitzern und Elementen aus Armee und Klerus bestehenden Gruppen übten auf das politische Leben der Nation einen entscheidenden, gleichsam perversen Einfluß aus, denn sie mischten sich nie in irgend etwas ein, außer wenn es darum ging, Veränderungen zu verhindern; sie beschränkten sich darauf, ihr Vorhandensein unmißverständlich zum Ausdruck zu bringen und die öffentliche Meinung davon zu unterrichten, was geschehen könnte (etwas Tragisches nämlich), falls man ihre kompromißlose Fortschrittsfeindlichkeit konterkarierte. Sie waren wie schlafende Löwen mitten in einem Pferch. In Wirklichkeit vertraten sie überhaupt keine Ideologie; jeder Versuch, ihre Haltung auf einen Nenner zu bringen, kam schlecht an, denn in ihren Augen hätte das bedeutet, das Redliche, Gerechte und Notwendige dieser Haltung in Abrede zu stellen und in die natürliche Ordnung der Dinge eine Bresche zu schlagen. Sollen andere sich rechtfertigen, sagten sie, wir haben das überhaupt nicht nötig, denn wir sind im Recht. Jede Neuerung erfüllte sie mit Entsetzen, selbst wenn sie sich mit ihren eigenen Interessen deckte; sie zu akzeptieren wäre für sie wie Selbstmord gewesen. In dieser Hinsicht mit einem von ihnen diskutieren zu wollen war unmöglich. Onofre Bouvila wußte es aus eigener Erfahrung; manchmal hatte er dem Marquis zu verstehen gegeben, auf diesem oder jenem Gebiet wären kleine Reformen angezeigt, ausschließlich um schlimmere Übel zu vermeiden. Bei dieser Vorstellung geriet der Marquis außer sich. »Warum zum Teufel willst du die Welt verändern, Mensch? Was glaubst du eigentlich, wer du bist? Der Allmächtige? Nein, nein! Ist denn nicht alles gut, so wie es ist? Du bist reich, und mehr als alt zu werden schafft letzten Endes keiner: Du schaust für dich, und wer danach kommt, soll sich sputen!« Seine Argumente waren schwach, aber keine Macht der Welt hätte ihn von ihnen abbringen können. Daß solche subversiven Vorschläge auch noch von Onofre Bouvila kamen, bestärkte ihn nur noch in seinen Grundsätzen: »Schließlich bist du aus dem Nichts gekommen, bist ein Bauer, den man haufenweise Geld hat verdienen lassen – jetzt ist dir das zu Kopf gestiegen, du glaubst dir alles herausnehmen zu können und willst wohl überall mitmischen, was?« In seinen Augen war das der Beweis dafür, daß man in Zukunft geschickter und rigoroser vorgehen mußte. Daß der Marquis imstande war, einem Freund, dessen großzügige Gastfreundschaft er nie ablehnte und dem er entscheidende Gefälligkeiten und beträchtliche Summen verdankte, derartige Unverschämtheiten an den Kopf zu werfen, erweckte Onofre Bouvilas Bewunderung und Neid – auch der Marquis konnte ihn nicht beleidigen. »Weshalb seid ihr so ruppig?« fragte er bloß sanft. »Mit eurer Sturheit reitet ihr in euer eigenes Verderben.« Darauf antwortete der Marquis mit Geschrei und wildem Gezeter und verkündete, seine Geduld sei gleich zu Ende, und wenn das Gespräch weiter diesen Kurs beibehalte, sehe er sich gezwungen, Onofre Bouvila seine Sekundanten zu schicken. In solchen Momenten hätte ihn der Marquis ohne Zögern umbringen können. Da für ihn und seine Gesinnungsgenossen die herrschende Ordnung etwas Naturgegebenes war, lag zwangsläufig jede Unordnung außerhalb des Systems und mußte eliminiert werden, mit welcher Methode auch immer. Bei solchen Gelegenheiten griffen sie immer auf das Beispiel des kranken Organismus, des Miasma und der Amputation zurück – eine konfuse Metapher, die weder den Soziologen noch den Chirurgen verständlich war.

»Dasselbe sagte Louis XVI, als man ihm mitteilte, was auf

den Straßen von Paris vor sich ging«, sagte Onofre Bouvila, um seinen Gesprächspartner aus dem Konzept zu bringen und mehr zum Spaß als aus sonst einem Grund. Aber der Marquis von Ut antwortete unerschütterlich, alle Franzosen seien Hundsfötte und was einem Franzosen zustoßen könnte, sei ihm vollkommen schnurz.

»Selbst wenn es der König ist?«

»Ah nein, das nicht!« Der Marquis stand auf. »Mit dem Hause Orléans legt sich in meiner Gegenwart niemand an, und wenn das Gespräch weiter diesen Kurs beibehält, sehe ich mich gezwungen, dir meine Sekundanten zu schicken. Du mußt wissen, was du tust.«

Jetzt hatte sich die Lage freilich geändert: Was in Rußland, Österreich und sogar in Deutschland geschah, konnte nicht mehr auf die leichte Schulter genommen werden. Nur eine tiefgreifende und kühne Veränderung würde es ermöglichen, daß alles so weiterliefe wie bisher.

»Und worin besteht diese kühne und tiefgreifende Veränderung? Etwa mit dieser Robbe hier Filme zu drehen?«

Onofre Bouvila lächelte noch immer versöhnlich; er war noch nicht bereit, dem Marquis die wirkliche Bedeutung seiner Pläne zu verraten.

»Vertrau mir. Ich bitte dich nur um eins: daß ihr die Truppen nicht auf die Straße schickt und daß du deine Leute davon überzeugst, daß ich kein Spinner bin und in guter Absicht handle. Gebt mir eine Gnadenfrist, und ich werde euch zeigen, was ich zu tun imstande bin. Aber es ist unerläßlich, daß es während dieser Zeit in euren Reihen ruhig bleibt. Sollte es zu kleinen Krawallen kommen, so laßt der Masse das Vergnügen und stellt euch blind – das gehört alles zu meinem Plan.«

»So viel kann ich dir nicht versprechen.« Die Müdigkeit hatte den Marquis in eine defensive Haltung getrieben, wie man sie sonst an ihm nicht kannte.

»Ich verlange von dir auch nicht, daß du es tust, nur daß du darüber mit deinen Freunden sprichst. Wirst du es um unserer alten Freundschaft willen tun?«

»Laß mich darüber nachdenken.« Mehr konnte Onofre Bouvila von ihm nicht verlangen und insistierte deshalb auch nicht weiter. Jetzt füllten die Freimaurerkollegen des Marquis von Ut das Theater, und er verfolgte mit Bouvila und Efrén Castells von der verborgenen Loge aus ihre Reaktionen.

»Es scheint zu klappen«, sagte der Riese aus Calella.

Onofre Bouvila machte eine zustimmende Handbewegung: Es konnte gar nicht anders sein, dachte er bei sich. Einmal mehr hatte sich seine Intuition bewährt. Als man Delfina ins Filmstudio brachte, hatte sie keinerlei Widerstand geleistet oder irgendwelche Neugier an den Tag gelegt; man hätte sie ebensogut an irgendeinen andern Ort bringen können. Dieses Filmstudio war auf einem Grundstück zwischen San Cugat und Sabadell errichtet worden, nicht weit von den Gebäuden der heutigen Autonomen Universität Barcelona. Die Baukosten waren sehr hoch gewesen, weil die gesamte technische Equipe aus verschiedenen Ländern geholt werden mußte. Bei der Einrichtung hatten zwei Pioniere des katalanischen Kinos mitgewirkt: Fructuoso Gelabert und Segundo de Chomón; keiner von beiden hatte jedoch in dem von Onofre Bouvila ersonnenen Film Regie führen wollen – das Projekt erschien ihnen absurd. Schließlich wurde ein alter arbeitsloser Fotograf unter Vertrag genommen, ein grindiger und mürrischer Mann mitteleuropäischer Herkunft namens Faustino Zuckermann. Die Wahl erwies sich als glücklich, denn von Anfang an erfaßte er das Projekt mühelos bis in die kleinsten Einzelheiten. Delfina behandelte er tyrannisch; es gab keinen Drehtermin, an dem er sie nicht aus irgendeinem Grund zum Weinen gebracht hätte. Er war Alkoholiker und litt unter plötzlichen und unkontrollierten Wutanfällen. Dann mußte man ihn allein lassen und aus seiner Nähe flüchten, wollte man nicht einen seiner in boshafter Absicht ausgeteilten Schläge erwischen: Einmal brach er einer Schneiderin drei Finger, ein andermal schlug er einem Laufburschen mit einem Stuhl den Schädel ein. Die von diesem und anderen ähnlichgearteten Menschen erzeugte niederträchtige Atmosphäre im Studio war ganz nach Onofre Bouvilas Geschmack – er wußte, daß daraus eine noch zartere und aromatischere Blume entstehen würde. Die Ergebnisse ließen allerdings auf sich warten; die ersten Versuche schlugen fehl. Der technische Rückstand Barcelonas auf diesem Gebiet war noch enorm. Es dauerte drei Monate, bis der erste Film, der gedreht wurde, aus dem Labor zurückkam. Als er endlich entwickelt war, zeigte es sich, daß er unbrauchbar war: Einige Sequenzen waren zu dunkel und andere so hell, daß sie in den Augen des Zuschauers schmerzten und noch stundenlang auf der Netzhaut haftenblieben; in anderen flimmerten amorphe Ockerflekken über die Leinwand, und bei wieder anderen hatte sich die Bewegung unerklärlicherweise in ihr Gegenteil verkehrt: Alles ging rückwärts, die Personen marschierten rückwärts und füllten die Gläser mit einer Flüssigkeit, die ihnen aus dem Mund floß; außerdem spazierten einige an der Decke und die andern auf dem Boden. Doch dieses Desaster entmutigte Onofre Bouvila nicht. Er befahl, das ganze unbrauchbare Zelluloid zu verbrennen und auf der Stelle wieder mit den Dreharbeiten zu beginnen. Man antwortete ihm, Faustino Zuckermann sei nicht in der Lage zu arbeiten und könne sich nicht auf den Beinen halten. »Dann soll er im Sitzen Regie führen!« Darin imitierten ihn später viele berühmte Regisseure. Für diese zweiten Dreharbeiten mußte alles neu hergestellt werden, denn die Kulissen und Kostüme des ersten Films waren ebenfalls verbrannt worden. Diese Maßnahme hatte Onofre Bouvila ausdrücklich selbst angeordnet, damit nichts von dem, was im Studio geschah, nach außen dringen konnte. Das Geheimnis zu hüten war die Hauptsache für ihn. Schreckliche Drohungen hingen über den Leuten, die im Studio beschäftigt waren; anderseits waren die Löhne sehr hoch. Endlich wurde ihm mitgeteilt, der zweite Film sei fertig, er könne ihn in einem Projektionsraum direkt im Studio anschauen. Er ließ alles stehen und liegen und fuhr in einem Auto mit Rauchglasfenstern ins Studio. Es war derselbe Film, der nun die durch Vermittlung des Marquis von Ut im Theater versammelten Oligarchen zu Tränen rührte. Nach dieser ersten Privatvorstellung rief er Faustino Zuckermann zu sich. Der alte Fotograf verströmte einen unerträglichen Geruch nach Rotwein und rohen Zwiebeln; sein Atem schien dem Mittelpunkt der Erde zu entsteigen.

»Ich gratuliere dir«, sagte Onofre Bouvila. »Alles, was ich wollte, ist vorhanden; in diesem Blick liegt alles: die Illusionen und die Schrecken der Menschheit.« Faustino Zuckermanns blutunterlaufene, mit der Starrheit des Betrunkenen auf ihn geheftete Augen bestärkten ihn in seiner Treffsicherheit: Sie sind sich beide gleich, dachte er, dieselbe Sehnsucht und dieselbe Hoffnungslosigkeit; in kurzer Zeit wird der Glanz, der tief in ihren Blicken leuchtet, erlöschen und zuerst ein Widerschein der Glut und schließlich ein Haufen kalter Asche sein, aber dieser letzte Augenblick wird für immer auf Zelluloid festgehalten sein.

VI. Kapitel

I

Der Mann, der ihn abholte, hatte das Alter schon überschritten, von dem an die äußere Erscheinung durch Umstände geprägt wird, die nichts mit der Zahl der Jahre zu tun haben. Er hatte kein einziges Haar mehr auf dem wie gebrannte Erde getönten kugelrunden Kopf, winzige Gesichtszüge und tiefblaue Augen. Er trug eine gestreifte Baumwollhose, die ein um die Taille geschlungener Strick festhielt, eine weite verschossene Flanellbluse und Stoffschuhe. Beim Gehen stützte er sich auf einen Knotenstock, und im Strick, der ihm als Gürtel diente, steckte ein Federmesser, das so groß war, daß es schon wieder ungefährlich aussah. An den Fersen klebte ihm ein unappetitlicher kleiner Hund mit riesigem Kopf, Stummelschwanz und schwächlichen Beinchen. Der Hund wandte die Augen nicht von seinem Herrn, der seinerseits ab und zu den Blick des Hundes suchte, als erhoffe er Zustimmung für das, was er tat oder sagte. Jetzt hatte der Mann seine Mütze wieder aufgesetzt und wandte sich um.

»Wenn Sie die Güte haben wollen, mir zu folgen, hier entlang bitte«, sagte er zu Onofre Bouvila. »Der Weg ist nicht besonders gut, wie ich Ihnen, glaube ich, schon gesagt habe.«

Onofre Bouvila begann hinter dem Mann und seinem Hund herzugehen. Der Chauffeur, der ihn bis zur Waldlichtung gebracht hatte, machte Anstalten, ihnen zu folgen, doch Onofre Bouvila hielt ihn mit einer Handbewegung zurück.

»Bleib hier, und mach dir keine Sorgen, wenn ich lange wegbleibe.«

Der Chauffeur setzte sich aufs Trittbrett des Autos, legte die Dienstmütze neben sich und begann sich eine Zigarette zu drehen, während die beiden Männer und der Hund einen Waldweg einschlugen, der sich sogleich im Gestrüpp verlor. Trotz seiner Jahre bewegte sich der Mann zwischen Wurzeln, Steinen und Gestrüpp sehr gewandt. Onofre Bouvila dagegen mußte oft stehenbleiben, weil sich der Zweig eines Brombeerstrauchs im Stoff seiner Jacke verfangen hatte. Dann kam der Mann zurück und schnitt unter tausend Entschuldigungen mit dem Messer den Zweig ab, während Onofre Bouvila seinen Anzug schon verloren gab.

Die 1918 von ihm gegründete Filmindustrie erreichte ihre volle Entfaltung zwei Jahre später, Ende 1920; das war ihre Blütezeit und ihr Zenit; dann begann sich das Blatt zu wenden. Mitten in der allgemeinen Erstarrung, 1923, übertrug er Efrén Castells, der von Anfang an sein Teilhaber gewesen war, auch seinen eigenen Anteil am Geschäft und kündigte an, er ziehe sich aus diesem und ebenso aus allen anderen Geschäften zurück. Diejenigen, die ihn gut kannten oder – da es niemanden gab, der so etwas von sich behaupten konnte – häufig mit ihm zu tun hatten, überraschte seine Entscheidung weniger, denn rückblickend glaubten sie erste Indizien dafür schon in der unerwarteten Ankündigung, er wolle in ein anderes Haus ziehen, wahrgenommen zu haben. Jetzt erinnerten sie sich an diesen Moment und sahen keinen Zufall darin, daß er mit dem Auftakt zu seinem ehrgeizigsten Projekt zusammenfiel; man erblickte darin seine tiefe, vielleicht unbewußte Überzeugung, daß seine hochfliegenden Pläne zwangsläufig zum Scheitern verurteilt waren.

»Hier befand sich der ehemalige Personaleingang«, sagte der Mann. »Der Herr möge entschuldigen, daß ich ihn hier entlangführe, aber es ist der beste Ort, der einzige, der es uns erlaubt hineinzugelangen, ohne über die Mauer zu klettern.«

Auf seiner beharrlichen Suche hatte er Hunderte von Häusern besichtigt, doch nichts hatte ihn auf das vorbereitet, was er nun hier vorfand. Dieses im oberen Teil der Bonanova gelegene Landhaus hatte einer Familie gehört, deren Name offenbar bald Rosell, bald Roselli war. Das Haus war Ende des 18. Jahrhunderts errichtet worden, doch nach der 1815 durchgeführten Erweiterung blieb von diesem ersten Bau nur noch wenig stehen. Aus dem Jahr 1815 stammte auch der romantisch konzipierte und etwas ungereimt angelegte, rund elf Hektar große Garten. Auf seiner Südseite, links des Hauses, lag ein künstlicher See, der von einem in römischem Stil gehaltenen Aquädukt gespeist wurde, welcher das Wasser direkt vom Llobregat zuführte; der See wiederum ergoß sein Wasser in einen um den Garten herum- und vor dem Haus vorbeifließenden Kanal, den man im Schatten der an beiden Ufern wachsenden Weiden, Kirsch- und Zitronenbäume in kleinen Kähnen und flachen Barken befahren konnte. Mehrere Brücken überquerten den Kanal: die ganz aus Stein gebaute Hauptbrücke mit ihren drei Bögen, die direkt zum Hauseingang führte; die etwas kleinere sogenannte Seerosenbrücke mit Geländern aus rosa Marmor; die Diana-Brücke, die ihren Namen von der sie krönenden, aus den Ruinen von Ampurias stammenden Statue der Göttin hatte; die gedeckte Teakholzbrücke und die japanische Brücke, die zusammen mit ihrer Spiegelung im Wasser eine perfekte Kreisform vortäuschte. Im See und im Kanal wimmelte es von den verschiedensten prachtvollen Fischen; aus Zentralamerika und dem Amazonas hatte man auch mehrere überaus seltene Arten von Schmetterlingen importiert; diese Schmetterlinge hatte man dank außerordentlicher Anstrengung und damals in Katalonien ganz ungewohnter Fähigkeiten an Vegetation und Klima gewöhnen können. Später, 1832, im Anschluß an eine Reise nach Italien, wo derartiges in Mode war und woher die Familie stammte oder wo sie zu Zeiten der katalanischen Oberherrschaft in Sizilien oder im Königreich Neapel Fuß gefaßt hatte (als der Familienname sich mehrmals in der bereits erwähnten Art geändert haben mußte) und wohin die Sprößlinge des in Barcelona ansässigen Familienzweigs regelmäßig reisten, wenn für einen von ihnen die Stunde der Eheschließung nahte (was nicht bloßer Laune oder Neigung entsprang, sondern dem ausdrücklichen Wunsch oder der offenkundigen, immer wieder praktizierten Strategie, sich nicht mit anderen katalanischen Familien zu verschwägern, was in ihren Augen früher oder später zum Zerfall des Erbvermögens geführt hätte), wurde der Garten um eine seinerzeit sehr bewunderte Grotte bereichert; sie bestand aus zwei Teilen oder Höhlen: einer riesigen ersten Höhle mit einem zehn Meter hohen Gewölbe und mit seltsamen Stalaktiten- und Stalagmitenformationen aus geschickt geformtem Stuckgips und Porzellan sowie einer zweiten, noch erstaunlicheren Höhle, die zwar nur klein und völlig schmucklos war, aber direkt neben dem See und unter dem Wasserspiegel lag, so daß man durch einen Einschnitt in der Felswand, in den eine fünfzig Zentimeter dicke Scheibe eingelassen war, den Seegrund betrachten konnte. Wenn das Sonnenlicht bis dahin vordrang, konnte man die Algen und Korallen, die Fischschwärme und ein aus Neuguinea stammendes Riesenschildkrötenpaar sehen, das den Wechsel der Behausung überlebt hatte und nach Schildkrötenart sehr alt wurde und bis weit ins zwanzigste Jahrhundert hinein lebte, wenn es auch keine Jungen zur Welt brachte.

»Mein Vater war Jäger im Dienst der Familie Rosell«, sagte der Mann. »Als er später taub wurde, übernahm er die Aufgaben des Försters. Man kann sagen, mein Herr, daß ich schon im Dienste der Familie Rosell geboren wurde.«

Außer den genannten Wundern hatte der Garten unzählige Winkel, Pavillons, Kioske, Tempelchen, Gewächshäuser und geheimnisvolle, absichtlich verwirrend angelegte Alleen, auf denen sich der Spaziergänger ohne Angst verlaufen konnte und in deren Biegungen man unvermittelt auf die Reiterstatue des Kaisers Augustus oder das ernste Gesicht Senecas oder Quintilians auf ihren Sockeln stieß und durch deren Hecken man im Mondenschein verstohlene Gespräche hören, romantische Stelldicheins überraschen und leidenschaftliche Küsse bespitzeln konnte. Auf den Wiesen, die sich am Bergabhang über sieben Terrassenstufen erstreckten, gediehen Königspfauenpärchen und ägyptische Kraniche.

»Aber der erste Dienst, den geleistet zu haben ich mich erinnern kann, war der als Señorita Clarabellas Page, ich war damals sechs. Señorita Clarabella mußte dazumal dreizehn oder vierzehn Jahre alt gewesen sein, wenn mich das Gedächtnis nicht täuscht. Obwohl sie mehrere Sprachen beherrschte, sprach sie mit dem Gesinde immer italienisch, und wir verstanden die erteilten Befehle nie. Meine Aufgabe war übrigens nicht schwierig: Ich war damit beauftragt, ihre sieben Schoßhündchen spazierenzuführen. Sieben reinrassige Hunde, mein Herr, und alle anders – Sie hätten sie sehen sollen.«

Das Haus bestand aus drei Geschossen, die eine Fläche von je zwölfhundert Quadratmetern hatten. An der nach Südosten, gegen Barcelona ausgerichteten Hauptfassade gab es elf Balkone in den beiden oberen Geschossen und zehn Flügelfenster sowie das Eingangstor im Erdgeschoß. Mit allen Balkonen, Fenstern, Dachfenstern, Glaserkern, Oberlichtern, Galerien und sonstigen Türen gab es im Haus insgesamt zweitausendundsechs Scheiben, deren Reinigung eine Dauerarbeit war. Jetzt waren die Scheiben zerbrochen, das Innere des Hauses verwüstet und der Garten eine Wildnis geworden. Die Brücken waren eingestürzt, der See ausgetrocknet, die Grotte eingefallen; die ganze exotische Fauna war vom Ungeziefer und von den Ratten, die jetzt das Grundstück beherrschten, vernichtet worden, die Boote und Kutschen ein Haufen Kleinholz in den türlosen Schuppen und das Wappen der Familie Rosell eine kaum noch wahrnehmbare, von der Witterung zerfressene und verschimmelte Wucherung auf dem Fries über dem Haupteingang.

»Erzählen Sie mir, was geschah«, sagte Onofre Bouvila. Nicht ohne Risiko hatten sie die Brücke überquert und standen nun vor dem Eingangstor. Der Mann setzte sich auf einen Steinlöwen, dem Kopf und Schwanz fehlten, und der Hund legte sich ihm zu Füßen. Mit einem tiefen Seufzer stützte der Mann das Kinn auf die über dem Krummstock verschränkten Hände. Onofre Bouvila wußte, daß er eine weitere lange und seltsame Geschichte hören würde.

»Obwohl die Familie Rosell, mein Herr, wie man weiß, die Gewohnheit hatte, nie in Katalonien zu heiraten und sich nicht mit ihren Landsleuten zu verschwägern, was immer Übelwollen hervorrief, als gäbe der Umstand, auf demselben Boden und unter derselben Sonne geboren worden zu sein, den einen das Recht, über das Privat-, ja Gefühlsleben der andern zu verfügen oder darüber ein Urteil zu fällen, wenn nicht noch mehr, war sie, wie ich schon sagte, mein Herr, weder hochmütig noch scheu, viel eher das Gegenteil. Es gab also selten einen Tag, an dem mir nicht irgendein Besucher über den Weg gelaufen wäre, wenn ich mich bei Einbruch der Dämmerung zurückzog, nachdem ich, selbst in den Hitzemonaten, die vorgeschriebenen zwei Stunden damit verbracht hatte, die Hunde abzurichten, wie man mir aufgetragen hatte, auf der ehemaligen Wiese dort, mein Herr, die als erste in den Schatten dieser Palmen zu liegen kam, welche heute natürlich viel höher sind als damals: Seither sind so viele Jahre vergangen, mein Herr, daß sogar die Bäume, die damals meine Schritte sahen und Zeugen meiner Knabenträume waren, schon gestorben sind.« Er sprach in etwas langen Sätzen, als koste es ihn Mühe, sich zu erinnern oder einem Fremden seine Erinnerungen zu erzählen; für einen Moment schwieg er dann gedankenversunken und errötete wie ein Schüler, und seine von Natur aus rötliche Haut bekam eine noch dunklere, fast indigofarbene Tönung. Nach diesem unguten Moment schüttelte er den Kopf, nahm eine Hand vom Stockknauf, an dem er sich mit aller Kraft festklammerte, und deutete auf jene wilden Felder, als verwandelten sie sich bei der Beschwörung seiner Erinnerung wieder in die peinlich gepflegten Wiesen der alten Zeiten. Dann meinte er auf diesen Wiesen noch die Leute spazieren und die Kutschen vorbeifahren zu sehen. »Was glauben Sie, welche Mühe ich bei solchen Gelegenheiten hatte, die verspielt und aufgeregt an den Leinen zerrenden Hunde zurückzuhalten! Und nicht selten gelang es ihnen, meine Standfestigkeit zu besiegen, und obwohl sie klein waren, schleiften sie mich, der ich ja auch klein und nicht sehr gewandt war, über den zarten Rasen, sie bellend und springend, ich wimmernd – sehr zum Vergnügen des Besuchers, der einen kurzen Blick auf die vergnügliche Szene erhaschen konnte, ehe sein Wagen auf die Brücke fuhr und die zweiflüglige Tür sich weit öffnete, um freien Zutritt zum Haus zu gewähren.«

Er ließ den Mann weiterschwatzen und trat in die Eingangshalle. Das Licht drang hell durch die flügel- und vorhanglosen Türen. Der Boden war laubbedeckt. Einige vereinzelte, zufällige Gegenstände hatten die Plünderung überlebt: ein bunter Ball, ein Bronzekrug, ein Stuhl. Daß alles andere fehlte, war offensichtlich und schmerzhaft. Er überlegte, wie viele Gegenstände es brauchte, um ein Haus zu errichten; einige von ihnen bestanden aus vielen Teilen, die sorgfältig zusammengefügt werden wollten. Rechnete man das in Arbeitsstunden um, so ergaben sich für ein Haus wie dieses mehrere Menschenleben; seine Zerstörung machte diese Leben zu einer unnötigen Investition, einer reinen Zeitverschwendung, dachte er nach seiner Finanzmannart. Aus dieser Überlegung riß ihn die Stimme des Mannes, der lautlos zu ihm getreten war und jetzt unvermittelt seine Erzählung fortsetzte.

»Und die Feste, mein Herr! Und die Verbenas und Kirchweihen!« Mit der Stockspitze wischte er das Laub auf dem Boden weg und legte auf dem Mosaik einen weiblichen Fuß und den dazugehörigen Wadenansatz frei. Hätte er weitergewischt, so wäre sicherlich eine mythologische Szene so groß wie die ganze Fläche der Eingangshalle zum Vorschein gekommen, aber dafür hätte er mehrere Stunden arbeiten müssen. Er hörte wieder auf und beschrieb umständlich jene Feste und Bälle, während sie in immer neue Salons kamen. Wie der Herr ja vermuten könne, habe man ihn an jenen normalerweise nächtlichen Festen nicht teilnehmen lassen, aber im Nachthemd, barfuß und ungeachtet der kühlen Abendluft, sei er aus seinem Zimmer gewischt und habe sich an einem Ort versteckt, von wo aus er habe zusehen können, ohne selbst gesehen zu werden. Diese Eskapaden seien wegen des Festtumults gut möglich gewesen, denn bei derartigen Anlässen sei die ganze Dienerschaft mit Arbeit überhäuft gewesen, und niemand habe sich um eine Rotznase wie ihn kümmern können. In der Täfelung des Spiegelsaals nisteten Mauersegler, und übers Gesims huschten Mäuse. Dieser Anblick schien ihn noch trauriger zu stimmen. Er schwieg eine Weile, und als er weiterredete, sprach er schnell, als wolle er diese für ihn in jeder Hinsicht schmerzliche Besichtigung bald beenden, vielleicht weil er sie jetzt erstmals seit langem in Begleitung eines Fremden durchführte.

»An einem Sommertag, mein Herr, an einem schrecklichen Sommertag fand ich bei der Rückkehr von meinem Abendspaziergang mit den Hunden das Haus in großer Aufregung vor, und alle waren wie betäubt und verwirrt, was mich zunächst auf den Gedanken brachte, es sei wieder ein großes Fest in Vorbereitung, was indessen gar nicht möglich war, denn erst vor kurzem hatten wir fast direkt nacheinander zwei große Feste gehabt, nämlich die Verbena von San Juan und den Besuch der Theatergruppe San Carlo aus Neapel, die Señor Rosell, die Sommerpause nutzend, eingeladen hatte, hier für seine Familie und einige enge Freunde *Le Nozze di Figaro* des Herrn Mozart aufzuführen, was beträchtliche Umtriebe mit sich brachte, denn man mußte ja die Sänger, den Chor und das Orchester sowie alles übrige Theaterpersonal beherbergen und bewirten, also rund vierhundert Personen, abgesehen von den Instrumenten und Kostümen, und danach machte es den Anschein, als würden wir uns während langer Zeit nicht mehr in ein Durcheinander solchen Ausmaßes stürzen, aber es mußte trotzdem so sein, denn da stand ich nun, ich traute meinen Augen nicht, inmitten eines Bataillons von Maurern, Schreinern, Gipsern und Malern, kurz, alles, was unbedingt notwendig ist, um ein Fest von einem gewissen Rang in die Wege zu leiten. Erregt durch das unerwartete Spektakel, eilte ich, gefolgt von meinen sieben Hunden, ins Haus hinein und suchte jemand, der mich aufklären konnte, was da vor sich ging oder vor sich gehen sollte, und stieß schließlich auf eine Wirtschafterin, mit der ich, glaube ich, bis zu einem gewissen Grade verwandt war, denn Ehen zwischen Dienern und Dienstmädchen im selben Haus sind nicht selten, was, nebenbei gesagt, manchmal zu unglaublichen Situationen führte, daß beispielsweise meine Tante zweiten Grades gleichzeitig meine leibliche Kusine und ein Bruder meiner Mutter mein eigener Neffe war, aber das nur am Rand, es tut nichts zur Sache, diese Wirtschafterin, mit der ich bis zu einem gewissen Grade verwandt war und die möglicherweise, jetzt, da ich darüber nachdenke, sogar meine Mutter war, denn bei den seltenen Gelegenheiten, da er aus dem Wald kam, schlief mein Vater mit ihr, was natürlich nichts beweist, also die Wirtschafterin, die damals gerade einen Fasan rupfte, dessen Kopf sie soeben mit dem Handbeil, das sie, eben vielleicht meine Mutter, noch zwischen den Knien hielt, säuberlich abgetrennt hatte, erzählte mir, am nämlichen Nachmittag sei ein Reiter in Umhang und mit einem schon damals anachronistischen Filzdreispitz gekommen, sei vom Pferd gesprungen, noch bevor dieses seinen zügellosen Lauf habe bremsen können und ohne sich die Mühe zu machen, es festzubinden oder die Zügel dem Reitknecht zu übergeben, der, vom Hufgeklapper auf der Brücke herbeigerufen, ihm schon zu Hilfe eilte – was das Pferd genutzt habe, um in den Kanal zu springen –, und habe dem Haushofmeister ein Losungswort ins Ohr gemurmelt, das ihm unverzüglich Tür und Tor geöffnet und ein hastiges Gespräch mit Señor Rosell ermöglicht habe, den man deswegen rücksichtslos aus seiner Siesta aufgeweckt und der gleich danach Anweisung gegeben habe, alles Notwendige vorzukehren, um am selben Abend (noch am selben Abend!) zu Ehren eines illustren Gastes, dessen Namen er allerdings der Dienerschaft verschwiegen habe, einen großen Ball zu geben. Sogleich sei der Emissär wieder aufgebrochen – und hart auf seinen Fersen Botschafter mit dem Auftrag, mündlich die Einladungen auszuteilen, erzählte die Wirtschafterin, vielleicht meine Mutter. ›Aber um wen handelt es sich denn?‹ fragte ich mit der unersättlichen Neugier meines so zarten Alters, worauf Mama antwortete, das könne sie mir nicht sagen, es sei ein Geheimnis, und selbst wenn sie einwilligte, es mir zu sagen, gäbe mir das auch keine Gewißheit, denn dieser Name, den sie selbst gehört habe, als sie an den Türen gehorcht und einzelne vom Wind zugetragene Silben aufgeschnappt habe, sei mir vollkommen unbekannt, wie sie sagte, aber ich beharrte so sehr und appellierte an ihre Muttergefühle, in der Annahme, unsere wirkliche Beziehung rechtfertige das und sie habe überhaupt welche, daß sie schließlich nachgeben und mir sagen mußte, die Person, zu deren Ehren die Vorbereitungen getroffen würden, sei niemand anders als der Herzog Archibaldo María, dessen Ansprüche auf den spanischen Thron die Familie Rosell seit vielen Jahren unterstützte.«

Im ersten Stock lag nur wenig Laub, dafür war der Schmutz größer, er schien von den Gegenständen selbst zu kommen. Was für ein Schmutz kann sich doch anhäufen, dachte Onofre Bouvila; ich weiß nicht, was überhaupt geschähe, reinigten nicht alle oder wenigstens beinahe alle täglich ein wenig denjenigen Teil des Planeten, der ihnen zuteil wurde. Vielleicht ist das in Wirklichkeit die wahre Bestimmung der Menschheit, vielleicht hat Gott den Menschen auf die Erde gestellt, damit er sie ein bißchen sauber und präsentabel halte, vielleicht ist aus diesem Grund alles andere nur ein Hirngespinst.

»Sich für diesen oder jenen Thronanwärter auszusprechen war damals nicht das Ergebnis einer Vorliebe, nicht einfach eine Neigung, derjenigen vergleichbar, die man heute, um nur ein Beispiel zu nennen, für einen Stierkämpfer empfinden könnte, sondern eine heikle politische Stellungnahme, deren Konsequenzen irreparabel sein konnten, wenn die Wechselfälle der internen Kriege, die es aus solchen Gründen damals gab, widrig waren. Nun also«, fuhr er nach einer Weile fort, »der fragliche Anwärter, dessen Besuch uns angekündigt worden war, hatte in einem unverständlichen Dokument, einer Mischung aus Ideensammlung, Ansprache und Programm, das, was weiß ich warum, ›Edikt‹ genannt und in Montpellier veröffentlicht wurde, versprochen, Katalonien eine beschränkte Unabhängigkeit oder etwas in dieser Art zuzugestehen, ein anscheinend ähnliches Regime wie dasjenige, das Indien mit der britischen Krone verband und noch heute verbindet. Um dieses vagen Versprechens willen hatte die Familie Rosell Leben und Vermögen aufs Spiel gesetzt. Nun kündigte dieser Kandidat unversehens seinen Besuch an, was im Haus ein unlösbares Dilemma schuf, da man ja einerseits den Gast so freundlich aufnehmen mußte, wie es sein wirklicher oder möglicher Rang erforderte, und anderseits um jeden Preis das Inkognito aufrechterhalten mußte, das zwangsläufig jedesmal seine Reise umgab, wenn die eingesetzten Behörden und die rivalisierenden Parteien in gemeinsamem Übereinkommen einen Preis auf seinen Kopf ausgesetzt hatten – Schwierigkeiten also, die noch zum Zeitdruck hinzukamen und Fantasie, Raffinement und *savoir faire* der Familie Rosell auf die Probe stellten.«

Der Boden war jetzt von winzigen Porzellanstückchen übersät, die unter den Schritten der beiden Männer knirschten. Als Onofre Bouvila ein Stückchen aufhob und von nahem betrachtete, sah er, daß es wie alle übrigen zu einem Sèvres- oder Limoges-Tafelgeschirr von wenigstens zweihundert Teilen gehörte, die Suppenschüsseln, Saucieren, Platten und Obstschalen nicht eingerechnet. »Wenn sich doch der Speisesaal im Erdgeschoß befindet, wie ist denn dieses Geschirr hierhergekommen?« Er hätte auch gefragt, wer es zerschlagen hatte, wenn er gewußt hätte, wen er fragen sollte. Der Mann hatte sich in seinen Erinnerungen verloren und antwortete nicht.

»Sowie wir seiner ansichtig wurden, war uns klar, daß jener Mann nur Unglück übers Haus bringen konnte. Der Herzog Archibaldo María zählte damals vierzig oder fünfundvierzig Jahre und hatte immer im Exil gelebt. Dieses Flucht- und Wanderleben hatte ihn zu einem ausschweifenden und amoralischen Menschen gemacht. Als er über die Brücke ritt, stürzte er vom Pferd, so betrunken kam er daher. Ich glaube, er sah nicht einmal die Boote, die den Kanal durchpflügten und in denen das Gesinde Kandelaber und Kerzenhalter in die Höhe hielt, damit ein sich bewegender Lichterkreis entstand. Sein Adjutant, ein Individuum von zigeunerhaftem Aussehen mit dem Spitznamen Flitán, sprang mit zirzensischer Agilität aus dem Sattel, half dem Herzog beim Aufstehen und schleppte ihn zum Brückengeländer, über das sich Seine Hoheit lehnte und kotzte, während Señorita Clarabella, gemäß den Instruktionen ihres Vaters und mit den Bewegungen, die ihr der Tanzlehrer den ganzen Nachmittag lang beigebracht hatte, das Knie zum denkbar anmutigsten Knicks beugte und dem Herzog auf einem gewürfelten Seidenkissen eine Nachbildung des Hausschlüssels aus Gold oder vergoldetem Metall und eine weiße Lilie darbot ... Ich weiß nicht, ob ich schon gesagt habe, mein Herr, daß es eine unglaublich heiße, eine schreckliche Sommernacht war. Der Herzog hatte sich seit mehreren Tagen nicht rasiert und seit mehreren Monaten nicht gewaschen, von seinen Kleidern ging ein herber Geruch aus, an der Nase hing ihm dicker Rotz, und wenn er lachte – eher wild als fröhlich –, entblößte er spitze angefaulte Zähne. Nie ist ein Königshaus schlechter repräsentiert worden. Mit einer abschätzenden Bewegung wog er den Goldschlüssel in der Hand, gab ihn dann seinem Adjutanten, warf die Lilie auf den Boden und zwickte Señorita Clarabella in die Wange, worauf sie sogleich errötete, einen zweiten

Knicks machte, sich umwandte und eilig hinter ihrer Mutter versteckte.«

Über eine Treppe, von deren Geländer nur noch ein paar zersplitterte, senkrecht aus den Stufen ragende Holzstücke standen, stiegen sie in den zweiten Stock. Als sie oben ankamen, drehte sich der Mann, der sich bis dahin schwerfällig durchs Haus bewegt, die Füße nachgeschleift und in jedem Raum lange verweilt hatte, rasch um und stellte sich vor Onofre Bouvila, als wolle er ihm den Weg abschneiden.

»Hier lagen die Schlafzimmer des Hauses«, erklärte er ohne Zusammenhang – bis zu diesem Augenblick hatte er nichts zur ehemaligen Verteilung der Gemächer gesagt. »Ich meine die Schlafzimmer der Herrschaften«, fügte er eilig hinzu, da er befürchtete, eine Unkorrektheit begangen zu haben. »Das Gesinde schlief natürlich oben im Dachgeschoß, das im Sommer der heißeste und im Winter der kälteste Teil des Hauses war; für diese unvorstellbare Unannehmlichkeit wurde man aber dadurch entschädigt, daß man von hier die schönste Aussicht aufs ganze Grundstück hatte. Dort schlief auch ich. Ich hatte ein eigenes Zimmer. Das sage ich nicht, um mich wichtig zu machen, denn eigentlich schlief ich mit Señorita Clarabellas sieben Hunden; aber auf jeden Fall teilte ich mein Zimmer nicht mit andern Angestellten wie sonst üblich, was mich davon befreite, Gegenstand von Späßen, Peitschenhieben und homosexuellen Handlungen zu sein, natürlich nicht vollständig, aber wenigstens an den meisten Tagen; insgesamt glaube ich sagen zu dürfen, daß ich, während ich dort wohnte, nur etwa einmal pro Woche Gegenstand von Späßen, Peitschenhieben und homosexuellen Handlungen war, was andere in einer vergleichbaren Lage nicht von sich behaupten können. In der übrigen Zeit ließ man mich in Ruhe. Dann pflegte ich mich aufs Fensterbrett zu setzen, die Füße hinausbaumeln zu lassen und die Sterne zu betrachten; andere Male schaute ich nach Barcelona hinunter, in der Hoffnung, irgendeinen Brand zu sehen, denn sonst lag die Stadt ja im Dunkeln, und von meinem Aussichtspunkt aus war es unmöglich, dort in der Ferne eine dichtbevölkerte Stadt auszumachen. Dann, als das elektrische Licht kam, änderten sich die Dinge, doch zu diesem Zeitpunkt lebte schon niemand mehr hier im Haus. Kommen Sie, mein Herr«, sagte er brüsk und zog Onofre am Ärmel, »gehen wir ins Dachgeschoß, und ich zeige Ihnen, wo mein Zimmer war, von dem ich Ihnen erzähle. Lassen wir jetzt diese Räume, sie verdienen nicht das geringste Interesse, glauben Sie mir.«

Das Dach des Obergeschosses war an mehreren Stellen kaputt, so daß man den Himmel sehen konnte. Durch die Löcher flogen im Zickzack die Fledermäuse herein und hinaus, die jetzt im Dachgeschoß lebten. Diejenigen, die nicht umherflatterten, hingen kopfüber an den Balken und schliefen. Auf dem Boden huschten große Ratten mit stachelhartem Pelz umher, die imstande waren, es mit einer Katze aufzunehmen, ja sie zu töten. Der Mann nahm sein Hündchen vorsichtshalber auf den Arm.

»In jener Nacht konnte ich nicht schlafen« – er erzählte weiter, als hätte er seine Schilderung nicht einen Moment lang unterbrochen –: »Bis in mein Zimmer drang die Orchestermusik, die den Tanz untermalte. Ich schaute also wie gewohnt aus dem Fenster. Unten, auf der andern Seite der Brücke, auf der Ebene, konnte ich im schwachen Licht der Myriaden von Sternen, von denen das Firmament in jener Sommernacht, in jener schrecklichen Nacht, übersät war, mein Herr, die Kutschen sehen, in denen die erlesenen Gäste gekommen waren, alles überzeugteste Anhänger des Herzogs, was keiner Erwähnung bedarf, und weiter weg, an den Bergabhängen, eine Unzahl sich langsam wie ein Schwarm träger Leuchtkäfer bewegender Lichtchen, aber o weh, es waren keine Leuchtkäfer, sondern die Laternen, mit denen sich die Truppen des Generals Espartero leuchteten, der, durch irgendeinen verfluchten Verräter über die Anwesenheit des Herzogs unterrichtet, Befehl gegeben hatte, das Grundstück zu umzingeln. Niemand hatte, Ironie des Schicksals, etwas von dieser Falle bemerkt, außer mir armem Unschuldigen – was hätte ich mit meinen sechs Jahren von den Regeln des Verrats und des Kriegs schon wissen können? Lassen Sie mich Atem schöpfen, mein Herr, und gleich werde ich weitererzählen.« Er tat, wie er sagte, zog aus der Tasche ein Kräutertuch und trocknete sich damit die Augen. Dann trocknete er auch gleich noch die Augen des Hündchens, das den Kopf abwandte. Sogleich steckte er das Tuch wieder in die Tasche und sagte: »Ich hörte der Musik zu, bis mich die Müdigkeit übermannte und ich mich zurückzog, um zu schlafen. Ich weiß nicht, wie spät es gewesen sein mochte, als ich mit Schrecken erwachte. Die Hunde, die bei mir schliefen, waren schon vor mir aufgewacht und strichen unruhig im Zimmer umher, kratzten an den Türen, knabberten an der Bodenmatte und winselten, als witterten sie eine unbestimmte Gefahr in der Luft. Draußen herrschte tiefste Nacht. Ich schaute aus dem Fenster und sah, daß die Kutschen verschwunden waren und die Lichtchen, die mich zuvor amüsiert hatten, nicht mehr brannten. Ich packte einen Kerzenstummel und trat im Nachthemd und barfuß auf den Gang, nachdem ich hinter mir die Hunde ins Zimmer gesperrt hatte, damit sie nicht entwischen und im Haus, das zu schlafen schien, umherstreifen konnten. Auf ebendieser Treppe, die Sie hier sehen, mein Herr, ging ich in den zweiten Stock hinunter. Ich weiß nicht, welche Idee mich dorthin trieb. Plötzlich packte mich eine Hand am Arm, und eine andere hielt mir den Mund zu, damit ich weder fliehen noch um Hilfe rufen konnte. Die Kerze fiel mir zu Boden, wurde aber sogleich wieder von jemandem aufgehoben. Als ich mich von meinem Schrecken etwas erholt hatte, sah ich, daß der Mann, der mich festhielt, niemand anders als der Herzog Archibaldo María war und derjenige, der die Kerze aufgehoben hatte und jetzt mit ihr sein diabolisches Gesicht beleuchtete, der barbarische Flitán, der einen Dolch zwischen den Zähnen trug, was mich in unbeschreibliche Angst versetzte. ›Du hast nichts zu befürchten‹, hörte ich den Herzog in mein Ohr murmeln, wobei mir sein pastoser und so alkoholgeschwängerter Atem ins Gesicht schlug, daß ich das Bewußtsein zu verlieren fürchtete. ›Weißt du, wer ich bin?‹ fragte er, worauf ich mit einem schwachen Nicken antwortete. Das schien ihn zu befriedigen, denn er sagte: ›Wenn du weißt, wer ich bin, wirst du auch wissen, daß du mir in allem zu gehorchen hast.‹ Und da ich abermals nickte, fragte er mich weiter, ob ich wisse, wo sich Señorita Clarabellas Schlafzimmer befinde. Als ich bejahte, wechselten die beiden Männer einige rasche Blicke und ein Grinsen, dessen Sinn ich auch nicht andeutungsweise verstand. ›Nun, dann bring mich unverzüglich dorthin, denn Señorita Clarabella erwartet mich. Ich habe ihr eine kleine Nachricht zu überbringen‹, fügte er nach einer Weile hinzu; bei diesen Worten brach er in grobes Gelächter aus, in das der Adjutant einstimmte. Natürlich gehorchte ich. Vor der Schlafzimmertür gaben sie mir die Kerze wieder und befahlen mir, sogleich in mein Zimmer zurückzugehen. ›Schlaf sofort wieder ein und erzähl niemandem, was vorgefallen ist, sonst sage ich Flitán, er soll dir die Zunge abschneiden‹, warnte mich der Herzog. In aller Eile ging ich zu meinem Zimmer, ohne ein einziges Mal zurückzuschauen. Vor der Tür blieb ich stehen; die Begegnung hatte einen unerklärlichen Kummer in meinem Herzen verursacht. Hinten im Gang des Dachgeschosses, wo ich nun stand, schlief die Wirtschafterin, die meine Mutter sein konnte oder auch nicht. Auf den Zehenspitzen trat ich in ihr Zimmer, das sie, wie bereits erwähnt, mit andern Dienstmädchen teilte, trat an ihr Bett und schüttelte sie. Sie öffnete halb die Augen und schaute mich zornig an. ›Was zum Teufel suchst du hier, du verdammter Bengel?‹ zischte sie, und ich befürchtete, sie sei womöglich doch nicht meine Mutter, in welchem Fall ich einzig eine ordentliche Tracht Prügel von ihr zu erwarten hatte. Trotzdem antwortete ich: ›Ich habe Angst, Mama!‹ – ›Schon gut‹, sagte sie und vergaß ihren Zorn, ›bleib hier, wenn du willst, aber nicht in meinem Bett. Siehst du nicht, daß ich heute nacht Gesellschaft habe?‹ Sie legte den Zeigefinger auf die Lippen und deutete dann auf einen Mann, der an ihrer Seite schnarchte und, nebenbei gesagt, nicht mein Vater, der Förster, war, was natürlich auch nichts beweist, und so legte ich mich zu Füßen des Betts auf die Matte und begann die Nachttöpfe zu zählen, die ich von dort aus sehen konnte. Abermals wurde ich gewaltsam aus dem Schlaf gerissen – meine Mutter schüttelte mich. Alle Dienstmädchen und die Männer, die sich, aus welchem Grund auch immer, ebenfalls im Zimmer befanden, eilten von einer Ecke zur andern und suchten im schwachen Licht, das durchs Dachfenster drang, ihre Kleider. Ich fragte, was los sei, und meine Mutter gab mir als einzige Erklärung einen Nasenstüber. ›Frag nicht so viel, los, schnell!‹ Sie warf sich ein Dreieckstuch übers Nachthemd, ging hinaus und schleppte mich hinter sich her. Die Treppen dröhnten und krümmten sich unter den Schritten des Gesindes, das hinunterstürmte und sich im Keller versammelte. Dort erblickten wir Señor und Señora Rosell; er trug noch seinen Festanzug oder hatte ihn wieder angelegt. In der Rechten hielt er einen blanken Säbel, und mit dem linken Arm faßte er Señora Rosell, die in seinen Brustlatz weinte, beschützend um die Schulter. Sie trug einen langen Hausmantel aus blauem Samt. Als ich neben ihnen vorbeiging, hörte ich den Herrn murmeln: *Povera Catalogna!* Ich schaute in alle Richtungen, um inmitten dieses Getümmels Señorita Clarabella zu finden, was meiner geringen Größe wegen aber höchst schwierig war. Die Leute, die um mich herumstanden, hörte ich auch sagen, General Esparteros Truppen seien soeben über die Brücke gekommen und würden jeden Moment das Eingangstor einschlagen. Wie um diese Behauptung zu bekräftigen, wurde nun im Erdgeschoß, direkt über unseren Köpfen, wie wild mit dem Türklopfer ans Tor gehämmert. Ich barg meinen Kopf in dem Wald von Knien, der mich umgab. Señor Rosell sagte in gelassenem Ton: ›Schnell, schnell, haltet euch nicht auf, sonst bezahlen wir's mit dem Leben.‹ Einer nach dem andern traten wir in eine Speisekammer, wo in hellen eisenbeschlagenen Holzfässern Bohnen, Linsen und Kichererbsen lagerten, wie ich immer gesehen hatte. Ich kam aus dem Staunen nicht heraus – nie hätte ich gedacht, daß auf so engem Raum so viele Leute Platz fänden. Als ich jedoch näherkam, verstand ich, was geschah: Im Boden der Speisekammer gab es tatsächlich eine Falltür, die normalerweise unter den Fässern verborgen war, jetzt aber offenstand, und durch die sich hinunterzwängte, wer in die Speisekammer getreten war. Diese Falltür führte zu einem Geheimgang, dessen Existenz nur den Hausherren bekannt war und durch den man fliehen konnte, wenn das Haus so dicht belagert wurde, wie es jetzt der Fall war. Meine Mutter gab mir ein Handzeichen, das zu bedeuten schien: ›Bleib nicht stehen, los, lauf schon!‹ Ich wäre ihr gefolgt, mein Herr, wäre mir nicht plötzlich in den Sinn gekommen, daß ich vor Stunden die sieben Hündchen in meinem Zimmer eingeschlossen hatte, als ich hinausging, um mich auf jenen ersten Streifzug zu machen, der zur Begegnung mit dem Herzog führte. Ich muß sie holen, sagte ich mir, will ich bei Señorita Clarabella nicht in Ungnade fallen. Ohne zweimal zu überlegen, drehte ich mich auf dem Absatz um und eilte im Laufschritt die vier Stockwerke hoch, die zwischen Keller und Dachgeschoß lagen.«

Onofre Bouvila lehnte sich aus dem Fenster und schaute hinunter. Die Gebüsche und Sträucher hatten die Grenzen des Grundstücks überwuchert; jetzt erstreckte sich zu seinen Füßen eine einzige grüne Fläche bis zum Stadtrand. Dort konnte man deutlich abgegrenzt die Dörfer sehen, die die Stadt allmählich verschlungen hatte; dann kam das Ensanche mit seinen Bäumen, Alleen und Luxushäusern; weiter unten die Altstadt, mit der er sich auch nach so vielen Jahren noch immer identifizierte. Zum Schluß sah er das Meer. Zu beiden Seiten der Stadt stießen die Schlote der Industriezonen den Rauch in den dunklen Himmel der Abenddämmerung. Auf den Straßen gingen im ruhigen Rhythmus der Anzünder die Lichter an.

»Der Rest der Geschichte interessiert mich nicht«, sagte er kurz angebunden und warf dem Mann über die Schulter einen herrischen Blick zu. »Ich nehme das Haus.«

2

Rein zufällig oder in beabsichtigtem Einklang fiel der Zusammenbruch von Onofre Bouvilas Filmimperium mit dem Abschluß der Rekonstruktionsarbeiten an dem Haus zusammen, das er gekauft hatte. Mit unermüdlicher Beharrlichkeit und ohne Rücksicht auf Zeit, Energie oder Kosten ließ er das Haus auskernen und dann alles wieder an der Stelle neu errichten, wo es gewesen war oder gewesen sein mußte. Dazu verfügte er jedoch weder über eine Beschreibung noch einen Plan und hatte keinen anderen Leitfaden als die Gesetze der Logik und die unsichere Erinnerung des Mannes mit dem Hündchen. Mit unendlicher Geduld hörte er sich die Meinungen der Architekten, Historiker, Dekorateure, Tischler, Künstler, Dilettanten und Scharlatane an, die sich einfanden, um die immer neu auftauchenden konkreten Probleme zu lösen; zu jeder Frage gaben sie widersprüchliche Gutachten ab. Nachdem er sich diese Gutachten, die er freigebig honorierte, angehört hatte, fällte er diejenige Entscheidung, die er für die beste hielt, ohne je seinen eigenen Vorlieben nachzugeben. So sah er allmählich das Haus und den Garten, die Säle und Schuppen, den See und den Kanal, die Brücken und Pavillons, die Blumenbeete und den Baumgarten wiederauferstehen. Im Haus wurden die Decken und Böden restauriert, wenn das, was davon noch übrig war, es erlaubte, oder neu konzipiert, wo die Zeit die Arbeit der Menschen bis zur Unkenntlichkeit verwüstet hatte. Er verteilte unter seinen Agenten die Porzellan- und Glasscherben und schickte sie in alle Winkel der Welt auf die Suche nach den entsprechenden Zwillingsgegenständen; diese Agenten, die noch vor wenigen Jahren durch dieselben Städte gestreift waren und dem Meistbietenden Haubitzen und Mörser angetragen hatten, ließen nun in den Türstürzen der feuchten Keller, wo Goldschmiede und Antiquitätenhändler wohnten, die Glocken klingeln. Er ließ Maler und Bildhauer aus allen Werkstätten und Dachkammern sowie Restauratoren aus den Pinakotheken und Museen der Welt nach Barcelona kommen. Ein bloß handbreites Stück einer großen Vase reiste zweimal nach Schanghai. Aus Andalusien und Devonshire importierte er Pferde, schirrte sie an und spannte sie vor eigens für ihn in Deutschland angefertigte Kutschenreplikate, so daß alle dachten, er sei verrückt und habe den Verstand verloren. Niemand begriff, aus welchem Grund er sich in ein derart ausweglos erscheinendes Labyrinth stürzte. Aber niemand konnte ihn davon abbringen; weder Nutzen noch Bequemlichkeit oder Wirtschaftlichkeit waren Argumente, denen er zugänglich war – jedes einzelne Stück mußte genauso sein, wie es zuvor, zu Zeiten der Familie Rosell, gewesen war, deren Fährte aufzuspüren ihm anderseits nie ein Anliegen war. Wenn sich jemand überrascht zeigte und ihn fragte, wie er, der doch versucht habe, die althergebrachte

Religion durch den Cinematographen zu ersetzen, sich denn nun darauf versteifen könne, etwas wiederzuerschaffen, was mit dem Fortschritt nicht vereinbar sei, ja, was der Fortschritt unwiederbringlich hinter sich gelassen habe, lächelte er nur und antwortete: »Eben.« Es gab keine Möglichkeit, ihn davon abzubringen. Dieses Gewaltswerk nahm mehrere Jahre in Anspruch.

Bei der Besichtigung des Hauses knüpfte er eines Tages ein Gespräch mit einem Dekorateur an, der ihm mitteilte, er habe vergeblich eine Majolikastatuette von geringem Wert gesucht, im Verlauf seiner Nachforschungen aber gehört, sie sei vielleicht in einem bestimmten Geschäft in Paris zu finden; er habe jedoch lieber darauf verzichtet, als in die Statuette weiterhin nach seinem Dafürhalten unverhältnismäßig viel Geld und Mühe zu investieren. Onofre Bouvila verlangte die Adresse dieses Pariser Geschäfts, entließ den Dekorateur, stieg ins Auto, das ihn auf der Brücke erwartete, und sagte zum Chauffeur: »Nach Paris.« Noch nie hatte er Katalonien verlassen, war nicht einmal nach Madrid gereist, wo er so viele Geschäfte in der Hand hatte. Während der Reise döste er im Wagensitz. Als sie die Grenze passierten, wollte er, da es recht kühl war, eine Reisedecke kaufen, um sie über die Beine zu legen, aber man wollte sie ihm nicht verkaufen, da er kein französisches Geld bei sich hatte. Bis Perpignan fuhr er ohne Decke weiter; dort gab ihm eine Bank das nötige Darlehen und einen Brief, der es ihm erlaubte, unbeschränkte Summen abzuheben, wo immer er vorbeikam. Als sie Perpignan verließen, begann es zu regnen und hörte auf der ganzen Reise nicht mehr auf. Sie übernachteten in einem Dorf, das gerade auftauchte, als die Sonne unterging. Am nächsten Morgen fuhren sie weiter. Als sie in Paris ankamen, suchten sie direkt die Adresse auf, die ihm der inkompetente Dekorateur gegeben hatte. Tatsächlich fand er dort die Majolikastatuette und kaufte sie zu einem Schleuderpreis. Im Besitz der Statuette, ließ er sich zum nächsten Luxushotel fahren und quartierte sich in der *suite royale* ein. Er lag gerade in der Badewanne, als der Geschäftsführer im Cutaway und mit einer Gardenie im Aufschlag hereinkam, um *monsieur*

Bouvila zu fragen, ob er einen besonderen Wunsch habe. Dieser beauftragte ihn, ihm das Abendessen in der Suite zu servieren und dem Chauffeur, der ein Zimmer in einem andern Stock bewohnte, weibliche Gesellschaft zu verschaffen: »Morgen erwartet ihn ein sehr anstrengender Tag.« Der Hotelgeschäftsführer setzte eine verständnisvolle Miene auf und fragte dann: »Und möchte *monsieur* nicht auch ein wenig Gesellschaft?« – »Diskret und liebenswürdig«, antwortete Onofre und versuchte sich auszumalen, was wohl sein Freund, der Marquis von Ut, in dieser Lage getan hätte. Der Geschäftsführer hob die Hände gegen die Decke und rief: *»C'est la spécialité de la maison! Elle s'appelle Ninette.«* Als Ninette später in die Suite kam, fand sie ihn angezogen und in tiefem Schlaf auf dem Bett liegend. Sie zog ihm die Schuhe aus, knöpfte ihm Weste und Hemdkragen auf und deckte ihn mit dem Bettüberwurf zu. Als sie das Licht löschen wollte, sah sie auf dem Nachttisch einen Umschlag, auf den er geschrieben hatte: *Pour vous*, und in dem ein Bündel Banknoten steckte. Ninette legte den Umschlag mitsamt dem Geld wieder auf den Nachttisch, löschte das Licht und ging leise hinaus.

Reisen ist langweilig, und außerdem bildet es auch nicht, wie man sagt, dachte er am nächsten Tag. Der Hotelgeschäftsführer empfahl ihm, die Rückreise zu verkürzen und mit dem Flugzeug nach Barcelona zu fliegen; zwar gebe es zwischen den beiden Städten noch keine Linienflüge, aber wenn das Geld kein Hinderungsgrund sei, lasse sich auf dieser Welt alles arrangieren. Er ließ sich zum Flughafen fahren und verhandelte mit einem belgischen Piloten über die Miete eines Doppeldekkers. Der Chauffeur brach auf dem Landweg nach Barcelona auf, und Onofre und der Pilot stiegen ins Flugzeug. Gegenwinde trugen sie nach Grenoble. Von dort gelang es ihnen, nach Lyon zu kommen, wo sie auftankten und in der Flughafenwirtschaft mehrere Cognacs tranken, um sich aufzuwärmen. Als sie die Pyrenäen überflogen, hätten sie um ein Haar einen ernsten Unfall erlitten. Endlich landeten sie wohlbehalten auf dem Flugplatz von Sabadell. Mit großer Überraschung sah er, daß ihn auf der Landepiste Efrén Castells und der Marquis von Ut erwarteten.

»Donnerwetter, wie bin ich euch dankbar, daß ihr gekommen seid!« Sie riefen ihm etwas zu, doch er hörte nichts – die vielen Flugstunden hatten ihn vorübergehend taub werden lassen. Zudem taumelte er, und der Riese aus Calella mußte ihn fast tragen. »Was ich hingegen nicht verstehe, ist, wie ihr erfahren habt, daß ich heute hier ankomme.«

Sie hatten ihn überall gesucht. Über die Banken waren sie seiner Spur bis nach Paris gefolgt, von wo aus sie der Hotelgeschäftsführer telegrafisch mit den Worten *Bibelot acheté monsieur baigné Ninette deçue monsieur volé* über seine Abenteuer informiert hatte. Nun fuhren die drei in Efrén Castells' Auto Richtung Barcelona. Vom Notsitz aus drängte Efrén den Chauffeur zur Eile. Onofre Bouvila wollte wissen, was das zu bedeuten habe: »Was ist geschehen?« – »Etwas Wichtiges«, antwortete Efrén Castells. »Wegen deiner blödsinnigen Eskapade haben wir bereits wertvolle Zeit verloren.« Er sagte das mit einem Ernst, der nicht zu seinem Temperament paßte.

»Ziehen wir die Kapuzenmäntel an«, sagte der Marquis. Er zog eine rechteckige Holzkiste mit Intarsien unter dem Sitz hervor und entnahm ihr drei schwarze, mit dem Malteserkreuz verzierte Mäntel. Nun mußten sie sich ducken, damit die Spitzmützen am Wagendach nicht flachgedrückt wurden. Schließlich beendete das Auto seine unsinnige Raserei am Abhang des Tibidabo, gegenüber einem baufälligen roten Backsteingebäude mit nachgebildeten Türmen, Zinnen und Wasserspeiern. Zwei Männer mit umgehängtem Gewehr öffneten das Gittertor und schlossen es wieder, nachdem der Wagen hineingefahren war. Gegenüber dem Haupteingang des Gebäudes stiegen sie aus, gingen, zwei Stufen auf einmal nehmend, die Freitreppe hinauf und gelangten in eine runde Eingangshalle mit hoher Decke, an der ihre hastigen Schritte widerhallten. Während sie weitergingen, öffneten und schlossen sich Türen; Diener in kurzen Beinkleidern und mit Gesichtsmasken aus weißem Satin verbeugten sich vor ihnen und zeigten ihnen, welchen Weg sie nehmen mußten. So kamen sie schließlich zu einem Saal, in dessen Mitte ein langer schmaler Tisch stand, an dem ebenfalls mehrere Kapuzenträger saßen. Onofre Bouvila, der Marquis von Ut und Efrén Castells setzten sich in drei freie Armsessel mit Ledersitz. Der Vorsitzende fragte mit brüchiger Stimme: »Sind wir vollzählig?« Zustimmendes Gemurmel war die Antwort. »Dann wollen wir beginnen.« Der Vorsitzende bekreuzigte sich, und alle Anwesenden taten es ihm gleich. Danach sagte der Vorsitzende:

»Zu dieser außerordentlichen Versammlung sind Vertreter unserer Brüder aus Madrid und Bilbao gekommen, die in Barcelona willkommen zu heißen ich die Ehre und das Vergnügen habe.« Ein Murmeln folgte dieser Formalität. Dann schlug der Vorsitzende mit einem winzigen Holzhämmerchen auf den Tisch und fuhr fort: »Ich nehme an, ihr seid alle über die Situation auf dem laufenden.«

1923 hatte sich die soziale Lage bis zu einem Punkt verschlimmert, von dem es, wie einige Leute sagten, »kein Zurück mehr gab«. Nur Onofre Bouvila war mit dieser pessimistischen Diagnose nicht einverstanden. »Wir haben schon immer in einer kritischen sozialen Lage gelebt«, sagte er. »Das Land ist nun einmal so, und man braucht sich darüber nicht weiter den Kopf zu zerbrechen.« Seiner Meinung nach geschah trotz allem im Grunde nichts Gravierendes. »Lassen wir den Dingen ihren Lauf, sie werden sich von selbst und auf natürliche Weise wieder einrenken, ohne mehr Gewaltanwendung als unbedingt nötig.« Ihm schienen die Dinge gut, so wie sie lagen, verwirrt und verwickelt – nicht umsonst hatte er die Stellung erlangt, die er jetzt innehatte, indem er genau das ausgenutzt hatte. Der Marquis von Ut und seine Kollegen indessen waren gegenteiliger Ansicht: Sie hatten die Position, deren sie sich jetzt erfreuten, ererbt und lebten in dauernder Angst, sie wieder zu verlieren; jede auch noch so extreme Maßnahme schien ihnen gerechtfertigt, wenn sie nur ihre Stabilität garantierte. Das Gespenst des Bolschewismus raubte ihnen den Schlaf. Ach, dachte Onofre Bouvila, wenn er sich aufgrund der Diskussion einer solchen Möglichkeit gegenübersah, triumphierte hier der Bolschewismus wie in Rußland, so wäre ich Lenin. Er hatte ein grenzenloses Vertrauen in seine Fähigkeit, sich über jegliche Unannehmlichkeit hinwegzusetzen und aus jedem Hindernis auch noch Nutzen zu ziehen. Das konnte er freilich dem Marquis und seinen Kollegen, mit denen er jetzt zusammensaß, nicht sagen.

»Man muß sehr blöd sein, um zuzulassen, daß die Dinge an so irreversible Punkte kommen«, sagte er bloß.

»Die aktuelle Lage ist wie die Fabel von der Grille und der Ameise«, antwortete der Marquis mit sehr lauter Stimme. »Die Unterschichten verlangen etwas, und wir geben es ihnen; am nächsten Tag gehen sie hin und verlangen etwas anderes, und wir geben es ihnen ebenfalls. Und so weiter, bis der Pöbel schließlich denkt: Sieh mal einer an! Und an diesem Tag greift er zu den Waffen, liefert uns ans Messer, spießt unsere Köpfe auf einen Stock – und zu allem stinkt er auch noch nach Sardinen.«

Dieser Situationsanalyse schloß man sich mit zustimmendem Gemurmel an. Die rechts neben Efrén Castells sitzende Kapuze fügte hinzu, der Arbeiter sei aus dem Häuschen geraten und gebe sich nicht mehr damit zufrieden, goldene Berge zu verlangen: »Was er jetzt will, ist, uns um einen Kopf kürzer machen – uns um einen Kopf kürzer machen, unsere Töchter schänden, die Kirchen in Schutt und Asche legen und unsere Zigarren rauchen.« Alle Kapuzen schlugen mit der Faust auf den Tisch. Dieser Lärm dauerte eine Weile an; danach ergriff Onofre Bouvila wieder das Wort.

»Ich weiß, was die Arbeiter wollen«, sagte er sanft. »Nämlich bürgerlich werden. Und was soll daran schlecht sein? Die Bürger sind immer unsere besten Kunden gewesen.« Mißbilligendes Gemurmel erhob sich. Das Schicksal der Arbeiterklasse kümmerte ihn nicht groß, aber er mochte nicht, wenn man ihm widersprach; also beschloß er, sich zum Kampf zu stellen, obwohl er wußte, daß der endgültige Beschluß schon vorher unwiderruflich gefaßt worden war. »Paßt auf: Ihr denkt, der Arbeiter sei ein blutrünstiger Tiger, der geduckt auf den richtigen Moment wartet, um euch an die Gurgel zu springen, eine Bestie, die man mit allen Mitteln auf Distanz halten muß. Ich aber sage euch, daß die Realität nicht so ist, denn im Grunde sind es Leute wie wir. Hätten sie ein wenig Geld, sie würden sich eiligst kaufen, was sie selbst herstellen, die Produktion würde sich wie eine Spirale ungeheuer erhöhen.« Hier unterbrach ihn eine der Kapuzen mit den Worten, er habe diese Wirtschaftstheorie schon bei anderer Gelegenheit gehört: »Ich habe sie nicht begriffen, aber sie schien mir unheilvoll; später erfuhr ich, daß sie aus England stammt, und das sagt ja alles.« Jemand wies darauf hin, es sei jetzt nicht der Moment, sich in eine akademische Diskussion zu verwickeln: »Jeder kann die Wirtschaftstheorie verfechten, die ihm am meisten zusagt, aber was zu tun ist, ist zu tun.« Der Marquis von Ut bemerkte wieder, die Situation sei der Fabel von der Grille und der Ameise ähnlich. »Oder vielleicht der vom flötenspielenden Esel«, sagte er nach einer Weile, als ihm schon niemand mehr zuhörte. Onofre Bouvila intervenierte wieder: »Die Situation liegt ganz in unserer Hand; wenn wir die Forderungen des Arbeiters in angemessenen Grenzen erfüllen, wird er uns aus der Hand fressen; bleiben wir dagegen stur – welche Garantien haben wir, daß seine Reaktion nicht gewalttätig und maßlos ist?«

»Die Garantie der Armee«, sagte eine andere Kapuze, die sich bis dahin nicht an der Diskussion beteiligt hatte. Sie sprach mit einer sonoren Stimme, die Onofre Bouvila nicht unbekannt vorkam. »Genau dazu ist die Armee da, um in den dringlichsten Momenten einzuschreiten. Beispielsweise wenn das Vaterland in Gefahr ist.« Onofre Bouvila ließ den Bleistift, mit dem er gespielt hatte, zu Boden fallen, und als er sich bückte, um ihn aufzuheben, nutzte er die Gelegenheit, um unter den Tisch zu schauen. Dabei sah er, daß der Sprechende Stiefel mit hohem Schaft trug. Ganz schlecht, dachte er, jetzt weiß ich, wer es ist. »Wenn das Chaos herrscht, ist für die Armee der Zeitpunkt gekommen, für Ordnung und Disziplin zu sorgen, denn das Chaos ist eine echte Gefahr für das Vaterland, und es ist die sakrosankte Mission der Armee, dem Vaterland zu Hilfe zu eilen, wenn das Vaterland sie braucht.« In der Stimme der Kapuze schwang ein gewisser Ton von Überzeugung, aber auch eine gewisse alkoholisierte Rechthaberei mit, die ihre Argumentation unwiderlegbar machte. »Unser Motto sei: Gegen das Chaos Disziplin, gegen die Unordnung Ordnung, gegen die Mißwirtschaft Ordnung und Disziplin.« Mit dieser Proklamation erklärte er seine Einmischung für beendet; es folgte ein respektvolles Schweigen.

»Ich vermute«, sagte Onofre Bouvila schließlich, »man wird in den Beutel greifen müssen.«

Auf dem Trittbrett des Waggons wandte sich der General um, um die Kapuzenträger zu grüßen, die zu seiner Verabschiedung auf den Bahnhof gekommen waren. Als er den Bahnsteig voll von Kapuzen sah, rieb er sich die Augen und machte ein ungläubiges Gesicht. Das kann doch nicht das *delirium tremens* sein, dachte er, noch nicht. Dann besann er sich wieder darauf, was er hier tat und weshalb die Kapuzen hier waren. Er warf sich in die Brust, gleichzeitig pfiff der Zug.

»Meine Herren, entweder macht man Hackfleisch aus mir, oder ich werde morgen in Spanien herrschen«, sagte er feierlich. Unter ihren Mänteln lächelten die Kapuzen; sie hatten ihren Banken telegrafiert und nahmen nicht an, daß der Putsch mißlingen könne. Auf dem Bahnsteig waren weder Reisende noch Gepäckträger: Der Bahnhof war von Infanteriestreitkräften abgeriegelt worden; Kavallerietruppen patrouillierten durch die Stadt. In den Arbeitervierteln und an den neuralgischen Punkten waren die Maschinengewehre und Geschütze der leichten Artillerie in Stellung gebracht worden. Jetzt herrschte in Barcelona Ruhe. Als sie aus dem Bahnhof gingen, bat Onofre Bouvila Efrén Castells, ihn nach Hause zu fahren, da er kein Auto hatte. Der Riese aus Calella zögerte, ehe er antwortete.

»Natürlich«, sagte er dann, »versteht sich – steig ein.«

Onofre Bouvila atmete erleichtert auf; er wäre nicht sehr gern auf der Bahnhoftreppe mir nichts, dir nichts erschossen worden. Schon im Auto fühlte er sich relativ sicher. »Einen Augenblick dachte ich schon, du würdest mich sitzenlassen«, gestand er Efrén Castells. »Wir sind Freunde«, antwortete der Riese. Sie zogen die Kapuzenmäntel aus und schauten sich in die Augen. Er fühlte einen schmerzlichen Stich in der Brust, als er sich an den bärtigen Bären erinnerte, den er auf der Weltausstellung kennengelernt hatte, und jetzt die eingefallenen Züge des kahlen, vorzeitig gealterten Finanzmannes sah. Und wie wohl ich erst ausschaue, dachte er und strich sich mit den Fingern sein Kraushaar glatt. Efrén Castells, weit entfernt von solchen Erinnerungen, meinte, es sei angezeigt, daß sich Onofre für ein paar Tage verstecke. »Du glaubst also auch, daß ich in Gefahr bin?« Efrén Castells nickte. Er sei kein sehr heller Kopf, aber so, wie er es sehe, könne man diese Möglichkeit nicht ausschließen.

»Primo ist nicht blutdürstig«, fügte er hinzu, »zu seinem Vergnügen wird es kein Blutvergießen geben. Am wahrscheinlichsten ist es, daß alles gut geht und man den Wechsel nicht einmal merkt. Aber es kann sein« – der Riese sprach mit finsterem Gesicht, weniger aus Sorge als wegen der Anstrengung, eine so lange Erklärung abzugeben –, »es kann sehr gut sein, daß er auf Widerstand stößt, wenn er nach Madrid kommt – nicht von seiten der Zivilen, sondern von anderen Militärs, die wie er nach der Macht streben. Sogar ein Bürgerkrieg ist möglich. Du bist sehr mächtig, und Primo weiß, daß er nicht auf deine vorbehaltlose Loyalität zählen kann. Heute abend bist du ziemlich unvorsichtig gewesen«, tadelte er. »Ich weiß nicht, weshalb du einen solchen Blödsinn erzählen mußtest.«

»Weil ich so denke«, sagte Onofre Bouvila und schaute seinen Freund liebevoll an, »und weil ich mittlerweile zu alt bin, um es zu verheimlichen. Aber wie dem auch sei: Diesmal hast du recht. Ich werde nach Frankreich gehen. Ich habe soeben Paris kennengelernt – ein entsetzlicher Ort, aber ich werde mich wenn nötig anpassen.«

»Man wird dich nicht über die Grenze lassen.«

»Das Flugzeug, in dem ich gekommen bin, fliegt erst am frühen Morgen wieder ab. Du könntest mir einen Riesengefallen erweisen, wenn du bei mir zu Hause vorbeifährst und mich dann nach Sabadell bringst und keinem Menschen etwas davon sagst.«

»Gut, aber ich werde dich direkt nach Sabadell bringen, wir

haben keine Zeit zu verlieren. Schon jetzt suchen dich vielleicht Primo oder andere.«

»Kann schon sein, aber zuerst fahren wir bei meinem Büro vorbei – wir beide haben noch einige Dinge zu erledigen.« Da Efrén Castells sagte, dazu sei jetzt nicht der Moment, antwortete Onofre: »Es gibt keinen andern mehr.« Vor seiner Haustür stieg er aus und hielt den Riesen mit der Hand zurück, um zu verhindern, daß er auch ausstieg. »Bring meinen Schwiegervater her; hol ihn aus dem Bett und schleif ihn notfalls hierher. Es ist zwar nicht mehr zum Aushalten mit ihm, aber wir brauchen einen Anwalt.«

Äußerst vorsichtig ging er hinein, denn er wollte seine Frau und die Töchter nicht wecken; die Aussicht auf einen tränenreichen Abschied zerrte ihm schon im voraus an den Nerven. Und noch schlimmer wäre es, wenn sie mir in die Verbannung folgen wollten, dachte er, während er im Dunkeln die Klingelschnur suchte. Er klingelte, und der Butler erschien in Nachthemd und Schlafmütze. »Du brauchst dich nicht anzuziehen. Mach Feuer im Kamin des Büros.« Der Butler kratzte sich am Nacken. »Im Kamin, Señor? Aber es ist erst Anfang September!« Während er etwas Kienholz in den Kamin legte und ein Steichholz darunterhielt, zog Onofre Bouvila das Jackett aus, krempelte die Hemdsärmel hoch, holte einen Revolver aus der Schublade und vergewisserte sich, daß er geladen war. Dann ließ er ihn auf dem Tisch liegen und schickte den Butler hinaus. »Mach mir einen Kaffee, aber sorg dafür, daß niemand aufwacht, ich will nicht gestört werden. Ach ja«, er hielt den Butler zurück, als er schon gehen wollte, »in einem Weilchen werden Don Efrén Castells und Don Humbert Figa i Morera kommen. Schick sie direkt in mein Büro.« Als er allein war, öffnete er systematisch Schubladen und Ordner, zog Papiere heraus, blätterte darin und warf sie je nachdem, worum es sich handelte, ins Feuer. Ab und zu schürte er mit dem Feuerhaken die Asche. In einem Salon des Hauses schlug eine Pendülenuhr zwölf. Der Butler kam herein, um ihm die Ankunft Efrén Castells' und Don Humbert Figa i Moreras zu melden.

»Sie sollen hereinkommen.«

Sein Schwiegervater war in Tränen aufgelöst. Er trug einen dunklen Mantel, unter dem ein gestreifter Pyjama hervorschaute. Seit dem Tod seiner Frau hatte sich sein Gehirn erweicht, er kapierte nichts mehr von dem, was um ihn herum vor sich ging. Was ihm Efrén Castells zu erklären versuchte, hatte er ebenfalls nicht begriffen – er hatte nur gerade mitbekommen, daß sein Schwiegersohn aus dem Land fliehen mußte, und weinte beim Gedanken an das Schicksal, das nun seine Tochter und seine Enkelinnen ereilen konnte.

»Onofre, Onofre, stimmt das, was mir dieses Rhinozeros erzählt? Daß die Regierung García Prieto fällt und du nach Frankreich gehen mußt, damit man dich nicht erschießt?« fragte er, als er ins Büro trat. »Ach du mein Gott, ach du mein Gott, und meine arme Tochter und meine Enkeltöchterchen, was soll nun aus ihnen werden? Ich sagte schon zu meiner seligen Frau, daß wir nicht gut daran taten, das Mädchen mit dir zu verheiraten, daß sie eine viel bessere Ehe geschlossen hätte, wenn sie jenes Buckelchen geheiratet hätte, weißt du, wen ich meine, Onofre? Diesen so wohlerzogenen, schüchternen Burschen, der in Paris wohnte – wie hieß er noch?«

Onofre beruhigte seinen Schwiegervater: Es passiere gar nichts; der Generalkapitän von Katalonien sei vor ein paar Stunden nach Madrid aufgebrochen, und die Garnisonen von Katalonien und Aragonien deckten ihm den Rücken. »Man wird sehen, was in Madrid geschieht. Wenn er auf Opposition stößt, kann es Krieg geben, aber ich denke, in Wirklichkeit ist die Sache schon gelaufen – weder der Regimentsstab noch der König werden sich mit ihm anlegen. Die Creme des Landes unterstützt ihn«, sagte er ohne Ironie. »Ich stehe auf ihrer Seite, und eigentlich müßten sie es wissen«, meinte er betrübt, »aber sie trauen mir nicht. Tatsächlich fürchten sie mich mehr als die Arbeiterklasse; mich hassen sie am allermeisten.« Er zündete sich eine Zigarre an, während er nachdachte, und sagte: »Was jetzt geschieht, hätte ich schon lange vorhersehen müssen.« Am 30. Oktober 1922 hatten die Schwarzhemden in Rom ihren legendären Einzug gehalten. Jetzt, ein Jahr später, am 13. September 1923, entschloß sich Don Miguel Primo de Rivera y

Orbaneja, in Mussolinis Fußstapfen zu treten. Dazu konnte er jedoch nicht auf Millionen von Anhängern zählen und mußte deshalb auf die Armee zurückgreifen. »Das ist der Unterschied zwischen den beiden«, sagte Onofre. »Primo ist kein schlechter Mensch, aber er ist ein wenig dumm und wie alle Dummen argwöhnisch und furchtsam. Er wird sich nicht lange halten können. Aber solange er sich hält, muß ich mich in Sicherheit begeben. Don Humbert, setzen Sie sich an den Tisch, nehmen Sie Papier und Feder und setzen Sie einen Abtretungsvertrag auf: Ich will meine Geschäfte Efrén Castells übertragen, der hier zugegen ist.«

»Was für einen Unsinn erzählst du da?« rief Don Humbert Figa i Morera. Der Butler klopfte an und brachte den Kaffee, den Onofre bestellt hatte, aber er habe sich erlaubt, noch zwei Tassen dazuzustellen, falls Don Efrén und Don Humbert auch Lust hätten. »Es wird wohl eine lange Nacht werden«, murmelte er. Auch ihm waren schon Gerüchte zu Ohren gekommen. Die gespannte Atmosphäre breitete sich auf den Straßen wie ein Bodennebel aus; Brieftauben durchschnitten den Himmel; die Anführer der subversiven Bewegungen liefen durch die Kanalisation auf der Suche nach Unterstützung; auf den Schnittpunkten zweier stinkender Kanäle kreuzten sich die Anarchisten, Sozialisten und Katalanisten, erkannten sich im grünlichen Licht ihrer Lämpchen, grüßten sich lakonisch und eilten weiter.

»Es ist der einzige Weg, eine mögliche Beschlagnahme zu vermeiden«, sagte Onofre Bouvila.

»Aber was du von mir verlangst, ist unmöglich, wie sollen wir dein ganzes Vermögen veranschlagen?« protestierte Don Humbert Figa i Morera.

»Geben Sie ihm irgendeinen Wert, einen symbolischen Wert, was spielt das schon für eine Rolle? Hauptsache, alles bleibt in guten Händen.«

Nachdem sie Berechnungen angestellt und eine Weile diskutiert hatten, einigten sie sich auf eine Summe in Pfund Sterling; der Riese aus Calella verpflichtete sich, sie gleichentags auf eines der Bankkonten zu transferieren, über die Onofre Bouvila in der Schweiz verfügte. Don Humbert Figa i Morera schluchzte, während er das Abkommen in eine juristische Form brachte. Mehrere Male mußte er die Arbeit unterbrechen, um zu sagen, es komme ihm vor, als wohne er dem Zusammenbruch des Ottomanischen Reiches bei, der kürzlich stattgefunden und ihn mit Gram erfüllt hatte. Er habe immer eine tiefe Zuneigung zu diesem Reich verspürt; dieses Gefühl sei ihm unerklärlich, denn er wisse nicht, wo das Ottomanische Reich sei, und habe keine Ahnung von allem, was es betreffe, aber der Name klinge für ihn nach Prunk und Pracht. Onofre ersuchte ihn dringend, die Arbeit ohne weitere Abschweifung fortzusetzen: »Bald bricht der Tag an.« Dann mußte er schon weit weg sein. »Sie werden es übernehmen, den Vertrag zum Notar zu bringen und ihn beglaubigen zu lassen«, sagte er zu seinem Schwiegervater. »Und euch beiden vertraue ich meine Familie an, damit ihr für sie sorgt und sie schützt«, sagte er in sachlichem Ton, der Don Humbert freilich nicht daran hinderte, abermals in Tränen auszubrechen. Schließlich wurden die Zessionsdokumente von den Vertragspartnern und von Don Humbert und dem Butler als Zeugen des Akts unterzeichnet. Danach begleitete Efrén Castells Onofre nach Sabadell. Don Humbert ließen sie im Haus zurück; wenn seine Tochter erwachte, hatte er die Aufgabe, Onofres Abwesenheit zu erklären und sie zu beruhigen, sollte Angst sie befallen. Das Auto raste nun durch die menschenleeren Straßen. Es wurde hell, aber die Anzünder wagten nicht, auf ihre Runden zu gehen, und so brannten die Lampen weiter, als wäre es noch tiefe Nacht. Auf dem Weg trafen sie nur einen kleinen Jungen an, der einen Stapel Zeitungen schleppte. Man hatte ihm befohlen, sie wie jeden andern Tag auszutragen; so würde das Land erfahren, was wenige Stunden zuvor in Madrid geschehen war. Dort hatten die Militärs Primo de Rivera zugejubelt, die Regierung beim König ihren Rücktritt eingereicht und der König Primo de Rivera mit der Bildung des neuen Kabinetts beauftragt. Die Zeitung veröffentlichte auf der Frontseite die Liste der Generäle, aus denen das Kabinett bestand, und kündigte an, alle verfassungsmäßigen Garantien seien im Moment aufgehoben.

Die restlichen Seiten der Zeitung waren zum großen Teil der Zensur zum Opfer gefallen.

Als sie auf dem Flugplatz ankamen, mußten sie eine Weile warten, bis der Pilot auftauchte; er war etwas perplex, weil er zwischen dem Hotel, wo er übernachtete, und dem Flugplatz von acht Patrouillen achtmal angehalten worden war, bis ihn schließlich die Guardia Civil direkt zum Flugzeug eskortierte. *Parbleu, on n'aime pas les belges ici*, rief er irritiert, als er Onofre Bouvila sah. Dieser sagte ihm, er wolle mit ihm nach Paris zurückfliegen, was dem Piloten, der sich schon damit abgefunden hatte, die Reise allein machen zu müssen, sehr recht war. Efrén Castells und Onofre umarmten sich, dann kletterte Onofre in die Maschine, die unverzüglich startete. Nach einer halben Flugstunde sagte Onofre dem Piloten, er solle ein wenig nach links drehen. Der Pilot antwortete, diese Route führe nicht nach Paris.

»Ich weiß schon, aber wir fliegen nicht nach Paris. Tun Sie, wie ich Ihnen sage, und ich bezahle Ihnen das Doppelte.«

Dieses Argument überzeugte den Piloten. Jetzt kreiste das Flugzeug zwischen den Bergen über einem dunstbedeckten Tal. Während sie tiefergingen, gab Onofre Bouvila dem Piloten laufend Anweisungen: »Vorsicht bei dieser Flanke, dort stehen einige sehr hohe Eichen; drehen Sie besser dort hinüber, vielleicht können wir dem Flußlauf folgen.« Endlich erblickten sie zwischen den Nebelfetzen ein Feld mit frischgedroschenem Korn. Als die Maschine aufsetzte, flog ein Schwarm schwarzer Vögel auf, die in den auf dem Acker aufgehäuften Garben herumgepickt hatten. Es waren so viele, daß sie für einen Moment die Sonne verdunkelten. Onofre Bouvila händigte dem Piloten eine Zahlungsanweisung aus, die dieser in jeder beliebigen französischen Bank einlösen konnte, sprang auf den Boden und gab dem Piloten von dort aus an, wie er weiterreisen solle, ohne sich zu verirren. Der Pilot hatte den Motor nicht abgestellt und wendete nun die Maschine um hundertachtzig Grad, raste einen Moment über das Feld und startete in einem Wirbel von Staub und Stroh. Eine Stunde später stand Onofre Bouvila vor der Tür seines Geburtshauses; jetzt wohnte ein Bauer mit seiner

Frau und acht Kindern darin. Auf seine Fragen antwortete man ihm, der Herr Bürgermeister wohne in einem neuen Haus neben der Kirche. Onofre glaubte den Bauern und seine Frau wiederzuerkennen, aber sie erkannten ihn nicht wieder.

3

Auf sein Klopfen öffnete ihm eine etwa dreißigjährige Frau mit intelligenten, etwas groben, aber nicht unattraktiven Zügen. Sie trug ein Kopftuch, um die Haare vor dem Staub zu schützen; in der Linken hielt sie einen Staubwedel, mit dem sie gerade hantiert hatte. Onofre dachte, sein Bruder habe vielleicht geheiratet, ohne es ihm mitzuteilen. Die Frau schaute ihn eher erstaunt als befangen an. Das weist darauf hin, daß er ihr gegenüber nie von mir gesprochen hat, dachte er. Laut sagte er: »Ich bin Onofre Bouvila.« Die Frau blinzelte. »Joans Bruder«, ergänzte er. Der Gesichtsausdruck der Frau veränderte sich. »Señor Joan schläft, aber ich werde ihm sogleich melden, daß Sie hier sind.« An ihrem Tonfall merkte er, daß sie nicht Joans Frau war. Vielleicht ist sie seine Geliebte, eine Konkubine, dachte Onofre; sie sieht auch nicht aus, als wäre sie ledig; möglicherweise eine junge Witwe, die verzweifelt einen Mann brauchte – Schutz, wirtschaftliche Sicherheit und all das. Da sie ihn an der Tür hatte stehenlassen, trat er in die Diele. Am Türbogen, durch den man in den Gang gelangte, hing eine gerahmte Porzellankachel mit den Worten »Ave María«. In der Diele roch es nach Staub, zweifellos der Staub, den die Frau aufgewirbelt hatte, als sie mit dem Wedel gewischt hatte. Eine Lampe, ein schmiedeeiserner Schirmständer und vier Stühle mit senkrechter Lehne waren die einzigen Möbel in der Diele. Vier Türen, zwei auf jeder Seite, mündeten auf den Gang. An eine dieser Türen klopfte die Frau jetzt; danach sagte sie: »Señor Joan, Ihr Bruder ist hier.« Sie sprach halblaut, aber nicht, weil sie von Onofre nicht gehört werden wollte. Nach einer Weile antwortete im Zimmer eine hohle Stimme. Die Frau hielt das Ohr an die Tür und horchte aufmerksam, dann wandte sie sich zu Onofre um: »Er sagt, er steht sogleich auf, Sie möchten warten.« Mit der Hand, in der sie den Staubwedel hielt, machte sie eine kleine Bewegung zum Eßzimmer hin, das man am andern Ende des Ganges sah. Onofre folgte dem Zeichen und ging durch den Gang. Die Frau trat zur Seite. Im Eßzimmer stand ein viereckiger Tisch und darauf eine Lampe aus Mattglas. Die Stühle waren an die Wand gerückt. Ferner gab es eine dunkle Anrichte, einen Vorlegetisch mit weißer Marmorplatte und einen Ofen; er war aus Eisen, aber an einigen Stellen mit emailliertem Steingut verziert, was dem Eßzimmer einen Anstrich von materiellem Wohlergehen gab. An der Wand über dem Vorlegetisch hing ein holzgeschnitztes Abendmahl. Gegenüber dem Türbogen führte eine Doppeltür aus Glas in einen rechteckigen Patio, an dessen hinterer Wand ein winziger Abort klebte. Im Patio wuchsen ein Magnolienstrauch und eine Azalee. Rechts vom Eßzimmer befand sich die Küche. Alles sah sauber, ordentlich und nüchtern aus. Als Onofre in die Betrachtung dieser Dinge versunken war, schlug die Kirchenuhr so nah, daß er sichtbar zusammenfuhr. Die Frau hatte ihn vom Gang aus beobachtet und lachte verstohlen.

»Vermutlich ist es eine Frage der Gewöhnung«, sagte er. Sie zuckte mit den Schultern. »Wohnst du in diesem Haus?« fragte er. Sie deutete auf eine der Türen, nicht die, an die sie vorher geklopft hatte; aber das schloß nichts aus und bewies auch nichts, dachte er.

In diesem Moment erschien sein Bruder auf dem Gang. Er war barfuß und trug eine abgetragene Kordhose und eine weite, halboffene marineblaue Bluse. Mit beiden Händen kratzte er sich am Kopf. Wortlos ging er durchs Eßzimmer, als hätte er weder seinen Bruder noch die Frau gesehen, trat in den Patio und schloß sich auf dem Abort ein. Die Frau war in die Küche gegangen und füllte nun am Hahn einen Metalleimer mit Wasser. Obwohl er vor zwei Nächten in einem der elegantesten Hotels von Paris geschlafen hatte, rief der Umstand, daß es in seinem Dorf fließendes Wasser gab, ein begeisterndes Gefühl von materiellem Wohlstand in ihm hervor. Als der Eimer voll war, ergriff ihn die Frau am Henkel und trug ihn auf den Gang; dann ging sie wieder in die Küche zurück und begann, mit Kleinholz, Kohle, Streichhölzern und einem Fächer aus geflochtenem Stroh Feuer zu machen. Wie gemächlich hier alles zugeht, dachte Onofre weiter. In der Hälfte der Zeit, die er jetzt hier im Haus war, hatte er manchmal die wichtigsten Transaktionen durchgeführt. Hier dagegen hat die Zeit überhaupt keine Bedeutung, sagte er sich. Sein Bruder kam aus dem Abort und knöpfte sich die Hose zu. Mit dem Wasser aus dem Eimer wusch er sich Hände und Gesicht; dann nahm er den Eimer und schüttete das Wasser in den Abort. Hierauf ließ er den Eimer im Patio auf den Boden fallen und trat ins Eßzimmer, während die Frau von der Küche in den Patio eilte und den Eimer wieder holte.

»Bist du mit dem Auto gekommen?« fragte Joan seinen Bruder.

»Mit dem Flugzeug«, antwortete Onofre lächelnd.

Joan schaute ihn ein paar Sekunden mit gekräuselten Lippen an.

»Wenn du es sagst, wird es wohl stimmen«, seufzte er. »Hast du gefrühstückt?« Onofre schüttelte den Kopf. »Ich auch nicht. Wie du siehst, bin ich gerade aufgestanden; gestern abend ist es spät geworden.« Zunächst sah es aus, als wolle er den Grund dafür nennen, aber er behielt nur den Mund offen und sagte nichts. Aus der Küche roch es nach Toast. Die Frau stellte eine Platte mit verschiedenen Wurstsorten und einem Hirschfänger, der im Holz steckte, auf den Eßtisch. Als er die Würste sah, verspürte Onofre ein schmerzhaftes Loch im Magen und merkte, daß er seit vielen Stunden nichts mehr gegessen hatte. »Greif ungeniert zu« – Joan deutete seinen Ausdruck richtig –, »du bist hier zu Hause.« Onofre fragte sich, ob das wohl stimme, denn mehr als sonst etwas wünschte er sich jetzt, es möchte so sein. Nach so vielen Jahren des Kampfes glaubte er, an den Ausgangspunkt zurückgekehrt zu sein; so sagte er es seinem Bruder. Die Frau brachte aus der Küche eine Platte mit Toast und auf einem Tonteller ein Ölfläschchen, eine Schale mit Salz und einige Knoblauchzehen, um den Toast zu würzen. Zum Schluß stellte sie eine Flasche Rotwein und zwei Gläser auf den Tisch. Dieser Wein hatte die Eigenart, Joan munter und auf eine Weise gesprächig zu machen, die für seinen Bruder neu war. Als sie fertig gefrühstückt hatten, war es beinahe Mittag. Die Augen fielen ihm zu vor Müdigkeit. Sein Bruder sagte, er könne eines der Zimmer beziehen; obwohl sie nicht darüber gesprochen hatten, wußten alle drei, daß er gekommen war, um auf unbestimmte Zeit zu bleiben. Das ihm zugewiesene Zimmer war dasselbe, das ihm die Frau vorher gezeigt hatte, als er sie fragte, ob sie im Haus wohne; dieses Zusammentreffen bewirkte, daß ihm während des Einschlafens die Angelegenheit im Kopf herumging. Im Zimmer stand eine alte Bauernkommode, die er sogleich erkannte: Es war die Kommode, in der seine Mutter die Wäsche aufbewahrte. Zuerst wollte er eine der Schubladen öffnen, aber er getraute sich nicht, es gerade jetzt zu tun, falls man ihn im Eßzimmer hörte. Die Laken rochen nach Seife.

In den ersten Tagen nach seiner Ankunft lebte er ganz nach Lust und Laune: Er aß und schlief, wenn ihm danach war, spazierte lange über die Felder, sprach mit den Leuten oder ging ihnen aus dem Weg; niemand legte sich mit ihm an. Seine Anwesenheit im Dorf war schnell kein Geheimnis mehr. Alle hatten von ihm gehört und wußten, daß er vor vielen Jahren ausgezogen war, um in Barcelona zu leben; es hieß, er sei dort ein reicher Mann geworden, aber auch das erregte die Neugier der Leute nicht; alle ohne Ausnahme hatten die Geschichte von Joan Bouvila, dem Vater der beiden Brüder, erzählen hören oder erinnerten sich noch selbst daran; wenn der nach Kuba gegangen war und nach seiner Rückkehr vorgegeben hatte, ein Vermögen zu besitzen, das sich später als inexistent erwies, gab es auch keinen Grund zur Annahme, sein Sohn tue es ihm jetzt nicht gleich. Diese Ungewißheit paßte Onofre, und er kultivierte sie. Im übrigen war er gar nicht so sicher, ob diejenigen, die ihn mittellos wähnten, nicht recht hatten – in seinem Innersten dachte er, Efrén Castells und sein Schwiegervater nützten seine Abwesenheit, um ihm alles wegzunehmen; wahrscheinlich hatte Don Humbert Figa i Morera die Kontrakte gefälscht, wie er es, von Onofre dazu angestiftet, vor Zeiten auch mit den

Besitztümern Osorios, des Exgouverneurs von Luzon, getan hatte. Nun war er dran; »nun bin ich dran«, sagte er philosophisch. Sein Bruder schaute ihn spöttisch an, wenn er ihn so reden hörte. »Und dafür ein ganzes Leben voller Arbeit!« – »Was soll's«, antwortete Onofre dann, »es hätte mich gleich viel Arbeit gekostet, Straßenkehrer oder Bettler zu sein.« Erst jetzt begann er den wahren Charakter der brutalen Gesellschaft zu ahnen, in der er sich mit so viel Autorität und scheinbar mit so großer Gewandtheit bewegte. Ihn schauderte; an die Stelle des harmlosen Zynismus seiner Jugendjahre war jetzt der Pessimismus der Reife getreten. »Du bist immer ein Dummkopf gewesen«, sagte sein Bruder in solchen sorgenvollen Momenten, »endlich kann ich's dir ins Gesicht hinein sagen.«

Diese unvermittelten Ausfälle ließen ihn im allgemeinen gleichgültig; nur die offensichtlich nichtigen Details nahmen jetzt seine ganze Aufmerksamkeit in Anspruch: der erloschene Ofen in einer Zimmerecke, die Lichtwechsel, wenn eine Wolke am rechteckigen Stück Himmel, das der Patio freiließ, vorüberzog, das Geräusch von Schritten auf der Straße, der Geruch nach verbranntem Holz, das Gebell eines Hundes in der Ferne. Andere Male wich die philosophische Gleichgültigkeit, die er an den Tag legte, einer plötzlichen Empörung, und er beschimpfte seinen Bruder. Solche Anwandlungen bekam Joan aber nur zur Hälfte mit; er war Alkoholiker und verbrachte pro Tag bloß zwei oder drei Stunden in einem Zustand relativer Klarheit; in dieser Zeitspanne erledigte er seine Bürgermeisterobliegenheiten durchtrieben und unredlich. Die Dorfbewohner hatten sich mit diesem Zustand der Dinge abgefunden; sie hielten das für den Fortschritt und achteten darauf, daß er sie so wenig wie möglich berührte. Joan Bouvila hatte nie versucht, aus seinem Amt mehr zu machen als eine Möglichkeit, ohne Arbeit zu leben, aber selbst in einer so kleinen Gemeinde war die politische Realität schließlich über seine bescheidenen Ansprüche hinausgegangen; jetzt stand er an der Spitze der wirtschaftlichen Elite des Ortes. Diese Elite war zahlreicher, als Onofre anfänglich dachte: der Pfarrer, der Arzt, der Veterinär, der Apotheker, der Schulmeister und die Besitzer des Lebensmittelgeschäfts und der Kneipe. Seit Onofres Weggang war das Dorf beträchtlich gewachsen. Diese wichtigen Männer freilich wußten sehr genau, wer er war, und jeder versuchte auf seine Weise, sein Vertrauen zu gewinnen; sie umschmeichelten ihn auf die schamloseste Art und ließen zu, daß er seine Verachtung für sie klar und deutlich zu erkennen gab. Es verging kein Abend, an dem ihn zu Hause nicht das eine oder andere dieser flügellahmen Schlitzohren besucht hätte. Diese Besuche bereiteten dem Pfarrer unsägliche Pein; er war ein träger, habsüchtiger und heuchlerischer junger Geistlicher, der von der Kanzel herab die bei Joan wohnende Frau gegeißelt hatte. Jetzt, da Onofre in diesem Haus war, sah er sich nicht nur genötigt, hinzugehen wie alle andern, sondern auch die Höflichkeitsbezeugungen der Frau gegenüber maßlos zu übertreiben. Onofre und sein Bruder amüsierten sich auf seine Kosten.

»Schauen Sie, Hochwürden«, sagte Onofre, »ich habe mehrmals aufmerksam das Evangelium gelesen, und nirgends steht geschrieben, Jesus habe arbeiten müssen, um zu essen – was ist das bloß für eine Lehre?« Angesichts derartiger Blasphemien biß sich der Geistliche auf die Lippen, senkte die Augen und sann auf gnadenlose Rache. Onofre konnte mühelos seine Gedanken lesen und sich kaum das Lachen verkneifen. Die andern waren geschickter. Der Apotheker und der Veterinär waren passionierte Jäger: Zusammen besaßen sie mehrere Windhunde und andere Rassetiere und ein halbes Dutzend Büchsen. Manchmal luden sie Onofre und Joan ein, sie auf die Pirsch zu begleiten, aber da Joan immer betrunken war, erwies sich seine Gesellschaft als sehr gefährlich. Der Besitzer des Lebensmittelgeschäfts seinerseits erhielt wöchentlich mit dem Lieferwagen, der jetzt auf der Strecke zwischen dem Dorf und Bassora verkehrte, einige Zeitungen. Auf diese Art verfolgte Onofre Bouvila den Verlauf der politischen Ereignisse, die zu seinem Exil geführt hatten; die Nachrichten in diesen Zeitungen, die ihrerseits die Informationen andern Zeitungen entnahmen, waren immer veraltet und häufig falsch. Das schien die Leser aber nicht zu stören; außerdem nahmen die politischen Meldungen in diesen Zeitungen nur einen sekundären Raum ein; der Vorrang wurde lokalen Ereignissen und anderen, noch banaleren Informationen eingeräumt. Diese Verschiebung der Gewichte irritierte Onofre, aber nach einer Weile kam ihm der Gedanke, diese Prioritätensetzung sei vielleicht doch nicht so unsinnig, wie es ihm anfänglich vorkam. Jetzt war gerade er es, der alles, was er noch bis vor kurzem als äußerst wichtig erachtet hatte, belanglos fand. Solche Überlegungen stellte er in ruhigen Momenten an, wenn es ihm gelang, den beflissenen Parasiten, die ihn belagerten, aus dem Weg zu gehen, und er in den Verstekken seiner Kindheit Zuflucht suchte. Viele dieser Verstecke existierten nicht mehr; andere existierten vielleicht noch, aber er konnte sie nicht finden; wieder andere schließlich befanden sich an Orten, die nicht mehr zu seinem Alter paßten. Und selbst die, die er fand, waren klein und armselig; nur seine Kinderfantasie hatte sie zu verzauberten Orten voller Gefahren und Wunder gemacht. Jetzt aber sah er sie so, wie sie waren, doch das verbitterte und deprimierte ihn, statt ihn zu rühren. Nur der Bach behielt in seinen Augen das ganze Geheimnis seiner Erinnerungen. Er war fast jeden Tag mit seinem Vater dorthin gegangen, als dieser aus Kuba zurück war, und auch jetzt verging kein Tag, ohne daß er an den Bach ging. Er setzte sich auf einen Stein, schaute zu, wie das Wasser vorbeifloß und die Forellen sprangen, und hörte jenen hellen Geräuschen zu, die ihm immer fast zu Worten wurden. Über die Büsche am andern Ufer waren an manchen Vormittagen Laken gebreitet und trockneten an der Sonne, deren Weiß vor dem dunklen Hintergrund der Büsche hervorstach und in den Augen schmerzte. Auch die Gerüche des Landes berauschten ihn. In der Stadt dünkten ihn alle Gerüche – wie auch die Menschen – individualistisch und aggressiv, denn der durchdringendste von ihnen prägte auch alle andern: die Ausdünstungen einer Fabrik oder das Parfüm einer Dame. Auf dem Land dagegen vermischten sich die verschiedenartigsten Gerüche zu einem einzigen, von dem ihrerseits die Luft geschwängert war; hier war Riechen und Atmen ein und dasselbe. Der Weg, der zum Bach führte, war schon laubbedeckt, und zu Füßen der Bäume wuchsen Pilze in allen Farben und Formen – es war Herbst. Onofre saugte sich voll mit diesen Eindrücken, die in ihm weit zurückliegende, undeutliche Erinnerungen wachriefen; diese Erinnerungen zogen ihm flüchtig durchs Gedächtnis, wie die Schatten vorbeifliegender Vögel. Wenn er einer solchen Erinnerung auf der Spur bleiben wollte, verlor er sich in dichtem Nebel; dann stieg eine Art Traumbild aus der Vergangenheit in ihm auf, und er glaubte die Hand seiner Mutter oder seines Vaters zu erkennen, die sich bemühten, ihn an einen helleren und sichereren Ort zu führen. Aber nie gelang es diesen Händen, die seine zu ergreifen. In einer Schublade der Bauernkommode hatte er ein Stück groben Wollstoff gefunden, der seiner Mutter gehört hatte. Sie hatte dieses Tuch als Schal verwendet, gerade in den heimtückischen Herbsttagen. Nun war die Wolle hart und rauh geworden und roch nach Feuchtigkeit und Staub. Wenn Onofre die Erinnerungen und Träumereien überfielen, holte er den Schal seiner Mutter aus der Kommode und setzte sich mit dem Schal auf den Knien in einen Stuhl. So verharrte er Stunden und liebkoste zerstreut den Schal. In solchen Momenten dachte er, wenn er sich seinerzeit nicht für das Abenteurerleben entschieden hätte, das er führte, hätte er vielleicht ein an Zuneigung und Zärtlichkeit reiches Leben genießen können. Nicht seine Übeltaten quälten ihn, sondern daß er das, was jetzt eindringlichste Erinnerungen hätten sein können, andern Zielen untergeordnet hatte. Dieser Schmerz kam nicht nur zu spät, sondern war auch sehr egoistisch.

Als er eines Nachmittags vom Bach zurückkehrte, sah er neben dem Weg, auf dem er spazierte, einen Mann an einem Baumstamm lehnen; mit seinem auf die Brust gesenkten Kopf sah er aus, als schliefe er, aber in seiner Haltung war etwas Unnormales, so daß er den Weg verließ und auf den Mann zuging. An der Soutane erkannte er den Pfarrer, jenen kleinen Geistlichen, dem er gern gottlose Schmähreden an den Kopf warf. Noch bevor er neben ihm stand, wußte er, daß er tot war; als er ihn etwas eingehender untersuchte, sah er, daß sein Tod keine natürliche Ursache hatte: Jemand hatte ihm mit einer großkalibrigen Waffe, vermutlich einer Jagdflinte, einen Schuß in die Brust gefeuert; ums Einschußloch herum war das Tuch der Soutane blutverkrustet. Auch an der rechten Hand, an der Stirn und der Wange hatte er Blut, obwohl er dort keine Verletzungen aufwies; zweifellos hatte er sich, als ihn der Schuß traf, noch mit der Hand an die Brust und dann ins Gesicht gegriffen, bevor er starb. Obwohl ihm Gewalt nichts Fremdes war, beunruhigte ihn die Entdeckung dieses Verbrechens sehr, und daß gerade er die Leiche gefunden hatte, kam ihm wie eine Warnung des Schicksals oder als das Resultat eines hinterhältigen Anschlags vor, der ihn auf makabre Weise mit dem ermordeten Geistlichen verband. Nun war der innere Frieden, den er im Dorf zu finden geglaubt hatte, hoffnungslos dahin. Im Laufschritt verließ er den Ort des Verbrechens und blieb nicht eher stehen, als bis er vor der Haustür seines Bruders ankam. Dieser saß im Eßzimmer beim Wein, während die Frau in der Küche das Abendessen richtete. Nachdem er wieder zu Atem gekommen war und seinen Bruder über den Vorfall informiert hatte, merkte er, daß die Frau ihre Beschäftigung liegengelassen hatte und, am Pfosten der Küchentür lehnend, aufmerksam seiner Schilderung zuhörte. Sein Bruder und sie wechselten einige Blicke, was ihm nicht entging. Seit dem Tag seiner Ankunft hatte er die Möglichkeit gehabt, mit der Frau Umgang zu pflegen, und dabei ohne Verwunderung festgestellt, daß in Wirklichkeit sie die Macht im Haus innehatte. Wenn sie jeweils Joan, den der Alkohol nur selten bei Bewußtsein die Schwelle zum neuen Tag überschreiten ließ, zu Bett gebracht hatte, während das Trinken Onofre ganz im Gegenteil in einen Zustand der Beklemmung stürzte, der jeden Schlaf ausschloß, setzten sich die beiden, Onofre und die Frau, die anscheinend keine Ruhe benötigte oder zumindest nicht die methodische Ruhe, die die meisten Menschen, insbesondere die Männer, in allen Lebensabschnitten brauchen, fast allabendlich ins Eßzimmer oder, wenn die Nacht warm und weniger feucht war als sonst, in den Patio, der zu dieser Stunde von intensivem Azaleenduft erfüllt war, und plauderten ruhig, manchmal bis tief in die Nacht hinein. Sie war zwar keine intelligente Person, besaß aber die weibliche Gabe, ohne es zu wollen Dinge zu wissen, die die Männer nie wissen, sosehr sie sich auch abgemüht haben mögen, sie zu ergründen; sie war fähig, hinter der äußeren Erscheinung der Dinge eine ungeschminkte Wirklichkeit zu erkennen, und ließ Onofre nun an ihr teilhaben. Dank ihr hatte er allmählich herausgefunden, daß unter der im Dorf herrschenden vorgeblichen Harmonie niedrige Leidenschaften, von alters her tiefverwurzelter Haß, Neid und Verrat tobten; nach ihren Worten waren die Bauern des Tals durch angeborene Krankheiten verdorbene Wesen, kalte und gewissenlose Geschöpfe, die die Alten verhungern ließen, ihre Kinder umbrachten und aus reinem Vergnügen die Haustiere quälten. Anfänglich weigerte er sich, all das zu glauben, weil er vermutete, es entspringe einem grundsätzlichen Ressentiment, das man an ihr spürte; auch schloß er die Möglichkeit nicht aus, diese düsteren Enthüllungen gehörten zu einem mehr oder weniger von ihr ausgeheckten Plan. Jedenfalls bewirkten ihre Worte in ihm einen Kummer, der seine allgemeine Unruhe noch verstärkte. Manchmal folgte er dem Beispiel seines Bruders und suchte beim Trinken die Ruhe, die sein Gewissen dem Körper anscheinend mit allen Mitteln vorenthielt. Bei einer solchen Gelegenheit erwachte er mit dem ersten Hahnenschrei in seinem Bett und entdeckte mit Schrecken, daß die Frau friedlich an seiner Seite schlief, ohne daß er sich erinnern konnte, was in der Nacht zuvor geschehen war. Als er sie weckte, um sie zu fragen, verzog sie das Gesicht, gab aber keine Antwort. Mit barschen Worten warf er sie zuerst aus dem Bett und dann aus dem Zimmer und überlegte sich die möglichen Konsequenzen dieses unerwarteten Vorfalls. Ob er nun eine Unvorsichtigkeit begangen hatte oder das Opfer eines Ränkespiels geworden war – jedenfalls hatten die Dinge eine unerwünschte Wendung genommen. Trotzdem konnte er nicht umhin, den Mut der Frau zu bewundern, die auf ihn eine Anziehungskraft auszuüben begann, welche am Ende gefährlicher sein konnte als die gelegentlichen Dummheiten, zu denen ihn der Alkohol verleiten mochte. Natürlich war das Benehmen der Frau in keiner Weise spontan und entsprang keinerlei natürlicher Unschuld – sie wußte sehr genau, wie ihre Situation in diesem Haus aussah und welche Reaktionen diese Situation im Dorf hervorrief; aber ebensowenig war sie berechnend oder intrigierend, sondern sie nahm bloß die paar wenigen Vorteile wahr, die sie genoß, und spielte mit der offenkundigen Kaltblütigkeit des Berufsspielers, der sein Überleben zu gleichen Teilen vom Zufall und von seiner Geschicklichkeit abhängig weiß, ihre armseligen Stiche aus. Während dieser ganzen Zeit war es Onofre trotz des Vertrauens, das sie einander schenkten, nicht gelungen, die wahre Natur der Beziehungen zwischen der Frau und seinem Bruder auszumachen. Er wußte, daß sie Witwe war, wie er schon am Anfang vermutet hatte, und daß sie aus Not bei seinem Bruder in Dienst getreten war; der Rest blieb in geheimnisvollem Dunkel. Alles deutete darauf hin, daß der Alkoholismus seines Bruders das sinnliche Element in dieser Beziehung ausschloß, aber wenn dem so war, welchen Grund gab es dann, gegenüber dem Dorf eine Täuschung aufrechtzuerhalten, die ihr zum Schaden gereichte, gegen die sie aber anscheinend nichts einzuwenden hatte? Vermutlich wartet sie geduldig auf die Gelegenheit, ihn zu erledigen, dachte Onofre; sie weiß, daß er früher oder später fallen wird; dann wird sie die Bürgermeisterin sein und sich für all die erniedrigenden und bitteren Jahre entschädigen. Wenn er daran dachte, überfiel ihn schwärzester Pessimismus. Wir Armen haben nur eine Alternative, sagte er sich: Ehrlichkeit und Erniedrigung oder Schlechtigkeit und Reue. So dachte der reichste Mann Spaniens. Später fand er heraus, daß auch der Mann dieser Frau eines gewaltsamen Todes gestorben war; aber wie sehr er auch in sie drang, sie weigerte sich, ihm diesbezüglich weitere Einzelheiten preiszugeben. Diese Teilenthüllung löste in seinem Kopf Fantasien aller Art aus. Vielleicht hatte sie mit diesem Tod sehr wohl etwas zu tun, so wenig materiellen Vorteil er ihr offenbar gebracht hatte; vielleicht war sein eigener Bruder in ein Verbrechen verstrickt, das ihn nun unauflöslich an die Frau band. Das Leben im Haus wurde ihm immer unbehaglicher. Dann ereignete sich der bereits geschilderte Zwischenfall, und er fühlte sich noch unsicherer als zuvor; er sagte sich, wenn sie mit ihm eine Beziehung anfange, von der sie schon vorher wußte, daß sie unmöglich und notgedrungen oberflächlich sein mußte, dann versuche sie damit nur, Joan zu zwingen, die Zweideutigkeit ihrer gegenseitigen Situation richtigzustellen, doch diese logische Erklärung zerstreute seine wachsende Angst nicht, Opfer einer Verschwörung zu sein. Jetzt vermochte er die Blicke, die Joan und die Frau wechselten, nachdem sie gehört hatten, was ihm widerfahren war, in keiner Weise zu deuten. Als er seinen Bruder darauf hinwies, der Pfarrer sei durch einen Flintenschuß ums Leben gekommen, was den Kreis möglicher Täter auf den Apotheker und den Veterinär einschränke, da diese beiden eine Jagdwaffenlizenz besäßen, antwortete sein Bruder mit schallendem Gelächter, es gebe im Tal keinen einzigen Haushalt, der nicht über ein illegales kleines Waffenarsenal verfüge. Diese plötzliche Erweiterung des Kreises mutmaßlicher Täter beunruhigte ihn; nun würden Gerüchte und Verdächtigungen laut, in die er ohne Zweifel auch hineingezogen würde. Seine Dispute mit dem Pfarrer waren allgemein bekannt; sie waren zwar nie ernst, sondern ein reiner Zeitvertreib für ihn gewesen, aber es war gut möglich, daß böse Zungen jetzt ihren Sinn verdrehten und sie aufgrund des Klatsches plötzlich einer gegenseitigen Feindschaft zuschrieben. Der auf ihn fallende Verdacht könnte noch durch die notorische Abneigung verstärkt werden, die zwischen dem Pfarrer und der Frau immer existiert hatte, und diese mögliche Verwicklung des Falls würde eine neue Verbindung zwischen ihm und ihr herstellen. Die Lage war sehr verzwickt. In Wirklichkeit bekümmerte ihn nicht die Gefahr, eines Verbrechens bezichtigt zu werden, das er nicht begangen hatte; er war zu sehr daran gewöhnt, sich Anschuldigungen von Verbrechen, die er tatsächlich begangen hatte, zu entziehen, als daß ihm jetzt der Tod eines kleinen Landgeistlichen hätte den Appetit rauben können. Was ihn durcheinanderbrachte, war der Gedanke, dieses Verbrechen hätte sich ohne seine Anwesenheit nie ereignet; er sei es, der den Schuldigen dazu angespornt und ihm die Idee für ein Alibi verschafft habe. Auf der Suche nach Frieden hatte er Zwietracht und Gewalt ins Tal gebracht und die Atmosphäre vergiftet. Er konnte seinem Schicksal nicht entkommen; nachdem er einmal diesen Weg eingeschlagen hatte, blieb ihm nichts anderes übrig, als ihn bis ans Ende zu gehen. Am nächsten Tag verließ er das Dorf im Lieferwagen, der von Bassora kam. Der leblose Körper des Pfarrers war an diesem Morgen gerade gefunden worden, aber niemand war auf die Idee gekommen, Onofre im Dorf zurückzuhalten oder sein Recht zu gehen in Frage zu stellen; in seinen Augen war das der handgreifliche Beweis dafür, daß jedermann an seine Schuld glaubte. Sein Bruder verabschiedete sich von ihm mit derselben Teilnahmslosigkeit, mit der er ihn empfangen hatte; in dieser Ausdruckslosigkeit sah Onofre die vollkommenste Verlassenheit. Auch die Frau zeigte bei seinem Aufbruch keinerlei Gefühlsregung, aber in ihren Augen war eine Trockenheit, wie sie ausgiebiges, von tiefster Verzweiflung herrührendes Weinen hinterläßt. Sollte es möglich sein, daß letzten Endes das einzige Motiv ihres Handelns eine beginnende Liebe ohne Zukunft gewesen ist und alles andere eine Ausgeburt meiner gequälten Fantasie? fragte er sich im Lieferwagen.

4

Als er wieder nach Hause kam, fand er seine Familie in größter Aufregung vor. Seit mehreren Tagen suchten sie ihn verzweifelt; da sie ihn in Paris glaubten, hatten sie dort das spanische Konsulat und die Botschaft sowie alle Hotels von gewissem Rang angerufen und sich auch mit den französischen Behörden in Kontakt gesetzt. Der durch all diese Maßnahmen verursachte Aufruhr stellte nun die Überraschung, die seine tatsächliche Rückkehr hervorrief, in den Schatten: niemand schien ihn zu beachten. Endlich brachte er jemanden dazu, ihm den Grund für diese ungewöhnliche Emsigkeit zu nennen: Ein schöner Jüngling aus sehr guter Familie habe ohne vorherige Ankündigung um die Hand seiner jüngeren Tochter angehalten, die damals gerade achtzehn Jahre alt geworden war. Der Kampf um meine Überbleibsel geht schon los, dachte er. Er schätzte seine Töchter nicht sehr hoch ein und vermutete, er werde sie einem Mitgiftjäger überlassen müssen, hatte sich mit dieser Möglichkeit aber schon abgefunden. Trotzdem ließ sich die Sache nicht auf die leichte Schulter nehmen, weshalb er Anweisung gab, den Freier noch am selben Abend in sein Büro vorzuladen. Dann zog er sich zur Ruhe zurück. Der Butler weckte ihn, um ihm Efrén Castells zu melden. Der Riese stürmte mit einer dicken Aktentasche ins Büro: Er komme, um von Geschäften zu sprechen. Diese Aussicht entmutigte Onofre Bouvila.

»Du tatest gut daran, zu verschwinden«, begann Efrén Castells. »Sie waren tatsächlich hinter deinem Kopf her.« Der Riese aus Calella machte ein bestürztes Gesicht und stieß einen Seufzer aus. Zum Glück war jener Moment der ersten Erregung schon wieder vorbei. »Wie er kam, so ging er.« Ein paar Tage lang habe nicht einmal er selbst sich sicher gefühlt. Mysteriöse Autos fuhren spätnachts durch die Straßen; andere Male war die Stadt in den Stunden der größten Betriebsamkeit unversehens still und ruhig; die Leute sprachen mit gedämpfter Stimme. Dann wurde alles wieder normal. Der Riese öffnete die Tasche und begann, Aktenbündel herauszuziehen. »Ich komme, um dir Rechenschaft ...« Onofre Bouvila unterbrach ihn mit einer Handbewegung: »Das hat Zeit.« Doch Efrén Castells beharrte darauf, ihn über die besondere finanzielle Lage, in der sie sich beide befanden, in Kenntnis zu setzen. »Zuerst wollten sie dir alles wegnehmen; dann sahen sie die von uns unterzeichneten Kontrakte und wußten nicht mehr, was tun: die Bestürzung und Empörung stand ihnen im Gesicht geschrieben.« Dieselben Leute, die ihn ohne zu zögern in den Tod geschickt hätten, waren nun angesichts einiger beglaubigter Dokumente wie gelähmt; dieser scheinbare Widerspruch überraschte ihn nicht. »Sie zogen ihre sämtlichen Anwälte zu Rate und diskutierten mehrere Tage und Nächte lang über den Fall, sahen aber keine Möglichkeit, dir etwas anzuhaben. Verzweifelt baten sie mich um meine Mitarbeit. Ich blieb standhaft. Endlich kamen wir zu einer Einigung: Ich versprach ihnen, mich weiterhin deiner Geschäfte anzunehmen, sie dagegen versprachen, meine Unabhängigkeit zu respektieren; ich mußte ihnen auch versprechen, daß ich deine Einwilligung in dieses Abkommen bekäme – davon hängt jetzt alles ab.« Dann schwieg der Riese respektvoll.

»Ich bin in den Ruhestand versetzt, nicht?« fragte Onofre Bouvila.

»Das geht vorbei«, sagte Efrén Castells.

Um acht erschien der Freier seiner Tochter sehr verschüchtert im Büro. Er sah schwächlich und wenig intelligent aus und hatte Mühe, zwei zusammenhängende Sätze zu artikulieren; er schien kein unverschämter Kerl, aber auch kein Ehrenmann zu sein. Zunächst behandelte ihn Onofre herzlich; diese unerwartete Herzlichkeit brachte den Bewerber aus der Fassung; sein Vater hatte ihm gesagt: »Geschehe, was wolle, verlier nicht die Haltung; wenn er dich beschimpft oder schlecht von der Familie spricht, ignorier es.« Nun wußte er angesichts von soviel Liebenswürdigkeit nicht, was er tun oder sagen sollte. Auch Onofre ließ sich von seinen Gedanken treiben. Kurz nachdem Efrén Castells gegangen war, hatte ihn sein Schwiegervater besucht. Don Humbert Figa i Morera wiederholte dieselben Argumente, die schon der Riese aus Calella verfochten hatte. »Das beste ist, du wappnest dich mit Geduld«, empfahl er ihm. »Nimm diese Unterbrechung als wohlverdiente Ferien und widme dich dem Familienleben und den Genüssen von Heim und gutem Essen.« Onofre Bouvila versprach ihm, seine Ratschläge im Auge zu behalten. Dann waren seine Tochter und seine Frau gekommen. »Mein Vater hat mich über die Lage unterrichtet«, sagte seine Frau, »ich freue mich, daß du dich entschlossen hast, das Ganze gelassen zu nehmen.« In ihrer Stimme verspürte er einen Anflug von Genugtuung, die wohl ausdrückte: Wenn diese Widrigkeiten dazu gut sind, daß ich und meine Töchter dich zurückerhalten, dann seien sie willkommen. Seine Tochter kam direkt zur Sache: »Sei wohlwollend mit ihm, Papa«, bat sie ihn, »ich liebe ihn von ganzem Herzen; jetzt hängt mein Glück einzig von dir ab.« Als er nun den Freier sah, erinnerte er sich an ihre Worte. Er wird ein Hampelmann sein in den Händen meiner Tochter, dachte er, ein Schoßhündchen, aber vielleicht will sie das gerade, solche Dinge weiß man in ihrem Alter schon sehr genau; gut, ich werde meine Einwilligung geben und mir damit die Dankbarkeit meiner ganzen Familie einhandeln, in kurzer Zeit wird das Haus von Enkeln überschwemmt sein, vielleicht hat mein Schwiegervater recht und die Stunde ist gekommen, das Heim zu genießen, sagte er sich. Laut sagte er dann: »Ich widersetze mich nicht nur ausdrücklich dieser absurden Heirat, sondern verbiete Ihnen auch, meine Tochter wieder zu besuchen; sollten Sie auf irgendeine Weise probieren, sich mit ihr oder irgendeinem andern Angehörigen dieses Hauses, ob von der Familie oder vom Gesinde, in Kontakt zu setzen, schicke ich Ihnen meine Leute auf den Hals und lasse Ihnen in einem dunklen Gäßchen sämtliche Knochen brechen.« Das Glück bescherte ihm ein Opfer, auf das er den während des ganzen Tags angesammelten Zorn abladen konnte, und solche Gelegenheiten versäumte er nie. Gott verwünsche meine Familie, dachte er. Dann wandte er sich wieder an den Freier, der seinen Ohren nicht traute, und fuhr fort: »Dieses Verbot, das ich jetzt ausspreche, ist unwiderruflich; hoffen Sie nicht, ich würde mit der Zeit meine Meinung ändern – das ist etwas, was ich nie getan habe und nie tun werde. Sollten Sie entgegen meinen Warnungen darauf bestehen, meine Tochter zu besuchen oder ihr irgendeine Botschaft zukommen zu lassen, hätte ich die unangenehme Pflicht, Ihnen eine Kugel in den Nacken jagen zu lassen. Ich denke, ich habe deutlich genug gesprochen. Der Butler wird Sie hinausbringen.« Dieses Gespräch gab ihm einen Teil des verlorenen Humors zurück; etwas später hatte er sogar eine entgegenkommende Geste für seine Frau übrig: »Beunruhige dich nicht, wenn sie sich tatsächlich lieben und er sie wirklich verdient, kommt er sie trotz all meiner Drohungen holen; in diesem Fall werde ich natürlich nicht ausführen, was ich angekündigt habe; im Gegenteil, es wird eine große Hochzeit geben, und ich werde dafür sorgen, daß es ihnen nie an etwas fehlt; aber ich nehme an, von diesem Burschen werden wir nie mehr etwas hören: Glaube mir, Frau, er ist ein Taugenichts und hätte das Mädchen nicht glücklich gemacht. Es werden schon noch andere kommen. Los, hör auf zu weinen und geh sie trösten; du wirst schon sehen, wie schnell ihr Kummer verfliegt.« Doch abgesehen von solchen gelegentlichen Zerstreuungen hatte das Familienleben nicht den geringsten Reiz für ihn.

Nun widmete er seine ganze Zeit dem Fortgang der Hausrekonstruktion, die durch seinen Weggang unterbrochen worden war. Zufällig wurde dieses gewaltige Werk Mitte Dezember 1924 fertig, wenige Tage nach Onofre Bouvilas fünfzigstem Geburtstag. Nun sah der Garten nicht mehr verwildert aus, sondern hatte seine ehemalige Harmonie wiedergewonnen; die frischlackierten Barken wiegten sich auf dem Kanal; die grazilen Formen mehrerer Schwanenpärchen spiegelten sich im kristallklaren Seewasser; im Hausinnern öffneten und schlossen sich sanft die Türen, die Lampen funkelten in den Spiegeln, an den Decken sah man eben fertiggemalte Cherubim und Nymphen, die Teppiche dämpften die Geräusche der Schritte, und die Möbel fingen auf ihrer glänzenden Oberfläche das von den Gardinen gedämpfte Licht auf. Der Moment des Umzugs war gekommen. Seine Töchter versuchten, Widerstand zu leisten, und weigerten sich, aus der Stadt zu ziehen. »Wer wird uns denn an diesem gottverlassenen Ort schon besuchen?« wandten sie ein. »Solange ich reich bin, wird man uns notfalls auch in der Hölle besuchen«, antwortete er. In Wirklichkeit bereitete sowohl seiner Frau wie seinen Töchtern die Vorstellung Angst, mit diesem Mann allein zu sein, der sie tyrannisierte und sich offenbar ein Vergnügen daraus machte, sie leiden zu lassen. Auch das Haus flößte ihnen Angst und Widerwillen ein. Obwohl die Rekonstruktion als perfekt zu bezeichnen war, lag etwas Beunruhigendes in dieser haargenauen Kopie, etwas Pompöses in dem exzessiven Schmuck, etwas Wahnsinniges in dem Streben nach sklavischer Nachahmung einer anachronistischen und fremden Existenz, etwas Plumpes in den imitierten Bildern, Vasen, Uhren und Figuren, die weder geschenkt noch geerbt waren, deren Vorhandensein nicht die Frucht sukzessiver Funde oder Launen war und die nicht die Erinnerung an den Moment, da sie erworben und dann allmählich zu einem Bestandteil des Hauses wurden, in sich bargen – alles war einem rigorosen Willen untertan, war unecht und bedrückend. Nachdem der Baulärm verstummt, die Maurer, Hilfsarbeiter,

Gipser und Maler verschwunden und Ordnung und Sauberkeit eingekehrt waren, wurde es im Haus so feierlich wie bei einer Beerdigung. Selbst die Schwäne auf dem See sahen so idiotisch aus, wie sie waren. Die Morgendämmerung warf ein unheimliches, verändertes Licht auf das Haus. Diese Charakteristika waren ganz nach Onofre Bouvilas Geschmack. Hier konnte er leben, wie es ihm paßte, und mußte seine Frau und seine Töchter wochenlang weder sehen noch hören. Er spazierte nie im Garten und verließ tagsüber nur selten die Zimmer, die er ausschließlich für seinen eigenen Gebrauch bestimmt hatte. Er empfing keine Besuche, und entgegen seiner Vorhersage besuchte sie auch niemand aus eigener Initiative. Einige Monate nach dem Umzug verließen seine beiden Töchter das Heim definitiv. Die jüngere ging als erste. Mit Hilfe ihres Großvaters, Don Humbert Figa i Morera, der sie so sehr anbetete, daß er riskierte, trotz seines Alters und seiner Gebrechen den Zorn seines Schwiegersohns auf sich zu ziehen, ließ sie sich in Paris nieder; dort heiratete sie nach einiger Zeit einen ungarischen Pianisten von geringem Ruf und mit unsicherer Zukunft, der doppelt so alt war wie sie; von da an zogen die beiden, verfolgt von den Gläubigern, von Stadt zu Stadt. Die ältere Tochter folgte wenig später dem Beispiel ihrer Schwester. Obwohl sie offen zugab, nicht die geringste Neigung dazu zu verspüren, trat sie in eine Kongregation von Laienmissionarinnen ein, die sich an weitabliegenden, rückständigen Orten dem Lehrberuf und der Heilkunde widmeten. Nachdem sie mehrere Jahre im Amazonasgebiet in der Nähe von Iquitos verbracht und schlecht und recht versucht hatte, die Praxis der Geburtshilfe und unmäßigen Whiskykonsum unter einen Hut zu bringen, wurde sie von den peruanischen Behörden heimgeschafft; dazu mußten mehrere Regierungsfunktionäre bestochen und die Opfer ihrer Fahrlässigkeit, Sucht und Ignoranz entschädigt werden. Danach lebte sie bis zu ihrem Tod im Jahr 1981 friedlich in ihren Alkoholdünsten in einer Suite des Hotels »Ritz« in Madrid. Onofre Bouvila sah der Auflösung seiner Familie mit derselben Gleichgültigkeit zu, wie er nach dem Tod seines zweiten Sohnes ihrer Entstehung zugesehen hatte: eine Familie aus

Abfall und Enttäuschungen. Seine Gattin verbrachte den ganzen Tag und einen Teil der Nacht in der Kapelle des ersten Stocks, wohin sie sich die Schachteln mit Eistrüffeln und Likörpralinen bringen ließ, die sie zwanghaft rund um die Uhr verzehrte, während sie sich im Labyrinth von Novenen, Triduen, Kreuzwegandachten, Adorationen, Vierzigstundenandachten, Infraoktaven und Allerheiligstenwachen zurechtzufinden versuchte, in die sie vertieft war. Nun schien das Haus tatsächlich wie ausgestorben. Hatten anfänglich die Möbel und Gegenstände kein Gefühlsleben, so bekamen sie nun bald ein neues, fantasmagorisches Leben. In den Nächten waren in den leeren Zimmern Geräusche zu hören, und am nächsten Morgen waren die Schränke verrückt und die Teppiche zusammengerollt, als wären all diese riesigen schwergewichtigen Stücke im Schutz der Dunkelheit durch die Salons spaziert. In Wirklichkeit lag dem Ganzen keine übernatürliche Ursache zugrunde – es waren die Hausangestellten, die auf diese Weise ihre Unzufriedenheit und ihren Überdruß zum Ausdruck brachten. »Mal sehen, ob wir die Señora am Ende ganz um den Verstand bringen können«, sagten sie zueinander und verbrachten die Nächte damit, auf Kasserollen zu hämmern, Möbel umherzuschleifen und mit Ketten an die Wände zu schlagen. Onofre Bouvila nahm das alles nicht zur Kenntnis; um der im Haus herrschenden düsteren Atmosphäre zu entkommen, hatte er die Gewohnheit angenommen, allabendlich auszugehen. In Begleitung seines Chauffeurs und Leibwächters verkehrte er in den verrufensten Höhlen; auf der Flucht vor Eleganz und Reinlichkeit suchte er die Kameradschaft von Zuhältern, Gesindel und Huren. Auf diese Weise glaubte er jenes Barcelona wiedergefunden zu haben, aus dem er sich hatte emporschwingen können, in dem er jetzt aber ziemlich glücklich gewesen zu sein meinte. In Wirklichkeit sehnte er sich nach der verlorenen Jugend. Um sie wiederzufinden, versuchte er sich selbst davon zu überzeugen, daß er sich in diesem Milieu, das vor Schändlichkeit und Elend strotzte, zu Hause fühlte; im Grunde wußte er, daß ihn diese schmutzigen, schlechtgelüfteten Spelunken und die verschwitzten, stinkigen Pritschen anekelten, auf denen er verstört erwachte. Der ordinäre Wein, der falsche Champagner und das Kokain, das er konsumierte, um sich die ganze Nacht lang munter zu halten, bekamen ihm schlecht: Oft erbrach er sich auf der Straße oder im Wagen, wenn er bei Tagesanbruch nach Hause zurückkehrte. Ebenso wußte er, daß jene Schwätzer, Schmuggler und Hürchen verzweifelt hinter seinem Geld her waren. Wenn ihn der Chauffeur fast auf den Armen aus einem Bordell holte, änderten die Dirnen, die ihn mit dreisten Sympathiebekundungen empfangen hatten, in einem einzigen Augenblick ihr Wesen, ihre Zuhälter rissen ihnen mit Gewalt das Geld aus den Händen, das er ihnen im Übermaß gegeben hatte, Euphorie und Wollust verschwanden – nun walteten Gier, Gewalt und Rachsucht. Das wußte er alles, aber er ließ sich betören; nicht mit dem Geld, das er verpraßte, sondern mit dieser Täuschung glaubte er sich das Recht zu erkaufen, wieder die Hafenluft und den Geruch nach Salpeter, Petroleum und reifem, in den Kielräumen der Schiffe vermoderndem Obst zu atmen, als gehörte er noch in diese Welt, die er schon vor vielen Jahren für immer verloren hatte.

Eines Nachts erwachte er in einem winzigen Zimmerchen, dessen Wände mit einer schmutzigen, ursprünglich orangefarbenen Tapete überzogen waren und in dem an einem elektrischen Kabel eine Glühbirne flackerte. Seine Füße und Hände waren eiskalt, und auf der linken Seite kroch ihm ein unangenehmes Kribbeln auf und ab. Er wußte, daß er starb, aber die Präzision, mit der er noch die geringfügigsten Details registrieren konnte, erstaunte ihn. An seiner Seite hörte er eine Nutte schreien, an deren Gesicht er sich nicht erinnern konnte. Mit großer Anstrengung gelang es ihm, sie am Handgelenk zu fassen; er wußte, daß sie, wenn sie es schaffte zu entwischen, ihm alles, was er auf sich trug, abnehmen, ohne jemandem ein Wort zu sagen das Weite suchen und ihn hier sterben lassen würde. Ich verspreche ihr das Blaue vom Himmel herunter, wenn sie mir hilft, dachte er, aber er drohte an seinen Worten, die ihm den Atem nahmen, zu ersticken. Kein schlechter Ort zum Sterben, dachte er, was für ein Skandal! Aber was sage ich da? Ich will gar nicht sterben, weder hier noch anderswo. Die Nutte hatte sich mit einem Ruck befreit, sammelte ihre auf dem Zimmerboden verstreuten Kleider ein, legte sie über den Arm und ging auf den Gang hinaus. Als er sich allein fand, kämpfte er gegen die aufkommende Panik an. Das ist das Ende, dachte er. Er hörte noch Schreie und schnelle Schritte auf dem Gang, dann verlor er das Bewußtsein.

In Wirklichkeit gingen alle sehr geschickt zu Werke. Kaum hatte sie sich angezogen, holte die Nutte den Chauffeur, der sich seinerseits auf die Suche nach Efrén Castells machte, weil er sich vor der Verantwortung fürchtete, die ihm angelastet werden konnte, sollte die Sache übel ausgehen. Als die beiden im Freudenhaus eintrafen, hatten es die Dirnen und ihre Zuhälter schon geschafft, ihm notdürftig seine Kleider anzuziehen; dagegen hatten sie ihn, sosehr sie sich auch mit einem Löffelstiel abmühten, nicht dazu bringen können, einen Schluck Cognac zu trinken. Efrén Castells verteilte Belohnungen; selbst der Nachtwächter und der Aufseher, die ebenfalls zugegen waren, erhielten ihren Anteil; alle waren zufrieden und schworen, Stillschweigen zu bewahren. Es schlug vier Uhr, als sie ihn ins Bett steckten und seine Gemahlin benachrichtigten. Sie war der Lage gewachsen und benahm sich wie eine Dame; trocken akzeptierte sie die von Efrén Castells ungeschickt improvisierten unglaubhaften Erklärungen und setzte die ganze Angestelltenschaft in Bewegung, so daß das Haus nach einigen Stunden ein Hexenkessel war: Es kamen Spezialärzte, Krankenschwestern und, für den Fall eines fatalen Ausgangs, Anwälte und Notare mit ihren Assistenten, Börsenmakler, Grundstücksregistratoren, Funktionäre des Finanzamts, Konsuln und Handelsattachés, Gauner und Politiker (die sich bemühten, nicht aufzufallen), Journalisten und Korrespondenten und viele Priester, die mit allem Nötigen versehen waren, um die angemessenen Sakramente zu verabreichen: Beichte, Eucharistie und Letzte Ölung. Diese Menschenmenge strich nun durch Garten und Haus, trat in sämtliche Nebengebäude, schnüffelte in den Schränken umher, öffnete Schubladen, brachte die Einrichtungsgegenstände durcheinander, befummelte die Kunstwerke und beschädigte unabsichtlich oder absichtlich einige Gegenstände; die Illustriertenreporter stellten mitten in den Salons ihre Stative und Kameras auf, taten mit den Blitzen der Magnesiumlampen allen Leuten in den Augen weh und verschwendeten die Platten für Aufnahmen, deren Bedeutung nach dem Entwickeln vollkommen unklar war. Die Angestellten ließen sich bestechen und enthüllten dem Meistbietenden wirkliche oder erfundene Geheimnisse. Es fehlte auch nicht an Schwindlern, die sich als Freunde der Familie oder als enge Mitarbeiter des Kranken ausgaben; von diesen Leuten erhielten die unerfahrenen Journalisten und Geschäftsleute gegen Bezahlung die verzerrtesten und konfusesten Informationen. Das hatte zur Folge, daß auf fast allen Märkten die Aktienkurse sanken. Von all dem merkte er nichts oder höchstens vage etwas. Infolge der verschriebenen Medikation hing er gleichsam in der Luft; er hatte nirgends Schmerzen und spürte seinen Körper nur an der dauernden Kälte in den Gliedern. Wäre nicht diese Kälte, so ginge es mir besser denn je, dachte er. Etwas von diesem Wohlbefinden trug ihn in eine weit vor seinen ältesten Erinnerungen zurückliegende Kindheit zurück. Er hatte den Zeitbegriff verloren – trotz seiner absoluten Bewegungslosigkeit wurden ihm die Stunden nicht lang, und die Untätigkeit bedrückte ihn nicht. Die Menschen, die ins Zimmer kamen und wieder hinausgingen, die Ärzte, die ihn unablässig untersuchten, die Krankenschwestern, die ihm Medikamente, Nahrung und schmerzlindernde Mittel verabreichten, ihm Injektionen gaben, Blut entnahmen, ihm bei seiner Notdurft halfen, die er nicht mehr kontrollieren konnte, und ihn wuschen und parfümierten, die regelmäßigen Besuche seiner Frau, die die seltenen Momente, in denen man sie mit ihm allein ließ, weinend an seinem Bett verbrachte, das Hereinstürmen der Leute, denen es durch irgendeinen Kniff gelungen war, bis in sein Zimmer vorzudringen, die ihn um einen postumen Gefallen baten, ihn anflehten, ihre Seele nach seinem Tod mit Gott auszusöhnen, oder hofften, eine wichtige Angabe über ein Unternehmen, einen wirtschaftlichen Vorgang von bestimmter Bedeutung von ihm zu erfahren oder von seinen Lippen sozusagen testamentarisch den Schlüssel zu seinem Erfolg zu hören, erschienen ihm wie fiktive Figuren, die einem Bilder bogen aus der Kindheit entsprungen waren und sich jetzt auf ein paar wenigen festen Ebenen in dem Raum umherschoben, der ihn umgab, und sich mit ihnen vermischten. Das Murmeln und Raunen, das Geräusch der Stimmen und Schritte, die durch die Wände an sein Ohr drangen, das anschwoll, wenn sich eine Tür öffnete, und wieder verstummte, wenn sich diese Tür schloß, verwirrten ihn ebenfalls. Er konnte nicht klar unterscheiden zwischen Geräuschen, Gerüchen, Formen und Empfindungen – alles verleitete zu komplizierten und nicht immer eindeutigen oder zusammenhängenden Interpretationen. Die Berührung durch die Hand eines Arztes oder einer Krankenschwester, der Geruch nach Chinarinde, die weiße Farbe eines Ärztekittels, ein forschendes Gesicht nahe dem seinen konnten ein Ganzes bilden, dessen Sinn er nur schwer ergründete. Was bedeutet das? fragte er sich, was sollen diese unzusammenhängenden Dinge neben mir? Warum sind sie hier? Und seine durch den Kontakt mit diesen Reizen entfesselte Fantasie trug ihn für eine Weile schwindelerregend durch einen grenzenlosen Raum und setzte ihn dann am Rand eines verlorenen Moments seiner Vergangenheit wieder ab, den er in diesem Zeitpunkt noch einmal so deutlich erlebte, daß ihn seine Erscheinung beunruhigte und schmerzte. Dann verflüchtigte sich all das wieder langsam wie Zigarettenrauch in der geheizten Luft eines Salons, und in seinem Bewußtsein blieb nur die Angst zurück, die ihm die Gewißheit des Todes einflößte. In solchen Momenten war er bereit, alles für die Möglichkeit zu opfern, noch ein wenig weiterzuleben, auf welche Art auch immer; er wußte aber, daß in dieser Todesstunde kein Handel helfen konnte, und das brachte ihn zur Verzweiflung. Wie ist es möglich, daß ich überhaupt nichts tun kann, um etwas so Schreckliches zu verhindern? fragte er sich. In der Überzeugung, sein Leben sei nahe daran zu erlöschen, wie mit einer Fingerbewegung das Licht erlischt, und er werde jeden Moment für immer und ewig verschwinden, brach er mit der Trostlosigkeit eines Neugeborenen in Tränen aus; davon merkte jedoch niemand etwas, denn sein Gesichtsausdruck blieb unveränderlich, zeigte nur Heiterkeit und Festigkeit.

Ebensowenig fehlte es an Momenten, in denen diese Schwindel, Erinnerungen und Ängste irrealen und angenehmen Visionen Platz machten. In einer dieser Visionen glaubte er sich an einem ungewissen Ort zu befinden, der in der monotonen Helligkeit eines bewölkten Mittags lag. Ohne zu wissen, weshalb er dort war, sah er jemand auf sich zukommen, den er schon von weitem zu erkennen meinte. Als die Gestalt näherkam, pries er den Umstand, der diese Wiederbegegnung ermöglicht hatte. »Vater«, sagte er, »wie lange haben wir uns nicht mehr gesehen!« Der Amerikaner lächelte; äußerlich hatte er sich seit dem Tag, als er mit Drillichanzug, Panama und Affenkäfig aus Kuba zurückgekehrt war, nur wenig verändert, außer daß er jetzt einen langen, sehr gepflegten Bart trug. »Und dieser Bart, Vater, was hat es damit auf sich?« Der Amerikaner zuckte mit den Schultern, wie um zu sagen: »Ich weiß es nicht, Sohn.« Dann öffnete er den Mund und bewegte langsam die Lippen, als wollte er etwas sagen, verharrte aber so, ohne einen Laut von sich zu geben. Onofre hielt den Atem an; er hoffte, sein Vater würde ihm jeden Moment etwas Überirdisches enthüllen. Doch er blieb stumm; schließlich schloß er den Mund und lächelte wieder: Jetzt hatte sein Lächeln einen Anflug von Melancholie. Vielleicht bedeutet das in Wirklichkeit, tot zu sein, dachte Onofre mit einem Schauder, diese Unveränderlichkeit; wenn man tot ist, geht man nirgends mehr wirklich hin, alles ist Verharren; wo es weder Veränderung noch Schmerz gibt, aber auch keine Fröhlichkeit; wenn wirklich etwas am Tod ist, dann ist es das völlige Fehlen von Fröhlichkeit, nur dieses peinliche Unwissen, das jetzt auf dem Gesicht meines Vaters zu lesen ist. Er ist tatsächlich tot, das sieht man ohne den geringsten Zweifel; daher taugt seine Gesellschaft, die mir anfänglich so angenehm schien, jetzt nur dazu, mich mit Trauer zu erfüllen; all das weist darauf hin, daß ich nicht tot bin, sagte er sich hierauf, sonst könnte ich nicht so denken, wie ich's jetzt tue. Aber ebensowenig ist es möglich, daß ich lebe, sonst hätte ich diese Vision nicht gehabt. Zweifellos befinde ich mich in einem Übergangsstadium, mit einem Fuß auf beiden Seiten der Grenzlinie, wie man in der Welt sagt, die ich zu verlassen im Begriff bin. Was gäbe ich nicht darum, wieder zu leben; ich verlange nicht, von vorn anzufangen, das ist unmöglich, und überdies würde ich bestimmt wieder so leben, wie ich gelebt habe. Nein, ich will bloß weiterleben, damit gebe ich mich schon zufrieden. Ach, lebte ich wieder, ich sähe alles mit andern Augen.

5

»Ich weiß nicht, ob es richtig ist, zu erlauben, daß Sie sie sehen«, sagte die Nonne. »Das heißt, zu erlauben, daß sie Sie sieht.«

»Dann wissen Sie also, wer ich bin?« fragte er.

Die Nonne kräuselte die Lippen; das war für sie kein Grund, ihr Gegenüber weniger kalt zu mustern. In dieser Kälte lag aber keine Feindseligkeit, sondern halb Neugier und halb Vorsicht.

»Jedermann weiß, wer Sie sind, Señor Bouvila«, sagte sie sehr leise, fast kokett. Jeder einzelne ihrer Gesichtszüge offenbarte eine ihrer Charaktereigenschaften: Selbstlosigkeit, Milde, Geduld, Stärke – ihr Gesicht war ein einziges Sinnbild. »Die Arme hat viel gelitten«, sagte sie in verändertem Ton. »Jetzt ist sie die meiste Zeit über ruhig; nur manchmal hat sie noch einen Rückfall, aber auch das nur für wenige Tage. In solchen Momenten hält sie sich wieder für eine Königin und Heilige.« Onofre Bouvila nickte zustimmend: »Ich weiß über die Situation Bescheid.« In Wahrheit hatte er erst vor kurzem Bescheid erhalten. Während der endlosen Monate der Rekonvaleszenz, in der Zeitspanne, in der sein im letzten Moment den Klauen des Todes entrissenes Leben auf prekäre Weise an einem ganz dünnen Faden zu hängen schien, hatte man ihm die Wahrheit verschwiegen: »Jede Störung kann sich für ihn fatal auswirken«, hatten die Ärzte gesagt. Sie konnten freilich nicht verhindern, daß er schließlich indirekt unterrichtet wurde. Als er an einem Herbsttag mit einer Mohairdecke über den Beinen in einer Salonecke neben der geschlossenen Flügeltür saß und mit dem Durchblättern von Zeitschriften gegen die Langeweile ankämpfte, las er die Meldung von der Hochzeit. Zuerst entging ihm ihre Bedeutung – wie ihm seit einiger Zeit fast alles entging. Ein Dienstmädchen nahm die Zeitschriften weg, die er hatte zu Boden fallen lassen, und zog die Vorhänge zu, damit ihm die Nachmittagssonne, die durch die Scheiben zu dringen begann, nicht ins Gesicht schien. Nachdem das Dienstmädchen gegangen war, legte er die Wange auf das frischgebügelte und noch nach Basilienkraut duftende Zierdeckchen. So ließ er sich von der Schläfrigkeit übermannen. Zum erstenmal in seinem Leben schlief er jetzt viele Stunden, jede auch noch so einfache Tätigkeit ermüdete ihn; glücklicherweise war dieser Schlaf immer angenehm. Doch diesmal erwachte er mit Schrecken. Er wußte nicht, wie lange er geschlafen hatte, doch nach dem Standort der Schattenlinie zu schließen, die die Sonne auf die Marmorfliesen zeichnete, nur wenig. Ein paar Minuten lang versuchte er die Ursache seiner Unruhe zu ergründen: Ist es etwas, was ich in den Zeitschriften gelesen habe? fragte er sich. Er zog an der Klingel, die er immer neben sich hatte, und sogleich eilten das Dienstmädchen und die Krankenschwester mit erschrockenem Gesicht herbei. »Es fehlt mir nichts, verdammt nochmal«, sagte er, irritiert durch diese Zeichen geschäftiger Fürsorge; »ich will bloß, daß Sie mir die Zeitschriften wiederbringen, die ich vor einer Weile gelesen habe.« Während sich die Zofe auf die Suche nach den Zeitschriften machte, nahm ihm die Krankenschwester, eine dürre, sauertöpfische Frau, den Puls. »Mit solchen Mannweibern bestraft mich meine Frau«, sagte er zu Efrén Castells, als ihn dieser besuchte. »Was willst du denn?« antwortete der Riese streng, »ein hübsches junges Ding und dann wieder einen Kollaps?« Er schaute in alle Richtungen, um sich zu vergewissern, daß sie niemand hörte, und fügte dann hinzu: »Wenn du dich gesehen hättest, so wie ich dich gesehen habe, als ich dich aus dem Bordell schleppte, würdest du nicht solche Dinge sagen.« – »Nun hören Sie schon auf, zu untersuchen, ob ich lebendig oder tot bin, und reinigen Sie mir die Brille mit der Gaze, die Ihnen aus der Tasche hängt«, brummte er und zog seine Hand zurück. Die Krankenschwester und er schauten sich einen Moment lang herausfordernd an. Soweit bin ich also gekommen, dachte er, daß ich mich mit alten Jungfern herumschlagen muß. Dann sagte er, sie sollten die Vorhänge aufziehen und ihn in Frieden lassen. Fieberhaft suchte er die Hochzeitsmeldung. »Ich bin sehr glücklich«, hatte der Star dem Zeitschriftenkorrespondenten erklärt. »James und ich werden den größten Teil des Jahres in Schottland verbringen«; dort besaß James, ein schmucker und vermögender englischer Aristokrat, ein Schloß. Sie hatten sich an Bord eines Luxus-Ozeandampfers kennengelernt; ja, es sei Liebe auf den ersten Blick gewesen, gestanden die beiden später; sie zogen es vor, während einiger Monate die Verlobung geheimzuhalten, um der Verfolgung durch die Presse zu entgehen; während dieser Monate schickte er ihr jeden Tag eine Orchidee in ihr Zimmer, die sie immer als erstes sah, wenn sie die Augen öffnete. Die Heirat sollte noch vor dem Winter stattfinden, an einem Ort, den sie nicht verraten wollten; »dann erwarten uns lange Flitterwochen in exotischen Ländern«, ergänzte sie und wiederholte: »Ich bin sehr glücklich.« Aus diesem Grund kündigte sie ihren definitiven Rückzug vom Film an.

»Wo ist sie?« fragte er Efrén Castells noch am selben Nachmittag direkt ins Ohr. Der Riese war bestürzt.

»Es geht ihr so gut, wie es einem nur gehen kann, glaub mir. Der Ort ist sehr angenehm, gar nicht wie ein Sanatorium.« Dann, als er sich durch das mürrische Schweigen seines Freundes unausgesprochen angeklagt fühlte, verteidigte er sich mit einem Wutanfall: »Sieh mich nicht so an, Onofre, ich bitte dich: Du hättest dasselbe getan, welcher andere Ausweg blieb uns? Von allem Anfang an wußtest du besser als sonst jemand, daß dieses Abenteuer so enden mußte, das hat sich schon sehr bald abgezeichnet.« Er erzählte ihm, wie die Dinge seit der Abtretung der Filmstudios immer schlechter gelaufen waren. Bald mußten sie einsehen, daß Honesta Labroux nicht bereit war, von irgend jemand Befehle entgegenzunehmen außer von Onofre; der aber war für immer gegangen. Jetzt benötigte ein Film, der vorher in vier oder fünf Tagen gedreht worden war, eine Drehzeit von mehreren Wochen – die Probleme häuften sich. Am Ende hatte sie Zuckermann umzubringen versucht. Eines Tages, als er sie noch grausamer als sonst behandelte, zog sie eine Pistole aus der Tasche und schoß auf den Regisseur. Die Pistole war ein Trödelstück, weiß Gott, woher sie sie haben mochte; sie explodierte ihr in der Hand, und nur durch ein Wunder blieb ihr der Kopf auf den Schultern sitzen. Nach diesem Zwischenfall waren sich alle einig, es bleibe keine andere Möglichkeit mehr, als sie einzusperren. Onofre stimmte düster zu. Nachdem Honesta Labroux verschwunden war, begann der Niedergang der Kinoindustrie, die er auf die Beine gestellt hatte. Sie versuchten es mit andern Schauspielerinnen, aber alle erwiesen sich als unbrauchbar; jetzt wurde es schwierig, die Filme zu amortisieren, die vorher enorme Erlöse eingebracht hatten. Das Publikum hatte unzweifelhaft die aus Amerika stammenden Filme lieber; sogar Efrén Castells schwärmte von Mary Pickford und Charles Chaplin. Es war schon ausgemacht, die Studios zu schließen, die Gesellschaft aufzulösen und sich dem Import ausländischer Filme zu widmen. »Laß sie sich nur den Kopf zerbrechen und ihr Geld aufs Spiel setzen«, sagte Efrén Castells. Onofre Bouvila zog die Mohairdecke bis zur Brust hoch und zuckte mit den Schultern: Ihm war alles einerlei.

»Kommen Sie«, sagte die Nonne unvermittelt. Sie hatte nachgegrübelt, und diese Entscheidung war das Ergebnis ihres Sinnierens; ihrer Art zu sprechen ließ sich entnehmen, daß sie es gewohnt war, mit Leuten umzugehen, auf deren Verständnis sie nicht angewiesen war. Er folgte ihr und gelangte in einen mittelgroßen Saal, der einfach möbliert war und einen sauberen und bequemen Eindruck machte, aber den Geruch von Krankheit und Dekadenz verströmte. Durchs Fenster trat das zerbrechliche Licht eines Wintermittags. Im Saal war es recht kalt. Drei um einen Klapptisch sitzende Männer undefinierbaren Alters spielten Karten; zwei von ihnen trugen eine Baskenmütze, und alle drei hatten einen Schal um den Hals gewickelt. Auf einem andern Tisch an der Wand, auf dem ein bis zum Boden hängendes blaues Tischtuch lag, stand eine Weihnachtskrippe. Die Berge waren aus Kork und der Fluß aus Stanniol; die Vegetation bestand aus einigen Moosstückchen; die Proportionen der Tonfigürchen untereinander stimmten nicht eben genau.

Neben dem Tisch stand ein mit einer Segeltuchhülle zugedecktes Klavier.

»Die Patienten haben diese Krippe selbst gemacht«, sagte die Nonne. Als die drei Männer das hörten, unterbrachen sie ihr Spiel und lächelten Onofre Bouvila zu. »Am Heiligen Abend gibt es nach der Christmette ein Gemeinschaftsmahl, das heißt, auch die Familienangehörigen und engen Freunde können daran teilnehmen, wenn sie es wünschen. Ich kann mir schon vorstellen, daß das auf Sie nicht zutrifft, aber ich sag's Ihnen trotzdem.«

Onofre sah, daß sämtliche Fenster vergittert waren. Sie gingen durch eine andere Tür, die auf einen zweiten Gang führte, wieder hinaus. Als sie ans Ende dieses Ganges kamen, blieb die Nonne stehen.

»Jetzt werden Sie einen Moment hier warten müssen. Die Männer dürfen nicht in den Frauenflügel und umgekehrt – man weiß nie, in welchem Zustand man sie antrifft.«

Die Nonne ließ ihn allein. Er durchsuchte seine sämtlichen Taschen, obwohl er wußte, daß es unnütz war; die Ärzte hatten ihm das Rauchen verboten, und er hatte nie Zigaretten bei sich. Er dachte daran, in den Saal zurückzugehen und die Spieler um eine Zigarette zu bitten. Etwas werden sie schon haben, und gefährlich sahen sie nicht aus, dachte er, was können sie mir denn schon anhaben? Während dieser Überlegung erforschte er kritisch das Spiegelbild seiner Gestalt in der Scheibe des Korridorfensters. Er sah einen winzigen und gebückten, auf einen Stock mit Elfenbeinknauf gestützten bleichen Alten in einem schwarzen Überzieher mit Persianerkragen. In der Hand, die nicht auf dem Stockknauf ruhte, trug er den weichen Hut und die Handschuhe. All das vermittelte ihm einen filigranhaften, nicht unkomischen Eindruck. Die Rückkehr der Nonne unterbrach diese trostlose Betrachtung. »Sie können jetzt kommen.«

Auch Delfina war sehr gealtert; außerdem war sie auf alarmierende Weise dünn geworden und hatte die ihrer Veranlagung eigene Magerkeit zurückgewonnen; niemand hätte in ihr die berühmte Filmschauspielerin gesehen, die die Welt verzaubert hatte, nur er konnte in diesem Schatten das widerborstige

Mädchen von einst erkennen. Sie trug einen Hausmantel aus grober Wolle über dem Flanellnachthemd, dazu ebenfalls wollene Strümpfe und kaninchenpelzgefütterte Pantoffeln. »Schauen Sie, wer Sie besuchen kommt, Señora Delfina«, sagte die Nonne. Sie reagierte weder auf diese Worte noch auf seine Anwesenheit, sondern schaute auf einen fernen Punkt jenseits der Gangwände. Es entstand ein Schweigen, das ihm unangenehm war. Die Nonne schlug den beiden vor, allein einen Spaziergang zu machen. »Es ist ein recht kühler Tag, aber an der Sonne wird es ganz angenehm sein; gehen Sie in den Garten, etwas Bewegung wird Ihnen beiden guttun.« In den Augen der Nonne konnte eine Filmschauspielerin kaum sehr viel mehr als eine Prostituierte sein, wenn nicht überhaupt dasselbe; ließ sie die beiden nun allein in den Garten, dann nur, weil ihnen ihre Hinfälligkeit eine neue Unschuld verlieh, dachte Onofre, während er Delfina durch den Gang zum Garten führte. Dieser Vorgang erwies sich als sehr mühsam und langwierig; sie ging ganz steif und äußerst langsam; jede ihrer Bewegungen schien das Ergebnis einer sehr komplizierten Berechnung, eines genau abgewogenen und nicht risikolosen Entschlusses zu sein. Schon habe ich einen halben Schritt getan, gab sie jedesmal zu verstehen, gut, nun werde ich wieder einen halben tun. Infolge dieser Bedächtigkeit kam ihm der an sich nicht sehr weitläufige Garten riesig vor. Sie ist nicht unvernünftig, dachte Onofre; da sie niemals über die Gartenmauer hinausgelangen wird, wozu sich dann beeilen? Nun war er es, den diese unerträgliche Langsamkeit müde machte.

»Komm, Delfina, setzen wir uns ein bißchen auf jene Bank. – Hier werden wir uns wohl fühlen«, sagte er, nachdem sie sich nebeneinander auf die Steinbank gesetzt hatten; nun wurde es unumgänglich, eine Konversation zu führen. Die Bäume hatten die Blätter verloren; an der Sanatoriumsmauer wuchsen einige Bisamblumen. Er fragte sie, wie es ihr gehe. Hatte sie irgendwelche Schmerzen? Behandelte man sie gut im Sanatorium? Brauchte sie etwas, was er ihr verschaffen konnte? Sie gab keine Antwort, sondern schaute weiter mit demselben unerschütterlichen Ausdruck geradeaus und schien nicht einmal zu merken, wo sie war und mit wem. Dieses Schweigen bedrückte Onofre mehr, als er es sich hätte vorstellen können. »Wie viele Dinge sind geschehen«, sagte er halblaut, »und trotzdem hat sich nichts verändert; wir beide sind immer noch dieselben, meinst du nicht? Nur hat jetzt das Leben das wenige, was wir hatten, kaputtgemacht.« Ein schwarzer Vogel setzte sich auf den Kiesweg, verharrte eine Weile und flog dann wieder weg. Danach sprach Onofre weiter. »Erinnerst du dich noch, als wir uns kennenlernten, Delfina? Ich meine nicht die Stunde, in der wir uns kennenlernten, sondern die Epoche. Es war im Jahr 1887, ein anderes Jahrhundert – unglaublich! Barcelona war ein Dorf, es gab weder elektrisches Licht noch Straßenbahnen, noch Telefone; es war die Zeit der Weltausstellung. Weißt du, daß man bereits davon spricht, wieder eine zu machen? Vielleicht wäre das der Moment, noch einmal so leichtsinnig zu sein wie damals, was meinst du? Ach, damals fühlte ich mich sehr einsam und voller Schrecken; hierin habe ich mich nicht geändert, wie du siehst. Aber damals hatte ich dich; wir haben uns nie gut vertragen, aber ich wußte, daß du da warst, und das genügte mir, auch wenn ich es damals noch nicht wußte.« Da sie sich weiterhin nicht rührte, befürchtete er, sie sei eingefroren, obwohl die Luft lau war und die Sonne die Feuchtigkeit abhielt. Eine Eisstatue, dachte er; sie war schon immer eine Eisstatue, außer in jener Nacht, da sie in meinen Armen lag. Er nahm ihre Hand und fühlte, daß sie kalt war, wenn auch nicht gefroren, wie er befürchtet hatte. »Du wirst dich erkälten, komm, zieh dir meine Handschuhe an.« Er zog die Handschuhe aus und legte sie Delfina an, ohne daß sie dabei half oder Widerstand leistete. Überrascht stellte er fest, daß ihr die Handschuhe paßten; dann erinnerte er sich daran, daß sie immer sehr große Hände gehabt hatte. Mit diesen Händen klammerte sie sich verzweifelt an meine Schultern, dachte er. »Du kannst die Handschuhe behalten«, sagte er laut, »du siehst, sie passen dir wie angegossen.« Als er den Kopf hob, sah er, daß die drei Männer, die vor einer Weile Karten gespielt hatten, nun aus dem Saalfenster schauten und mit konzentrierter und ernster Miene unverhohlen das Paar auf der Bank bespitzelten.

Obwohl sie ziemlich weit entfernt und nur drei Kranke waren, ließ Onofre Delfinas Hand los, die er in den seinen gehalten hatte. Sie legte die Hand in die andere und beide Hände auf die Knie. »Aber jetzt hat es keinen Sinn mehr, daran zu denken«, sagte er weiter. »Wenn ich von diesen Dingen spreche, dann nur, weil ich dem Tod ins Auge geschaut habe und weil ich Angst habe. Dir kann ich es schon sagen: Ich habe immer gewußt, daß du der einzige Mensch bist, der mich verstanden hat. Du hast immer den Grund meines Handelns verstanden. Alle andern verstehen mich nicht, nicht einmal diejenigen, die mich hassen. Sie haben ihre Weltanschauung und ihre Vorrechte: Mit diesen beiden Dingen erklären sie alles und rechtfertigen sie alles, den Erfolg genauso wie den Mißerfolg; ich bin ein Fehler im System, die zufällige und ganz seltene Vereinigung vieler Imponderabilien. Nicht meine Taten werfen sie mir vor, nicht meinen Ehrgeiz oder die Mittel, deren ich mich bedient habe, um ihn zu befriedigen, um hochzukommen und mich zu bereichern – das wollen wir alle, und sie hätten genau gleich gehandelt, wenn sie die Not dazu getrieben beziehungsweise die Angst nicht davon abgehalten hätte. In Wirklichkeit bin ich es, der verloren hat. Ich glaubte, wenn ich schlecht wäre, hätte ich die Welt in den Händen, doch ich habe mich geirrt: die Welt ist schlechter als ich.«

Im Spätfrühling erhielt er einen Brief, der von einer Nonne unterschrieben war, vielleicht von derselben, die ihn betreut hatte, als er ins Sanatorium kam. In diesem Brief teilte ihm die Nonne mit, daß Delfina gestorben war: *Der Tod ereilte sie im Schlaf.* Obwohl sie wüßten, daß er weder ein Verwandter noch ein Angehöriger von ihr sei, würden sie ihn jetzt *aufgrund der besonderen Gefühlsbeziehung, die Sie mit der Verstorbenen verband*, über diesen Trauerfall informieren. Wenngleich Delfina seit dem Tag, an dem er sie besucht habe, weder Stimme noch Bewußtsein wiedererlangt habe, sei es nicht gewagt, zu behaupten, daß sie *sozusagen mit Ihrem Namen auf den Lippen starb.* Im Zimmer der Verstorbenen habe man einige handgeschriebene Papiere, vermutlich ein Schreiben an ihn, sowie *andere Schriftstücke intimen und heiklen Inhalts* gefunden, *die zu beseitigen wir für angezeigt hielten.* Delfinas Schreiben lautete so: *Die Wirklichkeit, die uns umgibt, ist nur ein bemalter Vorhang, auf der andern Seite dieses Vorhangs gibt es kein anderes Leben, es ist dasselbe Leben, das Jenseits ist nur jene Seite des Vorhangs, wenn wir unseren Blick nur auf den Vorhang richten, sehen wir die andere Seite nicht, die dasselbe ist, wenn wir einmal verstehen, daß die Wirklichkeit nur ein optisches Phänomen ist, werden wir diesen bemalten Vorhang durchdringen können, wenn wir diesen bemalten Vorhang durchdringen, werden wir uns in einer andern Welt befinden, die gleich ist wie diese, in jener Welt sind auch die Toten und die Ungeborenen, aber jetzt sehen wir sie nicht, weil sie dieser bemalte Vorhang abtrennt, den wir mit der Wirklichkeit verwechseln, wenn man einmal in einer Richtung durch den Vorhang gegangen ist, ist es schon leicht, immer in dieser nämlichen Richtung durch ihn hindurchzugehen und auch in der entgegengesetzten Richtung, man kann zur gleichen Zeit auf dieser Seite und auf der andern Seite nicht zur gleichen Zeit leben, der richtige Moment, um den bemalten Vorhang nach dort zu durchdringen, ist die Abenddämmerung, und um ihn nach hier zu durchdringen, der Tagesanbruch, so erzielt man die ganze Wirkung besser, alles übrige dient zu nichts, es hat keinen Sinn, Anrufungen zu machen oder zu bezahlen, auf der andern Seite des bemalten Vorhangs existiert die lächerliche Aufteilung der Materie in drei Dimensionen nicht, auf dieser Seite hat jede Dimension in unsern eigenen Augen etwas Lächerliches, die auf der andern Seite des Vorhangs sind, wissen es und lachen darüber, die Ungeborenen glauben, die Toten seien ihre Papas.* Dann wurde die Schrift unleserlich.

VII. Kapitel

I

Obwohl nicht so groß wie der *Cullinam* oder der *Excelsior* und nicht so berühmt wie der *Kohinoor* (der im *Mahâb-hârata* erwähnt wird) oder der *Großmogul* (Eigentum des Schahs von Persien) oder der *Orlof* (der das russische Kaiserzepter schmückt), galt der *Regent* als der vollkommenste Diamant. Er stammte aus den legendären Minen von Golconda und hatte dem Herzog von Orléans gehört, der ihn während der Französischen Revolution in Berlin versetzen mußte. Aus den Händen des Pfandleihers wieder ausgelöst, wurde er in den Griff von Napoleon Bonapartes Schwert eingesetzt. An dem Abend, als ihn Santiago Belltall besuchte, hatte ihn Onofre Bouvila auf der flachen Hand; mit Hilfe einer Lupe bewunderte er seine Reinheit und Leuchtkraft. Nachdem er sich wegen der Diktatur aus dem Erwerbsleben zurückgezogen hatte, beschloß er, sein Vermögen – das Geld, das Efrén Castells für ihn in die Schweiz transferiert hatte – in den internationalen Diamantenmarkt zu investieren; nun stießen seine Agenten in die Berge von Dekhan und die Urwälder Borneos vor und trieben sich in den Kneipen und Bordellen von Minas Gerais und Kimberley herum. Ohne es zu wollen, wurde er abermals einer der reichsten Männer der Welt. Jetzt hätte er Primo de Rivera problemlos stürzen und sich für das ihm angetane Unrecht rächen können, aber er verspürte kein Verlangen danach. Er hatte für die Politik immer nur Verachtung übrig gehabt und hielt sie für ein Gestrüpp von Pakten, die zu unterschreiben er müßig fand. Im Grunde war er apathisch. Der Lauf der Zeit bringt mich nur auf Todesgedanken, dachte er beim Betrachten des Diamanten. Dem Tod Delfinas im Jahr 1925 folgte Anfang 1927 der Tod seines Schwiegervaters, Don Humbert Figa i Moreras, und, Ende desselben Jahres und unter kaum geklärten Umständen, derjenige seines Bruders Joan. Jeder dieser Todesfälle dünkte ihn ein unheilvolles Vorzeichen. Er sah auch keine Notwendigkeit, gegen eine Diktatur zu kämpfen, die von selbst unterging. Dem Beispiel

Mussolinis folgend, hatte Primo de Rivera unter dem Namen Patriotische Union eine Einheitspartei gegründet und sich dabei vorgestellt, Persönlichkeiten ganz verschiedener Neigungen für sie zu gewinnen und im Schoß dieser Partei die Creme des Landes auszusöhnen, aber er konnte nur gerade die Blutsauger aus dem alten Regime und eine Handvoll junger Ehrgeizlinge anziehen; das Heer hatte sich schließlich vom Diktator, dem es noch vor wenigen Jahren zugejubelt hatte, losgesagt, und selbst der König suchte verzweifelt nach einem Weg, sich seiner zu entledigen. Innerhalb und außerhalb Spaniens wurde immer wieder gegen ihn komplottiert, worauf er mit Gefängnisstrafen und Deportationen reagierte, aber er war nicht blutrünstig und wollte niemanden umbringen. Nur dank der Unfähigkeit der Opposition, der von ihm verordneten eisernen Zensur, der Verwaltungskorruption und der berechtigten Angst des Volkes vor jeder Veränderung konnte er sich an der Macht behaupten, an die er sich wie ein Wahnsinniger klammerte – er begriff nicht, daß er diese Macht nur dem zufälligen Zusammentreffen seines ganz besonderen Naturells und des größten Ausschlags des Geschichtspendels verdankte. Er hatte nicht schlecht, sondern exzentrisch regiert; in kurzer Zeit hatte er die öffentlichen Bauten gefördert und damit die massive Arbeitslosigkeit gelindert und das Land modernisiert. Das Volk profitierte von ihm. Die positive Bilanz seiner Amtsführung machte die Einsamkeit, in der er sich nun befand, in seinen Augen noch unverständlicher. Als er feststellen mußte, daß er auch die Unterstützung der Krone verloren hatte, dachte er daran, diejenige Onofre Bouvilas zu suchen: Durch die Vermittlung des Marquis von Ut, der ihm noch ergeben war, unternahm er einen Annäherungsversuch, als es bereits zu spät war.

Santiago Belltall, dessen Name für immer mit dem Onofre Bouvilas verbunden bleiben sollte, war an dem Abend, als er ihn besuchte, dreiundvierzig Jahre alt. Trotz seiner schäbigen Kleidung war er herausgeputzt, hatte am selben Tag gebadet und sich rasiert, und jemand hatte ihm, wenn auch mehr mit guter Absicht als mit Glück, die Haare geschnitten. Diese Geschniegeltheit unterstrich noch sein schnorrerhaftes Aussehen;

nur die cholerischen Augen in seinem ausgezehrten Gesicht bewahrten ihn davor, vollends lächerlich zu wirken. Als ihm der Butler eröffnete, der Herr empfange niemand, wenn er die entsprechende Einladung nicht selbst verschickt habe, zog er eine vergilbte, zerknitterte Karte aus der Tasche und zeigte sie dem Butler. »Señor Bouvila gab sie mir persönlich, und ich denke, das kommt einer regulären Einladung gleich.« Der Haushofmeister studierte die Karte mit perplexem Gesicht. »Wann hat Ihnen der Herr diese Karte gegeben?« – »Vor vierzehn Jahren«, antwortete Santiago Belltall unerschütterlich. »Dafür, daß Sie sie als Einladung betrachten, lassen Sie sich aber sehr bitten«, kommentierte der Butler. »Wie, sagten Sie, war Ihr Name?« Santiago Belltall nannte seinen Namen – »obwohl ich nicht annehme, daß sich der Herr noch an mich erinnert.« Der Butler strich sich zweifelnd mit der Hand über die Stirn und entschloß sich dann, den Herrn von der Anwesenheit jenes unerwünscht aussehenden Subjekts zu benachrichtigen; sosehr er den Herrn auch zu belästigen fürchtete, wußte er doch genau um seine Vorliebe für verschrobene Leute. In diesem Fall bestätigte sich seine Vermutung. »Schick ihn herein«, sagte Onofre Bouvila. Obwohl es ein lauer Abend war, brannten im Bibliothekskamin einige Holzscheite. Santiago Belltall hatte das Gefühl, in dieser Hitze zu ersticken.

»Ich nehme nicht an, daß Sie sich noch an mich erinnern«, wiederholte er, kaum war er hereingeführt worden. Sein Ton hatte etwas Schmeichlerisches – ein so wichtiger Mann wie Sie kann sich doch unmöglich an jemand so Unbedeutendes wie mich erinnern, schienen seine Worte und seine Haltung anzudeuten. Onofre Bouvila lächelte verächtlich: »Hätte ich ein so schlechtes Gedächtnis, wie Sie und andere Einfaltspinsel mir unterstellen, dann wäre ich nicht der, der ich bin.« Dabei erhob er seine rechte Faust, und einen Moment lang befürchtete Santiago Belltall, er würde ihm einen Hieb verpassen, doch die Gebärde war nicht bedrohlich. »Unsere erste Begegnung liegt vierzehn Jahre zurück«, sagte er dann, um seine Vermutung zu begründen.

»Nicht vierzehn«, sagte Bouvila, »sondern fünfzehn, 1912 in

Bassora, Sie heißen Santiago Belltall, sind Erfinder und haben eine Tochter namens María, ein ungezogenes Mädchen. Was wollen Sie mir verkaufen?«

Santiago Belltall blieb stumm; die üble Laune seines Gegenübers machte sinnlos, was er hatte sagen wollen, die Rede, die er vorbereitet und mehrere Stunden lang im stillen Kämmerlein einstudiert hatte. Zu seinem Ärger errötete er. »Ich sehe, es war ein Fehler zu kommen«, murmelte er mehr für sich, als um gehört zu werden. »Verzeihen Sie.« Onofre Bouvilas sarkastisches Lächeln ließ die Hemmung des Erfinders in Zorn umschlagen. Rasch erhob er sich von seinem Sessel und wandte sich zur Tür. »Dann entgeht es Ihnen eben«, sagte er laut.

»Was entgeht mir?« fragte Onofre Bouvila boshaft lächelnd. Der Erfinder kehrte wieder um und faßte den mächtigen Finanzmann ins Auge – nun sprachen die beiden von gleich zu gleich. »Ein echtes Wunder«, sagte Santiago Belltall. Onofre Bouvila öffnete die Faust, die er bis dahin geballt hatte. Die Augen des Erfinders blieben an den Facetten des *Regent* hängen, dessen Funkeln Onofre Bouvilas Damastseidenmantel sprenkelte. »Welches Wunder läßt sich mit diesem vergleichen?« murmelte Bouvila.

»Fliegen«, antwortete der Erfinder, ohne zu zögern.

Im zweiten Jahrzehnt des 20. Jahrhunderts hatte die Aviatik fraglos den Punkt erreicht, den die damalige Presse als *ihre Volljährigkeit* bezeichnete; niemand zweifelte mehr daran, daß diese Maschinen, die schwerer waren als die Luft, jeder andern Art der Beförderung auf dem Luftweg überlegen waren. Es verging kaum ein Tag, an dem nicht irgendeine neue Heldentat den Fortschritt auf diesem Gebiet markiert hätte. Freilich harrten noch einige Probleme der Lösung. So seltsam es heute erscheinen mag, das geringste dieser Probleme war das der Flugsicherheit: Es gab nur wenige Unfälle, und davon war eine verschwindende Zahl schwer oder gar tödlich; außerdem ließ sich ein großer Teil dieser Unfälle von Rechts wegen nicht technischen Ursachen anlasten, sondern im allgemeinen dem kindlichen Eifer der Piloten, die Stabilität der Maschinen und ihre eigene Geschicklichkeit zu demonstrieren, indem sie kopfüber flogen oder in der Luft Kreise, Spiralen, Loopings, Schrauben und sonstige akrobatische Kunststücke vollführten. Da die Piloten in jener primitiven Etappe der Luftfahrt schnelle Reflexe und einen athletischen Körperbau aufweisen mußten, waren sie notgedrungen sehr jung (fünfzehn Jahre hielt man für das geeignete Alter zur Durchführung von Probeflügen) und entsprechend leichtsinnig. So ist in einer Barceloneser Tageszeitung von 1925 folgendes zu lesen: *Da in Paris und London diejenigen, die eine gewisse Sensationspresse* Luftasse *nennt, miteinander rivalisieren, indem sie das Kunststück vollbringen, mit ihren Maschinen in rasantem Tempo unter den Seine- resp. Themsebrücken durchzufliegen, was die Leute in entsprechenden Schrecken versetzt und kopfüber ins Wasser springen läßt, und da Barcelona über keinen Fluß und also auch über keine Brücken verfügt, haben unsere Piloten, trotz des ausdrücklichen Verbots durch das Hochwohllöbliche Rathaus der Gräflichen Stadt, eine ähnliche, ja sogar noch gefährlichere Pirouette als die vorgenannte erfunden: nämlich die Flügel ihrer Maschinen lotrecht zum Boden zu stellen und auf diese Weise, wie man eine Nadel einfädelt, zwischen den Türmen der Sagrada-Familia-Kirche durchzufliegen.* In solchen Fällen, heißt es im Bericht weiter, konnte man jeweils zuoberst auf den Türmen einen ausgehungert und verwahrlost aussehenden Alten auftauchen sehen, der die Faust schüttelte, als wollte er naiv mit einem heftigen Schlag das rücksichtslose Flugzeug zum Absturz bringen, während er den Piloten mit Unflätigkeiten überschüttete. Held dieser pittoresken Szene (die Jahre später eine ähnliche, heute bereits klassische Szene im Film *King Kong* inspirieren sollte) war niemand anders als Antoni Gaudí i Cornet, der damals in den letzten Monaten seines Lebens stand. Diese ungleiche Konfrontation hatte etwas Allegorisches: Auf den Modernismus, den der hochberühmte Architekt verkörperte, folgte in jener Zeit in Katalonien eine Strömung radikal anderen Zuschnitts mit dem Namen *Noucentismus*; die erste dieser Strömungen hatte den Blick in die Vergangenheit gerichtet, vorzugsweise ins Mittelalter, die zweite in die Zukunft; jene war idealistisch und romantisch, diese materialistisch und skeptisch. Die Anhänger des *Noucentismus* machten sich über Gaudí und sein Werk lustig, verhöhnten es in Karikaturen und beißenden Artikeln. Das alte Genie litt, aber nicht in der Stille; im Lauf der Jahre hatte sich sein Gemüt getrübt, und er wurde ein Eigenbrötler; jetzt lebte er allein in der Krypta der Sagrada Familia, die eine provisorische Werkstatt geworden war, inmitten von kolossalen Statuen, Steinrosetten und Ornamenten, die wegen fehlender Mittel nicht am ihnen zugedachten Ort angebracht werden konnten. Dort schlief er, ohne seine Alltagskleidung auszuziehen, die ihm wie Lumpen am Leib hing, und atmete zement- und gipsgeschwängerte Luft. An den Vormittagen betrieb er schwedische Gymnastik; anschließend ging er zur Messe, empfing die heilige Kommunion und frühstückte eine Handvoll Haselnüsse, ein Büschel Luzernen oder ein paar Beeren und versenkte sich wieder in jenes anachronistische und unmögliche Bauwerk. Wenn er sah, daß jemand kam, um es zu besichtigen, wenn sich eine Gruppe Neugieriger näherte, sprang er mit einer für seine Jahre unglaublichen Behendigkeit vom Baugerüst, eilte ihnen mit dem Hut in der Hand entgegen und bat wie ein armer Schlucker um ein Almosen, um seine Arbeit wenigstens noch ein paar Tage weiterführen zu können. Mit diesem Traum brachte er seine letzten Tage durch. Für eine Pesete warf er eine der Haselnüsse, aus denen seine Hauptnahrung bestand, in die Luft und fing sie mit dem Mund wieder auf, indem er einen hohlen Rücken machte, in die Knie ging und einen erstaunlichen Rückwärtssprung vollführte. Sein Gesicht verklärte sich, und sein Enthusiasmus war ansteckend. Manchmal mußte man ihn aus einem Bottich frischen Mörtels ziehen. Privat, unter Freunden, konnte er seine Mutlosigkeit nicht verbergen. »Ich stehe mit dem Fortschritt auf Kriegsfuß«, sagte er, »und habe große Angst, derjenige zu sein, der den Krieg verliert.« Schließlich wurde er auf der Kreuzung Calle Bailén/Gran Vía von einer elektrischen Straßenbahn überfahren und starb an den Folgen dieses absurden Unfalls im Santa-Cruz-Spital. Ein anderes Problem, das die Flugingenieure beschäftigte, wurde später unter dem Begriff Flugreichweite bekannt. Was bringt das Fliegen, wenn man mit dem Fliegen nirgends hinkommt? fragte man sich. Um dieses Problem zu lösen, bestückte man die Flugzeuge mit so großen Brennstoffbehältern, daß ihre Last die Maschinen nicht mehr starten ließ; das kompensierte man wiederum dadurch, daß man den Rumpf leichter machte – am Ende saßen die Piloten beim Fliegen buchstäblich auf Behältern mit hochentzündlichem Material. Jetzt fürchtete man sich nicht mehr vor Schädelprellungen oder Knochenbrüchen, sondern vor den äußerst schmerzhaften und unheilbaren Brandwunden. Auch die Brennstoffqualität wurde in Riesenschritten verbessert: Man verfeinerte das Benzin und mischte es so, daß sich seine Leistung erhöhte. Diese Experimente blieben nicht fruchtlos. Am 27. Mai 1927 flog der amerikanische Pilot Charles Lindbergh allein und ohne Zwischenlandung von New York nach Paris. Diese Heldentat eröffnete unbegrenzte Möglichkeiten. Wenig später, am 9. März 1928, startete im britischen Croydon eine Frau, Lady Bailey, am Steuerknüppel einer kleinen Havilland Moth, die mit einem 100-PS-Motor ausgerüstet war; via Paris, Neapel, Malta, Kairo, Khartum, Tabora, Livingstone und Bloemfontein erreichte sie am 30. April Kapstadt; dort ruhte sie sich einige Tage aus und trat am 12. Mai den Rückflug an; nach Zwischenlandungen in Bandundo, Niamey, Gao, Dakar, Casablanca, Malaga, Barcelona und abermals Paris landete sie am 10. Januar 1929 in Croydon, von wo sie zehn Monate zuvor abgeflogen war. Auch in Spanien hinkte die Luftfahrtindustrie nicht nach. Der Marokkokrieg hatte ihrer Entwicklung Auftrieb gegeben so wie vorher der Große Krieg der Luftfahrtindustrie der kriegführenden Länder. 1926 legten Franco, Ruiz de Alda, Durán und Rada zwischen dem 22. Januar und dem 10. Februar an Bord der *Plus Ultra* die Strecke von Palos de Moguer nach Buenos Aires zurück; im selben Jahr flogen Lóriga und Gallarza zwischen dem 5. April und dem 13. Mai in einem Anderthalbdecker von Madrid nach Manila, und die von Llorente befehligte *Atlántida*-Patrouille flog in fünfzehn Tagen, zwischen dem 10. und dem 25. Dezember, von Melilla nach Spanisch-Guinea und zurück. Jede Reise war ein Riesenschritt in Richtung auf ein Morgen voller Versprechungen, aber bei jedem Schritt tauchten auch wieder neue Probleme auf. Die Magnetnadeln spielten verrückt, wenn man übergangslos von einer Hemisphäre in die andere wechselte; die herkömmliche Kartographie genügte den Anforderungen der Luftschiffahrt nicht mehr; man mußte andauernd Altimeter, Kathetometer, Barometer, Anemometer und Radiogoniometer perfektionieren; aber nicht nur das Instrumentarium, sondern auch Kleidung, Ernährung und viele andere Dinge wollten den neuen Gegebenheiten angepaßt werden. Nun war es auch unabdingbar, die atmosphärischen Schwankungen exakt prognostizieren zu können – ein Sturm oder eine Staubwolke konnte für ein Flugzeug und seine Besatzung fatale Folgen haben. Wurde ein Zug oder ein Auto von einem solchen meteorologischen Zwischenfall überrascht, so konnten sie anhalten, und ein Schiff konnte vor dem Sturm beidrehen, aber was sollte ein Flugzeug in vollem Flug, Hunderte von Meilen vom nächsten Flughafen entfernt und mit begrenztem Brennstoffvorrat, angesichts einer derartigen Notlage tun? Desgleichen – was geschah, wenn der Motor mitten in der Luft eine Panne hatte? Die Wissenschaftler zermarterten sich das Gehirn beim Versuch, solche Imponderabilien auszuschalten. Mit neuerlichem Interesse studierten sie die Anatomie gewisser Fluginsekten, die sie um ihre Geschicklichkeit, sich ohne weiteres auf die minimale Oberfläche eines Blütenstempels zu setzen, beneideten. Ein Flugzeug dagegen benötigte eine lange horizontale und glatte Fläche, um ohne zu zerschellen landen zu können, und zwar weil man für ein sicheres Landen eine Anfluggeschwindigkeit von mindestens hundert Stundenkilometern brauchte – bei diesen Flugzeugen waren Fortbewegung und Auftrieb nicht zwei voneinander unabhängige Dinge.

Onofre Bouvila hörte sich zerstreut die Erklärungen des Erfinders zu Ende an und drückte dann auf die Klingel. Als der Butler in der Bibliothek erschien, hieß er ihn im Kamin noch etwas Holz nachlegen und verfolgte seine Bewegungen mit derselben Geistesabwesenheit.

»Ich sehe, daß mein Vorschlag Sie nicht ganz überzeugt hat«, sagte Santiago Belltall, sobald sie der Butler wieder allein gelassen hatte. Diese triviale Bemerkung schien Onofre Bouvila brüsk aus seiner Versunkenheit zu reißen. Er schaute den Erfinder an, als sähe er ihn zum erstenmal.

»Er interessiert mich ganz einfach nicht«, sagte er kalt; sein inneres Selbstgespräch hatte ihn weit fortgetragen; jetzt hatte er nur noch den Wunsch, den Erfinder loszuwerden. »Ich sage nicht, die Idee sei nicht interessant«, fügte er hinzu, als er die Bestürzung in seinem Gesicht sah (bei Onofre Bouvilas scheinbarer Aufmerksamkeit zu Beginn hatte sich der Erfinder falsche Hoffnungen gemacht). »Es ist sogar möglich, daß ich in Zukunft selbst ...«, sagte er mechanisch, ohne sich auch nur die Mühe zu nehmen, den Satz zu beenden.

Während der Wochen, die auf dieses Gespräch folgten, hörte er mehrmals von Santiago Belltall. Der Erfinder hatte sein Projekt anderen Leuten angeboten und auch bei Staatsbetrieben und staatlichen Stellen vorgesprochen. Überall gab man ihm nur ermutigende Worte und unverbindliche Versprechungen: »Wir werden die Sache mit dem Interesse studieren, das ihr zweifellos gebührt.« Durch seine Leute erfuhr Onofre Bouvila, daß die beiden Belltalls, Vater und Tochter, als Untermieter in einer Wohnung der Calle Sepúlveda wohnten. In der Nachbarschaft hieß es, die beiden seien nicht ganz richtig im Kopf, taugten zu nichts und besäßen keinen Heller. Da er wußte, daß früher oder später etwas geschehen würde, beschloß er zu warten. Endlich meldete ihm der Butler an einem bleiernen Nachmittag einen Besuch an; in der Ferne hörte man das Donnerecho grollen. »Eine Señorita, die sagt, sie wünsche mit Ihnen unter vier Augen zu sprechen«, sagte der Butler in sachlichem Ton, der aber nicht verhinderte, daß ihm ein Schauer den Rükken hinunterlief. »Schick sie herein und sorg dafür, daß mich niemand stört.« Er wandte der Tür den Rücken zu, als wolle er seine Verwirrung verbergen. »Warte«, fügte er hinzu, als sich der Butler zurückziehen wollte, um seine Anweisungen auszuführen, »sag noch dem Chauffeur, er soll nicht zu Bett gehen, bevor ich's ihm erlaube, und einen Wagen bereithalten, falls ich ihn irgendwann noch brauche.« Als der Butler sah, daß er keine weiteren Anweisungen mehr zu erwarten hatte, ging er aus der Bibliothek, schloß hinter sich die Tür und wandte sich zur Eingangshalle.

»Wollen Sie mir bitte folgen, der Herr empfängt Sie sogleich.«

Auch sie konnte sich eines Schauderns nicht erwehren. Ich weiß schon, was geschehen wird, dachte sie, während sie dem Butler folgte; gebe Gott, daß nicht noch mehr geschieht.

Er erkannte sie noch im selben Augenblick, als er sie hinter dem Butler in die Bibliothek treten sah, erinnerte sich mit alarmierender Genauigkeit an sie, als hätten sich aufgrund ihres Erscheinens die Jahre, die zwischen jener ganz flüchtigen ersten Begegnung und dem Wiedersehen hier und jetzt lagen, teleskopartig komprimiert, als wären nur einige Minuten verstrichen, genau die wenigen Augenblicke, die es brauchte, um ihm jetzt diese rückwirkende Vorstellung von schmerzhafter Trennung zu geben – kaum mehr als ein leichter Traum, was in diesem Moment mein ganzes Leben gewesen zu sein scheint, dachte er. Sie sagte: »Ich bin María Belltall.«

»Ich weiß sehr genau, wer Sie sind. Es ist warm in diesem Raum« – er versuchte das Schweigen zu überbrücken –, »ich habe den Kamin immer angezündet; vor einigen Monaten war ich krank, und die Ärzte halten mich dazu an, übertrieben auf meine Gesundheit zu achten. Setzen Sie sich und sagen Sie mir, was Sie zu mir führt.«

Nach kurzem Zögern entschied sie sich für einen Stuhl; da sie einen sehr kurzen Rock trug, hätte sie in einem der Bibliotheksfauteuils eine gezwungene, ja lächerliche Haltung einnehmen müssen. Zu dieser Zeit reichte der Rocksaum, der sich 1916 vom Schuhoberleder gelöst hatte, um mit der Ausdauer einer Schnecke allmählich über die Wade emporzuwandern, bis zum Knie; dort sollte er bis in die sechziger Jahre verweilen. Die abnehmende Rocklänge hatte in der Textilindustrie, Kataloniens Rückgrat, eine gewisse Panik hervorgerufen. Die Befürchtungen waren aber unbegründet. Zwar erforderte die Kleiderherstellung jetzt weniger Stoff, aber die weibliche Garderobe hatte sich infolge der wachsenden Teilnahme der Frau am öffentlichen Leben, an der Arbeitswelt und am Sport unverhältnismäßig vergrößert. Alles in der Mode hatte sich verändert: Taschen, Handschuhe, Schuhwerk, Hüte, Strümpfe und Frisuren. Man trug nur noch wenig Schmuck, die Fächer waren im Augenblick verpönt. Als sie die Beine übereinanderschlug, konnte er nicht umhin, ihre durchsichtigen Gazestrümpfe aufmerksam zu betrachten und sich nach der Bedeutung dieser Geste zu fragen.

»Glauben Sie nicht«, begann María Belltall, »ich folgte den Schritten meines Vaters; wir bilden kein Tandem, wie man von den Leuten zu sagen pflegt, die so handeln. Ich weiß ganz einfach, daß er Sie besuchte, ich nehme an, um Ihnen seine letzte Erfindung anzubieten. Ich komme nur, um Ihnen folgendes zu sagen: daß mein Vater weder ein Hochstapler noch ein Schwätzer, noch ein Leichtfuß ist, wie seine Erscheinung Sie vielleicht glauben machte. Eigentlich ist er ein wahrer Erfinder mit autodidaktischer, aber gründlicher Ausbildung, ein unermüdlicher und redlicher Arbeiter und ein begabter Mann. Seine Erfindungen sind weder Hirngespinste noch Übertreibungen. Ich weiß schon, daß es zweierlei ist, das zu sagen und es zu beweisen; auch wird Ihnen wenig glaubwürdig erscheinen, was ich sage, da ich ja seine Tochter bin. Eigentlich bin ich gegen jede Logik hier, ganz einfach weil es uns nicht gut geht; es ist uns nie gut gegangen, aber in letzter Zeit ist unsere Lage nahezu hoffnungslos. Wir haben ganz einfach kein Geld, um die Miete und das Essen, überhaupt den Lebensunterhalt zu bezahlen. Ich will Ihnen nicht verheimlichen, daß ich gekommen bin, um Sie anzuflehen. Mein Vater wird langsam älter; eigentlich bereitet mir nicht das Sorgen, denn ich kann arbeiten und habe auch wirklich ab und zu gearbeitet; ich kann für den Lebensunterhalt beider aufkommen. Aber ich glaube, es ist endlich an der Zeit, daß er eine Chance im Leben bekommt, daß er sich nicht plötzlich dem Alter gegenübersehen und dabei feststellen muß, daß sein Leben vertan war. Schauen Sie mich nicht sarkastisch an: Ich weiß sehr genau, daß das das Schicksal aller ist – aber wollen Sie mir nicht erlauben, im Namen meines Vaters dagegen aufzubegehren?« Bei diesen Worten stand sie vom Stuhl auf und machte ein paar kurze Schritte auf dem Teppich; von seinem Sessel aus konnte er zwischen ihren Waden hindurch das Holz im Kamin brennen sehen. Endlich setzte sie sich wieder und sprach in ruhigerem Ton weiter. »Ich bin zu Ihnen gekommen, weil ich weiß, daß Sie der einzige Mensch sind, der in diesem Moment meinen Vater aus dem Loch ziehen kann, in dem er seit allzu langer Zeit steckt. Ich sage das nicht, um Ihnen zu schmeicheln. Ich weiß ganz einfach, daß Sie den Gefahren nicht aus dem Weg gehen; die Tatsache, daß Sie ihm vor einigen Jahren selbst Ihre Karte gaben, beweist die Richtigkeit meiner Worte, daß Neues und Unbekanntes Sie nicht schreckt. Seit jenem Tag« – sie errötete leicht – »habe ich mich immer an Ihr Gesicht erinnert. Eigentlich bitte ich Sie um nichts – außer daß Sie Ihre Entscheidung überdenken. Weisen Sie nicht von vornherein zurück, was Ihnen mein Vater angeboten haben mag. Bedenken Sie es, lassen Sie die Pläne von irgendeinem Experten beurteilen, besprechen Sie sich mit mehreren Fachleuten und verlangen Sie von ihnen ein kundiges Gutachten; sie sollen bestimmen, ob die Sache der Mühe wert ist oder nicht.«

Plötzlich verstummte sie und blieb mit gebeugtem Rücken und heftig atmend sitzen, da ihr die Vorstellung, wie ihr Gegenüber möglicherweise reagieren würde, Angst machte. Sie befürchtete, er würde sie kurzerhand hinauswerfen, aber mehr noch, er könnte ihr abrupt eine erniedrigende Hingabe vorschlagen. Natürlich kannte sie das Risiko, das dieser Besuch mit sich brachte; sie hatte es bewußt auf sich genommen. Was ihr Angst machte, war die Art und Weise, wie die Dinge vonstatten gehen sollten. Obwohl sie seit Jahren davon überzeugt war, durch die Umstände für dieses Ziel bestimmt zu sein, wußte sie nicht, wie sie sich zu verhalten hatte, wenn es soweit war, noch welche Rolle ihre Gefühle in einer solchen Stimmung spielen würden. Im Grunde kämpfte sie, um ein obsessives Bild aus ihrem Kopf zu verdrängen: Ihre Mutter hatte das Heim vor langer Zeit verlassen, sie hatte überhaupt keine Erinnerungen an sie. Seit damals lebte diese nicht existierende Mutter dauernd in ihrer Fantasie; ihr ganzes Leben hatte sich in Gesellschaft einer nicht existierenden Person abgewickelt. Jetzt aber schaute er sie nur starr an. Sie erinnerte sich, wie sie diesen Blick als kleines Mädchen schon einmal gesehen hatte; damals hatte sie sich für alles geschämt: für ihr unansehnliches Äußeres, die zerlumpten Kleider, die armseligen Bedingungen, unter denen sie lebten. Trotzdem hatte sie diesen Blick bemerkt. Jetzt dachte er noch: Ich hatte diese Augen karamelfarben in Erinnerung, und nun sehe ich, daß sie grau sind.

2

Eine noch junge Legende lautet folgendermaßen: In den ersten Jahren dieses Jahrhunderts riß der Teufel eines schönen Tages einen Barceloneser Finanzmann mit Gewalt aus seinem Büro und trug ihn im Flug auf den vorgelagerten Montjuich; da es ein klarer Tag war, konnte er von dort aus ganz Barcelona vom Hafen bis in die Collcerola-Berge und vom Prat bis zum Besós überblicken; der größte Teil der 13 989 942 Quadratmeter, aus denen der Plan Cerdá bestand, war bereits gebaut. Nun reichte das Ensanche bis an die Grenzen der Nachbardörfer (deren Einwohner sich einst amüsiert hatten, als sie die zwischen Stadtmauern gepferchten und vom düsteren Zitadellenklotz bewachten Barcelonesen in den Gäßchen ihrer winzigen Stadt herumwuseln sahen); der Fabrikrauch bildete einen von der Brise bewegten Tüllvorhang, durch den man verschleiert die smaragdfarbenen Felder des Maresme, die goldenen Strände und das stille, von Fischerbooten übersäte blaue Meer sehen konnte. Der Teufel hub also an: »All das werde ich dir geben, wenn du dich mir zu Füßen wirfst und ...« Der Finanzmann ließ ihn nicht ausreden: Da er es gewohnt war, an der Börse täglich große Geschäfte abzuwickeln, erschien ihm dieses Abkommen sehr vorteilhaft, und er zögerte nicht, sogleich einzuschlagen. Jener Finanzmann mußte schwer von Begriff, kurzsichtig oder taub sein, denn er verstand gar nicht recht, was ihm der Teufel gegen seine Seele anbot, sondern meinte, Gegenstand des Tauschhandels sei ebendieser Vorhügel, auf dem sie sich befanden; sowie die Vision vorüber war oder er aus seinem

Traum erwachte, begann er sich zu überlegen, wie er aus dem Hügel Nutzen ziehen könnte. Dieser Hügel hatte und hat noch immer ziemlich steil abfallende Flanken, war aber im allgemeinen lieblich und dicht mit Laubbäumen bewachsen; damals gediehen dort auch Orangenbäume, Lorbeer und Jasmin; wenn aus dem ihn krönenden schändlichen Kastell nicht gerade aus diesem oder jenem Grund Geschützfeuer, Maschinengewehrsalven und Bomben auf die Stadt niederprasselten, suchten die Barcelonesen den Hügel scharenweise auf; Arbeiterfamilien, Dienstmädchen und Soldaten veranstalteten an seinen Brunnen und Quellen ländliche Picknicks. Nach langem Nachdenken kam dem Finanzmann schließlich eine seiner Meinung nach geniale Idee: Machen wir doch auf dem Montjuich eine Weltausstellung, dachte er, eine Weltausstellung, der ebensoviel Erfolg beschieden ist und die ebensoviel Gewinn abwirft wie die von 1888. Zu dieser Zeit war das von jener Ausstellung verbliebene Defizit unter vielen Opfern eben getilgt worden, und die Stadt bewahrte nur noch die Erinnerung an den Glanz und die Feste. Der Bürgermeister nahm die Anregung mit großer Begeisterung, aber nicht ohne Neid auf. Verdammt, welch eine gute Idee – warum ist sie nicht mir zuerst gekommen? dachte er, während ihm der Finanzmann seinen Plan auseinandersetzte. Sogleich wurde Beihilfe genehmigt. Der Montjuich-Hügel wurde für die Öffentlichkeit gesperrt, die Wälder gerodet und die Quellen kanalisiert oder mit Dynamitsprengungen zugeschüttet; es wurden Rampen erstellt und die Fundamente für die zukünftigen Palais und Pavillons ausgehoben. Wie bereits beim ersten Mal ließen die Hindernisse nicht auf sich warten; der Ausbruch des Großen Krieges und die Hinhaltetaktik der Madrider Regierung lähmten die Bauarbeiten ständig. Schon in seiner Todesstunde und nur dank dem Einschreiten des heiligen Antonio María Claret konnte der Finanzmann seine Seele aus den Klauen des Bösen loskaufen, aber die Ausstellung kam nicht zustande. Es mußten noch zwanzig Jahre vergehen, bis General Primo de Riveras Politik der öffentlichen Bauten der Idee frischen Wind zutrug. Nun sollte nicht nur der Montjuich, sondern die ganze Stadt Schauplatz der gewaltigen Projekte sein. Viele Gebäude wurden abgebrochen und die Straßenbeläge aufgerissen, um die Gleise für die Metro zu verlegen. Barcelonas Aussehen erinnerte an die Schützengräben jenes Großen Krieges, der damals die Ausstellung nicht hatte zustande kommen lassen. Auf diesen Baustellen und auf denen der Ausstellung waren viele Tausend Arbeiter beschäftigt; Handlanger und Maurer, die aus allen Teilen der Halbinsel, vor allem aus dem Süden, herbeiströmten. Sie trafen in überfüllten Zügen auf den Bahnsteigen des vor kurzem renovierten und erweiterten Francia-Bahnhofs ein. Wie immer hatte die Stadt nicht die Kapazität, diese Massen aufzunehmen. Da es an Wohnungen mangelte, richteten sich die Einwanderer in elenden Hütten ein, die man Baracken nannte. Die Barackenviertel entstanden über Nacht in der Umgebung der Stadt, an den Abhängen des Montjuich, am Ufer des Besós – beschämende Viertel mit Namen wie »Die Mine«, »Stiefelfeld« und »Peking«. Das Beunruhigende an diesem Phänomen, das Schlimmste am Barackismus überhaupt, war sein Hang zur Dauerhaftigkeit – nur zu deutlich sah man die Absicht der Barackisten, dort zu bleiben und seßhaft zu werden. In den Fenstern der jämmerlichsten Baracken hingen Vorhänge aus Lumpen; mit getünchten Steinen wurden vor den Baracken Gärten abgegrenzt, in denen man Tomaten anpflanzte; leere Petroleumbüchsen wurden zu Blumentöpfen, in denen rote und weiße Geranien, Petersilie und Basilikum wuchsen. Um dieser Situation abzuhelfen, förderten und subventionierten die Behörden den Bau großer Wohnblöcke, die man »Billighäuser« nannte. In diesem Haustypus war nicht nur die Miete billig; die für den Bau verwendeten Stoffe waren von äußerst minderwertiger Qualität, der Zement mit Sand oder Abfall vermischt, die Balken manchmal verfaulte, von der Eisenbahn ausgemusterte Schwellen, die Zwischenwände aus Karton oder gepreßtem Papier. Diese Wohnhäuser bildeten Satellitenstädte, in die weder fließendes Wasser noch Elektrizität, weder Telefon noch Gas geleitet wurde; es gab auch keine Schulen, Fürsorgestellen oder Erholungszentren noch irgendwelche Grünflächen. Da es auch an öffentlichen Transportmitteln fehlte, benutzten die Bewohner das Fahrrad. Die ausgeprägte Steigung der Barceloneser Straßen brachte die Radfahrer zur Erschöpfung, so daß sie schon müde zur Arbeit kamen und manchmal dort ihr Leben aushauchten. Frauen und Zwerge bevorzugten das zwar bequemere und sicherere, aber weniger leichte und praktische Dreirad. Die Billighäuser verfügten über so mangelhafte Installationen, daß Brände und Überschwemmungen an der Tagesordnung waren. Die Tagespresse jener Zeit war voll von entlarvenden Meldungen, etwa der folgenden: *Am gestrigen Dienstagabend versetzte der 23jährige, aus Mula (Provinz Murcia) gebürtige Maurergehilfe Pantagruel Criado y Chopa, der zurzeit beim Bau des Deutschlandpavillons auf der Weltausstellung beschäftigt ist, aus Wut über eine politische Diskussion mit seiner Frau und seiner Mutter der Wand seines Wohn- und Eßzimmers einen Faustschlag, so daß sie einstürzte und besagter Pantagruel Criado sich im Schlafzimmer seiner Nachbarn, Juan de la Cruz Marqués y López und Nicéfora García de Marqués, wiederfand, denen er unverschämte Sätze an den Kopf warf. Im Verlauf des nun folgenden Streits krachten sukzessive sämtliche Etagenzwischenwände zusammen, alle andern Nachbarn des Stocks mischten sich ein – und Troja lag in Trümmern!* Bündiger beschreibt es die Einleitung zu einem 1926 erschienenen Ereignisbericht: *Knabe tot, als Nachbar im obern Stock an WC-Kette zog.* Zu denen, die unter solch jämmerlichen Bedingungen in Baracken und Billighäusern wohnten, kamen noch die sogenannten Untermieter, Leute, denen die legalen Mieter einer Wohnung gegen Bezahlung einer Untermiete erlaubten, ein Zimmer (immer das schlechteste) zu bewohnen und in beschränktem Umfang Bad und Küche zu benutzen. Die Untermieter, von denen es 1927 in Barcelona mehr als hunderttausend gab, lebten vermutlich von allen noch unter den besten Bedingungen, aber sie litten, von ganz wenigen Ausnahmen abgesehen, auch am meisten unter Demütigungen und Schmach. Auf diesem Unterbau von Agonie, Verarmung und Ranküne errichtete Barcelona die Ausstellung, die die Welt in Staunen versetzen sollte. Weit weg vom Montjuich betrachtete die heilige Eulalia von ihrer kerzenrauchgeschwärzten Kapelle aus das Panorama und dachte:

Mein Gott, was ist das für eine Stadt! Man konnte in der Tat nicht behaupten, Barcelona sei mit der heiligen Eulalia generös umgegangen. Im 4. Jahrhundert unserer Zeitrechnung, als sie gerade zwölf Jahre alt war, wurde sie wegen ihrer Weigerung, heidnischen Göttern zu huldigen, zuerst gefoltert und dann verbrannt. Prudentius erzählt uns, im Moment des Todes sei aus dem Mund der Heiligen eine weiße Taube geflogen und dichter Schneefall habe unversehens ihren Körper zugedeckt. Aus diesem Grund war sie während vieler Jahre die Schutzheilige der Stadt; danach mußte sie diesen Titel der Jungfrau Merced abtreten, die ihn noch heute innehat. Als genügte diese Degradierung noch nicht, wurde später dekretiert, die heilige Jungfrau und Märtyrerin Eulalia, mehrere Jahrhunderte lang Barcelonas Schutzpatronin, habe gar nicht existiert; sie sei nur eine Kopie, die Fälschung einer andern, 304 in Mérida geborenen und während der von Maximianus dekretierten Verfolgung zusammen mit andern Christen verbrannten heiligen Eulalia. »Die Heiligen machen schlapp«, sagten die Barcelonesen, »so geht's uns.« Am Ende wurde sogar die Existenz der echten heiligen Eulalia, deren Fest wir am 10. Dezember feiern, in Abrede gestellt. Jetzt stand die Statue der diskreditierten Heiligen in einer Seitenkapelle der Kathedrale von Barcelona, von wo aus sie über die Geschehnisse in ihrer Umgebung meditierte. So kann das nicht weitergehen, sagte sie sich eines Tages, so wahr ich Eulalia heiße, ich muß etwas unternehmen. Sie bat die heilige Lucía und den Christus von Lepanto, ihre Abwesenheit wundertätig zu verschleiern, stieg vom Sockel, trat auf die Straße und wandte sich entschlossen zum Rathaus, wo der Bürgermeister sie mit gemischten Gefühlen empfing; einerseits freute er sich, zu sehen, daß er mit der Solidarität der Heiligen rechnen konnte, anderseits fürchtete er sich aber vor dem Urteil, das ihm seine Amtsführung einbringen konnte. »Ach, Darius, was macht ihr alle für Torheiten!« schalt ihn die heilige Eulalia. Darius Rumeu i Freixa, Baron von Viver, hatte das Bürgermeisteramt seit 1924 inne. »Als ich das Amt übernahm, waren die Machenschaften schon in vollem Gang«, sagte er als Entschuldigung; »wäre es nach mir gegangen, die Ausstellung wäre nicht durchgeführt worden.« Dieser Bürgermeister war nicht ein derart ungestümer Mann wie sein berühmter Vorgänger Rius y Taulet und konnte es auch nicht sein: Barcelona war jetzt eine riesige und komplexe Stadt. »Primo ist es gewesen und seine Manie, die öffentlichen Bauten zu fördern – eine populäre Politik, für die wir später alle miteinander den Kopf hinhalten müssen, ob es uns paßt oder nicht. Seinetwegen füllt sich mir die Stadt mit Einwanderern und wird von Leuten aus dem Süden überschwemmt.« Im gleichen Augenblick erinnerte er sich daran, daß die Heilige laut den Sachverständigen selbst aus dem Süden kam, und fügte hastig hinzu: »Versteh mich nicht falsch, Eulalia, ich habe gegen niemand etwas, für mich sind wir in Gottes Augen alle gleich, aber es zerreißt mir die Seele, wenn ich die erbärmlichen Bedingungen sehe, unter denen diese Unglücklichen leben – aber was kann ich denn tun?« Die heilige Eulalia schüttelte langsam und mutlos den Kopf. »Ich weiß es nicht«, sagte sie endlich, »ich weiß es nicht.« Sie seufzte tief und fügte hinzu: »Wenn wir wenigstens mit Onofre Bouvila rechnen könnten!« Mit dem war im Moment aber nicht zu rechnen.

»Vielleicht wäre es angezeigt, daß ich den Herrn begleite«, legte ihm der Chauffeur nahe.

Die Calle Sepúlveda mündete auf die Plaza de España, jetzt ein schrecklicher Krater, wo die Bauarbeiten für die Weltausstellung begannen; hier nahm die von halbfertigen Palais und Pavillons gesäumte Avenida de la Reina María Cristina ihren Anfang. Mitten auf dem Platz war eine monumentale Fontäne im Entstehen begriffen und neben ihr die neue Metrostation. Auf diesen Baustellen waren viele Tausend Arbeiter beschäftigt. Abends kehrten sie in ihre Baracken, Billighäuser und düsteren Wohnungen zurück, wo sie in Untermiete lebten. Einige von ihnen, diejenigen ohne Unterkunft, übernachteten bei Wind und Wetter in den anliegenden Straßen, die glücklichsten in Decken, die unglücklichsten in Zeitungspapier gehüllt; die Kinder schliefen in enger Umarmung mit ihren Eltern oder Geschwistern; die Kranken hatte man an die Hausmauern gelehnt, wo sie auf die zweifelhafte Erleichterung warteten, die vielleicht der neue Tag mit sich brachte. In der Ferne konnte man den Widerschein eines Lagerfeuers und den Schatten der Leute sehen, die sich um ihn geschart hatten. Niedrige Schwaden trugen den Geruch nach Fritiertem herbei und tränkten Kleider und Haare damit; in einem Winkel war eine Gitarre zu hören. Onofre Bouvila hieß den Chauffeur beim Wagen bleiben: »Es wird mir schon nichts geschehen.« Er wußte, daß jene Parias nicht gewalttätig waren. Eingemummt in einen schwarzen Mantel mit pelzbesetztem Kragen, mit Zylinder und Ziegenlederhandschuhen ging er ruhig mitten auf der Straße. Die Parias beobachteten ihn mit mehr Überraschung als Feindseligkeit, als handle es sich um ein Schauspiel. Schließlich blieb er einen Moment lang vor einem gewöhnlichen, vollkommen schmucklosen Haus in dieser Straße stehen; dann schlug er mit dem Klopfer mehrmals an die Tür. Er zeigte der Person, die durchs Guckloch spähte, eine Münze, worauf sie unverzüglich öffnete. Im Hauseingang tuschelte er ein paar Momente mit der Alten, die ihn hereingelassen hatte; sie hatte keinen einzigen Zahn mehr im Zahnfleisch, das sie bei ihrem lautlosen Lachen entblößte. Er begann die Treppe hinaufzusteigen, während sich die dankbare Alte in endlosen Verbeugungen erging und eine Ölfunzel in die Höhe hielt, damit er die Stufen erkennen konnte. Nach der ersten Biegung mußte er im Dunkeln weitergehen, verlangsamte deswegen aber weder seine Schritte, noch verlor er die Orientierung; er hatte die Gewandtheit des ehemaligen nächtlichen Herumtreibers noch nicht verloren. Schließlich blieb er auf einem Treppenabsatz stehen und zündete ein Streichholz an; im kurz aufflackernden Licht des Flämmchens entzifferte er eine Nummer und klopfte dann an eine Tür, die sogleich von einem schwächlichen, schlechtrasierten Mann geöffnet wurde, der über einem schmutzigen, zerknitterten Pyjama einen abgenutzten Hausrock trug. »Ich komme Don Santiago Belltall besuchen«, sagte Onofre Bouvila, noch bevor ihn der Mann nach dem Grund seiner Anwesenheit fragen konnte. »Das ist nicht die Zeit für Besuche«, antwortete der Mann und wollte die Tür wieder schließen, aber Onofre Bouvila öffnete sie mit einem energischen Fußtritt; mit dem Stock gab er dem

Mann einen Stoß in die Rippen, so daß dieser gegen einen irdenen Schirmständer taumelte, der beim Sturz zu Bruch ging. »Ich habe Sie nicht um Ihre Meinung gebeten und will sie auch gar nicht hören«, sagte er, ohne die Stimme zu erheben. »Sagen Sie Don Santiago Belltall, er soll herauskommen, und dann verschwinden Sie irgendwohin, wo ich Sie nicht mehr sehen muß.« Der Schwächling erhob sich mühsam; gleichzeitig suchte er hinter sich die offenen Enden seines Gürtels, denn der Mantel war beim Fall aufgegangen; dann verschwand er wortlos hinter dem Vorhang, der das Vorzimmer vom Rest der Wohnung trennte. Hinter diesem Vorhang erschien nach sehr kurzer Zeit Santiago Belltall und erging sich in Entschuldigungen: Er habe keinen Besuch erwartet und schon gar nicht einen Besuch von solcher Wichtigkeit – die Bedingungen, unter denen er lebe... Er sprach den Satz nicht zu Ende. Onofre Bouvila folgte dem Erfinder durch einen finsteren Gang in ein kleines Zimmer, das nur durch ein winziges, auf einen gedeckten Innenhof hinausgehendes Fensterchen gelüftet werden konnte; die Luft war stickig. Im Zimmer standen zwei Metallpritschen, ein Tischchen mit zwei Stühlen und eine Stehlampe; in mehreren Kartonschachteln an den Wänden verwahrten die Untermieter ihre Kleider und sonstigen Habseligkeiten. Diese Wände waren mit Plänen bedeckt, die der Erfinder mit Reißzwecken aufgehängt hatte. María Belltall saß am Tisch und stopfte im spärlichen Licht der Lampe mit einem Holzei einen Strumpf. Um sich vor der Kälte und Feuchtigkeit zu schützen, hatte sie über ihr grobes altmodisches Wollkleid ein Schultertuch geworfen; gestrickte Strümpfe und Filzpantoffeln vervollständigten ihre ärmliche Kleidung, die die Schlankheit ihrer Figur und ihre blaßblaue Hautfarbe betonte, welche bei dem Gespräch ein paar Tage zuvor vom Make-up verdeckt worden war. Zu dieser Blässe kontrastierte die rote Nase, die von einer Erkältung, der chronischen Erkältung der Barcelonesen, herrührte. Als er ins Zimmer trat, schaute sie rasch von der Näharbeit auf und senkte den Blick sogleich wieder; diesmal hatten ihre Augen abermals die Karamelfarbe, an die er sich von ihrer ersten Begegnung her zu erinnern meinte.

»Verzeihen Sie diese schreckliche Unordnung«, sagte der Erfinder, während er nervös zwischen den Möbeln auf und ab ging und mit seinen heftigen Gebärden und seiner Aufgeregtheit dazu beitrug, den allgemeinen Eindruck von Chaos, den man hier bekam, noch zu vergrößern. »Hätten wir vorher gewußt, daß Sie uns die Ehre zu erweisen gedenken, so hätten wir zumindest diese Wische von den Wänden genommen. Oh, wie zerstreut ich doch bin! Ich habe Ihnen meine Tochter, die Sie ja nicht kennen, noch gar nicht vorgestellt. Meine Tochter María, mein Herr. María, dieser Herr ist Don Onofre Bouvila, von dem ich dir schon gesprochen habe; vor einigen Tagen bin ich bei ihm gewesen, um ihm ein paar Angebote zu unterbreiten, die er mit Wohlwollen zu prüfen die Güte hatte.«

Die beiden wechselten einen flüchtigen Blick, der jedermanns Verdacht geweckt hätte, dem Erfinder jedoch entging. Nichtsahnend nahm er Hut, Stock, Handschuhe und Überzieher seines Besuchers und legte sie sorgfältig auf eine der Pritschen. Dann rückte er eine der Schachteln an den Tisch, bot Onofre Bouvila den freien Stuhl an, setzte sich unverzüglich auf die Schachtel und verschränkte die Finger, bereit, sich anzuhören, was ihnen Onofre Bouvila zu sagen hatte. Dieser kam, ganz nach seiner Gewohnheit, ohne Umschweife direkt zur Sache.

»Ich habe mich entschlossen, das Angebot anzunehmen, von dem Sie sprachen.« Mit einer Handbewegung kam er den Dankbarkeits- und Begeisterungsbekundungen zuvor, die der Erfinder gerade von sich geben wollte, kaum war der erste Schock vorbei. »Damit will ich einfach sagen, daß ich es vorläufig als angemessenes Risiko betrachte, Ihnen eine bestimmte Summe zur Verfügung zu stellen, damit Sie die Experimente, von denen Sie mir erzählt haben, durchführen können. Selbstverständlich ist diese Abmachung nicht frei von Bedingungen. Und genau von diesen Bedingungen zu sprechen, bin ich gekommen.«

»Ich bin ganz Ohr«, sagte der Erfinder.

Besuchte den Baron von Viver, der Monarchist war, die heilige Eulalia, so erschien General Primo de Rivera, der es aus Erbitterung nicht mehr war, manchmal ein Krebs mit Tirolerhut. Der Diktator war von allen verlassen, zögerte aber, die Macht in fremde Hände zu legen, und richtete nun seine ganzen Hoffnungen auf die Weltausstellung von Barcelona. »Als ich die Regierung übernahm, war Spanien ein einziger Saustall, ein Land der Terroristen und Gauner; in wenigen Jahren habe ich es zu einer blühenden und angesehenen Nation gemacht, in der es Arbeit gibt und Frieden herrscht, und das wird man bei der Weltausstellung auf unwiderlegbare Art sehen können – da werden dann die Leute, die mich heute kritisieren, den Kopf senken müssen«, sagte er. Der Förderungsminister gestattete sich eine Bemerkung: »Dieser Plan Eurer Exzellenz ist großartig, verlangt unglücklicherweise aber Ausgaben, die unsere Möglichkeiten überschreiten würden.« Das stimmte; mit der Volkswirtschaft war es in den letzten Jahren gewaltig bergab gegangen, die Reserven waren aufgezehrt und die Notierung der Peseta auf den Auslandsmärkten bereits ein Ding der Lächerlichkeit. Der Diktator kratzte sich an der Nase. »Zum Teufel, ich glaubte, die Ausgaben für die Ausstellung gingen zu Lasten der Katalanen. Eine Rasse von Geizhälsen!« zischte er, mehr für sich selbst. Mit erlesenem Takt wies ihn der Förderungsminister darauf hin, daß sich die Katalanen, abgesehen von ihren Tugenden oder Fehlern, weigerten, auch nur einen Duro zum höheren Ruhme dessen auszugeben, der sie unablässig mißhandelte. »Schockschwerenot!« rief Primo de Rivera, »das ist aber eine verzwickte Angelegenheit! Und wenn wir die Abtrünnigen einfach deportierten?« – »Es handelt sich um mehrere Millionen, mein General«, sagte der Innenminister. Der Förderungsminister freute sich, daß das Gespräch nun wieder auf den Schultern seines Kabinettskollegen lastete. Primo de Rivera schlug mit den Fäusten auf den Tisch. »Ich scheiße auf alle Ministerportefeuilles!« Er war aber nicht wirklich zornig, denn soeben war ihm die rettende Idee gekommen. »Nun gut, wir werden folgendes tun: Wir werden eine andere Weltausstellung subventionieren, in einer anderen spanischen Stadt,

Burgos oder Pamplona, wo auch immer, völlig egal.« Als er sah, daß ihn die Minister verdutzt anstarrten, grinste er verschlagen und fügte hinzu: »Wir werden nicht viel dafür ausgeben müssen, denn wenn die Katalanen von diesem Plan Wind bekommen, werden sie das Geld nur so zum Fenster hinauswerfen und unmäßig viel ausgeben, damit die Ausstellung von Barcelona die bessere von beiden wird.« Die Minister mußten zugeben, daß die Idee gut war. Nur der Landwirtschaftsminister erlaubte sich, etwas einzuwenden: »Irgend jemand wird uns entlarven und dieses Manöver ans Tageslicht bringen.« – »Den werden wir deportieren!« brüllte der Diktator. Nun rückten die Arbeiten für die Weltausstellung in vollem Tempo voran, und einmal mehr nagte die Verschuldung am Gemeindesäckel. Der Montjuich war die Wunde, durch die der städtische Haushalt ausblutete. Der Bürgermeister und all diejenigen, die gegen die Idee und eine derartige Geldverschwendung waren, wurden kurzerhand ins Abseits gedrängt und ihre Befugnisse Leuten übertragen, die Primo de Rivera ergeben waren. Darunter befanden sich auch ein paar Spekulanten, die die fehlende Übersicht nutzten, um ihr Schäfchen ins trockene zu bringen. Die Zeitungen durften nur schmeichelhafte Nachrichten und beifällige Kommentare zu den Vorgängen publizieren, sonst wurden sie zensiert, an den Kiosken beschlagnahmt, ihre Chefredakteure hart gebüßt. So verwandelte sich der Montjuich allmählich in einen magischen Berg, auf dem nun die Palais der Elektrizität und der Triebkraft, der Bekleidung und Textilkunst, des Kunst- und Angewandten Gewerbes, der Filmvorführungen, der Grafischen Künste, der Bauindustrie (mit dem Namen Palais Alfonso XIII.), der Arbeit, des Verkehrswesens und so weiter gebaut wurden. Mit dem Bau dieser Palais war schon vor mehreren Jahrzehnten begonnen worden, in den Zeiten des Modernismus, so daß sie nun in den Augen der Sachverständigen befremdlich, schwerfällig, gekünstelt und geschmacklos aussahen. In scharfem Kontrast dazu entstanden daneben langsam die ausländischen Pavillons, die erst vor kurzem konzipiert worden waren und aktuelle architektonische und ästhetische Tendenzen widerspiegelten. *Waren andere*

Ausstellungen einem bestimmten Gebiet wie der Industrie, der elektrischen Energie oder dem Transportwesen gewidmet, so könnte diese hier uneingeschränkt der Trivialität gewidmet sein, schrieb 1927 ein Journalist, kurz bevor er auf die Insel Gomera deportiert wurde. *Nicht genug damit, daß wir uns ruinieren – in den Augen der übrigen Welt werden wir auch wie plumpe Höhlenmenschen dastehen,* heißt es zum Schluß. Solch schrille Töne vermochten die Vorkämpfer der Ausstellung jedoch nicht einzuschüchtern.

Während sich rund um die Weltausstellung diese Dinge ereigneten, trat Onofre Bouvila auf einem anderen, vom Montjuich durch die ganze Stadt getrennten Hügel im Garten seines Hauses sich selbst gegenüber. Wie? fragte er sich, ich und verliebt? In meinem Alter! Nein, nein, unmöglich... Und doch – doch, es ist möglich, und gerade weil es möglich ist, erfüllt es mich mit Euphorie. Ach, wer mir das gesagt hätte! Bei diesem Gedanken lachte er leise; erstmals in seinem Leben sah er sich selbst mit Zärtlichkeit und konnte deshalb über sein eigenes Leiden lachen. Dann verschwand das Lächeln von seinen Lippen, und er runzelte die Stirn, denn er begriff nicht, wie ihm so etwas hatte widerfahren können; das Wunder, das sich offenbar in seiner Seele ereignet hatte, stürzte ihn in Verwirrung. Was für einen unwiderstehlichen Einfluß hat diese unbedeutende Frau auf mich ausüben können? Nicht, daß sie nicht attraktiv aussähe, argumentierte er mit einem unsichtbaren Gesprächspartner weiter, aber ich muß offen gestehen, daß sie auch nicht gerade eine Klassefrau ist. Und selbst wenn sie es wäre – weshalb sollte ich mich auf diese Art betören lassen? In meinem Leben hat es nicht an blendend aussehenden Frauen gefehlt, an Klassefrauen, die mit ihrem Erscheinen den Verkehr zum Erliegen brachten; mit meinem Geld fiel es mir nie schwer, die Schönheit zu kaufen, das Beste vom Besten zu erlangen. Trotzdem verspürte ich im Grunde nie etwas anderes als Verachtung für sie. Diese hier dagegen flößt mir ein Gefühl von Demut ein, das mich selbst überrascht, das ich mir nicht erklären kann; wenn sie mit mir spricht, mich anlächelt oder mich anblickt, bin ich so glücklich, daß ich mehr Dankbarkeit als sonst etwas für sie spüre. Als er diese Überlegungen anstellte, glaubte er, diese Demut befreie ihn von seinem ganzen Egoismus. Sicherlich habe ich manchmal unorthodox gehandelt, dachte er, als er sein Leben Revue passieren ließ; es gibt weiß Gott Seiten in meiner Lebensgeschichte, über die ich werde Rechenschaft ablegen müssen, und wenn auch niemand behaupten kann, ich hätte eigenhändig ein Menschenwesen umgebracht, so sind doch einige Leute direkt oder indirekt durch meine Schuld umgekommen. Andere waren unglücklich und könnten mir vielleicht ihr Unglück anlasten. Wie schrecklich ist es, diese Dinge jetzt erst zu begreifen, da es für Reue und Versöhnung schon zu spät ist! Als ihm das plötzlich zum Bewußtsein kam, sackte er wie vom Blitz getroffen zusammen. Die Luft war ruhig, und auf der unbewegten Oberfläche des künstlichen Sees funkelte die Sonne, deren Widerschein das weiße Gefieder der Schwäne hell aufleuchten ließ. Seine aus dem Gleichgewicht geratene Seele ließ ihn in diesen schillernden Schwänen Abgesandte des Allmächtigen sehen, die Er geschickt hatte, um ihm eine Barmherzigkeits- und Hoffnungsbotschaft zukommen zu lassen. Es wird mehr Freude im Himmel sein über einen einzigen Sünder, der sich bekehrt, als über neunundneunzig Gerechte, die keiner Bekehrung bedürfen, schienen sie ihm in Erinnerung rufen zu wollen. Diese Erkenntnis rührte ihn, er senkte die Stirn auf den Rasen und flüsterte: »Vergebung, Vergebung; ich war dumm und grausam und habe keine Entschuldigung, für meine Schuldigkeit gibt es keine mildernden Umstände.« Als blätterte er in einem Porträtalbum, zogen vor den Augen seines Gewissens die anklagenden Gesichter Odón Mostazas, Don Alexandre Canals i Formigas und seines Sohnes, des armen Nicolau Canals i Rataplán, Joan Sicarts und Arnau Puncellas, des Generals Osorio, Exgouverneur von Luzon, und auch seiner Frau und seiner Töchter, Delfinas und Señor Braulios und seines Vaters und seiner Mutter und sogar seines Bruders Joan vorüber: All diese Menschen und noch viele andere, deren Gesicht er nie gesehen hatte und nie sehen würde, hatte er seinem Ehrgeiz und Irrsinn geopfert, alle waren Opfer seines unberechtigten Rachedursts, hatten unnötig gelitten, um ihm für Momente den süßsauren Geschmack von Sieg zu verschaffen. Wird es im ganzen Himmel genügend Großherzigkeit geben, um einer Kreatur zu vergeben, wie ich sie in all diesen Jahren gewesen bin? Bei diesem Gedanken spürte er, wie die Tränen in Strömen aus seinen zusammengepreßten Lidern drängten. Kaum hatte er den Gedanken fertiggedacht, spürte er ein paar leichte Schläge auf der Schulter. Da er sich allein im Garten wußte, erschreckte ihn diese Berührung, und nun getraute er sich nicht mehr, die Lider zu öffnen, da er fürchtete, sich sonst einem majestätischen Engel mit Feuerschwert gegenüberzusehen. Als er schließlich doch die Augen öffnete, sah er, daß ihn in Wirklichkeit ein Schwan mit seinem Schnabel antippte; erstaunt über die Anwesenheit des unbekannten Individuums, das da zusammengekauert und still am Seeufer hockte, war der Schwan aus dem Wasser gekommen und hatte sich, vielleicht von den andern geschickt, genähert, um zu sehen, worum es sich handle. Onofre Bouvila richtete sich brüsk auf, und der erschrockene Schwan trat den Rückzug an. Von hinten hätte sein Watscheln nicht grotesker aussehen können, und auch sein Geschnatter war rauh und häßlich. Verärgert, weil er sich von einem so wenig anmutigen Tier hatte beeindrucken lassen, holte er den Schwan ein, noch bevor sich dieser in seinem Element in Sicherheit bringen konnte, und versetzte ihm mit aller Kraft einen Fußtritt. Der Schwan beschrieb eine Parabel in der Luft, fiel ins Wasser und blieb dort liegen, Kopf und Hals untergetaucht und den Schwanz obenauf, während sich das durch den Aufprall in Unruhe geratene Wasser nach und nach wieder glättete und die weißen Federn, die der Schwan auf seinem Flug verloren hatte, auf die Oberfläche schwebten. Onofre Bouvila schüttelte die Grashalme von den Kleidern und setzte seinen Spaziergang fort, ohne sich die Mühe zu nehmen, festzustellen, ob der Schwan wieder auftauchte oder verendet war. Der Zwischenfall hatte ihn in die Realität zurückgeholt, die schmerzhafte Vision seiner Sünden war gewichen, und an ihrer Stelle beherrschte ihn wieder die unerbittliche und parteiische Logik, die ihn immer bei allem geleitet hatte. Pah, wofür übernehme ich denn die Verantwortung? Könnte mich jemand hören, so würde er denken, auf der Welt gebe es keine andere Ursache für Kummer als mich. Ach woher, nichts wäre falscher, antwortete er seinem imaginären Gegenüber, die Leute waren schon unglücklich, bevor ich geboren wurde, und werden es auch noch sein, wenn ich gestorben bin. Es stimmt, ich habe einigen Unglück gebracht, aber war ich denn wirklich der Verursacher dieses Unglücks und nicht bloß der verlängerte Arm des Schicksals? Wenn mir Odón Mostaza nicht über den Weg gelaufen wäre, hätte dieser Mordbube dann ein weniger tragisches Ende genommen? War er etwa nicht schon bei seiner Geburt Galgenfutter? Und was hätte das Schicksal wohl Delfina beschert, wäre ich nicht eines schönen Tages in der Pension ihrer Eltern aufgetaucht? Zweifellos wäre sie ihr ganzes Leben lang ein Scheuermädchen geblieben und hätte bestenfalls einen brutalen und versoffenen Tagedieb geheiratet, der sie andauernd geschlagen und vor lauter Arbeiten und Gebären zum Krepieren gebracht hätte. Zum Teufel, mit mir hatten diese Kanalratten wenigstens ihre Chance, konnten auf meine Kosten einen Moment des Ruhms genießen. Eine gedämpfte Explosion in der Nähe unterbrach seinen Gedankengang; es folgten hintereinander weitere Explosionen. Die in den Waldbäumen nistenden Vögel stoben auf und kreisten hoch in der Luft als bunter, laut lärmender Schwarm. Onofre Bouvila lächelte wieder: Wie dieser arme Kerl, um das naheliegendste Beispiel zu nehmen, fügte er halblaut hinzu. Jetzt hatte sein Lächeln die Seligkeit verloren, die es noch vor kurzem geprägt hatte.

Er ließ den See hinter sich liegen und marschierte in Richtung des Orts, woher die Explosionen kamen. In voller Absicht verließ er die liebliche, gutgepflegte Wiese und trat in den Wald hinein, wo er zwischen den Bäumen unbemerkt weitergehen konnte. Am andern Ende des Waldes blieb er stehen, um heimlich die Betriebsamkeit zu beobachten, die ganz in der Nähe seines Verstecks im Gang war; dort stand ein Zirkuszelt, das unablässig Leute, die aussahen und gekleidet waren wie Mechaniker, betraten und verließen. Am Eingang des Segeltuchtunnels, der ins Zelt hineinführte und an dem man noch Wimpel- und Fähnchenreste sehen konnte, überwachten zwei bewaffnete Posten das Ein und Aus der Mechaniker. Er wußte, daß auf der Rückseite des Zelts, von diesem verdeckt, einige Schuppen standen, in denen sich eine hochkomplizierte Maschinerie befand; sie hatte keinen andern Zweck, als die im Zelt surrende und knisternde elektrische Ausrüstung mit Antriebsenergie zu versorgen. Natürlich wäre es einfacher und viel weniger kostspielig gewesen, diese Energie von der Elektrizitätsgesellschaft zu beziehen, doch dann wäre es nicht möglich gewesen, die dort durchgeführten Aktivitäten geheimzuhalten. Deshalb waren die Schuppen errichtet worden, die nun die Generatoren vor unerwünschter Neugier schützten; diese Generatoren waren ihrerseits durch Vermittlung eigens dafür gegründeter Aktiengesellschaften in verschiedenen Ländern gekauft, nach Katalonien geschmuggelt und Stück für Stück heimlich an ihren Bestimmungsort gebracht worden. Auf dieselbe Art war in kleinen Posten die Kohle transportiert worden, die sie speiste und deren Reserven nun in unter der Wiese, dem Wald und dem See angelegten Silos lagerten. Und so waren auch die Maschinerie und die für das Projekt erforderlichen Materialien herbeigeschafft worden. Heikler war die Anheuerung des Personals, das daran arbeitete. Hatte es der Einwandererzustrom erlaubt, die Arbeiter auf die heimlichste und diskreteste Weise auszusuchen und zu rekrutieren, so warf die Einstellung der Spezialisten, Techniker und Ingenieure, deren plötzliches Verschwinden von der Arbeit und aus dem öffentlichen Leben überhaupt sehr schwierig zu erklären gewesen wäre, Probleme auf, die man in jedem einzelnen Fall auf besondere Art lösen mußte. Einige wurden im Ausland unter Vertrag genommen, andere aus dem Ruhestand geholt, zu dem die verschiedensten Umstände sie gezwungen hatten; wieder anderen schließlich waren gefälschte Angebote amerikanischer Universitäten geschickt worden. Diejenigen, die sie annahmen, erhielten kurz darauf eine Erster-Klasse-Fahrkarte für ein Linienschiff. Sobald das Schiff, in dem sie reisten, die Grenzen der spanischen Hoheitsgewässer verlassen hatte, wurden diese angesehenen Ingenieure mit vorgehaltener Pistole aus ihrer Kajüte geholt und in ein Schnellboot verfrachtet, das sie wieder an Land führte. Dort brachte sie ein Auto zum Haus, wo man sie über den Grund der Täuschung und der Entführung, über die Natur der ihnen zugedachten Arbeit, die Befristetheit dieser anormalen Situation und die reichliche Besoldung informierte, mit der sie für ihre Mitarbeit und die erlittenen Unannehmlichkeiten entschädigt würden. Angesichts des glücklichen Ausgangs des Abenteuers waren alle entzückt. Die Methode war freilich langwierig, kompliziert und teuer. Aber um das Projekt auszuführen, wurden keine Kosten gescheut. Nur das Zelt, das genau die richtigen Ausmaße hatte, war zu einem günstigen Preis von einem Zirkus gekauft worden, dessen Mitglieder in Süditalien von einer Choleraepidemie dezimiert worden waren. Diese Katastrophe hatte die einzigen Überlebenden, eine Frau mit Bart, eine Kunstreiterin und einen Herkules, gezwungen, die Truppe aufzulösen und die Ausrüstung weit unter ihrem Preis zu verkaufen. Nun strichen die drei wunderlichen Leute, die man ebenfalls hatte unter Vertrag nehmen und herbringen müssen, damit sie zeigten, wie das Zelt aufzustellen und zu befestigen war, mit Trikot, Lendenschurz und Pailletten herausgeputzt, auch noch durchs Haus, übten ihre Fertigkeiten, wo sie konnten, und versetzten jedermann in Verwirrung, wenn nicht in Schrecken.

Jetzt erinnerte er sich an all diese bunten Geschichten, als er sie aus dem Zelt kommen sah. Sie trug einen weiten und so kurzen rosafarbenen Rock, daß man beim Gehen ihre Knie sehen konnte; weiter oben zeichneten die Stoffalten das Profil der Oberschenkel. Das zog die Blicke der Mechaniker an und machte Onofre Bouvila rasend. Der Rest ihrer Kleidung war einfach und sittsam. Ich müßte ihr diesbezüglich eine Andeutung machen, dachte er mit Herzklopfen und bespitzelte bald sie und bald die Mechaniker. Vom Sonnenlicht geblendet, blieb sie einen Moment mit halbgeschlossenen Augen im Zelteingang stehen; mit den Fingern brachte sie die Haare in Ordnung und setzte sich einen breitkrempigen Hut auf. Dann schritt sie auf den Wald zu, in dem er sich ohne einsehbaren Grund befand. Himmel, hoffentlich sieht sie mich nicht, dachte er und verbarg sich vollständig hinter dem Stamm einer Eiche. In den Monaten, in denen María Belltall und ihr Vater nun im Haus wohnten, hatte er mit ihr nicht mehr als zwei, drei formelle Sätze gewechselt. Damit wollte er deutlich zum Ausdruck bringen, daß sein ganzes Interesse nur um das Projekt des Erfinders kreiste, der die Instruktionen für die Erstellung des höchst eigenartigen industriellen Komplexes gegeben hatte und mit dem er dagegen unendliche Gespräche führte. Von Anfang an hatten Santiago Belltall und seine Tochter einen der schon vor Zeiten im Garten erbauten und vom Haus völlig abgesonderten Jagdpavillons bewohnt. Dort war für sie eine unabhängige Wohnung eingerichtet worden, mit Komfort, aber nicht mit Luxus ausgestattet, denn das hätte Onofre Bouvilas geheime Motive offenbaren können, den wahren Grund, weshalb er sich jetzt noch auf ein so verrücktes Projekt einzulassen beschlossen hatte. In diese Wohnung, deren Mobiliar und Ausstattung er selbst mit höchster Sorgfalt aussuchte, hatte er keinen Fuß mehr gesetzt, seit Santiago und María Belltall sie bezogen hatten; ein Bote rief den Erfinder in die Bibliothek, wenn sich die beiden sehen mußten. Die geheime Natur des Projekts verwehrte es den daran Beteiligten, das Gelände zu verlassen; so wußte er, daß sie immer hier war, daß sie niemandem sonst gehörte, sowenig auch eine Beziehung zwischen ihnen existierte; die beiden teilten ein gemeinsames Terrain, wohnten auf einem Grundstück zusammen, das ihm gehörte. Das genügte, um ihm das Gefühl zu geben, auch sie sei sein, damit war er im Moment glücklich. Insgeheim verfolgte er, wie jetzt, jede ihrer Bewegungen. Wie seltsam, dachte er in seinem Versteck hinter der Eiche, während er ihren graziösen Gang, ihre Schlankheit und Anmut bewunderte, als ich jung war, lag das ganze Leben vor mir; damals erschien mir alles dringlich. Jetzt dagegen, da mir die Zeit im Flug entschwindet, habe ich keine Eile; ich habe warten gelernt, finde nur noch im Warten einen Sinn – und trotzdem überstürzen sich die Dinge gerade jetzt. Er schaute zum Himmel und sah, daß er unwahrscheinlich blau und wolkenlos war. Er erinnerte sich, wie er am Vortag die Baustelle der Weltausstellung besichtigt hatte und dort zufälligerweise auf den Marquis von Ut gestoßen war, den er seit langem nicht mehr gesehen hatte. Der Marquis war Vorstandsmitglied des Ausstellungsausschusses und Primo de Riveras Vertrauensmann in Barcelona. Er war derjenige, der aus Madrid Anweisungen erhielt und sie hinter dem Rücken des Bürgermeisters ausführte. Im Gegenzug für diese Loyalität machte er vollkommen ungestraft unsaubere Geschäfte.

Als der Marquis Onofre Bouvila auf dem Ausstellungsgelände auftauchen sah, schnitt er ein Gesicht. Die Freundschaft, die die beiden in früheren Zeiten verband, hatte sich auf seiten Onofre Bouvilas in Ressentiment und auf beiden Seiten in Mißtrauen verwandelt. Trotzdem wahrten sie die äußeren Formen.

»Junge, wie gut du aussiehst!« rief der Marquis und umarmte den Neuankömmling. »Ich habe gewußt, daß du unpäßlich warst, aber ich freue mich, dich vollständig wiederhergestellt zu sehen. Und so jung wie immer!«

»Auch du schaust gut aus«, sagte Onofre Bouvila.

»Ach, keineswegs, keineswegs...«

Nun spazierten die beiden Arm in Arm, wichen den Gräben und Schutthaufen aus und überquerten auf Brettern, die sich unter ihrem Gewicht bogen, die Baugruben. Auf dem Spaziergang wies der Marquis seinen Begleiter auf die herausragendsten Besonderheiten hin, auf die Palais, Pavillons, Restaurants und Dienstleistungen. Mit unverhohlenem Stolz zeigte er ihm auch das im Bau befindliche Stadion. Dieses erst nachträglich in den Ausstellungsgesamtplan aufgenommene Gebäude belege eine Fläche von 46.225 Quadratmetern und sei für Sportausstellungen bestimmt, erklärte der Marquis. Seit sich die faschistische Ideologie in ganz Europa verbreitet hatte, förderten alle Regierungen die sportliche Betätigung und die Massenbeteiligung an sportlichen Wettkämpfen. Mit dieser Mode versuchten die Nationen das römische Reich zu imitieren, dessen Gepflogenheiten sie anachronistischerweise zum Vorbild nahmen. Jetzt waren Sportsiege das Symbol für die Größe der Völker. Der Sport war nicht mehr eine Betätigung der müßigen Klassen oder ein Privileg der Reichen, sondern die natürliche Art der Stadtbevölkerung, sich zu zerstreuen; damit gedachten die Politiker und Denker die Rasse zu verbessern. »Der Athlet ist das Idol unserer Zeit, der Spiegel, in dem sich die Jugend betrachtet«, sagte der Marquis. Onofre Bouvila erklärte sich mit dieser Theorie einverstanden: »Ich bin überzeugt davon«, sagte er sanft. Dann besichtigten sie das Griechische Theater, das Spanische Dorf und die hochkomplizierte Anlage von Röhren, Kabeln, Dynamos und Düsen, die den beleuchteten Springbrunnen zu versorgen und anzutreiben hatten. Dieser Springbrunnen sollte die Hauptattraktion, das Effektvollste und Meistkommentierte der Ausstellung werden, wie es der Magische Brunnen in der ersten Ausstellung gewesen war. Er lag oben an einer Böschung des Hügels, so daß er von jedem Punkt des Geländes aus zu sehen war, und bestand aus einem Becken von fünfzig Meter Durchmesser, 3200 Kubikmeter Inhalt und mehreren Springbrunnen im eigentlichen Sinn. Diese waren im Grunde nichts anderes als 3000 Liter von fünf 1175-PS-Pumpen bewegtes und von 1300 Kilowatt elektrischer Energie beleuchtetes Wasser. Das bewirkte, daß die gesamte Anlage permanent Form und Farbe wechseln konnte. Der Springbrunnen und die zu beiden Seiten der zentralen Ausstellungspromenade aufgereihten Brunnen benötigten in zwei Stunden soviel Wasser wie ganz Barcelona in einem Tag, sagte der Marquis. »Wann und wo hat man so etwas Großes schon einmal gesehen?« Auch hierin war Onofre Bouvila vorbehaltlos mit dem Marquis einverstanden. Soviel ungewohnte Zustimmung und so großes Interesse weckten dessen Argwohn. Wozu ist dieser Fuchs wohl in Wahrheit gekommen? fragte er sich, und worauf ist diese plötzliche Begeisterung wirklich zurückzuführen? Aber sosehr er auch nachdachte, er fand den Schlüssel zu diesem Geheimnis nicht. Er konnte nicht wissen, daß vor zwei Wochen in einem der Organisationsbüros auf der Ausstellung eine seltsame Delegation vorstellig geworden war. Diese Delegation bestand aus einem Herrn und einer Dame, die mit diskreter Eleganz gekleidet waren, würdevoll auftraten und mit ausländischem Akzent sprachen. Dem Angestellten, der sie bediente, sagten sie, sie verträten ein bedeutendes Manufakturunternehmen, ein internationales Konsortium, dessen Name der Angestellte noch nie gehört hatte, an dessen Legitimität zu zweifeln ihm aber die Dokumente verboten, die ihm vorgelegt wurden, noch bevor er darum bitten konnte. Das hinderte ihn aber nicht, mit Befremden festzustellen, daß unter dem Schleier, mit dem die Dame während des ganzen Gesprächs ihr Gesicht bedeckte, ein dichter Bart hervorschaute. Natürlich enthielt er sich jeglichen Kommentars. Der Herr anderseits, der kaum die Lippen öffnete, beobachtete unablässig und mit wildem Blick die Bewegungen und Reaktionen des Angestellten. Dieser sollte sich später daran erinnern, daß der Herr eine robuste, von außergewöhnlicher Kraft zeugende Figur besaß. All diese Details weckten aber keineswegs den Argwohn des Angestellten, denn seit er mit dieser Aufgabe betraut worden war, hatte er es mit vielen Ausländern zu tun und war an noch nie gesehene Gesichter und seltsames Benehmen gewöhnt. In strikter Pflichterfüllung fragte er sie, womit er ihnen dienen könne; sie antworteten, sie kämen, um die erforderlichen Genehmigungen für die Installierung eines Pavillons auf dem Weltausstellungsgelände zu beantragen. »In diesem Pavillon möchte unsere Firma ihre Maschinen und Artikel ausstellen«, sagte die Dame. »Überdies wird es einige Holzpaneele oder Schiebetüren geben, auf denen wir dem Publikum das Organigramm der Firma zeigen werden.« Der Angestellte wies sie darauf hin, daß ausländische Firmen nur in den Pavillons ihrer jeweiligen Länder an der Ausstellung teilnehmen dürften. »Würden wir es einer Firma erlauben, so müßten wir es auch allen andern erlauben, die darum nachsuchen; die Organisation einer Weltausstellung ist eine hochkomplexe Angelegenheit und gestattet weder Ausnahmen noch Privilegien.« Um ihnen zu zeigen, daß er nicht bloß so daherredete, wies er auf ein Buch, das auf dem Tisch lag, den Ausstellerkatalog mit seinen 984 Seiten. Der Herr ergriff das Buch und riß es ohne sichtbare Anstrengung entzwei. »Ich bin überzeugt, wir werden doch noch alle Schwierigkeiten beseitigen«, sagte gleichzeitig die Dame. Mit der einen Hand zupfte sie sich am Bart, und mit der andern öffnete und schloß sie ihre schwarze Tasche. Der Angestellte sah, daß die Tasche mit Banknoten vollgestopft war, und begriff, daß er gut daran tat zu schweigen. Nun wurde das Gerüst für den Pavillon jener unbekannten Firma auf einer Seitenflanke des Geländes errichtet, die ursprünglich dem Missionspavillon zugewiesen war, welcher daher verlegt werden mußte. Der neue Pavillon, dessen Form immer mehr einem Zirkuszelt zu gleichen begann, je weiter die Bauarbeiten voranschritten, stand auf der Plaza del Universo, genau neben der Avenida de Rius y Taulet. Der Ort war hervorragend, denn er erlaubte es, durch die Hintertür und einen Hohlweg (die heutige Calle Lérida) vollkommen ungesehen ein- und auszugehen. Ein paar finster blickende Männer machten während vierundzwanzig Stunden in der Umgebung des Pavillons die Runde; ihre Aufgabe war es, zu verhindern, daß jemand dem Pavillon zu nahe kam; mit ihrem bedrohlichen Aussehen vertrieben sie die Neugierigen und brachten selbst die Ausstellungsaufseher davon ab, ihre Aufgabe zu erfüllen. Diese Einzelheiten entgingen jedoch dem Marquis von Ut, sei es, daß er sie nicht kannte, sei es, daß er sie zwar kannte, aber nicht mit Onofre Bouvila und seinem Ausstellungsbesuch in Zusammenhang brachte. Hinter einer Eiche versteckt, meditierte Onofre jetzt über diese Dinge. Ja, alles muß so herauskommen, wie ich es vorgesehen habe, sagte er sich; unmöglich, daß ein Fehler meine perfekten Pläne zunichte macht: Sie ist zu schön und ich zu clever und zu mächtig, alles muß zwangsläufig gutgehen. Ach, und mit welcher Anmut sie sich bewegt, welch natürlicher Stolz! Man sieht nur zu gut, daß sie zur Königin geboren ist. Ja, ja, alles wird wunschgemäß verlaufen, es kann gar nicht anders sein. Dabei schaute er abergläubisch zum Himmel; trotz seines Optimismus glaubte er in diesem blauen, von keiner Wolke getrübten Gewölbe einen sarkastischen Kommentar zu seinen törichten Erwartungen zu sehen.

Tatsächlich schien alles darauf angelegt, ein schlechtes Ende zu nehmen. Im Januar 1929 belief sich das durch die Barceloneser Weltausstellung verursachte Defizit auf 140.000.000 Peseten; der Baron von Viver sah vor seinen Füßen einen unauslotbaren Abgrund sich auftun. »Diese Situation ruft nach einer verzweifelten Lösung!« Er hatte sein Büro mit Benzin vollgespritzt und wollte eben ein Streichholz entzünden, als die Türen weit aufgingen und die heilige Eulalia, die heilige Agnes, die heilige Margarete und die heilige Katharina hereinstürmten. Diesmal waren die vier von einem romanischen Altaraufsatz gestiegen, der noch heute im Diözesanmuseum von Solsona zu sehen ist; die vier waren eines gewaltsamen Todes gestorben und wußten um solche Dinge: Sie entrissen dem bekümmerten Bürgermeister die Streichhölzer und zwangen ihn, Vernunft anzunehmen. Die heilige Agnes war von einem Lamm begleitet und die heilige Margarete von einem tragbaren Drachen. Sie schlugen ihm die absurden Ideen, die er in seinem Kummer genährt hatte, aus dem Kopf; außer seinem Selbstmord hatte er auch die Möglichkeit in Betracht gezogen, einen Volksaufstand herbeizuführen, ohne zu merken, daß die beiden Dinge unvereinbar waren. »Primo de Riveras Tage sind gezählt«, sagten sie und machten ihn darauf aufmerksam, daß dieser Pomp das letzte Röcheln der Bestie sei. Sie erinnerten ihn an die Fabel von der Kröte, die sich aufbläst, bis sie platzt. »Und außerdem haben es die Volksaufstände so an sich, daß man zwar weiß, wie sie beginnen, aber nicht, wie sie enden«, sagte die heilige Margarete, deren Fest am 20. Juli gefeiert wird. »Setz dich in die Tür deines Hauses, so wirst du die Leiche deines Feindes vorbeiziehen sehen«, sagte die heilige Agnes, deren Fest am 21. Januar gefeiert wird. Der Bürgermeister versprach ihnen, zu warten und keine weiteren Torheiten zu begehen. Das war in diesem Moment die richtige Einstellung; niemand glaubte mehr an den Ständestaat, den der Diktator hatte einführen wollen, und niemand wollte mehr die Diktatur, die ins Chaos und in eine Revolution zu münden drohte. Die öffentlichen Bauten hatten schließlich zu einer nicht mehr aufzuhaltenden Inflation geführt, und die Peseta verlor unaufhörlich an Wert. Nur weil es gerade keinen ehrgeizigen General gab, kam es nicht zu einem Putsch. Außerdem starb am 6. Februar, drei Monate bevor die Weltausstellung ihre Tore öffnete, Königin María Cristina an Angina Pectoris. Sie hatte als Regierende Königin die Ausstellung von 1888 inauguriert, an die jetzt alle wehmütig zurückdachten; ihr Tod wurde als schlechtes Omen angesehen. Auch hieß es in Madrid, die Königin habe ihrem Sohn auf dem

Totenbett geraten, sich Primo de Riveras bald zu entledigen. Das beeindruckte den Monarchen zwangsläufig. In diese getrübte Atmosphäre fiel das Eröffnungsdatum.

3

»Sie sollten sich schlafen legen, Vater. Morgen erwartet uns ein sehr hektischer Tag: Sie werden Ihre ganze Kraft brauchen«, sagte María Belltall.

Der Erfinder erhob sich vom Sessel, wo er seit dem Abendessen Pfeife geraucht hatte. Doch statt ins Schlafzimmer zu gehen, wie es ihm seine Tochter nahelegte, wandte er sich zur Haustür. »Wohin gehen Sie, Vater?« fragte sie. Ohne Antwort verließ Santiago Belltall den Jagdpavillon. Obwohl es nicht verwunderlich war, daß er an diesem Abend in Gedanken versunken war, beschloß sie erst recht, ihm zu folgen; im Laufe langer Jahre hatte sie die Gewohnheit angenommen, ihn nicht aus den Augen zu lassen. Bevor sie ins Freie ging, holte sie einen Schal, um sich vor der Abendkälte zu schützen. Der böige Wind im Garten roch nach Regen. Nur das nicht, dachte sie, alles, nur nicht Regen. Sie sah ihn mechanisch zum Zelt gehen; jeden Abend hatte er denselben Weg gemacht, nie war er zu Bett gegangen, ohne zuvor dem Zelt einen Besuch abgestattet zu haben. Dann mußte man darauf bestehen, daß er zum Jagdpavillon zurückging, ihn auszanken, damit er die Nacht nicht schlaflos im Zelt verbrachte. Jetzt freilich war der Besuch rein symbolisch, denn Maschinen und Brennstoff waren bereits in den Pavillon auf dem Montjuich gebracht und der Apparat dort vollständig wieder zusammengebaut worden. Der Mann, der aus Trägheit oder übertriebener Vorsicht noch immer an der Zeltöffnung Wache stand, grüßte ihn leutselig, als er ihn kommen sah: »Guten Abend, Professor Santiago!« Der Erfinder grüßte zurück, ohne sich dessen bewußt zu sein. Der Posten sagte: »Morgen ist der große Tag, was, Professor?« Als der Erfinder das hörte, schüttelte er den Kopf: »Wie meinen Sie?« Der Posten stützte den Karabinerkolben auf den Rasen, lächelte und wiederholte begeistert: »Der große Tag. Wolle Gott, daß alles gut geht«, fügte er halblaut hinzu. Der Erfinder nickte zustimmend. Wie merkwürdig, dachte er, als er ins Zelt ging, alle sind aufgeregt so kurz vor dem Ereignis, alle fühlen sich beteiligt, selbst dieser Rausschmeißer, dessen Beteiligung doch so unwissenschaftlich und mit dem eigentlichen Sinn unseres Unterfangens nicht zu vereinbaren war; und trotzdem möchte man sagen, daß sein Glück jetzt vom Erfolg dieses Unterfangens abhängt. Der Posten seinerseits dachte: Er hat einen schwierigen Charakter, aber zweifellos ist er ein echter Gelehrter; logisch, daß ihn in dieser Nacht die Sorgen quälen; und seine Tochter – wie schön sie ist! Im Zeltinnern blieben nur noch Abfälle zurück, da und dort herumliegende Werkzeuge, Reste des fürs Verpacken benutzten Holzgerüsts, leere Kisten und der Überschuß der zweiundneunzig Tonnen Holzwolle, mit denen man die empfindlichsten Stücke vor Stößen geschützt hatte. Der Eindruck von Trostlosigkeit, den diese Unordnung, dieser riesige leere Raum vermittelte, war überaus deprimierend. Ich dagegen, der ich es doch geschafft habe, den Traum meines Lebens zu verwirklichen, spüre nichts als Wehmut und Kummer, dachte Santiago Belltall. Die ihn im Zelt umgebende Leere kam ihm wie das genaue Abbild seines Gemütszustands vor; die unendlichen Jahre des Kampfes dagegen erschienen ihm jetzt als glückliche Jahre. Damals lebte ich von Illusionen, dachte er einen Moment lang. Dann begriff er, wie irrig dieser Gedanke war. Diesen Illusionen habe ich mein ganzes Leben geopfert, dachte er und fragte sich, ob sich dieses Opfer wohl wirklich gelohnt habe. Die Stimme des Postens unterbrach ihn in dieser Überlegung. »Guten Abend, Señorita«, hörte er ihn sagen. María, die mich holen kommt, dachte er. Sie ist das Hauptopfer meiner Verrücktheit gewesen, immer habe ich meinen Größenwahn über ihr Wohlergehen gestellt; statt von mir zu bekommen, was sie mit Recht von mir erwarten durfte, war sie es, die mich mit Fürsorge überhäufen mußte. Es ist meine Schuld, daß ihr Leben ein andauerndes Verzichten, eine einzige Erniedrigung gewesen ist. Im trüben Licht der Petroleumlampen, die im Zeltinnern brannten, bemerkte er flüchtig den Schatten seiner Tochter. Selbst jetzt, in ebendiesem Moment, ist sie meinetwegen hier, um mich zu holen, weil sie denkt, ich müsse mich ausruhen. Vielleicht ist das der richtige Moment, um ihr diese Dinge zu sagen; damit werden wir zwar nichts regeln, ich werde den ihr zugefügten Schaden nicht wiedergutmachen, und auch die verlorene Zeit wird nicht wiedergewonnen werden können, aber vielleicht bringt es ihr Trost, zu wissen, daß mir ihr Unglück nicht verborgen geblieben ist.

»Vater, Sie sollten sich schlafen legen. Es ist schon spät, und hier gibt es nichts zu tun«, sagte María Belltall. »Schauen Sie, alles ist auf dem Montjuich. Sogar die Ingenieure sind gegangen, alle sind wieder zu Hause.«

Es war, wie sie sagte: Sowie ihre Arbeit zu Ende ging, waren die Arbeiter und Techniker einer nach dem andern beurlaubt worden; die Experten in moderner Aerodynamik schickte Onofre Bouvila wieder an ihren Herkunftsort und versprach ihnen eine beträchtliche Sonderzulage, wenn sie über das, was sie hier getan hatten und andere hatten tun sehen, Stillschweigen bewahrten. Nun arbeiteten nur noch Santiago Belltall und ein preußischer Militäringenieur am Projekt, ein Ballistikexperte, mit dem Onofre Bouvila während des Großen Krieges häufig zu tun gehabt hatte und auf dessen Mitwirkung man zur Ausführung des Projekts nicht verzichten konnte.

»Tochter, es gibt da etwas, was ich dir sagen möchte«, sagte Santiago Belltall.

»Jetzt ist es zu spät, Vater. Sie werden es mir morgen sagen können.«

»Nein, morgen wird es tatsächlich zu spät sein.«

Diesen Dialog unterbrach ein Mann, der ins Zelt trat. Es war der Butler, der auf Onofre Bouvilas Anweisung zum Jagdpavillon gegangen und, da er ihn leer gefunden hatte, auf die Idee gekommen war, ins Zelt zu schauen.

»Der Herr wartet in der Bibliothek.«

Santiago Belltall seufzte. »Ich darf unseren Wohltäter nicht warten lassen«, sagte er zu seiner Tochter. Und zum Butler: »Ich bin gleich soweit.«

Der Butler schüttelte den Kopf und sagte trocken: »Verzeihen Sie, aber der Herr erwartet nicht Sie, sondern die Señorita.« Der Erfinder und seine Tochter schauten sich überrascht an. »Geh, Tochter«, sagte Santiago Belltall endlich, »und ich lege mich jetzt gleich schlafen, sei unbesorgt.« Vielleicht sollte ich noch rasch beim Pavillon vorbeigehen und mich umziehen, dachte María Belltall.

Er sagte kein Wort und hob nicht einmal den Blick vom Tisch, als ihm der Butler meldete, María Belltall sei da. »Schick sie herein, schließ die Tür und zieh dich zurück«, sagte er dann halblaut, »ich brauche dich diese Nacht nicht mehr.« Allein mit ihm und ohne eine Vorstellung, was von ihr erwartet wurde, trat sie an den Tisch. Als sie neben Onofre Bouvila stand, sagte er: »Schau – weißt du, was das ist?« Er hatte sie vorher nie geduzt. Der Wind peitschte an die Fensterscheiben. Ob es morgen regnen wird? dachte sie. Er sagte: »Das ist der *Regent*, der vollkommenste Diamant, den es gibt. Er gehört mir; ich könnte ganze Länder damit kaufen. Und trotzdem findet er in einer Hand Platz, stell dir vor.« Er legte den Diamanten in María Belltalls Hand und hieß sie die Finger schließen. Einen Moment lang sah sie das Leuchten der Diamantenfacetten; es war, als berge der Diamant in seinem Innern einen glühenden Draht. »Alles hat seinen Preis«, sagte er. Sie öffnete die Hand wieder, und er nahm den Diamanten, wickelte ihn in ein weißes Taschentuch und verwahrte das Bündel in der Tasche seines Hausmantels. Das leichte Zittern seiner Lippen verschwand plötzlich. »Ich möchte die wahre Natur deiner Gefühle wissen«, sagte er übergangslos. »Wenn ich dir nur Dankbarkeit oder Angst einflöße, dann sag nichts.« María Belltall schloß die Augen. »Seit zwanzig Jahren lebe ich nur für diesen Augenblick«, sagte sie kaum hörbar. Er stand abrupt auf. »Hab keine Angst, alles wird gut.«

Santiago Belltall erwachte schweißgebadet. Er hatte geträumt, er verliere seine Tochter für immer und würde sie nie wieder sehen. Das ist absurd, dachte er, während er auf dem Nachttischchen das Licht anzündete, zwangsläufig muß es einen andern Grund für meine Sorge geben. Er schaute auf die Uhr und sah, daß es vier Uhr früh war. Der Wind hatte sich gelegt, und der Himmel war wolkenlos; es war zwar noch pechschwarze Nacht, aber am Horizont begann sich eine graue Linie abzuzeichnen, die allmählich die Sterne verblassen ließ. Gott sei Dank, es wird ein schöner Tag, dachte er, doch diese Aussicht genügte nicht, um ihm sein Unbehagen ganz zu nehmen. Irgend etwas ist nicht, wie es sein sollte, wiederholte er für sich. Er stand auf und ging im Pyjama und barfuß aus dem Zimmer. Im Jagdpavillon war kein Ton zu hören. Er sah, daß die Tür zum Schlafzimmer seiner Tochter halb geöffnet war, und schaute verstohlen hinein. Als sich seine Augen an die Dunkelheit gewöhnt hatten, bemerkte er, daß das Bett unbenutzt und María nicht im Zimmer war. Wie ist das möglich? dachte er, ist sie noch nicht von der Unterhaltung mit Bouvila zurück? Wovon können sie bloß sprechen? Er trat ans Fenster und schaute zum Haus hinüber, sah aber kein einziges Licht brennen. Was geht dort wohl jetzt gerade vor? fragte er sich. Ohne auch nur eine Sekunde damit zu verlieren, Schuhe oder einen Mantel anzuziehen, ging er aus dem Jagdpavillon. Im Garten versperrten ihm drei Männer den Weg – einer war der Wachposten, der ihn vor ein paar Stunden beim Zelteingang begrüßt hatte, der zweite der Kraftmensch aus dem Zirkus, der mit dem eigentlichen Zelt gekommen war, und der dritte, der ihm völlig unbekannt war, ein Alter mit rötlicher Haut und blauen Augen, den ein tapsiger kleiner Hund begleitete. Offensichtlich gab der Alte hier den Ton an.

»Haben Sie die Güte, uns zu folgen, Señor Belltall«, sagte er, »und sprechen Sie bitte leise; es ist unabdingbar, daß wir diskret und schnell handeln.«

»Wie?« rief der Erfinder, »wer zum Teufel sind Sie, daß Sie sich herausnehmen, mir Befehle zu erteilen? Und was soll dieser Überfall?«

»Fahren Sie nicht gleich aus der Haut, Señor Belltall«, antwortete der Mann mit dem Hündchen, »wir tun nur, was uns Señor Bouvila gesagt hat. Ihrer Tochter ist überhaupt nichts geschehen.«

»Meiner Tochter!« zischte der Erfinder zwischen den Zähnen und zeigte dem Alten mit dem Hündchen drohend die Fäuste, »was sagen Sie da? Was heißt das, meiner Tochter ist überhaupt nichts geschehen, Sie senile Mißgeburt?« Bei diesen Worten versuchte er auf den Alten loszugehen, doch der Herkules war schneller, trat hinter ihn und hielt ihm kräftig die Arme fest. Nun schrie der Erfinder aus voller Kehle: »Zu Hilfe, Polizei! Hilfe, man entführt mich!«

»Hier kann Sie niemand hören, aber im Haus werden Sie ruhig sein müssen, wenn Sie nicht alle aufwecken wollen. Zwingen Sie uns nicht, zum Chloroform zu greifen.«

Diese Drohung brachte ihn wieder zur Besinnung, und er beschloß zu schweigen. Sollte es möglich sein, daß alles nur Einbildung war? fragte er sich. Daß meine Tochter und ich nichts als Handlanger waren in einem Spiel, von dessen Regeln wir keine Ahnung haben? Die schrecklichsten Antworten überstürzten sich in seinem Kopf, aber in seiner Seele wies er sie mit der Verzweiflung eines Menschen von sich, der beim Erwachen aus einem wundervollen Traum die Wirklichkeit von sich weist. Nein, nein, welchen Grund könnte es geben, daß alles nur eine Lüge wäre? Mittlerweile begann der Himmel in allen Regenbogenfarben zu schillern, und über der Stadt erschienen scharlachrote Streifen und schimmerten wie von einer Feuersbrunst. Was ist das? fragte er sich, brennt Barcelona an allen vier Enden? Zur selben Zeit betrachtete auch María Belltall dieses auffällige und grandiose Morgengrauen. »Man möchte meinen, der Horizont steht in Flammen«, flüsterte sie. »Das Inferno ist zu Besuch gekommen.« Sie stand, in den granatroten Samtvorhang gehüllt, neben dem Flügelfenster der Bibliothek. Als sie ins Zimmer zurückschaute, sah sie wieder die auf dem Teppich verstreuten Kleider; mit einem Schaudern starrte sie abermals an den unheilverkündenden Himmel. Was wird jetzt aus mir werden? dachte sie. Ein Schrei riß sie unversehens aus ihrer Überlegung. »Was war das?« fragte sie. Onofre Bouvila hatte sich fertig angezogen und zündete mit vorsätzlicher Ruhe eine Zigarre an. Bevor er antwortete, blies er das Streichholz aus, legte es in den Aschenbecher zurück und zog mehrmals an der Zigarre. »Ich weiß nicht – ein Diener oder Fuhrmann, der die Maultiere peitscht, spielt's eine Rolle?« Wieder hörte man den Schrei, und wieder zuckte María Belltall zusammen.

»Das ist mein Vater«, sagte sie, ohne die Stimme zu erheben.

»Ach, was sagst du da? Das bildest du dir bloß ein, du bist nervös.«

Sie achtete nicht auf seine Worte.

»Bitte gib mir meine Kleider, ich muß nachschauen, was los ist«, flehte sie.

Er rührte sich nicht von der Stelle. Durch den Zigarrenrauch betrachtete er sie mit halbgeöffneten Augen; zärtliche Gefühle stiegen in ihm auf, als er ihre Schultern und den Hals sah, die der Vorhang nicht verhüllte, ihre augenscheinliche Zerbrechlichkeit, die zerwühlten Haare, ihr heftiges Atmen, das die Samtfalten bewegte.

»Niemals werde ich dich gehen lassen«, sagte er endlich. Ich werde nicht gestatten, daß du mich verläßt, dachte er. Ich liebe dich, María, vom ersten Moment an habe ich dich wie ein Wahnsinniger geliebt. Seit zwanzig Jahren leide ich um deine Liebe, ohne es zu wissen.

»Und mein Vater?« hörte er sie fragen. »Was hast du mit ihm vor?«

»Nichts Böses.«

»Wo ist er jetzt? Was machen deine Gorillas mit ihm?« insistierte María Belltall.

»Sie bringen ihn an einen sichern Ort, sei unbesorgt. Glaubst du, ich sei zu etwas imstande, was dir wehtun könnte?« Sein Gesicht entspannte sich unter einem ruhigen Lächeln. In diesem Augenblick hörte man Schläge an der Tür. »Hüll dich gut ein», sagte er, »ich will nicht, daß man dich sieht.« Mit lauter Stimme befahl er: »Herein!« Die Tür ging etwas auf, und durch den Spalt streckte der Alte mit dem Hündchen den Kopf herein. »Alles in Ordnung?« fragte Onofre Bouvila. Der Alte mit dem Hündchen nickte wortlos. »Gut, wir gehen gleich los.«

Als der Alte verschwunden und die Tür wieder geschlossen war, ging er mit großen Schritten zum Tisch. »Du kannst hervorkommen; los, zieh dich an, wir haben keine Zeit zu verlieren.« Als er merkte, daß sie etwas zögerte, sagte er mit leichtem Spott: »Oh, schon gut, schon gut, ich schaue nicht. Was sollen denn jetzt noch diese Skrupel?« Während sie die verstreuten Kleider auf dem Boden einsammelte, drehte er ihr den Rücken zu, beobachtete aber trotzdem weiterhin ihre Bewegungen aus dem Augenwinkel, denn er befürchtete, sie könnte seine Unachtsamkeit nutzen und zu fliehen oder ihn mit irgendeinem Gegenstand anzugreifen versuchen, doch sie tat nichts dergleichen. Inzwischen hatte er aus einer Tischschublade einen handgeschriebenen Brief geholt, den er nun unterschrieb, zusammenfaltete und in einen Umschlag steckte. Dann kritzelte er etwas auf den Umschlag, leckte den gummierten Rand an, verschloß ihn und legte ihn auf den Tisch, wo er nicht zu übersehen war, und wandte sich zu María Belltall um; sie schloß gerade die Schnallen der Strumpfbänder an den Oberschenkeln. »Fertig?« fragte er. Sie nickte. »Also los, vorwärts!« rief Onofre Bouvila.

Hand in Hand traten sie auf den Gang hinaus. Als sie die Treppe zu den unteren Stockwerken hinabzusteigen begannen, hob er den Finger an die Lippen und sagte leise: »Pst! Es ist besser, meine Frau erwacht nicht.« Auf den Zehenspitzen gelangten sie zur Eingangstür, wo sie der Butler mit einer Jacke über dem Arm erwartete. Onofre Bouvila zog seinen Mantel aus und ließ sich vom Butler in die Jacke helfen. Dann steckte er die Hand in die Manteltasche, zog das Taschentuch mit dem Diamanten heraus, steckte das Bündel in die Jackentasche und klopfte dem Butler auf die Schulter. »Du weißt ja, was du zu tun hast.« Der Butler bejahte. »Seien Sie vorsichtig, Señor«, sagte er dann mit seiner sachlichen Stimme, die keinerlei Gefühl durchschimmern ließ. Ohne zu antworten, nahm Onofre Bouvila María Belltall wieder an der Hand. Die beiden gingen in den Garten; das Gras war taufeucht. Auf der andern Seite der Brücke sah man vor dem roten Vorhang des Morgengrauens ein Auto, in dem Onofre Bouvila und María Belltall Platz nahmen. »Du weißt ja, wohin du fahren mußt«, sagte er zum Chauffeur. Die Scheinwerfer durchschnitten den Nebel, und der Wagen setzte sich in Bewegung.

Obwohl ihm die lokalen Behörden überschwenglich schmeichelten, die Notablen der Stadt einen derben Witz nach dem andern erzählten und der Anlaß zum Fest erklärt worden war, weigerte sich Seine Majestät Don Alfonso XIII., seine trübsinnige Miene abzulegen. Er hatte sich im Palacio von Pedralbes niedergelassen und erinnerte sich lebhaft an jenen schrecklichen Vorfall, der sich vor dreiundzwanzig Jahren ereignet hatte. Er war damals noch sehr jung und hatte sich soeben mit Prinzessin Victoria Eugenia von Battenberg vermählt. Trotz des Nieselregens hatte sich in den Straßen von Madrid die Menge zusammengerottet, um den festlichen Zug vorbeiziehen zu sehen; das erhabene Paar war aus der San-Jerónimo-Kirche gekommen, wo die Hochzeitszeremonie stattgefunden hatte, und fuhr nun in der königlichen Karosse zum Palacio de Oriente. Als sie sich in der Calle Mayor befanden, wurde aus einer Wohnung eine Bombe geworfen, fiel vor die Karosse und explodierte auf der Stelle. Der Schreck war riesig, aber sie wurden nicht verletzt; als der König sah, daß er unversehrt war, wandte er sich zu seiner Gattin um: »Alles in Ordnung?« Das Brautkleid war rotgefärbt, bespritzt vom Blut der Zuschauer und Eskortesoldaten. Prinzessin Victoria Eugenia nickte gelassen. »*Yes*«, sagte sie nur. Zwischen zwanzig und dreißig Personen waren bei dem Attentat ums Leben gekommen. Als sie beim Palast eintrafen, zogen sich die Monarchen eilig um. In den Falten seines Capes fand Alfonso XIII. einen Finger; er steckte ihn mit einer raschen Handbewegung in die Hosentasche, damit sie ihn nicht sähe. Während des Empfangs gab er ihn verstohlen dem Grafen von Romanones: »Nimm schon, wirf das in den Abort.« – »Majestät«, rief der Graf, »das sind die sterblichen Überreste eines Christen!« – »Dann soll man sie in der Almudena beerdigen, aber ich will sie nicht mehr sehen«, antwortete der König. Während Adel und Diplomatenkorps tanzten, suchten mehrere Tausend Polizisten in sämtlichen Winkeln Madrids nach dem Attentäter. Nach einigen Tagen fand man seine Leiche in Torrejón de Ardoz. Er war von einem Grundstücksaufseher festgenommen worden; als der Flüchtige sah, daß er verloren war, tötete er zuerst den Aufseher und dann sich selbst. Diese Version krankte an einigen Unstimmigkeiten, aber da alle den Vorfall vergessen wollten, wurde sie widerspruchslos akzeptiert. Der Attentäter wurde rasch identifiziert: Er hieß Mateo Morral, war Sohn eines Sabadeller Fabrikanten und Lehrer oder Lehrbeauftragter an der Modernen Schule von Ferrer Guardia gewesen. Von da an waren die Katalanen für Alfonso XIII. feindliche Leute, jähzornig und unberechenbar in ihrem Verhalten. Nun hatte er im Palacio von Pedralbes seine Jagdflinten ans Kopfende des königlichen Bettes gelegt. »Man kann nie wissen«, sagte er zu seiner Gattin. Mit diesen Flinten hatte er keinen Rivalen. Wenn er auf die Jagd ging, was er sehr oft tat, hatte er immer drei geladene Flinten bei sich. Damit konnte er zwei Rebhühner in vollem Flug von vorn, zwei über seinem Kopf und zwei weitere im Rücken erlegen. Nur George V. war darin ebensogut wie er. Trotzdem hatte er diese Nacht schlecht geschlafen. Schon bevor man ihn weckte, war er aufgestanden und betrachtete am Fenster das Morgengrauen; der Himmel sah aus wie ein Scheiterhaufen. Ein großartiges Schauspiel, dachte der König, aber auch ein gutes Omen? Weiß Gott!

An einem andern Ort in derselben Stadt suchte auch General Primo de Rivera den Himmel nach Vorzeichen ab. Zweifellos handelt es sich um ein Nordlicht, sagte er sich, es naht Unheil. Und ich hier, wie eine Marionette. Auch er hatte nicht gut geschlafen und war ein wenig verwirrt. Er rief seinen Offiziersburschen und trug ihm auf, Kaffee zu holen. Als der Bursche zurückkam, sah er, wie sich der Diktator mit seinen hohen Stiefeln abmühte. »Erlauben Sie, mein General«, sagte er und kniete nieder. Primo de Rivera schenkte sich eine Tasse Kaffee ein und hob sie an die Lippen. »Eines Nachmittags vor langer Zeit«, sagte er, »trete ich in Tanger in eine Kneipe, einfach so, weißt du, um mir einen zu genehmigen, und was meinst du, wen ich beim Eintreten vor mir sehe? Na, was würdest du sagen?« Der Offiziersbursche zuckte mit den Schultern: »Keine Ahnung, mein General.« – »Mensch, sag irgend jemand!« Der Bursche kratzte sich am Kopf und sagte schließlich: »Wie sehr ich auch nachdenke, ich komme nicht darauf, mein General.« – »Sag jetzt jemand, den ersten, der dir einfällt«, insistierte der

Diktator, »du kannst sagen, wen du willst, du wirst es nicht erraten.« Er grinste, trank einen Schluck Kaffee und seufzte geräuschvoll. »Es gibt nichts Besseres, als den Tag mit einem starken Kaffee zu beginnen!« rief er. In der Ferne ertönte ein verstimmtes Signalhorn, dann ein Trommelwirbel und zuletzt eine Militärmusik, die einen Marsch übte. »Ach«, brummte der Diktator, »immer spielen sie dasselbe und immer schlecht. Wo sind meine Orden?« Der Bursche reichte ihm ein dunkles Holzkästchen, auf dessen Deckel eine Krone eingearbeitet war und das seinem Onkel, dem ersten Marquis von Estella, gehört hatte. Primo de Rivera öffnete das Kästchen und betrachtete die Orden mit einer Mischung aus Stolz und Wehmut. »Nun, sagst du nicht, wen ich in dieser Kneipe in Tanger vor mir sah?« Der Bursche nahm Haltung an, bevor er sprach. »Buffalo Bill, mein General.« Primo de Rivera starrte ihn entgeistert an. »Verdammt, wie bist du draufgekommen?« – »Verzeihung, mein General«, entschuldigte sich der Bursche errötend, »das war ein reiner Zufallstreffer, ich schwör's Ihnen bei meiner Mutter.« – »Du brauchst dich nicht zu entschuldigen, mein Sohn«, beruhigte ihn der Diktator, »du hast nichts Unrechtes getan.«

Auch der Baron von Viver schickte sich zu dieser Stunde an, seinen Verpflichtungen nachzukommen, obwohl er innerlich kochte vor Wut. Am Vortag hatte ihn in seinem Büro im Rathaus der Protokollchef des Königshauses besucht, ihm einige unverständliche Pläne vorgelegt und mit der größten Unverfrorenheit zackige Instruktionen erteilt. »So eine Unverschämtheit!« brüllte der Bürgermeister nun, allein in seinem Haus. »Mir zu sagen, was ich wo, wann und wie zu tun habe! Hat man so etwas schon gesehen? Was glauben die eigentlich, wo sie sind? Das ist meine Stadt, meine Herrschaften!« Bei diesen Worten wurde er noch lauter, gestikulierte, schüttelte die Fäuste über dem Zylinder und tigerte im Ankleideraum umher. »Und diese Organisation – wem ist sie denn in den Sinn gekommen?« fragte er in die Luft. »Zuerst Seiner Majestät, dann der Königsfamilie, dann Primo de Rivera und seinen Ministern, nachher dem Königlichen Ausstellungskommissar, dem Herrn

Bischof, den Herren Botschaftern und Gesandten... Und wo, verdammt nochmal, ist eigentlich mein Platz? Auf dem hintersten Wagen?« Er stürzte zur Tür, legte die Hand auf den Knauf, als wolle er den Raum verlassen, erstarrte in dieser Haltung, ließ den Knauf los und durchmaß den Raum wieder in entgegengesetzter Richtung. »Nein«, sagte er, plötzlich beruhigt, »was so offensichtlich ist, kann nicht zufällig sein oder aufs Konto von Ignoranz oder Inkompetenz gehen. Das muß eine vorsätzliche Beleidigung meiner Person und meines Amtes sein – und durch mein Amt auch ganz Barcelonas.« Bei diesem Gedanken geriet er erneut in Wut, und sein Monolog nahm delirierende Züge an. »Ich werde mich rächen, beim allmächtigen Gott, ich werde mich rächen«, zischte er halblaut zwischen den Zähnen. »Wenn die Eröffnungszeremonie in vollem Gang ist, werde ich die Hose runterlassen und ihm in die Stiefel pissen – dann soll er mich an Ort und Stelle füsilieren lassen, wenn er sich getraut!« Diese Anwandlungen dauerten aber nicht lange; unversehens verfiel er in einen Zustand von Niedergeschlagenheit und sah alles düster und verworren. Sollten die Dinge wirklich so sein, wie ich sie sehe? dachte er nun, oder ist etwa alles bloß eine Ausgeburt meines Größenwahns? Mit welchem Recht darf ich behaupten, meine Person repräsentiere die Stadt? Bin ich nicht viel eher der letzte ihrer Diener, der geringste aller Funktionäre? Ich habe mich ja gar nicht widersetzt; Primo de Rivera selbst hat mich ernannt. Gefährde ich jetzt mit meinem Benehmen nicht das Gemeinwohl? Ach, ich weiß nicht, was ich denken soll; alles dreht sich mir; nun ist die Sonne durch die Wolken gedrungen, das grandiose Morgengrauen ist zu Ende, die Morgenröte löst sich in der Luft auf, und an ihrer Stelle strahlt das klare und heitere Blau eines Frühlingsmorgens. Was ist das Leben? fragte er sich mit einem bitteren Seufzer.

Seine Majestät Don Alfonso XIII. zog sich die Handschuhe an, während er durch die Säle und Korridore des Palacio von Pedralbes schritt, zu dessen Ausgang ihn ein Kammerherr begleitete. Eigentlich skandalös, dachte er, ein so großer Palast, damit wir ein paar Nächte hier schlafen! Seine riesigen Schritte zwangen das Gefolge, in kurzen Trab zu verfallen; nur die

Königin, die Engländerin war, konnte ohne ersichtliche Anstrengung mit ihm Schritt halten und während des Gehens sogar mit ihm sprechen. »Ist dir bewußt«, sagte er, ohne seinen Schritt zu verlangsamen, »daß das die zweite Weltausstellung ist, die ich in Barcelona eröffne? Bei der ersten war ich noch eine Rotznase, kaum zwei Jährchen alt; natürlich erinnere ich mich an überhaupt nichts mehr, aber meine Mutter erzählte mir jeweils von diesen Dingen.« Die Erinnerungen an seine Kindheit waren immer offizielle Erinnerungen, denn sein Vater, Don Alfonso XII., war noch vor seiner Geburt gestorben. »Ich wurde schon als König von Spanien geboren«, pflegte er zu sagen. Im Moment seiner Geburt hatten die Hebammen und Pflegerinnen, die seiner Mutter beistanden, vorher um die Erlaubnis gebeten, ihm einen Klaps auf den Po zu geben, um den ersten Schrei auszulösen. Das hatte zur Folge, daß er von Anfang an eng an seine Mutter gebunden war. Jetzt war sie gerade gestorben. »Wenn man vierundvierzig ist, geschieht alles mindestens schon zum zweitenmal«, sagte er, als er in die gepanzerte Berline stieg, die ihn zum Montjuich bringen sollte.

»Du kannst behaupten, was du willst«, meinte Primo de Rivera, »ich versichere dir, daß der, den du gesehen hast, ein Schwindler war und das ganze Schauspiel eine Bauernfängerei.« – »Wenn Sie es sagen, wird es so sein, mein General«, sagte der Offiziersbursche, »aber auf dem Plakat stand es ganz deutlich. Und mir ist, als sähe ich ihn noch immer: Buffalo Bill, wie er leibt und lebt.« – »Quatsch!« antwortete der Diktator, »Buffalo Bill starb im Jahr 16, das versichere ich dir. Mal sehen«, fügte er maliziös hinzu, »in der Show, die du gesehen hast, gab es da Indianer?« Das Auto, in dem sie fuhren, raste in voller Geschwindigkeit quer durch Barcelona. Es war spät geworden, und sie mußten sich beeilen, um noch vor dem Königspaar aufs Ausstellungsgelände zu kommen. Hätten die Monarchen auf den Diktator warten müssen, so hätte das äußerst heikle Gleichgewicht, in dem sich die einzelnen Teile des politischen Nationalpuzzles befanden, gestört werden und dieser banale Zwischenfall unermeßliche Konsequenzen haben können. Ein Strahlen ging übers Gesicht des Offiziersburschen.

»Indianer? Und ob, mein General! Und wie die geheult haben, die Hurensöhne!«

»Sieh an, und Cowboys?«

»Ebenfalls, mein General.«

»Bist du sicher? Cowboys, die das Lasso warfen?«

»Wie Gott, mein General.«

Die ganze Strecke entlang stand eine lückenlose, wenn auch nicht sehr dichte Reihe von Neugierigen. Einige Passanten, angezogen von den Sirenen der Motorradfahrer, die dem Gefolge des Diktators den Weg freimachten, schlossen sich der Reihe im letzten Moment an. Trotzdem applaudierte niemand oder winkte mit dem Taschentuch, und viele, die irrtümlich angenommen hatten, wer da vorbeikomme, sei der König, sahen nur wegen der Allgegenwart der Polizei davon ab, ihre Enttäuschung offen zu zeigen.

»Und eine Stage-coach?«

Auf dem Gesicht des Burschen malte sich maßloses Erstaunen. »Eine Stehcouch? Was für eine Stehcouch, mein General?«

»Siehst du, ich hab's ja gesagt...«, rief der Diktator. Ein jähes Bremsen hätte ihn beinahe auf den Wagenteppich geschleudert. »Nanu, was ist denn los?« Er schaute aus dem Fenster und sah es voll lächelnder Gesichter. »Geh, wir sind da. Gott sei Dank ist Seine Majestät noch unterwegs. Los, los, steig schon aus, worauf wartest du noch?« schnauzte er seinen Burschen an.

Als er aus dem Auto stieg, wurde er mit Verbeugungen und Applaus empfangen. Hörner und Trommeln ertönten. Verloren in der Masse von Persönlichkeiten, die dicht um ihn herumstanden, stellte sich der Baron von Viver auf die Zehenspitzen, reckte den Hals und heftete die von Übernächtigung und Zorn geröteten Augen auf seinen Todfeind. Er sieht schlecht aus, stellte er fest, ich könnte schwören, er ist krank. Diese Idee ließ seine ganze Abneigung gegen den Diktator auf der Stelle verfliegen. Im selben Augenblick erdröhnte ein Kanonenschuß, dem noch einer und noch einer und noch einer folgte, bis die vorgeschriebene Salve vollständig war. Auf diese Weise begrüßten die Batterien des Kastells die Präsenz des Königs auf dem

Montjuich. Der Baron von Viver wurde von der Menge zum Nationalpalast geschleppt, in dessen Festsaal die Eröffnungszeremonie zelebriert werden sollte. Eine unübersehbare Menschenmenge füllte das Gelände. Vom Palast aus konnte man das Meer von Köpfen sehen, das alles überflutete. Nach dem Akt trat das Königspaar auf den Balkon, und die Menge ließ es längere Zeit hochleben. Einige glaubten, die Anonymität der Masse schütze sie, und pfiffen Primo de Rivera aus. Der Marquis von Ut, der darin ein Anzeichen für den unmittelbar bevorstehenden Sturz seines Beschützers sah, hatte es geschafft, sich neben den König zu stellen, auf dessen Gunst er jetzt von neuem aus war. Mit einer theatralischen Handbewegung wischte er über das großartige Panorama hinweg, das sich den Augen der auf dem Balkon Stehenden darbot.

»Schaut, Majestät, was Euch Katalonien anbieten kann: seine Menschen, seinen Geist und seine Arbeit«, sagte er schwülstig.

»Und seine Bomben«, erwiderte der König, der sich gerade wieder an Mateo Morral erinnert hatte. Der Marquis wollte darauf entgegnen, fand aber keine Worte. Außerdem zog in diesem Augenblick ein unerwarteter Vorgang die Aufmerksamkeit des Monarchen und aller Anwesenden auf sich. Rechts vom Balkon, hinten auf der Plaza del Universo, neben der Avenida Rius y Taulet, stand ein kreisrunder Pavillon, der merkwürdig an ein Zirkuszelt erinnerte. Im Gegensatz zu den übrigen Pavillons wehte auf diesem weder eine Flagge noch sonst ein Erkennungszeichen. Dieses Detail und die Eigentümlichkeiten im Zusammenhang mit seiner Errichtung waren bis dahin nicht aufgefallen. Nun kam von dort ein anhaltendes Brummen, ein Geräusch wie von einem Flugzeugmotor, das allmählich anschwoll, rasch zu einem Brausen wurde und das Gemurmel in der Menge zum Verstummen brachte. Die Ausstellungsverantwortlichen wußten nicht, woran sie waren: Sie waren so zahlreich, daß keiner wußte, was für eine Aufgabe er hatte, und noch viel weniger, welches sein Verantwortungsbereich war. Mit nervösen Blicken schauten sie einander fragend an, und die meisten versuchten zu kneifen. Da jedoch das Getöse nicht aufhörte und niemand deswegen irgendeine Anordnung traf, begann schließlich Primo de Rivera selbst, den ihn umstehenden Militärs entschlossene Befehle zu erteilen; die Militärs ihrerseits gaben sie den Offizieren ihrer jeweiligen Einheit weiter. Nach einer Weile brachen folgende Streitkräfte zum Pavillon auf: ein Detachement der Stadtpolizei unter dem Kommando von Oberleutnant Don Álvaro Planas Gasulla, ein Trupp des Infanterieregiments von Badajoz unter dem Kommando von Hauptmann Don Agustín Merino del Cordoncillo, eine Kompanie der Guardia Civil unter dem Kommando von Hauptmann Don Ángel del Olmo Méndez, ein Kavalleriegeschwader der Sicherheitsstreitkräfte unter dem Kommando von Hauptmann Don Antonio Juliá Cubells, eine Kompanie der örtlichen Sicherheitsdienste unter dem Kommando von Oberleutnant Don José María Perales Faura, ein Geschwader des Kavallerieregiments von Montesa unter dem Kommando von Kommandant Don Manuel Jiménez Santamaría, ein Detachement von jungen Geschwaderwehrpflichtigen unter dem Kommando von Unteroffizier Don Tomás Piñol i Mallofré und eine unendliche Zahl von Zivilpolizisten. Insgesamt versuchten jetzt mehr als zweitausend Mann, sich durch die Menge zu drängen, in der sich Panik breitzumachen begann; viele erinnerten sich an die blutigen Attentate der vorangegangenen Jahre, an die Bomben der Fronleichnamsprozession, glaubten sich wieder in einer ähnlichen Lage und versuchten, sich auf jede erdenkliche Art in Sicherheit zu bringen. An einigen Orten entstand ein Gedränge, das noch viel gefährlicher war als die Bomben. Aus einem unerklärlichen Grund krachte ein Schuß, gefolgt vom infernalischen Geschrei, das den berühmten Katastrophen vorauszugehen pflegt. Auf den Balkonen des Nationalpalasts, wo sich die Offiziellen drängten, hafteten aller Augen auf jenem Pavillon, dessen Wände zu vibrieren begonnen hatten, als wäre das ganze Gebäude in Wirklichkeit ein riesiger explosiver Apparat. Die dorthin vorrückenden Truppen sahen, daß an ein Weiterkommen nicht zu denken war, da sich die Menge in der entgegengesetzten Richtung wie die Polizisten, Gardisten und Soldaten bewegte und panisch versuchte, Abstand zwischen sich und den

Pavillon zu bringen. »Welch ein Skandal!« riefen die Ausstellungsverantwortlichen unisono, »und welche Schande für die Stadt!« Zuinnerst malten sie sich schon aus, was die Zeitungen auf der ganzen Welt am nächsten Morgen oder sogar noch am selben Tag in Extraausgaben schreiben würden: *Barcelona trägt Trauer*, lasen sie mit den Augen ihrer Fantasie. Und weiter unten: *Die Tragödie ging auf ein Versagen der Sicherheitsmaßnahmen zurück, für das Don ... verantwortlich ist,* und hier setzte jeder einzelne seinen Namen in Druckbuchstaben ein. Aber die Ereignisse überstürzten sich und ließen ihnen keine Zeit, sich mit solchen Überlegungen aufzuhalten: Angetrieben von einem hydraulischen Mechanismus, öffnete sich jetzt das Pavillondach, als bestünde es aus zwei Schiebetüren, die der Breite und Länge nach genau in die je in die Seitenwände des Pavillons eingelassenen Fugen paßten. Aus der Öffnung strömte ein Schwall warmer Luft und bildete eine in der Atmosphäre durch die Rückstrahlung sichtbare Säule, die so weit aufstieg, wie das Auge reichte. Schließlich waren die beiden Dachhälften vollständig in den Wänden versunken, so daß der Pavillon zu einem oben offenen Zylinder wurde, was ihm das Aussehen einer Bombarde verlieh. Niemand zweifelte mehr daran, daß da jeden Moment eine noch nie gesehene Maschine erscheinen würde. Nach ein paar Sekunden begann diese Maschine tatsächlich aufzusteigen; bald befand sie sich vollständig außerhalb des Pavillons und hing wie ein Planet im Raum. Nun konnte man sie von sämtlichen Punkten des Geländes aus sehen und sogar noch darüber hinaus. Die Menge, die nach dem Panikausbruch verstummt war, brach nun in erstaunte und bewundernde Rufe aus. Und das mit gutem Grund: Die Maschine hatte eine ovale Form; ihre Länge mußte etwa zehn und ihre größte Breite vier Meter betragen. Diese Ausmaße wurden an Ort und Stelle und mit bloßem Auge geschätzt und sind noch heute Gegenstand von Kontroversen, denn sie konnten nie wirklich verifiziert werden, da weder die Maschine noch die ihrer Konstruktion zugrunde liegenden Pläne je wieder von jemandem gesehen wurden. Der hintere Teil der Maschine bestand aus glattem, glänzendem Metall, der vordere aus Glas, das von einem Gerippe aus biegsamem Stahl oder Holz gestützt wurde. Die beiden Teile waren, wie man sah, durch einen halbmeterbreiten Metallreif aneinandergefügt, wie man sie zur Herstellung von Fässern verwendet. Auf diesem Reif leuchteten mehrere Hundert Glühbirnen, die die Maschine in einen Lichtschein hüllten. Offensichtlich befand sich im hinteren Teil der Motor, der sie antrieb und in der Luft schweben ließ, während der andere Teil für die Passagiere bestimmt war, deren Silhouetten man in der Staubwolke, die die Maschine bei ihrem Aufstieg begleitete, verschwommen erkennen konnte. Der Anblick dieser wunderbaren Maschine bezauberte die Menge, und selbst Seine Majestät der König vergaß sein geringschätziges und schläfriges Gebaren, das er an diesem Tag zur Schau stellte, ließ ein bewunderndes Pfeifen hören und murmelte leise: »Potztausend!« Alle fragten sich, worum es sich hier wohl handle, und einige hielten mit fantasievollen Ideen nicht hinter dem Berg, wenn es darum ging, auf diese Frage eine Antwort zu finden. Zweifellos sind das Marsmenschen, sagte man sich, die ausgerechnet Barcelona ausgesucht haben, um der Welt den fortgeschrittenen Stand ihrer unvergleichlichen Technik vorzuführen. Wegen dieser Wahl würde man in Paris, Berlin, New York und andern eingebildeten Städten bestimmt die Zähne fletschen, dachte man schadenfroh. In diesen Jahren wurde die Existenz von Wesen anderer Planeten von niemandem in Zweifel gezogen. Diesbezüglich kursierten die ungewöhnlichsten Fantasien, denen Einhalt zu gebieten die Wissenschaftler anscheinend kein Interesse hatten. Die Darstellung dieser Wesen (oder Außerirdischen, wie man sie später nennen sollte) war offenbar ausschließlich den Comic-strip-Illustratoren anvertraut worden, die sie immer gleich mit Menschenkörper und Fischgesicht zeichneten. Mehrheitlich waren sie nackt, was nicht gegen das Schamgefühl verstieß, da keine Fortpflanzungsorgane an ihnen auszumachen waren, und zu allem Überfluß war ihre Haut auch noch schuppig; falls sie überhaupt Kleider trugen, dann Wams und Trikothose. Das Detail der trompetchenförmigen Nase wurde erst in den vierziger Jahren in die gebräuchliche Ikonographie aufgenommen, als es dem

Kino mit Hilfe von Mikroskopaufnahmen gelang, Vergrößerungen von Mücken und andern Insekten zu zeigen. Hinsichtlich der Besucher aus anderen Welten, die die Laien damals allgemein »Marsmenschen« nannten, nahm man als sicher an, daß ihre Intelligenz diejenige der Erdbewohner weit übersteige; ihre Absichten hielt man für friedlich und ihren Charakter für eher einfältig. All diese Vermutungen währten jedoch bloß eine knappe Minute, denn nachdem sich die Maschine über die Kuppeln des Nationalpalasts erhoben hatte, beschrieb sie einen Halbkreis und begann langsam über dem Teich des Magischen Brunnens niederzugehen. Nun sah man, daß die Besatzung der Maschine Leute aus Fleisch und Blut waren und die Maschine selbst eine Variante dessen, was man damals als Helikoplan, Orthopter, Ornithopter oder Helikopter kannte, Flugzeuge also, die vertikal starten und landen konnten. Mit ihnen hatte man in den letzten Jahren experimentiert, allerdings bis zu diesem Zeitpunkt mit wenig ermutigenden Resultaten. Am 18. April 1924 war es dem Marquis von Pescara gelungen, in Issy-les-Moulineaux vertikal zu starten und zu landen, aber die zurückgelegte Strecke war sehr gering – ganze 136 Meter. Der spanische Ingenieur Juan de la Cierva seinerseits hatte im Jahr zuvor, also 1923, einen weniger ambitiösen, dafür leistungsfähigeren Apparat erfunden. Er wurde Selbstdrehflügler genannt und war in allen Teilen (Flügel, Querruder, Rumpf im allgemeinen und Rumpfhinterteil) ein konventionelles Flugzeug, dem ein freier Propeller mit mehreren Blättern angefügt worden war; dieser Propeller drehte sich um eine auf dem höchsten Punkt des Flugzeugs angebrachte Achse und wurde vom Wind, den die Maschine beim Fliegen verdrängte, angetrieben; wenn das Flugzeug den Motor abstellte und absackte, erzeugte die durch den Fall verdrängte Luftmasse überdies eine Turbulenz, die die Flügel des freien Propellers noch schneller drehen ließ, wodurch sie die Abstiegsgeschwindigkeit der Maschine bremsten. Nachdem noch einige zusätzliche Probleme wie das der Reibung, der Stabilität und so weiter gelöst waren, erwies sich der Selbstdrehflügler als sichere und brauchbare Erfindung; in den dreißiger Jahren verkehrte er regelmäßig und ohne Zwischenlandung auf der Strecke Madrid-Lissabon. Doch von hier bis zum vertikalen Start und zur Möglichkeit, die Maschine in der Luft unbeweglich verharren zu lassen, klaffte noch ein Abgrund. Dieser Abgrund war von der Maschine, die nun über das Weltausstellungsgelände flog, problemlos überwunden worden. Sie stieg nach dem Willen ihrer Besatzung auf und ab, schwebte wie eine Hängelampe in beliebiger Höhe und konnte sich mühelos und ohne Rucke horizontal fortbewegen. Das war ein Wunder – aber mehr noch, daß sie diese und weitere Manöver vornehmen konnte ohne Propeller, die sie antrieben.

4

Auf dem Ödland neben dem Ausstellungsgelände war eine ganze Barackenstadt entstanden; in diesem elenden Nest vegetierten Tausende von Einwanderern. Niemand wußte, wer die Baracken so angeordnet hatte, daß sie Straßen bildeten, und die Straßen so ausgerichtet, daß sie sich im rechten Winkel kreuzten. Vor der Tür einiger Baracken standen Holzkästen, in denen Kaninchen oder Hühner gezüchtet wurden und deren Deckel durch ein Stück Drahtgeflecht ersetzt worden war, so daß man die zusammengepferchten Tiere sehen konnte. Vor anderen Barackentüren dösten ausgehungerte halbblinde Hunde. Vor einer dieser Türen hielt das Auto an, und Onofre Bouvila und María Belltall stiegen aus. Der Hund ließ ein Knurren hören, als sie an ihm vorbeigingen, und schlief weiter. Von innen schlug eine zerzauste, in Lumpen gehüllte Frau, durch den Lärm des Autos über ihr Kommen informiert, den Sackleinenvorhang auseinander, der in der Barackentür hing. Die Baracke selbst bestand aus vier verkeilten, in die Erde gepflanzten Holzplatten; ein Dach aus Schilfrohr und getrockneten Palmblättern ließ das Dämmerlicht zwischen seinen Fugen durchsikkern. Nachdem die beiden eingetreten waren, ließ die zerzauste Frau den Vorhang wieder fallen. Dann starrte sie Onofre Bouvila mit benommener Miene an – man sah, daß sie soeben aus einem ruhigen Schlaf erwacht war. »Und dein Mann?« fragte er, »warum ist der nicht da?« Die Frau stemmte die Arme in die

Hüften und warf den Kopf zurück, aber diese Pose war weder aggressiv noch frech. »Gestern abend ging er weg, und seitdem ist er noch nicht zurück«; sie schien in verächtliches Gelächter ausbrechen zu wollen. »Das Geld, das du ihm gibst, verschwendet er für Schnaps und Schicksen.« Verstohlen schaute sie María Belltall an. »Das ist seine Angelegenheit«, sagte Onofre Bouvila, ohne diesen Blick zu beachten. »Ich habe keine Veranlassung, ihm seinen Lohn zu verwalten.« Der Sackleinenvorhang bewegte sich, als der Hund in die Baracke kam. Mit seiner feuchten Schnauze schnüffelte er an María Belltalls Waden, und ab und zu nieste er geräuschvoll. »Also, worauf warten wir?« wandte er sich grundlos an María Belltall, die er noch immer an der Hand hielt. Die Frau kniete nieder und schaufelte mit den Handkanten die Erde auf dem Boden weg, bis eine Falltür zum Vorschein kam. Sie kettete den Hund an, der nun die Falltür beschnüffelte, und öffnete sie, indem sie kräftig an einem Metallring zog. Von diesem Loch führten einige direkt in die Erde gehauene Stufen in die Tiefe. Onofre Bouvila zog ein paar Münzen aus der Tasche und hielt sie der Frau hin. »Versteck sie irgendwo, wo sie dein Mann nicht finden kann«, riet er ihr. Die Frau grinste verächtlich: »Und wo wäre das?« Mit einem Blick überflog sie den Verschlag, in dem sie sich befanden. Er achtete jedoch nicht mehr auf ihre Worte, sondern begann, María Belltall hinter sich herziehend, die Treppe hinabzusteigen. Mit einer Blendlaterne beleuchtete er den schmalen Gang, auf dem sie hundert Meter zurücklegten, bis sie auf eine gleiche Treppe wie die erste stießen. Auch am Ende dieser Treppe war eine Falltür; sie öffnete sich, als er dreimal mit dem Laternengriff daran klopfte. Nun befanden sie sich im Pavillon, einem Bau aus armiertem Beton, in jeder Hinsicht gleich wie das Zelt, in dem sie bis vor einigen Tagen gearbeitet hatten und das noch immer, jetzt leer, im Park des Hauses stand. In Gegensatz zu diesem Zelt hatte der Pavillon aber keinerlei Öffnungen – man konnte nur durch die Falltür herein und hinaus. Der Mann, der ihnen geöffnet hatte, war schon älter und hatte einen rosa Teint; über dem Straßenanzug trug er einen weißen Chirurgenmantel. Als er Onofre Bouvila sah, runzelte er die

Stirn und deutete mit dem Zeigefinger auf die Armbanduhr, als wolle er sagen: Ist das eine Zeit? Onofre Bouvila hatte ihn in den Jahren des Großen Krieges kennengelernt, als er ein renommierter Militäringenieur, ein Ballistikexperte war. Infolge der Niederlage der Mittelmächte war er arbeitslos geworden und hatte sich zehn Jahre lang in Tübingen, in einer Schule der Maristen, mit Physik- und Geometrieunterricht durchgeschlagen. Dort hatte er Anfang 1928 einen Brief von Onofre Bouvila bekommen, der ihn einlud, nach Barcelona überzusiedeln, *um sich an einem Projekt zu beteiligen, das mit Ihrem Spezialgebiet zu tun hat.* In einer Tübinger Bank würde man ihm das nötige Geld verschaffen, um die Reisekosten zu bestreiten. *Ich bedaure sehr, nicht weiter ins Detail gehen zu können, das hängt unmittelbar mit der Natur des Projekts und mit andern gewichtigen Gründen zusammen,* schloß der fragliche Brief. Diese Sprache erinnerte den Ingenieur an die guten Zeiten. Er bestieg in Tübingen den Zug und kam nach vier Tagen und fünf Nächten ununterbrochener Fahrt in Barcelona an. Im Lauf der Reise hatte sich seine gewohnt üble Laune noch verschlechtert. Als ihm Onofre Bouvila schließlich den Gegenstand erläuterte, die Pläne zeigte und ankündigte, was er von ihm erwarte, warf der Ingenieur seine Brille auf den Boden der Bibliothek, wo das Gespräch stattfand, und trampelte auf ihr herum. »Das Projekt ist idiotisch«, sagte er, »derjenige, der es konzipiert hat, ist ein Idiot, und Sie sind der noch größere Idiot; Sie sind tatsächlich der größte Idiot, den ich je kennengelernt habe.« Onofre Bouvila lächelte und wartete, bis er seiner Wut Luft gemacht hatte. Er wußte, daß sein Leben in der Tübinger Schule ein einziger Leidensweg gewesen war – die Schüler gaben ihm den Spitznamen »General Bum-Bum« und machten ihn zur Zielscheibe blutrünstiger Witze. Nun hatten sich dank ihm Santiago Belltalls ungereimte Ideen weiterentwickelt, bis sie eine wissenschaftliche Form annahmen. Er hatte aus einer genialen Stümperei eine flugfähige Maschine gemacht. Onofre Bouvila seinerseits mußte seine ganze Geduld und Autorität in die Waagschale werfen, um die erbitterten Streitereien zu schlichten, die zwischen dem katalanischen Erfinder und dem preußischen Ingenieur andauernd aufkamen; ihm allein war es zu verdanken, daß die Zusammenarbeit der beiden überhaupt Früchte trug. Nun stand die Maschine in der Mitte des Pavillons; sie hing in einem Gerüst, das so verworren war wie eine Spitzenmantille. »Ein einmaliges Stück«, rief er, »herrlich!« Der Ingenieur seufzte; es schmerzte ihn, daß soviel Talent, Mühe und Geld in einen Apparat gesteckt worden war, der ausschließlich der Ergötzung diente. Onofre Bouvila, der den Grund für diesen Kummer zur Genüge kannte, beachtete ihn nicht weiter – jetzt war nicht der Moment, sich in akademische Diskussionen zu verstricken. Draußen ertönten die Salutschüsse, die die Ankunft des Königspaars auf dem Ausstellungsgelände verkündeten. »Vorwärts!« sagte er. Im Pavillon wuselten mehrere Männer in fettbeschmierten blauen Overalls umher; jeder einzelne erfüllte seine Aufgabe, ohne darauf zu achten, was die andern taten; niemand redete oder unterbrach seine Arbeit, um eine Zigarette zu rauchen oder einen Schluck zu trinken: Der preußische Ingenieur hatte es fertiggebracht, der Equipe seine Disziplin einzubleuen; es war die Elite der Mechaniker, diejenigen, die nicht einmal ein Auge von ihren Werkzeugen wandten, wenn María Belltall an ihnen vorbeiging. Nun begriff sie, wozu er sie hierhergebracht hatte, und machte Anstalten zu fliehen. Er hielt sie kräftig, aber ohne Gewalt zurück. In ihren Augen las er Angst. Sie traut der Erfindung ihres Vaters nicht, dachte er, und mich hält sie für verrückt – vielleicht liegt sie damit nicht schief. Nun sah er zu seinen Füßen das ganze Weltausstellungsgelände. Wie seltsam, dachte er, von hier oben sieht alles irreal aus; vielleicht hatte die arme Delfina damit recht: Die Welt ist eigentlich wie der Cinematograph. Na, ich werde etwas tiefergehen, um die Gesichter der Leute zu sehen. Er betätigte die Hebel auf dem Schaltbrett, worauf die Maschine an Höhe verlor. In der Menge war wieder Ruhe eingekehrt, und sie verfolgte alle Bewegungen der Maschine, ohne sich ein Detail entgehen zu lassen. »Schau, schau, es ist Onofre Bouvila!« sagten die Leute zueinander, kaum erlaubte es ihnen die Distanz zur Maschine, deren Besatzung zu erkennen. »Ja, er ist es, er ist es; und das Mädchen, das ihn begleitet – wer mag das sein? Sie sieht jung und hübsch aus; ui, sie trägt einen sehr kurzen Rock, wie keck!« Diese und ähnliche Kommentare wurden mit einer an Verehrung grenzenden Zärtlichkeit abgegeben. Die Geschichten, die über seinen märchenhaften Reichtum und die Mittel, deren er sich zu seiner Erlangung bedient hatte, in Umlauf waren, hatten ihn zu einer populären Persönlichkeit gemacht. Wenn er durch die Straßen ging, blieben die Leute stehen, um ihn zwar verstohlen, aber beharrlich und eingehend zu beobachten. Sie versuchten, in seiner Miene die Gerüchte, die sie gehört hatten, bestätigt oder widerlegt zu finden. Wenn sie seine diskrete, etwas gewöhnliche Erscheinung sahen, fragten sich alle: Stimmt es wohl, daß er als junger Mensch Anarchist, Dieb und Killer war, daß er während des Krieges mit Waffen handelte, daß mehrere renommierte Politiker, ja ganze Ministerkabinette in seinem Sold standen und daß er all das ganz allein und ohne Hilfe erreichte, von Null ausgehend und nur aufgrund von Mut und Willen? Im Grunde neigten alle dazu, zu glauben, daß es so war; in ihm verwirklichten sich die Träume aller, durch ihn erfüllte sich eine kollektive Rache. Und wenn er tatsächlich ein Verbrecher war, was soll's, sagten sie, bleibt heute etwa einem Menschen in diesem Land ein anderer Ausweg? Daher feuerten sie ihn an, als sie ihn erkannten; die Ovationen, die sie zuvor dem König dargebracht hatten, übertrugen sie nun auf ihn. »Schau bloß, wie sie mich hochleben lassen«, sagte er zu María Belltall gewandt, die kaum die Augen zu öffnen wagte. »Die Leute sind sehr gutmütig, weißt du« – er sprach jetzt ganz laut, um den Motorenlärm zu übertönen –, »sehr gutmütig – unglaublich, was sie alles mit sich geschehen lassen, ohne zu protestieren!« Bei diesen Worten drückte er auf einen Knopf, worauf sich im hintern Teil der Maschine automatisch ein Türchen öffnete, aus dem mehrere Dutzend Tauben herausflogen. Als sie merkten, daß sie aus ihrer Gefangenschaft befreit waren, und von der Nähe der Maschine erschreckt, flogen die Tauben in geschlossener Formation davon. Beim Anblick dieses Schauspiels konnte sich niemand einen Jubelschrei verkneifen, nicht einmal der König höchstselbst. Zufrieden mit dem erzielten Effekt, ließ Onofre Bouvila die

Maschine langsam weitergleiten, um sie wenige Meter vor den Balkonen des Nationalpalasts, die unter dem Gewicht der dort versammelten Persönlichkeiten einzustürzen drohten, zum Stehen zu bringen. Jetzt konnte er all ihre Gesichter so scharf sehen wie sie das seine. »Schau nur, der König. Es lebe der König! Es lebe die Königin! Es lebe Don Alfonso XIII.!« schrie er, obwohl er wußte, daß ihn außer María Belltall niemand hören konnte. »Oh, dort ist Primo de Rivera! He, man soll dir einen Schirm braten, du alter Säufer!« So identifizierte er immer mehr bekannte Gesichter, die er begeistert seiner Begleiterin zeigte. »Siehst du den Kerl dort, der so groß ist, daß er alle andern Köpfe überragt? Das ist Efrén Castells, der einzige aufrichtige Freund, den ich in meinem Leben hatte. Gut, vielleicht hatte ich mehr als einen, aber mittlerweile sind alle andern schon verschwunden. Pah«, sagte er in verändertem Ton, »wir wollen nicht traurig werden – los, hauen wir ab, das haben wir ja jetzt gesehen.« Er verschob einen der Hebel, soweit es der Griff zuließ, und die Maschine schoß hinauf und zurück. Nun sahen sie die ganze Stadt zu ihren Füßen liegen, die Collcerola-Berge, den Llobregat und den Besós und das unendliche leuchtende Meer. »Ach, Barcelona«, sagte er nun wieder mit erstickter Stimme, »wie schön es ist! Und wenn man bedenkt, daß von all dem, was wir jetzt sehen, noch fast nichts existierte, als ich es zum erstenmal sah! Genau hier begann das Land, die Häuser waren Zwergenhäuser und diese dichtbevölkerten Viertel noch Dörfer. Im Ensanche weideten Kühe, du wirst es kaum glauben. Dort lebte ich, in einem Gäßchen, das noch immer genau gleich aussieht, in einer Pension, die schon vor Jahrhunderten schloß. Dort lebte auch viel malerisches Volk. Ich erinnere mich, daß es damals eine Wahrsagerin gab, die mir eines Nachts die Zukunft las. Ich weiß natürlich nichts mehr von all dem, was sie mir sagte.« Und selbst wenn ich mich noch daran erinnerte, dachte er, was hätte es für eine Bedeutung? Jetzt ist jene Zukunft bereits Vergangenheit.

Diejenigen, welche die Manöver der Maschine vom Montjuich aus verfolgten oder, vom Motorenlärm aufgeschreckt, auf die Balkone getreten oder auf die Flachdächer gestiegen waren, sahen nun, wie die fliegende Maschine ihren Kurs Richtung Meer änderte, als drücke sie ein plötzlicher Westwind weg. Schon fern der Küste, verlor sie an Höhe, dann stieg sie ein paar Momente empor und stürzte schließlich ins Meer. Die Fischer, die zu dieser Zeit in der unmittelbaren Umgebung an der Arbeit waren, erzählten, sie hätten mit Schrecken über sich die Maschine kommen sehen. Sie hatten keine Ahnung, worum es sich dabei handeln mochte. Einige dachten, es sei ein Meteorit, eine Feuerkugel, was da auf sie herabgeworfen würde, konnten aber nicht mit Sicherheit sagen, ob die Maschine tatsächlich in Flammen gehüllt oder ob das, was diesen Eindruck hervorrief, der Widerschein der Sonne auf der Metall- und Glasoberfläche war. Dagegen waren sich alle einig, daß die Motoren plötzlich ausgesetzt hätten, als die Maschine den Absturzpunkt erreichte. Der Lärm sei verstummt, und das Wellengemurmel habe auf dem Meer das Gefühl von Ewigkeit wiederhergestellt, sagten sie. Alles sei wie immer gewesen, als ob die Zeit stillgestanden sei, erklärten sie der Presse. Dann sei die Maschine wie aus der Kanone geschossen ins Wasser gestürzt, berichteten sie. Diejenigen, die hastig dorthin ruderten, wo sie meinten, sie hätten sie fallen gesehen, fanden nicht die geringste Spur von der Maschine. Nicht einmal ein Öl- oder Petroleumfleck habe auf dem Wasser geschwommen, sagten sie. Uneinig waren sie sich hinsichtlich des genauen Punktes, an dem der Aufprall erfolgt war – niemand hatte nautische Instrumente in seinem kümmerlichen Boot. Die Marinekommandantur schickte sogleich mehrere Schiffe los. Einige Länder boten ihre Hilfe an und wollten sich an den Rettungsarbeiten beteiligen. In Wirklichkeit waren alle nur an der Bergung der fliegenden Maschine interessiert, um sich das Geheimnis ihres Funktionierens anzueignen, doch auch die vereinten Bemühungen zeitigten keinerlei Ergebnis. Die Taucher gingen in die Tiefe und kamen mit leeren Händen zurück, die Sonden zogen nur Sand und Algen aus dem Grund. Schließlich mußten die Arbeiten wegen eines Sturms unterbrochen werden und wurden nicht wiederaufgenommen, als Ruhe einkehrte. Da die Leichen der Maschinenbesatzung nicht auftauchten, mußte in der Kathedrale ein Responsorium für sie gebetet werden. Danach wurden Blumenkränze ins trübe Wasser des Hafens geworfen, von wo sie die Strömung ins offene Meer trug. Die Zeitungen publizierten die in solchen Fällen üblichen Nachrufe, von Rhetorik triefende Texte. Es erschienen auch biographische Abrisse über Onofre Bouvila, die übereinstimmend zensiert und zur Erbauung der Leser gedacht waren. Alle waren sich darin einig, daß ein großer Mann verschwunden sei. *Mit ihm hat die Stadt eine Schuld ewiger Dankbarkeit übernommen,* schrieb eine Zeitung damals. *Er symbolisierte besser als irgend sonst jemand den Geist einer Epoche, die heute ein wenig mit ihm gestorben ist,* hieß es anderswo. *Sein aktives Leben begann mit der Weltausstellung von 1888 und erlosch mit derjenigen von 1929,* hielt eine dritte Zeitung fest. *Wie müssen wir dieses Zusammentreffen interpretieren?* schloß sie mit offensichtlicher Boshaftigkeit. In der Tat machte es den Anschein, als werde die Ausstellung, deren Inauguration Onofre Bouvila mit seinen Extravaganzen belebt hatte, ein spektakuläres Fiasko. Im Oktober desselben Jahres, vier Monate nach der Eröffnung, erfolgte der New Yorker Börsenkrach. Mir nichts, dir nichts geriet das kapitalistische System über Nacht ins Wanken. Darauf folgte der Bankrott Tausender von Unternehmen, deren Vertreter, völlig um den Verstand gebracht, in die Ausstellungspavillons und -palais eilten und die ausgestellten Güter wieder mitnahmen, bevor die Gerichtsbeamten mit Pfändungsbefehlen erschienen. Viele Aussteller hatten Selbstmord begangen: Um der Schande und dem Schmerz über den Ruin zu entgehen, sprangen sie aus den Fenstern ihrer in den obersten Stöcken der Wolkenkratzer von Wall Street gelegenen Büros. Damit die Pavillons nicht plötzlich leer blieben, was bei den Besuchern einen äußerst schlechten Eindruck gemacht hätte, ersetzte die spanische Regierung die zurückgezogenen Artikel mit dem Erstbesten, was ihr in die Hände geriet. Bald gab es Pavillons, in denen nur absurde Dinge ausgestellt wurden. All diese Dinge verdrängten die haltlosen Gerüchte auf den zweiten Platz, die damals in Barcelona kursierten: daß nämlich Onofre Bouvila in Wirklichkeit gar nicht gestorben und der Unfall nur simuliert worden sei und daß er jetzt komfortabel eingerichtet an irgendeinem abgelegenen Ort in Gesellschaft María Belltalls lebe, an deren Seite er endlich die wahre Liebe gefunden habe und mit deren Verehrung er sämtliche Tages- und Nachtstunden verbringe. Zur Unterstützung dieser romantischen These wurden mehrere Fakten ins Feld geführt. Tatsächlich hatte Bouvila persönlich noch vor dem Unfall alles so angelegt, daß es nicht nur unmöglich war, die Maschine zu lokalisieren, wie man ja später sah, sondern auch ihre Pläne oder die Techniker zu finden, die an ihrer Konstruktion mitgewirkt hatten. Als es schließlich den Pionieren der Armee gelang, in den Ausstellungspavillon zu dringen, indem sie eine Bresche in die Wand schlugen, fanden sie dort nur noch die Bretter, aus denen das Stützgerüst für die Maschine auf dem Boden bestanden hatte. Möglicherweise wurde auch die Falltür entdeckt, aber der Gang, auf den man durch sie gelangte, führte nur zu einer verlassenen Baracke. Nicht weniger verdächtig als diese Dinge war, daß Onofre Bouvila den *Regent,* den vollkommensten Diamanten, bei sich trug, als sich der Unfall ereignete. Wenn sie das mit den Ereignissen dieses Jahres in Verbindung brachten, verstiegen sich einige Leute zur Theorie, Onofre Bouvila stehe hinter dem weltweiten Wirtschaftskollaps, obwohl niemand auch nur andeuten konnte, welche Motive ihn hätten veranlassen können, so zu handeln. Nun richteten sich aller Augen auf seine Witwe, aber es war unmöglich, von ihr irgendeinen Aufschluß zu erhalten. Das Haus wurde an die Provinzdeputation von Barcelona verkauft, die sich nicht darum kümmerte und es aus purer Nachlässigkeit zerfallen ließ, bis es wieder zur Ruine von einst wurde. Inzwischen hatte sich die Witwe in ein Landhaus in Llavaneras zurückgezogen, das vormals dem Exgouverneur von Luzon, General Osorio y Clemente, gehört hatte. Dort lebte sie bis zu ihrem Tod am 4. August 1940 in vollkommener Zurückgezogenheit. Bei ihrem Tod hinterließ sie einige Papiere, unter denen jedoch der Brief nicht figurierte, den Onofre Bouvila vor elf Jahren auf dem Bibliothekstisch liegengelassen hatte, bevor er zum Montjuich aufgebrochen war. Nach und nach verstummten diese und ähnliche Gerüchte, als die Zeit verstrich, ohne sie durch irgendeine Tatsache zu stützen, und als andere, drängendere Probleme die Aufmerksamkeit der Barcelonesen beanspruchten. Inzwischen siechte die Weltausstellung dahin. Die öffentliche Meinung machte sich unverhohlen über die Organisatoren und indirekt durch sie über die Regierung Primo de Rivera lustig. Das war der Vorwand, um ihre Ablehnung des Diktators zu verdeutlichen. Trotz der Zensur scheute sich niemand, die Ausstellung von 1929 mit derjenigen von 1888 zu vergleichen: Die neue erntete die härtesten Kritiken, während die alte von allen über den grünen Klee gelobt wurde – niemand mochte sich mehr an die Probleme erinnern, die sie seinerzeit verursacht hatte, an die Streitigkeiten und Animositäten von damals, an das Defizit, mit dem sie die Stadt belastet hatte. Jetzt bereute es der Baron von Viver, nicht unnachgiebiger gewesen zu sein. »Um in einer solchen Hanswursterei zu enden, deren Lächerlichkeit auf uns alle abfärben wird, haben wir unsere Stadt in Gefahr gebracht«, pflegte er wehzuklagen. Kurz darauf legte er sein Amt nieder. Auch Primo de Rivera, der Hauptdrahtzieher der Ausstellung, auf deren Erfolg er so viele Hoffnungen gesetzt hatte, konnte nicht umhin, einzugestehen, daß seine Position unhaltbar geworden war, und mußte seine Unpopularität zur Kenntnis nehmen. Im Januar 1930 reichte er dem König seine Abdankung ein, der sie akzeptierte, ohne sein Einverständnis zu verhehlen. Der abgesetzte Diktator ging unverzüglich nach Paris ins Exil, wo er nur noch einige Monate lebte und am 16. Mai 1930 starb, wenige Tage bevor sich die Eröffnung der Barceloneser Weltausstellung zum erstenmal jährte. Ein Jahr später legte auch Alfonso XIII. die Krone von Spanien nieder und ging ins Exil. Diesen Ereignissen folgten andere, ebenso bedeutende; einige waren freudig, andere unheilvoll; später amalgamierten sie sich in der kollektiven Erinnerung und bildeten schließlich in dieser Erinnerung eine Einheit, eine Kette oder schiefe Ebene, die unausweichlich in den Krieg und in die Katastrophe führte. Später, als man Geschichte schrieb, war man der Ansicht, in dem Jahr, in dem Onofre Bouvila aus Barcelona verschwand, sei die Stadt in offene Dekadenz verfallen.

Reise um den Tag in 13 Welten

Jede Reise ist ein Erlebnis. Jedes Buch ist ein Erlebnis. Wir präsentieren 13 Romane, in denen neue Welten zu entdecken sind: Lesereisen für unterwegs und für zu Hause.

Julio Cortázar
Reise um den Tag in 80 Welten

Aus dem Spanischen von Rudolf Wittkopf
st 2433. 240 Seiten

Eine *Reise um den Tag in 80 Welten*: »Dieser Tag hat achtzig Welten, eine Zahl nur zur Verständigung wegen und weil sie meinem Namensvetter gefiel, doch womöglich waren es gestern fünf und heute nachmittag hundertzwanzig, wer weiß schon wie viele Welten es im Tag eines Cronopiums oder eines Dichters gibt.« Julio Cortázar entführt den Leser zu sich selbst.

Elizabeth von Arnim
Elizabeth und ihr Garten

Roman
Aus dem Englischen von Adelheid Dormagen
st 2434. 144 Seiten

Elizabeth und ihr Garten, die ironischen Betrachtungen einer Gutsfrau von Stande, in denen sie über die bornierten Standesgenossen und insbesondere über die Männer herzieht, ist ein Ausbruch aus den gesellschaftlichen Rollen und die Entdeckung der eigenen Wege einer Frau.

Reise um den Tag in 13 Welten

Miguel Barnet
Alle träumten von Cuba

Die Lebensgeschichte eines
galicischen Auswanderers
Roman
Aus dem Spanischen von Anneliese Botond
st 2435. 224 Seiten

Die Lebensgeschichte des galicischen Auswanderers Manuel Ruiz, der das mondäne Cuba vor der Revolution aus Heimweh wieder verläßt, in den Bürgerkrieg in Spanien verstrickt wird und von Frankreich aus wieder nach Havanna gelangt. Ein dokumentarischer Roman voller Sehnsucht, Wehmut und Poesie.

Guillermo Cabrera Infante
Drei traurige Tiger

Roman
Aus dem kubanischen Spanisch von Wilfried Böhringer
st 2436. 542 Seiten

Nacht in der Karibik, großstädtische Amüsierwelt, Havanna im Jahr 1958, vor der Revolution: Drei traurige Tiger (oder sind es vier?) tigern durch den Dschungel aus nächtlichen Straßen, Bars, Nachtclubs, Absteigen. Ein Roman voll erzählerischer Erfindungskraft, Erotik und Humor.

Marguerite Duras
Der Matrose von Gibraltar

Roman
Aus dem Französischen von Maria Dessauer
st 2437. 360 Seiten

Marguerite Duras sucht im Mittelmeer mit Anna, der schönen und reichen Besitzerin einer Luxusjacht, deren verlorenen Liebhaber, den Matrosen von Gibraltar. Ein Roman über die Liebe, die absolute Liebe, diesem höchsten Gut, das unerreichbar scheint.

Reise um den Tag in 13 Welten

Bodo Kirchhoff
Mexikanische Novelle

st 2438. 176 Seiten

Ein deutscher Journalist reist nach Mexiko, um das Porträt eines Soldaten zu schreiben. Eine Mexikanerin verliebt sich in ihn. Als sie von ihrem Bruder in ihre Heimatstadt zurückgeschickt wird, reist der Erzähler ihr nach … Bodo Kirchhoff, so ein Kritiker, »erzählt eine ›unerhörte Begebenheit‹ mit solcher Spannungsperfektion, daß man als Leser atemlos folgt und nach Mehr verlangt«.

Wolfgang Koeppen
Nach Rußland und anderswohin

Empfindsame Reisen
st 2439. 268 Seiten

Mit Wolfgang Koeppen reisen wir quer durch Europa. In seinen Reiseberichten erweist er sich als minuziöser Beobachter, dessen sprachliche Potenz hinter der Schärfe des Wahrgenommenen nicht zurückbleibt. Koeppen hält sich offen für das Erlebnis, für die Zufälle des Augenblicks und sieht gerade das, was wahrzunehmen das präparierte Reiseabenteuer verhindert.

Milan Kundera
Das Leben ist anderswo

Roman
Mit einem Nachwort des Autors
Aus dem Tschechischen von Susanna Roth
st 2440. 344 Seiten

Milan Kunderas *Das Leben ist anderswo* ist die ironische Geschichte einer Jugend. Denn Jaromil, der junge Mann aus Prag, ist ein Dichter oder besser, seine Mutter hat ihn zum Dichter gemacht und fordert ihn damit sein Leben lang heraus.

Reise um den Tag in 13 Welten

William Least Heat Moon
Blue Highways

Eine Reise in Amerika
Aus dem Amerikanischen von Dieter Hildebrandt
st 2441. 584 Seiten

Das Faszinierende an Amerika: Es ist immer wieder neu zu entdecken. *Blue Highways* ist ein Entdeckungsbuch besonderer Art, denn – so scheint es – hier ist Kolumbus noch heute unterwegs. Wir befahren die Highways, direkt über die Wege und Abwege der amerikanischen Wirklichkeit.

Angeles Mastretta
Mexikanischer Tango

Roman
Aus dem Spanischen von Monika López
st 2442. 328 Seiten

Mexikanischer Tango – ein lateinamerikanischer Emanzipationsroman voller Liebe und Leidenschaft, eine »Sensation und Entdeckung« (*FAZ*). Catalina entdeckt ihre eigenen Stärken und prallt so mit der Denk- und Gefühlsweise einer ganzen Gesellschaft zusammen.

Eduardo Mendoza
Die Stadt der Wunder

Roman
Aus dem Spanischen von Peter Schwaar
st 2443. 504 Seiten

Eduardo Mendoza erzählt von der abenteuerlichen Karriere des Onofre Bouvila, seinem Aufstieg zum mächtigsten Mann einer europäischen Metropole und damit von der spannenden Geschichte Barcelonas, einer der schönsten Städte der Welt: *Die Stadt der Wunder*.

Reise um den Tag in 13 Welten

Mario Vargas Llosa
Der Geschichtenerzähler

Roman
Aus dem Spanischen von Elke Wehr
st 2444. 287 Seiten

Mario Vargas Llosa erschließt in der spannend entfalteten Handlung seines Romans *Geschichtenerzähler* ein brennendes und hochaktuelles Thema Lateinamerikas: die Kultur der Indios im Amazonasgebiet. Welchen Platz lassen wir dem ganz Anderen, wie es sich in der Welt der »Primitiven« zeigt und entzieht, in unserer »modernen« Gesellschaft?

Martin Walser
Brandung

Roman
st 2445. 320 Seiten

Helmut Halm nimmt das Angebot einer Gastdozentur in Amerika an. Er macht sich auf, endlich seiner Persönlichkeit Gewicht und Bedeutung zu gewinnen. Doch auch an der kalifornischen Pazifikküste kommt alles anders als er denkt. Mit *Brandung* ist Martin Walser ein ebenso intelligenter wie witziger Roman über die Sehnsucht nach mehr Leben gelungen, ein großes Buch, das – so die Kritik – »lesesüchtig macht«.

Italienische und spanische Literatur in der edition suhrkamp und in den suhrkamp taschenbüchern

Rafael Alberti: Der Verlorene Hain. Erinnerungen. Aus dem Spanischen von Joachim A. Frank. st 1171

Juan Benet: Du wirst es zu nichts bringen. Erzählungen. Aus dem Spanischen von Gerhard Poppenberg. es 1611

Gesualdo Bufalino: Die Lügen der Nacht. Roman. Aus dem Italienischen von Marianne Schneider. st 2313

Roberto Calasso: Die geheime Geschichte des Senatspräsidenten Dr. Daniel Paul Schreber. Aus dem Italienischen von Reimar Klein. es 1024

Leopoldo Alas Clarín: Die Präsidentin. Roman. Aus dem Spanischen von Egon Hartmann. Mit einem Nachwort von F. R. Fries. st 1390

Cristina Fernández Cubas: Das geschenkte Jahr. Roman. Aus dem Spanischen von Eva Schikorski. es 1549

Alejandro Gándara: Die Mittelstrecke. Roman. Aus dem Spanischen von Eva Schikorski. es 1597

Federico García Lorca: Dichtung vom Cante Jondo. Dichtung vom tiefinnern Sang. Deutsch von Enrique Beck. st 1007

– Über Dichtung und Theater. Deutsch von Enrique Beck. st 196

Adelaida García Morales: Die Logik des Vampirs. Roman. Aus dem Spanischen von Anne Sorg-Schumacher. es 1871

– Das Schweigen der Sirenen. Roman. Aus dem Spanischen von Anne Sorg-Schumacher. es 1647

– Der Süden. Bene. Aus dem Spanischen von Anne Sorg-Schumacher und Imme Bergmaier. es 1460

Ian Gibson: Federico García Lorca. Eine Biographie. Aus dem Englischen von Bernhard Straub. Mit zahlreichen Abbildungen. st 2286

Natalia Ginzburg: Caro Michele. Der Roman einer Familie. Aus dem Italienischen von Arianna Giachi. st 853

– Ein Mann und eine Frau. Aus dem Italienischen von Arianna Giachi. st 816

Juan Goytisolo: Ein algerisches Tagebuch. es 1941

– Dissidenten. Aus dem Spanischen von Joachim A. Frank. es 1224

– Notizen aus Sarajewo. Reportagen. Aus dem Spanischen von Meralde Meyer-Minnemann. Mit zahlreichen Abbildungen. es 1899

– Die Quarantäne. Prosa. Aus dem Spanischen von Thomas Brovot. es 1874

– Spanien und die Spanier. Aus dem Spanischen übertragen von Fritz Vogelgsang. st 861

José Guelbenzu: Der Blick. Roman. Aus dem Spanischen von Peter Schwaar. es 1596

114/1/8.94

Italienische und spanische Literatur in der edition suhrkamp und in den suhrkamp taschenbüchern

Cesare Lievi: Die Sommergeschwister. Ein Stück. Aus dem Italienischen von Peter Iden. es 1785

Julio Llamazares: Der gelbe Regen. Roman. Aus dem Spanischen von Wilfried Böhringer. es 1660

– Wolfsmond. Roman. Aus dem Spanischen von Wilfried Böhringer. st 2205

Eduardo Mendoza: Die Stadt der Wunder. Roman. Aus dem Spanischen von Peter Schwaar. st 2142

– Die Wahrheit über den Fall Savolta. Roman. Aus dem Spanischen von Peter Schwaar. st 2278

Juan José Millás: Dein verwirrender Name. Roman. Aus dem Spanischen von Peter Schwaar. es 1623

Rosa Montero: Geliebter Gebieter. Roman. Aus dem Spanischen von Susanne Ackermann. st 1879

– Ich werde dich behandeln wie eine Königin. Roman. Aus dem Spanischen von Susanne Ackermann. st 1944

– Zittern. Roman. Aus dem Spanischen von Susanne Ackermann. st 2396

Guido Morselli: Licht am Ende des Tunnels. Roman. Deutsch von Arianna Giachi. st 2207

Álvaro Mutis: Ilona kommt mit dem Regen. Roman. Aus dem Spanischen von Katharina Posada. st 2419

– Der Schnee des Admirals. Roman. Aus dem Spanischen von Katharina Posada. st 2291

Mercè Rodoreda: Auf der Plaça del Diamant. Roman. Aus dem Katalanischen von Hans Weiss. Mit einem Nachwort von Gabriel García Márquez. st 977

– Der zerbrochene Spiegel. Roman. Aus dem Katalanischen von Angelika Maass. st 1494

Alberto Savinio: Stadt, ich lausche deinem Herzen. Aus dem Italienischen von Karin Fleischanderl. st 2204

Jorge Semprun: Algarabía oder Die neuen Geheinmisse von Paris. Roman. Aus dem Französischen von Traugott König und Christine Delory-Momberger. st 1669

– Europas Linke ohne Utopien. Essays. Aus dem Französischen von Wolfram Bayer. es 1915

– Die große Reise. Roman. Aus dem Französischen von Abelle Christaller nach der Originalausgabe. st 744

– Was für ein schöner Sonntag. Aus dem Französischen von Johannes Piron. st 972

114/2/8.94